R. Quehl

Das preußische und deutsche Consularwesen im Zusammenhange mit der innern und äußern Politik

R. Quehl

Das preußische und deutsche Consularwesen im Zusammenhange mit der innern und äußern Politik

Unveränderter Nachdruck der Originalausgabe von 1863.

1. Auflage 2022 | ISBN: 978-3-36827-485-6

Verlag: Outlook Verlag GmbH, Zeilweg 44, 60439 Frankfurt, Deutschland
Vertretungsberechtigt: E. Roepke, Zeilweg 44, 60439 Frankfurt, Deutschland
Druck: Books on Demand GmbH, In de Tarpen 42, 22848 Norderstedt, Deutschland

Das preußische und deutsche Consularwesen

im Zusammenhange mit der innern und äußern Politik.

Von

R. Quehl,
Königl. Preußischem General-Consul.

Das ist eine harte Rede, wer kann sie hören?

Berlin.
Gustav Hempel.
1863.

Berlin, Druck von W. Büxenstein.

Seinem lieben alten Vater,

dem noch rüstigen Veteranen,

Herrn Dr. theologiae etc. Georg Quehl

zu Hornburg

als eine Festgabe in dankbarer Liebe geweiht

vom

Verfasser.

Mein lieber Vater!

Zum Jubiläum des „freiwilligen Jägers" sollte Dir dieses Buch eine Festgabe werden. Aber die Ansprüche und die täglichen Pflichten des Amtes vereitelten das trotz aller eifrigen Arbeit. So kommt das Buch etwas später; immer noch in einer festlichen Zeit, in welcher die Erinnerung an eine große Vergangenheit allen Schmerz über eine trübe Gegenwart zu fröhlicher Hoffnung auf eine bessere Zukunft verklären soll. Das walte Gott!

Unerquicklich ist auch die Seite der preußischen und deutschen Gegenwart, über welche dieses Buch einiges Licht zu verbreiten sucht. Aber wer wollte daran verzweifeln, daß auch ihr noch eine glücklichere Zukunft bevorstehe?!

Daraus, daß ich Dir ein Buch über das Consularwesen widme, wirst Du schon entnehmen, daß es keine Fachschrift sein, sondern daß es vielmehr das Interesse gebildeter und patriotischer Leser in den verschiedensten Lebens- und Berufsstellungen für diese Angelegenheit zu erwecken suchen will. Diese Absicht schloß eine mehr systematische Behandlung des Gegenstandes, aber nicht das Eingehen auf Einzelnheiten aus, die gerade dazu beitragen sollten, von dem Ganzen ein anschaulicheres Bild und insonderheit Denjenigen einigen Anhalt zu geben, die irgendwie — namentlich auch als Vertreter des Landes — zur Mitwirkung bei der Ordnung seiner großen Angelegenheiten berufen sind. Mit jener Absicht stehen auch einige Abschweifungen im Zusammenhange, die der trockenen Speise etwas Würze verleihen sollten. Aber diese „Ausflüge" haben doch noch einen tiefern Grund. Es kam darauf an, gegenüber der jetzt so verbreiteten Systemlosigkeit zu zeigen, daß es große Principien sind, von denen aus auch anscheinend kleine Fragen betrachtet und behandelt werden müssen, — daß die System= und Ideenlosigkeit im Ganzen auch im Einzelnen verderbliche Früchte trägt, und daß mit bloßer Routine und Geschicklichkeit oder gar frivolem Leichtsinn nichts Großes geschaffen und erreicht werden kann. Nicht der Schein, sondern die Wirklichkeit, nicht die äußere Macht, sondern die sittlichen Mächte sind es, welche die letzten und dauernden Entscheidungen und Erfolge herbeiführen. —

Niemand kann übrigens lebhafter als ich selbst wünschen, daß ein in jeder Beziehung Besserer sich einer Erörterung der hier behandelten Angelegenheit unterzogen hätte. Und wie Viele würden es gethan haben, wenn sie ihnen in der Wirklichkeit so nahe wie mir getreten wäre! So aber habe ich — durch Gottes Fügung auf den, wie sich weiter ergeben wird, einzigen preußischen Posten dieser Art gestellt — meine schwachen Kräfte nicht ansehen können, sondern eine Beleuchtung dieser Frage als eine Dankes=Pflicht gegen das Vaterland betrachten zu müssen geglaubt, in deren Erfüllung ich mich durch Nichts beirren lassen durfte.

Das kann nicht unbescheiden sein, ebenso wenig wie die Bezugnah=

men auf die in einer Praxis von mehr als neun Jahren selbst gemachten Erfahrungen und Beobachtungen. Für den Zweck der Arbeit kam es gerade darauf an, an praktischen Fällen zu zeigen, was sich mit einer richtigen Theorie ausrichten läßt. Wer sich aber dessen wohl und tief bewußt ist, daß wir doch nur unnütze, keines Lohnes werthe Knechte sind, wenn wir im besten Falle das gethan haben, was unsere Schuldigkeit war — der giebt ja auch in dem, was gelungen oder glücklich erreicht ist, nicht sich, sondern nur Dem die Ehre, von dem er die Kraft und Gelegenheit dazu empfangen hat.

Und so nimm dieses Buch freundlich auf! Siehe nicht auf die Form, der größere Aufmerksamkeit zu widmen mir keine Zeit vergönnt war. Laß Dich nicht durch die Mängel stören, an denen es reich ist oder durch die Verschiedenheit der Ansichten, die Du über diese oder jene einzelne Frage haben magst. Wenn Du Dich aber hier und da an dem Geiste erfreust, der aus ihm spricht, so kannst Du es doppelt, weil es Dein Beispiel und Deine Einwirkung waren, die ihn anfeuerten und förderten. Wenn Du noch heute mit rastloser Thätigkeit den Pflichten Deines Amtes und in seinem rechten Verständniß dem Wohle auch Deiner ärmsten Mitbrüder Dich weihst — wenn Du noch heute als Greis für das deutsche Vaterland mit derselben jugendlichen Begeisterung erglühst, mit der Du als Jüngling die Waffen für dasselbe getragen, so dürfen Deine

Söhne, die jüngern Mannschaften, doch nicht zurückbleiben. Nein, vorwärts und vorwärts für Preußen, für Deutschland!

Ja, für Deutschland! Man lernt es vielleicht erst recht im Auslande, wie man gerade als guter Preuße ein einiges Deutschland vor Allem erwünschen und ersehnen muß. Aber auch erstreben — Jeder auf dem Posten und mit den Gaben, die ihm anvertraut sind, aber Alle nur auf dem einen Wege des Rechtes. Suchen wir daher auch zuerst unser geringes Schärflein dazu beizutragen, daß in Preußen selbst die frühere Einigkeit wieder hergestellt werde und für das ganze Deutschland ihre Segnungen tragen könne. Aber auch dieser Versuch wird nur gelingen, wenn sich Alle — die Großen wie die Kleinen, die Höchsten wie die Niedrigsten — in der Unterwerfung unter das göttliche Wort vereinigen wollen:

> Gerechtigkeit erhöhet ein Volk, aber die Sünde ist der Leute Verderben!

Kopenhagen, am 24. Februar 1863.

Inhalts-Verzeichniß.

Erstes Capitel.

Wohin? 1
  1. Ziele und Schwierigkeiten. 1
  2. Die Bureaukratie 4
  3. Der Handelsstand und die Consularfrage 9

Zweites Capitel.

Ein Bericht 26

Drittes Capitel.

Unaufschiebbar 50
  1. Bisherige Stellung der Regierung und der Volksvertretung . . . 50
  2. Art. 587 des Handelsgesetzbuches und die Consular-Beamten . . 57
  3. Ein dreifacher und doch kein Trost. Praktische Fälle 62
  4. Die executorische Consulargewalt und die fremden Behörden. Neues Recht ohne neue Garantien 77
  5. Die „deutschen" Consuln und der Zollverein 89

Viertes Capitel.

Die consularischen Aufgaben 102
  1. Vorbemerkungen 102
  2. Die Nationalen aller Stände 104
  3. Schiff, Schiffer und Schiffmannschaften 177
  4. Eine kleine Frage mit einer großen Abschweifung 140
  5. Die Kriegs-Marine. 160

Fünftes Capitel.

Die consularischen Aufgaben. (Fortsetzung.) 165
  1. Handelspolitik im Großen und Kleinen 165
  2. Correspondenz mit dem Ministerium der auswärtigen Angelegenheiten. 185
  3. Correspondenz mit anderen Behörden, Königl. Marine ꝛc. . . . 193
  4. Besondere Aufgaben der General-Consuln 196

Sechstes Capitel.

Zur Vergleichung 203
   1. Vorbemerkungen · 203
   2. Frankreich 205
   3. England 208
   4. Nordamerikanische Vereinigte Staaten 211
   5. Spanien 214
   6. Oesterreich 215
   7. Italien 216
   8. Rußland 217
   9. Brasilien 218
  10. Schweden 218
  11. Belgien und die Niederlande 219
  12. Preußen 220
  13. Wirkung und Ursache! 221

Siebentes Capitel.

Was nun? 232
   1. Keine Ausflucht! 232
   2. Noch ein Sachverständiger 241
   3. Der nothwendige Entschluß und die ersten Schritte . . 247

Achtes Capitel.

Neue Organisation 257
   1. Die consularische Laufbahn. Avancement und sonstige Dienstverhältnisse 257
   2. Die Diplomatie und das Verhältniß zu derselben . . . 264
   3. Die consularischen Rechte und Freiheiten 281
Denkschriftliche Gegenwart und sachentsprechende Zukunft in Preußen . . . 287

Neuntes Capitel.

Nothwendige Gesetze 294
   1. Gesetz über die Befugnisse der Consuln 294
   2. Die Gebührenfrage 298
   3. Eine Seemanns-Ordnung 302
   4. Schlußwort 317

Anhang.

Die Allgemeine Dienst-Instruction vom 1. Mai 1862*) . . . . . I—XXXVI.

---

   *) Da dieselbe zum Oefteren erwähnt wird, und zugleich das Consular-Reglement von 1796 enthält, haben wir zur Bequemlichkeit der Leser ihren Text vollständig hier folgen lassen. Das gleichfalls erwähnte Handbuch für preußische Consular-Beamte ec. ist 1847 bei G. Reimer erschienen. Der vollständige Titel des Buches von König lautet: Preußens Consular-Reglement nach seiner heutigen Geltung und in seiner heutigen Anwendung. Mit Benutzung der Acten des kgl. Ministeriums der auswärtigen Angelegenheiten von K. W. König, kgl. Consul. Berlin 1854, Verlag der Deckerschen Geheimen Oberhofbuchdruckerei.

Erstes Capitel.
Wohin?

1. **Ziele und Schwierigkeiten.** 2. **Die Büreaukratie.** 3. **Der Handelsstand und die Consularfrage.**

1.

An Gottes Segen ist Alles gelegen. Warum sollte Der, der das ein Mal erkennt, ja diese Erkenntniß höher stellt als Alles, was er sonst weiß und vermag — es nicht auch bekennen an der Spitze eines Buches, dessen Erfolg den mannigfachsten, scheinbar unüberwindlichen Schwierigkeiten gegenüber nur zum allergeringsten Theile von ihm selbst abhängig ist.

Es gilt, die lebendige Theilnahme der besten Kräfte der Nation für ein Gebiet anzuregen, das den Meisten bei uns leider noch ein ziemlich unbekanntes Land ist, von dem man sich oft genug die unklarsten und nebelhaftesten Vorstellungen macht. Es gilt, durch diese Theilnahme darauf hinzuwirken, daß Preußen und mit ihm Deutschland die ihnen gebührende Stellung auch auf diesem Gebiete erhalte, auf dem sie nicht allein hinter Frankreich und England, Rußland und den Amerikanischen Freistaaten, sondern selbst hinter Staaten geringeren Ranges zum Theil weit zurückgeblieben und sogar von dem jungen Italien bereits überholt worden sind. Es gilt aber noch mehr. Es gilt, die Lage einer zahlreichen, im Ganzen höchst ehrenwerthen Volksklasse nicht allein materiell in dieser und jener Rücksicht zu verbessern, sondern auch und vor Allem ihr diejenige Rechtssicherheit zu geben, der sie jetzt in einem, für das Wohl des Ganzen sehr bedeutungsvollen Dienste entbehrt, zur großen Unzufriedenheit für sie selbst, zum Schaden für diesen Dienst und zu sehr geringer Ehre für den deutschen Namen im Auslande.

Aber welche Schwierigkeiten stellen sich diesem Unternehmen gegenüber?! Ein erbitterter Parteikampf nimmt die öffentliche Theilnahme fast ausschließlich in Anspruch. Hat sie früher nur wenig Neigung für die Fragen gezeigt, die uns hier beschäftigen sollen — was ist jetzt von ihr zu erwarten, jetzt, wo der ferne und daher ruhigere Beobachter den traurigen Eindruck empfängt, als ob die Parteileidenschaft — und nicht etwa nur diejenige einer Partei — die Vaterlandsliebe selbst zu überwinden drohe?! Darf da eine Stimme überhaupt auf Gehör hoffen, die sich nirgends an diese Leidenschaft wendet, sondern die einsichtigsten, einflußreichsten und besten Männer aller Parteien zu einer unbefangenen Prüfung wichtiger Fragen und zu einer Vereinigung ihrer Kräfte in der Verbesserung großer Uebelstände einladen möchte? Zu einer unbefangenen Prüfung? Ach, wie Wenige gerade unter denen, die mit der größten Sicherheit über alle möglichen Fragen reden und nach ihrer Partei-Ansicht aburtheilen, sind geneigt, sich gründlich über dieselben zu unterrichten, sobald dies mit einiger Mühe verbunden ist und möglicherweise dahin führt, frühere Irrthümer eingestehen zu müssen?

Freilich ist „Vorwärts Preußen — vorwärts Deutschland" die allgemeine Losung. Aber, wo immer bisher Opfer nicht allein an Geld, sondern auch an eitler Ehre und Rechthaberei gefordert wurden, daß ein wirkliches „Vorwärts" zu Stande komme, wie gering hat sich da doch bisher auch die Bereitwilligkeit der Regierungen wie der Volksvertretungen zu solchen Opfern gezeigt?! Freilich die preußische Regierung hat in einer Richtung einen großen, für das Land mit nicht unerheblichen Opfern verbundenen Schritt vorwärts gethan. Sie hat sich durch die Reorganisation der Armee begründeten Anspruch auf den Dank Deutschlands erworben. Das könnte und müßte man bei unbefangener Erwägung anerkennen, wie ungünstig man im Uebrigen über den von der Regierung eingeschlagenen Weg zu denken, und wie entschieden man die dreijährige Dienstzeit zu verwerfen sich auch berechtigt glauben mag. Dazu der immerhin achtungswerthe Anfang einer Kriegs-Marine, ohne deren kräftige weitere Entwicklung von einer gesicherten Theilnahme Deutschlands am Welthandel niemals die Rede sein kann. Auch hat die Aeußerung aus einem erlauchten Munde, daß Land- und Seemacht gerade zum Schutze der Güter bestimmt seien, mit denen die Entwicklung der Industrie, des Handels und Verkehrs das Land gesegnet habe, sicherlich nur mit großer Befriedigung vernommen werden können. Aber das wird doch auch Niemand bestreiten können, daß eine Regierungskunst, die sich nur in der Armee-Organisation bewegte und erschöpfte, auf allen anderen Gebieten des Staatslebens aber nur im Stillstand, in der Negative, oder gar im Rückschritte glänzte, wenig Anspruch auf dauernde Erfolge und nachhaltige Bewunderung haben würde. Die Kanonen sind, wenn auch zuweilen eine höchst nothwendige und allein wirksame, doch immer nur eine traurige ultima ratio. Auch hat die Geschichte hinlänglich gezeigt, daß es der Geist der Feldherrn war, der die glänzendsten Siege davon trug, weil er in geheimnißvoller Weise den Massen sich mitzutheilen und sie zu unwiderstehlicher Begeisterung zu erheben verstand — daß aber auch die beste Organisation ohne jenen Geist bald genug wieder zu einer todten Maschine ward, die sich, wo sie zur Action kam, als wenig brauchbar erwies, trotzdem, daß Führer und Soldaten ihre Schuldigkeit so gut thaten, wie zuvor.

Preußen wird auch in der hier zu behandelnden Angelegenheit zunächst allein Geldopfer bringen müssen, freilich noch nicht den vierten Theil an Hunderttausenden des Mehrbetrages an Millionen, mit dem die Reorganisation der Armee den Etat des Kriegsministeriums belastete. Aber diese Last wird in dem anfänglichen Umfange auch nur eine vorübergehende sein. Denn es handelt sich schließlich um die Organisation des deutschen, wenigstens des Zollvereins-Consularwesens, und es ist nicht mehr als billig, daß der Zollverein als solcher auch die Kosten trage, die es verursacht. Der Billigkeit dieser Forderung würde jedoch wiederum Seitens der Zollvereinsstaaten die andere billige Forderung gegenübergestellt werden, daß auch dem Directorium des künftigen Zollvereins, oder wie sich sonst die dirigirende Behörde nennen mag, ein Einfluß auf die Consularverwaltung, Creirung und Besetzung der Stellen u. s. w., eingeräumt werde, und das erfordert wieder ein Opfer an Eitelkeit und Selbstüberschätzung, mit welchen Eigenschaften sich doch nie und nimmer Deutschland moralisch erobern lassen wird. Im Gegensatze zu dem rein politischen Gebiete, auf dem der Widerstand der anderen deutschen Regierungen gegen durchgreifende Reformen in dem Particularismus der Bevölkerungen jederzeit eine kräftige Unterstützung finden wird, hat Preußen in diesen Fragen sicherlich Widerstand nur von den Regierungen zu erwarten. Derselbe würde indeß um so leichter zu überwinden sein, je besser die Organisation wäre, die Preußen ihnen als Anknüpfungspunkt zu bieten vermöchte. Tritt aber Preußen bei den einschlagenden Verhandlungen mit nichts Anderem auf, als in der einen Hand den preußischen Staatskalender mit seinen 300 Namen von Orten, an denen Consuln oder Vice-Consuln figuriren, und in der anderen Hand die „Allgemeine Dienst-Instruction für die Königl.

Preuß. Consular-Beamten,*) so wird selbst die kleinste Zollvereinsregierung ein Recht haben zu sagen: „Ich soll mein Recht, Consuln zu ernennen, aufgeben? Mit Nichten, so gute und wirksame Consuln, wie es wenigstens in den christlichen Ländern zum allergrößten Theile die preußischen sind, kann ich auch haben, und solche Instruction kann ich auch noch entwerfen ꝛc. Es bleibe beim Alten." Also ohne große Leistungen von unserer Seite können wir auch keine Ansprüche machen und deshalb hatte — was ich bereits so dringend wie vergeblich vor Jahren geltend zu machen versucht habe — die preuß. Regierung die Verpflichtung, schon vorher auch auf diesem Gebiete zu zeigen, daß sie in der That den weitesten Blick und das entschiedenste Talent für eine zweckmäßigere Organisation und Verwaltung besitze.

2.

Aber hier wird dieses Buch eine seiner größten Schwierigkeiten finden. Es ist ein Unglück eigener Art, daß seit einer Reihe von Jahren auf die Entwickelung unseres, in derselben nicht allein von dem Ministerium der auswärtigen Angelegenheiten, sondern auch von demjenigen des Handels und der Finanzen abhängigen Consularwesens der entscheidende Einfluß von Männern geübt worden ist, die entweder seiner Praxis gar nicht oder doch nur sehr kurze Zeit und an Orten nahe gestanden haben, die zur Erwerbung eines praktischen Urtheils und vielseitiger Erfahrung nichts weniger als geeignet waren. Diese Männer mögen, nicht allein durch ihre sonstige reiche Erfahrung und ihren Eifer für das allgemeine Interesse, sondern auch und insonderheit durch ihre ausgezeichneten Leistungen in anderen Beziehungen zu der Meinung verleitet worden sein, daß sie auch das vorliegende Gebiet mit gleicher Sicherheit zu beherrschen vermögen. Wenigstens haben sie sich — wie später erhellen wird — der Anerkennung der einfachsten, in allen anderen großen Staaten längst anerkannten Grundsätzen mit einer Beharrlichkeit widersetzt, die ohne jene Meinung ganz unerklärlich sein würde. Unser heutiges Consularwesen mit seinen Vorzügen und Mängeln ist eine rechte Schöpfung unserer Büreaukratie, an deren leitenden und entscheidenden Einfluß sich das Volk

---

*) Eine Arbeit, die das große Verdienst hat, die heute geltenden Bestimmungen übersichtlicher zusammenzustellen, als es in den früheren Handbüchern der Fall war. Diesem Verdienste soll denn auch in keiner Weise durch den späteren Nachweis entgegen getreten werden, daß einige dieser Bestimmungen selbst auf unrichtigen Principien beruhen, und daß der Brauchbarkeit dieses Reglements für längere Zeit formelle wie materielle Bedenken entgegen stehen.

dermaaßen gewöhnt hat, daß sich die große, nicht gerade übertrieben geschickt gefaßte Frage „ob König und Parlament oder Parlament und
König" oder „ob reactionäre oder freisinnige Volksvertretung", praktisch in
die Frage aufgelöst hat: „Ob Landräthe oder Kreisrichter?"

Man kann nun im vollsten Maaße die Vorzüge und Verdienste der
preußischen Büreaukratie anerkennen, Vorzüge und Verdienste, deren sich
vielleicht in diesem Grade der Beamtenstand keines anderen Landes zu
rühmen hatte. Man kann daher auch voller Bedauern sein, daß der frühere
gute Geist in derselben und zwar nicht allein von Unten, nicht allein durch
das Gift eines schwächlichen Liberalismus, sondern auch von Oben herab
vielfach gefährdet worden ist, so daß, wenn wir uns so fort „entwickeln",
von Vorzügen der preußischen Büreaukratie bald nicht mehr die Rede sein
wird. Aber auch die bereitwilligste Bewunderung unserer Büreaukratie kann
nicht verkennen, daß sie, wenn auch unbewußt oder gegen ihren Willen,
eine wesentliche Urheberin und Mitschuldige an unseren heutigen Zuständen
geworden ist, die doch von keiner Partei als erquickliche und befriedigende
angesehen werden! Man sagt uns: Ein Volk habe als erstes Bedürfniß,
regiert zu werden und erst als zweites, gut regiert zu werden. Aber auch
der Mensch hat als erstes Bedürfniß, Nahrung zu sich zu nehmen, und als
zweites gute Nahrung. Und doch verdirbt zu viele Nahrung, und wäre sie
die beste, seine Constitution, macht ihn faul und ungeschickt zum Denken
wie zum Handeln, indolent und zuletzt zu einer lebendigen Leiche. Jedes
Gleichniß hinkt. Aber sollte man nicht anerkennen müssen, daß es zunächst die Viel- und Zuvielregiererei war und ist, welche nicht allein die
Entwickelung früherer Ansätze zur Selbstverwaltung in Gemeinde, Kreis und
Provinz verhindert, sondern auch geradezu die Fähigkeit selbstständigen
Denkens und Handelns bei den meisten Menschen so unmöglich gemacht
hat, daß sie blind folgen, wohin sie einige Stimmführer, nicht allein liberale,
sondern auch reactionäre, unter der Fahne banaler Phrasen und unerfüll-
barer Versprechungen rufen?! Aber es sind auch andere, mit ihrem Wesen
zusammenhängende Gebrechen der Büreaukratie, die bei uns auf das consularische Gebiet eine schädliche Wirkung geübt haben. Die Zuvielregiererei,
an welcher wir überhaupt leiden, hat hier nur offenbar dazu geführt, daß
Diejenigen, die sonst wohl ein lebhaftes Interesse an der Entwickelung des
Consularwesens genommen haben würden, sich dessen in dem Gedanken überhoben haben, die „Regierung" werde dafür schon auf das Beste gesorgt
und eher zu viel als zu wenig gethan haben. Aber die Regierung, nicht
wie in Frankreich, England, den Vereinigten Staaten Amerikas und in
anderen Ländern von einer, in dieser Rücksicht aufgeklärten öffentlichen

Meinung zu entscheidenden Reformen gedrängt, wurde gerade durch die ausgezeichnete Büreaukratie eher daran verhindert. Denn nicht die Reform, sondern die Form ist das Lebenselement dieser Büreaukratie. Deshalb ist sie auch die natürliche Feindin sowohl der reactionären, wie der demokratischen Partei. Käme die eine oder die andere wirklich zur Herrschaft, so käme es auch zu durchgreifenden Reformen und — dieselben möchten im Uebrigen so verständig oder unverständig sein, wie sie wollen — ihr gemeinsamer Charakter wäre immer das Streben, der Herrschaft der Büreaukratie ein Ende zu machen.*) Dagegen kann sie sich mit der eigentlichen constitutionellen Partei vortrefflich befreunden. Denn, auch abgesehen davon, daß unter ihrer Herrschaft zwar nicht die Güte und Brauchbarkeit, aber doch die Zahl und der Einfluß der Beamten überall vermehrt zu werden pflegen, so ist ja für diese Partei auch die „Form" immer eine große Hauptsache, so daß Spötter sagen, käme es auf die eigentlichen Constitutionellen an, so könnte der Staat wohl auch zu Grunde gehen, wenn es nur auf verfassungsmäßige Weise geschähe.

Aber die Grenze zwischen der richtigen Würdigung der unentbehrlichen Form und ihrer Ueberschätzung ist eine feine.**) Diese Ueberschätzung wird

---

*) Und hier begegnen diese Parteien denjenigen, die ohne ihnen anzugehören, doch auch der Ansicht sind, daß ohne tief greifende, die Grenzen des Gebietes der Regierung überhaupt wesentlich beschränkende und hierdurch auch den schädlichen Einfluß der Büreaukratie brechende Reformen an eine gedeihliche innere Entwickelung Preußens — und somit an eine wesentliche Hebung seiner Stellung in Deutschland und Europa — gar nicht zu denken ist. Denn die „innere Frage" bleibt, wie für den einzelnen Menschen, so auch für den Staat immer das Hauptstück. Das kann von dem Einzelnen Jahrzehnte und von Völkern Jahrhunderte lang vergessen werden, und die Erinnerung daran erst kommen, wenn es „zu spät" geworden ist. Aber wahr bleibt es darum doch — wie denn die Sonne auch in den Jahrtausenden still stand, wo, daß sie sich bewegte, die allgemeine Lehre und Ueberzeugung war. Vermag Preußen seine „innere Frage" nicht so zu lösen, daß nach der einen Seite die Selbstregierung eine Wahrheit wird und nach der andern Seite hin sich trotzdem das Königthum nicht in einen bloßen Begriff auflöst, sondern sowohl Freiheit und Selbstregierung als auch Ordnung und die nothwendige Centralisation in ihm einen starken, in seiner Sphäre von dem Parteigetriebe unabhängigen Vertreter finden — so kann Preußen auch nicht an die Lösung der „deutschen Frage" denken. Denn der Kern der letzteren ist kein anderer als die Frage: wie läßt sich die Mannigfaltigkeit der Entwickelung deutschen Lebens erhalten und doch die Gefahr der Zersplitterung seiner Kraft beseitigen? Mit dem Schwerte allein werden solche Fragen nicht gelöst, und die Anbahnung eines Bürgerkrieges als Mittel zur Herstellung deutscher Einigkeit und Einheit zu betrachten, kann nur in Zeiten einer so heillosen Begriffsverwirrung geschehen, wie sie zu einem ernsten Leiden die unsrige geworden ist.

**) Am feinsten natürlich auf religiösem Gebiete, wo die Ueberschätzung der

nur verhindert, wenn der Wirklichkeit, dem Leben, Gelegenheit gegeben ist, fortwährend einen befruchtenden, d. h. auch verändernden Einfluß auf die Form auszuüben. Das wird nur durch eine lebensvolle Verbindung zwischen beiden geschehen können. Sie hat in Preußen zum großen Theile gefehlt, und daher ist die Büreaukratie in eine Ueberschätzung der Form gerathen, in der selbst sonst vortreffliche Eigenschaften in ihr Gegentheil verkehrt zu werden Gefahr laufen. Nicht allein sagen viele unserer Büreaukraten: Quid non est in actis non est in mundo — was nicht in den Acten ist, ist nicht in der Welt — sondern sie sagen auch: Was in den Acten ist, ist in der Welt, und

Was man Schwarz auf Weiß besitzt,
Kann man getrost nach Hause tragen.

Hunderte von Sr. Majestät Allerhöchst Selbst ernannte, im Besitze eines, ihre vorzügliche Geeignetheit zu diesem Posten bescheinigende Patentes befindliche, mit womöglich drei Bänden von Instructionen wohl versehene, zu einem, wenn schon geringen Theile auch „Jahresberichte" abstattende General-Consuln, Consuln und Vice-Consuln — und unser Consularwesen sollte nicht eins der allerbesten sein?! Eine Menge von oft zwar nicht sehr klaren, oft widerspruchsvollen, aber im Uebrigen vortrefflich abgefaßten Bestimmungen mit „Erwartungen" und „Wünschen" allerlei Art, und der Consular-Beamte sollte nicht im Stande sein, in allen eintretenden Fällen den Intentionen der Regierung zu entsprechen und namentlich ihr nicht „Verlegenheiten zu bereiten"? Daß darunter sogar Bestimmungen enthalten sind, die ausdrücklich verletzt werden mußten und müssen, wenn überhaupt von consularischer Wirksamkeit die Rede sein sollte und soll, wird im Verlaufe des Buches sattsam dargethan werden. Aber doch konnte eine Veränderung solcher Bestimmungen aus allerhand „Gründen" und „Rücksichten" nicht erfolgen, und man nahm lieber jenes Entgegenhandeln stillschweigend hin, als daß man sich zu einer gründlichen Reform entschlossen hätte. Denn das erkannte man wohl, fing man ein Mal zu

---

Form gerade auch am gefährlichsten ist. Denn sie bringt es immer und immer wieder dahin, daß das Haus, von dem geschrieben steht, es solle ein Bethaus sein, in doppeltem Sinne zu einer Mördergrube wird. Die Geistlichen sind für die sichtbare Kirche, was die Beamten für den Staat. Wo sich die Einen hier, die Anderen dort zur Hauptsache, zu dem eigentlichen Stütz- und Glanzpunkte machen, muß die gesunde Entwickelung des staatlichen oder kirchlichen Lebens ernstlich gefährdet werden. Es kommen massenhafte Auswüchse an allen Orten und Enden, und der grobe Materialismus, der die Welt entgöttlicht, ist zuletzt nur ein Kind des feinen Materialismus, der das ewige Ideal nur allzusehr verweltlicht, d. h. der menschlichen Selbstsucht dienstbar gemacht hat.

reformiren an, so war ein Ende schwer abzusehen. Aber ist es schon bedenklich, Gesetze und Vorschriften zu erhalten, welche mehr als in dem unbedingt nothwendigen Grade die Freiheit und Selbstständigkeit der Betheiligten beschränken, oder sich sonst als natur= und zweckwidrig erweisen, so ist es noch viel bedenklicher, diese Vorschriften zu todten Buchstaben werden zu lassen und sich in die Umgehung derselben zu finden, weil die realen Verhältnisse dieselbe fordern oder doch rechtfertigen. Denn dadurch wird jene äußerliche Gesetzmäßigkeit und in ihrem Gefolge die Gewohnheit der Nichtachtung der Gesetze erzeugt und befördert, die als eine Hauptquelle des Verfalles der Völker betrachtet werden muß. Man begnügt sich mit dem Scheine, bis daß eines schönen Tages die ganze Scheinherrlichkeit in ihr Nichts zusammenfällt.

Daß aber trotz einer sehr gewissenhaften und in ihrer Art ausgezeichneten Büreaukratie eine Organisation sich allmählig bis zur Unbrauchbarkeit verschlechtern kann, dafür ein Beispiel von dem anderen, schon oben erwähnten Gebiete. Schon in den Jahren 1846—1847 hatte mir ein hoher Militairbeamter in der Provinz mit großer Bestimmtheit gesagt: „Der nächste Krieg, ja schon die nächste Mobilmachung werde herausstellen, daß unser vielgerühmtes Heerwesen an den wesentlichsten Gebrechen leide, daß es an dem Nothwendigsten fehle u. s. w., und daran seien nur die Berliner Geheimeräthe im Kriegsministerium Schuld, bei denen mit gesunden und praktischen Ansichten gar nicht durchzudringen wäre!" Von Jugend auf gewohnt, in unserer Armee in jeder Beziehung das Allervollkommenste zu erblicken, was es auf diesem Gebiete überhaupt gebe, war ich über diese Aeußerungen förmlich erschrocken. Die Geschichte hat aber ihre Richtigkeit völlig bestätigt, und wenn es auch in dieser Beziehung nunmehr zu sehr eingreifenden Reformen gekommen ist, so sind dieselben bekanntlich nicht von den Geheimen Räthen, sondern von praktischen Offizieren ausgegangen, wären auch nie zum Ziele gekommen, wenn sich nicht der König selbst an die Spitze dieser Reform und in einer Weise gestellt hätte, daß Se. Majestät später die ganze Reorganisation der Armee als „Ihr eigenstes Werk" bezeichnen konnten.

Aber auf den Eintritt so überaus günstiger Umstände wird die hier in das Auge gefaßte Reorganisation kaum zu rechnen haben. Ihr gegenüber wird vielmehr, so weit sich bis zu dieser Stunde die Dinge übersehen lassen, eine von der Vortrefflichkeit des gegenwärtigen Zustandes durchdrungene und daher einer durchgreifenden Reform ungünstige Büreaukratie die entscheidende Stimme haben, und diese um so mehr Kraft, weil ihr einerseits der Sparsamkeitstrieb der Volksvertretung, andererseits aber die in diesem Punkte vorhandene Indolenz und sogar der Egoismus in einem einflußreichen Stande entgegenkommen.

3.

Wer wollte nicht die von der Volksvertretung gezeigte Neigung zur Sparsamkeit außerordentlich löblich und anerkennenswerth finden? Aber, am unrechten Orte sparen, heißt bekanntlich verschwenden, was die Amerikaner jetzt praktisch erfahren. Sie haben sich allerdings ein stehendes Heer so gut wie erspart gehabt — aber die Kosten eines dreijährigen Krieges verzehren auf ein Mal und ohne Nutzen, was in zwanzig Jahren für eine Armee gebraucht worden wäre, die doch möglicherweise den Krieg verhindert oder aber ihn in anderen Dimensionen gehalten haben würde. Auch kann bei uns noch außerordentlich viel gespart werden. Nicht etwa an den Gehältern der nothwendigen Beamten. Im Gegentheil, dieselben, insonderheit diejenigen der Richter, bedürfen dringend und zum Theil wesentlicher Erhöhung. Darüber ist man längst einig, aber auch darüber könnte man es bald werden, daß die Zahl des Beamtenheeres nicht allein ohne Schaden, sondern sogar mit wesentlichem Nutzen für das Ganze erheblich eingeschränkt werden könnte, da mit dem heutigen Beamten-Apparat an Selbstverwaltung in Gemeinde, Kreis und Provinz niemals zu denken ist. Und diese Selbstverwaltung muß doch das Ziel einer freisinnigen Reform sein, welche diesen Namen gar nicht verdient, wenn sie an die Stelle des Absolutismus des Königs denjenigen eines Parlamentes zu setzen sucht, das wiederum durch die Einmischung in Dinge und auf Gebiete, die ihrer Natur nach der Competenz der Staatsgewalt und der Staatsregierung entzogen sind, sich dieselbe Verlegenheit und dieselbe Mißgunst bereiten wird, an denen das absolute Regiment gescheitert ist. Also weise, aber auch nur weise Sparsamkeit im Innern, und weise, aber auch nur weise Sparsamkeit nach Außen. Auch auf dem letzteren Gebiete ließe sich ohne allen Nachtheil für Preußens Ehre und Machtstellung und unbeschadet einer würdigen Vertretung, wo solche ein Mal nothwendig ist, nicht unbedeutend sparen, und es ist wirklich keine in diesem Punkte widerhaarige, sondern eine sehr gutwillige Volksvertretung gewesen, mit der es das auswärtige Ministerium bisher zu thun gehabt hat. Aber sparen wollen, wo es nur auf Kosten der Gerechtigkeit gegen unsere Mitbürger, auf Kosten des Ansehens unserer Flagge, auf Kosten der Bedeutung und Entwickelung unseres Handels und der mit ihm in innigem Zusammenhange stehenden Industrien und Gewerbe geschehen könnte, wäre mehr als eine Thorheit. Und doch würde Sparsamkeit in der hier in Rede stehen=

den Angelegenheit lediglich in diese Kategorie fallen, wie sich des Weiteren bald genug bei einer näheren Betrachtung der Dinge bis zur Evidenz herausstellen wird.

Sodann kommt die Indolenz und zum Theil auch der Egoismus in dem zunächst betheiligten Stande der Kaufleute und Rheder.

Man höre eine kleine Geschichte. Ein reicher Mann, der auf seiner Reise nach D. kam und von den Leistungen der dortigen Maler-Akademie sehr entzückt war, wollte zur Unterstützung der Kunst ein großes Oelgemälde, natürlich ein Original gemalt haben und wandte sich an einen Freund mit der Frage, welchen Meister er ihm dazu empfehlen könne. „Nehmen Sie keinen Anderen, als Herrn R.," erwiderte dieser, „das ist ein vortrefflicher Charakter, fleißig vom Morgen bis zum Abend, gewissenhaft, sparsam und was hat er für eine allerliebste Frau und niedliche Kinder, und wie emsig malt der Mensch, wie correct, wie gut sind seine Farben, wie —"

„Aber er copirt vielleicht nur?"

„Bis jetzt hat er freilich nichts anderes gethan. Indessen wäre vielleicht doch zu hoffen, daß, wenn ein solcher Mann nur wollte, er auch eine eigene Composition zu Stande bringen könnte. Viele behaupten freilich, es fehle ihm dazu an Genie, aber ich meine, daß ihn die Sorge um die nächsten Bedürfnisse noch nicht zu einer freien Entfaltung seiner Kraft hat kommen lassen. Es käme auf einen Versuch an." Der Versuch wurde wirklich gemacht. Der reiche Mann vertraute dem Herrn R. sogleich eine bedeutende Summe an, die seine und seiner Familie Existenz auf einige Jahre reichlich sicher stellte. Herr R. machte seine vorbereitenden Studien und nicht allein in D., sondern er sah sich auch noch in anderen Plätzen um. Nach einigen Jahren war ein Meisterwerk fertig. Er wußte sich nun kaum mehr vor Bestellungen auf Originale zu retten und überließ das Copiren jüngeren Leuten oder Künstlern, denen bei dem Vorhandensein vieler anderen guten Eigenschaften nur das „Genie" fehlte, das den Maler zum Maler macht.

In dieser erbaulichen Geschichte ist eine Charakteristik des deutschen Handelsstandes und dabei ganz vorzugsweise auch des preußischen enthalten — möchte ihr Ende auch eine Vorbedeutung einer neuen Entwickelung sein! Es sind diesem Handelsstande nämlich im Ganzen und Großen eine Menge der vortrefflichsten Eigenschaften nachzurühmen, nur, daß er die eine entweder nicht besitzt, oder aber bisher nicht gezeigt hat, die ihn zu einem mächtigen und großen Stande machen würde, jenen großkaufmännischen Geist nämlich, dem die Hansa einst ihre Größe und

Bedeutung, und dem England zu nicht geringem Theile seine Weltstellung verdankt.

Die deutsche Handels-Marine ist ihrer Größe nach die dritte in der Welt — aber die wievielste ihrer Bedeutung und ihrem Eindrucke nach? Können doch sogar die Dänen sagen, „wir sind zu Hause in Fahrwassern, wo sich ein preußisches Schiff nur als ein seltener und furchtsamer Gast zeigt." Und das liegt nicht allein an der Mannigfaltigkeit der Flaggen oder daran, daß es an einer deutschen Handelsflagge fehlt, oder daran, daß sich ein Theil unserer Schiffe im fremden Frachtdienst befindet. Noch einen geringeren Eindruck aber macht in der Welt der deutsche Handel trotz seines sehr beträchtlichen Umfanges, wenn man auf die Zahlen der Einfuhr und Ausfuhr sieht. Denn wir exportiren und importiren je zu nicht geringem Theile über fremde Häfen, und wenn schon die Ausfuhr oft nur durch die zweite Hand erfolgt, so ist das mit der Einfuhr noch viel mehr der Fall. Gilt das eben Gesagte nun schon von der deutschen Schifffahrt und dem deutschen Handel im Allgemeinen, so hat es eine noch viel schärfere und durchgreifendere Bedeutung für die Schifffahrt und den Handel des Zollvereins, Preußen an seiner Spitze. Daß wir z. B. Baumwolle und Colonialwaaren aus den Productionsländern selbst bezögen, gehört ja zu den seltensten Ausnahmen. Allerdings sind im Jahre 1861 102 beladene und 72 unbeladene preußische Schiffe mit resp. 28,765*) und 19,388 Normallasten in transatlantischen Häfen gewesen und 33 Schiffe mit 7813 Normallasten in Ostindien und China, aber direct aus Preußen sind nach der Nordküste von Afrika und nach der Westküste von Südamerika nur je 2 Schiffe gegangen, während kein einziges nach den übrigen Theilen von Afrika, nach dem britischen, niederländischen und den übrigen Theilen von Ostindien, nach China, nach Australien, nach Britisch Nordamerika, nach den Vereinigten Staaten, nach Westindien, nach Mexiko und Central-Amerika, nach Neu-Granada und nach Brasilien. Ebenso ist von allen jenen Ländern direct nach Preußen nur ein einziges, nämlich von den Vereinigten Staaten von Nordamerika, gekommen.

Hieraus ergiebt sich nicht allein, daß die Theilnahme der preußischen Flagge an der transatlantischen Schifffahrt sehr gering ist, sondern daß sie auch nicht im Interesse des eigenen Handels, sondern lediglich in demjenigen des fremden Handels stattfindet, und ein Gleiches gilt von dem

---

*) Also fast 10,000 Normallasten weniger, als die Tragfähigkeit der preußischen Schiffe, die 1861 allein in den Hafen von Kopenhagen eingingen, freilich auf nicht weniger als 635 Schiffe, der größte Theil unter 50 Normallasten, vertheilt.

allerüberwiegendsten Theile der Fahrten der preußischen Schiffe in dem Mittelmeere. Dahingegen hat die preußische Schifffahrt nach Großbritannien und Irland — obschon auch zu nicht geringem Theile in auswärtigem Frachtdienste — eine Höhe erreicht, über die hinaus an eine stetige Weiterentwickelung kaum mehr zu denken ist. Es waren nämlich 1861, um beladene und unbeladene zusammenzufassen, 1902 preußische Schiffe mit 319,789 R.=L. und das Jahr vorher sogar 1981 mit 330,920 R.=L. in englische Häfen eingelaufen. Somit concentriren sich die Interessen unserer Schifffahrt mehr und mehr in Großbritannien, das wesentlich unseren Antheil an der Weltschifffahrt und am Welthandel vermittelt, an welchem letzteren wir direct so gut wie gar keinen Antheil nehmen. Mit Hamburg, Bremen und Lübeck fallen vielmehr noch die Städte hinweg, die für den directen Handel Deutschlands mit anderen Erdtheilen die meiste Bedeutung haben. Daher herrscht in jenen Städten auch noch zumeist ein wirklich kaufmännischer Geist, ein Geist von einer Thatkraft und Elasticität, daß selbst schwere Krisen und Verluste nur den Handel und die öffentliche Wohlfahrt wie einen Phönix aus der Asche hervorgehen ließen.

Aber da haben denn die Zollvereinskaufleute, und insonderheit diejenigen der preußischen Seestädte, zur Rechtfertigung des alten Schlendrians, der doch eben das Nothbürftige und für Einzelne auch noch etwas mehr liefert, eine ganze Reihe von Entschuldigungen, frappant auf den ersten Blick, von geringer Bedeutung, wenn man sie näher in das Auge faßt. Da soll uns das Meer, d. h. die Küste, zu knapp zugemessen oder unsere Lage selbst im Vergleich zu Bremen und Lübeck besonders ungünstig sein. Aber der erste Umstand müßte zur verdoppelten Anstrengung in der Benutzung der vorhandenen geringeren Gelegenheit antreiben, und die zweite Thatsache hat, seitdem sich Eisenbahnnetze über ganz Deutschland verbreiten, doch einen Theil ihrer früheren Bedeutung verloren. Aber wir haben keine Colonien! — freilich haben wir keine, aber wer trägt die Schuld daran? Sind denn etwa die englischen oder holländischen Colonien von Geheimen Räthen gegründet und zur Blüthe gebracht worden? Wenn es freilich in Deutschland keinen national=kaufmännischen Geist giebt, der mit dem mächtigen Capitale der deutschen Auswanderung etwas besseres anzufangen weiß, als er bisher anzufangen gewußt hat, so werden wir uns bescheiden müssen, die deutsche Nation von anderen Erdtheilen, in denen doch selbst die Portugiesen noch Niederlassungen haben, ganz und gar ausgeschlossen zu sehen.*) Man sage nicht, daß die Deutschen

---

*) Man lese hierüber die sehr empfehlenswerthe Schrift: Kann und soll ein Neu=Deutschland geschaffen werden und auf welche Weise? Von Sturz. Berlin. Nicolaische Verlagshandlung, 1862.

in den bisher Vereinigten Staaten Amerikas eine große Rolle spielen. Denn theils geschah das bisher schon nur für den Preis ihrer Nationalität, theils wird ihre Rolle in der Zukunft wahrlich noch weniger beneidenswerth werden, als bisher. Denn wohl haben die Deutschen bei der letzten Präsidentenwahl den Ausschlag gegeben, wohl haben sie in dem beklagenswerthesten Kriege sich rühmlich hervorgethan — wer aber daraus folgern sollte, daß nach seiner Beendigung der Yankee voll Dankbarkeit und Bewunderung für den Deutschen sein werde, — ach, der kennt den Lauf der Dinge, kennt das Herz des Yankees nicht! Mögen einzelne Deutsche in jenen Staaten immerhin ihr Schäfchen in's Trockene bringen — im Ganzen und Großen werden die Deutschen dort nur die Heloten sein, und ihre Kraft ist für das Vaterland ein Mal für immer verloren gegangen: eine schöne Aussicht für unser deutsches Nationalgefühl. Aber verdienen wir's besser, wenn wir Zeit und Kraft mit unnützem Parteigezänke, das doch zu nichts Erfreulichem führen kann, vergeuden, statt sie an große Unternehmungen zu setzen, die noch nach Jahrhunderten für ihre Urheber ein rühmliches Zeugniß ablegen möchten? Und wenn es dem Einzelnen an Mitteln dazu fehlt, um sich aus dem Copirgeschäft zu befreien — da giebt es einen reichen Mann, der helfen kann. Er heißt: die Genossenschaft. Eine große deutsche Handels- und Colonisations-Gesellschaft würde auch den größten Aufgaben sich gewachsen zeigen. Da könnten Fürsten, Grafen und Barone sich mit an die Spitze stellen und ihr Interesse für das Volk wahrlich besser bekunden, als durch „die Verbindung des Wappenschildes mit dem Schusterschemel", die doch zu Nichts führen kann, als zu gegenseitigen Enttäuschungen. Und wer immer einen Sparpfennig zu verzinsen hätte, könnte ihn einer solchen Handelsgesellschaft doch sicherer anvertrauen, als den Bankiers und den „Papieren", die sich bei dem ersten Kanonenschuß auf deutschem Boden als sehr unsichere Garantie erweisen werden. Und die einzelnen Kaufleute hätten gar nicht zu fürchten, daß ihnen diese Handelsgesellschaft mit ihren Filialen und Comtoiren, auch auf den einheimischen Plätzen, Abbruch thun werden, denn „wo die Könige bauen, haben die Kärrner noch immer zu thun", oder, wem das Bild besser gefällt: in den mit den zahlreichsten Eisenbahnwegen versehenen Ländern werden nicht weniger Pferde gehalten als früher und die Maschinen haben keineswegs die menschliche Arbeitskraft „im Preise" herabgesetzt. Wer freilich heute mit solchen großartigen Ideen zu kommen wagt, pflegt sofort als ein „unpraktischer Mensch", oder gar als „ein Schwindler" verschrieen zu werden, obschon diese Verschreier mitten in dem großartigsten Schwindel stecken, der in nicht langer Frist auch einen guten Theil unserer ganzen ökonomischen Scheinherrlichkeit in ein angenehmes Nichts zerfließen lassen wird. Aber der Freihandel macht ja doch Fortschritte, und damit wird Alles von selbst kommen! Nun, der Freihandel drückt ein großes, gerechtes, dem Fingerzeig Gottes in der Gesellschaft entsprechendes Princip aus, zu dem wir uns, gegenüber den Schutzzöllnern, aus vollster Ueberzeugung immer bekannt haben. Aber der Freihandel verhält sich zum Handel, wie Luft und Licht zum menschlichen Leben. Ohne Luft und Licht kann der Mensch nicht leben, wenigstens nicht auf lange und nicht in gedeihlicher Entwickelung, aber von Luft und Licht kann der Mensch auch nicht leben. Ohne Freiheit kann der Handel nicht gedeihen, aber von ihr und durch sie allein lebt und entwickelt er sich doch auch nicht. Oder der Freihandel verhält sich zum Handel, wie der Protestantismus zum christlichen Leben. Dadurch, daß ein Einzelner oder eine ganze Gemeinde von der Richtigkeit des protestantischen Principes durchdrungen und für seine Ausbreitung thätig ist, wird weder der einzelne Mensch zum Christen noch die kirchliche Gemeinschaft zu einer christlichen. Das wirkliche kirchliche und christliche Leben hängt vielmehr von ganz anderen Mächten und Momenten ab, nur daß wir Protestanten meinen, daß es ohne Priester-Herrschaft, ohne Pabstthum, ohne Einschließen des göttlichen Geistes in menschliche Satzungen und Formen, sondern in Beeinflussung und Befruchtung derselben durch die Entwickelung des christlichen Bewußtseins selbst sich wahrer und reicher entwickeln könne und werde. So wird auch ganz ohne Zweifel der Handel und alle mit ihm im engsten Zusammenhange stehenden Gebiete menschlicher Thätigkeit — und auf welches wäre er ohne allen Einfluß?! — nicht unwesentlich durch den Wegfall der Schranken befördert werden, welche menschliche, sich an die Stelle göttlicher Weltordnung drängende Weisheit zwischen Völkern und Ländern aufgerichtet haben. Aber von dieser Freiheit werden doch nur Diejenigen am meisten oder überhaupt erheblich profitiren, die von einem kühnen Unternehmungsgeiste und elastischer Thatkraft am meisten beseelt sind. Da fiel im Jahre 1855, um diese allgemeine Wahrheit durch ein kleines Beispiel zu erhärten,*) eine Schranke, die bisher fremde Nationen von dem Handel mit Island und den Farören abgehalten hatte. England und namentlich Frankreich haben davon sofort profitirt, aber bis heute ist noch nicht ein preußisches oder deutsches Schiff daselbst gesehen worden, und doch würde gerade von uns aus, wenn man die Sache mit der nöthigen Energie angefaßt hätte, nicht wenig „zu machen" gewesen sein.

---

*) Wir kommen in einem anderen Capitel auf diese Angelegenheit näher zurück.

Und wo sind unsere Ostindien-, China- oder Grönlandsfahrer, da doch selbst Städte, wie Flensburg, Eckernförde, Rönne auf Bornholm u. s. w. dergleichen, und zwar nicht nur in fremdem Frachtdienste, aufzuweisen haben. Sind solche Unternehmungen für einzelne preußische Kaufleute zu kostbar und riskant, so giebt es wieder einen reichen Mann, der helfen kann. Er heißt — Genossenschaft, und eine preußische Handelsgesellschaft oder preußische Handelsgesellschaften würden bald mit größtem Erfolge auf diesem Gebiete arbeiten. Aber freilich, ohne Anstrengung und Risiko kommt weder in der politischen noch in der Handelswelt Großes zu Stande, und bequemer ist es allerdings, auf betretenen Wegen fortzuwandeln, anstatt neue Bahnen zu brechen. Wie kann man indessen sich wundern, daß an so Großes bei uns nicht gedacht wird, wenn wir z. B. sogar die regelmäßige Dampfschiffsverbindung zwischen Königsberg und englischen Häfen einer dänischen Dampfschifffahrtsgesellschaft — mit einigen Königsberger Kaufleuten als Actionären — überlassen, und zwischen Stettin und Kopenhagen in den letzten Jahren eine Dampfschiffsverbindung von einer solchen Beschaffenheit unterhalten haben, daß es die große Mehrzahl auch der preußischen Reisenden vorzog, mit schwedischen Schiffen über Lübeck, statt mit einem preußischen über Stettin zu gehen, welcher Weg dem Reisenden sonst der convenabelste hätte sein müssen. Und wird denn der Mangel eines unternehmenden kaufmännischen Geistes nicht bei uns selbst gefühlt? Ich verweise auf die wiederholten Mahnungen und Aussprüche von öffentlichen Blättern, die sich mit so viel Umsicht und Sachkenntniß mit diesen Fragen beschäftigen, und es noch mehr thun würden, wenn nicht der „Geschmack" des Publicums die politische Speise entschieden vorzöge. Aber was wird man denn überhaupt — unbeschadet der großen persönlichen Vortrefflichkeit der meisten seiner Mitglieder — von dem großen Geiste in einem Stande reden können, dessen Koryphäen selbst es noch für eine Auszeichnung halten, zu „Königlichen Commerzien- und Geheimen Commerzienräthen" ernannt zu werden, und die sich so selbst der Büreaukratie annectiren lassen, nicht um von der letzteren um beswillen höher geschätzt, sondern erst recht über die Achsel angesehen und mit Redensarten abgespeist zu werden. Man sage nicht, daß das eine Kleinigkeit sei. Es ist vielmehr keine zufällige, sondern eine mit dem Wesen der Sache sehr zusammenhängende Erscheinung, daß die größten Kaufleute und die kaufmännischsten Völker diejenigen sind, bei denen die Corruption in Gestalt von Titel- und Ordenssucht gar nicht vorhanden ist, oder doch einen sehr geringen Anklang findet. Von den Amerikanern, Engländern, Holländern ganz zu schweigen: man sehe nur auf Bremen, Hamburg und Lübeck und vergleiche ihre

Leistungen mit den unsrigen. Und wie sollte es auch anders sein: wie sollte sich in einem Stande ein frisches, kräftiges, großen Dingen zugewandtes Leben gedeihlich entwickeln können oder erwarten lassen, wenn, ich will nicht sagen, die Besten in ihm, aber doch diejenigen, die noch das Meiste — nämlich Geld — vor sich gebracht haben, einen leeren Titel oder einen billigen Orden als eine besonderer Anstrengung werthe Auszeichnung betrachten! Und thäten sie es nicht, warum streben sie doch nach solchen Dingen und huldigen damit und machen sich abhängig von „Mächten" und „Ideen", die sie doch wiederum auf anderem Gebiete zu bekämpfen für ihre Pflicht oder ihr Interesse erachten. Denn das ist freilich ganz natürlich, daß der Handelsstand im Ganzen und Großen nicht conservativ sein kann, das Wort in seiner rechten Bedeutung genommen, sondern liberal sein muß, sind doch nicht Ruhe und Stillstand, sondern Bewegung und Fortschritt sein Lebenselement. Aber deshalb brauchte unser deutscher und insonderheit preußischer Kaufmannsstand sich doch nicht so schwächlich liberal zu zeigen, als er es im Ganzen und Großen wirklich thut. Das aber hat seinen letzten Grund darin, daß er weder der Regierung noch dem Volke gegenüber die große Bedeutung hat, die er haben könnte und müßte, wenn er wirklich auf den Gang der Politik den ihm zukommenden Einfluß üben sollte. Wir wünschen dabei keineswegs, daß die ganze preußische Politik sich schließlich in die englische Handelspolitik auflöse, die unter dem lediglich und allein entscheidenden Einfluß der Interessen des Handels conservativ und revolutionär, aristokratisch oder demokratisch, das Nationalitätsprincip bis in den Himmel verherrlichend oder auch mit Füßen tretend, monarchisch oder republikanisch, christlich oder heidnisch ist, — Alles, je nachdem es das Geschäft so mit sich bringt. Aber zwischen der Stellung und dem Einflusse des englischen Handelsstandes und des preußischen ist denn doch eine so große Kluft, daß recht wohl diejenige des letzteren um einige tausend Procente höher gehoben werden könnte, ohne eine ungebührliche, den Berechtigungen anderer Momente zu nahe tretende Stellung einzunehmen. Statt diese durch große und selbstständige Leistungen auf seinem Gebiete zu erstreben, zieht man es aber vor, sich lieber durch einzelne Persönlichkeiten in ein fremdes Gebiet — das der Regierung — einzudrängen, um dann gelegentlich auch wieder an die Luft gesetzt zu werden. Was war das doch für eine Herrlichkeit, daß ein rheinländischer Bankier Minister wurde, und es Jahre lang war — aber was hat denn nun in Wahrheit der Handelsstand davon für einen Gewinn gehabt?! Behauptet er nicht, daß dieser Minister, unbeschadet der Verdienste, die er sich in administrativer Beziehung erworben und durch die er selbst die alte Büreaukratie außerordentlich beschämt habe, mit Handelsgesellschaften oder Aeltesten=Collegien oder Eisenbahnverwaltungen nicht selten eine Sprache geführt hätte, die doch nur allzudeutlich die alte Kluft zeigte, die zwischen Regierungsweisheit und beschränktem Unterthanenverstande vorhanden sein soll? Wo hat er — fragt Ihr ja selbst — denn wirklich und wesentlich den Forderungen des Handelsstandes nachgegeben, wenn sie nicht gerade in seinen Kram und seine Politik paßten, in der, wie man vielleicht mit großem Unrecht behauptet, ein zartes Interesse für die „Bankiers" immer eine weit größere Rolle gespielt habe als dasjenige für Handel und Schifffahrt?! Nun versucht sich zwar dieser Handelsstand für seinen, in Wahrheit nur geringen Einfluß dadurch zu entschädigen, um nicht zu sagen zu rächen, daß er sich der Opposition anschließt. Aber auch hier bleibt er auf halbem Wege stehen. Die große Mehrheit unserer angesehensten Kaufleute ist nämlich ebenso „liberal", wie doch auch ein ganz abgesagter Feind der „Demokratie". Es kommt dies nicht allein daher, daß man doch selbst von der Regierung, der jetzigen oder einer künftigen, Dieses oder Jenes zu erwarten, zu wünschen oder zu hoffen hat, weshalb es denn doch nicht gerathen ist, in der Opposition zu weit zu gehen, sondern hauptsächlich daher, daß man dem „Demos", dem Volke gegenüber selbst von einem gewissen unheimlichen Gefühl ergriffen ist, in dem man den Sieg der Demokratie eher fürchtet als hofft. Warum findet sich nun dieses Gefühl, um von England ganz abzusehen, nicht einmal bei den großen Kaufleuten in Hamburg und Bremen, wo denn doch auch die Demokratie in den letzten Jahren nicht unbedeutende Siege erfochten hat?! Ganz einfach um deswillen nicht, weil man dort die Ueberzeugung hegt und hegen darf, daß sich die gesammte Bevölkerung so innig mit den Interessen des Handels und der Schifffahrt verbunden weiß, daß ein unberechtigter und schädlicher Einfluß auf dieselben von mehr demokratischen Einrichtungen und Strömungen nicht zu befürchten ist, und daß, wenn er versucht werden sollte, eine gesunde und kräftige „Reaction" aus der Bevölkerung selbst heraus nicht allzulange auf sich warten lassen würde. Nun tritt freilich der Zusammenhang zwischen Handel und Staatswohl in jenen Städten viel näher und schärfer vor die Augen als in großen Staaten und Ländern, aber er würde sich doch auch bei uns in weit höherem Grade dem Bewußtsein des Volkes eingeprägt haben, wenn der Handelsstand für das Wohl und die Entwickelung aller anderen Stände mehr geleistet hätte, als das bisher geschehen ist. Will also unser Handelsstand nach allen Seiten hin eine mehr geachtete und gesicherte Stellung einnehmen und den Einfluß ausüben, zu dem er berechtigt ist, so wird das nie und nimmermehr durch Anfeindungen anderer Stände und durch einen schwächlichen und bereits überall im Absterben begriffenen Liberalismus, mit welchen Dingen und Richtungen er vielmehr seinen Gegnern in die Hände arbeitet, sondern nur durch großartige Leistungen auf seinem Gebiete geschehen können. Der Handelsstand befindet sich hiermit natürlich nicht in einer Ausnahmestellung, sondern genau in derselben Lage wie z. B. die Aristokratie, ja das Königthum selbst. Das wirkliche Ansehen derselben steht in genauem Verhältnisse zu ihren Leistungen, nur daß es zuweilen den Söhnen und Enkeln gestattet ist, noch eine Zeit lang von dem Capital der Väter zu zehren. Vergeblich aber würde die Monarchie eine ebenfalls nur im gewöhnlichen Schlendrian dahin wandelnde, einer eigenen großen Erneuerung unfähige und von einer lebendigen Verbindung mit dem wirklichen Volksleben gelöste Aristokratie mit papiernen Rechten ausstatten; das würde nur die Abneigung oder den Haß anderer Stände erhöhen, ohne der Krone und der Aristokratie selbst die Mittel zu geben, den endlichen Wirkungen dieser Stimmungen und Leidenschaften vorzubeugen. Stützen kann sich freilich ein Monarch auf Bajonette, zumal wenn er Großes mit ihnen ausgerichtet, und wenn er auch sonst noch die Kraft zum Stehen hat, aber setzen kann er sich nicht auf Bajonette, denn das ist doch schließlich ein sehr unsicherer und gefährlicher Sitz. Mit anderen Worten: Ein treffliches Kriegsheer ist zwar ein wesentliches Moment der Macht der Krone und ein ganz unentbehrlicher Schutz des Landes gegen äußere Feinde und innere Ruhestörer, aber daß die Macht der Krone darauf ruhen, daß man die Armee betrachten könne, als wäre das Land ihretwegen und nicht umgekehrt die Armee des Landes wegen da, das wird doch nur die traurigste Verblendung oder der niedrigste Servilismus zu behaupten vermögen. Daher kann denn auch eine wirklich mächtige und einflußreiche Aristokratie ebenso gut, wie die sich ihrer Kraft und ihres lebensvollen Zusammenhanges mit dem ganzen Staats- und Volksleben bewußte Monarchie die Berechtigung der Demokratie und nicht allein in Worten anerkennen, aber schwächliche Aristokratien und schwächliche Monarchien müssen sich in einem ihre besten Kräfte beanspruchenden Kampfe gegen Alles erschöpfen, was demokratisch heißt! Und ist es nicht andrerseits wiederum ein rechtes Zeichen, daß auch unsere Demokratie, ganz abgesehen von anderen Krankheiten und Auswüchsen, an denen sie leidet, auch nur recht eigentlich von den Schwächen ihrer Gegner lebt und noch keineswegs das Bewußtsein selbstständiger Kraft und Bedeutung hat, daß sie, statt zuerst und zunächst mit allem Eifer in Gemeinde, Kreis und Provinz ihre Kraft und Bedeutung zu zeigen, den Kampf mit der Krone auf Gebieten aufnahm, auf denen sie ihre Niederlage mit Sicherheit hätte voraussehen können. Da sollte ja eine neue Aera beginnen, ein großer Sieg der Freiheit, der Volkspartei u. s. w. erfochten worden sein, als im Jahre 1858 das Ministerium Manteuffel entlassen wurde und Hohenzollern-Auerswald kamen! Aber, wer es nicht schon damals gewußt und gesehen hat, der kann es, wenn er nicht ganz blind ist, heutigen Tages sehen, daß bei diesem Siege die Kraft des Liberalismus und der Demokratie ganz erstaunlich wenig zu bedeuten gehabt hat. Oder ist es nicht eine weltbekannte Thatsache, daß die liberale Partei sich, um in Wahlschlachten den Sieg zu erfechten, hinter den Namen des Prinzregenten und später des Königs, d. h. hinter Aeußerungen schaaren mußte, die man, im Lichte der neuesten Entwickelungen betrachtet, allerdings in hohem Grade „mißverstanden" hatte?!*) Aber wird man nicht durch ein rechtes Ver-

*) Wir haben bereits 1855 vorausgesagt, in welcher Weise einst der „Umschwung" stattfinden werde. „Wenn man aber — heißt es z. B. S. 201 in „Aus Dänemark", — endlich auch noch für die Ritterschaft und die Landräthe das Verdienst in Anspruch nimmt, daß nun ein solches Haus der Abgeordneten vorhanden sei — so ist es wieder nur die Königliche Autorität gewesen, die von jenen Herren gebraucht und vielleicht auch mißbraucht ist, um dieses Wahlresultat zu erzielen. Es giebt aber nichts Beständiges unter der Sonne, und dieselbe Autorität wird einst nur zu wollen brauchen, um die Ritterschaft und die Landräthe zum allergrößten Theile aus dem Abgeordnetenhause wieder verschwinden zu lassen." Nun schon 1858 verschwanden sie wirklich zum allergrößesten Theile! Aber daran, daß man eine Kammer von 1855 auf dem früheren Wege wieder schaffen könne, glauben wir freilich nicht, würden auch alle hierauf gerichteten Versuche für eben so unnütz wie bedenklich erachten. Und wie wenig würde selbst ein gelungener Versuch dieser Art für Preußens Entwickelung und Stellung zu bedeuten haben?! In der That thun uns andere Dinge als die Selbsttäuschung noth, die sich Regierungen immer durch „gemachte" Wahlen bereitet haben und bereiten werden. Andrerseits glaube man aber auch nicht mit der Behauptung, daß „Preußen wie England nur nach Majoritäten regiert zu werden brauche, um glücklich zu sein," den Stein der Weisen gefunden zu haben. Zu einer solchen „Majoritäts-Regierung" fehlen uns, abgesehen von anderen Grundlagen und Verhältnissen, nicht allein, was immer gesagt wird, eine englische Aristokratie, sondern auch — was man immer vergißt — ein englisches freies und im besten Sinne stolzes Bürgerthum. Wie maaßvoll besonnene und patriotische Demokraten sich auch den Gebrauch denken mögen, den sie an der Spitze der Geschäfte von der Majorität machen wollten — sie würden schnell genug von dieser „Majorität" auf einen Punkt gedrängt werden, auf dem sie entweder den „demokratischen" Grundsätzen untreu, oder aber die Handhabung derselben Leuten überlassen müßten, die davon zwar einen „verfassungsmäßigen", aber doch sehr „verhängnißvollen" Gebrauch machen würden. C. Frantz hat daher ganz Recht, wenn er in seiner „Kritik aller Parteien" sagt, daß der Triumph der Demokratie — unwahrscheinlich so lange die Dynastien bestehen und die Armeen Stand halten — mit ihrer Niederlage enden müßte. Andrerseits würden freilich auch die

ständniß **bald** aus dem Reiche der Mißverständnisse heraus zu einer **wirklichen** Verständigung gelangen, so wird man sich durch Mißverständnisse und Sünde aller Art **gegenseitig** immer tiefer und mehr in das Verberben verstricken, bis daß es einst unverhofft und unaufhaltsam über Alle hereinbrechen wird. Oder sollten vielleicht einige Völker, einige Staaten, einige Stände oder einige Dynastien von den allgemeinen Gesetzen ausgenommen worden sein, denen man sonst die geistige Welt für unterworfen erachtet?! Eine wirkliche Macht über die Gemüther der Massen haben dergleichen Vorstellungen nicht mehr, mit welcher dämonischen Gewalt sie auch diejenigen umstricken mögen, die sich ihnen ein Mal hingegeben haben. Für denkende Menschen und vor Allem für Christen, die sich das ewige Ideal durch die Staatskirche nicht zurechtmachen lassen, ist die Wahrnehmung solcher Vorstellungen vielmehr schon jetzt die Quelle aufrichtiger Trauer und trübster Vorahnung. Und gerade darum werden die denkenden Christen in den Zeiten des Schreckens einen Trost haben, um den sich diejenigen bringen, die Gottes Namen zur Beschönigung ihrer Interessen gemißbraucht haben, nämlich den großen Glauben, in dem Calvin auf seinem Sterbebette beten konnte: Herr, Du zermalmst mich, aber es ist mir genug, daß ich weiß, daß Du es bist, der zermalmt.

Triumphe der feudalen Reaction immer nur für sie die Vorspiele neuer und entschiedener Niederlagen sein. Denn jeder dieser Triumphe muß der liberalen Opposition neue Kräfte zuführen und ihr insonderheit den Charakter einer Einigkeit geben, der ihr in Wirklichkeit fehlt, deren verblendender Schein aber zur Erzielung nicht unwichtiger Erfolge immer hingereicht hat. Aber dieses Auf- und Niederwogen zwischen Reaction und Liberalismus, dieser Wechsel von Siegen und Niederlagen der Parteien, von denen keine mächtig genug ist, um den Sieg behaupten zu können, und keine so schwach, um nach einer Niederlage den Kampf aufgeben zu müssen, diese wachsende Erbitterung und Verbitterung, wem anders können sie denn zur Genugthuung und Freude gereichen als den Feinden Preußens, den schon lange auf sein Verderben lauernden Feinden?! Da giebt es freilich nur den einzig rettenden Entschluß, aus dem alten Parteiwesen herauszutreten, um uns auf einen Standpunkt zu erheben, der über dem Parteiwesen liegt. Auch darin hat C. Frantz Recht, und er hat sicher dabei keinen Standpunkt im Auge, von dem aus man etwa alle Parteien zu blamiren versuchen sollte. Aber sollen die Parteien etwa selbst diesen rettenden Entschluß fassen?! Das wäre ein unbilliges Verlangen. Er könnte und müßte von der Regierung selbst ausgehen, von einer auf dem Boden der wirklichen Verhältnisse stehenden, nach allen Seiten hin kraftvollen Regierung. Ginge sie mit großen Gedanken und Thaten in dieser Richtung voran, wie Viele würden sich ihr mit wachsender Freudigkeit anschließen! Dann würde in der That auch die Macht des Königthums sich nochmals als die größte Gewalt im Staate erweisen, und man würde selbst auf verfassungsmäßigem Wege zu einem „Ausbaue" der Verfassung gelangen können, ohne den sie weder als ein wohnliches noch als ein dauerhaftes Gebäude erscheint.

Nach dieser kurzen Abschweifung, die wir den geneigten Leser zu entschuldigen bitten, — aber es ist kaum möglich, auf irgend eine einzelne Frage ernster einzugehen, ohne daß nicht gleich die ganze Misere der heutigen Begriffsverwirrung sich vor die Augen stellte — kommen wir zum Handelsstande zurück. Zu großen Leistungen soll er sich aufraffen. Sie sollen ihn zu einem mächtigen Stande, zu einer Säule unabhängigen Bürgerthums, zu einem wesentlichen Hebel der ganzen öffentlichen Wohlfahrt machen. Aber das eigentliche Gebiet dieser Leistungen ist der **Welthandel** — und die **Schifffahrt** ist es, „welche die Netze dieses Handels flicht". Daher hat sich denn auch der kleine Geist und der kleine Horizont, der bis heute der bei uns herrschende ist, gerade in vielen, der Schifffahrt nahe liegenden Fragen und darunter auch in der Stellung des Handelsstandes zum Consularwesen zeigen müssen. Der preußische Handelsstand hat sich auch hierin, wie wir später des Näheren beweisen werden, nicht allein von England und Amerika, sondern auch von den Hansestädten und, was ihm zu hören vielleicht am unliebsten ist, sogar von dem Handelsstande in Kopenhagen beschämen lassen, der sich doch wenigstens in der rechten Richtung befindet. „So hat sich hier — heißt es in meinem letzten Jahresberichte*) — seitens kaufmännischer Capacitäten bei Gelegenheit der Besetzung der Consulats-Posten in Bordeaux, London und Leith mit Bestimmtheit der Wunsch ausgesprochen, das Consulatswesen einer durchgreifenden Reform unterworfen und wenigstens die Hauptplätze mit besoldeten Beamten besetzt zu sehen, da Eitelkeit und Unkenntniß solcher Verhältnisse wenigstens hier nicht die Erfahrung verhindert haben, daß kaufmännische Consuln, wo ein lebhafter Handels- und Schiffsverkehr stattfindet, durchaus nicht in der Lage sind, sich der ihnen anvertrauten Interessen mit dem nöthigen Eifer und der nach allen Seiten hin nothwendigen Unabhängigkeit anzunehmen." Und möglicherweise wird es nicht lange dauern, so wird Dänemark sich mit Schweden und Norwegen, das bereits eine Reihe besoldeter Beamten hat, in dieser Beziehung vereinigt haben, und es wird an allen Hauptplätzen des nordischen Handels, auch wenn es noch kein Skandinavien giebt, besoldete skandinavische Consuln geben, ebenso gut anerkannt, wie hanseatische General-Consuln und Consuln, obschon die Hansa nur noch zu den Erinnerungen deutscher Herrlichkeit gehört.

Aber je rühriger sich an anderen Orten der Handelsstand gezeigt hat,

---

*) Abgedruckt in Nr. 27 u. ff. des preußischen Handels-Archivs mit einer Verstümmelung dieser Stelle, die man freilich in diesem offiziellen Blatte nicht abdrucken konnte, ohne in ein sehr ungünstiges Urtheil über unser Consularwesen stillschweigend einzustimmen.

je lässiger und weniger einsichtig hat er sich bisher in Bezug auf das Consularwesen bei uns benommen, so daß eine energische Unterstützung durchgreifender Reformen von seiner Seite kaum zu erwarten steht. Ueberdies haben es die Indolenz unseres Handelsstandes in Bezug auf seine eigenen Interessen und der geringe Respect, den das „politische Volk" vor seiner Intelligenz, seiner Opferfreudigkeit und seinem Ansehen hat, es dahin gebracht, daß unser Abgeordnetenhaus*) sehr wenig Handelsherren in seiner Mitte zählt, von denen eine eingehende Kritik des jetzigen Zustandes und praktische Vorschläge zur Besserung desselben zu erwarten ständen.

Wer Bastiats „volkswirthschaftliche Harmonien" gelesen hat,**) wird darin nicht allein eine geistvolle und belehrende Lectüre, sondern, dem Motto des berühmten Buches gemäß, sogar religiöse Erbauung gefunden haben. Gott hat nicht allein die Natur, sondern auch die „Gesellschaft" so weislich geordnet, daß es allem Scheine zum Trotz keinen Widerstreit der Interessen giebt, sondern, daß sogar der Egoismus der Menschen dazu beitragen muß, sie in Harmonie zu bringen. Aber freilich thut das mit eigenem Bewußtsein nur der, seine Interessen wohl verstehende, der aufgeklärte Egoismus. Daher wendet dieser auch die lebhafteste Theilnahme Fragen und Angelegenheiten zu, die mit seinen nächsten Geschäften gar nicht in unmittel-

---

*) Auf Ausländer pflegt die Zusammensetzung unseres Abgeordnetenhauses überhaupt einen sehr ungünstigen Eindruck hervorzubringen, läßt sie uns doch fast als ein Volk von Beamten und Gelehrten erscheinen, statt dessen wir doch ein Ackerbau, Handel und Industrie treibendes Volk sind. Wie gering dagegen ist die Zahl der Beamten in anderen Landesvertretungen? Dafür, daß active Staatsbeamte für unser Abgeordnetenhaus unentbehrlich seien, kann man nur Beweise beibringen, die für nichts weniger als die politische Reife des Volkes für diese Verfassung oder für die Zweckmäßigkeit der dem Abgeordnetenhause zugewiesenen Aufgaben sprechen. Aber sind Beamte einmal verfassungsmäßig wählbar, was man weder mit den Interessen des Dienstes, noch denjenigen der Landesvertretung recht vereinbar finden mag, so erscheint es doch wieder nicht unbedenklich, Beamte dafür bestrafen zu wollen, daß sie als Abgeordnete nach ihrer pflichtmäßigen Ueberzeugung sprachen und stimmten. Das wenigstens müssen wir bezeugen, daß ein solches Verfahren, ebenso wie die künstliche Interpretation anderer unbequemer Bestimmungen der Verfassungsurkunde, selbst von den conservativsten und wohlwollendsten ausländischen Beobachtern durchaus ungünstig beurtheilt und keineswegs als ein Zeichen gesunder Zustände betrachtet wird. Schlimmer als die Krankheiten erscheinen vielmehr diejenigen Arzneien, die sich gegen Krankheits-Symptome richten, aber Gefahr laufen, in dem Blute eine Vergiftung zurückzulassen, die zwar nur unscheinbar und langsam, jedoch nur um so sicherer die Zerstörung des ganzen Organismus herbeiführt!

**) Und das sollte jeder gethan haben, der über ökonomische Fragen mit reden will. Eine gelungene deutsche Bearbeitung von Prince-Smith ist bei dem Verleger dieses Buches, G. Hempel in Berlin, erschienen.

barem Zusammenhange zu stehen scheinen. Wohingegen der bornirte Egoismus Nichts von solcher Theilnahme weiß und nicht allein sich auf das Allernächste beschränkt, sondern sogar Alles versucht, um durch die Fröhnung seiner Selbstsucht die Harmonie der Interessen zu stören. In dem augenblicklichen Gelingen solcher Versuche liegt freilich auch immer der Keim und Anfang zu seiner Bestrafung — einer oft grausamen Bestrafung, bei welcher die Sünde der Väter heimgesucht wird bis in das dritte und vierte Glied.

So kann denn auch kein Geschäftsmann in Wahrheit sagen, daß er bei den Fragen, die uns in diesem Buche beschäftigen werden, kein Interesse habe. Sie greifen vielmehr, ganz abgesehen davon, daß es zugleich Fragen nationaler Ehre und Bedeutung sind, sogar in Gebiete, die außerhalb des eigentlichen Geschäftslebens liegen, und lassen kein Gebiet des letzteren ganz unberührt. Der Uhrenfabrikant im Schwarzwalde, der Spielwaarenhändler in Nürnberg und Thüringen, das Kurzwaarengeschäft in Berlin, die Samenhändler in Schlesien und Sachsen, die Tuch- und Seidenwaaren-, Stahl- und Maschinenfabrikanten, der Leinwand- wie der Sammethändler, die Manufacturisten aller Art, dazu die Weinbauer und leider auch Fabrikanten, kurzum alle Fabrikanten und Kaufleute, deren Erzeugnisse oder Waaren einen ausländischen Markt suchen, haben eben so gut wie die Korn- und Holzhändler in Pommern und Preußen, in Wahrheit und Wirklichkeit ein großes Interesse daran, daß unser Consularwesen ein wohlgeordnetes sei. Aber freilich tritt das bei dem Seehandel und der Schifffahrt am deutlichsten hervor. Und wenn es die Schifffahrt ist, die hier vorzugsweise in Betracht kommt, so werden sich wiederum Rheder, Schiffer und Schiffsmannschaften schließlich in gleicher Weise wohler befinden, wenn an die Stelle des heute an den meisten Orten vorhandenen Scheinwesens eine wirkliche, den Schutz der bezüglichen Interessen verbürgende Organisation und Ordnung tritt. Das wird auch im Allgemeinen von unseren Rhedern und Schiffern — unter denen sich eine nicht geringe Zahl befindet, die selbst Rheder sind — wohl anerkannt, und das in besto höherem Maaße, je intelligenter sie sind, und je weniger sie das Auge des Gesetzes selbst zu scheuen haben. Gerade die Schiffer sind es, die über den traurigen Zustand unserer Consularverwaltung, z. B. in England, immer die allerbittersten Klagen geführt haben. Aber es giebt, abgesehen davon, daß die Unredlichkeit und manche andere schlimme Eigenschaft einiger Betheiligten zuweilen den heutigen Zustand sehr viel bequemer finden, eine Frage, in der ein scheinbarer Widerstreit der Interessen den Egoismus vieler Rheder auf Seiten des gegenwärtigen Zustandes stellt. Es ist das Verhältniß zwischen dem Schiffer (Schiffscapitän), als dem Vertreter der Rhederei, und der Schiffsmannschaft. Eine wesentliche Verbesserung der materiellen wie rechtlichen Lage der Letzteren wird allerdings nicht in krankhafter Sentimentalität, sondern in einer unparteiischen Würdigung der Verhältnisse zugleich mit einer neuen Organisation des Consularwesens erstrebt werden müssen. Eine solche Verbesserung scheint freilich von den Rhedern neue Opfer zu verlangen und ihnen neue Lasten aufzuerlegen, denen sich der bornirte Egoismus jederzeit gern zu entziehen sucht. Aber das ist ein Schein, widerlegt durch die Thatsache, daß die Rhedereien der Staaten und Länder, in denen auch für die Schiffsmannschaften ganz anders gesorgt ist, als bei uns, sich in einem weit blühenderen Zustande als die unsrigen befinden. Dagegen ist es kein Schein, sondern etwas ganz Gewisses, daß die Demoralisation der Schiffsmannschaften, über die heute soviel geklagt wird, riesige Fortschritte machen muß, wenn es nicht gelingt, in der Willkür, der sie Preis gegeben sind, eine der Hauptursachen derselben zu beseitigen. Das ewige Gesetz aber, daß Willkürherrschaft und Ungerechtigkeit nicht allein die Beherrschten, sondern auch die Herrschenden, nicht allein die Unterdrückten, sondern auch die Unterdrücker verderben, findet auch auf diesem Gebiete seine volle Anwendung. Gerechtigkeit erhöhet ein Volk, aber die Sünde ist der Leute Verderben.

Die Regierung hätte freilich von dieser Abneigung der Rheder keine Notiz zu nehmen. Wenn — sollte man sich z. B. sagen — ein Schiffscapitän gesetzlich mit einer solchen discretionären Gewalt ausgestattet ist, wie sie in keinem anderen Dienstverhältnisse, nicht einmal, und bei weitem nicht einmal, im militärischen einem einzelnen Vorgesetzten gegenüber den Untergebenen verliehen ist, so müssen natürlich auch für diese Untergebenen ganz besondere Garantien gegen den Mißbrauch solcher Gewalt geschaffen werden. Aber, wie sich bald zeigen wird, in keinem Dienstverhältnisse hat in Preußen der Dienende gerade so geringe Garantie wie im Schiffsdienst. Man glaubt dieser Rücksicht schon vollständig Rechnung getragen und auch für die Mannschaft eine ausreichende Fürsorge bewiesen zu haben, wenn man einen Gesetzentwurf über die Rechte und Pflichten der Schiffsmannschaften — den Vertretern des Handelsstandes vorgelegt hat! Und dabei ist doch in der That nichts geschehen, als daß man eine Partei hörte, welche ein Interesse daran hatte, so viel wie möglich Gewicht auf die Pflichten und so wenig wie möglich auf die Rechte zu legen. Aber das ist ja eben eine schöne Frucht der „eigentlichen" d. h. einer falschen constitutionellen Entwickelung, wie man sie bereits in Frankreich unter Louis Philipp hat reifen, faulen und vom

Baume fallen sehen. Ueber den Interessen der Massen reichten sich alle Privilegirten mit der Regierung die Hände. Die Besitzenden, gleichviel ob Grundbesitzer oder Kaufleute oder Fabrikanten oder Börsenspekulanten, und die Intelligenten — sie zu gewinnen, sie wo möglich gegenseitig in Schach zu halten, heute den einen, morgen den andern einen Brocken hinzuwerfen: darin bestand die ganze Regierungsweisheit und die parlamentarische Weisheit dazu. Daher sahen denn auch die Massen ohne schmerzliches Bedauern die „Verfassung" verschwinden und die Dynastie dazu und halfen, so viel sie konnten, dem Imperator zur Herrschaft, nur um endlich ein liberales Schwätzerregiment los zu werden.

Freilich, um sich mit Verstand den Interessen einer Volksklasse annehmen zu können, muß man mit denselben einigermaßen vertraut sein. Man muß mit Seeleuten gelebt, sie in ihren guten und weniger guten Eigenschaften und Eigenthümlichkeiten, in ihren Neigungen und Abneigungen beobachtet, nicht allein Untersuchungen gegen sie geführt, sondern auch ihre Freuden und Sorgen getheilt, sie auch im Gefängniß besucht und an ihren Kranken- und Sterbelagern gesessen haben — und das Alles nicht als ein „höherer" Beamter, sondern als ein Mensch, der, bei aller Abneigung gegen die falschen Ausbeutungen von fraternité, égalité, liberté, doch in dem Geringsten seiner Nebenmenschen einen gleichberechtigten Bruder erkennt.

Aber wo finden solche Ansichten und Richtungen heute eine praktische Anerkennung und Unterstützung? Und sind Diejenigen, die noch am ersten bereitwillig und geneigt wären, sie eintreten zu lassen, nicht fast am wenigsten in der Lage, es wirksam thun zu können?!

In der That, mit menschlichem Maaße gemessen, sind die Aussichten auf Erfolg gering, die Schwierigkeiten scheinbar unüberwindlich, und der geneigte Leser wird darum begreifen, warum dieses Capitel mit denselben Worten schließt, mit denen es begonnen hat: An Gottes Segen ist Alles gelegen! —

Zweites Capitel.
Ein Bericht.

Es ist eine bezeichnende Thatsache und zwar eine Thatsache, die einer Menge von achtungswerthen Personen eben keine besondere Sympathie für „besoldete Consuln" beibringen mußte, daß fast alle General-Consuln u. s. w., die seit dem Jahre 1848 ernannt worden sind, diese Ernennung weniger ihrer vorzugsweisen Befähigung für solche Stellen und dem Interesse verdanken, das sie dem Consularwesen früher zugewendet, sondern vielmehr Umständen ganz anderer Art. Eine eigentliche Consular-Carriere, wie sie in anderen Ländern vorhanden ist und wie sie auch bei uns noch in der letzten Session der Abgeordnete Harkort mit vollem Rechte als eine Nothwendigkeit bezeichnet hat, gab und giebt es überhaupt nicht. Es war daher erklärlich, daß man bei Besetzungen theils schon vorhandener, theils neu creirter Stellen nach Personen griff, deren allgemeine Befähigung nicht in Zweifel gezogen werden konnte, und die man Grund hatte, doch dem Staatsdienste erhalten zu wünschen, wenn sie entweder selbst keine Neigung hatten, in den bisherigen Stellungen zu verbleiben, oder wenn man sie anderen Umständen gegenüber in denselben nicht zu erhalten vermochte oder erhalten wollte. Auch dem Verfasser dieses Buches war ein solches Loos beschieden. Die nähere Geschichte des darauf bezüglichen Herganges gehört nicht hierher.*) Aber wie weit ich auch hinter

---

*) Sie würde im Uebrigen — was ich zur Vermeidung einer mißverständlichen Auffassung dieser Aeußerung ausdrücklich bemerken muß — Herrn v. Manteuffel nur zur Ehre gereichen. Derselbe wird überhaupt doch eine ganz andere Würdigung von der Nachwelt erfahren, als ihm die Mitwelt bei uns zu Theil werden ließ. Es ist nicht das erste Mal, daß die Geschichte Verdicte der Zeitgenossen über hervorragende Männer gänzlich umgestoßen hat, obschon diese Urtheile auf viel besseren Grundlagen zu beruhen schienen als diejenigen, zu denen man sich über Herrn v. M. berechtigt geglaubt hat. Man mag ein Recht haben zu sagen, daß er im Kampfe gegen eine, nach Unterdrückung der Revolution, auch den für eine gedeihliche Entwickelung des Staates unabweislichen Reformen widerstrebende Reaction nicht immer geschickt und jedenfalls nicht glücklich gewesen sei. Aber ihn zum Träger der Reaction, der Polizeiwillkür u. s. w. zu machen, ist entweder völlige Unkenntniß oder absichtliche Unwahrheit, die sich an ihren Verbreitern schon gerächt haben und weiter rächen werden. Um aber Herrn v. M. ganz zu verstehen und insonderheit einzelne

meinen Collegen in übrigen Beziehungen zurückgeblieben sein mag — in einer hoffe ich den Besten unter ihnen gleich gekommen zu sein, ich meine in der Liebe und in dem Eifer, mit dem ich den neuen Beruf umfaßt

seiner hervorragenden Handlungen, wie zum Beispiel den Gang nach Olmütz, mit Gerechtigkeit zu beurtheilen, ist gerade eine Kenntniß der Verhältnisse nothwendig, die erst eine spätere Zukunft allgemeiner machen kann. Aber wer ihm näher gestanden, hat doch auch schon jetzt die Pflicht, seine Meinung zu sagen, gleichviel ob und wie sie gefallen oder mißfallen mag. Und dieser Pflicht werden wir nach unseren schwachen Kräften jeder Zeit zu genügen suchen. Ein gehorsamer Diener des königlichen Herrn, war Hr. v. M. doch einer der freimüthigsten und innerlich unabhängigsten Diener, die ein König je gehabt. Entschiedener Gegner der Revolution, war er doch ebenso entschieden einer der in Wahrheit freisinnigsten Minister, die es je bei uns gegeben, und gerade um deswillen auf der einen Seite niemals für die feudale und Hofpartei Gegenstand aufrichtiger Zuneigung, auf der anderen Seite selbst kein Freund des falschen Constitutionalismus und Gothaismus, von denen er mit Klarheit voraussah, daß sie weder zur Freiheit im Innern noch zu einer glücklichen Entwickelung der Freiheit und des Ansehens Deutschlands beitragen würden. Unempfindlich für die Lobsprüche und gegen die Schmähungen der sogenannten öffentlichen Meinung, kann man sich doch Niemanden denken bereitwilliger als ihn, die Berechtigungen und Verdienste auch der Gegner anzuerkennen, und die ihm vorgetragenen Meinungen mit der rückhaltlosesten Freimüthigkeit zu prüfen. Dazu neben einem großen Blicke für die Weltverhältnisse und einer seltenen Objectivität des Urtheils, neben einer leichten und sicheren Auffassung und ungewöhnlicher Arbeitskraft diese große Anspruchslosigkeit seiner Person, diese gänzliche Freiheit von aller falschen Vornehmthuerei, diese aus dem Bewußtsein des eigenen Werthes hervorgehende Unabhängigkeit von Oben wie von Unten, diese echte in Gottesfurcht wurzelnde Humanität. Wir haben uns nie mit „Menschenvergötterung" abgegeben und wissen sehr wohl, daß auch Hr. v. Manteuffel Fehler gemacht hat, — aber wo sind doch die Männer, die man diesem so leicht Preisgegebenen und so schwer Verleumdeten zur Seite oder die man über ihn zu stellen vermag? Welchen Nutzen haben sie beide, die Sache des Königthums und diejenige der verfassungsmäßigen Freiheit daran gehabt, daß er geopfert wurde? Welches Segens hatten sich Diejenigen zu erfreuen und werden sich ferner zu erfreuen haben, die ihn zu verdrängen so eifrig bemüht waren? Wo sind die Herren, welche Grafentitel und erbliche Würden und einträgliche Posten ausschlugen, da sie ihnen geboten waren und es vorzogen, des horazischen „Beatus ille" eingedenk, den väterlichen Acker zu bebauen und ein Gegenstand der Verehrung einfacher Menschen, Bauern und Tagelöhner zu sein, ohne daß je ein Wort des Bedauerns oder je ein Ausdruck der Bitterkeit über die „entschwundene Macht" auf ihre Lippen käme? Man sehe aber in allen diesen Aeußerungen nicht etwa den Ausdruck eines, ohne Zweifel von Vielen im Stillen gehegten Wunsches, Herrn v. M. wieder an der Spitze der Geschäfte zu sehen. Abgesehen davon, daß das unmöglich in seinen Wünschen liegen kann, würde es selbst von seinen treuesten Anhängern als sein verhängnißvollster Fehler betrachtet werden, wenn er dasselbe Stück noch einmal und unter Verhältnissen spielen wollte, die ihm nicht die völlige Garantie böten, daß er auch einen durchgreifenden und entscheidenden Einfluß auf Entwickelungen zu üben vermöchte, für die

und seit neun Jahren in demselben gearbeitet habe. Sie mußten bald genug zu einer Erkenntniß der großen Mangelhaftigkeit unseres heutigen Consularwesens führen, und wenn auch in den ersten Jahren meine Thätigkeit vorzugsweise von der Sundzoll-Angelegenheit in Anspruch genommen wurde, so war ich doch auch schon in ihnen bemüht, die Aufmerksamkeit des vorgesetzten Ministeriums auf diesen und jenen Punkt zu lenken, in dem mir eine Reform bringend geboten erschien. Mit großem Danke habe ich es anzuerkennen, daß Personen, die mit nichts weniger als günstigen Augen meine Ernennung betrachtet haben mochten, diesem Eifer Gerechtigkeit widerfahren ließen, und daß sie es waren, auf deren Rath mich der damalige Minister-Präsident und Minister der auswärtigen Angelegenheiten durch einen umfassenden Erlaß vom 5. Juli 1858 mit zwei wichtigen, nicht auf meine Stellung als General-Consul in Kopenhagen bezüglichen Arbeiten beauftragte. Im Nachstehenden lasse ich den hierauf unter dem 21. Juli desselben Jahres erstatteten Bericht folgen. Zwar haben einige Punkte desselben theils nunmehr, insonderheit durch die Bestimmungen des Handelsgesetzbuches eine Erledigung gefunden, theils haben sie erst in späteren Capiteln eine gründlichere Erörterung zu erwarten. Aber es muß mir vor Allem darauf ankommen, durch ein thatsächliches Zeugniß von dem Geiste, in dem ich nicht erst jetzt, sondern seit Jahren meine Aufgabe erfaßt habe, das Vertrauen auch derjenigen Leser zu gewinnen, die nach ihrer politischen Parteistellung sich berechtigt glauben möchten, meine Arbeit von vorn herein mit mißtrauischen Augen zu betrachten. Außerdem wird eine geneigte Lectüre dieses Berichtes den Leser in manchen Beziehungen sogleich in medias res führen.

Der Bericht lautet:

„Ew. Excellenz hoher Erlaß vom 5. d. M., betreffend die Revision des consularischen Gebührentarifs vom 10. Mai 1832, der mir am 11. d. M. hier mit seinen Anlagen richtig zugegangen ist, verpflichtet mich wegen des, mir durch die gegebenen Aufträge bewiesenen Vertrauens von Neuem zu dem ehrerbietigsten Danke. Ich vermag demselben aber keinen besseren Ausdruck zu geben, als wenn ich, gestützt auf eine, nun fast fünfjährige Erfahrung in einer, durch lebhaften Verkehr der betheiligten Länder mit Preußen und durch die eigenthümlichen geographischen und politischen

---

er in jedem Falle die volle Verantwortlichkeit zu tragen hätte. Denn gleichviel, ob wir ein Minister-Verantwortlichkeits-Gesetz haben oder nicht, — gerade mit dem durchgreifenden Personenwechsel von 1858 hat das Königthum die Theorie von der Verantwortlichkeit der Minister ihrem innersten Wesen nach anerkannt und selbst gezeigt, daß es in ihnen etwas Anderes als gehorsame Diener sehen wolle.

Verhältnisse derselben besonders interessanten Consularverwaltung, und
fortwährend bemüht, meine eigenen Ansichten durch eingehenden Austausch
sowohl mit denen der vorzüglicheren und erfahrenen Consuln meines
Ressorts wie mit ausgezeichneten Consularbeamten anderer Länder zu
verbessern und zu berichtigen — nach der nochmaligen, sorgfältigsten
Erwägung des Gegenstandes — mich über die Absichten Ew. Excellenz
mit derjenigen Freimüthigkeit äußere, die man zur Zeit der Blüthe
preußischer Verwaltung als ein schönes Recht preußischer Beamten bezeichnet
hat. Zunächst werde ich in diesem ersten Berichte mich bemühen, darzu=
legen, wie einerseits die für Aussetzung der Revision des Consular=Reglements
von 1796 angeführten Gründe trotz ihrer unverkennbaren Wichtigkeit als
durchgreifend nicht erachtet werden können, und wie andrerseits jedenfalls
das Bedürfniß einer Tarif=Revision nicht ein so dringendes ist, daß man
mit der Befriedigung desselben vorgehen müßte, wenn man mit der Revision
des Reglements nicht vorgehen kann, daß vielmehr dem wirklich vor=
handenen Bedürfniß sich vorläufig in anderer Weise entsprechen lassen
wird. In einem zweiten, bald folgenden Berichte werde ich sodann mich
der befohlenen Prüfung und gutachtlichen Aeußerung über die in der Denk=
schrift vom 5. v. M. resp. in der Arbeit des Generalconsuls N. N.*)
rücksichtlich eines neuen Tarifs gemachten Vorschläge unterziehen — woraus
sich ergeben wird, in wie weit ich mich den aufgestellten Principien nur
durchaus anschließen kann, und wie weit ich dieselben für bedenklich und
unpraktisch erachten muß. Aus den Erörterungen dieser beiden Berichte
wird sich sodann von selbst der Standpunkt ergeben, den ich zu der
beabsichtigten neuen Auflage des Consular=Reglements als einer Dienst=
instruction nur annehmen kann. Gedenken Ew. Excellenz auch noch nach
meinen Vorstellungen auf dem betretenen Wege weiter zu gehen, so bin
ich zwar, wie ich kaum hinzuzufügen brauche, sehr gern bereit, auch die
Arbeiten im Sinne des Erlasses vom 5. d. M. auszuführen, aber für
diese Ausführung gegen meine pflichtmäßige Ueberzeugung wird mich dann
auch nicht einmal das geringste Maaß der moralischen Verantwortlichkeit
treffen, dem sich im anderen Falle kein bei solchem Vorhaben mitwirkender
Beamter entziehen darf. Mit anderen Worten: ich würde jene Arbeiten
ausführen, weil ich meinem Chef zum Gehorsam verpflichtet bin; aber
man würde in dieser Folgeleistung kein Recht haben, mir Vorwürfe irgend

---

*) Obschon ich mich des angegebenen Zweckes halber zur Veröffentlichung dieser
Arbeit, die mit den Pflichten meiner amtlichen Stellung Nichts zu thun hatte, durch=
aus für berechtigt erachte, so habe ich doch den Namen dieses Beamten weglassen zu
müssen geglaubt, da er Nichts zur Sache thut.

einer Art zu machen, wenn ich bei sich mir darbietender Gelegenheit auf eine Veränderung der getroffenen Maaßnahmen selbst hinarbeiten werde.

Der hohe Erlaß vom 5. d. M. nimmt zunächst aus einigen beiläufigen Aeußerungen meiner Berichte Veranlassung, sich über die Gründe auszusprechen, die einer jetzt vorzunehmenden Revision des Reglements von 1796 entgegen stehen sollen. Später wird indessen sogar gesagt, daß seit dem Erscheinen des Consular=Handbuchs, worin bereits die im Laufe der Zeit ergangenen Erläuterungen und Ergänzungen übersichtlich zusammengestellt seien, zu einer eigentlichen Umarbeitung der vorhandenen Dienstinstruction überhaupt kein zureichendes Bedürfniß zu erkennen sei, wenigstens für so lange nicht, als nicht in der übrigen diesseitigen Gesetzgebung Veränderungen von einer solchen durchgreifenden Bedeutung eintreten, daß auch wesentliche Grundlagen der Consulatsverwaltung etwa mit betroffen würden.

Wäre wirklich das in Rede stehende Bedürfniß gar nicht vorhanden, so bedürfte es offenbar auch gar nicht besonderer Gründe, um eine Revision des Consular=Reglements und für jetzt von der Hand zu weisen. Es erscheint mir aber nicht zweifelhaft, daß die Bedürfnißfrage eine andere Antwort gefunden haben würde, wenn ich schon früher, statt jener beiläufigen Aeußerungen über die Nothwendigkeit einer Revision des Consular-Reglements, dieselbe ausführlicher motivirt hätte. Letzteres wäre auch schon längst geschehen, hätte ich nicht nach den Gesprächen, die ich im vergangenen Jahre mit dem Herrn Chef der Consularabtheilung zu haben die Ehre hatte, annehmen zu können geglaubt, daß rücksichtlich des Bedürfnisses einer Revision des Reglements eine vollständige Uebereinstimmung obwaltete. Da Solches indeß nicht der Fall zu sein scheint, werde ich nunmehr das Versäumte nachholen und zu zeigen versuchen,

1) daß in dem Consular=Reglement von 1796 Principien ausgesprochen und durch die späteren Ergänzungen nicht berichtigt sind, die bei dem heutigen Stande der Sache als gerade zu unrichtig und bedenklich betrachtet werden müssen — selbst auch im Zusammenhange mit einer Tarif=Revision;

2) daß in dem Consular=Reglement und den späteren Ergänzungen Vorschriften ertheilt sind, denen in der Praxis geradezu entgegengehandelt wird und werden muß, wenn die Zwecke consularischer Thätigkeit erreicht werden sollen;

3) daß hingegen andere nothwendige Bestimmungen darin fehlen, die durch einzelne Festsetzungen und Verfügungen gar nicht ergänzt werden können; und

4) daß unter diesen Umständen selbst das Handbuch von König bei

allem Verdienste, das es in anderer Beziehung hat, als eine für den praktischen Dienst namentlich für kaufmännische Consuln brauchbare Dienstinstruction nicht betrachtet und dem vorhandenen Mangel einer solchen auch nicht durch die beabsichtigte neue Ausgabe des Consular-Handbuchs von 1847 mit der, an und für sich sehr praktischen Idee — es in einen Instructions- und Urkundentheil zu trennen — abgeholfen werden kann.

Bei der gänzlich anderen Gestalt, welche jetzt im Vergleiche mit dem Jahre 1796 der Verkehr der Nationen unter einander gewonnen hat, läßt es sich kaum vermuthen, daß ein, in jener Zeit abgefaßtes Reglement über eine, mit diesem Verkehre in so nahem Zusammenhang stehende Institution wie das Consularwesen, noch dem Bedürfnisse entsprechen, oder daß dem eintretenden Mangel durch einzelne Festsetzungen abgeholfen werden könne, wenn dieselben nicht so zahlreich und den Festsetzungen des Reglements widersprechend sein sollen, daß das letztere den Charakter einer Grundlage ganz und gar verlieren müßte. So sehen wir denn auch, daß die Regierungen aller größeren Schifffahrt und Handel treibenden Nationen nach dem Jahre 1830 neue Consular-Reglements erlassen haben: Frankreich (1833), England (1855), Vereinigte Staaten (1857), und so eben Schweden und Norwegen (1858). Aber abgesehen davon, daß das Jahr 1796 und die Verhältnisse des Handels und der Schifffahrt jener Zeit so verschieden von heute sind, so hat sich auch in jenem Reglement eine Anschauung von der Stellung des Consuls geltend gemacht, die in den heute gültigen Reglements sowohl, um Extreme zu nehmen, von Rußland wie von den republicanischen Freistaaten Nordamerikas gleichmäßig zurückgewiesen ist. Was ist nach den heute gewonnenen Anschauungen der Beruf und die Stellung eines Consuls? Offenbar soll er im Bereich der ihm überhaupt zugewiesenen Thätigkeit die Regierung eines souveränen Staates vertreten; er soll ebenso, wie die Regierung es in einem weiteren und höheren Kreise und Maaße thut, den Unterthanen Schutz gewähren und ihre Interessen fördern und um Beides zu können, Ordnung und Gesetzlichkeit unter ihnen aufrecht erhalten. Kein Staat aber kann ohne Regierung und keine Regierung bestehen, ohne daß sie nicht ihren Unterthanen für die Vortheile, die sie ihnen gewährt, auch ganz bestimmte Leistungen und Pflichten auferlegte. Darin, daß eine Regierung in der Auferlegung der Leistungen und Pflichten nicht weiter geht als dringend erforderlich, — daß sie die Freiheit ihrer Unterthanen nicht mehr beschränkt, als es, um ihre Pflichten erfüllen zu können, absolut nothwendig ist — daß sie sich nicht in Lebenskreise eindrängt, mit denen sie nichts zu schaffen hat:

darin beruht ohne Zweifel ein erheblicher Theil der Staatsklugheit und der Bürgschaft der Dauer von Regierungen. Aber eine Grenze der Freiheit und Freiwilligkeit muß es gleichwohl überall geben, und wenn auch die Consular=Verfassung der verschiedenen Staaten, nach den sonstigen Verfassungen derselben, verschiedenen Charakter tragen, so stimmen sie doch darin überein, daß sie die Consuln als Vertreter der Regierungen, der Obrigkeit, im Auslande betrachten und in gewissen Beziehungen ihren Nationen ganz bestimmte Pflichten und Leistungen auferlegen.

Wie verhält sich das Consular-Reglement von 1796 dazu? Abgesehen von der bestimmten Pflicht der Meldung und Gebührenzahlung — eine Pflicht, die noch dazu augenblicklich in Frage gestellt wird — erscheint der Consul vielmehr als ein Commissionär, dessen sich die Nationalen je nach ihrem Belieben bedienen können oder nicht, als wie eine Obrigkeit, die sie bei bestimmten Veranlassungen so wenig umgehen dürfen, wie es Unterthanen in dem eigenen Lande thun sollen. Nehmen wir nur drei Beispiele:

A. Es bedarf keines Beweises, daß die Aufrechthaltung der Schiffsdisciplin Gegenstand einer wesentlichen Fürsorge einer Regierung sein muß. Einen, wenn auch nur kleinen aber doch wichtigen Theil dieser Fürsorge überträgt sie, so lange die Schiffe von der Heimath entfernt sind, was zuweilen Jahre lang dauern kann, wenn sie von einem fremden Hafen zum andern immer wieder Frachten finden, ihren Consuln. Sowohl Capitäne, die auf der Reise in Uneinigkeit mit dem Schiffsvolk gerathen sind, als auch Schiffsvolk, das mit dem Capitän unzufrieden ist, wissen, daß sie in dem nächsten größeren Hafen in ihrem Consul eine Obrigkeit finden, die den Streit entscheiden, den Uebelständen abhelfen kann. In der Praxis ist dieses Bewußtsein auch bei dem größten Theile der preußischen Capitäne und Schiffsmannschaften vorhanden, und trägt dazu bei, beide Theile zur Mäßigung und Beobachtung der Gesetze anzuhalten, auch wenn sie weit von der Heimath entfernt sind und von der Rückreise noch lange nicht die Rede ist. Aber wie verhält sich das Reglement inclusive die Ergänzungen zu dieser Frage?

Erstens stellen sie (I. des Reglements und Königs Handbuch S. 96) zweierlei Streitigkeiten, nämlich diejenigen zwischen Schiffer und Schiffsvolk, so wie diejenigen des letzteren unter sich selbst einerseits, und andrerseits die Streitigkeiten handlungstreibender und anderer Unterthanen, die sich im Bezirke des Consuls aufhalten, ganz mit Unrecht in eine und dieselbe Kategorie. Wer aber kann, einigermaßen mit den praktischen Verhältnissen vertraut, übersehen, daß das Interesse der Regierung in beiden Fällen ein sehr verschiedenes ist?! Denn es handelt sich bei Streitigkeiten zwischen Capitän und Mannschaft und der letzteren unter einander immer zugleich um das Interesse nicht allein dritter Personen (der Rheder und Befrachter), sondern zugleich um die Aufrechthaltung der Schiffsdisciplin und eines gesetzlichen Sinnes unter der Schiffsmannschaft im Allgemeinen, während bei den Streitigkeiten anderer Unterthanen hauptsächlich oder fast ausschließlich nur das Interesse der Streitenden selbst in Anschlag kommt. Kann man daher mit einigem Rechte es von dem freien Willen anderer Personen abhängig sein lassen, ob sie die Entscheidung des Consuls anrufen oder ihren Streit vor den Gerichten des Landes ausfechten wollen, so ist solche Freiwilligkeit oder Willkür bei Streitigkeiten zwischen Capitän und Schiffsvolk (so lange sie während der Reise stattgefunden oder auf die Fortsetzung derselben Bezug haben) gänzlich unstatthaft.*) Nicht der fremde Richter, sondern der Consular-Beamte kennt die allgemeinen Bestimmungen über das gesetzliche Verhältniß des Capitäns und der Leute in seinem Lande, die Rechte und Pflichten beider, den Geist der ganzen Gesetzgebung und Verwaltung, und ist am besten in der Lage, die vor den Behörden seines Landes geschlossenen Heuerverträge interpretiren und ihre Erfüllung beurtheilen zu können. Es darf ferner nicht außer Acht gelassen werden, daß sich Polizei und Gerichte in verschiedenen Ländern, z. B. gerade in Dänemark, gar nicht der Entscheidung von Streitigkeiten zwischen Schiffer und Schiffsvolk in Städten, wo sich ein Consul der betreffenden Macht befindet, unterziehen, sondern die betreffende Mannschaft ohne Weiteres dem betreffenden Consul zuschicken, obschon diese Autoritäten sonst in hohem Grade willig sind, etwaige Maaßnahmen des Consuls ohne alles Weitere zu unterstützen. Diese Anschauung, mit der die Stellung, welche die Consuln Rußlands, Frankreichs, Englands, Schwedens, und sogar der Vereinigten Staaten, völlig übereinstimmt, ist nicht allein auch dem größten Theile unserer Seeleute, man möchte sagen, angeboren, sondern die Königl. Regierung hat sich ihren Wirkungen selbst nicht entziehen können. S. 96 im Handbuche nach König befindet sich nämlich die dem Reglement gegenüber ebenso merkwürdige wie höchst schätzenswerthe Mittheilung, daß der Consul das Recht habe, die zwangs-

---

*) Nunmehr von dem deutschen Handelsgesetzbuch vollkommen anerkannt.

weise Gestellung der verklagten Partei zu veranlassen, wenn sie nicht freiwillig komme, und daß dieses Recht vom Ministerium der auswärtigen Angelegenheiten als zur Aufrechthaltung der consularischen Autorität nothwendig ausdrücklich anerkannt sei. Dagegen sagt das Reglement Seite 31 ausdrücklich, der Consul sei nur verpflichtet .... „wenn beide Parteien einig sind, ihm die Streitsache auf Art und Weise eines Compromisses zur schiedsrichterlichen Entscheidung zu übertragen." Vergeblich habe ich mich bemüht, in späteren Ergänzungen die Lösung dieses Widerspruchs zwischen Gesetz und Praxis, zwischen einer positiven Bestimmung eines Allerhöchsten Ortes erlassenen Reglements und einer gelegentlichen, wenn auch sehr richtigen Aeußerung des Ministers der auswärtigen Angelegenheiten zu finden. Statt dessen macht sich im Handbuche von König später noch die ebenfalls unrichtige Ansicht geltend, daß eigentlich der Consul nur da sei, um die Autorität des Capitäns zur Geltung zu bringen! Der Consul hat aber eine höhere Autorität — diejenige des Gesetzes und der Obrigkeit zu vertreten, und wenn es seine Pflicht, seine heilige Pflicht ist, bei Entscheidungen, die gegen einen Capitän ausfallen müssen, mit besonderer Gewissenhaftigkeit und Umsicht zu verfahren, so wird man doch nicht von ihm verlangen, daß er gegen sein Gewissen urtheile und das Urtheil vollstrecken helfen solle. Das Unglück ist, daß Herr König an keinem Orte gewirkt hat, wo ein so lebhafter Verkehr preußischer Schiffe, wie z. B. in Kopenhagen, stattfindet. Er würde wohl sonst nicht S. 99 eine Ansicht äußern, nach der ein Consul verpflichtet sein würde, eine Mannschaft, die z. B. über schlechte Beschaffenheit des Proviants klagt und sich weigert, an Bord zu gehen, als Deserteure an den Bord zurückbringen zu lassen, auch in dem Falle, wo sich der Consul auf geeignetem Wege und durch Zuziehung Sachverständiger überzeugt hat, daß der Proviant wirklich ungenießbar geworden und der Capitän (der sich vielleicht durch Beschaffung schlechten Proviants unerlaubte Vortheile zugewendet) nicht andern beschaffen zu wollen erklärt! Den Mißbrauch der Autorität in Schutz nehmen, heißt die Autorität selbst untergraben, und ich würde morgenden Tags auf mein Amt verzichten, wenn solche oder ähnliche Verlangen wirklich an die Consuln gestellt würden. Ich selbst habe während meiner Praxis viele zum Theil verwickelte Fälle zu erledigen gehabt, leider auch solche, in denen ein Theil der Schuld bei dem Capitän lag, aber ich habe weder gefragt, ob sich die Parteien meiner Entscheidung unterwerfen wollten, noch gethan — was beiläufig gesagt, auch das schlechteste Mittel wäre, eine Verständigung des Capitäns mit den Leuten herbeizuführen — als ob ich lediglich da wäre, um dem Capitän Recht zu geben. Sondern ich bin bemüht gewesen, den Leuten durch mein ganzes Auftreten zu zeigen, daß es das Gesetz und die Ordnung, daß es die Interessen des Ganzen sind, die ich vertrete, und habe nach einer möglichst genauen Feststellung des Thatbestandes die Entscheidung getroffen, die ich in Erwägung aller Umstände nach meinem Gewissen für die richtige hielt. In derselben Weise wird von den von mir ressortirenden Beamten verfahren und immer mehr verfahren werden, und wenn wir oft die Freude gehabt haben, anscheinbar unheilbare Zerwürfnisse wieder zu beseitigen, so liegt eben noch kein Fall vor, in dem man sich über eine dieser Entscheidungen zu beschweren Veranlassung gehabt hätte.

B. Ein ferneres Beispiel von einer sehr nachtheiligen „Freiwilligkeit" ist, daß es lediglich in dem freien Willen der Schiffsführer liegen soll, ob sie Veränderungen auf der Musterrolle — sei es An- und Abmusterungen oder andere Verabredungen über Lohn u. s. w. — durch den Consul bewirken lassen wollen oder auch nicht. Der hohe Erlaß Ew. Excellenz vom 22. März d. J. hat ausdrücklich gesagt — und ich muß es einräumen — daß das Reglement von einer Verpflichtung des Schiffers, sich bei jenen Angelegenheiten der Mitwirkung des Consuls zu bedienen, Nichts weiß. Aber ich habe auch in meinem Berichte vom 24. März d. J. bereits die Ehre gehabt, die Gründe auseinanderzusetzen,*) aus denen ich es für erforderlich halte, eine solche Verpflichtung sowohl im polizeilichen Interesse (besonders auch mit Rücksicht auf die Marine) als im Interesse der Schiffsmannschaft selbst festzustellen, und ich will hier nur noch anführen, daß selbst ein nordamerikanischer Capitän — ebenso wie er bei dem Einlaufen in einen Hafen oder bei längerem, mit Auslöschungs-, Ladungs-, An- und Abmusterungsgeschäften verbundenen Aufenthalte auf einer Rhede verpflichtet ist, sich zu melden oder, wie es dort heißt „seine Papiere

---

*) Der von der Regierung dem Landtage 1861 vorgelegte, aber nicht zum Abschluß gelangte Gesetzentwurf über die Rechtsverhältnisse der Mannschaften auf Seeschiffen, hat nunmehr auch die Richtigkeit dieser Gründe anerkannt, obschon es damals durchaus bei der Freiwilligkeit sein Bewenden haben sollte.

dem Consul zur Aufbewahrung abzuliefern" — in Häfen, wo Consuln residiren, vor ihnen an- und abmustern muß. Die englische Regierung, von der man doch nicht besorgen kann, daß sie die Freiheit ihrer Unterthanen ohne Noth beschränke, hat auch in der neuesten Vorschrift die Verpflichtung der Zuziehung des Consuls zu Veränderungen der Musterrolle bestimmt festgehalten, und während jeder Consul verpflichtet ist, es sofort zur Kenntniß der Regierung zu bringen, wenn er wahrnimmt, daß ein Schiffsführer dieser Bestimmung zuwider gehandelt hat, verfällt der letztere in eine Strafe von 40—50 £.

So lange über diese Gegenstände bei uns eine klare gesetzliche Bestimmung, resp. Straffestsetzung mangelt, muß es auch als ganz unangemessen bezeichnet werden, durch Erniedrigung der allgemeinen Schiffsgebühr die ohnehin geringe Einnahme der betreffenden Consularbeamten — wie ich im zweiten Berichte über diesen Gegenstand praktisch zeigen werde, — noch bedeutend zu erniedrigen und sie auf Specialbestimmungen des Tarifs verweisen zu wollen, denen sich jeder Schiffscapitän nach Belieben entziehen kann.

C. Niemand wird bestreiten, daß auch Strandungen, großen und kleinen Havarien gegenüber die doppelte Aufgabe des Consuls, Schutz zu gewähren und Ordnung zu erhalten, zur Geltung kommen muß. Niemand, der die praktischen Verhältnisse kennt, wird bestreiten, daß, wie die Ausbildung des Feuerversicherungswesens die Zahl der Brandstiftungen bedeutend vermehrt, auch die Ausbildung des Seeversicherungswesens und die Concurrenz der Gesellschaften nicht allein den Schiffsführern, sondern leider auch den Rhedern und den Commissionären derselben die Versuchung unredlichen Gewinnes nahe legt. Niemand endlich wird und kann es bestreiten, daß eine, sich ihrer Aufgabe und Pflicht bewußte Regierung nicht etwa sagen darf, nach Art gewissenloser Capitäne und Rheder: „Die Versicherungsgesellschaft bezahlt es ja, noch dazu vielleicht eine ausländische, wir haben also kein Interesse bei diesen Dingen," sondern daß sie die ganz bestimmte Pflicht hat, das Verfahren der Schiffsführer, nicht allein im Interesse der Rheder, sondern auch im Interesse des öffentlichen Wohles, genau zu controliren. Auch darf sie sich dieser Pflicht nicht durch die Vertröstung zu überheben suchen, daß ja die Behörden des betreffenden Landes für ein möglichst legales Verfahren sorgen könnten und würden. Denn diese Behörden thun es z. B. in

Dänemark und England nicht, sobald nicht von ihren eigenen Unterthanen über Beschädigungen ihrer Interessen Klagen erhoben werden. Aber das bestehende Consular-Reglement kennt lediglich und allein die eine Seite der consularischen Aufgabe — das Interesse der Rheder, der Schiffsführer, der Schiffbrüchigen — die andere Seite ist ganz und gar außer Acht gelassen, mithin beruht es auch in dieser Beziehung auf einem ganz mangelhaften Princip. Ja, anstatt daß später Ergänzungen diesen Mangel hätten verbessern sollen, haben sie das Uebel noch größer gemacht und unredlichen Schiffsführern und Commissionären das Betrügen recht wesentlich erleichtert. Setzt nämlich das Consular-Reglement III. B. — wenn auch nur im Interesse des Rheders — noch ausdrücklich fest, daß alle Havarie-Rechnungen dem Consul vorgelegt und von demselben legalisirt werden sollen, so ist durch die, nach meiner Ueberzeugung freilich ganz unrichtige Ausdehnung der dritten Bemerkung zu II. des Reglements auch auf III. B. (Seite 76 des Handbuchs von König), es lediglich von einer ausdrücklichen Vorschrift des Rheders oder von einem, von dem Rheder oder Capitän bereits gefaßten Verdachte abhängig gemacht, ob er dem Consul die Rechnungen vorlegen will! — Also — sicher aus keinem anderen Grunde als der nicht ausreichenden Bekanntschaft mit den einschlagenden praktischen Verhältnissen — man hat die Möglichkeit eines Einverständnisses zwischen Capitän und Lieferanten, oder zwischen Lieferanten und Commissionär oder zwischen allen dreien und dem Rheder dazu, ganz und gar übersehen und eine einseitige und unrichtige Auffassung des ganzen Verhältnisses mit aller Sorgfalt aufrecht erhalten. Könnte ich mit verschiedenen Fällen versuchten oder verübten Betruges ein ganzes Buch anfüllen, so will ich hier nur einen eben vorgekommenen, sehr eclatanten anführen, um zu zeigen, wie nothwendig die Anordnung einer solchen Controlle und ihre pflichtmäßige Ausführung ist. Das französische Reglement (das freilich in mancher Beziehung oft zu weit geht, und dessen bloße Nachahmung ich ebenso verwerflich finden würde, als es ganz außer Acht zu lassen) ordnet beides an, aber der Mangel an Energie der früheren französischen Consuln in Helsingör ließ doch Capitäne und Commissionäre nach Belieben wirthschaften. Mit der vor zwei Jahren erfolgten Ankunft des Vicomte Brenier wurde es anders. Er verlangte die gewissenhafte Beobachtung jener Vorschriften und entdeckte eine ganze Reihe von Betrügereien und zuletzt in der That eine ganz großartige, die soeben der Gegenstand einer Verhandlung vor den französischen Assisen gewesen ist. Im Herbste vorigen Jahres strandete nämlich bei der benachbarten Insel Hveen bei ganz hellem Tage und ganz schönem Wetter ein französisches Schiff, nachdem der Capitän am Lande gewesen war und mit seinem Commissionär vielfache Besprechungen gehabt hatte. Es war in Helsingör bei Niemandem ein Zweifel, daß die Strandung vorsätzlich erfolgt sei, ja der nunmehr wegen dieser und anderer Geschäfte flüchtig gewordene Commissionär hatte schon eine Stunde, ehe die Strandung erfolgte, das Bugsir-Dampfschiff bestellt! Das Schiff wurde angeblich als total unbrauchbar nach Helsingör zurückgebracht und Capitän wie Commissionär waren darüber einverstanden, daß es als Wrack verkauft werden solle — wogegen die Localautoritäten Nichts einzuwenden hatten! Indessen ließ Vicomte Brenier sofort eine Besichtigung vornehmen, und da es sich herausstellte, daß das Schiff mit sehr geringen Reparaturen wieder vollständig flott werden konnte, dieselben sofort angreifen. Er wartete indeß nicht ab, bis daß ihm im Augenblick der Abreise die Rechnungen zur Legalisirung vorgelegt würden, sondern er verlangte schon mehrere Wochen vorher von dem Schiffsführer und Commissionär eine Uebersicht der bisher geleisteten Ausgaben. Unter ihnen fanden sich auch 200 Rthlr. für angeblich wenige Tage zuvor an das Schiff gelieferten Proviant — der Consul verlangte ihn zu sehen und es ergab sich, daß gar keiner vorhanden, auch gar keiner der bezeichneten Art nothwendig gewesen, weil das Schiff noch mit Allem hinreichend versehen war. Der kaiserliche Consul strich natürlich die 200 Rthlr., schickte den Capitän sofort als Arrestanten nach Frankreich und setzte einen anderen Capitän ein. Was hätte nun ein preußischer Consul im vorliegenden Fall thun können, der nach den Bestimmungen und Ergänzungen des geltenden Reglements hätte handeln wollen? Nichts, durchaus Nichts. Denn es waren alle Bedingungen vorhanden, die nach dem Reglement seine Thätigkeit auf Null reduciren. Der Rheder hatte einen Correspondenten oder Commissionär — ihm war nicht vorgeschrieben, daß die Rechnungen vom Consul legalisirt werden sollten —, der Capitän, welcher selbst Gauner war, hatte natürlich keine Vermuthungen, daß er übervortheilt sei: folglich hatte sich der Consul um die ganze Sache nicht zu bekümmern, und eine gelungene Betrügerei war die Mutter von zehn neuen geworden. Auch handelt es sich bei den unter solchen Umständen offenbar nöthig gewordenen, anderweiten Festsetzungen, deren Umfang und Begrenzung Gegenstand sorgfältiger Erwägung sein muß, durchaus nicht um Privatrechte in einer Weise, auf welche ein neues deutsches Handels- oder Seerecht einen entscheidenden Einfluß üben könnte, sondern um eine Pflicht der Regierung, deren Erfüllung sie sich in keiner Weise entziehen darf.

2. In Rücksicht auf den zweiten Punkt seien hier nur die Vorschriften über die Heimschaffung von Seeleuten hervorgehoben. Fast Alles, was in Bezug auf die Art der Beförderung und die Berechnung der zu gewährenden Reisekosten vorgeschrieben ist, gilt höchstens noch als Ausnahme, aber nicht mehr als Regel und kann den gänzlich veränderten Verhältnissen gegenüber solche Geltung auch gar nicht mehr beanspruchen. Kein Consul wird heute einer Schiffsmannschaft mit oder ohne Capitän und Steuerleuten zumuthen, eine Fußtour zu machen, sei es auch nur von Helsingör nach Kopenhagen. Kein Consul, wenigstens keiner in Ländern, mit denen wir unseren größten Schiffsverkehr haben, England, Dänemark, Amerika u. s. w., wird daran denken, Capitän und Leute mit 10 Sgr. pro Tag des Aufenthaltes abspeisen zu wollen. Selbst die 15 Sgr., die das Handbuch von König (S. 177) als in einzelnen Fällen für unbedenklich erachtet, reichen nicht aus, da z. B. in Kopenhagen, Helsingör u. s. w. nicht einmal ein Matrose, geschweige ein Capitän und Steuermann für weniger als 1 Rthlr. dänisch den Tag unterzubringen ist. Es wird ferner im Handbuch von König (S. 177) an derselben Stelle als eine besondere Concession hervorgehoben, daß man „Schuhwerk zu Fußreisen" aus Consulatsmitteln vorschußweise anschaffe, während doch in der Praxis, ohne daß von irgend einer Seite ein Einspruch erhoben wäre, verunglückte Seeleute, die Alles verloren haben, mit allen in rauher Jahreszeit nothwendigen Kleidern u. s. w. ausgestattet und versorgt werden müssen, wenn überhaupt von einer Fürsorge für dieselben die Rede sein soll. Die zahlreichen Rechnungen, die theils von mir selbst eingereicht, theils durch meine Hand an das Königliche Ministerium gegangen sind, überheben mich jedes näheren Eingehens auf diesen Gegenstand und haben hinlänglich den Beweis geliefert, daß der factische und praktische Zustand der Consulatsverhältnisse und die Bestimmungen des Reglements weit auseinander gehen.*)

---

*) In diesem Punkte ist allerdings die im Sommer 1862 erschienene „Allgemeine Dienst-Instruction" den hier dargelegten Ansichten endlich gerecht geworden.

3. Nur einige Punkte seien hier besonders hervorgehoben, um zu zeigen, wie lückenhaft, gegenüber den heutigen Verhältnissen, das Consular-Reglement trotz der späteren Ergänzungen ist.

a. Spricht zwar das Consular-Reglement im Allgemeinen davon, daß sich der Consul auch anderer Unterthanen als blos der Schifffahrttreibenden anzunehmen habe, besonders bei Streitigkeiten u. s. w.; auch ist bei den späteren Ergänzungen in Bezug auf das Paßwesen von den Handwerksburschen die Rede, aber — abgesehen von den Consuln im Orient, zu denen das Verhältniß der Nationalen besser geregelt ist — darauf, daß sich auch in christlichen Ländern Unterthanen behufs des Erwerbes auf längere oder kürzere Zeit, in größerer oder kleinerer Zahl aufhalten können und aufhalten, und nicht blos „weiter reisende Unterthanen" sind, nimmt es durchaus nicht die gebührende Rücksicht. Es kann der Regierung nur willkommen sein, daß sich z. B. in Kopenhagen über 1200 preußische resp. Unterthanen von Zollvereinsstaaten zum Theil mit ihren Familien aufhalten, die in den verschiedensten Stellungen von Dirigenten und Werkmeistern bis zu Gesellen oder einfachen Arbeitern leben, hier oft mehrere Jahre nicht unbedeutende Summen verdienen, sogar Vermögen erwerben und dann nach der Heimath zurückkehren. Es kann daher nicht die Absicht der Regierung sein, diese Personen eventuell ohne nachdrücklichen Schutz zu lassen, aber es liegt auch ferner im staatlichen Interesse (Wehrpflicht, Marine), über diese Nationalen eine Art, wenn auch nur sehr schonender und dieselben in keiner Weise belästigender Controle zu führen. Wer Rechte beansprucht, muß auch Pflichten erfüllen, und wenn ich zum Theil in sehr erheblichen Angelegenheiten in der glücklichen Lage gewesen bin, dergleichen preußischen Unterthanen wesentliche Dienste zu leisten, so kann ich mir doch nicht verhehlen, daß das ganze Verhältniß gegenwärtig ein sehr loses und ungeregeltes ist. Es lassen sich aber, wie das seitens der französischen Regierung 1833 geschehen, darüber sehr bestimmte und einfache Bestimmungen treffen, durch welche die Rechte und Pflichten der Consuln einerseits und der Unterthanen, die ihren Schutz beanspruchen, andererseits, in einer geeigneten, dem allge-

---

Aber können Königliche Verordnungen — und jene Vorschriften beruhen auf einer solchen — so gelegentlich und ohne Weiteres durch das „angemessen Erachten" eines Ministers beseitigt werden?!

meinen Staatsinteresse ebenso wie dem der Unterthanen ent=
sprechenden Weise normirt werden.

b. Es bedarf wirklich gegenüber dem Königlichen Ministerium keiner
Auseinandersetzung, daß die Anstellung besoldeter Generalconsuln
oder besoldeter Consuln für ganze Länder überall da eine Noth=
wendigkeit ist, wo wirklich ein beträchtlicher Verkehr preußischer
Schiffe oder Unterthanen stattfindet. Frankreich, Rußland, Eng=
land, die Vereinigten Staaten u. s. w. haben diese Nothwendigkeit
erkannt, und es kann in der That Niemand in Zweifel sein, daß
nur, wenn wenigstens ein besoldeter Generalconsul oder Consul
an der Spitze der Consulatsverwaltung in einem Lande steht und
auf die kaufmännischen Consuln oder Vice=Consuln (von den großen
Mächten stellen gegenwärtig nur Oesterreich und Preußen über=
haupt noch in Ländern, wo sie wirklichen Verkehr haben, Kaufleute
als Consuln oder Generalconsuln an, die andern Mächte Kaufleute
nur als Vice=Consuln oder Handelsagenten) die geeignete Einwir=
kung ausübt, von einer wirklichen Consulatsverwaltung die Rede
sein kann. Ist aber das Verhältniß zwischen besoldeten General=
consuln und den von ihnen ressortirenden Beamten ein sehr wesent=
licher Theil der ganzen Consulatsverwaltung geworden, so kann
seine Regelung unmöglich einer speciellen Verfügung überlassen
sein, sondern es müssen allgemeine Bestimmungen hierüber auch
einen Theil der allgemeinen Dienstinstruction bilden. Das Regle=
ment und die späteren Ergänzungen enthalten darüber Nichts —
ja das Erstere enthält einen Paragraphen X. 1 (Correspondenz des
Consuls mit den preußischen Gesandten), der überall, wo eine
Generalconsulats=Verwaltung existirt, geradezu unmöglich geworden
ist und dem zuwider von den vom Generalconsul ressortirenden
Consuln gehandelt werden muß. Zwar giebt das Handbuch von
König (S. 243) bei Gelegenheit der Besprechung „der verschiedenen
Rangstufen" eine Darlegung des Verhältnisses, aber keineswegs
in der ausreichenden, klaren und bestimmten Weise, wie sie von
einer Dienstinstruction beansprucht werden muß.

c. Wir haben, zwar erst im Anfange, aber wir haben doch immerhin
eine Marine. Mit Ausnahme einiger Etikettebestimmungen ist aber
diese Thatsache und die sich aus ihr ergebenden Pflichten in der
Consular=Instruction so gut wie ganz übersehen: während die
russischen, französischen und englischen Consuln sogar mit von dem

Marine-Ministerium ressortiren und mit demselben in zum Theil lebhafter Verbindung stehen.

d. Nach König sollen besoldete Consuln Aufträge von Privatpersonen in der Regel nur durch Vermittelung des auswärtigen Ministeriums annehmen: diese Regel ist aber größtentheils zur Ausnahme geworden. Nur in sehr einzelnen Fällen haben sich, was wenigstens meine Verwaltung betrifft, Privatpersonen durch das Königliche Ministerium an den Generalconsul gewandt — dagegen sehr viele direct, und es kann ja auch nicht verkannt werden, daß der letztere Weg durchaus der kürzere und praktische ist. Ferner requiriren die Consuln direct innere Behörden, sowohl Gerichts- wie Verwaltungsbehörden und werden von ihnen requirirt, was durchaus praktisch und im Interesse der Unterthanen ist, aber doch auch geregelt werden muß, um eine nothwendige Einheit und Gleichheit in der Behandlung der Sachen herbeizuführen.

4. Hätte ich den Auftrag erhalten, die Punkte zu bezeichnen, in denen eine Abänderung der Bestimmungen des Consularwesens und der Ergänzungen resp. eine präcisere Fassung derselben ein Bedürfniß sei, so würde ich die Ausführungen ad 1, 2, 3 noch sehr erheblich vermehren können und müssen. Aber es kam mir hier nur darauf an, das Bedürfniß einer solchen Umarbeitung an einigen Punkten klar herauszustellen. Nun will zwar der hohe Erlaß vom 5. d. M. von einer Revision durchaus Nichts wissen, indessen ist doch das Bewußtsein, daß eine Umarbeitung der Dienstinstruction nothwendig sei, deutlich hervorgetreten und hat im zweiten Theile des hohen Erlasses seinen Ausdruck gefunden. Wird nämlich im ersten Theile bei Zurückweisung der Nothwendigkeit einer Revision davon gesprochen, daß in dem Consulats-Handbuch „bereits die im Laufe der Zeit ergangenen Erläuterungen und Ergänzungen übersichtlich zusammen gestellt wären," so heißt es später, „daß durch eine abgesonderte Herausgabe einer berichtigten Zusammenstellung der eigentlichen Dienstinstruction einstweilen für die praktische Handhabung unverkennbar eine wesentliche Erleichterung erzielt werde." Der letzteren Ansicht kann ich mich nur vollkommen anschließen. Stünde es nämlich auch fest, so fest, wie das grade Gegentheil fest steht, daß das Reglement und die späteren Ergänzungen durchaus keiner weiteren Berichtigung und Ergänzung dringend bedürftig wären: so müßte doch schon die Form, in der heute die Instruction den Consuln geboten wird, als eine wenig zweckmäßige und brauchbare erkannt werden. Für Beamte des Königlichen Ministeriums

und die besoldeten Consularbeamten mögen jene Zusammenstellungen übersichtlich und brauchbar sein — für die große Mehrheit der kaufmännischen Consuln sind sie es nicht, und wenn ich kürzlich den zwei neu ernannten Consuln in Jütland die beiden Handbücher mit den späteren Circularverfügungen übersandt habe, so habe ich es leider mit dem Bewußtsein gethan, daß sie — diese Bücher kaum studiren und jedenfalls für den praktischen Dienst sehr wenig Gewinn davon haben werden. Auch habe ich vielfache Gelegenheit, aus den Fragen, die selbst ältere Consuln an mich richten und den Bemerkungen, die ich bei der Bereisung und Besichtigung der Consulate jetzt machen kann, zu ersehen, wie es mit dem Verständniß dieser Bücher beschaffen ist, so daß ich gar nicht des ausdrücklichen Geständnisses, „daß man aus diesen Büchern doch nicht recht klug werden können", bedurfte, um von ihrer geringen Brauchbarkeit für den praktischen Dienst überzeugt zu werden. Es kommt darauf an, eine consularische Dienstinstruction so klar, übersichtlich, präcis und jedem einigermaßen gebildeten Mann so verständlich abzufassen, daß wenigstens über gewöhnliche Fälle Zweifel gar nicht entstehen können und er sich in nicht allzu schwerer Weise in Besitz der nöthigen Kenntniß des Dienstes setzen kann. Ein sehr glücklicher Schritt hierzu wird allerdings die Theilung des Consulats-Handbuchs in einen Instructionstheil (mit Schematas und Gebührentarif) und in einen Urkundentheil sein, allein mit dieser Theilung allein kann etwas Wesentliches nicht erreicht werden und mit einer bloßen neuen Redaction des Instructionstheiles, welche, wenn auch in einer mehr übersichtlichen und verständlichen Form die Unklarheit, den Widerspruch zwischen Vorschrift und Praxis, die Lückenhaftigkeit der heutigen Instruction beibehält, kann das Königliche Ministerium weder dem Dienste einen wesentlichen Nutzen bringen, noch dem In- und Auslande gegenüber Ehre einlegen.

Um aber mit einer geeigneten Umarbeitung der Dienstinstruction, freilich nicht ohne daß erhebliche Mängel verbessert werden, zu beginnen, scheint es nicht nothwendig, auf entscheidende Veränderungen der übrigen diesseitigen Gesetzgebung zu warten. Ich muß bekennen, daß ich überhaupt nicht weiß, was für entscheidende Veränderungen hierunter gemeint sind, aber das weiß ich und ersehe es aus einer Vergleichung aller neueren Arbeiten auf diesem Gebiete, daß, gleichviel ob sie in der Richtung der absolutesten Monarchie Rußlands oder der demokratischen Republik Nordamerikas erfolgen sollten, eine neue Dienstinstruction und ihre Grundlagen von denselben nicht wesentlich betroffen werden können. Oder will die Königliche Regierung, nachdem das Bedürfniß solcher Umarbeitung schon früher, wie selbst die Vorarbeiten im Königlichen Ministerium zeigen, lebhaft empfunden und nunmehr ganz evident geworden ist, warten, bis daß diese Angelegenheit, was schon in der nächsten Sitzung der Kammern der Fall sein kann und wahrscheinlich sein wird, von Seiten der Landesvertretung in einer vielleicht sehr unwillkommenen Weise zur Sprache gebracht werden möchte. Es dürfte nicht in der Intention des Ministeriums liegen, in solchen Fragen der Landesvertretung die Initiative abzutreten und sich von dorther an die Erfüllung einer Pflicht erinnern zu lassen, am wenigsten, da die Ernennung von besoldeten Consuln an Orten, wo dieselben, was bekanntlich bei denen des Orients und in sehr beschränktem Maaße der Fall ist, mit einem lebhaften Schifffahrtsverkehr viel zu thun haben, mit Freuden begrüßt werden wird. Auch wird man, kommt unser heutiges Consularwesen in den Sitzungen der Landesvertretung zur Sprache, ohne daß es von der Regierung selbst angeregt wird, sich doch in einer viel günstigeren Lage befinden, wenn man die Erklärung zu geben vermag, daß eine gründliche Verbesserung der mangelhaften Dienstinstruction auch bereits in Angriff genommen sei und nach Annahme eines vorzulegenden Gesetzentwurfs eine neue Instruction erlassen werde. Schwerlich würde man dagegen vollkommen begründete Angriffe mit den Andeutungen des hohen Erlasses über das zu erwartende deutsche Handels= und deutsche Seerecht und resp. die Rücksicht auf die Verhältnisse des Zollvereins entgegen treten können. Es kann Niemand lebhafter als ich eine Einigung Deutschlands in allen diesen Rücksichten wünschen, aber kein einsichtiger Preuße darf weder in dieser noch anderer Rücksicht diesen Wunsch auf Kosten der Stellung Preußens und der Verpflichtung seiner Regierung gegen seine Unterthanen erfüllt haben wollen. Privatverhältnisse werden bei der nothwendigen Umarbeitung der Dienstinstruction durchaus nicht in einem entscheidenden Maaße berührt — wäre das der Fall, so würde doch das Königliche Ministerium nicht verabsäumt haben, den Berathungen über das Handelsrecht auch einen Beamten des Consulardepartements oder vorzüglich praktische Consularbeamte beizuordnen. Aber wo sie berührt und den Pflichten der Sorge für das allgemeine Wohl untergeordnet werden müssen, da kann auch die preußische Regierung das Maaß ihrer Pflichterfüllung durchaus nicht von jenen Einigungen über Handels- oder Seerecht abhängig machen und das um so weniger, als Preußen (abgesehen von Oesterreich) der einzige deutsche Staat ist, der ein Consularwesen haben kann: denn Consuln zu haben, ohne eventuell sie beschützen zu können, ist ein Unding. Sollte Jemand mit einer solchen Umarbeitung beauftragt werden, zu welcher er doch längere Zeit braucht, so wird er übrigens auch bei den einschlagenden Punkten auf jene Berathungen und die bei denselben von der Königlichen Regierung gehegten Intentionen gebührende Rücksicht nehmen können. Was endlich das Verhältniß des Zollvereins betrifft, so müßte ganz im Gegentheil gerade diese Rücksicht das Ministerium der auswärtigen Angelegenheiten bestimmen, eine recht gründliche und vorzügliche Umarbeitung der Consular-Instruction sobald wie möglich in Angriff zu nehmen: damit sich die betreffenden Staaten, bis daß der Zollverein zu Ende geht, von der Brauchbarkeit und Vortrefflichkeit unserer Consular-Einrichtungen überzeugen können. Denn wird Preußen, wenn die jetzigen Zollvereins-Verträge zu Ende gehen, überhaupt eine von der jetzigen ganz verschiedene Stellung für die Zukunft verlangen müssen, so wird es auch in Rücksicht auf das Consularwesen den betreffenden Staaten zu überlassen haben, zwischen zwei Dingen zu wählen, nämlich entweder Preußen ihre consularische Vertretung nach den von ihm aufgestellten und sich bewährt habenden Grundsätzen unter gewissen Bedingungen zu überlassen oder darauf zu verzichten, daß sich preußische Consuln überhaupt um die Unterthanen solcher Staaten bekümmern. Der heutige Zustand in dieser Beziehung ist ein geradezu unhaltbarer.

Nach alle dem oben Ausgeführten ist es meine pflichtmäßige Ueberzeugung, daß ein dringendes Bedürfniß zur Umarbeitung der consularischen Dienstinstruction vorliegt, und daß die Gründe, die für eine Hinausschiebung der Befriedigung dieses Bedürfnisses angeführt werden, nicht durchgreifend sind. Aber will man einmal jenes Bedürfniß nicht anerkennen, und sind andere Gründe vorhanden, aus denen man ihm wenigstens zur Zeit nicht abhelfen will oder kann: so kann ich zweitens das Bedürfniß einer Tarif-Revision bei weitem nicht so bringend erachten, als daß man mit seiner Befriedigung durchaus jetzt vorgehen müßte. Wenn eine Regierung in der Behandlung einer Angelegenheit einen, der Natur der Sache zuwiderlaufenden und von anderen, in dergleichen Dingen doch wahrscheinlich eben so erleuchteten Regierungen durchaus abweichenden Weg einschlägt, so müßte sie doch hierfür sehr erhebliche Gründe haben. In Frankreich (1833), in England (1855), in den Vereinigten Staaten (1857) und in Schweden (1858) erschienen neue Tarife mit neuen Reglements — was sind nun die Gründe, daß Preußen plötzlich mit einem neuen Tarif vorgeht, während doch der bestehende bei weitem nicht so mangelhaft ist als das Reglement selbst?! Die für den Abschluß einer Tarif-Revision in dem hohen Erlaß angeführten Gründe möchten diesen ungewöhnlichen und der Natur der Sache widersprechenden Weg nicht rechtfertigen. Auch wird dabei zugegeben, daß einige zum Reglement gehörige Festsetzungen bei Gelegenheit des Tarifs getroffen werden könnten — wodurch das Reglement und die Ergänzungen natürlich noch bunter und weniger übersichtlich werden müßten. Ja, die Denkschrift selbst bringt bei der Revisionsfrage des Tarifs eine Beschreibung der Pflicht der Meldung, also eine Angelegenheit zur Sprache, die, wie später erörtert werden wird, für den ganzen Consulardienst von großer Bedeutung ist, und über die es vor Beginn, sei es der Revision der Dienstinstruction, sei es nur derjenigen des Tarifs, einer Verständigung bedarf. Also der genaue Zusammenhang zwischen der Dienstinstruction und dem Tarif überhaupt ist somit selbst zugegeben und hoffentlich durch meine Darlegung noch bestimmter hervorgetreten. Man kann sogar behaupten, daß der Gebührentarif von 1832, so wünschenswerth seine Verbesserung ist, doch im Verhältniß zum ganzen Reglement noch ein ziemlich brauchbares Kleid ist, während das erstere, wenig brauchbar und zerrissen, — durch einige sammtne Lappen, die man darauf setzt, an Brauchbarkeit und Dauerhaftigkeit nicht gewinnen wird.

Es sind aber für die Nothwendigkeit, daß eine Tarif-Revision jetzt zum Abschluß komme, in der Denkschrift, resp. dem hohen Erlasse überhaupt nur zwei Gründe angeführt — einmal eine angeblich nothwendige Ausgleichung oder die Herstellung einer richtigen Vertheilung der consularischen Gebühren-Beträge auf die verschiedenen Arten consularischer Thätigkeit und sodann, daß die neulichen, das Consulat in Helsingör betreffenden Verhandlungen ergeben haben sollen, in welchem Maaße die jetzigen Tarif-Bestimmungen zu Zweifel Veranlassung geben müßten. Was den ersten Punkt betrifft, so wird in dem zweiten Berichte bewiesen und an einem praktischen Falle gezeigt werden, daß der beabsichtigte Zweck einer Ausgleichung mit den Principien der Denkschrift und der N. R.'schen Arbeit nicht erreicht werden kann, daß vielmehr jetzt bestehende Ungleichheiten und Ungerechtigkeiten nur noch vergrößert werden müssen. Aber jedenfalls ist dieses ganze Bedürfniß einer „Ausgleichung" kein so bringendes, daß es gegenüber so wichtigen entgegenstehenden Gründen das einseitige Vorgehen mit einer Gebühren-Revision rechtfertigen könnte. Auch ist in der Denkschrift nicht erwähnt und mir nicht anderweitig bekannt geworden, daß seitens der Rheder oder Consuln in der neueren Zeit, nämlich nach 1837, über angebliche Ungleichheit der (mit Ausnahme der zwischen den Häfen der Ostsee und Nordsee bestehenden) Vertheilung der Consulatsgebühren Beschwerde geführt worden. Auch zeigt ja das Verfahren der Königl. Regierung in einer anderen „Ausgleichungssache", nämlich der

Grundsteuerfrage, daß sehr lebhafte Beschwerden und Anträge auf Ausgleichung unbeachtet bleiben müssen, weil höhere Rücksichten ihrer Erledigung entgegen stehen. Will das hohe Ministerium der einzigen, wirklich erheblichen Ungleichheit — nämlich derjenigen zwischen den Häfen der Ostsee einerseits und des Kattegats und der Nordsee andrerseits — ein Ende machen, so würde es hierzu gar keiner allgemeinen Revision des Tarifs, sondern nur einer einzigen Verfügung bedürfen. Die Denkschrift des damaligen General-Consuls N. N. hat bereits schlagend nachgewiesen, daß jener Unterschied einer vernünftigen Grundlage entbehrt, ich selbst habe diesen Gegenstand schon mittelst Berichtes vom 29. November 1856 Ew. Excellenz hohen Aufmerksamkeit unterbreitet, und ich kann jetzt, wo fünf neue Consulate in Jütland theils bereits in Thätigkeit getreten sind, theils treten sollen, nur noch hervorheben, daß das Unrichtige des Sachverhältnisses um so schlagender hervortritt, jetzt, wo z. B. die beiden benachbarten Consulate in Flensburg einerseits und Horsens, Aarhuus, Randers andrerseits in der Erhebung der allgemeinen Gebühren um 50% verschieden gestellt sind! Bereits in dem eben erwähnten Berichte ist angedeutet, daß der Mehrbetrag, den die Rhedereien aufzubringen hätten, wenn der Satz für die Häfen der Nordsee auch auf diejenigen der Ostsee ausgedehnt würde, höchstens 4—600 Thlr. Pr. Cour. betragen kann, denn die in der Ostsee besonders häufig fahrenden Schiffe unter 50 Last würden von ihr gar nicht berührt werden — eine Summe, die bei dem heutigen Umfange unserer Rhederei gar nicht in Betracht kommen dürfte, die sich aber an ihren größten Beträgen gerade in richtigem Verhältniß auf die meist beschäftigten Consulate vertheilen würde. Aber so gerechtfertigt und wünschenswerth eine solche Verfügung auch wäre, ich würde dazu nicht rathen, sobald man überhaupt eine Umarbeitung der Dienstinstruction und des Tarifs in Aussicht nimmt — rührt man ohne diese Absicht an einem Punkte, so wird sogleich das ganze Consularwesen in den Kreis einer, unter solchen Umständen nicht eben wünschenswerthen Discussion gezogen werden.

Was nun die bei Gelegenheit der Verhandlungen über Helsingör hervorgetretenen Zweifel betrifft, so beziehen sie sich
1) auf den Unterschied zwischen Rhede und Hafen,
2) auf die Verpflichtung zur Meldung bei Abmusterungen,
3) auf die Verpflichtung zur Gebührenzahlung für Dampfschiffe, die Kohlen zum Verbrauche laden.

Der zweite und wichtigste Punkt ist schon oben behandelt und offenbar nicht nur eine Tarif-, sondern wesentlich eine Reglementsfrage. Die beiden andern Punkte aber können sehr wohl mit Zugrundelegung der Bestimmun-

gen des bestehenden Reglements und Tarifs durch eine einzige Circular-
verfügung erledigt werden und bin ich bereit, den Entwurf einer solchen,
mit Motiven eventuell ungesäumt vorzulegen. —

Aus alle dem Vorstehenden ergiebt sich als das Resultat meiner
pflichtmäßigen Erwägung, daß ich

principiell nur rathen kann, eine wirkliche Umarbeitung der
Dienstinstruction in Angriff nehmen zu lassen und mit ihrem
Erlasse zugleich den eines neuen Tarifes zu verbinden — und
daß ich

bei Zurückweisung dieses Rathes nur davon abrathen kann,
mit einer Tarifs-Revision einseitig vorzugehen.

Gleichzeitig mit der Umarbeitung der Dienstinstruction würde natürlich ein Gesetz zu entwerfen sein, was die correspondirenden Pflichten der
Schiffsführer resp. der Rheder künftig außer allem Zweifel stelle. — Es
liegt mir sehr fern, einen hierauf gerichteten Wunsch zu hegen oder auszusprechen, denn ich bin mir vollkommen der Schwere der Aufgabe und
der wahrscheinlichen Undankbarkeit ihrer Ausführung bewußt. Aber wollen
Ew. Excellenz mich mit diesen Arbeiten beauftragen, so hoffe ich allerdings unter Gottes Beistand brauchbare Entwürfe vorlegen zu können.
Zu diesem Behufe wäre es indeß erforderlich, daß mir sowohl die einschlagenden Acten des Königlichen Ministeriums zur Einsicht ständen, als
auch Gelegenheit gegeben würde, über einige Fragen eine Verständigung
mit den geeigneten Personen und Stellen herbeizuführen, wie sie auf dem
Wege nur schriftlichen Verkehrs sich nicht erreichen läßt. Uebrigens könnte
ich auch den Entwurf eines neuen Tarifes hier nicht mit der Aussicht übernehmen, etwas wesentlich Haltbares zu bringen. Obschon die Verwaltung
der von mir ressortirenden Consulate in dieser Beziehung ein sehr schätzenswerthes Material giebt, so müßte ich doch, um nicht in Einseitigkeit zu
verfallen, an den Jahres- und Geschäftsberichten auch anderer Consulate
Anhaltspunkte zu einem Vergleich und zur Beurtheilung der Richtigkeit
der Vorschläge gewinnen können. Da ich aber während der Monate, in
denen der Schifffahrtsverkehr besonders lebhaft ist, und in denen ich auch
noch, wie bereits in dem Bericht vom 20. v. M. erwähnt ist, die neuen
Consulate auf Fanö und Ringkjöbing besichtigen und mich von den getroffenen Einrichtungen überzeugen will, meinen Posten nur ungern verlassen
würde und außerdem die Unterbrechung durch laufende Geschäfte mir die
zu einer solchen Arbeit erforderliche Ruhe nicht läßt, würde ich bitten, erst
Anfangs October diese Arbeiten in wirklichen Angriff nehmen zu dürfen.
Die Zeit bis dahin würde gleichwohl für dieselbe nicht verloren sein, da

ich sie so weit wie möglich zu Vorarbeiten über einzelne Punkte benutzen werde.

Der zweite Bericht, ein vorläufiges Gutachten über den N. N.'schen Entwurf, werde ich binnen wenigen Tagen Ew. Excellenz vorzulegen die Ehre haben.

Drittes Capitel.

Unaufschiebbar.

1. Bisherige Stellung der Regierung und der Volksvertretung. 2. Art. 537 des Handelsgesetzbuches und die Consular-Beamten. 3. Ein dreifacher und doch kein Trost. Praktische Fälle. 4. Die executorische Consulargewalt und die fremden Behörden. Neues Recht ohne neue Garantien. 5. Die „deutschen" Consuln und der Zollverein.

1.

Dem im Vorstehenden abgedruckten Berichte vom 21. Juli 1858 folgte schon am 26. Juli b. J. ein zweiter, der sich des Ausführlichsten über die Tariffrage aussprach und mit Rücksicht auf die vorgelegten anderen Arbeiten diejenigen Principien auseinandersetzte, von denen aus der Verfasser allein die Ausarbeitung eines Tarifes unternehmen könne. Wir werden in einem anderen Abschnitte hierauf zurückkommen. Ein Erlaß vom 26. October 1858 beantwortete jene beiden Berichte. Rücksichtlich des letzteren schloß er mit der Aufforderung, einen, die Ansichten des Verfassers vollständig formulirenden Entwurf zu einem Gebührentarife einzureichen. Beiläufig sei erwähnt, daß die Absendung des letzteren bei dem kurz nachher eingetretenen Abgange des Herrn v. M. unterblieben war und erst erfolgte, als der Freiherr v. Schleinitz durch eine ausdrückliche Aufforderung seine Absicht bekundete, in der Tarif-Revisionsfrage fortzuschreiten. Daß Solches später unterblieben, ist gewiß nicht zu tadeln. Man hat damit vielmehr stillschweigend anerkannt, daß ohne eine gründliche Revision des Reglements ein neuer Tarif wenig Bedeutung hatte.

In Bezug aber auf den ersten, oben abgedruckten Bericht war eine, dem Umfange nach sehr eingehende Erwiderung erfolgt.*) Der Kern derselben ist die Anschauung:

---

*) Es ist uns nicht zweifelhaft, daß, wäre der Hr. v. M. im Amte geblieben, trotz dieses ersten Bescheides, doch die beantragte gründliche Reform unseres Consular-

daß die Consuln nur eine vermittelnde und keine obrigkeitliche Function haben,

und

daß die Regierung schon mit Rücksicht auf das, für die meisten diesseitigen Consulatsposten angenommene und wohl auch ferner hin beizubehaltende Maaß der Qualification Bedenken tragen müßte, sie mit ausgedehnteren Functionen zu bekleiden.

Aber stand diese Anschauung nicht schon damals mit der Praxis in Widerspruch? Wurden und werden nicht wirklich von hierzu wenig geeigneten Personen Functionen geübt, welche wenigstens auf dem einschlagenden Gebiete genaue Gesetzeskenntniß und jedenfalls dieselbe Umsicht und Unabhängigkeit wie richterliche voraussetzen?! Eine inzwischen eingetretene Thatsache, die wir sogleich näher erörtern werden, wäre allerdings geeignet gewesen, in dieser Rücksicht noch etwa obwaltende Zweifel völlig zu beseitigen. Das deutsche Handelsgesetzbuch hat den Consuln richterliche Functionen beigelegt. Man hätte nunmehr, da eine so entscheidende Veränderung „actenmäßig" geworden war, wohl erwarten dürfen, daß das bisherige „Maaß der Qualification" sofort nun auch aufgegeben und die Absicht hervorgetreten wäre, theils an den meist in Betracht kommenden Orten sofort wirklich qualificirte Personen anzustellen, theils an anderen Orten die einschlägliche Thätigkeit der weniger qualificirten Personen einer Controlle und Einwirkung zu unterwerfen, die geeignet waren, diejenige Umsicht, Unparteilichkeit und Gleichmäßigkeit in der Ausübung jener richterlichen Functionen zu verbürgen, die unbedingt erforderlich sind, wenn nicht an die Stelle einer Handhabung der Gesetze die bodenloseste Willkür und die größte Rechtsunsicherheit treten sollen. Aber diese Erwartung ist nicht allein nicht erfüllt worden, sondern es liegen sogar auch Zeugnisse vor, daß ihre Erfüllung binnen Kurzem gar nicht zu erwarten ist. Einerseits legt die im Sommer 1862 unter Berücksichtigung des allgemeinen deutschen Handelsgesetzbuches erlassene „Allgemeine Dienst=Instruction" ein Zeugniß davon ab, daß die Tragweite jener Thatsache noch gar nicht hinreichend gewürdigt wird, andrerseits aber

---

wesens nicht mehr lange auf sich hätte warten lassen. Es war seine Art, entgegengesetzte Anschauungen wiederholt zu Worten kommen zu lassen, ehe er den entscheidenden Beschluß faßte. Darin, daß er kein „diplomatischer" Minister war, lag aber eher eine Förderung als ein Hinderniß einer energischen Thätigkeit auf diesem Gebiete.

beweist die Stellung, welche die Regierung zu der Frage der Anstelluug besoldeter Beamten — in denen man, wie sich später evident herausstellen wird, allein theils wirklich qualificirte Personen, theils eine wirksame Controlle über die „weniger qualificirten" erhalten kann — eingenommen hat, daß man noch keineswegs über das anzunehmende System zu einem klaren und festen Entschlusse gekommen ist.

Als im Jahre 1859, zum Theil in einer Weise, die freilich der preußischen Volksvertretung bei allen Sachverständigen im In= und Auslande wenig zur Ehre gereichte, die Aufhebung der besoldeten General=Consulate in Antwerpen, Rotterdam, Madrid und Kopenhagen verlangt wurde, zeigte sich die Regierung bereit, Antwerpen und Rotterdam aufzugeben, behauptete aber, daß Madrid und Kopenhagen durchaus beibehalten werden müßten. Das Resultat war, daß das Abgeordnetenhaus Kopenhagen „auf den Aussterbe=Etat" setzte, Madrid aber in der ordentlichen Colonne beibehielt, also die erstere Stelle im Widerspruch mit der Regierung für unnütz, die zweite im Einverständniß mit der Regierung für nothwendig erklärte. Nun ließ aber der liebe Gott den beibehaltenen General=Consul in Madrid kurze Zeit darauf sterben und erhielt den auf den Aussterbe=Etat gesetzten General=Consul in Kopenhagen am Leben. Was geschah? Ohne daß inzwischen irgend eine wesentliche Veränderung in den Verhältnissen Spaniens und Portugals oder seinen Beziehungen zu Preußen eingetreten wäre, wurden nunmehr im Jahre 1862 im Einverständniß mit der Regierung das General=Consulat für Spanien und Portugal, und noch oben zu das General=Consulat für Central=Amerika für überflüssig erklärt. Das General=Consulat für Dänemark aber ließ man wieder „im Aussterbe=Etat" figuriren. Und noch mehr. Wir haben oben gesehen, wie England für unsere Schifffahrt und Handel von der entscheidendsten Wichtigkeit ist, und doch wollte sich die Regierung auch noch im Jahre 1862 den freien Entschluß darüber vorbehalten, ob dort ein besoldeter General=Consul an die Spitze des consularischen Organismus zu stellen sei. Muß nicht ein solches Verfahren den sicher und durchaus unbegründeten Verdacht erregen, es handle sich in allen diesen Dingen weit mehr um persönliche Verhältnisse und zufällige Umstände, als um die Befriedigung wirklich vorhandener Bedürfnisse?! Und wäre es unter diesen Umständen zu verwundern gewesen, wenn das Abgeordnetenhaus auch das General=Consulat für Dänemark — im ganzen Europa das noch Einzige in seiner Art — ganz vom Etat abgesetzt hätte. Vielleicht liegt die Ursache davon, daß das nicht geschah, darin, daß die „volkswirthschaftliche

Fraction" des Hauses, der man in solchen Fragen mit Recht eine bedeutende Stimme einräumt, zwar weit entfernt gewesen ist, die ganze Stellung der Regierung zu diesen Fragen zu billigen, und daher ihrerseits durch eine Absetzung des General-Consulates in Kopenhagen den Schein solcher Billigung vermeiden wollte, aber daß man andrerseits der Meinung gewesen ist, der hergebrachten Praxis, die eine Erhöhung des Budgets seitens der Volksvertretung verwerflich findet, nicht entgegentreten zu sollen. Aber das ist unbestreitbar, entweder ist unser Consulatswesen im Ganzen und Großen ein wohlgeordnetes, dann bedarf es auch der Ausnahme eines besoldeten General-Consulates für Dänemark nicht — oder aber die Ausnahme muß zur Regel und die heutige Regel zur Ausnahme werden.

Unter diesen Umständen erschien es mir als eine Pflicht, in dieser, für das Land so wichtigen Angelegenheit öffentlich das Wort zu ergreifen, gleichviel, welchen unmittelbaren Erfolg es in der Sache auch haben möge. Mit Dank erkenne ich es dabei an, daß die Art und Weise, wie die gegenwärtige Volksvertretung im Gegensatz zu ihren Vorgängerinnen diese Angelegenheit behandelt hat, diese Arbeit nicht als eine oratio pro domo zu erscheinen lassen braucht, die sie in Wirklichkeit nie gewesen sein würde.*) Und doch ist es wiederum gerade das Verhältniß der Volksvertretung zur Sache selbst, in dem eine weitere, dringende Veranlassung lag, diese Arbeit nicht länger aufzuschieben. Einer der nicht allein durch sein Interesse, sondern auch durch seine Leistungen auf dem volkswirthschaftlichen Gebiete am meisten hervorragenden Abgeordneten hat mir am Ende langer Unterhaltungen das offene Geständniß gemacht, daß er in der That von diesen Dingen bisher wenig gewußt und ganz neue Gesichtspunkte für die Beurtheilung derselben gewonnen habe. Ein Geständniß, welches diesem ausgezeichneten Manne, dem gegenüber sich in anderen Richtungen als Schüler zu bekennen, der Verfasser gar keinen Anstand nehmen würde, nur zur Ehre gereichen kann! Aber andrerseits mußte jenes Geständniß die ohnehin nicht gewagte Annahme bestätigen, daß unser Parlament sich nicht im Besitze derjenigen Kenntniß der Sache und desjenigen Materials befindet, ohne welchen auch der beste Wille, die Angelegenheit in die Hand zu nehmen, wenig ersprießliche Frucht bringen kann.

---

*) Wie ich denn nach dem Beschlusse des Hauses vom Jahre 1859 selbst meine eventuelle Dispositionsstellung beantragt und im Jahre 1857 eine anderweitige angenehme Aussicht im Interesse des hiesigen General-Consulates abgelehnt habe.

Was für ganz verschiedenartige, ja entgegengesetzte Anschauungen sind nicht bereits aus der Mitte unserer Volksvertretung verlautbart?! Verschiedenartige und entgegengesetzte trotzdem, daß es — charakteristisch genug hat leider die conservative Partei bis jetzt so gut wie geschwiegen — nur Mitglieder der großen liberalen Partei waren, die bisher das Wort ergriffen haben, weshalb gerade jene Verschiedenartigkeit beweist, daß es sich überhaupt um keine Frage handelt, in der man von dem bloßen Parteistandpunkte aus zu ersprießlichen Resultaten gelangen kann. Die Einen haben die gänzliche Abschaffung der besoldeten Consuln, Andere ihre Beibehaltung und Vermehrung für nothwendig erklärt. Die Dritten haben Klagen über den gegenwärtigen Zustand erhoben, und auch Mittel zur Abhülfe angepriesen u. s. w. Aber waren die Klagen berechtigt, so gilt von den Mitteln, daß sie die Ursachen der Uebel nicht heben, sondern verstärken. Die letzte Debatte in dem Abgeordnetenhause (Sitzung vom 30. Juli 1862) hat sich hauptsächlich um das General-Consulat in London bewegt — ein in der That sehr interessantes Thema, denn unser Consularwesen in England war bisher ein in mancher Beziehung sehr eigenthümliches. Schon der Umstand, daß, im Gegensatze zu der übrigen Praxis, nach der auch die Ernennung königlicher Vice-Consuln in den unbedeutendsten Häfen durch den König auf den Antrag des Ministers der auswärtigen Angelegenheiten erfolgt, dort einem Kaufmann die Ernennung von Vice-Consuln an, für unseren Handel und unsere Schifffahrt sehr wichtigen Plätzen überlassen war — mußte auffallen. Wiederum bewilligte man dem „unbesoldeten" kaufmännischen General-Consul, trotzdem daß er eine weit größere Einnahme als irgend ein anderer besoldeter General-Consul hatte, noch 1800 Thlr. Büreaukosten, und außerdem stand es ihm — welcher weitaus der beschäftigste aller General-Consuln sein mußte — frei, kaufmännische Geschäfte zu machen. Und wie war nun die dortige Generalconsulats-Verwaltung beschaffen? „Ich bin" — sagte der genaue Kenner der dortigen Verhältnisse, Abgeordneter Dr. Faucher, der überhaupt in dem, was er sagte, den Nagel auf den Kopf traf, aber leider die Sache nicht eingehend genug behandelte — „ich bin allerdings auch der Meinung, daß die Verwandlung des Londoner General-Consulats in ein Consulat ganz unzulässig ist; im Gegentheil, die weitere Ausbildung dieses General-Consulats ist nothwendig, welches eben, weil es mit einem Kaufmann besetzt war, nach der heutigen Praxis fast der ganzen Welt kein wahres General-Consulat ist. Ein wahres General-Consulat, das scheint mir eben das Desiderium zu sein. Ja, meine Herren, eben deshalb wünschen wir, daß das Verhältniß, wie es bis jetzt bestanden hat und welches ein sehr unglückliches war,

— die Regierung mag damit zufrieden gewesen sein, aber ich kann dem Herrn Regierungs-Commissar versichern, daß der ganze Kaufmannsstand in England, der deutsche dort und der an der Ostsee es nicht war — geändert und das Consulat mit einem Manne besetzt werde, der Nichts zu thun hat, als sich den Geschäften des General-Consulats zu widmen."*) Vollkommen richtig! und was die Unzufriedenheit betrifft, so hätte der geehrte Abgeordnete getrost hinzufügen können, daß der hierbei doch auch sehr wesentlich in Betracht kommende Schifferstand sich von der Consularverwaltung in den meisten englischen Häfen sehr wenig erbaut zeigte, darüber vielmehr die lebhaftesten Klagen führte. Da ich keine Verpflichtung hatte, mich darum zu bekümmern, habe ich in den sehr häufigen Fällen, wo aus England kommende Schiffsführer ihrer Unzufriedenheit oft in bitterster Weise Luft machten, sie an das königliche auswärtige Ministerium verwiesen, aber sie lehnten solche Beschwerden immer mit der Bemerkung ab, daß sie ihnen doch Nichts helfen würden. Was soll man z. B. dazu sagen, daß ein Schiffscapitän, nachdem er nach angeblich vieler Mühe endlich den Herrn Consul selbst zu sehen bekommen und ihm den betreffenden Fall vorgetragen hatte, bei demselben eine gänzliche Unbekanntschaft mit den einschläglichen gesetzlichen Bestimmungen antraf, und als auf des Schiffers Wunsch das Consulats-Handbuch endlich herbeigeschafft wurde, dasselbe sich bei einem schon „lange im Amte befindlichen Mann" in unaufgeschnittenem Zustande befand?! Oder, daß in einem andern Falle der Schiffer in der Lage war, dem Herrn Consul die gesetzlichen Bestimmungen erst in das Englische übersetzen zu müssen, da er des Deutschen nicht mächtig war, wie denn die Beschwerde, daß sich die Mannschaft mit dem Consul und die Consuln mit den Mannschaften oft gar nicht verständigen könnten, eine sehr allgemeine ist?! Und solchen Uebelständen sollte dadurch abgeholfen werden können, daß die einzelnen Consulate in directe Correspondenz mit dem königl. Ministerium der auswärtigen Angelegenheiten träten?!**) Aber selbst der Abgeordnete Dr.

---

*) Natürlich hat wohl auch Herr Faucher gemeint, daß es ein Mann danach sein müsse, nicht etwa eine Persönlichkeit, die man aus Rücksicht auf die Wünsche eines augenblicklich fungirenden Gesandten vorschlägt, weil ihre Brauchbarkeit in ganz andern Sphären bewährt hat.

**) Die in dieser Debatte laut gewordene Beschuldigung, daß die Berichte der von dem General-Consul in London ressortirenden Consuln in den Berichten des Letzteren anders gefärbt worden seien, ist ohne Beweis vorgebracht worden und ihr daher kaum Glauben zu schenken. Die Consuln mögen sich vielmehr darin selbst geirrt haben. Aber Thatsache ist es, daß Kaufleute, die vielleicht viel tüchtigere und angesehenere

Faucher, der im Uebrigen das Unpraktische dieser Maaßnahme zeigt, scheint doch wiederum auf die Schreibethätigkeit eines wahren General-Consuls, auf seine Berichte und auf das Material, das er sammelt, das ausschließliche Gewicht zu legen, während hierbei, wie wir auch ihn zu überzeugen hoffen, doch noch ganz andere Momente in Betracht kommen müssen, wenn das „Desiderium eines wahren General-Consulats" erfüllt werden soll. So wird denn auch in der That durch die Zusammenstellung der consularischen Jahresberichte in ein besonderes Buch, wie sie das Haus der Abgeordneten gewünscht hat, und wie sie wirklich ganz zweckmäßig sein mag, den Schäden, an denen unser Consularwesen sehr empfindlich leidet, nur wenig abgeholfen werden können. Wer nach diesen Berichten die Thätigkeit der Consuln beurtheilen will, nach Berichten, die sie ja — wie ganz richtig bemerkt wurde — auch fremden Federn anvertrauen können, wird daran einen wirklich nur sehr trügerischen Maaßstab haben, wie interessant und belehrend solche Berichte im Uebrigen sein mögen. Aber das Abgeordnetenhaus hat noch einen anderen und viel tiefer eingreifenden Beschluß gefaßt. Es hat, und zwar mit vollem Rechte, die Vorlage eines Gesetzes über die Jurisdiction der Consuln verlangt. Liest man indeß die einschlagenden Verhandlungen, so scheint dieser Antrag sich nur auf die in dem Orient und den ostasiatischen Reichen angestellten Consuln beziehen zu sollen. Dann wird ihm freilich seitens der Regierung mit großer Leichtigkeit entsprochen werden können, aber einem, wie noch aus diesem Capitel erhellen wird, im Uebrigen sehr bedenklichen Zustande wird keineswegs abgeholfen. Letzteres wird, abgesehen von einigen anderen nothwendigen Gesetzen, nur durch ein Gesetz geschehen können, was die Jurisdiction und die Befugnisse der preußischen Consuln überhaupt in das Auge faßt. An die Vorlage eines solchen Gesetzes könnten und müßten sich ganz von selbst eine erschöpfende Discussion und eingreifende Beschlüsse über unser ganzes Consularwesen knüpfen. Aber wird, wenn ein solches Gesetz überhaupt vorgelegt wird, eine Discussion stattfinden und werden Beschlüsse gefaßt werden, wie sie den vorhandenen Uebeln abhelfen und dem Auslande gegenüber, in dem man zu den bisherigen Verhandlungen solcher Art immer eine sehr spöttische Miene gezeigt und sich über die „unpraktischen" Deutschen lustig gemacht hat, der preußischen Volksvertretung zur Ehre gereichen können? Ohne daß ihr ein anderes Material zu Gebote steht als bisher, ist daran wahrlich nicht

---

Kaufleute sind, als es der kaufmännische General-Consul als Kaufmann ist oder gewesen ist, sehr ungern von kaufmännischen General-Consuln ressortiren, während sie ein Ressortverhältniß zu einem besoldeten Beamten ganz in der Ordnung finden.

zu glauben. Zu besserem Materiale behilflich zu sein, ist ein Hauptziel dieses Buches. Weit entfernt, für alle in ihm vorgetragenen Ansichten und Vorschläge irgend welche andere Autorität zu beanspruchen, als diejenige, die sie in ihrer Begründung selbst tragen — gern bereit, sich in dieser oder jener Beziehung eines Besseren belehren zu lassen und auch praktische Vorschläge seinerseits zu unterstützen, wird der Verfasser doch in einer Menge von bisher theils nicht genug bekannten, theils nicht genug gewürdigten Thatsachen den geneigten Lesern einen geeigneten Stoff und in seinen Behauptungen eine Anregung zu eigenem Nachdenken darbieten. Und wenn hierdurch auch nichts Anderes erreicht werden sollte, als daß die zur Berathung jenes beantragten Gesetzes oder eines, von der Regierung beabsichtigten, mit dem Consularwesen im genauesten Zusammenhange stehenden Gesetzes „über die Rechte und Pflichten der Schiffsmannschaften" niederzusetzende Commission dazu schritte, vor Feststellung ihrer Beschlüsse wirklich Sachverständige und nicht etwa nur Sachbetheiligte über alle in Betracht kommenden thatsächlichen Verhältnisse zu vernehmen, so würde schon hiermit die Aussicht auf eine gründliche Verbesserung gewonnen sein. Aber gleichviel, auf welchem Wege sich unsere Volksvertreter ein auf Sachkenntniß beruhendes Urtheil bilden oder verschaffen mögen, ohne dasselbe würden sie nie etwas Entscheidendes und Ersprießliches ausrichten können. Es wird, wie in vielen anderen Dingen, auch in unserem Consularwesen wesentlich beim Alten bleiben. Aber darf es das ohne Gefahr für die Machtstellung Preußens und Deutschlands, für die Sicherheit der Personen und des Eigenthums deutscher Unterthanen im Auslande?

Der geneigte Leser mag sich auf diese Frage eine gewissenhafte Antwort geben, wenn er im Folgenden nur zwei Seiten der Sache in nähere Erwägung gezogen, die es mir gerade zu einer Gewissenspflicht gemacht haben, trotz aller Ungunst der Zeiten zu dieser Veröffentlichung zu schreiten.

2.

Der Art. 537 des Handelsgesetzbuches bestimmt:

„Der Schiffsmann darf den Schiffer vor einem fremden Gerichte nicht belangen. Handelt er dieser Bestimmung zuwider, so ist er nicht allein für den daraus entstehenden Schaden verantwortlich, sondern er wird außerdem der bis dahin verdienten Heuer verlustig.

Er kann in den Fällen, die keinen Aufschub leiden, die vorläufige Entscheidung des Handels=Consuls oder desjenigen Consuls, welcher dessen Geschäfte zu versehen berufen ist und in Ermangelung eines solchen die des Consuls eines anderen deutschen Staates nachsuchen.

Jeder Theil hat die Entscheidung des Consuls einstweilen zu befolgen, vorbehaltlich der Befugniß nach Beendigung seiner Reise seine Rechte vor der zuständigen Behörde geltend zu machen."

Ein durch seine Kenntnisse und sein scharfes aber praktisches Urtheil ausgezeichneter, jetzt in fremdem Staatsdienst befindlicher Deutscher, der unser Consularwesen in zwei Welttheilen kennen zu lernen Gelegenheit hatte, äußerte über diesen Artikel: „Dieser Artikel, unter Umständen ganz richtig, würde bei Beibehaltung Eurer jetzigen Consuln ein solcher Skandal sein, daß man sich schämen müßte, ein Deutscher zu sein, und wenn Eure Volksvertretung, die doch den Anspruch macht, die erste in Deutschland und noch dazu auch eine sehr freisinnige zu sein, nicht entweder gegen diesen Artikel oder aber gegen Eure jetzigen Consuln einen energischen Protest zu erheben, so würde sie schon deswegen die allerschlechteste Behandlung und Nichtachtung verdienen."

Was konnte den Mann doch zu einem so harten Urtheil über einen, wie es scheint, so ganz unschuldigen Artikel des Handelsgesetzbuches berechtigen?

Hören wir erst vor dem Versuche einer Beantwortung dieser Frage, wie sich die „Allgemeine Dienst=Instruction" über diesen Artikel ausspricht, der doch die blos vermittelnde Stellung, die (siehe Seite 50) das Ministerium mit Rücksicht auf die Qualification der Consuln festhalten zu müssen glaubte, über den Haufen wirft und sie in der That mit einer, wie sich zeigen wird, nicht unbedeutenden richterlichen und executiven Gewalt bekleidet. Der Zusatz 19 in der „Allgemeinen Dienst = Instruction lautet:

„Durch Artikel 537 des Allgemeinen Deutschen Handelsgesetzbuches ist den Königlichen Consular=Beamten das Recht beigelegt, auf Anrufen eines Schiffsmannes bei Streitigkeiten mit den Schiffern in Fällen, die keinen Aufschub leiden, eine vorläufige Entscheidung zu treffen. Hiervon abgesehen, steht den Königlichen Consular=Beamten reglementsmäßig keine eigentliche Jurisdiction und executive Gewalt zu. Gleichwohl unterliegt es im Allgemeinen überhaupt keinem Bedenken, daß sie in Fällen, wo ihren Anordnungen von Preußischen Seeleuten der schuldige Gehorsam verweigert wird, sich an die Ortsobrigkeit wenden können, um durch deren selbstständige Einwirkung Abhülfe zu erlangen, so weit es nach der Verfassung des fremden Landes zulässig ist und es sich vermeiden läßt, Reci=

procitätszusicherungen zu ertheilen, welche nach diesseitigen Grundsätzen nicht zu erfüllen sein würden.

Kommt es in einem fremden Hafen Behufs einer nach dem Gesetz vom 31. März 1841 verhängten Disciplinarstrafe auf die Mitwirkung der Ortsobrigkeit an, so ist es überhaupt nicht die Consular=Gewalt, sondern die Autorität des Schiffers, für deren Anerkennung das Königliche Consulat sich in geeigneter Art zu verwenden hat."

Treten wir nun der Sache näher. Zunächst muß es auffallen, daß jener Artikel des Handelsgesetzbuches zwar einen Schiffsmann mit einer harten Strafe — dem Verluste der bis dahin, also möglicherweise seit Jahren verdienten Heuer — bedroht, wenn er den Schiffer vor einem fremden Gerichte belangt, wohingegen es dem Letzteren gestattet ist, je nach seinem Gutdünken und Interesse einen Schiffsmann vor einem fremden Gerichte oder vor dem Consul zu verklagen. Diese Ungleichheit paßt freilich vollkommen zu dem ganzen bisherigen Geiste der Gesetzgebung über die Rechtsverhältnisse der Schiffsmannschaft, in der — um von Preußen allein zu reden — ca. 1200 Schiffer gegenüber 12,000 Schiffsmännern eine weit mehr privilegirte Stellung erhalten haben, als es die Natur der Verhältnisse nothwendig macht. Das noch heute gültige und auch der allgemeinen Dienst=Instruction wieder einverleibte Gesetz, betreffend die Aufrechthaltung der Mannszucht auf den Seeschiffen, vom 31. März 1841 ermächtigt die Schiffer, nicht allein Geldstrafen, Schmälerung der Kost, Gefängniß bis zu acht Tagen, nöthigenfalls bei Wasser und Brod, sondern auch Anschließen mittelst eiserner Fesseln in den unteren Räumen des Schiffes bis zur Dauer von drei Tagen und körperliche Züchtigung zu verfügen — aber von einer Bedrohung des Schiffers selbst bei einem Mißbrauche dieser doch wirklich sehr ausgedehnten „Disciplinar=Gewalt" ist in diesem Gesetze nirgends die Rede. Auch in keinem der anderen hier in Betracht kommenden Gesetze ist den Schiffsmannschaften ein besonderer Schutz gegen den Mißbrauch der „Disciplinar=Gewalt" des Schiffers zu Theil geworden. Denn daß ein Schiffsmann nach Art. 547 des Handelsgesetzbuches seine Entlassung fordern kann, wenn sich der Schiffer „einer groben Verletzung seiner ihm gegen denselben obliegenden Pflichten, insbesondere durch schwere Mißhandlung oder durch grundlose Vorenthaltung von Speise und Trank schuldig macht" — ist doch wahrlich eine sehr geringe Genugthuung für schwere Mißhandlungen und steht in keinem Verhältnisse zu den Gefängniß= und Zuchthausstrafen, mit denen das obenerwähnte Gesetz den Schiffsmann für den Fall des Ungehorsams und Widersetzlichkeit gegen den Capitän bedroht. Der dem Landtage bereits vorgelegt gewesene Gesetzentwurf, betreffend die Rechtsverhältnisse der Schiffsmannschaften, hat ebenfalls eine Sicherung der Schiffsmannschaften gegen einen Mißbrauch der Disciplinargewalt seitens des Schiffers für überflüssig erachtet. Da nun ein Schiffer doch kein Beamter ist, also die Gesetze über Mißbrauch der Amtsgewalt auf ihn keine Anwendung finden, so können nur die Bestimmungen des Strafgesetzbuches wegen Körperverletzung zur Anwendung kommen oder §. 210, wenn nämlich der Beschädigte beweisen kann, daß ihm die Freiheitsentziehung widerrechtlich zu Theil geworden ist. Aber die zu solchen Anklagen erforderlichen Beweise werden, der Natur der dabei in Betracht kommenden Verhältnisse nach, nach Monaten und Jahren nicht mehr leicht zu führen sein. Freilich müssen sie bei Gelegenheit einer etwaigen Entlassungsverhandlung vor dem betreffenden Consul schon zu Stande gebracht werden. Wenn der Consul, der auf Grund des Art. 547 die Entlassung eines Schiffsmannes entschieden hat, nur verpflichtet würde, die einschlagenden Verhandlungen sofort einzusenden, damit von Amtswegen ein solcher Vergehen oder Verbrechen schuldiger Schiffscapitän zur Bestrafung gezogen würde, so würde schon eine solche Bestimmung dazu dienen können, die Schiffsmannschaften vor den Mißbräuchen der Disciplinargewalt etwas sicherer zu stellen, denen sie heute so gut wie schutzlos Preis gegeben sind. Andere Gesetzgebungen, die im Interesse der Schifffahrt und Schiffsdisciplin die Schiffsführer mit nicht geringerer Disciplinargewalt ausgerüstet und Ungehorsam und Widersetzlichkeit seitens der Schiffsmannschaften mit nicht geringeren Strafen bedroht haben, haben doch auch gegen den Mißbrauch jener Gewalt sehr geeignete Vorkehrungen getroffen. So das Napoleonische Decret vom 21. März 1852. In dem Bericht des Ministers Ducos, das demselben als Motivirung vorausgeschickt ist, heißt es:

„Wenn das Decret die Schiffer gegen den Geist der Unordnung ihrer Mannschaften beschützt, hat es doch nicht ihren eigenen Vergehen Straflosigkeit zusichern wollen." Und später: „Die von den Schiffsoffizieren und Schiffsführern begangenen Vergehen dürfen nicht, ich wiederhole es, mehr als die anderen (nämlich diejenigen der Schiffsmannschaften) einer gerechten Bestrafung entgehen. Die Artikel 74—87 des Decrets enthalten besonders in dieser Beziehung Bestimmungen, die geeignet sind, diejenigen in den Schranken ihrer Pflicht zu halten, deren Beispiel natürlich einen großen Einfluß auf die Leute übt, die sie commandiren. Der Mißbrauch der Autorität ist ein Element, das Ordnung und Zucht vernichtet: das Decret hat ihn nicht unbestraft lassen wollen."*)

Was die übrigen Rechtsbeziehungen zwischen Schiffer und Schiffsmann betrifft, so braucht nur Jemand sich die Mühe zu geben, die bezüglichen Bestimmungen des Handelsgesetzbuches und jenes Entwurfes zu studiren, um die Ueberzeugung zu gewinnen, daß die Rechte des Schiffsmanns in der That auf ein sehr bescheidenes Maaß reducirt sind. Aber dieses bescheidene Maaß wird ihnen doch wenigstens ganz sicher gestellt sein? Sie werden in den Consuln, auf die sie unter gänzlichem Ausschluß der fremden Gerichte angewiesen sind, in ihren Streitigkeiten mit dem Capitän gesetzeskundige, unabhängige, unparteiische Richter finden, die für die Begünstigung oder Benachtheiligung einer Partei zur strengen Verantwortung, ja — §. 314 des Strafgesetzbuches — mit Zuchthaus bis zu fünf Jahren bestraft werden können? Bei Leibe nicht. Der „Rechtsstaat" Preußen, das an der Spitze der europäischen Intelligenz stehende, sich zur alleinigen Führung Deutschlands berechtigt erachtende Preußen hat — von dem Orient abgesehen, in dem der preußische Schiffsverkehr nur ein geringer ist — mit alleiniger Ausnahme Kopenhagens und Dänemarks, wo solche Streitigkeiten wenigstens von allen Consuln unter der unmittelbaren Controle eines besoldeten Beamten entschieden werden, diese Entscheidung „Königlichen Consular-Beamten" anheim gegeben, die

1) sämmtlich nicht einmal preußische Unterthanen sind,
2) denen zum größten Theile nicht allein eine rechtswissenschaftliche, sondern eine wissenschaftliche Bildung überhaupt, wie die Kenntniß der einschlagenden preußischen Gesetze und Verhältnisse fehlt,
3) über welche die preußische Regierung keinerlei Strafgewalt hat,
4) die zum großen Theile Geschäfte treiben, die ihnen zu gründlichen Untersuchungen gar keine Zeit lassen,
5) die sehr häufig Commissionäre der Capitäne resp. Rheder sind, also selbst Partei sind, auch an dem Ausgange der Sache nicht selten selbst ein Interesse haben,
6) die sehr häufig nicht einmal der deutschen Sprache ganz mächtig sind,

---

*) Auch der in jenem Berichte folgende Satz wäre der Beherzigung derjenigen bringend zu empfehlen, die sich vielleicht künftig mit dieser Gesetzgebung zu befassen haben werden. Er lautet: „Der Trunk ist ein unglücklicher Weise zu häufiges Laster in der Kauffahrtei-Marine. Dieses Laster nimmt aber sehr gefährliche Proportionen bei Personen an, die mit Führung eines Schiffes beauftragt sind; strenge Strafen werden dazu beitragen, sie vor demselben zu bewahren."

7) die Consularbeamte lediglich im Interesse ihres Geschäftes sind und meistens an dem Interesse und der Ehre Preußens nur gerade den Antheil nehmen, den ihr Geschäftsinteresse zuläßt.

Solchen Personen also ist die Entscheidung über Freiheit und Eigenthum preußischer und deutscher Unterthanen im Auslande anheimgegeben, während Rußland, England, Frankreich, die Vereinigten Staaten von Nord-Amerika, Italien, Spanien und Belgien überall, wo sie einen einigermaßen in Betracht kommenden Schiffsverkehr haben, durch eigene Unterthanen und besoldete Beamte vertreten sind, welche von ihren Regierungen zur Verantwortung gezogen werden können. Wie läßt sich eine so auffallende Thatsache, die zugleich unser Nationalgefühl in hohem Grade beleidigen muß, ich will nicht sagen rechtfertigen, aber doch erklären?

3.

Offenbar haben sich unsere Gesetzgeber damit getröstet, daß es sich doch nur um Streitigkeiten handelt, die „keinen Aufschub erleiden", daß die Entscheidungen der Consuln nur „vorläufige" sind, und daß die Parteien die Befugniß haben, nach Beendigung der Reise ihre Rechte vor der zuständigen Behörde geltend zu machen. Aber auf wie schwachen Füßen steht doch dieser Trost, da die praktischen Verhältnisse alle diese Momente zu bloßen Phantasiestücken machen. Ich werde das beweisen.

1. „In Fällen, die keinen Aufschub erleiden." Die Seeleute sind im Ganzen ein hartes Volk, das überhaupt nicht um irgend welcher Kleinigkeit willen Klagen erhebt. Kommt es dazu, so leiden aber, wenigstens in den Augen des Seemannes, diese Fälle immer keinen Aufschub. Denn warum handelt es sich in der Regel? Wenn ein Schiffsmann, ein Theil einer Besatzung oder auch die ganze Besatzung die Kläger sind: entweder um Verweigerung der Entlassung und freier Rückbeförderung, die der Schiffsmann sich zu fordern berechtigt erachtet, oder um Mißhandlungen, die er erlitten hat, oder um Auszahlung der Heuer, die ihm verweigert wird, oder um die Beschaffenheit des Proviants oder die Quantität und Qualität der verabreichten Kost u. s. w. Aber es kommen auch Fälle vor, wo es sich um die Seeuntüchtigkeit des Schiffes, das doch nur „auf den Strand gesetzt werden soll", oder auch um den Geisteszustand des Capitäns handelt, der „ganz verrückt geworden sei und mit dem man nicht weiter fahren könne" u. s. w. Und wenn der Schiffer der Kläger ist: um eine Entlassung, die er sich gegen den Willen des Betheiligten vorzunehmen für befugt hält, oder um die Degradirung eines Schiffsmannes, die sich dieser nicht gefallen lassen will, oder um Verweigerung

der Arbeit, oder Verlassen des Schiffes ohne Erlaubniß, oder gar um eine „förmliche Verschwörung", der er — der Capitän — nicht auf die Spur kommen kann, für deren Urheber er aber den oder den hält u. s. w.

Welche von diesen Fällen erleiden einen Aufschub? Natürlich in der Meinung der Verklagten alle, in derjenigen der Kläger keiner. Ja, in vielen Fällen wird es eben erst die Entscheidung selbst sein, welche auch die Frage des „Aufschubes" entscheidet. Aber fast immer liegt die sofortige Entscheidung nicht allein im Interesse des Beschädigten, sondern sogar auch im Interesse der ganzen Zukunft der Reise und der Aufrechthaltung der Schiffsdisciplin überhaupt. Ein energisches, aber gerechtes Einschreiten zu rechter Zeit kann vielem späteren Schaden und Unheil vorbeugen, die hingegen durch das Aufschieben oder durch ungerechte Entscheidungen oder durch Mangel an Energie geradezu herbeigeführt werden.

Also der Aufschubs-Trost ist sehr hinfällig. Kommt

2) der Trost, daß die consularischen Entscheidungen ja nur vorläufige sind. Aber mit diesem Troste ist es erst recht Nichts. Ganz im Gegentheil, diese consularischen Entscheidungen haben in Wahrheit einen viel mehr definitiven Charakter als die Entscheidungen anderer Richter, was wir an einigen praktischen Fällen zeigen wollen.

Der Matrose A. behauptet so krank zu sein, daß er die Reise nicht mehr fortsetzen und Schiffsdienste zu verrichten vermöge. Er verlangt daher nach dem Hospital gebracht und zurückgelassen zu werden. Der Capitän B. verweigert das und behauptet, der A. verstelle sich nur, sei oft ganz vergnügt, esse ganz gut u. s. w. und er — der Capitän — könne jetzt keinen anderen bekommen, aber von X., wohin er jetzt eine Fracht habe, wolle er nach Hause und dann wolle er den A. gleich entlassen. Daß er die letztere Absicht hat, mag ganz wahr sein, eben so wahr, wie daß der Capitän, zugleich Mitrheder des Schiffes, nicht etwa bis zum Ablauf von sechs Monaten die Kosten der Verpflegung und Heilung tragen will, wozu er durch § 548 des H.-G.-B. im Falle der Zurücklassung des A. verpflichtet sein würde.

Lassen wir den Fall sich dramatisch weiter entwickeln.

Matrose A.: „Ach, Herr Consul" — der Matrose ist nämlich der Ansicht, den Consul vor sich zu haben. Daß der Angeredete, wie das z. B. in England recht häufig vorkommt, nur ein Commis ist, der ein für alle Mal diese Consularsachen abmacht, thut eben weiter Nichts zur Sache! — also: „Ach, Herr Consul, der Capitän hat auch schon in Y. mir gesagt, er wolle von hier nach Hause gehen und nun thut er's doch nicht, und wenn er in X. wieder eine andere Fracht bekommt, geht er wieder nicht nach Hause, und glauben Sie mir, ich werde jeden Tag schwächer und werde wohl gar nicht mehr nach Hause kommen, wenn ich in diesem Wetter wieder auf's Schiff soll."

Capitän B.: „Na, na, mein Junge, so schlimm ist es nicht, ich habe auch schon Blut gespuckt, das geht wieder über, und du kannst dich schon darauf verlassen, ich gehe von X. nach Hause, ich will auch nicht in den Winter kommen."

Der Commis=Consul: „Wenn der Capitän das sagt, können Sie sich schon darauf verlassen. Sie sehen ja auch gar nicht krank aus, Sie haben ja noch ganz rothe Backen."

Matrose A.: „Ach, Herr Consul, wenn Sie wüßten, wie mir's zu Muthe wäre, so würden Sie nicht so reden. Lassen Sie mich doch von einem Arzt untersuchen, ich will's gern bezahlen."

Capitän B.: „Was hat dir denn das viele Laufen zum Arzte in Y. genutzt? Nichts von der Welt. Da setzst du nur dein Geld zu und mit mußt du doch, halte mich nur nicht länger auf."

Der Commis=Consul zu dem Matrosen, der, eine stumme Bitte in seinen Augen, noch wartet: „Der Capitän hat ganz Recht, gehen Sie nur wieder an Bord. Es wird schon wieder besser werden. Na, vorwärts."

Das letzte Wort ist natürlich mit einem gewissen Amtsbewußtsein gesagt. Der Matrose geht ohne ein anderes Wort als: „Mein Gott, mein Gott, giebt es denn für uns gar kein Recht?" Der Herr Commis=Consul und der Herr Capitän verhandeln nun über das eigentliche Geschäft, denn es ist ja eben das Haus des Herrn Consuls, welches das Schiff nach X befrachtet hat. Die Reise dahin dauert gewöhnlich drei bis vier Tage. Ungünstiges Wetter verlängert sie dieses Mal auf vierzehn Tage. Schon am Abend des zwölften wird von dem Schiffe „Etwas" heruntergelassen, und das Meer schließt sich über diesem „Etwas" ernst und schweigend. Es ist nur die Leiche des Matrosen A. — „Den hat der Capitän auch auf seinem Gewissen," sagt der Bootsmann beim Abendbrod und die Andern nicken beifällig — einen Fluch im Herzen. Und doch braucht dieser Capitän noch keiner der schlechtesten gewesen zu sein. Er ist eben nur Nichts zu sehen gewohnt als sein eigenes Interesse, und diese Gewohnheit hat ihn für alles Andere blind gemacht. Und der Commis=Consul? Was ist von ihm für eine Theilnahme an dem Matrosen A. zu erwarten, der gar nicht einmal sein Landsmann ist. Aber der Capitän muß bei guter Stimmung erhalten werden, also — — so mußte eben die vorläufige Entscheidung ausfallen, wie sie ausgefallen ist.

Setzen wir nun denselben Fall gegenüber einem wirklichen Beamten, bei dem das Consulat nicht Neben- sondern die Hauptsache und sein alleiniges Amt ist, für dessen Verwaltung er bezahlt und vor Gott und Menschen verantwortlich ist, und das er ohne Rücksicht auf die Stimmungen der Capitäne und auf irgend welche Geschäfte zu verwalten hat. Der Matrose A. bringt ebenso seine Klage vor, der Capitän B. hat dieselben Einwendungen. Der Consul macht ihm bemerklich, daß weder er — der Consul — noch er — der Capitän — über den Krankheitszustand des A. eine rechte Meinung haben können und schickt den Letzteren mit dem Kanzleidiener zum Arzt, den er um genaue Untersuchung und ein schriftliches Gutachten bittet. Der Arzt schreibt: „Der Matrose A. leidet an Phthisis, die allem Anschein nach einen schleunigen Verlauf nehmen wird. Zum Schiffsdienst ist er selbstverständlich unbrauchbar, ihn länger darin zu lassen, heißt gerade so viel als ihn todtschlagen." Natürlich fällt nunmehr die Entscheidung des Consuls dahin aus: daß der A. sofort zu entlassen und in das Hospital zu legen sei. Der Capitän macht dazu eine saure oder vielmehr gar keine Miene: „Was versteht denn der Arzt davon, ich kenne den Kerl (den Matrosen) schon lange genug; er ist nie viel anders gewesen." Der Consul: „Ja, Herr Capitän, Sie begreifen, daß ich dem Urtheile eines Arztes, dem ich mich selbst und die Meinen anvertraue, mehr Glauben schenken muß als dem Ihrigen. Also Sie mustern den A. jetzt ab, bezahlen ihm seine Heuer bis zum heutigen Tage oder geben ihm eine Anweisung darauf an den Rheder und lassen seine Sachen nach dem Hospital schaffen, und wenn Sie das letztere nicht wollen, werde ich es auf Ihre Kosten thun lassen." Capitän: „Was man mit einem solchen Racker auch noch für Umstände hat, verfluchter Hund — —" Consul: „Nicht weiter, bedenken Sie, daß Sie vor Ihrer Obrigkeit stehen und befolgen Sie vielmehr ohne Weiteres die von ihr getroffene Entscheidung." Capitän: „Aber dann komme ich heute nicht mehr fort, und ich bin sonst klar und kann bei dem jetzigen Wetter keinen Mann entbehren." Matrose A.: „Ich habe Sie ja schon oft und noch vor 8 Tagen gebeten, daß Sie mir erlaubten, zum Consul zu gehen, aber Sie haben mir es abgeschlagen und gesagt, ich sollte warten, bis wir mit Laden fertig wären." Capitän: „Na, schweig Du nun nur stille — aber, wenn ich heute auch noch einen Andern kriege, Herr Consul, morgen ist Sonntag, da kann ich ihn ja nicht anmustern." Consul: „Die Kanzlei ist zwar am Sonntage geschlossen, aber in dringenden Fällen stehe ich immer zu Diensten. Sie können am Morgen 8 Uhr kommen."

Die letzte Wendung, an der der Schiffer sah, daß doch auch sein Interesse wieder dem Consul am Herzen liege, hat den Capitän milder gestimmt. Er macht mit dem A. seine Rechnung und mustert ihn ab. A. kommt nach dem Hospital. Freilich hat ihn die vorläufige Entscheidung des Consuls vom Tode nicht retten können. Nach 2 Monaten stirbt er, aber unter sorgsamer Pflege. Der Consul hat sich bei zeitweiligen Besuchen selbst überzeugt, daß es ihm daran nicht fehlt, hat ihn zu ermuthigen gesucht, ihm diesen und jenen kleinen Dienst erwiesen, einen Brief nach Hause geschrieben u. s. w. Alles das nicht, weil es im „Reglement" steht, aber es ist doch ganz natürlich, denn Consul und Matrose haben eine Heimath, sprechen eine Sprache und der Erstere weiß ja auch, wie es thut, im fremden Lande krank zu sein. Und da nun der Matrose stirbt — stirbt er einen Segenswunsch auch für das Vaterland auf den Lippen, das über ihm auch noch in der Ferne seine schützende Hand gehalten. Einige Tage nachher geht ein Leichenzug durch die Straßen. Der Sarg ist mit einer preußischen Flagge umhüllt und auch an Kränzen fehlt es nicht. Capitäne und Matrosen von anderen preußischen Schiffen folgen auf die Bitte des Consuls, der selbst an ihrer Spitze geht. Freilich dem Todten kann das „ganz gleichgültig" sein — aber für die Lebenden ist es nicht gleichgültig, und selbst die Fremden bekommen Achtung vor einer Nation, die auch hierin zeigt, daß sie sich auch in der Ferne fühlt als ein einig Volk von Brüdern.

Was das für sentimentale Geschichten sind! — höre ich einige Leser ausrufen. — Er will uns rühren. Aber mit solchen Phantasiestücken lassen wir uns nicht rühren. Es giebt weder solche Capitäns, noch solche Matrosen, noch solche Consuln.

Ja, mein geneigter Leser, ich will Dich rühren, d. h. ich will, daß Du Dich nicht allein mit Deinem Verstande, sondern auch mit Deinem Herzen für diese Dinge interessiren sollst, denn ohne ein solches Interesse wirst Du in der Sache nichts vorwärts bringen. Wird aber dieses Interesse allgemein, so wird den Uebelständen bald und gründlich abgeholfen sein. Und wie müßten doch alle Parteien hierzu gern die Hand bieten? Was für eine vortreffliche Gelegenheit für aufrichtige Demokraten, ihr Interesse für das arme Volk „thatsächlich" zu bekunden und denen die Mäuler zu stopfen, die da meinen, es käme den Demokraten nur darauf an, selbst an das Ruder zu kommen und hätten sie dieses Ziel erreicht, würden sie ärgere Despoten sein, als sie je dagewesen? Und nun gar für die Conservativen? Wenn ihr Interesse für das „eigentliche" Volk, das jetzt in unserer Volksvertretung nicht vertreten sein soll und es vielleicht auch wirklich nicht ist, nur auf Redensarten hinausliefe, mit denen man das „eigentliche Volk" dupiren wollte, um mit seiner Hülfe eine conservativ-parlamentarische Regierung herzustellen mit der Krone als „Verfaffungslückenbüßer", so würde ja die conservative Herrschaft bald genug und mit einem großen Schrecken ein Ende nehmen müssen. Und selbst die vollblütigsten Reactionäre und Legitimisten können nicht zurückstehen — denn nur ausgemachte Schwachköpfe oder Heuchler können sich doch überhaupt auf „göttliches Recht" berufen, ohne dabei zu beherzigen, daß der Gott der Offenbarung, von dem sie doch solches Recht ableiten wollen, sich ganz ausdrücklich als ein Gott der Armen, Elenden, Unterdrückten bezeichnet, daß vor Ihm ein Greuel ist, was hoch, nämlich aufgeblasen ist unter den Menschen, und daß Er die mächtigsten Heere, die Säulen der Ordnung, wie Stäbe zerbrechen und wie Spreu verwehen kann, wenn die Zeit gekommen ist, daß Er mit denen zu Gerichte gehen will, die den Elenden und Geringen ihr Recht verweigerten, aber dabei doch Gott immer im Munde führten.

Die preußischen und deutschen Schiffscapitäne sind — das kann man mit großer Genugthuung sagen — der Mehrzahl nach vortreffliche, verhältnißmäßig gut gebildete, auch humane und patriotische Männer, mit denen zu verkehren eine Freude ist. Aber der räudigen Schafe giebt es doch auch genug unter ihnen, und ihrer scheinen nicht weniger, sondern mehr zu werden, wozu gerade neben dem bereits hervorgehobenen Mangel der Gesetzgebung der jetzige Zustand unseres Consularwesens mit seiner Verwirrung von Obrigkeit und Geschäft u. s. w. recht wesentlich beiträgt. Wenn in einem Jahre allein drei preußische Schiffscapitäne im Bezirke meiner Verwaltung wegen Diebstahls an ihrer Ladung von dänischen Behörden verhaftet und zur Untersuchung gezogen wurden, so wird diese Thatsache allein schon zeigen, daß es doch wohl auch „solche Capitäns" geben kann — zum Ueberfluß kann ich anführen, daß ich selbst leider mehrfach die amtliche Bekanntschaft von Capitäns gemacht habe, die sich noch viel roher und unmenschlicher gegen selbst kranke Leute benahmen und über sie äußerten. Also von Phantasiestücken ist nicht die Rede. Gewiß giebt es ferner auch unter den Matrosen viel schlechte Subjecte. Es wäre doch auch ein Wunder, wenn der Geist der Negation, der Auflösung, der Geldjagd, der Corruption, der Entgöttlichung der Welt, der neben einem ernsten und erfreulichen christlichen Zuge doch mächtig durch diese Zeit geht, auf diese Volksklasse ohne allen Einfluß bleiben sollte. Aber gebessert wird dieselbe doch wahrlich nicht, wenn man ihr das Gefühl giebt, daß sie eigentlich nicht unter dem Gesetze, sondern nur unter der Willkür stehe. Damit werden nur jene entsetzlichen Erscheinungen und Verbrechen gefördert, von denen ich doch auch — um die „Phantasiestücke" etwas zu beleuchten — eins aus der jüngsten Praxis erzählen werde.

Von dem Herrn Staatsanwalt in Stralsund empfing ich am 15. Juni d. J. ein Schreiben vom 13. desselben Monats, folgenden Inhaltes: In der Nacht vom 17. bis 18. Mai sei nach einer Angabe des in Arrest befindlichen Matrosen Friedrich Martens aus Darsner Ort das Jachtschiff (Schaluppe) Emilie, das außer dem Arrestanten nur den Capitän Niejahr und den Schiffsjungen Niejahr, den Sohn des Ersteren, als Besatzung am Bord hatte, auf der Fahrt von Gothenburg nach Stralsund und zwar in der Nähe von Falster von einem Dampfschiffe übersegelt worden und gesunken. Arrestant wollte durch den Anprall aus dem Schlafe erweckt worden und auf das Deck geeilt sein und gerade noch so viel Zeit gehabt haben, um sich in dem einzigen an Bord befindlichen und damals an dem Davids hängenden Boote zu retten, ohne irgend etwas von seinen oder des Capitäns Sachen zu bergen oder sich um das Schicksal des Capitäns oder dessen Sohnes zu bekümmern. Kaum 5 Minuten später sollte die Jacht vor seinen Augen gesunken sein. Die Mannschaft jenes Dampfschiffes sollte sich weder um ihn, noch um das sinkende Schiff bekümmert haben und er selbst wollte sich mit dem Boote nach Moen als der nächsten Küste gerettet haben. Von dem Schiffscapitän Niejahr und seinem Sohne seien später keine weiteren Nachrichten eingetroffen und der Untergang der Jacht schien nicht bezweifelt werden zu können. Dagegen erschienen die Angaben des ⁊c. Martens im höchsten Grade unglaublich und er selbst schweren Verbrechens aus folgenden Gründen verdächtig: 1) Sei der ⁊c. Martens bei seiner Rückkehr nach Mecklenburg in Besitz von Geld und auch einer Menge von Betten und Kleidungsstücken gewesen, die später von den Angehörigen des Niejahr als das Eigenthum des Letzteren erkannt wurden. 2) Sei in jener Nacht von anderen denselben Cours gesegelten Schiffern ausgesagt worden, daß vollkommen klares Wetter und ein Ansegeln insonderheit bei der Erfahrenheit des Schiffers daher unwahrscheinlich gewesen.*) 3) Einer dieser Schiffer habe am Abend des 17. Mai, da das Schiff in Mecklenburg noch vor Anker lag, das Boot auf dem Decke stehen und nicht im Davids hängen sehen. 4) Der Martens habe über Nationalität, Beschaffenheit und Namen jenes Dampfschiffes gar keine Auskunft zu geben gewußt. 5) Auf seiner Reise nach Gothenburg habe der ⁊c. Niejahr bei Gelegenheit eines kurzen Besuches in seinem Wohnort gegen seine Ehefrau Klage über den ⁊c. Martens geführt, den er des wiederholten Gelddiebstahls dringend verdächtig halte. Aus

---

*) Stände dieser Grund allein, so hätte er freilich wenig zu bedeuten, da auch die von den erfahrensten und umsichtigsten Schiffern geführten Segelfahrzeuge durch Unvorsichtigkeit oder falsche Manöver der Dampfschiffsführer überfahren werden können.

allen diesen Gründen hielt der Staatsanwalt den Verdacht für gerechtfertigt, daß der ꝛc. Martens erst den Capitän und seinen Sohn bei Seite geschafft und dann das Schiff angebohrt habe, und ersuchte das königliche General-Consulat um weitere Ermittelungen, namentlich darum, wo möglich durch Aufnahme der angeblich auf dem Grunde noch sichtbaren Jacht festzustellen, ob sich Spuren der Uebersegelung zeigten u. s. w.

Die verlangten Ermittelungen wurden sofort theils durch telegraphische Anfragen, theils durch persönliche Erkundigungen bei den betreffenden Polizei-Behörden, den Lootsen-Stationen, den Expeditionen von Dampfschiffen in Angriff genommen und hatten als Hauptresultat: daß gerade in jener Nacht überhaupt kein Dampfschiff in jenem Fahrwasser gewesen war, denn es hatte weder am Abend vorher noch am Morgen nachher ein Dampfschiff weder die Drogden noch den Sund, weder nach Norden noch nach Süden passirt. Außerdem war die Jacht nach Erklärung des Herredsfogeds auf Moen an einer ganz anderen Stelle gefunden, als der ꝛc. Martens in Stralsund angegeben hatte. Eben sollte am 17. Juni ein, diese Resultate zusammenstellendes Schreiben an den königlichen Staatsanwalt abgehen, als von ihm ein Citissime mit der Mittheilung einging, daß der Selbstmord des ꝛc. Martens die schwebende Untersuchung erledigt habe! So hat der Tod, von dem Selbstmorde abgesehen, über ein wahrscheinlich dreifaches Verbrechen — Diebstahl, Doppelmord und das Anbohren des Schiffes — seinen undurchdringlichen Schleier gelegt. Aber neben der Gewißheit, daß eine ganze Familie gleichzeitig ihres Versorgers und dessen, der einst seine Stelle vertreten sollte und ihres Eigenthums beraubt ist, steht die andere: daß dieser Raub durch eine Reihe von Verbrechen verübt wurde. Nur darüber bleiben unlösbare Zweifel: Ist wirklich der bloße Wunsch, sich in Besitz des Geldes, einer wahrscheinlich gar nicht bedeutenden Summe und einiger Kleidungsstücke zu setzen, das Hauptmotiv des doppelten Verbrechens gewesen, oder hatte es andere Beweggründe, so zwar, daß der Diebstahl nur beiläufig ausgeführt wurde? War es die Furcht vor Entdeckung früherer Diebstähle, die den Martens zum Morde trieb oder Rache für ungegründete Beschuldigungen u. s. w.? Wir lassen dies Alles dahingestellt, da unsere Absicht nur war, daran zu zeigen, daß die Wirklichkeit auch in dem Seeleben Erscheinungen hervorbringt, so gräßlich, wie sie die Phantasie nur immer zu erdenken vermag. Und was haben denn die geneigten Leser zu jenem Skandale gesagt, der sich im Laufe des vergangenen Sommers vor dem Polizeigericht in Stockholm ereignete?! Da klagten denn am Hafen wohnende Schweden einen preußischen Schiffscapitän und seine mitcommandirende Frau empörender Mißhandlungen gegen einen Schiffsjungen, aber nicht bei dem preußischen kaufmännischen Consul, sondern bei dem schwedischen Gericht an. Der preußische Schiffscapitän erschien — wie die öffentlichen Blätter diese öffentliche Verhandlung berichtet haben — zur Verhandlung mit — ja richtig, mit einem „Königlich Preußischen Consular-Beamten", aber in der Gestalt eines veritabeln „Commis-Consuls". Und dieser Vertreter des preußischen Consulates in der Residenz Schwedens begann nicht etwa damit, gegen die ganze Verhandlung zu protestiren und für sich das Recht zu vindiciren, in der Sache eine „vorläufige Entscheidung" zu treffen, sondern wohnte der Verhandlung sehr passiv bei. Und als er merken konnte, daß der schwedische Richter nach den Zeugenaussagen, welche die Mißhandlungen, zu denen sich der Capitän mit seiner Frau vereinigt haben sollte, bestätigten, die Entlassung des Schiffsjungen verfügen würde, kam er demselben nicht etwa durch die Erklärung zuvor, daß er diese Entlassung anordnen werde, sondern zeigte sich vielmehr ganz im Geiste des „Zusatzes" geneigt, die „Autorität des Schiffers" zu vertreten. Natürlich, daß der schwedische Richter es nicht unterließ, diesem „Beamten" gegenüber die preußische Gesetzgebung, die doch unmöglich dem Schiffer dergleichen gestatten könne, gewissermaßen in Schutz zu nehmen. Wie nun der Fall an sich beschaffen gewesen sein mag, zweierlei steht fest: Einmal, daß die Ostseezeitung vollkommen Recht hatte, wenn sie sagte, daß in jedem Falle sich das preußische Consulat ganz unverantwortlich benommen habe, und sodann, daß dieser Vorgang im Norden die allerungünstigste Meinung über preußische Zustände und preußisches Consularwesen erzeugen mußte. Wir haben aber weder gehört, daß der betreffende Schiffscapitän in Preußen zur Untersuchung, noch daß der Consul, der sein Amt so wenig geeigneten Händen anvertraut hatte, zur Rechenschaft gezogen worden wäre. Und in dergleichen Fällen hätte das Resultat solcher Untersuchungen oder die gegen die Wiederkehr solcher Unverantwortlichkeiten ergriffenen energischen Maaßregeln der Oeffentlichkeit übergeben werden müssen, damit den gehässigen Bemerkungen, die sich gerade im Auslande an solche Vorgänge knüpften, die Spitze abgebrochen worden wäre.*)

---

*) In dieser Zeit erhalte ich an einem Tage — am 7. December — nur drei hierher gehörige Anzeigen aus einem von dem königlichen General-Consulat in Kopenhagen ressortirenden Consulate und zwar mit dem Bemerken, daß die eingezogenen Erkundigungen die erhobenen Anklagen nur begründet erscheinen lassen. In dem einen Falle hat ein Schiffscapitän, der bei seinem Aufenthalte in dem betreffenden Hafen meist betrunken gewesen war, einen fieberkranken Matrosen in seiner

— 71 —

Wir kehren nun zu unserem nächsten Thema zurück und nehmen zunächst noch einen anderen weniger tragischen Fall einer „vorläufigen Entscheidung", als es der zuerst erzählte war. Von dem Barkschiffe N., das 15 Mann Besatzung am Bord hat, finden sich 4 Mann auf dem Consulate zu N. mit der Beschwerde ein, daß der Capitän zu schlechte Kost gebe, daß der Proviant schon zum größten Theile verdorben sei, der Capitän sich aber weigere, neuen anzuschaffen u. s. w. Auch in der Seestadt, wo das passirt, sei ein „angesehener Kaufmann" königlich preußischer Consul und zwar sei es ein Mann, der — weil er selbst gar keine Geschäfte, etwas Papierschwindel ausgenommen, mehr treibt — mit einem gewissen Eifer sich ausnahmsweise selbst der „consularischen Function" annimmt. Unglücklicherweise weiß nur Jedermann, und der Capitän selbst erfährt es auch bald: daß die Schiffsproviant-Handlung im Keller eigentlich doch für Rechnung des Herrn Consuls von einem früheren, mit der Hausjungfer verheiratheten Hausknecht desselben geführt wird. Der Herr Consul hört mit größter Theilnahme die Kläger an und fordert sie auf, den Capitän her zu bestellen und selbst wieder zu kommen, und wo möglich von dem in Rede stehenden Fette, Butter u. s. w. mitzubringen. Das geschieht. Ganz vorzüglich ist die Qualität des betreffenden Proviantes nicht, aber ungenießbar ist er doch auch nicht. Der Capitän versichert auch, daß die Viere nur aufgehetzt wären von Einem unter ihnen. So werden noch vier Andere herbeigeschafft. „Also Ihr seid mit dem Proviante zufrieden!" fragt der Consul. „Wer kann denn das sagen?" — antworten die Leute, — „er ist schlecht genug, aber was will man machen,

---

Koje mit einem Eimer kalten Wassers übergossen. In einem zweiten Falle hat ein Matrose einem Capitän und seinem Steuermann dabei helfen müssen, die von den Fischern ausgestellten Netze zu bestehlen, wobei der Steuermann, um sich das Geschäft zu erleichtern, jenen armen Leuten noch die Netze zerschnitten hat. Später ist der Matrose doch noch gemißhandelt worden, trotz seiner Theilnahme nicht allein an diesem, sondern auch an einem von dem Capitän an der Ladung verübten Diebstahle. In einem dritten Falle hat der Commandeur eines dänischen Zollkreuzers sich zu der Anzeige für verpflichtet gehalten, daß er am 4. December die Besatzung einer preußischen Schaluppe in höchst kläglichem Zustande angetroffen und auf sein Befragen erfahren habe, daß dieselbe während der beinahe achtwöchentlichen Reise nicht allein keine ausreichende Nahrung bekommen, sondern daß auch ein Mann derselben, ein alter, etwa 60jähriger Matrose, auf das Furchtbarste von dem Capitän gemißhandelt sei und er — der Commandeur des Zollkreuzers — kaum glauben könne, daß dieser alte Mann bei der Ankunft des Schiffes am Bestimmungsorte noch am Leben sein werde, da er kaum mehr im Stande gewesen sei, seine Glieder zu rühren! Sollten unter solchen Umständen unsere Gesetzgeber nicht wirklich eine eingreifende Revision der einschlagenden Gesetzgebung für unaufschiebbar halten müssen?!

der Capitän kauft doch keinen anderen." „O, das wollen wir sehen," — werfen der Herr Consul sich in die Brust und kündigen nun dem Capitän an, daß er sofort andern Proviant anzuschaffen habe. „Na, bei Ihnen kauf' ich ihn doch nicht." „Ich handle auch nicht mit Proviant." „Nein, Sie nicht, aber das da unten geht für Ihre Rechnung, man weiß ja das Alles. Meinetwegen, ich will das Faß Butter wegschmeißen und neue kaufen, aber kommt mir nur wieder auf See, ihr Kerls, da will ich's Euch schon zeigen." Der Proviant ist wirklich besser geworden, aber der Capitän hat das Gefühl, daß ihm Unrecht geschehen ist, läßt sich dadurch wieder zu anderem Unrecht verleiten, das wiederum die Matrosen zu Widersetzlichkeiten aller Art leitet, und der nächste Consul hat ganze Tage mit Untersuchungen u. s. w. zu thun, die damit endigen, daß zwei oder drei Matrosen als Arrestanten nach Hause geschickt und später zum Zuchthaus verurtheilt werden.

Aber, wenn nun der angeklagte Proviant von dem Protegé des Herrn Consuls, oder wenn er selbst keine Kellerhandlung hatte, von dem befreundeten Nachbar, Schwager u. s. w. gekauft worden wäre?

Wie lautet da das Urtheil Alexanders?
Ja, Schiffer, das ist ganz was Anders.

Nur noch, um nicht das ganze Buch mit der Darlegung einzelner möglicher Fälle zu füllen, deren zwei, die wir, das nächste Ziel im Auge, in wenig Worten zusammenfassen, obschon die bei den früheren beobachtete Ausführlichkeit doch auch zu manchen, der Sache selbst nicht fernliegenden Betrachtungen anregen sollte. Die Mannschaft des Barkschiffes N. oder einzelne Mitglieder derselben verweigern — aus irgend welchem Grunde — die Fortsetzung der Lösch= oder Ladungsarbeit. Der Consul verfügt auf die Beschwerde des Schiffers, daß die Widerspenstigen verhaftet und in Haft gehalten werden sollen, bis daß sie sich zur Fortsetzung der Arbeit bereit erklären. Außerdem erkennt der Consul dem Capitän das Recht zu, auf Kosten der Mannschaft andere Arbeiter anzunehmen. Oder aber der Consul ermittelt, daß der oder die Arbeitverweigerer vergeblich ihre, ihnen gesetzlich zustehende Entlassung verlangt hatten, daß der Capitän ihnen sogar verweigert hat, beim Consul ihr Recht zu suchen u. s. w., und verfügt demgemäß die Abmusterung der betreffenden Leute, woraus sich von selbst ergiebt, daß der Capitän andere Arbeiter, aber auf seine eigene Kosten annehmen muß.

Seitens der Mannschaft des Schoners K. wird behauptet, daß das mit Havarie eingelaufene Schiff seeuntüchtig geworden sei; sie begründet hierauf die Weigerung, mit dem Schiff weiter zu gehen.*) Der Capitän behauptet, daß eine kleine angeordnete Reparatur das Schiff wieder seetüchtig machen werde. Der Consul kommt nach einer unter Zuziehung vereideter Sachverständigen des Ortes angestellten gewissenhaften Untersuchung zu dem Resultat, daß das Schiff wirklich seeuntüchtig geworden ist und es muß als Wrack verkauft werden. Oder aber der Consul stimmt der Ansicht des Capitäns bei und läßt event. die Mannschaft mit Gewalt an den Bord bringen. Nur wenige Meilen von dem Hafen wird das Schiff wirklich auf den Strand gesetzt, und da einige vom Capitän nicht calculirten Umstände eingetreten sind, gehen dabei auch einige Menschenleben verloren, was allerdings in der Regel bei solchen Manövern nicht der Fall ist, wo vielmehr Alles in schönster Ordnung und Gemüthlichkeit von Statten zu gehen pflegt.

Nun frage ich doch, in welchem der vorgetragenen Fälle die Entscheidung des Consuls einen vorläufigen Charakter gehabt hat und dadurch mit dem Gedanken versöhnen könnte, daß die Consuln sehr wenig zu diesen Entscheidungen qualificirt zu sein brauchen? Muß man aber einräumen, daß consularische Entscheidungen, die, ohne daß eine Appellation dagegen Statt finden kann, augenblicklich befolgt werden müssen, in der That der Natur der Verhältnisse nach ein sehr definitives Gepräge haben, so ist damit zugleich der dritte Trost zu Wasser geworden.

Also die Parteien haben „die Befugniß, nach der Beendigung der Reise ihre Rechte vor der zuständigen Behörde geltend zu machen." Darin soll ein Correctiv gegen die Unrichtigkeit, Ungesetzlichkeit, ja vielleicht sogar Pflichtwidrigkeit der vorläufigen Entscheidung, gegen die Nicht-Qualification unserer Consuln liegen. Auf dem Papier mag diese Möglichkeit immer vorhanden sein, in der Wirklichkeit nur sehr selten oder fast nie. Ein Schiffer freilich, der, bereits auf der Heimreise begriffen,

---

*) In einem der in meiner Verwaltung vorgekommenen Fälle dieser Art lag das Schiff nur ca. eine Meile von hier an der Küste von Amager. Die übrigens gar nicht böswillige Mannschaft behauptete einstimmig, daß das Schiff einen Leck bekommen habe und weigerte sich weiter zu gehen. Der Capitän stellte die Beschädigung entschieden in Abrede und wollte sich auf nichts einlassen. Es wurde entschieden, daß das Schiff auf der inneren Rhede von Kopenhagen untersucht werden solle, aber im Falle, daß sich die Behauptung der Mannschaft als unrichtig erwiese, habe die Mannschaft die Kosten dieser Untersuchung zu tragen. Das Schiff wurde untersucht und seetüchtig befunden; die Mannschaft bezahlte die Kosten des Tauchers und setzte nun im Vertrauen die Reise fort — womit doch auch der Capitän fand, daß ihm weit besser gedient war, als wenn man ohne Untersuchung die Leute gezwungen hätte, am Bord zu bleiben.

bei dem Consul in einem Hafen, den er anlaufen und in dem er noch
einige Zeit verweilen muß, gewisse Vorgänge auf der Reise constatiren
läßt, um hierdurch seinen Antrag auf vorläufige Verhaftung oder Heim=
sendung eines, angeblich eines Vergehens oder Verbrechens schuldigen
Schiffsmannes zu begründen, wird auf Grund solcher Verhandlungen und
der in ihrer Veranlassung getroffenen consularischen vorläufigen Ent=
scheidung bei seiner Rückkehr seine Rechte bei der zuständigen Behörde
geltend machen können. Vorausgesetzt nämlich, daß diese consularische Ent=
scheidung zu Gunsten des Schiffers ausgefallen ist. Denn hat der Consul
z. B. dahin entschieden, daß sich der Schiffer schwerer Mißhandlung ohne
Grund schuldig gemacht und ist daher auf Antrag des Beschädigten die
Entlassung desselben anstatt der Verhaftung u. s. w. verfügt worden, und
hat der Letztere, wozu er berechtigt ist, sich dann in fremdem Schiffsdienst
zu einer Reise nach China oder Ostindien u. s. w. verheuert, so wird es
doch dem Schiffer unmöglich werden, gegen diese Entscheidung oder gegen
den Matrosen später seine Rechte bei der zuständigen Behörde geltend zu
machen. Der nach der Meinung des Schiffers schuldige Schiffsmann
wird nicht mehr bestraft werden, und die zwei oder viermonatliche Heuer,
die der Schiffer ihm nach §. 547 und 545 des Handelsgesetzbuches nach
der Entscheidung des Consuls „einstweilen" auszahlen mußte, ist er auch
für immer los. Freilich bei dem Herrn Minister der auswärtigen Ange=
legenheiten wird der Schiffer sich über die Entscheidung beschweren können —
wenn er sich nicht in der voraussichtlichen Erfolglosigkeit solcher Beschwerden
diese Mühe erspart. Denn der Herr Minister wird auf die Erwiderung des
Consuls, daß er nach seiner gewissenhaften Ueberzeugung aus den und den
Gründen die Entscheidung getroffen habe, Nichts zu thun vermögen, was
dem Schiffer wieder zu seinem „Rechte" verhelfen könnte, und wenn das
Ministerium seiner eigenen Ansicht nach unqualificirten Leuten solche Ent=
scheidungen anvertraut, wird es sich sogar nicht wundern dürfen, wenn die
vorgetragenen Gründe wenig stichhaltig erscheinen.

Jedenfalls ist in den meisten Fällen die in Rede stehende Befugniß,
was die Privatrechte der Parteien angeht, ein leerer Schein. Unser „todt=
geschlagener" Matrose A. hat überhaupt nirgends mehr Rechte geltend zu
machen, sondern sich nur noch auf die Barmherzigkeit Gottes zu verlassen
— obschon das ihm widerfahrene Unrecht und nicht allein an den schein=
bar zunächst Schuldigen sich bestrafen wird. Der auf consularische Ent=
scheidung weggeworfene oder zu einem Schleuderpreise verkaufte Proviant
kann nicht mehr als Beweismittel herbeigeschafft werden, oder die Leute,
die sich durch den Genuß schlechten Proviantes ruinirt haben, sind bei

ihrer Heimkehr nicht mehr im Stande, die Schlechtigkeit dieses Proviantes nachzuweisen. Das Alles liegt auf der Hand und kann sich der Leser noch selbst der Beispiele mehr machen. Aber selbst bei den Fällen, die an sich die Wiederherstellung eines durch die consularische Entscheidung verletzten Rechtes möglich machen, kann sie durch die Umstände in einer Weise erschwert werden, welche die in Rede stehende Befugniß als praktisch unbedeutsam erscheinen lassen muß. Denn freilich kann z. B. ein bei der Auseinandersetzung mit einem Schiffsmann in seinem Rechte vermeintlich oder auch wirklich durch die consularische Entscheidung gekränkter Schiffer oder Schiffsmann später rücksichtlich des zu viel bezahlten oder zu wenig empfangenen Betrages in der Heimath einen Prozeß führen. Aber das kann und wird, wenn ihre Wege sich einmal getrennt haben, außerordentlich spät werden. Außerdem wird es, wenn die damalige Schiffsmannschaft wieder in aller Welt zerstreut ist, nicht leicht sein, Beweise herbeizuschaffen, und endlich wird sich insonderheit für die Schiffer gegen Schiffsleute in der Regel die Wahrheit des Wortes bewahrheiten: Wo Nichts ist, hat auch der Kaiser sein Recht verloren. Eine Nachfrage bei den Gerichten wird daher auch ergeben, daß Prozesse, in welchen Schiffer oder Schiffsmänner ihre Rechte im Gegensatz zu einer vorausgegangenen consularischen Entscheidung geltend zu machen suchen, gar nicht vorkommen. Ich bin sogar überzeugt, daß in vielen Fällen, wo sich Schiffer die Abschrift von langen Verhandlungen über Ungehorsam, Widersetzlichkeit u. s. w. der Schiffsleute behufs Bestrafung derselben in der Heimath haben ausfertigen lassen, davon — wenn die Betheiligten vielleicht in Folge jener Verhandlungen auf der weiten Reise sich zur Zufriedenheit benommen haben — später gar keinen Gebrauch mehr machen. Eine glückliche Ankunft, vielleicht nach einer mehrjährigen, oft gefahrvoll gewesenen Reise läßt dergleichen vergessen. „Was soll ich die Leute noch unglücklich und mir die größten Weitläufigkeiten machen" — denkt der Schiffer. „Sollst du doch hier warten, bis daß der Schiffer nach einem halben oder ganzen Jahre nach Hause kommt," sagt sich der in seinen Rechten gekränkte, aber nach der Heimath beförderte Schiffsmann, „da setzt du ja mehr zu, als du im glücklichsten Falle wieder bekommen kannst" — denkt der Schiffsmann und ergreift die erste Gelegenheit, sich anderweitig zu verheuern, seine Forderungen und Klagen im Stich lassend. Aber unrichtige, ungerechte oder gar pflichtwidrige Entscheidungen sind damit doch nicht in ihren Folgen aus der Welt geschafft. Der Schiffer, der in seinen Grausamkeiten oder in seinem Unrecht von allerlei Art durch eine consularische Entscheidung bestärkt wurde, wird dadurch ganz offenbar zu weiterem Unrecht verleitet.

Der Schiffsmann aber, der ein Mal eine offenbare Ungerechtigkeit durch solche Entscheidung erlitten hat, verliert nicht allein selbst das Vertrauen zu der Gerechtigkeit aller Consuln, sondern sein Mißtrauen wird auch bald von allen seinen Kameraden getheilt. Daher habe ich denn auch nicht ein Mal, sondern oft genug die Erfahrung gemacht, daß Matrosen, mit denen ich noch nie zu thun gehabt, gleich beim Beginn der Verhandlungen sagten: „Ach, wir wissen schon, Recht bekommen wir bei den Consuln niemals, Sie werden ja von den Capitänen bezahlt." Erst, wenn durch die Verhandlungen selbst — oft schon durch ernste Zurechtweisung der bei Schiffern rücksichtlich der Mannschaft oft so beliebten Ausdrücke von „Hund", „Racker", „verfluchte Bande" — die Leute die Ueberzeugung gewannen, daß hier von keinem von den Capitänen irgendwie abhängigen Consul die Rede war, gewannen sie auch Vertrauen, wurden aufrichtig und nahmen selbst ernste Zurechtweisungen mit Reue hin.

Es muß also im Interesse des Ganzen sowohl als wie in dem der Rheder, der Schiffer und Schiffsleute, nachdem nun ein Mal durch das Handelsgesetzbuch den Consuln eine richterliche Function beigelegt worden ist, die angelegentlichste Fürsorge der Regierung sein, mit Rücksicht hierauf an die Stelle der hierzu nicht hinreichend qualificirten Personen sofort qualificirte zu setzen oder sonst Einrichtungen zu treffen, die durch Controle u. s. w. die mangelnde Qualification einzelner Consularbeamten an Orten, wo der preußische Schifffahrtsverkehr ein geringer ist, zu ergänzen vermögen. Das scheint geboten, denn der Abgeordnete Virchow hat durchaus nicht übertrieben, sondern nur die Wahrheit gesagt, wenn er bemerklich machte, daß es sich um das Leben, die Freiheit und das Eigenthum preußischer Unterthanen handle.

Indessen hat sich eine solche Ansicht in den maaßgebenden Kreisen noch nicht Bahn brechen können. „Hiervon abgesehen," sagt die allgemeine Dienst-Instruction, „steht den Königlichen Consular-Beamten reglementsmäßig keine eigentliche Jurisdiction oder executive Gewalt zu." Es ist dies ungefähr dieselbe Logik, mit der man behaupten kann:

> Abgesehen davon, daß dieses Brodmesser nur ein Brodmesser ist, ist es kein Messer. Oder abgesehen davon, daß der Graf XY. — von dem man vielleicht sagen kann, wie der Prinz Friedrich von Wales seiner Zeit vom Grafen Bute („einem Edelmanne von schöner Gestalt und angenehmen Formen, der bei einer oberflächlichen Bildung eine sehr hohe Meinung von sich hatte und eine sehr wichtige Miene anzunehmen pflegte"), daß er einen vortrefflichen Gesandten spielen werde an einem Hofe, wo es Nichts zu

thun gäbe — also abgesehen davon, daß Graf XY. uns am —n'schen Hofe vertritt, hat er glücklicherweise mit der Vertretung Preußens nichts zu schaffen. Oder abgesehen davon, daß die Militärgerichte nur über Militärpersonen zu richten haben, steht ihnen reglementsmäßig keine eigentliche Jurisdiction und executive Gewalt zu, und es würden daher künftig statt Gerichtsassessoren abgedankte Kammerdiener oder Ballettänzer, denen die Anstellungsbefugniß verliehen ist, auch zu Auditeuren ernannt werden können. Das und keine andere ist die Logik jenes „Hiervon abgesehen". Eine richtige Schlußfolge aber dürfte vielmehr die folgende sein:

Den Consuln sind nunmehr auch durch das Gesetz richterliche Functionen in Bezug auf preußische Unterthanen beigelegt, sie haben eine Jurisdiction*) über Schiffer und Schiffsleute und danach muß also künftig ihre Qualification und die ganze Einrichtung unseres Consularwesens bemessen werden.

Auf den Satz, der mit dem verhängnißvollen „Hiervon abgesehen" beginnt, — beginnt der nächste mit „Gleichwohl", aber nicht etwa, um mit einer, wenn auch beschränkten Anerkennung der im Vorhergehenden verneinten Thatsache fortzufahren, sondern nur um mit Darlegung einer Theorie über die „executive Gewalt" der Consuln zu enden, die, wenn sie wirklich einen praktischen Werth hätte, unter Anderem dem Art. 537 des Handelsgesetzbuches, dem Ausschluß der fremden Gerichte, jeden praktischen Werth nehmen würde. Die executive Gewalt soll also darin bestehen: daß sich die Consuln, wenn ihren Anordnungen von preußischen Seeleuten der schuldige Gehorsam verweigert wird, sich an die (fremde) Ortsobrigkeit wenden können, um sich diesen Gehorsam zu verschaffen. So sollte man wenigstens den Schluß des Satzes erwarten, er lautet aber: „um durch deren selbstständige Einwirkung Abhülfe zu erlangen, so weit es nach der Verfassung des Landes zulässig ist und es sich vermeiden läßt, Reciprocitätszusicherungen zu ertheilen, welche nach diesseitigen Grundsätzen (Anhang No. 1 der Allgemeinen Dienst=Instruction) nicht zu erfüllen sein würden."

Zum Ueberflusse hat das Wort „selbstständig" in Anhang No. 1, welchen wir an einer anderen Stelle des Buches ausführlich beleuchten werden,

---

*) Der Unterschied zwischen „eigentlicher" und „uneigentlicher" Jurisdiction ist uns nicht recht klar geworden. Der Gegensatz scheint vielmehr Jurisdiction oder Nicht=Jurisdiction zu sein, denn eine Jurisdiction bleibt immer eine Jurisdiction, auch wenn sie in Bezug auf die Personen oder die Art der Angelegenheiten, denen sie gilt, eine beschränkte ist.

noch eine Erklärung dahin gefunden: „so bleibt es dem freien Ermessen derselben, nämlich der Behörden, vorbehalten, ob und in wie weit sie auf Grund der eigenen Autorität selbstständig einzuschreiten Veranlassung finden."

Natürlich ist es die Voraussetzung des Art. 537, dessen Schluß den Parteien die Pflicht auferlegt, die Entscheidung des Consuls einstweilen (!) zu befolgen, daß der Consul auch in der Lage sei, event. diese Befolgung zu erzwingen, also die Widerspenstigen unter Anderem auch verhaften zu lassen. Hiernach wird in der Praxis auch verfahren, und da der Consul selbst weder Polizeibedienten noch ein Arrestlocal hat, borgt er sich solche von der fremden Autorität, die nicht nach „eigenem, freiem und selbstständigem Ermessen" und nicht auf „Grund ihrer eigenen Autorität", sondern auf Grund der Autorität des Consuls die Verhaftung ausführen läßt. Hat z. B. hier das königliche General-Consulat die Verhaftung eines preußischen Seemannes beschließen müssen, so wird folgende offene Requisition an die königlich dänische Polizeikammer ausgestellt:

Die königlich dänische Polizeikammer wird hiermit dienstergebenst ersucht, den Matrosen (Steuermann, Koch, Zimmermann u. s. w.) N. N. aus N. N., zur Besatzung des Schiffes N. N. gehörig, der sich gegenwärtig auf meiner Kanzlei (am Bord des Schiffes u. s. w.) befindet, verhaften zu lassen und zu meiner weiteren Disposition in Arrest zu halten.

Kopenhagen, d. d.

(Siegel.) Das Königl. Preußische General-Consulat.

Nach kurzer Frist erscheint ein königlich dänischer Polizeibeamter also z. B. auf der Kanzlei, die Requisition in der Hand und richtet an den ihm bezeichneten Matrosen die einfache Frage: „Sind Sie der N. N.?" Auf die bejahende Antwort zeigt der Beamte ihm sein Schild und ein kurzes „Kommen Sie mit," beendigt die Scene. In ähnlicher Weise wird die Vorführung aus dem Gefängniß zum Verhöre, resp. die Entlassung, oder aber verfügt, daß der N. N. an dem und dem Tage an Bord des Schiffes N. N. gebracht werde. Bei alle dem ist natürlich weder von dem Ermessen noch der eigenen Autorität der königlich dänischen Polizeikammer, sondern lediglich und allein von dem Ermessen und der Autorität des Consuls die Rede, der auf eigene Verantwortlichkeit handelt.

Das ist die Praxis. Man wende aber nicht etwa ein, daß es diejenige in einem kleinen Lande sei, ein Staat wie z. B. Frankreich werde sich wohl hüten, die eigenen Behörden auf diese Weise zu bloßen Organen fremder Consuln zu machen. Hingegen bemerke ich, daß Dänemark zwar ein kleines Land, aber auf seine Souveränität und Selbstständigkeit so eifersüchtig ist wie irgend eines. Sodann ist jener Einwand durch eine schlagende Thatsache zu widerlegen. Gerade der Kaiser der Franzosen, dem man doch nicht bestreiten kann, sich auf Souveränität, die Ehre Frankreichs u. s. w. zu verstehen, hat nämlich das Verdienst, eine durch die Natur der Dinge hervorgerufene Praxis auch scharf und deutlich in der Theorie anerkannt und ausgesprochen zu haben. So lautet es auch im neuesten Consular-Vertrag zwischen Frankreich und Italien vom 25. Juli 1862 also:

Artikel 13.

„In Allem, was die Hafenpolizei, das Befrachten und Löschen von Schiffen und die Sicherheit der Waaren, Güter und Effecten angeht, werden die Gesetze, Verordnungen und Anordnungen des Landes beobachtet.

Die General-Consuln, Consuln und Vice-Consuln oder Consular-Agenten sind ausschließlich mit der Aufrechthaltung der inneren Ordnung an Bord der Handelsschiffe ihrer Nation betraut; sie haben selbst die Streitigkeiten aller Art, welche zwischen dem Capitän, den Offizieren des Schiffes und den Matrosen entstehen und besonders die auf die Löhnung und Erfüllung der wechselseitig eingegangenen Verbindlichkeiten bezüglichen zu schlichten.

Die Ortsbehörden können nur dann einschreiten, wenn die am Bord der Schiffe entstandenen Unordnungen von der Beschaffenheit sind, daß sie die öffentliche Sicherheit und Ordnung auf dem Lande oder im Hafen stören und wenn eine nicht zur Schiffsmannschaft gehörige Person des Landes darin verwickelt ist.

In allen anderen Fällen haben die vorgenannten Behörden sich darauf zu beschränken, den Consuln, Vice-Consuln oder Consular-Agenten allen Beistand angedeihen zu lassen, und falls sie von jenen dazu aufgefordert werden, irgend welchen in die Liste der Schiffsmannschaft eingetragenen Mann jederzeit, sobald die gedachten Agenten solches aus irgend einem Grunde für angemessen erachten, verhaften und in das Gefängniß abführen zu lassen."

So hat also das kaiserliche Frankreich ganz ausdrücklich Befugnisse fremder Consuln und ihnen zur Seite Verpflichtungen seiner eigenen Beamten auf diesem Gebiete anerkannt, ohne welche allerdings die Thätigkeit und Autorität der Ersteren eine bloße Phrase sein würde.*) Und will Preußen, eine Zeit lang gewohnt, der Zeit voranzugehen, aber jetzt in die üble Gewohnheit des Zurückbleibens gekommen, wenigstens mit folgen, so wird es auch gut thun, dergleichen Verträge zu schließen und sich nicht daran durch ein übel angebrachtes Souveränitätsbewußtsein abhalten zu lassen. Wie außerhalb ihres Hauses durchaus nichts geltende Männer oft im Hause die ärgsten Tyrannen und Prahlhänse spielen, so geht es auch Staaten, die in Verfall gerathen: nach Außen gelten sie nichts mehr, daher müssen sie um so eifersüchtiger auf die Hoheit ihrer Beamten fremden Nationen gegenüber im Innern wachen. Zu solchen Staaten gehört doch der Friedrichs des Großen nicht! Aber wie lebendig — wo überhaupt das Gefühl für nationale Ehre und Selbstständigkeit vorhanden, das an einigen Stellen trotz aller hochtönenden Phrasen gänzlich abhanden gekommen zu sein scheint — auch die Ueberzeugung ist, daß es eine Nation in ihren Consuln herabwürdigen heißt, wenn man die Entscheidung der Letzteren in Dingen, die den fremden Behörden gar Nichts angehen, doch einer Beurtheilung derselben unterwirft, dafür wiederum ein Beispiel aus dem Leben. Ehe das Königreich Italien in einer dänischen Seestadt zwei besoldete Beamte (Consul und Vice-Consul) hatte, sondern nur durch zwei Kaufleute vertreten war, fand zwischen einem italienischen Capitän und seinem Steuermann ein ernstes Zerwürfniß Statt. Der kaufmännische Vice-Consul wandte sich zur Schlichtung des Streites an den dortigen Polizeimeister, der in einer Person Polizeimeister, Untersuchungsrichter, Richter u. s. w. ist. Derselbe mochte die Ueberzeugung gewonnen haben,

---

*) England hat freilich bisher sich geweigert, solche selbst von der amerikanischen Union wie von Spanien u. s. w. nunmehr anerkannten Befugnisse den fremden Consuln bei sich, wenigstens der Theorie nach, einzuräumen. Es hängt das mit der ganzen bisherigen Stellung Englands genau zusammen. Denn es giebt keine Macht, die im Vertrauen auf ihre eigene alleinige Herrschaft zur See auch in dieser Beziehung größer und unverschämter in ihren Forderungen und kleiner in ihren Gegenleistungen gewesen ist. Aber daß England eine solche Stellung einzunehmen versucht, so lange die Anderen sie sich gefallen lassen, hat doch wenigstens einen Sinn — daß wir aber in diesen Fragen statt mit Frankreich mit England gemeinschaftliche Sache machen wollten, würde keinen Sinn haben, es sei denn, daß man überhaupt seinen Ehrgeiz darauf richtet, daß Preußen und Deutschland eine Art englisches Proconsulat auf dem Continente darstellen sollen. — Eine vollkommene Anerkennung des Grundsatzes, daß bei Streitigkeiten zwischen Capitän und Schiffsmannschaften und der letzteren unter einander, sofern nicht die Angehörigen des fremden Staates dabei betheiligt sind, lediglich den Consuln die richterliche und schiedsrichterliche Entscheidung gebührt, enthält sogar der neueste (Juni 1862) Vertrag zwischen Schweden und Italien!

daß der Capitän im Unrechte sei. Der Letztere wandte sich an den zugleich damals als General-Consul fungirenden italienischen Minister nach Kopenhagen. Derselbe begab sich sofort an Ort und Stelle und nachdem er zunächst den fraglichen Polizeimeister zu der Anerkennung vermocht hatte, daß er sich überhaupt nicht in diese Sache zu mischen gehabt habe, untersuchte der General-Consul die Sache selbst und richtete in Folge dessen an den Polizeimeister die Aufforderung, den Steuermann sofort zu verhaften. Der Erstere weigerte sich dessen, und war er bei seiner Untersuchung zu der Ueberzeugung der Schuldlosigkeit des Steuermannes gekommen, so war ja diese Weigerung auch materiell vollkommen gerechtfertigt. Der betreffende Minister-Resident reiste nach Kopenhagen zurück und auf seine Beschwerde wurde durch das Ministerium dem Polizeimeister der Befehl ertheilt, die beantragte Verhaftung sofort zu vollziehen. Der betreffende Steuermann bekam — von wem und durch wen, sei dahingestellt — vom Eingange dieses Befehles Nachricht und gedachte über Kopenhagen das Weite zu suchen. Als aber der Minister-Resident das durch den Telegraphen erfuhr, forderte er die Polizei in Kopenhagen auf, den Steuermann bei seiner Ankunft zu verhaften. Das geschah. Der italienische Ministerresident richtete nun eine, wie es heißt, ganz ungewöhnlich derbe Note an den königlichen auswärtigen Minister, in welcher er bei einer, wie man sagt, sehr scharfen Charakteristik des Verfahrens des Polizeimeisters den Antrag stellte, daß der Steuermann wieder nach jener Stadt transportirt und dort bis auf weitere Disposition in Haft gehalten würde. Das Ministerium entsprach diesem Antrag und somit wurde ein dänischer Beamter geradezu gegen sein eigenes und freies Ermessen genöthigt, der Requisition einer fremden Consular-Behörde im Kreise ihrer Befugnisse Folge zu leisten.

Und sollte nun wirklich bei uns die Praxis im Wesentlichen anders sein? Ja, die der Allgemeinen Dienst-Instruction beigegebene Denkschrift versichert freilich, daß bei uns den Consuln es keineswegs zusteht, gegen ihre Nationalen auf diesseitigem Gebiete eine executorische Gewalt auszuüben oder behufs der Ausübung einer solchen Gewalt die Hülfe der diesseitigen Behörden in Anspruch zu nehmen. Aber, ob nun auch in der That die Polizeichefs in Königsberg, Danzig, Stettin u. s. w., wenn bei ihnen von einem französischen, englischen oder russischen Consul ein Antrag auf Sistirung oder Verhaftung eines Schiffsmannes gestellt wird, Solches verweigern, bis daß sie die Gründe des Consuls ihrer Prüfung und Entscheidung unterworfen haben?! Ich glaube es nicht, sondern glaube vielmehr, daß man in Berlin nur den Staub der Acten und nicht das wirkliche Leben in das Auge gefaßt hat. Zum Letzteren wird auch keine besondere Veranlassung gewesen sein, denn die Consuln haben sich natürlich nicht beschwert, wenn unsere Behörden jene Prüfung unterlassen haben, und die Verhafteten u. s. w. haben sich auch nicht beschwert, weil sie eben nicht die preußischen Behörden, sondern ihre Consuln anderweit als die Obrigkeit zu betrachten gewohnt sind, die in der Fremde Gewalt über sie hat. Aber wie dem nun sei, wenn die fremden Consuln diese Befugnisse bei uns nicht haben und üben, so müssen sie ihnen in unserem eigenen Interesse gegeben werden, damit wir sie auch wieder für unsere Consuln verlangen können. Das aber müssen wir, abgesehen von allen anderen Gründen, schon um des Art. 537 des Handelsgesetzbuches willen, um den es sich hier zunächst handelt. Oder kann denn ein Mensch von gesundem Verstande verkennen, daß ohne diese executorische Gewalt des Consuls der Schiffsmann auf einem Umwege doch sein Recht bei den fremden Gerichten suchen kann? Er braucht ja nur die einstweilige Folgeleistung einfach zu verweigern. Dann kommt ja die Sache zu dem „freien" Ermessen der fremden Behörden. Sie stoßen vielleicht, weil sie die Sache nicht nach preußischen, sondern nach den Rechten ihres Landes beurtheilen, die Entscheidung des Consuls um, oder aber, und das wird am häufigsten geschehen, sie weigern sich überhaupt in der Sache zu erkennen, und dann wird die vom Consul getroffene, aber nicht auszuführende Entscheidung zu einer schönen Idee, wie wir Preußen uns gegenwärtig in so mancher anderen Beziehung im Reiche der „schönen Ideen" befinden und dafür einen Trost an der unerquicklichen Wirklichkeit suchen. Stellen wir uns ein Mal eine „reglementsmäßige" Entwickelung dramatisch vor die Augen und sehen ganz davon ab, daß die Stellung der preußischen Consuln und damit auch eines besoldeten General-Consuls nicht etwa nur im Vergleiche mit derjenigen der Consuln der großen Mächte, sondern selbst im Vergleiche mit der Stellung eines kaufmännischen Vice-Consuls von Oldenburg oder Bremen eine sehr wenig würdige wird. Also:

Auf der Polizei.

Der Preußische General-Consul: „Herr Polizei-Präsident, ich wollte Sie um Ihre gefällige Mitwirkung ersuchen in einer Angelegenheit, die das preußische Schiff N. betrifft. Die Matrosen haben sämmtlich ihre Arbeit eingestellt, weil sie behaupten, nicht hinreichende und zu schlechte Kost zu empfangen. Ich habe die Sache untersucht und gefunden, daß die Beschwerde unbegründet ist und habe daher entschieden, daß die Matrosen sofort wieder arbeiten sollen." —

Polizei-Präsident: „Ganz richtig."

General-Consul: „Aber die Matrosen verweigern die Arbeit."

Polizei-Präsident: „Dann lassen Sie sie einstecken."

General-Consul: „Dazu habe ich kein Recht, ich wollte Sie eben bitten, die Matrosen verhaften zu lassen."

Polizei-Präsident: „Dazu finde ich keine Veranlassung, so lange die Leute keinen Skandal machen und dadurch die öffentliche Ruhe und Sicherheit stören, geht mich die Sache gar Nichts an."

General-Consul: „Aber nach meiner Instruction soll ich Sie gerade um „selbstständige" Einwirkung bitten, wenn die Seeleute meinen Anordnungen nicht den schuldigen Gehorsam leisten wollen."

Polizei-Präsident: „Wenn selbstständig so viel heißen soll als auf meine Verantwortung und kraft meiner Autorität, so muß ich die Verhaftung entschieden ablehnen. Wollen Sie dagegen auf Ihre Verantwortung und Ihre Autorität die Leute verhaften lassen, so stehen Ihnen meine Leute und Arrestlocale zu Diensten. Ich kann nur, abgesehen von dem oben bereits erwähnten Falle, Verhaftungen auf richterlichen Befehl vollziehen. Also wenn Sie selbst die Verhaftung nicht vollziehen lassen können, so lassen Sie den Schiffer sich an das Gericht wenden, das wird ihm freilich nicht viel helfen, denn das Gericht wird sich schwerlich mit der Sache befassen, jedenfalls würde sie auch nicht so kurz abgemacht sein."

General-Consul: „Aber darf ich nicht wenigstens die Sache Ihrem Ermessen unterbreiten, Sie werden dann selbst die Ueberzeugung gewinnen, daß die Verhaftung gerechtfertigt ist."

Polizei-Präsident: „Sogern ich Ihnen zu Diensten stehe, aber zu dieser Prüfung finde ich keine Veranlassung. Ich bezweifle gar nicht, daß Sie die Sache gründlich untersucht haben und daß Ihr Urtheil nach preußischen Gesetzen das richtige ist, aber von mir können Sie weder das Studium dieser Gesetze noch dieser Verhandlungen verlangen."

General-Consul: „Aber die preußischen Behörden würden in diesem Falle doch gern bereit sein, zu ermessen, ob und in wie weit sie auf Grund ihrer eigenen Autorität zum Einschreiten Veranlassung finden."

Polizei-Präsident: „Wir haben noch nie die Einmischung preußischer Behörden in solche Streitigkeiten unserer Nationalen verlangt und würden sie uns sogar verbitten. Ich muß Ihnen übrigens bekennen, daß Sie der erste Consul sind, der von mir eine Prüfung des von ihm gefällten Urtheils verlangt. Ihre Herren Collegen würden sehr böse sein, wenn ich mir dergleichen in Bezug auf sie erlauben wollte. Also es bleibt dabei: Entweder Verhaftung auf Ihren Antrag und auf Ihre Verantwortung oder keine Verhaftung unter den gegenwärtigen Umständen."

Vor dem See-Gerichte.

Der General-Consul erscheint in der Begleitung des Capitäns und der Letztere bringt seine Klage vor.

Der Vorsitzende: „Der Gerichtshof hat mit dieser Angelegenheit Nichts zu thun, sie unterliegt vielmehr der Entscheidung Ihres Consulates."

Capitän: „Ja, der Consul hat auch schon einen halben Tag die Sache untersucht und den Leuten befohlen, die Arbeit fortzusetzen, mir das Recht zuerkannt, auf Kosten der Leute andere Arbeiter zu nehmen und meinen Leuten gedroht, sie sonst verhaften zu lassen, aber die Polizei will nicht."

Vorsitzender: „Ist dem so, Herr General-Consul?"

General-Consul legt das Resultat seiner Unterhandlung mit dem Polizei-Präsidenten vor.

Vorsitzender: „Sie müssen anerkennen, daß der Polizei-Präsident durchaus Recht hat."

General-Consul: „Das erkenne ich keineswegs an. Aber ich bitte den Gerichtshof, unter den vorhandenen Umständen einen Verhaftsbefehl gegen die Leute zu geben."

Vorsitzender: „Das kann ohne vorherige Untersuchung der Sache nicht geschehen. Der Gerichtshof wird die Frage, ob er sich in dem vorliegenden, allerdings merkwürdigen Falle für competent erklären soll, in Erwägung nehmen und morgen seine Entscheidung publiciren."

General-Consul und Capitän müssen damit zufrieden sein. Die Mannschaften, die nun gemerkt haben, daß der Consul seine Drohung mit Verhaftung nicht ausführen konnte, gewinnen nun erst recht Vertrauen zu ihrer Sache und bleiben bei ihrem „passiven Widerstande". Am nächsten Tag hat sich der Gerichtshof entschlossen, die Untersuchung vorzunehmen. Der Capitän und die Leute, die natürlich sich über ihre Aussagen verständigten, und Alle wie Ein Mann sind, erhalten wiederholte Vorladungen, Verhöre u. s. w., und nach acht Tagen fällt das Gericht die Entscheidung dahin: daß allerdings der Capitän, der seinen Mannschaften nicht hinreichende Kost und in nicht gehöriger Güte verabfolgt habe, schuldig zu erachten sei, die Arbeitsverweigerung selbst herbeigeführt zu haben. Er habe die Kosten der angenommenen Arbeiter selbst zu tragen, auch künftig den Mannschaften hinreichende Kost und in gehöriger Qualität zu gewähren, wohingegen bei Vermeidung der Verhaftung die Mannschaften, so weit sie nicht, wozu sie allerdings unter den gegebenen Verhältnissen für befugt zu erachten, ihre Abmusterung verlangten, sofort ihre Arbeit zu übernehmen hätten. Außerdem wird der Capitän in die Kosten des Verfahrens verurtheilt. Damit ist zunächst die Sache aus, wenn nicht etwa der Letztere bei der Publication des Urtheils in seinem Erstaunen zu einem lauten, etwas zu drastischen Ausruf sich hinreißen läßt, und das Gericht daher seine Verhaftung befiehlt, um ihn wegen Beleidigung des Gerichtshofes zur Untersuchung ziehen und bestrafen zu lassen. Ein Unglück kommt selten allein.

Das hat man von der Appellation an das „selbstständige und freie Ermessen" der fremden Behörden! Die Basis des Urtheils des Gerichts waren wohl die preußischen Heuerverträge und die Aussagen der Leute. Aber bei Beurtheilung der Erfüllung der ersteren hat selbstverständlich doch auch die Meinung Einfluß geübt, welche die Herren Richter nach dem Leben und den Usancen ihres Landes von „hinreichender" und „guter" Kost hatten. „Wenn wir unseren Leuten die Nahrung anbieten wollten, mit denen sich „Ihre" Lippe-Detmolder Arbeiter begnügen, so würden wir hier um keinen Preis einen Arbeiter bekommen" — haben mir z. B. nicht ein, sondern zwanzig Mal dänische Arbeitgeber gesagt. Die Aussagen der Leute aber sind in demselben Maaße dem Capitän ungünstiger, bestimmter und vielleicht auch unwahrer geworden, in dem sie unter dem Einfluß der Umstände gemerkt haben, daß sie Oberwasser hätten. Daher das sehr unerwartete Resultat.

Aber hätte nicht der Consul die Sache noch anders anfangen können? Der letzte Absatz des in Rede stehenden Zusatzes 19 weist ihn ja an, sich „auf geeignete Art für Anerkennung der Autorität des Capitäns zu verwenden," und so hätte ja der Capitän die Verhaftung als „Disciplinar-Strafe" verhängen und der Consul in seinem Namen die Ausführung der Verhaftung beantragen können. Hiermit würde indessen der Consul lediglich aus dem Regen in die Traufe gekommen sein. Die Polizei würde ihm bemerklich gemacht haben, daß sie keineswegs dazu da sei, Verhaftungen auf die Autorität eines preußischen Schiffers hin vorzunehmen. Auf seinem Schiffe möge die Autorität so groß und durch das Gesetz so geschützt wie möglich sein — einer fremden Autorität gegenüber höre sie aber auf, und da trete nur die Autorität des Gesetzes ein, nach welcher die Anträge des Schiffers zu beurtheilen seien. Dagegen wird sich wenig einwenden lassen. Ich halte sogar und in Uebereinstimmung mit ausgezeichneten Collegen die in meinem Berichte vom 21. Juli 1858 ausgesprochene Ansicht fest: daß, sobald der Capitän im Hafen von mir die Verhaftung eines Mannes verlangt, ich nicht allein das Recht, sondern auch die Pflicht habe, nach dem „Warum" zu fragen und das „Darum" zu untersuchen. Daß bei der Aussage des Capitäns auf seine Stellung als Vorgesetzter gebührende Rücksicht genommen werden und einem bloßen, von Beweisen nicht begleiteten „Nein" des Beschuldigten kein sonderliches Gewicht beigelegt wird, versteht sich von selbst. Aber die bloße Aussage des Capitäns und sein bloßer Antrag werden keinen gewissenhaften Consul zum Einschreiten gegen einen Mann bestimmen, sobald es die anderen Umstände als ungerechtfertigt erscheinen lassen sollten. Am Bord seines Schiffes mag der Capitän seine Autorität mit allen Mitteln aufrecht zu erhalten suchen, die das Gesetz ihm in Fällen der Gefahr sogar ohne irgend eine Beschränkung einräumt, und die er den Umständen nach verantworten kann. Aber in dem Augenblick, wo er vor dem Consul als Kläger erscheint, steht er auch ihm, dem Richter, als Partei gegenüber — er würde sich sonst ja bei jeder Klage gegen ihn selbst hinter seine Autorität verstecken und den consularischen Entscheidungen immer den schuldigen Gehorsam verweigern können.

Zu welchen abscheulichen Ungerechtigkeiten die entgegengesetzte Anschauung und Praxis führen könnten, davon ein Beispiel. Bei einem Consul erscheint ein Capitän mit dem Verlangen, daß der Koch auf acht Tage „in's Loch geschmissen werde", weil er sich mehrfach ungehorsam gegen ihn, den Capitän, benommen und ihn geschimpft habe. „Ja," sagt der Consul, „bringen Sie ihn morgen oder heute Nachmittag mit her, so wollen wir die Sache untersuchen." „Nein," sagt der Capitän, „das ist nicht nöthig, ich habe das Recht die Strafe zu verhängen und habe sie verhängt und ich will von Ihnen nur die Arrestordre." „Aber die bekommen Sie nicht, ohne daß ich den Koch gehört habe." „Das wäre — nun da kann auch die Sache bleiben, ich werde den Kerl schon so zu kriegen wissen." Der Capitän kommt wirklich nicht. Inzwischen erscheint an einem der nächsten Tage ein Halbmann von demselben Schiffe und verlangt abgemustert zu werden, da er es bei dem Capitän „nicht mehr aushalten könne". Der Consul macht bemerklich, daß das kein gesetzlicher Entlassungsgrund sei, er solle bestimmte Thatsachen anführen. Da versichert der Halbmann, der Capitän habe ihn um Nichts schon ganz blau geschlagen und unter Weinen setzt er hinzu: „er hat ja den Jungmann auch schon todt geschlagen."

Consul: „Was sagen Sie da für Unsinn?"

Halbmann: „Ja, es ist gewiß wahr, der Koch und Zimmermann haben's gesehen, wie er ihn am Abend mit einer eisernen Stange auf den Kopf geschlagen hat, daß er nur so umfiel und in der Nacht ist er gestorben, und der Koch hat's neulich dem Capitän vorgeworfen und da hat ihn der auch gehauen und hat ihm gesagt, er würde ihn gleich hier in's Loch schmeißen lassen." —

Der Halbmann wird nun einstweilen entlassen, dagegen werden Koch und Zimmermann citirt und Beide sagen aus und beeidigen ihre Aussage dahin, daß der Capitän, der überhaupt ein sehr heftiger Mann und an dem Abend nicht richtig bei Vernunft gewesen sei, da er stark trinke, den Jungen auf der Reise mit einer eisernen Stange auf den Kopf geschlagen habe u. s. w. Derselbe sei in der Nacht gestorben, habe aber schon seit dem Schlage kein Wort mehr gesprochen. Zeugen haben den Hergang mit angesehen, der Zimmermann ist dabei vom Capitän nicht gesehen worden, aber der Koch hat ihm gleich gesagt: „na, der wird wohl dies Mal genug gekriegt haben," worauf der Capitän sehr wüthend geworden ist und geschrieen hat: „das wäre auch für die Welt kein Schade, aber wenn Du noch ein Wort sagst, hau ich Dir auch Deine verfluchte Gehirnschaale ein." Am folgenden Morgen habe der Capitän, dem der Steuermann gemeldet, der Junge sei todt, gesagt: „den hat gewiß der Schlag gerührt." Er, der Koch, habe sich auch mit dem Zimmermann vorgenommen, wenn sie nach Hause kämen, die Sache zur Anzeige zu bringen. Neulich hätte er in der Hitze, wo ihn der Capitän ganz grundlos geschimpft und gestoßen habe, gesagt: „Sie denken wohl, Sie haben den Jungen wieder vor sich," worauf der Capitän ihn gehauen und gesagt habe: „sobald wir nach K. kommen, spazierst Du in's Loch für Dein dummes Geschwätz."

Natürlich ändert sich nach dieser Aussage, die noch dadurch unterstützt wird, daß der Capitän den Tod des Jungen nicht angemeldet hat, das ganze Verfahren. Der Consul läßt den Capitän erst kommen, und da der Erstere leider bei dem Verhöre selbst die Ueberzeugung seiner Schuld gewinnt, verhaften, übergiebt dem Steuermann das Commando und der Rhederei Nachricht von dem Vorgefallenen mit der Aufforderung, einen anderen Capitän zu schicken. Der Capitän sollte mit dem nächsten Schiffe als Arrestant nach dem nächsten —schen Hafen geschickt werden, aber am Vormittage des Tages, an dessen Nachmittag das Dampfschiff segeln sollte, hatte sich der Capitän erhängt.

Nach der „Allgemeinen Dienst-Instruction" wäre ein preußischer Consul schon dem ersten Antrage des Capitäns gegenüber in der Lage gewesen, sich ohne weitere Untersuchung bei der betr. Behörde „für Anerkennung der Autorität dieses Capitäns behufs der Vollstreckung einer nach dem Gesetze vom 31. März 1841 verfügten Disciplinarstrafe in geeigneter Art verwenden zu müssen." Eine schöne Blamage, wenn er das gethan hätte!!

Doch genug. Wir haben, scheint es uns, zur Evidenz nachgewiesen, daß auch die preußischen Consuln eine Jurisdiction und executive Gewalt nach den bestehenden Gesetzen haben und sie auch außerhalb der bestehenden

Gesetze üben müssen, wenn nicht diese selbst und ihre Stellung dazu zu einem todten Buchstaben werden sollten. Zum Ueberfluß sei an dieser Stelle nur noch erwähnt, daß, ganz abgesehen davon, schon bisher den Consuln das Recht zustand, Eide abzunehmen — ein Recht, das von Personen, die nicht selbst Beamte und in Bezug auf ihr Amt vereidet sind, sonst nirgends in der Welt geübt wird*) — den preußischen Consuln durch die neueste Gesetzgebung (Einführungsgesetz vom 24. Juni 1861, betreffend die Einführung des Allgemeinen deutschen Handelsgesetzbuches) ein neues Recht beigelegt ist, welches keine andere Nation jemals in die Hände von fremden, unverantwortlichen Kaufleuten gelegt haben würde. Während im Inlande den Handelsgerichten die Eintragung der Schiffe in das Schiffsregister und hierdurch ihre Anerkennung als preußische Schiffe und hierdurch die Verleihung des Rechtes, die preußische Flagge zu führen, vorbehalten ist, ist (§ 7 Art. 53) in Bezug auf Schiffe, die im Auslande in preußische Hände übergehen, den Consuln das Recht verliehen, den Betreffenden hierüber ein, die Eintragung in das Schiffsregister ersetzendes Certificat auszustellen und somit das Recht der Führung der preußischen Flagge zu geben. Freilich soll jenes Certificat nur Gültigkeit auf ein Jahr haben. Aber, ganz abgesehen von dem Punkte der nationalen Ehre, für welche einmal an vielen Stellen kein Sinn vorhanden zu sein scheint, zu welchen großen und groben Mißbräuchen kann ein solches Recht in den Händen von Personen führen, denen ihr „Privat-Geschäft" die Hauptsache ist und bleiben muß, und die unter gegebenen Verhältnissen ein großes Interesse haben können, Scheinkäufe**) zu begünstigen. Deshalb muß es

---

*) Das unter dem 11. Mai 1860 erlassene, neueste dänische Consular-Reglement, das mit anerkennenswerther Offenheit ausspricht, wie es die Consuln nicht allein als handelspolitische, sondern auch überhaupt als politische Agenten betrachte, ordnet an, daß auch fremde Unterthanen (also z. B. preußische Kaufleute), die zu dänischen Consuln ernannt werden, dem Könige von Dänemark einen Eid dahin leisten, daß sie nach allen ihren Kräften der Interessen seines Königreichs und seiner Besitzungen sich annehmen wollen. Indessen würde man irren, wenn man meinte, daß ich etwa vorschlüge, diesem Beispiele zu folgen und etwa auch unsererseits alle fremden Unterthanen zu vereidigen, die sich in unserem Consulardienst befinden. Niemand kann zweien Herren dienen, und mit dem Eide, der in diesem Falle gar nicht die sonst fehlende Garantie ersetzen würde, wird ohnehin schon Mißbrauch genug getrieben! Wie nach meiner geringen Meinung diese Sache zu ordnen sein würde, wird sich später ergeben.

**) Daß dergleichen vorkommt und der Schein überhaupt in den Eigenthumsverhältnissen preußischer Schiffer eine nicht unbedeutende Rolle spielt, werden wir noch später sehen. Bereits unter dem 10. Mai 1854 hatte ich die Ehre, darüber

gegen den Mißbrauch des den Consuln verliehenen Rechtes andere Garantien geben, als ein bloßes in der Allgemeinen Dienst=Instruction ausgesprochenes „Vertrauen!"

Das war die eine von den nur zwei Seiten der Consularfrage, um deren Erwägung ich den gütigen Leser Seite 56 gebeten habe, damit er selbst sich eine Antwort auf die Frage suche, ob es ohne Gefahr für die Machtstellung Preußens und Deutschlands, für die Sicherheit der Personen und des Eigenthums deutscher Unterthanen im Auslande, bei dem heutigen Zustande unseres Consularwesens länger sein Bewenden haben dürfe. Hier handelte es sich wesentlich um die letzteren Momente, um die Interessen einzelner Personen. Ohne die umsichtige, gewissenhafte und energische Wahrnehmung dieser Interessen erleidet freilich ein Staat im Auslande auch einen wesentlichen Abbruch von seiner Machtstellung, bei der doch die Meinung und der Eindruck, den man von ihm hat, wesentlich in Betracht kommt. Aber die Beziehung der Consularfrage zur Machtstellung wird bei Beleuchtung der anderen Seite noch deutlicher hervortreten müssen.

5.

Daß unser deutsches Vaterland die Stellung nicht einnimmt, die ihm gebührt, daß die deutsche Nation nicht, wie man es nach ihrer Zahl, ihrer geistigen Bedeutung, dem Umfange ihres Handels, der Größe ihrer Machtmittel erwarten sollte, ein Gegenstand allgemeiner Achtung, eine Macht ist, deren Freundschaft gesucht, deren Feindschaft gefürchtet wird, sondern vielmehr ein Gegenstand des Spottes und Hohnes seitens der Großen wie der Kleinen ist, und daß das nicht so bleiben kann und darf: darüber scheint in Deutschland selbst ein so allgemeines wie tiefes Gefühl vorhanden zu sein. Aber ob das nicht auch blos bis zu dieser Stunde noch ein Schein ist?! Ob nicht selbst Diejenigen, welche diese Schmach lebhaft empfinden, ja so lebhaft, daß sie mit ihrem Gefühle ihren Verstand durchgehen lassen und zu Mitteln greifen, welche der Erreichung des Zieles eher gefährlich, als förderlich werden — ob nicht selbst diese Männer, deren Patriotismus in Zweifel zu ziehen nur das Werk serviler Dummheit sein kann, doch auch darin irren, daß sie eine weitere Verbreitung ihrer Empfindungen voraussetzen, als sie wirklich

---

gelegentlich eines Falles, in dem es mir gelungen war, ein Schiff von 129 N.-L. seinem preußischen Eigenthümer zu erhalten, an den Herrn Minister einen Bericht zu erstatten.

stattfindet?! Ein Schein aber war die allgemeine Empfindung der Schmach nicht, als Anno 13 sich das deutsche Volk erhob, und als, trotz aller Widerhaarigkeit der Regierungen, der Geist der Nation mit Preußen zog. Daher gab es denn in jenen Augenblicken nicht jene Fluth gegenseitiger Beschuldigungen, jenen Streit über die Mittel zum Zwecke, an denen wir heute so reich sind, und jene mißtrauische Eifersucht, die uns heute zu Nichts kommen läßt. Denn heute steckt ja leider hinter der Einigkeit, mit welcher der gegenwärtige Zustand verurtheilt wird, nur noch die andere, daß Niemand die Schuld an ihm tragen und Niemand zur Herstellung eines besseren die nothwendigen Opfer bringen will. Oesterreich ist Schuld, sagen die Einen — Preußen ist Schuld, die Andern — Alle Beide sind Schuld, die Dritten. Die Reactionäre sind Schuld, sagen die Liberalen, die Liberalen sind Schuld, sagen die Demokraten, die Demokraten sind Schuld, sagen die Regierungen, die Regierungen sind Schuld, sagen sie Alle. Ich lasse mich nicht aus Deutschland herausbringen, sagt Oesterreich — ich mich nicht in Deutschland majorisiren, sagt Preußen — wir lassen uns auf keinen Fall mediatisiren, weder von Preußen noch von Oesterreich noch von einer deutschen Executivgewalt, sagen die Mittelstaaten und Kleinstaaten, wenigstens ihre Regierungen. Und das Ausland lacht — während den Deutschen, die im Auslande leben müssen, das Herz brechen möchte. Denn daß es mit allem diesem Gerede nicht besser werden kann, sondern schlechter werden muß, ist ganz offenbar.

Komm Cäsar und hilf uns und mache uns zu einem einigen Volke, gleichviel, welches Dein Name und Dein Rechtstitel zu dieser Arbeit sei! Dieser Gedanke lebt heute schon in Vielen, und wir begegnen seinen Ausdrücken in mancherlei Gestalt. Aber mit der einzigen Ausnahme des einzigen Friedrich sind die Cäsaren immer nur aus tiefer Zerrüttung und blutigen Umwälzungen emporgestiegen, und ehe daß Deutschland seinen Cäsar findet, wird es der Schauplatz gewaltiger Kämpfe und grauenvoller Ereignisse gewesen sein — ein weites Grab für das Glück vieler Millionen. Sollen wir in stummer und müßiger Resignation solchem Schicksale entgegen gehen?!

Aber erst muß noch ein Kampf auf Leben und Tod zwischen Preußen und Oesterreich geführt werden, denken Andere. Eine schöne Aussicht für Deutschland! und wer giebt uns Preußen denn die Gewißheit, daß wir es sein werden, die Sieg und Leben davon tragen? Ja selbst wenn der Kaiserstaat bei diesen Kämpfen auseinanderbräche, muß denn uns gerade sein Zerfall zu Gute kommen, liegt es denn ganz außer dem Bereiche der Möglichkeit, daß Preußen aus diesem Kampfe um mehre Provinzen verkleinert hervorgehe, sei es, daß sie in die Hände des Auslandes fallen, sei es, daß, um mit ihnen das „Gleichgewicht" in Deutschland herzustellen, das anderweitig verkleinerte Oesterreich entschädigt und andere deutsche Staaten vergrößert werden?! Es wäre doch über die Maaßen vermessen, und nur Hoftheologen und Hofpoeten zu verzeihen, wenn man diese Fragen ohne Weiteres zu unsern Gunsten beantworten wollte. Aber die Extreme berühren sich. Mit einer, doch durch das Wort Gottes und den Geist des Christenthums nicht gerechtfertigten Auffassung von dem besondern Schutze und dem besondern Wohlgefallen Gottes, dessen sich Preußen zu erfreuen haben soll, geht ganz gewöhnlich das Pochen auf Fleisch und Bein, auf ein vortreffliches Heer Hand in Hand. Nun, man braucht nicht Einem nachzustehen in dem gerechten Stolze auf diese Armee, und man kann doch anerkennen — daß auch Oesterreich ein gleich vortreffliches Heer hat! Freilich, es ist geschlagen worden, aber es hat in den mit großen Ehren verlorenen Schlachten gelernt, und wer wäre frevelhaft genug zu wünschen, daß es den Beweis dafür in einem deutschen Bürgerkriege liefern sollte?! Und sollte es wirklich für den Ausgang so gleichgültig sein, ob unsere Armee für eine große und gerechte Sache oder um deswillen in den Kampf geführt wird, weil sich eine nichts weniger als große und gerechte Politik in eine Sackgasse verrannt, oder den Knoten in einer Weise verwickelt hätte, daß nur das Schwert ihn zu lösen vermöchte. Freilich, die preußische Armee hat unter Friedrich dem Großen Wunder ausgerichtet, aber sein scharfes Schwert war in der Hand des größten und gerechtesten Staatsmannes und seine Feder in der Hand des größten Feldherrn seines Jahrhunderts. Ueber „innere Verlegenheiten" wird man durch Kämpfe nach Außen nur in dem einen Falle hinwegkommen, daß die Natur derselben, nicht dem Scheine, sondern ihrem innersten Wesen nach, von einem Geiste Zeugniß ablegt, der auch ohne jene Kämpfe die Verlegenheiten zu überwinden befähigt gewesen wäre. Und da es keine Gefahr bei uns hat, daß Oesterreich überschätzt werde, so wird die Mahnung, es nicht zu unterschätzen, nicht eine unzeitige sein. Es mag bei manchen Leuten für sehr deutsch gelten, sich an den Schwierigkeiten zu weiden, mit denen der Kaiserstaat zu kämpfen hat. Allerdings sind sie unvergleichlich größer, als die unsrigen, zum Theil so wenig geschickt heraufbeschworen. Aber man vergesse nicht, daß Oesterreich auch über größere Kräfte und reichere Hülfsquellen gebietet als wir, und daß die österreichische Regierung, die im Jahre 1862 den deutschen Gustav-Adolfs-Verein nach Wien einladen konnte, sich einer

Ermannung und eines Aufschwunges fähig zeigt, die, trotz der unrichtigen Bahnen, die sie in einzelnen Richtungen wandeln mag, aller Achtung und Beachtung werth sind. Ein Krieg gegen Oesterreich könnte wohl einmal zu einer traurigen Nothwendigkeit werden — vor ihr dann zurückschrecken, wäre freilich nichtswürdige Feigheit, aber sie herbeiwünschen, wäre gleichwohl die traurigste Verblendung, die nicht ungestraft bleiben könnte.

Es ist eine harte Rede, aber doch eine wahre, daß unsere Leistungen gegen unsere Ansprüche und die Wünsche, zu denen unser Patriotismus sich mit Recht erheben mag, seit geraumer Zeit einigermaßen zurückgeblieben sind. Einzelnen Personen dafür die Schuld aufzubürden, ist eben so ungerecht wie zwecklos — eine allgemeine Erkenntniß, wie es eigentlich mit uns steht, aber der erste, unerläßliche Schritt, daß es besser werde. Unzweifelhaft ist das ungünstige Urtheil über Preußen, und nicht etwa über die preußische Regierung allein, in mehr als einer Beziehung ein sehr unrichtiges, aber leider ist es nur zu allgemein. Mag man bei der gegenseitigen Vergötterung und Beräucherung, wie sie die gehobene Stimmung politischer Festmahle mit sich bringt, sich auch einbilden, die Sympathien der ganzen Welt zu besitzen, in Wahrheit sieht es mit diesen Sympathien für uns sowohl in Europa wie in Deutschland dürftig genug aus. Oder was ist denn auf Sympathien zu geben, die schneller wechseln als der Mond und die, wenn man sie näher betrachtet, nichts als die Aeußerungen des Egoismus sind? Wohl wünscht Garibaldi per Telegraphen unserer liberalen Partei Heil und Sieg, aber er erklärt auch gelegentlich den Dänen: „Wir von der einen, Ihr von der andern Seite, und wir wollen mit Deutschland schon fertig werden." So nicken freilich die englischen Blätter dem liberalen Ministerium in Preußen gnädigen Beifall, aber nur um hinzuzufügen, daß es sich nicht etwa beifallen lassen solle, für das Recht der deutschen Nationalität in Schleswig thatkräftig einzutreten, denn sonst würde es mit der Freundschaft ein Ende haben. Gerade durch die Behandlung der hier berührten Frage hätte sich Preußen, wenn es nur selbst im Stande gewesen wäre, sich auf den Standpunkt einer großen preußischen und daher deutschen Politik zu stellen, und von demjenigen einer Politik der Parteien oder gar der persönlichen Sympathien und Antipathien zu befreien, den Dank Deutschlands erwerben können. Dazu auch die Achtung der europäischen Cabinette, um deren Unterstützung wir uns seit Jahren in einer Frage zu bemühen scheinen, die wir nur zu rechter Zeit und recht anzufassen gebraucht hätten, um auf diese Unterstützung verzichten zu können, sei es, daß wir mit oder ohne Schwertstreich zu einer Verständigung mit Dänemark gekommen wären. Auch kann Preußen nicht zu seiner Entschuldigung anführen, daß es durch den Bundestag in dieser Frage majorisirt worden sei. Will es in kleinen Fragen sich nicht majorisiren lassen, warum denn in einer so großen und wichtigen Angelegenheit? Aber Preußen hat überdies die Majorität des Bundestags immer auf seiner Seite gehabt und deutsche Minister berufen sich geradezu darauf, daß es nicht die Schuld ihrer Regierungen, sondern lediglich diejenige Preußens sei, wenn man in dieser Angelegenheit nicht bessere Fortschritte gemacht habe. Also in dieser Angelegenheit hat Preußen, wenigstens bisher, Großes nicht geleistet. Aber in welcher anderen? In der hessischen?! Schweigen wir lieber davon, denn wie groß wir in ihr, sowohl der Auffassung wie dem Erfolge nach, wirklich gewesen sein und noch werden mögen, die Welt ist zu schlecht, als daß sie davon zu überzeugen wäre. Aber Preußen hat den deutsch-französischen Handelsvertrag zu Stande gebracht, und das ist zweifellos etwas Großes, für die ökonomische Entwickelung Deutschlands viel Segen Versprechendes. Ja, zweifellos. Indessen da giebt es ja Leute und recht bedeutende Leute, die behaupten, daß das eigentliche Verdienst dieses Vertrages, unbeschadet der Verdienste der preußischen und französischen Staatsmänner, die dabei beschäftigt waren, dem Kaiser Napoleon gebühre. Weil Napoleon diesen Vertrag wollte, nicht weil wir ihn wollten, sagen sie, ist dieser Handelsvertrag zu Stande gekommen. Habe sich die französische Regierung in diesem und jenem Punkte im Laufe der Unterhandlungen vielleicht über Erwarten nachgiebig gezeigt, so sei auch das lediglich und allein geschehen, weil es dem Kaiser darauf ankomme, in der Hauptsache seinen Willen durchzusetzen. Dieser Wille sei kein anderer, als Frankreich zum Mittelpunkt des ganzen europäischen Verkehrs zu machen, zu der einen Sonne Europas, die neben sich nur Monde dulden kann. Dabei solle gar nicht geleugnet werden, daß dieser Handelsvertrag für uns ein großer ökonomischer Fortschritt sei — Frankreich habe sich ja auch ausdrücklich die Aufgabe gestellt, andere Völker zu beglücken, nur daß die Beglückungen aus seiner Hand gewöhnlich für die Beglückten mit einigen Opfern verbunden seien. So drohe jetzt der französisch-deutsche Handelsvertrag den Zollverein zu zertrümmern. „Unsinn! der Zollverein kann gar nicht auseinanderfallen, dazu haben sich die anderen Staaten viel zu gut bei dem Zollverein gestanden, als daß die Regierungen es wagen könnten, ihn zu verlassen. Nein, Preußen kann machen, was es will, und hat bei den neuen Unterhandlungen nur zu sagen: sic volo, sic jubeo — und sein Wille wird geschehen und seine Vorschläge werden angenommen werden." Wie eine solche Sprache, selbst wenn sie

sachlich begründet wäre, d. h. also, wenn sich wirklich alle Zollvereins=
staaten ohne Weiteres fügen müßten, geeignet sein soll, für Preußen
in Deutschland lebhafte Sympathien zu erwecken, begreifen wir nicht.
Aber Preußen, wirft man ihm vor, habe ihr entsprechend gehandelt. Es
habe sich einer ausländischen Macht gegenüber so gebunden, daß das Los=
kommen nicht mehr möglich sei und den anderen Zollvereinsstaaten wirk=
lich nichts Anderes übrig bleibe, als sich zu fügen oder auf den Zoll=
verein zu verzichten. Man kann freilich für dieses Verfahren Preußens
— nicht für den Handelsvertrag selbst, für den es der Entschuldigung
nicht bedarf, sondern dafür, daß Preußen sich auf alle Fälle an den Ver=
trag band — triftige Entschuldigungsgründe beibringen. Man kann sagen,
daß es müde gewesen sei und müde hätte sein müssen, sich selbst gewis=
sermaßen mediatisirt zu sehen, wie das durch das den Einzelstaaten in
dem Zollverein eingeräumte Veto wirklich der Fall war, und daß es da=
her nur mit Recht mit einem Schlage dieses Joch für immer habe ab=
schütteln wollen. Da habe es sich denn, um sich gegen eine Anwande=
lung von neuer Nachgiebigkeit selbst zu beschützen, die Hände im Voraus
gebunden, und welche Veränderungen auch immer eintreten möchten, jede
preußische Regierung werde anderen Zollvereinsregierungen zu erklären
haben: die Weigerung zum Beitritt zum deutsch=französischen Handelsver=
trag ist gleich der Erklärung zum Austritt aus dem Zollverein.

Das Letztere ist vollkommen richtig, aber mithin liegt es auch, wie
heute die Dinge stehen, nicht außer dem Bereiche der Möglichkeit, daß
das Jahr 1866 die Spaltung Deutschlands in einen österreichischen und
preußischen Zollverein vollzogen sehen kann. Vom ökonomischen Standpunkt
aus wird das für uns Preußen keineswegs zu beklagen sein. Schon unsere
Schifffahrt nach Frankreich, heute kaum der Rede werth, wird, sobald jener
Vertrag in Kraft getreten, einen gewaltigen Aufschwung nehmen. Daß aber
weder die Einheit noch die Einigkeit Deutschlands von der neuen Spaltung pro=
fitiren werden, ist auch selbstverständlich. Freilich Diejenigen, die in der
Theilung Deutschlands in ein Norddeutschland unter Preußens und ein
Süddeutschland unter Oesterreichs Führung das Heil erblickten, wären
ihrem Ideale näher gekommen. Nur daß sie nicht zu schnell ein Triumph=
lied anstimmen, das doch ein Grablied für das ganze Deutschland sein
würde, wenn die Abfallenden nicht bald wieder zurückkehrten. Auch wird
es in der That größerer Anstrengungen Preußens bedürfen, dem zu
einem norddeutschen Zollverein überdies noch Mecklenburg und die Han=
sestädte und Holstein fehlen werden, wenn es bei der Furcht der aus
Noth mit ihm gehenden Staaten, ganz und gar in Preußen aufgehen zu

sollen, seinem Zollvereine Leben und Entwickelungsfähigkeit geben und doch eine angemessene Stellung in demselben behaupten will. Für Oesterreich wird das bei Weitem nicht so schwer sein, denn es hat den großen Vortheil, daß die Fürsten der Mittel- und Kleinstaaten von ihm Mediatisirung nicht fürchten, und daß die Industriellen bei ihm vor einer raschen Entwickelung im Sinne des Freihandelssystems sich ziemlich sicher fühlen. Wie es nun heute die Schwäche der nördlichen Staaten der seligen nordamerikanischen Union ist, daß sich in demselben viele Sympathien für den Süden, dagegen die Stärke des Südens, daß in ihm sehr wenig Sympathien für den Norden vorhanden sind, so werden auch die meisten der mit Preußen verbündeten Regierungen von Sympathien für Oesterreich geleitet werden, dagegen schwerlich auch nur eine einzige der mit Oesterreich verbündeten von Sympathien für Preußen. Denn daß diese ganze Zollfrage von den Regierungen fast ohne Ausnahme als eine politische Frage betrachtet und behandelt wird, kann von Niemandem bestritten werden, ebensowenig wie die andere Thatsache, daß die Bevölkerungen diesen Standpunkt der Regierungen nur zu einem geringen Theile billigen und ihre materiellen wie politischen Interessen keineswegs der „Politik" aufgeopfert zu sehen wünschen. Hieraus dürfte sich mit Nothwendigkeit das von Preußen einzuschlagende Verfahren ergeben. Es wird durch sein ganzes Auftreten die Antipathieen der Regierungen zu schwächen, die Sympathieen der Bevölkerungen zu verstärken suchen müssen. Mit Worten allein ist das freilich nicht gethan, obwohl eine freundliche und bescheidene Sprache, eine Sprache, in welcher weniger das Bewußtsein der eigenen Macht als die Bereitwilligkeit der Anerkennung auch fremder Rechte hervortritt, nicht gerade schädliche Wirkungen hervorbringen kann. Aber — um auf diesem Gebiete zu bleiben, obschon die allgemeine Politik und Haltung Preußens auch auf diese Frage von großem Einflusse sein muß — wenn die Vorschläge Preußens zu einer neuen Organisation des Zollvereins der Art sind, daß sie einerseits die Furcht der Regierungen vor einer Mediatisirung beseitigen, und andererseits den Bevölkerungen die Erfüllung berechtigter Wünsche sichern, so würde es doch vielleicht gelingen können, den Zollverein in seinem heutigen Umfange und zwar in einer Gestaltung zu erhalten, die eine glückliche Entwickelung der in ihm vertretenen Interessen in ganz anderer Weise verbürgte, als sie bis jetzt stattfand.

Man würde sich seitens der widerstrebenden Regierungen entschließen müssen, den französisch-deutschen Handelsvertrag mit in den Kauf zu nehmen und das um so lieber, je deutlicher dargethan wird, daß er auch weiteren Vereinbarungen mit Oesterreich unüberwindliche Schwierigkeiten nicht in den Weg legt.

Ohne Zweifel wird unsere Regierung in dieser Richtung mit großem Geschicke zu operiren verstehen. Hier kann es nur darauf ankommen, einen Punkt hervorzuheben, der dabei jedenfalls auch zur Sprache kommen muß, und der durchaus nicht so unwichtig ist, als es bei dem ersten Anblicke erscheinen mag. Der „Zollverein" wird allwege als eine herrliche Schöpfung bezeichnet. Aber mangelhaft war sie doch und unter ihren Mängeln nimmt es nicht den letzten Platz ein, daß die Verträge schon in ihrem Eingange nur als ihre Absicht bezeichneten, „für die Beförderung der Freiheit des Handels und gewerblichen Verkehrs zwischen den betheiligten Staaten und hierdurch zugleich in Deutschland überhaupt" weitere Fürsorge zu treffen. Daß es auch einen Welthandel gäbe, und daß es eine Aufgabe dieses Vereines sein müsse, zum gemeinsamen Besten aller seiner Mitglieder sich zu diesem Welthandel in Beziehungen zu setzen und hierzu geeignete Vorkehrungen zu treffen, schien man ganz übersehen zu haben. Wäre dieser Gedanke recht gegenwärtig und lebendig gewesen, so würde man sich schon damals gesagt haben: Der Verein wird es sich zu einer seiner Hauptaufgaben machen müssen, für seine Industrie auch in transatlantischen Ländern große Märkte zu eröffnen. Aber der Verkehr dahin wird sich in großartiger und gedeihlicher Weise nicht entwickeln können, wenn wir ihn nicht zu schützen vermögen. Eine, diesem Zwecke entsprechende Marine ist daher eine unbedingte Nothwendigkeit. Schaffen und unterhalten wir eine solche auf gemeinsame Kosten.

Auf diese Weise würde sich, da der Zollverein später mit Ausnahme Oesterreichs fast das ganze Deutschland umfaßte, eine deutsche Flotte unter preußischer Führung ganz naturgemäß entwickelt und selbst die deutschen Städte und Staaten, mit Ausnahme Oesterreichs, die nicht zum Zollverein gehörten, würden mit Freuden ihr Scherflein dazu beigetragen haben. Oder sollte es noch eines langen Beweises bedürfen, daß z. B. die jüngst mit Japan, China und Siam geschlossenen Verträge wahrlich der Kosten nicht werth waren, die sie verursachten, wenn der dortige preußische und Zollvereinsverkehr der Zukunft nicht durch unsere Marine thatkräftig beschützt werden kann? Aber wir bedürfen einer, zu unserer Handels-Marine einigermaßen im Verhältniß stehenden Kriegs-Marine natürlich noch für viele andere Punkte als die ostasiatischen Gewässer und können insonderheit an Colonien gar nicht denken, ohne daß wir ihnen einen kräftigen Schutz in Aussicht zu stellen vermögen. Das heutige Mißverhältniß zwischen unserer Handels- und Kriegs-Marine kommt durch die folgende, dem „Vergleich der Macht der verschiedenen europäischen Staaten" von Bock entlehnte Zusammenstellung recht lebhaft zur Anschauung. Durchschnittlich sind 1000 Tonnen der Handels-Marine in Portugal beschützt durch 3,17 Kanonen, in Dänemark durch 2,70, in den Niederlanden durch 2,15, in Oesterreich durch 2,10, in Frankreich durch 2, in England durch 1,40, in Spanien durch 1,25, in Preußen durch 0,99, in Griechenland durch 0,53. Aber betrachtet man die preußische Marine als zum Schutze nicht allein des preußischen, sondern auch des deutschen Handels bestimmt, so würden wir noch weit unter Griechenland sinken. Andrerseits ist es aber auch wiederum Preußen nicht zuzumuthen, daß es die Kosten der Herstellung und Unterhaltung einer Marine allein trage, die sich doch nur den Schutz des deutschen und zunächst des Zollvereinshandels zur wesentlichen und hauptsächlichen Aufgabe stellen kann und muß — woraus sich eine neue Aufgabe unserer Staatsmänner bei dem Abschlusse der neuen Verträge ergiebt.

Die Kanonen indessen sind eben die ultima ratio, die man in Bewegung setzen zu können immer die Möglichkeit haben muß, von der man doch aber nur in den äußersten Fällen Gebrauch macht. Daher sehen wir denn auch, daß gerade die allerbedeutendsten Handelsmächte noch zu einem anderen Schutze des Verkehrs ihrer Staatsbürger im Auslande gegriffen haben, der freilich Nichts bedeutet, wenn nicht schließlich die Kanonen hinter ihm stehen: nämlich zur Anstellung gehörig qualificirter Consuln. Diesen Punkt haben freilich die Zollvereinsverträge nicht ganz außer Acht gelassen, aber doch in einer Weise behandelt und erledigt, welche deutlich genug zeigt, daß man von dem Nutzen, den die Consuln unter gewissen Bedingungen leisten können, gar keine Vorstellung hatte. An Zollvereins-Consuln, wie sie Herr Hansemann jetzt nach seinem, gewiß in mancher Beziehung beachtungswerthen Entwurfe ins Auge faßt, hatte man gar nicht gedacht. Es wurde vielmehr nur stipulirt: „Die in fremden See- und Handelsplätzen angestellten Consuln eines oder der anderen der contrahirenden Staaten sollen veranlaßt werden, der Unterthanen der übrigen contrahirenden Staaten sich in vorkommenden Fällen möglichst mit Rath und That anzunehmen." So hatte man sich schon hiermit eines wesentlichen Vortheils begeben, der aus dem Zollverein für die Interessen der Unterthanen auch der kleinsten deutschen Staaten im Auslande erwachsen konnte. Freilich war jeder der Zollvereins-Regierungen damit die Ausübung eines Rechtes der Souveränität erhalten worden, aber für die meisten war dieses Recht überhaupt nur ein Schein, und die Ausübung des Rechtes setzte ihre Unterthanen vielleicht sogar in die Lage, gar nicht vertreten zu sein. Und welchen Eindruck mußte die vielköpfige Vertretung des Zollvereins im Auslande machen? Einen höchst komischen und keines Falles einen würdigen. Ganz von der Qualification der Personen abgesehen, was für Gewicht würden z. B. die Behörden eines amerikanischen Staates den Vorstellungen eines fürstlich rudolstädtischen oder lippe-detmoldischen oder großherzoglich weimarischen Consuls beimessen?! Und doch haben unter Andern auch die ebengenannten Staaten ihre besonderen Consuln in Amerika, d. h. nicht an allen Plätzen oder an den wichtigsten, sondern hier und da, ganz wie es der Zufall wollte, daß diese oder jene Persönlichkeit in der Lage war, durch Bekanntschaften, Geschenke u. s. w. sich ein Consular-Patent eines deutschen Staates zu verschaffen. Wir werden auf diesen Punkt noch später zurückkommen. So viel aber wird schon jetzt Jedem einleuchten, daß sich in dem heutigen Consularwesen des Zollvereins die Zerrissenheit Deutschlands und die Souveränitäts-Eitelkeit der Regierungen auf Kosten der Interessen ihrer Unterthanen in einem bedauerlichen Grade geltend gemacht haben.

Was hat nun Preußen bisher gethan, um diesem traurigen Zustande „möglichst" abzuhelfen? Sehr wenig. Hat es namentlich dafür gesorgt, daß diejenigen Regierungen, die den preußischen Consuln die Vertretung und Unterstützung ihrer Unterthanen überließen, dieselben auch wirklich vertreten erachten konnten? Wenn nun das preußische Consularwesen in Bezug auf die Preußen selbst, wie wir schon gesehen haben und noch weiter sehen werden, äußerst geringe Garantien bot, so werden andere deutsche Unterthanen wohl noch weniger von ihm zu erwarten gehabt haben, oder eigentlich — so gut wie gar Nichts. Wie dem ist, mag der Leser selbst urtheilen.

Durch die Circular-Verfügungen vom 25. April 1834 und vom 30. April 1836 hat Preußen die fragliche Bestimmung der Zollvereinsverträge zu erfüllen gesucht. Nach diesen Verfügungen, die auch in der Allgemeinen Dienst-Instruction von 1862 ungeschmälert aufrecht erhalten sind, dürfen die preußischen Consuln die Unterthanen anderer Zollvereinsstaaten

1) weder amtlich bei fremden Behörden vertreten,
2) noch ihnen Pässe ertheilen oder visiren, noch
3) ihnen Geldunterstützungen für Rechnung der Regierung gewähren —

im Uebrigen können und sollen die Consuln sich dieser Unterthanen mit Rath und That „möglichst" annehmen. Aber im Uebrigen bleibt ja durchaus nicht viel mehr Anderes zu thun übrig, als was jeder andere wohlwollende Privat- und Landsmann seinen Landsleuten auch gewähren könnte. Wenn also z. B. ein Oldenburger auf einem preußischen Schiffe Dienste genommen hat, und das Schiff verunglückt, und er langt mit der übrigen geretteten Schiffsmannschaft an, so soll ich ihn wegen der Nachhausebeförderung an den oldenburgischen Consul verweisen. Derselbe erklärt aber, daß er mit dem Manne Nichts zu thun habe, weil er zuletzt auf einem preußischen Schiffe gedient, oder aber es ist gar kein oldenburgischer Consul hierorts vorhanden, so soll ich ihn an die dänische Polizei weisen, denn Geldunterstützung darf ich ihm nicht gewähren und Geld nicht für ihn verauslagen. Die Polizei erklärt aber, daß sie gar nichts mit dem Manne zu thun habe, ihretwegen könne er sich so lange umhertreiben, wie er wolle, werde er beim Betteln oder anderem Unfug aber gefaßt, so werde sie ihn „kraft ihrer eigenen Autorität" per Zwangspaß oder Schub zur Landesgrenze befördern lassen. Dieses Verfahren würde sowohl seitens des preußischen Consuls als auch der Polizei durchaus ein reglementsmäßiges sein, und der Oldenburger, der sieht, wie für Franzosen, Russen, Engländer, Amerikaner in gleicher Lage ganz anders gesorgt wird, nur ausrufen können:

„Weh Dir, daß Du ein Deutscher bist!"

Da haben es denn selbst die Oesterreicher besser, denn ihnen gegenüber, die doch nicht zum Zollvereine gehören, sind die preußischen Consular-Beamten durch Circular vom 6. März 1854 verpflichtet, wenn sich österreichische Consuln nicht an Ort und Stelle befinden, sich ihrer ganz so anzunehmen, als ob sie preußische Unterthanen wären, und berechtigt, Kosten und Auslagen, deren Wiedereinziehung die Regierung übernimmt, dafür zu liquidiren. Ein preußischer Consul, der ein deutsches Herz im Leibe hat, wird sich nun zwar in praxi durch die obigen Bestimmungen nicht abhalten lassen, auch für die Unterthanen anderer Zollvereinsstaaten, die seine Hülfe und seinen Schutz beanspruchen, Alles zu thun, was er für Preußen thun würde. Hiernach habe ich denn auch seit neun Jahren gehandelt und mit Erfolg gehandelt, und die amtliche Vertretung anderer deutscher Unterthanen hat Zeit und Kraft reichlich in Anspruch genommen, ohne daß sie bei den fremden Behörden auf Schwierigkeiten wegen meiner „Nichtberechtigung" gestoßen wäre. Wenn man aber daraus in Berlin den Schluß ziehen will, daß die Vertretung der anderen deutschen Unterthanen in der jetzigen Weise ausreichend geordnet wäre, so vergißt man eben zweierlei: 1) daß ich eben mich nicht nach dem Reglement gerichtet, auch daraus nie ein Hehl gemacht, sondern die möglichen Folgen getrost auf mich genommen habe, und 2) daß die übergroße Mehrheit der preußischen Consuln sich eben nicht als deutsche fühlen können, weil sie eben gar nicht Deutsche sind, also auch gar keine Ursache haben, die Beschränkungen des Reglements aufgehoben und dadurch ihre Arbeit vergrößert zu wünschen, oder gar über das Reglement hinaus freiwillig Arbeit und Verantwortlichkeit auf sich zu nehmen.

Im Uebrigen hat auch die heutige Confusion in der Zollvereinsvertretung für Preußen und preußische Unterthanen selbst eine höchst bedenkliche Seite. Da kommt z. B. wieder der unangenehme § 537 des Handelsgesetzbuches ins Spiel. Schon früher ist der Fall vorgekommen, daß das Seegericht in Kopenhagen, bei dem ich das Interesse preußischer Matrosen, die auf einem deutschen, aber nicht preußischen Schiffe dienten, gegen den Schiffer vertreten wollte, die Sache abwies und zur Entscheidung des betreffenden Consuls, eines dänischen Kaufmannes, verwies. Nun gelang es mir zwar, den Letzteren, einen Ehrenmann von Kopf zum Fuß, von dem Rechte meiner preußischen Landsleute zu überzeugen, und er gab dem Schiffer Unrecht. Aber wenn nun jener Consul nicht eine Ausnahme, sondern die Regel gewesen wäre, und wenn er Leute, von deren Rechte ich so fest wie von meinem Dasein überzeugt war, zu Gunsten des Schiffers verurtheilt hätte?! Preußische Unterthanen durch einen fremden Kaufmann mit offenbarem Unrecht verurtheilt — und ein preußischer Beamter hat das Zusehen! Durch § 537 ist die Sache aber noch weit bedenklicher geworden. Daß preußische Matrosen auf anderen deutschen Schiffen dienen, gehört keineswegs zur Seltenheit und ebenso wenig, daß sie mit diesen „fremden" Schiffsführern in Streit gerathen. Vor einem fremden Gerichte dürfen sie ihn aber gar nicht mehr belangen, müssen sich folglich an „seinen" Consul wenden und „sein" Consul, der in der Regel auch „sein" Commissionär und „sein" Geschäftsfreund ist, wird am allerleichtesten finden — daß der Capitän „diesen Preußen gegenüber" vollkommen Recht hat. Wird in der Sache die Mitwirkung fremder Behörden nothwendig, so werden sich dieselben natürlich nach dem Antrage des in diesem Falle berechtigten, also des nicht preußischen Consuls richten wollen, und wenn der preußische dagegen in geeigneten Fällen Einspruch erheben sollte, wird man das erbauliche Schauspiel erleben können, daß sich die Consuln der Zollvereinsstaaten unter einander vor fremden Gerichten herumstreiten, z. B. ein königlich preußischer General-Consul mit einem fremden „Schiffsproviant-Händler", dem eine geglückte, vorzügliche Lieferung an den —schen Geheimen Legationsrath N. N. das Prädicat und die Befugniß eines —schen Vice-Consuls verschafft hat. Das sind Blicke in die Vertretung der Interessen deutscher Unterthanen im Auslande, aber keine Silberblicke. Daß es schon um der Ehre des deutschen

Namens willen so nicht bleiben darf, begreift Jeder, und sicherlich wird jeder sachkundige Leser es als eines der Haupt-Erfordernisse des neuen oder erneuerten Zollvereins betrachten, daß die Vereinsmitglieder auf das Recht, einzelne Consuln zu haben, verzichten und daß gehörig qualificirte Zollvereins-Consuln an ihre Stelle treten. Wie dann das Zollvereins-Consularwesen am Zweckmäßigsten zu organisiren sein wird, ist eine spätere Frage: Jedenfalls wird es eine Nothwendigkeit für Preußen, wenn es dabei eine hervorragende Stellung und einen, wenn auch nicht ausschließlichen, so doch der Natur der Sache nach vorwiegenden Einfluß beanspruchen will, zunächst ebenso, wie es auf dem Marinegebiet einen Anfang gemacht hat, auch sein heute sehr unvollkommenes Consularwesen einer gründlichen Reorganisation zu unterwerfen. Ist das preußische Consularwesen nicht so beschaffen, daß — von Titeln und Flagge abgesehen, über welche eine Verständigung doch nicht unüberwindliche Schwierigkeiten haben kann — die anderen Zollvereinsstaaten mit Freuden es adoptiren können, und es in ihrem Interesse finden müssen, die preußische Organisation als Ausgangs- und Mittelpunkt des Zollvereins-Consularwesens zu betrachten, so wird höchst wahrscheinlich die heutige Misere noch bis in unabsehbare Zeiten fortdauern — zur Befriedigung vielleicht kleiner Regierungen, aber wahrlich nicht zur Ehre der deutschen Nation, die im Auslande nur in demselben Maaße Achtung gewinnen wird, in dem sie ihm mehr und mehr als eine Nation gegenüber tritt.

Das aber war die zweite Seite der in Rede stehenden Frage, durch deren Betrachtung ich zunächst den geneigten Leser zu überzeugen versuchen wollte, daß es sich wirklich hier um eine unaufschiebbare Angelegenheit handelt. Ist das gelungen, und hat ihr der Leser einiges Interesse zugewendet, so wird er hoffentlich um so eher geneigt sein, den folgenden Untersuchungen seine Aufmerksamkeit und Theilnahme zu schenken.

Viertes Capitel.
Die consularischen Aufgaben.

1. **Vorbemerkungen.** 2. **Die Nationalen aller Stände.** 3. **Schiff, Schiffer und Schiffsmannschaften.** 4. **Eine kleine Frage mit einer großen Abschweifung.** 5. **Die Kriegs-Marine.**

1.

Es ist klar, daß sich die Einrichtung einer Verwaltung nach den Aufgaben richten muß, welche durch sie gelöst werden sollen. So werden wir, um sowohl für den heutigen Zustand unseres Consularwesens und den Vergleich desselben mit demjenigen anderer Staaten, als auch für die Vorschläge einer anderweiten Organisation bei uns einen richtigen Maaßstab zu gewinnen, uns zunächst eingehender mit den consularischen Aufgaben zu beschäftigen haben. Aber wir müssen hierbei wohl den Standpunkt verlassen, von dem aus man etwa sagt: Unsere Organisation ist vortrefflich in jeder Beziehung, daher sind denn auch die Aufgaben in Rücksicht auf diese Organisation näher zu bestimmen und zu begrenzen. Denn daß der heutige Zustand nicht bleiben kann, wie er ist, das dürfte sich doch schon aus den früheren Betrachtungen mit großer Bestimmtheit ergeben. Es dürfte daher nur richtig sein, bei der Darlegung der consularischen Aufgaben auch diejenigen zu berücksichtigen, welche „die Praxis aller Welt" den Consuln gestellt hat, auch wenn sie in unserer „Allgemeinen Dienst-Instruction" noch keine eingehendere Würdigung gefunden haben. Gegen die Vollständigkeit der letzteren spricht schon der Umstand, daß diese „Allgemeine Dienst-Instruction" der doch sehr wichtigen Thatsache, daß wir nunmehr eine Kriegs-Marine haben, nur in so fern Rechnung getragen hat, als sie eine einzige Verfügung enthält, die sich auf das Verhalten zwischen den Commandanten Seiner Majestät Geschwader, so wie einzelner Schiffe und den königlichen diplomatischen und consularischen Beamten in auswärtigen Häfen beschränkt!

Freilich das Allerhöchsten Ortes erlassene Reglement vom 18. September 1796, mit dessen erstem Satze*) auch heute noch eine Allerhöchste

---

*) Wir Friedrich Wilhelm, von Gottes Gnaden, König von Preußen ꝛc. haben wahrgenommen, daß Unsere in fremden Ländern, Inseln, Handelsplätzen und Seehäfen

Verordnung über diesen Gegenstand sehr wohl beginnen könnte, faßt in seinem ersten Artikel die consularischen Aufgaben und die Mittel, sie zu lösen, in großer Allgemeinheit zusammen. Aber trotzdem ist, wie schon das Handbuch von König (Seite 28) nachweist, übersehen, daß nach den Bestimmungen dieses Reglements selbst und den Auslassungen des amtlichen Consular-Handbuches die Thätigkeit des Consuls sich auch auf Individuen außerhalb des Handels- und Schifffahrtsstandes erstrecken darf und soll. Freilich die „Allgemeine Dienst-Instruction" vom Sommer 1862 thut in dieser Rücksicht wieder einen herzhaften Schritt zurück und erklärt ausdrücklich: „Nicht den Seehandel betreffende Angelegenheiten haben auf consularische Assistenz dem allgemeinen Grundsatze nach keinen Anspruch, indem die Einsetzung der Consulate wesentlich nur die Beförderung des Seehandels zum Zweck hat." Nützliche Dienste über diesen Zweck hinaus werden dann zwar als „wünschenswerth", aber doch keineswegs als amtliche Verpflichtungen, sondern vielmehr auch als nicht eigentlich amtsmäßige „Veranlassungen" bezeichnet, in denen die Consuln „sich sorgfältig zu hüten haben, daß nicht ihnen selbst und der königlichen Regierung durch ungehörige Einmischungen Verlegenheiten erwachsen." Unter pflichtmäßiger Beherzigung dieses Zusatzes hätte man sich allerdings unzählige Schreibereien, Laufereien, Mühewaltungen aller Art vollkommen in Angelegenheiten ersparen können, die durchaus nicht den Seehandel betrafen, in denen es sich aber doch auch und zum Theil um recht bedeutende Interessen preußischer und anderer deutscher Unterthanen handelte, die mit solcher „Ersparniß" recht unzufrieden zu sein völlig Recht gehabt hätten. Auch ist das königliche Ministerium sicher selbst dieser Ansicht, denn es würde sonst nicht consularische Dienste in anderen, als den Seehandel betreffenden Angelegenheiten in Anspruch nehmen, wobei es selbstverständlich nicht allein in seinem vollen Rechte ist, sondern sogar auch viel zweckmäßiger und richtiger handelt, als wenn es andere Wege einschlagen wollte.

Mithin werden wir diese, auch aus anderen Gründen und schon durch die Thatsache, daß Preußen an Orten, die mit dem Seehandel Nichts zu schaffen haben, General-Consuln und Consuln unterhält, hinfällige Beschränkung bei der Besprechung der consularischen Aufgaben wirklich fallen lassen müssen.

---

bestellte General-Consuln, Consuln, Agenten und Vice-Consuln nicht überall zur Beförderung und Sicherung der Handlung und Schifffahrt Unserer Unterthanen ihre Bestimmung erfüllen und ihr Verfahren nach richtigen, Unseren Intentionen entsprechenden Grundsätzen einrichten.

Es wird ferner für die Absichten dieses Buches nützlicher sein, nicht diese Aufgaben nur aufzuzählen, sondern sie in Kürze ihrer wesentlichen Bedeutung nach zu erörtern, durch praktische Beispiele dieselben zu erläutern und gleich hier auf weniger glückliche und zweckmäßige Bestimmungen der geltenden Vorschriften aufmerksam zu machen. Hierbei denken wir jedoch, gerade weil man bisher auf die schreibende d. h. Bericht erstattende Thätigkeit der Consuln den größten Nachdruck gelegt hat, mit der Erörterung derselben unsere Betrachtungen lieber zu schließen und sie mit der persönlichen Thätigkeit der consularischen Beamten an Ort und Stelle zu beginnen.

Hiernach werden wir der Reihe nach zu behandeln haben:

Erstens die consularischen Aufgaben in Bezug auf die in den Consulatsbezirken anwesenden Nationalen, gleichviel, welchem Stande sie angehören, so wie in Bezug auf Angelegenheiten, in denen sich die Nationalen von der Heimath aus an die Consuln wenden. —

Zweitens, diese Aufgaben in besonderer Beziehung auf die Anwesenheit preußischer Schiffe, Schiffer und Schiffsmannschaften im Hafen oder in den Häfen des Consulatsbezirks, wobei auch das Verhältniß zur Kriegs-Marine in Betracht zu ziehen sein wird. —

Drittens, die consularischen Aufgaben in Bezug auf Förderung des Handels und der Schifffahrt im Allgemeinen — und endlich

Viertens die Berichterstattung an das königliche Ministerium der auswärtigen Angelegenheiten, sowie die Correspondenz mit anderen Ministerien und Behörden.

2.

Die im Consulatsbezirk anwesenden Nationalen sind theils solche, die nur einen kurzen und vorübergehenden Aufenthalt in dem Consulatsbezirke, theils solche, die sich daselbst, jedoch unter Beibehaltung ihrer Eigenschaft als preußische Unterthanen, für längere Zeit niedergelassen haben. Zu den Ersteren gehören nicht allein Reisende, insbesondere Geschäftsreisende, seien es Commis oder für ihre eigene Rechnung reisende Kaufleute, sondern auch Handwerksgesellen und Arbeiter aller Art. So kommen jährlich Tausende von deutschen Ziegel-, Drain- und Erdarbeitern im Frühjahr nach Dänemark und Schweden, verbleiben daselbst bis zum Spätherbst, wo sie mit ihren ärmlichen Ersparnissen nach der Heimath zurückkehren. Zu der zweiten Kategorie gehören unter Andern Fabrikmeister ꝛc., Dirigenten, Werkmeister aller Art, sowie auch Gesellen, die auf längere Zeit engagirt sind und oft erst nach einer langen Reihe von Jahren in ihre Heimath zurückkehren. Alle diese Personen können auf die allermannigfachste Weise in die Lage kommen, consularische Hülfe durch Rath und That in Anspruch nehmen zu müssen und ohne dieselbe in sehr empfindliche und kostspielige Verlegenheiten gerathen. Im Allgemeinen läßt sich das Wort, daß die Thür eines Predigers nie verschlossen und diejenige eines Arztes immer offen sein müsse, auch auf die Thüren der Consuln in Rücksicht auf die, ihrer Hülfe bedürftigen Nationalen anwenden. Sind die Consuln wirklich einsichtsvolle, zuverlässige, umsichtige, unabhängige, einerseits mit den Localverhältnissen und andererseits mit den Verhältnissen in Preußen vertraute Männer, so werden sie an Orten, wo überhaupt ein lebhafter Verkehr ihrer Nationalen stattfindet, denselben die allermannigfachsten Dienste und darunter auch viele erweisen können, die sich allerdings nicht „reglementiren" lassen. Indessen haben wir es hier nur mit den Fällen zu thun, in denen die consularische Thätigkeit wirklich reglementirt werden kann und werden nun die hauptsächlich in Betreff preußischer (deutscher) Unterthanen in Betracht Kommenden näher zu erörtern suchen.

a. Schlichtung von Streitigkeiten durch Vermittelung oder schiedsrichterliche Entscheidung. Abgesehen von dem Oriente und Ostasien, wo auf Grund besonderer Verträge den Consuln eine Jurisdiction über ihre Nationalen zusteht, haben sie sich allerdings, was Streitigkeiten unter anderen Nationalen als Schiffer und Schiffsmannschaften betrifft, in andern Ländern lediglich auf Vermittelung resp. auf eine schiedsrichterliche Entscheidung zu beschränken. Aber trotz dieser Beschränkung bleibt diese Thätigkeit doch eine, im hohen Grade wichtige und verantwortliche und setzt — soll sie sich nicht blos auf dem Papier befinden — sehr wohl qualificirte Beamte voraus. Es ist allerdings von großer Wichtigkeit, daß sich Staatsangehörige auch im Auslande an, so zu sagen, heimische Autoritäten wenden können, um durch sie, ohne daß es dafür langer und kostspieliger Prozesse vor fremden Gerichten bedürfte, Streitigkeiten durch Vergleich zu beenden oder einen schiedsrichterlichen Spruch zu erhalten. Aber wenn diese Autoritäten nach ihrer Beschaffenheit nicht das Vertrauen einflößen, daß sie dergleichen mit Umsicht zu thun vermögen, so wird dieser mögliche Nutzen wieder verloren gehen. Die Parteien werden sich eben gar nicht an die Consuln, sondern lieber an die fremden Gerichte wenden. Auch erscheint das Recht eines Consuls, sobald nur eine Partei seine Entscheidung und Vermittelung begehrt hat, auch die andere zum Erscheinen nöthigenfalls durch Requisition der Local-Polizeibehörde zu zwingen — was den Schifferstand nicht angehörige Personen betrifft — doch im höchsten Grade zweifelhaft, wenn es auch vom auswärtigen Ministerium ausdrücklich, und zwar im Widerspruch mit dem Allerhöchsten Ortes erlassenen Consular-Reglement, anerkannt worden ist. Aber unzweifelhaft ist es, daß, wenn der Consul einen Vergleich zu Stande gebracht hat und die Verabredungen der Parteien in beweisender und bindender Form festgestellt worden sind, aus diesem Vergleiche die Execution stattfinden kann. Ebenso ist, was die schiedsrichterlichen Entscheidungen der Consuln betrifft — d. h. diejenigen, denen sich die Parteien schon im Voraus durch ein Compromiß ausdrücklich und unter Ausschluß aller weiteren Appellation u. s. w. unterworfen haben — zu erwägen, daß auch gegen diese Entscheidungen eine Berufung selbst bei den heimischen Gerichten nicht mehr zulässig ist. Es werden aber die Consuln, wenn nicht den Parteien eine nichtige und daher werthlose Entscheidung zugestellt werden soll, auch wissen müssen, unter welchen Umständen nach den gesetzlichen Vorschriften dergleichen Aussprüche überhaupt unzulässig, unter welchen sie nichtig u. s. w. sind. Je mehr die Parteien nun das Vertrauen haben, daß die Consuln dieser Aufgabe gewachsen sind, je mehr werden sie sich auch dieser Beamten bedienen und hierdurch sich zuweilen große Verluste an Zeit und Geld ersparen können. In manchen Fällen und unter besonderen Umständen wird sogar, wo nicht die Möglichkeit derartiger consularischer Entscheidung vorliegt, noch weit mehr als das Interesse der zunächst im Streit befindlichen Parteien gefährdet. Hat z. B. ein deutscher Ziegelmeister mit einer Anzahl deutscher Arbeiter oder aber ein anderer Vormann mit deutschen Arbeitern den Betrieb eines Ziegelwerkes oder sonst die Ausführung einer Arbeit übernommen, und es entsteht zwischen diesen Meistern und allen ihren Arbeitern oder auch nur einem Theile derselben eine ernstere Streitigkeit, so ist, wenn dieselbe erst auf den Weg eines Prozesses vor den fremden Behörden kommt, in den meisten Fällen mit Sicherheit anzunehmen, daß sich das ganze Verhältniß zum Schaden auch der bei der Streitigkeit unbetheiligten Mitglieder der Genossenschaft lösen oder auch der Meister gar nicht mehr in der Lage sein wird, die von ihm übernommene Verpflichtung zu erfüllen. Dagegen wird es einer umsichtigen Consularthätigkeit in den meisten Fällen gelingen, durch Vergleiche oder schiedsrichterliche Entscheidungen die Streitigkeiten in kürzester Frist zu erledigen.

b. Streitigkeiten der Nationalen mit fremden Unterthanen. Die Hülfe des Consuls kann hierbei sowohl von solchen Nationalen beansprucht werden, die sich in seinem Amts-Districte selbst befinden, als auch von solchen, die von der Heimath aus in dergleichen

Differenzen gerathen sind. In vielen Fällen wird sich diese Hülfe auf die Ertheilung eines guten Rathes beschränken müssen, sei es, daß sich derselbe auf die Sache selbst oder auf die Wahl eines Anwaltes u. s. w. bezieht. Daß auch schon ein umsichtiger, guter Rath von sehr wesentlichem Nutzen für die Betheiligten sein kann, leuchtet ein. Zuweilen wird es aber auch dem Consul, wenn er im Uebrigen in den einschlagenden Kreisen sich der nöthigen Achtung erfreut, gelingen können, die Gegenpartei zur Anerkennung des streitigen Rechtes oder zu einem vortheilhaften Vergleich zu vermögen. Aber in anderen Fällen handelt es sich auch noch um mehr. Dahin gehören diejenigen, in denen z. B. zwischen einem Preußen und einem Dänen rücksichtlich eines Geschäftes in bindender Form die Verabredung getroffen ist, sich im Falle einer Differenz unter Ausschluß jedes Gerichtsverfahrens der Entscheidung des preußischen Consuls zu unterwerfen. Ferner diejenigen Fälle, in denen bei solchen Verträgen ein Schiedsgericht stipulirt ist, zu dem jeder der Betheiligten einen Richter zu wählen hat, die sich im Falle, daß sie sich nicht zu einigen vermögen, über die Wahl eines Dritten zu verständigen haben. Der Consul wird sich in solchen Fällen weder dem Fällen des schiedsrichterlichen Spruches, noch der Mitwirkung bei einem solchen Schiedsgerichte entziehen können. Wenn aber die Stipulation solcher schiedsrichterlicher Entscheidungen für viele Geschäfte sehr empfehlenswerth ist, so lehrt doch die Erfahrung, daß sich die gewählten Richter nicht selten nicht sowohl als Richter wie als Mandatare ihrer Wähler betrachten und, insonderheit bei sich gegenüberstehenden Forderungen, die Neigung haben, durch eine Compensirung derselben den Streit zu beendigen, ohne der Frage auf den Grund zu gehen. Hierbei wird gerade ein Consul durch größere Gründlichkeit die Sache seines Nationalen, wenn er sonst von dem Rechte desselben überzeugt ist, wesentlich zu fördern vermögen. Der folgende, der Praxis entnommene Fall diene dem eben Gesagten zum Beweise. In X. war zwischen einem ausländischen Kaufmann und einem Fabrikdirigenten (preußischer Unterthan) ein Vertrag mit Stipulation eines Schiedsgerichts geschlossen worden. Der Fabrikdirigent hatte dem Kaufmann durch die Fabrik in dreizehn Jahren gegen eine Million Thaler verdient, dabei selbst aber eine Tantieme von ca. 98,000 Thalern. Da wünschte der Kaufmann seinen Dirigenten — vielleicht gerade in Ansehung der Höhe der demselben früher, bei dem nicht geahnten Aufschwunge der Fabrik zugebilligten Tantieme — los zu sein. Eine angeblich durch Schuld des Dirigenten mißlungene Lieferung schien die Gelegenheit zu bieten. Der Dirigent, der sich anderweit etabliren wollte, war auch nicht abgeneigt, das Verhältniß zu lösen, verlangte aber die Auszahlung von ca. 6000 Thalern, die er noch zu Gute hatte. Der Kaufmann verweigerte dieselbe und stellte vielmehr eine Gegenforderung von 19,000 Thalern auf. Die Sache kam vor das Schiedsgericht, zu dem der Kaufmann einen der angesehensten Kaufleute des Orts, der Dirigent den preußischen Consul wählte. Der Letztere gab sich sofort die Mühe, sich, wie man zu sagen pflegt, völlig in die Sache einzusetzen, insonderheit auch mit den möglichen Ursachen des Mißlingens jener Lieferung vertraut zu machen. Nach Beendigung des schriftlichen Verfahrens, bei dem die später unterliegende Partei sich noch dazu eines sehr tüchtigen, rechtskundigen Beistandes bedient hatte, sollte der schiedsrichterliche Spruch gefällt werden. Der kaufmännische Mitrichter, im Uebrigen ein großer Ehrenmann, war nicht zweifelhaft darüber: daß das Verfahren seines kaufmännischen Freundes im Ganzen nicht zu loben, daß aber, wie gewöhnlich, das Unrecht auf beiden Seiten und es daher am Richtigsten sei, die Forderungen gegenseitig zu compensiren. Der Consul verlangte aber eine eingehende Prüfung. Er schlug vor, mit einem Urtheile über die größere Forderung, diejenige der 19,000 Thaler, zu beginnen. Das Resultat eines eingehenden Vortrages und der sich an denselben anknüpfenden Debatte war: daß diese Forderung als eine unberechtigte erklärt wurde. Kam die Prüfung der Forderung über 6000 Thaler — aber hier war das Resultat der Debatte, daß sich auch der kaufmännische Mitrichter von der vollkommenen Berechtigung des größten Theiles dieser Forderung überzeugen mußte. — Nur in Betreff einer letzten Position von 1200 Thalern verlangte er den Recurs an einen Obmann nicht sowohl, weil er von dem Rechte des Dirigenten auf diese Summe weniger überzeugt war, als weil er den Eindruck des Urtheils auf seinen Mandanten zu sehr im Auge hatte. Der Consul willigte ein und man wählte die erste, auch auf anderem als kaufmännischem Gebiete hervorragende Notabilität des Platzes, die sich denn auch zur Uebernahme des Spruches bereit erklärte. Der Consul schlug vor, diesem Obmann nicht allein die Ansichten über den streitigen Punkt schriftlich vorzulegen, sondern auch das Erkenntniß über alle andern Punkte, damit der Obmann, was vielleicht dem andern Schiedsrichter zur Beruhigung dienen werde, auch hierüber seine Meinung aussprechen könne, ohne daß derselben jedoch — es sei, daß offenbarer Irrthum nachgewiesen würde — ein verändernder Einfluß eingeräumt würde. Der Obmann sprach nicht allein dem Dirigenten auch noch die 1200 Thaler zu, sondern äußerte in einem schriftlichen Gutachten, daß das ganze Erkenntniß mit einer Gründlichkeit, Sachkenntniß und unparteiischer Erwägung aller Umstände abgefaßt sei, wie sie jedem Gerichtshofe Ehre und selbst auf die unterliegende Partei den Eindruck der vollkommensten Gerechtigkeit machen müßten. —

Endlich giebt es auch Streitigkeiten dieser Art, bei denen es sich um die consularische Verwendung bei den fremden Behörden handeln muß. So z. B. hatte ein Fabrikbesitzer in der Nähe von X. eine Genossenschaft deutscher Arbeiter engagirt. Als sie aber zum Beginn der Arbeit eintrafen, waren die Verhältnisse so ungünstig geworden, daß der Besitzer sie am liebsten gleich wieder heimgeschickt hätte. Direct ging das nicht, so sollte es indirect versucht werden. Den Arbeitern wurde daher eine, für Menschen sehr wenig geeignete Wohnung angewiesen. Vergeblich beschwerten sie sich, der Meister an ihrer Spitze. Nachgesuchte und bewilligte consularische Vertretung brachte es dahin, daß der Besitzer von Obrigkeitswegen angewiesen und angehalten wurde, den Arbeitern sofort eine gesunde Wohnung anzuweisen.

c. Verwendung bei den fremden Behörden. Wer sich in ein frembes Land begiebt, unterwirft sich natürlich — soweit nicht durch besondere Verträge ein Anderes stipulirt ist — den dort geltenden Gesetzen und Vorschriften jeder Art und hat, weil er Angehöriger eines fremden Staates ist, in keiner Weise auf consularischen Beistand zu rechnen, wenn er sich gegen jene Gesetze vergeht. Aber andrerseits ist es die Pflicht der Consuln, darüber zu wachen, daß ihre Nationalen nicht, wider die in dem fremden Lande geltenden Gesetze und Vorschriften, schlechter behandelt werden als die Einheimischen. Insonderheit haben die Consuln auch darauf zu sehen, daß ihren Nationalen, im Gegensatze zu den Einheimischen oder anderen Fremden, bei ihren Geschäftsbetrieben nicht härtere Bedingungen auferlegt werden, als sie durch die Landesgesetze oder durch Verträge gerechtfertigt sind, und daß ihnen wiederum die etwa zu ihren Gunsten geschlossenen Verträge zu Gute kommen. In Fällen der Reclamationen irgend welcher Art haben daher die Consuln, sobald sie selbst die Ueberzeugung von der Berechtigung der Beschwerde gewonnen haben, ihren Nationalen mit sachkundigem Rathe beizustehen, eventuell auch die Interessen derselben bei den fremden Behörden durch mündliche oder schriftliche Vorstellungen selbst zu vertreten, und wenn sich diese Vertretung erfolglos zeigen sollte, den Beistand, sei es der Gesandtschaft oder des auswärtigen Ministeriums u. s. w. anzurufen.

d. Auskunfts-Ertheilung. Dieselbe, mündlich oder schriftlich, wird häufig sowohl in Bezug auf Sachen als auch auf Personen von den Consuln erbeten. Große Häuser mit alten Handelsverbindungen haden zwar an den betreffenden Plätzen ihre eigenen Correspondenten, aber diejenigen, die sich neuen Absatz oder neue Bezugsquellen eröffnen wollen, sind nicht selten in der Lage — in Ermangelung zuverlässiger Verbindungen — sich an die Consuln wenden zu müssen. Auch werden dieselben jederzeit dergleichen Auskünfte gern ertheilen, zumal sie dadurch sehr häufig nicht allein ihren Landsleuten wesentlich nützen oder ihnen erheblichen Schaden, sondern auch sich selbst später viele Mühe ersparen können, wenn es gilt, die aus unvorsichtig eingeleiteten Geschäften entstandenen Schwierigkeiten wieder zu beseitigen. Es ist z. B. in den meisten Fällen, in denen das königliche General-Consulat in Bezug auf Fallissements um Vertretung preußischer Interessen ersucht worden ist, nicht zweifelhaft, daß sich die Betheiligten zum Theil sehr erhebliche Verluste hätten ersparen können, wenn sie vor dem Eintritt in die betreffenden Verbindungen sich rechten Ortes Auskunft erbeten hätten.

e. Ertheilung von Certificaten und Attesten. Schon die Handels- und Schifffahrtsgegenstände, über welche die Consuln nach dem Reglement Certificate zu ertheilen befugt und verpflichtet sind, — auch Ursprungs- und Gesundheits-Atteste fallen in diese Kategorie — machen diese Seite der consularischen Thätigkeit zu einer nicht unwichtigen. Aber schon König bemerkte, daß in der Praxis sich die Ertheilung solcher Certificate weder auf die Ausfertigung derselben auf Verlangen preußischer Unterthanen, noch überhaupt blos auf Handels- und Schifffahrtsgegenstände beschränken könnte. Es werden vielmehr von den Consuln Zeugnisse der verschiedensten Art verlangt und ertheilt. So z. B. Lebens-Zeugnisse, Zeugnisse darüber, daß der Betheiligte sich in einer gewissen Stellung befinde u. s. w. Die „Allgemeine Dienst-Instruction" hat daher auch die letztere Beschränkung mit Recht aufgegeben, dagegen an dem „Verlangen preußischer Unterthanen" festgehalten, als ob nicht auch andere Staatsangehörige in die Lage kommen könnten, dergleichen Certificate zum Gebrauche vor preußischen Behörden zu verlangen und die Letzteren nicht den von preußischen Beamten ausgestellten eine ebenso große Glaubwürdigkeit beimessen müßten, als den Zeugnissen fremder Beamten.

f. Beglaubigung von Unterschriften sowohl von Privatpersonen als öffentlichen Behörden. Da von im Auslande ausgestellten Erklärungen oder Urkunden ohne Beglaubigung durch preußische Behörden im Inlande in den meisten Fällen und insonderheit den Gerichten gegenüber kein Gebrauch gemacht werden kann, so werden dergleichen Beglaubigungen, wo sonst ein lebhafter Verkehr zwischen den

Angehörigen der verschiedenen Länder besteht, auch häufig verlangt. Auch hier hat sich schon bisher die Theorie des Reglements und seiner Ergänzungen der Praxis gegenüber als unzureichend und nicht stichhaltig erwiesen, und die letztere hat die widerspruchsvolle Unklarheit der ersteren wohl siegreich überwunden. So spricht sich Zusatz 24 der Allgemeinen Dienst=Instruction folgendermaßen aus: „Es ist in dem vorstehenden Reglement Paragraph VIII. von der eigentlichen Legalisation im engeren Sinne des Wortes, d. h. von derjenigen Beglaubigung, durch welche, wenn es sich um die Aechtheit einer im Auslande aufgenommenen öffentlichen Urkunde handelt, zunächst nur eben die Richtigkeit der Signatur der unterschriebenen Behörde Behufs des Gebrauchs im Inlande constatirt werden soll, überall nicht die Rede, sondern vielmehr von einer solchen Beglaubigung, welche sich auf die Feststellung des Gegenstandes und Inhaltes der Urkunde selbst bezieht und darin besteht, daß überhaupt die eigenen Erklärungen der Interessenten von einer öffentlichen Behörde aufgenommen oder attestirt werden. Die erstgedachte eigentliche Legalisationsbefugniß ist wesentlich ein Attribut der diplomatischen Agenten und von der consularischen Competenz dem Begriff nach ausgeschlossen. Da es jedoch in den einzelnen Fällen dem jedesmaligen Ermessen der Gerichtsbehörde zusteht, den förmlichen Nachweis der Aechtheit möglicherweise ganz zu erlassen, so kann unter Umständen auch ein Consular=Attest wegen der Glaubwürdigkeit, die es an sich hat, von den Gerichten zum Nachweis der Aechtheit einer Urkunde für genügend angenommen werden. Die Herren Consular=Beamten werden Behufs der Vermeidung möglicher Mißverständnisse immerhin gut thun, wenn sie in solchen Fällen, wo bei ihnen Privatpersonen um ein Attest zum Nachweis der Aechtheit einer Urkunde nachsuchen, vor der Erfüllung dieses Gesuches den Extrahenten besonders darauf aufmerksam machen, daß sie keine diplomatische Legalisation ertheilen können." Dagegen enthält der Gebührentarif vom 10. Mai 1842 — wahrscheinlich unter Berücksichtigung der Praxis — wieder unter Nr. II. 4 eine Position, „die Beglaubigung von Unterschriften", von der schon König richtig bemerkt, daß sie die unter II. 8 besonders tarifirten Acte und Contracte preußischer Unterthanen nicht im Auge gehabt haben kann. Auch muß man wohl erwägen, daß nach dem obigen „Zusatze" nicht etwa die der Sache nach größere, sondern vielmehr die geringere Befugniß von der consularischen Competenz dem Begriffe nach ausgeschlossen und zu einem Attribut der diplomatischen Agenten gemacht worden ist. Da aber diese diplomatischen Agenten nur die Unterschrift des Ministers der auswärtigen

Angelegenheiten desjenigen Staates beglaubigen können, in welchem sie accreditirt sind, und dieser wiederum nur die Unterschrift unterer Behörden beglaubigt, wenn dieselben von den ihnen vorgesetzten Behörden den ganzen Instanzengang durch beglaubigt worden sind — so entsteht natürlich für den Extrahenten ein für die Geschäfte sehr nachtheiliger, oft unberechenbarer Zeitverlust. Wenn also z. B., was am häufigsten vorkommt, die Beglaubigung der Unterschrift des Notarius publicus in Kopenhagen verlangt wird, so ist, wenn sich der Extrahent an das königliche General-Consulat wendet, die Sache in einer Viertelstunde abgemacht, und noch niemals hat ein preußisches Gericht Anstand genommen, die Beglaubigung des General-Consulates als eine hinreichende zu betrachten. Dagegen ist es vorgekommen, daß Gerichte eine solche Beglaubigung ausdrücklich verlangt haben. Der Herr Gesandte aber kann die Unterschrift des Notarius publicus überhaupt nicht bescheinigen, und die „eigentliche diplomatische Legalisation" erfordert daher, daß die Unterschrift des Notarius publicus erst vom Magistrate, die des Letztern vom Amtmann, die des Amtmanns vom Justizminister, die des Justizministers vom Minister der auswärtigen Angelegenheiten und die des Letztern erst vom Herrn Gesandten beglaubigt werde: ein etwas zeitraubender Geschäftsgang, der aber noch bei weitem weitläufiger wird, wenn es sich etwa um Bescheinigung der Unterschrift einer untergeordneten Behörde in einer Provinzialstadt handeln sollte. In der That scheint es uns auch dafür ganz und gar an stichhaltigen Gründen zu fehlen, daß man den Consuln ungleich wichtigere Bescheinigungen ausstellen läßt und ihrer „Beglaubigung von Unterschriften" nicht dieselbe Wirkung wie „diplomatischer Legalisation" beilegen will. Wenn nach meiner, von der Praxis anderer Staaten unterstützten Ansicht den kaufmännischen Consuln mit Titeln mancherlei Art allerdings Befugnisse entzogen werden müssen, die ihnen heute eingeräumt sind, so wird ihnen gerade die Befugniß, Unterschriften auch von Behörden ihres Bezirkes zu beglaubigen, erhalten werden können, so zwar, daß die „eigentliche Legalisation" dadurch erfolgt, daß der besoldete und wirkliche Beamte, von dem sie ressortiren, die Unterschrift dieser Halbbeamten beglaubigt.

g. **Aufnahme resp. Legalisation von Acten und Contracten preußischer Unterthanen.** Auch das preußische Reglement weist dieselben in das Gebiet der consularischen Thätigkeit, obschon sie auf Acte und Contracte über Handels- und Schifffahrtsgegenstände beschränkt wird, und nach Zusatz 25 alle solche Geschäfte ausgeschlossen bleiben, zu deren Gültigkeit die Gesetze die gerichtliche oder notarielle

Form verschreiben. Aber sind die preußischen Consuln überhaupt befähigt, Acte und Contracte über Handels- und Schifffahrtsgeschäfte vorzunehmen, so erscheinen diese Beschränkungen wiederum nur als willkürliche und durch Nichts gerechtfertigte als etwa dadurch, daß wir überhaupt nicht „qualificirte" Consuln haben. Aber dann sollte man ihnen auch nicht Geschäfte anvertrauen, zu denen eine mindestens gleiche Qualification gehört. Sind selbst die italienischen und spanischen Consuln nicht dergleichen Beschränkungen unterworfen, sondern, wie besonders anerkannt ist, zur Aufnahme von Testamenten und zur Aufnahme von Contracten über Güter und Geschäfte befähigt, selbst wenn Eingeborene des Landes dabei betheiligt sind, vorausgesetzt, daß die Güter und Geschäfte resp. in Italien und Spanien belegen sind oder betrieben werden, so wird man wohl auch preußischen Consuln dieses Recht anvertrauen können. Daß sie es aber hätten, und daß sie in dieser Beziehung als Notare betrachtet würden, wäre offenbar für den Verkehr unserer Nationalen ein sehr wesentlicher Vortheil.*) Es kommt hierbei nicht allein der Geld- und Zeitverlust in Betracht, der eintritt, wenn sie an die fremden Behörden gewiesen sind, deren Ausfertigungen erst doch wieder der Beglaubigung des Consuls bedürfen, sondern auch der Umstand, daß diese Geschäfte selbst von den, mit der preußischen Gesetzgebung vertrauten Personen viel zweckmäßiger werden erledigt werden. In der Praxis werden natürlich auch jetzt Erklärungen und Vollmachten aufgenommen, die sich nicht allein auf Handels- und Schifffahrtsgegenstände beziehen und die preußischen Gerichte scheinen daran nicht den mindesten Anstoß zu nehmen. Die Unzweckmäßigkeit der jetzigen Theorie und auch in dieser Beziehung die Unhaltbarkeit unserer Consularzustände geht übrigens recht deutlich aus der Ausnahme hervor, die sie selbst statuirt hat. „Es ist" — sagt die Allgemeine Dienst-Instruction — „nur den Königlichen Consular-Beamten in den überseeischen Ländern durch die Cabinetsordre vom 11. November 1829 die Befugniß beigelegt worden, ohne Unterschied des Gegenstandes den gerichtlichen gleich zu achtende Vollmachten Preußischer Unterthanen aufzunehmen und zu

---

*) Zu den Aufgaben, die andere Reglements den Consular-Beamten stellen und die ihre Befugniß, Acte und Contracte aufzunehmen, voraussetzen, gehört auch die Feststellung der Veränderungen des Personenstandes. Hiernach würden Geburten, Todesfälle, Verheirathungen ꝛc. preußischer Unterthanen im Auslande von den Consuln und durch die Consuln constatirt werden können. Selbstverständlich würde diese Einrichtung, für deren Zweckmäßigkeit Vieles angeführt werden kann, sehr präcise und genaue Bestimmungen nöthig machen, sie fällt aber doch in den Bereich der einmal vorzunehmenden durchgreifenden Reform.

legalisiren." Sind denn nun unsere „überseeischen" Consuln aus einem anderen Holze als die nicht überseeischen und liegt irgend ein Sinn darin, einem besoldeten General-Consul in Kopenhagen nicht auch „reglementsmäßig" eine Befugniß einzuräumen, die ein amerikanischer Federviehhändler mit dem Titel eines preußischen Consuls hat? Man höre z. B. eine Stelle aus der Schilderung unseres Consularwesens auf der Westküste von Südamerika, die im Wesentlichen mit anderen Beschreibungen übereinstimmt, die uns freilich nicht über die Westküste von Südamerika allein zugegangen sind: „Entweder sollte man unparteiischer und vorsichtiger sein in den Vorschlägen und der Auswahl preußischer Consular-Agenten und Consuln, oder diese nur als nationale Beamte besolden und verpflichten. Für die ganze Westküste Südamerikas existirt nur allein seit einigen Jahren in Santiago in Chili ein besoldetes General-Consulat; die übrigen Länder sind überschwemmt mit Consulaten, Vice-Consulaten und Consular-Agenturen, die aber der Achtung entbehren und unzweckmäßig vertheilt sind. In einem nicht nur durch einige preußische Schiffe, sondern solche aller Nationen am meisten frequentirten Hafenplatze Südamerikas sahen wir das preußische Consulatsagentur-Wappen in einer engen, entlegenen, schmutzigen Straße, neben dem Haus- und Geschäftsschilde: Carneceria — Vessels supplied with beef, vegetables etc. — provisions pour la marine etc. etc. — Die darüber wehende preußische Flagge mit dem Adler gab zu verschiedenen Conjecturen unter dem Volke Anlaß, wie z. B., daß es das Aushängeschild zum Verkauf von Hühnern und Geflügel, wie dieser auch wirklich dort stattfindet, sei. In der eine halbe Stunde entlegenen Hauptstadt ist bereits schon wieder ein Consulat, in einer circa 25—30 Leguas von der See entfernten Stadt, mit vielleicht 20—25 Deutschen (Bayern, Badenser, Württemberger u. A.), ist ein anderes Consulat, deren Inhaber sicherlich das preußische Wappen nur als Hauszierde über den Eingang halten, um damit einen festeren Credit in den Privatgeschäften zu gründen. England, Nordamerika, Frankreich hat nur besoldete Consuln und Vice-Consuln, deren Hauptbeschäftigung die Wahrnehmung der nationalen Interessen bildet."

h. Ertheilung von Reiselegitimationen und Unterstützungen. Das Ertheilen und Visiren von Reisepässen wird allerdings nach Durchführung der von der Regierung beabsichtigten Reform in einem geringeren Umfange als bisher die consularische Thätigkeit in Anspruch nehmen. Indessen wird keineswegs dieselbe aufhören, wie denn auch in dem vorgelegten Gesetzentwurfe unter denjenigen Behörden, welche die Befugniß zur Ertheilung von Pässen haben sollen, die königlichen Consuln mit aufgeführt sind. So lange aber die jetzigen gesetzlichen Vorschriften über preußische Unterthanenschaft resp. das Ertheilen und Visiren von Pässen bestehen, wird hierbei mit einer Umsicht und Gewissenhaftigkeit verfahren werden müssen, die es gar nicht erlaubt, dergleichen Geschäfte Commis oder gar Bedienten zu überlassen. Gleiche Sorgfalt verlangt die Visirung von Wanderbüchern, wenn dieselbe überhaupt Etwas zu bedeuten haben und den bestehenden Vorschriften entsprechen soll. Auch mag man immerhin grundsätzlich daran festhalten, daß es Sache des Extrahenten ist, sich selbst diejenigen Legitimationsmittel der vaterländischen Behörde zu verschaffen, auf Grund deren er den Schutz des Consuls in Anspruch nehmen zu dürfen glaubt, aber nicht selten tritt doch der Fall ein, wo der Letztere, wenn dem Petenten nicht große Weitläufigkeiten und Verluste erwachsen sollen, sich selbst mit den betreffenden Behörden in Correspondenz setzen muß. — Hierher gehören übrigens auch diejenigen consularischen Legitimationen, welche von fremden Behörden verlangt werden, damit der Betheiligte zur Ausübung gewisser Geschäfte zugelassen werde, wie z. B. in Dänemark kein fremder Kaufmann für sein eigenes Geschäft reisen darf, ohne daß er sich als wirklicher Chef oder Theilhaber dieses Geschäftes durch eine besondere Urkunde legitimiren kann. Befindet er sich nicht schon von der Heimath aus im Besitz einer solchen, so unterzieht sich die betreffende Behörde keineswegs selbst der Prüfung seiner Papiere, aus denen das fragliche Verhältniß hervorgehen könnte, sondern genehmigt die einschlägliche Thätigkeit nur auf Grund einer consularischen Bescheinigung. — Was Unterstützungen angeht, so sind sie freilich reglementsmäßig nur auf Seeleute beschränkt. Indessen treten doch Umstände ein, in denen auch Kaufleute oder Handwerker u. s. w., die, auf der Rückkehr nach der Heimath begriffen, in plötzliche Verlegenheiten gerathen, nicht so ohne Weiteres an die fremden Polizeibehörden gewiesen werden können. Werden auch die Consuln in solchen Fällen auf ihre eigene Gefahr hin handeln müssen, so würden sie doch, unserer Meinung nach, sich ihrer Stellung sehr unwürdig zeigen, wenn sie nicht den Fall genauer untersuchten und je nach dem Ergebniß dieser Untersuchung sich zu einer Unterstützung bereit zeigten.

i. Todesfälle preußischer Unterthanen. Nachlaßregulirungen. Das Reglement selbst legt in seinem § VI den Consuln in dieser Beziehung ziemlich umfassende Verpflichtungen auf, die sich aber — Todesfälle von Seeleuten ausgenommen — in den meisten Ländern wiederum auf Nichts reduciren, so lange Preußen nicht wie andere Staaten in dieser Beziehung Verträge geschlossen hat, welche die Concurrenz der Consuln möglich machen und verbürgen. Es ist dieses, oft zum großen

Schaden unserer Nationalen, bisher unterblieben, wahrscheinlich wieder mit Rücksicht auf die „Qualification" der königlichen Consular-Beamten. Sind die fremden Behörden nicht verpflichtet, den Consuln von dem Todesfall eines preußischen Unterthanen Kenntniß zu geben, so ist derselbe natürlich auch in der Regel gar nicht in der Lage, bei der dem Gerichte des Ortes zustehenden Aufzeichnung, Verwaltung und Regulirung des Nachlasses zu concurriren. Hat er aber nun zufällig von einem solchen Todesfall Kenntniß bekommen und will die ihm auferlegte Verpflichtung erfüllen, so wird — ohne besondere Verträge — es lediglich von dem guten Willen der fremden Behörden abhängen, ihn überhaupt von Amtswegen an diesen Geschäften Theil nehmen zu lassen. Freilich kann Letzteres auf Grund einer besonderen Vollmacht der Angehörigen geschehen und auf diesem Wege sind wir bemüht gewesen, den Mangel z. B. eines Staats-Vertrages zwischen Preußen und Dänemark auszufüllen, aber es wird im allgemeinen Interesse sehr wünschenswerth sein, wenn unsere Regierung in dieser Beziehung dem Beispiele folgt, das von anderen Regierungen in den neueren, diese Verhältnisse vollständig ordnenden Consular-Verträgen gegeben ist. — Mit einer solchen Ordnung wird dann von selbst auch der Zusatz 22 der Allgemeinen Dienst-Instruction hinfällig werden, der neben der Verantwortlichkeit, welche die Consuln für alle ihre Amtshandlungen ebensowohl der Regierung wie den Betheiligten gegenüber haben sollen — die freilich gegenüber der großen Mehrzahl der jetzigen königlichen Consular-Beamten ein bloßer Schein ist — denselben noch eine besondere Verantwortlichkeit den Interessenten gegenüber aufbürdet, sobald diese Beamten den Nachlaß eines preußischen Unterthanen in ihren Gewahrsam nehmen. Es kommen Fälle vor, wo das geradezu geschehen muß, wenn nicht den Betheiligten Weitläufigkeiten und Kosten erwachsen sollen, die zur relativen Geringfügigkeit dieses Nachlasses in gar keinem Verhältnisse stehen, und wo in der That die Consuln, wenn sie ein solches, von den Ortsbehörden an sie gestelltes Verlangen mit Hinblick auf diesen Zusatz ablehnen wollten, das Interesse der Interessenten sehr vernachlässigen würden.

k. Erbschaften. Es kommen endlich diejenigen Erbschaften in Betracht, die preußischen Unterthanen aus dem Nachlasse der Angehörigen anderer Staaten zufallen. Obschon weder unser Consular-Reglement noch die Allgemeine Dienst-Instruction hiervon etwas weiß, so hat doch das königliche Ministerium der auswärtigen Angelegenheiten auch in solchen Fällen im Interesse der Betheiligten und mit Erfolg die consularische Thätigkeit selbst an Orten in Anspruch genommen, wo sich eine königliche

Gesandtschaft befand. Es muß auch wirklich dieser Weg nach allen Seiten hin als der bei weitem zweckmäßigere bezeichnet werden, denn die Gesandtschaften, wie man nie aus den Augen lassen darf, können nur durch das Ministerium der auswärtigen Angelegenheiten des Staates, in dem sie accreditirt sind, mit den inneren Behörden verkehren und haben außerdem ihre Aufmerksamkeit auf so wichtige Fragen zu lenken, daß sie für diese, ihnen gegenüber untergeordneten Dinge nur geringes Interesse haben können. Der Consul dagegen kann sich, mit der nöthigen Vollmacht versehen, direct mit dem Erbschaftsgericht in Verbindung setzen und daher, nach Lage der Umstände, mit oder ohne Zuziehung eines Advocaten diejenigen Handlungen und Maaßnahmen treffen, die im Interesse der Betheiligten zweckmäßig erscheinen. Werden Advocaten in dem betreffenden Lande überhaupt nicht als öffentliche Beamte betrachtet, so ist sogar Erbschafts-Interessenten bringend zu rathen, die consularische Mitwirkung und Controlle in Anspruch zu nehmen. So ist ein Fall vorgekommen, in dem der betreffende Advocat die ganze Erbschaft eines preußischen Staatsangehörigen unterschlagen hatte. Diplomatische Intervention war fruchtlos, weil die betreffende Regierung bemerkte, daß die Sache sich lediglich zur Civilklage eigene, da der Advocat kein öffentlicher Beamter sei und daher eine, von Amtswegen zu verfolgende Unterschlagung nicht in Frage komme. Das Resultat der Civilklage mußte aber unter den gegebenen Verhältnissen sehr unsicher erscheinen, während es der später in Anspruch genommenen consularischen Intervention gelang, einen erheblichen Theil der Erbschaft wieder zu Wege und einen befriedigenden Vergleich zwischen den preußischen Interessenten und dem Advocaten zu Stande zu bringen.

3.

Schon der vorhergehende Abschnitt stellte den Consuln mancherlei Aufgaben, und wo überhaupt lebhafte Verbindungen zwischen Preußen und dem betheiligten Lande bestehen, werden sie die Zeit und Kraft dieser Beamten in nicht geringem Maaße in Anspruch nehmen. Aber noch in weit ausgedehnterem Maaße wird Letzteres da geschehen, wo ein lebhafter Verkehr preußischer Schiffe stattfindet, da die consularischen Verpflichtungen in Bezug auf denselben sehr mannigfacher Art sind. Natürlich machen dieselben den Consuln wenig Arbeit, wenn das Erscheinen preußischer Schiffe, wie z. B. in den Häfen des Orients, zu den Seltenheiten gehört, d. h. wo in einem ganzen Jahre noch nicht so viele preußische Schiffe einlaufen als in englischen Häfen oder in dem von Kopenhagen in einer Woche oder an einem Tage.

Selbstverständlich kommen auch hier wieder mehrere der bereits in dem vorigen Abschnitte berichteten Geschäfte in Betracht, wir heben aber im Nachstehenden nur die gerade der Schifffahrt eigenthümlichen hervor.

    a. **Allgemeine Verpflichtungen.** Behufs der Aufsicht über Schiff und Leute und im öffentlichen Interesse der consularischen Information haben die Consuln die An- und Abmeldungen preußischer Schiffer entgegen zu nehmen, die Papiere derselben zu prüfen, resp. zu visiren und mit den etwa erforderlichen Bemerkungen zu versehen. Es ist vielfach in Anregung gekommen, ob nicht diese Meldungs- und Abmeldungspflicht der Schiffer ganz und gar aufzuheben und hierdurch sowohl für die Schiffer als auch den consularischen Dienst eine Erleichterung herbeizuführen sei. Aber mit vollem Rechte hat das königliche Ministerium diese Frage verneint und dagegen mit Berücksichtigung der jetzt obwaltenden Verhältnisse und auf Grund einer Allerhöchsten Ermächtigung diejenigen Fälle präcisirt, in denen diese Meldungen ausnahmsweise unterbleiben können. Auch werden in der Praxis, insonderheit in Bezug auf die Abmeldungen, den Schiffsführern mögliche Erleichterungen zugestanden, so daß von einer Belästigung der Schifffahrt gar nicht die Rede sein kann. Dahingegen würden durch Wegfall der Meldungen und der sich an sie mit dem Schiffer knüpfenden Verhandlung die Consuln einen nicht gut entbehrlichen Ausgangs- und Anknüpfungspunkt für die übrigen, in Bezug auf Schiff, Schiffer und Leute ihnen obliegenden Verpflichtungen verloren haben. — Bei Gelegenheit der Meldung haben die Consuln Schiffer, die zum ersten Male den Hafen besuchen, über dasjenige zu unterrichten, was ihnen von den in Betracht kommenden Gesetzen, Gebräuchen und Gewohnheiten des Ortes zu wissen nöthig ist. Während der Anwesenheit der Schiffer haben die Consuln überhaupt dieselben in allen Fällen, wo sich die Schiffer an sie wenden, mit Rath und That, Verwendung und Vermittelung bei Privaten und Behörden zu unterstützen, auch sie bei der Abreise auf etwaige Krankheiten an dem Orte ihrer Bestimmung u. s. w., so wie auf alles dasjenige aufmerksam zu machen, was sie im Interesse des Schiffes und seiner Ladung für nützlich erachten sollten. Diesen allgemeinen Verpflichtungen steht eine Reihe besonderer zur Seite, aus denen wir übrigens für unseren Zweck nur diejenigen hervorzuheben brauchen, deren Erfüllung am meisten in der Praxis beansprucht wird. Denn, wie es zu den wunderbaren Reizen des Meeres gehört, daß es fast täglich und stündlich ein anderes Gesicht zeigt, so sind auch die Vorkommnisse in der consularischen Thätigkeit sehr mannigfaltiger Art. Es kommt aber hierbei immer auf klugen Rath, kräftigen Schutz und wirksamen Beistand an.

b. **Kauf und Verkauf preußischer Schiffe.** Geht ein Schiff in einem fremden Hafen in preußisches Eigenthum über, so sind es die Consuln, die, wie wir schon an einer anderen Stelle dieses Buches erwähnt, dem Schiffer durch Ertheilung eines, die Eintragung in das preußische Schiffsregister ersetzenden Certificates das Recht verleihen, die preußische Flagge zu führen. Sie sollen daher mit vorzüglicher Sorgfalt prüfen, „ob das Schiff auch in der That in das ausschließliche Eigenthum eines oder mehrerer preußischer Unterthanen resp. einer nach § 1 Art. 53 des Einführungsgesetzes vom 24. Januar 1861 einem preußischen Unterthan gleich stehenden Handelsgesellschaft übergegangen sei u. s. w." Wie auch im Abgeordnetenhause bereits, wenn auch nur in Bezug auf die Betheiligung anderer deutscher Unterthanen an preußischen Schiffen, ganz richtig hervorgehoben ist, und wie wir bereits vor Jahren, wenn auch vergeblich, vorgestellt haben, sind die Bestimmungen, daß ein Schiff ganz ausschließlich gerade preußisches Eigenthum sein müsse, um unter preußischer Flagge fahren zu können, sehr wenig den Verhältnissen angemessen, vom ökonomischen Standpunkte aus unhaltbar, und werden denn auch in der Praxis — wie noch kürzlich in sehr eclatanter Weise zu zeigen Veranlassung gewesen ist — vielfach übertreten. Aber selbst wenn es gelingen sollte, zweckmäßigere Vorschriften in das Leben zu rufen, wird in der That die Ertheilung jener Certificate eine „vorzügliche Sorgfalt" in Anspruch nehmen müssen. — Im Falle, daß ein bisher preußisches Schiff im Auslande durch Veräußerung ganz oder zum Theil in das Eigenthum eines nichtpreußischen Unterthanes übergegangen ist, haben die Consuln auf dem bisherigen Certificat über die preußische Nationalität des Schiffes einen Vermerk „des Inhaltes einzutragen, daß durch die stattgehabte Veräußerung, welche dabei näher zu bezeichnen ist, das Recht, die preußische Flagge führen zu können, verloren gegangen und daß daher das Certificat zum Nachweise dieses Rechtes nicht mehr geeignet sei." Uebrigens dürfen nach Art. 499 die Schiffer im Auslande ihre Schiffe überhaupt nur unter Zuziehung des Landes-Consuls verkaufen, wodurch demselben eintretendenfalls natürlich neue Verpflichtung und Verantwortlichkeit erwächst. Im Jahre 1855 war das königliche Handels-Ministerium noch der Ansicht, daß zu dieser Zuziehung keine Veranlassung vorliege. Sogar ein Antrag, die Schiffer zu einer bloßen Anzeige eines solchen Verkaufes bei dem Consul zu verpflichten, wurde abgelehnt.

c. **An- und Abmusterung von Schiffsmannschaften.** So werden nämlich die Verhandlungen über die Verträge genannt, auf Grund welcher sich Schiffsleute in den Dienst eines Schiffes begeben oder wieder aus demselben entlassen werden. Die Natur dieses Dienstverhältnisses, das wider den Willen des Schiffers wieder zu lösen dem Schiffsmann nach Lage der Gesetzgebung sehr schwer wird, macht es natürlich dringend nothwendig, daß diese Verhandlungen mit besonderer Sorgfalt geführt werden. Bei Anmusterungen im Auslande liegt ja in der Regel der Fall vor, daß sich der Schiffer in augenblicklicher Verlegenheit um einen Mann, der Schiffsmann in Verlegenheit um einen Dienst befindet. Gerade diese doppelte Verlegenheit führt leicht dazu, daß von beiden Seiten ohne lange Erwägung Bedingungen eingegangen werden, denen sich die Betheiligten auf die Dauer zu unterwerfen eigentlich nicht die Absicht haben. Zerwürfnisse aller Art sind die unausbleiblichen Folgen davon. Fremde Behörden waren bei ihrer Unkenntniß unserer Gesetzgebung und Verhältnisse zur Vornahme der An- und Abmusterung, die ihnen auch die Regierung keines anderen großen Staates überlassen hat, sehr wenig geschickt, ganz abgesehen von anderen Uebelständen, die es mit sich führen mußte, wenn Schiffer diese Handlungen der Kenntniß der Consuln entziehen und fremde Behörden Veränderungen preußischer Musterrollen*) vornehmen konnten. Es ist daher dankbar anzuerkennen, daß die Regierung sich endlich**) in dem, dem Landtage bereits vorgelegt gewesenen und wieder vorzulegenden Gesetzentwurfe, betreffend die Rechtsverhältnisse der Schiffsmannschaften der Seeschiffe, entschlossen hat, die Consuln als die für An- und Abmusterung im Auslande ausschließlich competente Behörde zu bezeichnen. Freilich wird der Vortheil dieser Maaßnahmen wieder verloren gehen, wenn wir an Orten, wo diese Geschäfte häufig vorkommen, nur „Consuln" haben, die durch ihr Geschäft auf die Bevorzugung der Interessen der Schiffer angewiesen sind oder diese Verhandlungen lediglich ihren Commis überlassen.

Wir müssen übrigens hier die geneigte Aufmerksamkeit unserer Leser auf eine Bestimmung in jenem Gesetzentwurfe lenken, die gerade für diese Heuerverträge von wesentlicher Bedeutung ist, und durch deren Verbesserung man sich ein Verdienst um unsere ganze Schifffahrt erwerben könnte. Niemand kann ein größerer Anhänger der Decentralisation und der mit ihr verbundenen Mannigfaltigkeit in den Gestaltungen und Erscheinungen des öffentlichen Lebens sein als der Verfasser. Wir haben es schon oben

---

*) So heißen diese Vertrags-Documente, in denen selbstverständlich alle der Schiffsmannschaft angehörigen Personen nach Namen, Rang und Geburtsort u. s. w. aufgeführt sind.

**) Man vergleiche den im zweiten Capitel abgedruckten Bericht, dem unter dem 24. März desselben Jahres ein ausführlicher Bericht über diesen Gegenstand vorausgegangen war.

angedeutet und können nicht oft genug wiederholen, daß, wenn Preußen es
verstanden hätte oder verstände, die Decentralisation, wo sie immer aus=
führbar ist, durchzuführen und die Centralisation nur auf den Gebieten
beizubehalten, wo sie eine unbedingte Nothwendigkeit ist, wenn nicht ein
Staat auseinander fallen soll, auch die deutsche Frage ihren wesentlichsten
Fortschritt, ja sogar in der Richtung der „preußischen Spitze", gemacht
haben würde. Indessen so lockend dieses Thema ist, wir wollen uns nicht
durch dasselbe verführen lassen. Die Behauptung aber wird wohl all=
seitiger Zustimmung begegnen, daß wir nach Außen als ein Staat er=
scheinen und auftreten müssen. Wie wenig allgemein jedoch die Erkenntniß
dieser Nothwendigkeit lebendig ist, kann man schon an äußeren Dingen
erkennen. So braucht man noch gar nicht auf die Mannigfaltigkeit der
deutschen Flaggen hinzuweisen — selbst der Gebrauch der preußischen Flagge
weist in der Praxis eine wenig erbauliche Verschiedenheit nach! Freilich
existiren Bestimmungen darüber, wie die preußische Landesflagge aussehen
soll — aber wie sieht sie aus?! Man kann hundert englische, französische,
dänische u. s. w. Flaggen sehen, und man wird, natürlich von ihrer Größe
abgesehen, immer dieselben Dimensionen und Verhältnisse der verschiedenen
Abzeichen und Farben finden. Ganz anders bei unseren Flaggen. Da
beliebt es dem Einen, eine Flagge zu führen, an welcher die schwarzen
Ränder unverhältnißmäßig groß, einem Andern eine andere, bei welcher
sie unverhältnißmäßig klein sind; eine Dritte hat schmale weiße Ränder und
das Schwarz beginnt auf beiden Seiten erst später; eine Vierte beginnt
an den Rändern mit einem schmalen weißen Streifen, läßt dann einen
etwas breiten schwarzen, dann wieder einen schmalen weißen und wieder
einen schwarzen folgen, ein Fünfter hat seine Phantasie auf den Adler ge=
worfen u. s. w. Man sage nicht, daß darauf Nichts ankomme. Auch
wenn die Uniformität in dieser Beziehung nur die höhnischen und
spöttischen Bemerkungen ersparte, die sich jetzt an die Mannigfaltigkeit der
preußischen Flaggen knüpfen, würde die leicht zu bewirkende Durchführung
der ersteren recht ersprießlich sein. Und verschieden wie unsere Flaggen
sind die preußischen Musterrollen, da giebt es Memeler, Barther,
Stettiner, Danziger u. s. w., während es für ganz England, Irland und
Schottland, für Dänemark, für Holland u. s. w. nur je einerlei Muster=
rollen giebt. Diese Verschiedenheit ist aber besonders in einem Punkte
geradezu nachtheilig, er betrifft die Beköstigung. In richtiger Er=
wägung, daß unzureichende oder schlechte Kost eine Hauptquelle von aller=
hand Zerwürfnissen, von Desertionen u. s. w. ist, hat das englische
Parlament die Kost der englischen Schiffsmannschaft durch einen Par=

lamentsetat festgestellt und wider diese Festsetzung darf zwischen Schiffer und Schiffsleuten Nichts vereinbart werden. Man hätte nun erwarten sollen, daß die Regierung auch bei uns die erste Gelegenheit ergreifen würde, um — gerade im Gegensatze zu dem Egoismus einiger Rheder und der Liebhaberei des alten Schlendrians bei anderen — ebenfalls eine solche gesetzliche Feststellung herbeizuführen. Diese Erwartung ist indessen fehlgeschlagen. In der betreffenden Vorlage, gegen die natürlich seitens der „Vertreter des Handelsstandes" in diesem Punkte kein Widerspruch erhoben ist, heißt es vielmehr:

„Die täglich zu verabreichenden Speisen und Getränke werden durch die örtlichen Verordnungen und in deren Ermangelung durch den Ortsgebrauch des Hafens bestimmt, in welchem die Schiffsmannschaft geheuert ist. Die Bezirks-Regierungen sind ermächtigt, solche Verordnungen nach Anhörung der Localbehörden und der Organe des Handelsstandes zu erlassen."

Wir können nur wiederholen, was wir bereits anderen Ortes über diese Bestimmung gesagt und thun es in der Hoffnung, wirksamere Vertreter dieser Ansicht zu finden:

„Rücksichtlich dieser Bestimmung sei nur nochmaliger geneigter Erwägung empfohlen, ob wirklich die in den Motiven gemachte, aber keineswegs begründete Bemerkung, daß für alle Häfen der preußischen Monarchie dieselbe Speisetaxe sich nicht eigne, es rechtfertigen kann, dem Vorgange anderer Seemannsordnungen nicht zu folgen und nicht wie sie zweckmäßige Bestimmungen über die Verpflegung der Mannschaft in das Gesetz selbst aufzunehmen. Erwägt man

1. daß die Bestimmungen über die Verpflegung gar nicht hauptsächlich in einem preußischen Seehafen, sondern auf dem Meere und in auswärtigen Häfen zur praktischen Geltung kommen sollen;
2. daß man, wenn wirklich die bezüglichen Verhältnisse in den preußischen Häfen so verschieden und die Berechtigung dieser Verschiedenheit so durchgreifend wäre, auch nicht verlangen könnte, daß eine in Swinemünde geheuerte Schiffsmannschaft sich bei dem Aufenthalt z. B. in Memel mit der für Swinemünde festgestellten Kost begnügen soll;
3. daß auch auf der königlichen Kriegs-Marine rücksichtlich der Verpflegung kein Unterschied stattfindet und stattfinden kann, gleichviel, wo das Schiff ausgerüstet wird;
4. daß auch in allen englischen Häfen in dieser Beziehung ein gleichmäßiges Verfahren durch gesetzliche Vorschriften geregelt ist;

so möchte es wohl gerechtfertigt und geboten erscheinen, auch eine allgemeine Verordnung über die Verpflegung in ein solches Gesetz aufzunehmen. Auch lehrt die Erfahrung, daß Schiffsleute, die von einem in dieser Rücksicht jetzt besser gestellten Schiffe auf andere Schiffe kommen, durch Erzählungen, wie sie es früher und da und dort z. B. auf einem Danziger oder Memeler Schiffe ganz anders „gehabt", bei ihren Cameraden Unzufriedenheit und den Wunsch erregen, sich auch auf einem „bessern" Schiff verheuern zu können. Dazu kommt endlich, daß die Bestimmung des vorliegenden Entwurfes gar nicht auf den Umstand Rücksicht nimmt, daß eine ganze Schiffsmannschaft auch im Auslande geheuert werden kann, wie das z. B. in England, Dänemark und Schweden gar nicht selten der Fall ist. Sollen dann etwa die rücksichtlich der Beköstigung bestehenden englischen oder dänischen gesetzlichen Vorschriften in Anwendung kommen? Alle diese Schwierigkeiten werden durch Aufnahme einer, für alle preußischen Schiffe geltenden Proviantsbestimmung in das bezügliche Gesetz beseitigt werden." —

d. **Einsetzung anderer Schiffsführer.** Todesfälle, Krankheiten, körperliche wie geistige, oder die in Folge von Krankheiten eingetretene offenbare Unfähigkeit der Schiffsführer, die ihnen obliegenden Verpflichtungen weiter zu erfüllen, oder aber die von Schiffsführern begangenen Vergehen und Verbrechen, die ihre Verhaftung seitens fremder Autoritäten zur Folge haben oder die Consuln zur Heimsendung der Schuldigen veranlassen, können die Consuln in die Lage bringen, für die weitere Führung des Schiffes Sorge tragen zu müssen. Offenbar eine sehr wichtige Aufgabe und daher sehr zu beklagen, daß es — wie schon König S. 64 bemerkt — an bestimmten Vorschriften in dieser Beziehung für die preußischen Consuln gänzlich fehlt! Gleichwohl leitet König und mit Recht die desfallsige Verpflichtung und Befugniß der Consuln aus § 1 des Consular-Reglements ab und fügt einige sich aus der Natur der Sache und anderweiten Vorschriften ergebende Regeln bei. Die „Allgemeine Dienst-Instruction" hat diesen, in so mannigfacher Beziehung wichtigen Gegenstand unerwähnt gelassen.

e. **Wiederergreifung von Deserteurs.** Nach den jetzt geltenden Bestimmungen (Zusatz 23 c. in der Allgemeinen Dienst-Instruction) soll die Mitwirkung des Consuls nicht von Amtswegen, sondern nur auf Antrag des Schiffers und nur dann erfolgen, wenn sich derselbe schriftlich und ausdrücklich auch im Namen des Rheders zur Erstattung der Kosten verpflichtet hat. Diese Bestimmung scheint aus einer Anschauung hervorgegangen zu sein, die König Seite 181 folgendermaßen präcisirt:

„Da dem Staate nur an Erhaltung tüchtiger und zuverlässiger Seeleute gelegen ist, so wird im öffentlichen Interesse auf Wiedererlangung desertirter Matrosen kein großer Werth gelegt und die consularische Wirksamkeit tritt in Bezug auf solche Individuen in der Regel nur dann ein, wenn der Schiffsführer den Beistand des Consuls ausdrücklich in Anspruch nimmt."*)

Aber ist diese Anschauung eine richtige? Gehört hier die auf Grund derselben getroffene Bestimmung nicht vielmehr zu denjenigen, die deutlich darthun, daß die praktischen Verhältnisse keineswegs die Würdigung gefunden haben, die ihnen gebührt? Wenn Jemand behaupten wollte, daß dem Staate nur an Erhaltung tüchtiger und zuverlässiger Soldaten gelegen sei und daher auf Wiedererlangung desertirter Soldaten kein großer Werth gelegt werde — so würde natürlich eine solche Behauptung einem allgemeinen Lächeln begegnen.

Die obige Behauptung steht aber wirklich nicht auf viel besseren Füßen. Ohne strenge Strafen, mit denen die Desertion von der Armee oder Marine bestraft wird, würde man das Staatsinteresse, dem Beide dienen, ernstlich bedroht erachten, und eben weil die Desertion von der Kauffahrtei-Marine das, ebenfalls als ein Staatsinteresse betrachtete Interesse nicht des einzelnen Schiffers, sondern der ganzen Schifffahrt ernstlich bedroht, sind gegen die Deserteure nicht allein privatrechtliche Nachtheile, sondern auch öffentliche Strafen in der Gesetzgebung vorgesehen. Ja, das Bewußtsein, daß die Frage der Desertion eine sehr wichtige Frage für die ganze Schifffahrt sei, ist so allgemein, daß die Unterstützung der Consuln in der Verfolgung der Deserteure, selbst wo sie nicht vertragsmäßig bedungen ist, für eine durch das Völkerrecht auferlegte Pflicht erachtet wird.**) Auf eine prompte Unterstützung der Consuln durch

---

*) Wenig erbaulich in dem sonst in mancher Rücksicht sehr verdienstvollen Buche von König sind denn auch die Aeußerungen Seite 184 über das Verhältniß der Consuln zu nicht reclamirten oder selbst zu militärpflichtigen Deserteuren. Hier spielt besonders „der Fall der Würdigkeit" eine Rolle, die dem Consul eine Beurtheilung des sittlichen Werthes von Menschen zuweist, die in solcherlei Geschäften gar nicht in Betracht kommen kann.

**) So sagt Alex. de Clercq in seinem vortrefflichen Guide pratique des Consulates: Nous avons déjà dit au chapitre précédant, en nous occupant des déserteurs des bâtiments de l'Etat qu'à défaut de stipulations expresses dans nos traités avec les puissances étrangères, c'était des principes du droit des gens positif, que dérivait pour les consuls le droit de poursuivre l'extradition des déserteurs de leur nation. Tout refus de concours, toute difficulté opposée par l'autorité étrangère obligerait donc le

fremde Behörden und die Verpflichtung der Letzteren, die Deserteure bis zu drei Monaten in Haft zu lassen, wenn der Consul keine frühere Gelegenheit zur Heimsendung hat, haben denn auch die neuesten Consular-Verträge ein großes Gewicht gelegt.

Und wer sagt denn, daß die desertirten Matrosen nicht wirklich im Uebrigen sehr tüchtige und zuverlässige Seeleute sein können? Giebt es nicht Motive, die den Matrosen zur Desertion veranlassen, die durchaus gar nichts mit seiner seemännischen Tüchtigkeit und Zuverlässigkeit zu schaffen haben? Wenn z. B. ein Steuermann mit In-Stich-Lassung einer dreivierteljährigen Heuer desertirte, weil er der Mißhandlungen eines halb wahnsinnigen Capitäns müde war und seine Entlassung von dem Consul nicht durchsetzen konnte, so kann das gleichwohl ein sonst sehr tüchtiger und zuverlässiger Steuermann gewesen sein. Oder wenn, wie das in transatlantischen Häfen leider nicht selten vorkommt, ganze Mannschaften weglaufen, weil sie in anderem Schiffsdienste in kürzerer Zeit ein Gewinn lockt, um den sie bei uns lange vergeblich arbeiten müssen, so können sogar sehr tüchtige und zuverlässige Seeleute darunter sein, denn für die Untüchtigkeit blüht der Weizen überall nicht. Die Klagen über die Desertion preußischer Matrosen namentlich in England und in transatlantischen Häfen sind häufig genug. Natürlich würden sie sehr bald verschwinden, wenn unser Handel und unsere Schifffahrt einen Aufschwung nähme, der unsere Schiffsmannschaften so reichlich zu lohnen gestattete, als sie es anderwärts werden, denn die Hoffnung auf besseren Verdienst ist neben dem Unmuth über schlechte Kost und Behandlung ein Hauptmotiv zu zahlreichen Desertionen. Aber auch die Gesetzgebung und die obige Vorschrift tragen dazu bei. Denn man wird wohl nicht bestreiten, daß glückliche Deserteure allezeit die Lust zur Nachahmung erwecken werden. Und in den allermeisten Fällen werden unsere Deserteure jetzt nicht weiter verfolgt. Denn erfolgte die Desertion in einem Hafen, in dem an Schiffsvolk kein Mangel ist, so fällt für den Capitän das Interesse an der Verfolgung des Deserteurs ganz weg. Auch wenn die Hoffnung auf die Wiederergreifung desselben den localen und Zeitverhältnissen nach sehr gering ist, wird der Capitän sich bedenken, die von ihm verlangten Verpflichtungen einzugehen, ja vielleicht sogar Vorschüsse zu leisten. Es erscheint daher zweckwidrig, die Verfolgung eines Deserteurs von dem Antrage eines Capitäns und davon ab-

---

consul à en faire l'objet d'une réserve ou protestation formelle etc. (Tom. II, Livr. VII, Chapitre V, § 3.)

hängig zu machen, daß sich Letzterer auch im Namen des Rheders zur Erstattung der Kosten verpflichtet. Letztere zu tragen, kann überhaupt dem Capitän resp. dem Rheder nur zugemuthet werden, wenn der Deserteur wieder ergriffen und wieder in die Dienste des Schiffes getreten ist. War das Schiff schon abgesegelt, so werden für die Kosten später die etwa dem Deserteur zu Gute gekommene Heuer oder die von ihm zurückgelassenen Sachen heranzuziehen sein, der Ausfall aber würde von der Regierung getragen werden müssen. Für die Letztere kommt hierbei aber jetzt noch ganz besonders das Verhältniß zur Kriegs=Marine in Betracht. Es ist in der „Allgemeinen Dienst=Instruction" auch in dieser Rücksicht ganz und gar übersehen worden. Denn sonst würde man wohl erwogen haben, daß bei Verfolgung von Deserteuren, die eben desertirten, weil sie sich dem Marinedienst entziehen wollten, unmöglich auf den Antrag des Schiffers oder sein Eingehen in eine Zahlungsverpflichtung gewartet werden kann.

Der Entwurf eines Gesetzes, betreffend die Rechtsverhältnisse der Schiffsmannschaften u. s. w. wird auch diese Desertionsfrage zur Erörterung des Landtages bringen, die sich an den zu Art. § 532 des Handelsgesetzbuches proponirten Zusatz knüpfen kann. Derselbe lautet: „Der Schiffsmann, welcher entweicht, verliert, unbeschadet der Verpflichtung zum Ersatze des durch die Entweichung verursachten Schadens, die verdiente Heuer; die von ihm auf dem Schiffe zurückgelassenen Sachen sind dem Rheder verfallen." Zur Verminderung der Desertionen wird dieser Zusatz schwerlich beitragen. Auch erscheint die Bestimmung in Betreff der zurückgelassenen Sachen — ihre hauptsächlichen Habseligkeiten pflegen die Deserteure natürlich mitzunehmen — wenig gerechtfertigt. Sie ist auch in keiner einzigen der neuen Seemanns=Ordnungen der Hansestädte enthalten, deren Gesetzgebern man doch einige Kenntniß der Sache und sehr viel Interesse für die Rheder zutrauen kann. Ebenso entbehrt eine Confiscation zu Gunsten einer Privatperson, so viel wir wissen, des Analogons in unserer übrigen Gesetzgebung. Wie ein Vermiether sich einem flüchtig gewordenen Miether gegenüber an die Sachen des Letzteren nur bis zum Belaufe seiner Forderung an ihn halten kann, so wird auch ein, den Ersatz seines Schadens überschreitendes Recht einem Rheder rücksichtlich der Sachen eines desertirten Schiffsmannes nicht eingeräumt werden können. Es ist bei einer Beschwerde über Mißhandlungen eines Schiffsmanns durch den Schiffer seitens des Ersteren schon jetzt geltend gemacht worden: „Der Capitän will mich nur zum Entlaufen zwingen, damit er meine Heuer behalten kann." Gesetzliche Bestimmungen dürfen sol=

chen Vermuthungen keinen Anhalt geben. Wenn jene den Deserteur mit privatrechtlichen Nachtheilen bedrohen, so dürfen doch weder dem Schiffer noch dem Rheder privatrechtliche Vortheile aus einem Vergehen erwachsen. Soll der Deserteur in jedem Falle Heuer und die zurückgelegten Sachen verlieren, so wird daher dasjenige, was aus dem Betrage der ersteren und dem Erlöse der letzteren nach dem Ersatze des durch die Entweichung verursachten Schadens — zu dem auch die Kosten der Wiederergreifung gehören — übrig bleibt, der See-Armenkasse des Heimathshafens oder in Ermangelung einer solchen besonderen Kasse der Orts-Armenkasse überwiesen werden müssen. Diese Momente möchten geneigter Erwägung zu empfehlen sein, indessen wird auch eine unter Berücksichtigung derselben erfolgte Abänderung jener Bestimmung den Desertionen keinen sehr wirksamen Damm entgegen setzen. Hierzu erscheint es viel geeigneter, wenn 1) den Consuln die Pflicht auferlegt wird, von Amtswegen Desertionen zu verfolgen und 2) Schiffern resp. Rhedern die Tragung der Kosten über Wiederergreifung nur in dem Falle auferlegt wird, wenn der wieder ergriffene Deserteur wieder in den Dienst des Schiffes eingetreten ist. —

f. Streitigkeiten des Capitäns mit der Mannschaft und der Mannschaft unter einander. Diese Aufgabe consularischer Thätigkeit hat schon in dem vorhergehenden Capitel eine nähere Erörterung gefunden. Nur eine Bemerkung darüber sei hier noch gestattet. Wenn den Consuln nunmehr auch das Recht und die Pflicht der Entscheidung solcher Streitigkeiten beigelegt ist, so werden sie selbstverständlich der Verpflichtung nicht überhoben sein, wo möglich ehe daß es zu einem förmlichen, die Begründung einer Entscheidung bezweckenden Verfahren kommt, eine Vermittelung zu versuchen. Zuweilen wird freilich nach stundenlangen Bemühungen sich ein solcher Versuch vergeblich zeigen. Gelingt er indessen, so ist meistens beiden Parteien am besten damit gedient. Aber abgesehen davon, daß solche Vermittelungen selbstverständlich eben so viel Zeit als „Entscheidungen" erfordern, wird man auch nicht verkennen dürfen, daß es, um mit einem günstigen und dauerhaften Erfolge Vermittelungen herbeizuführen, es eben so umsichtiger, eifriger und nach jeder Seite der Streitenden hin unabhängiger Consuln bedarf, als sie jene „Entscheidungen" erforderlich machen.

g. Streitigkeiten des Capitäns mit fremden Unterthanen und die Verwendung für den Erstern bei fremden Behörden fallen schon unter die in diesem Capitel unter 2b und c aufgeführten Kategorien, und wir wollen auf diesen Punkt nur hier noch einmal aufmerksam gemacht haben, weil dergleichen Streitigkeiten und Differenzen der Schiffer, sei es mit den Empfängern von Ladungen, den Quarantäne- oder Zollbehörden, oder aber mit andern Schiffern wegen An- und Uebersegelns nicht selten vorzukommen pflegen, und die geschickte Behandlung der Angelegenheit seitens des Consuls zu einem glücklichen Ausgange viel beitragen kann. Daß es aber auch hier darauf ankommt, daß die Consuln den fremden Behörden gegenüber ganz unabhängig sind und nicht etwa aus Rücksicht auf ihre eigenen Interessen eine energische Vertretung der ihnen anvertrauten Interessen zu unterlassen Veranlassung haben, dürfte nicht allzu schwer zu begreifen sein.

h. Sorge für kranke Seeleute. Es ist auffallend, daß die „Allgemeine Dienst-Instruction" die consularische Fürsorge für Kranke nur ganz gelegentlich und zwar unter der Rubrik Heimschaffung von Seeleuten (S. 28) in folgendem kleinen Satze erwähnt: „Kommt es darauf an, einem erkrankten oder beschädigten Seemann ärztliche Behandlung zu Theil werden zu lassen, so gehört es mit (sic!) zur consularischen Hülfe, die entsprechenden Vorkehrungen zu treffen." Aber gerade, nachdem das neue Handelsgesetzbuch in dankenswerther, wenn auch keineswegs ganz ausreichender Weise das Schicksal wenigstens der im Dienste und ohne ihre Schuld erkrankten Matrosen sicherer zu stellen versucht hat, als es bisher gestellt war, hatte man die dringendste Veranlassung, die Consuln in dieser Rücksicht mit bestimmten Anweisungen zu versehen. Was helfen aber die besten gesetzlichen Bestimmungen, wenn Niemand da ist, der die Ausführung derselben zu überwachen und für dieselbe zu sorgen hat? Es ist hier nicht des Ortes zu zeigen, welche Vorkehrungen in dieser Beziehung, sei es für die Fälle, wo die Kosten der Heilung schließlich dem Rheder oder für diejenigen, wo sie dem Kranken und resp. dem Staate zufallen, getroffen werden müssen, aber daß dergleichen nicht dem Belieben einzelner Consuln oder Schiffer überlassen sein kann, versteht sich von selbst. In einem fremden Lande, in einer Umgebung, deren Sprache man nicht versteht, fern von Allem, was dem Menschen in der Welt lieb und theuer ist, krank liegen und vielleicht sterben zu müssen, ist ein zu hartes Schicksal, als daß es nicht ernste Berücksichtigung finden müßte, auch wenn es nur arme Matrosen betrifft. Und wenn wir beiläufig erwähnen, daß wir allein in Helsingör während des vergangenen Sommers drei preußische Seeleute nach längerem oder kürzerem Leiden begraben haben, so wird man nicht in der großen Seltenheit der Fälle eine Entschuldigung für die Vernachlässigung dieses Gebietes finden wollen. Selbstverständlich wird sich die consularische Fürsorge für solche Kranken nicht in allen Punkten reglementiren lassen, dem guten Willen und dem christlich-landsmännischen Gefühl dieser Beamten wird viel überlassen bleiben müssen. Aber in einigen Beziehungen lassen sich ihnen denn doch ganz bestimmte Verpflichtungen auferlegen, wie Solches denn auch in anderen Consular-Instructionen geschehen ist. Wir begnügen uns hier, nur einen Punkt besonders hervorzuheben, der bei Gelegenheit der Berathung des projectirten „Gesetzes über die Rechtsverhältnisse der Mannschaften" sehr leicht in Anregung gebracht werden kann. Es ist nämlich den Schiffern die ganz bestimmte Verpflichtung aufzuerlegen und deren Uebertretungsfall mit Strafe zu bedrohen: daß sie, wenn sie Kranke am Bord haben, Solches bei ihrer Ankunft dem Consul sofort anzeigen, damit derselbe die Frage, ob diese Kranken in das Hospital zu schaffen seien, unter Zuziehung ärztlichen Gutachtens sofort zur Entscheidung bringe. Die Consuln werden hierbei anzuweisen sein, die Schiffer sofort zur Anzeige zu bringen, die aus Sparsamkeit oder Unmenschlichkeit die Gesundheit und das Leben kranker Matrosen dadurch gefährdet, daß sie die Unterbringung am Lande verweigert oder verschoben oder die Kranken am Bord rücksichtslos behandelt haben!*)

i. Todesfälle von Seeleuten. Die in dieser Beziehung dem Consul obliegenden Verpflichtungen sind aus Art. VI. des Reglements zu ersehen. Sie würden übrigens eine wesentliche Verbesserung erfahren haben, wenn man die Consuln anwiese, die betreffenden Verhandlungen und das Inventarienverzeichniß der betreffenden heimathlichen Behörde einzusenden, statt sie den Schiffspapieren beizufügen, auf denen vielmehr ein kurzer Vermerk zu machen wäre. Hiernach verfährt man zum Theil schon jetzt in der Praxis, aber ein übereinstimmendes Verfahren ist wünschenswerth. Auch wird vor dem Consul mit Rücksicht auf Art. 551 des Handelsgesetzbuches, insonderheit wenn die Heimkehr des Schiffers erst nach langen Reisen zu erwarten ist, bei Gelegenheit jener Verhandlung auch die Heuer festzustellen sein, die den Erben des Verstorbenen gebührt, damit dieselbe von der Rhederei ausgezahlt werden kann. Ingleichen wird den Consuln entweder die Unterstützung des Capitäns in Rücksicht auf das

---

*) Eine Verpflichtung dieser Art ist z. B. den französischen Consuln durch die Marine-Circulare vom 27. November 1826 und 25. Mai 1840 ausdrücklich auferlegt, wie sich denn überhaupt nicht verkennen läßt, daß durch die ganze hier in Betracht kommende französische Gesetzgebung und Verwaltung neben dem Geiste der Strenge ein Geist der Humanität und der Berücksichtigung der allgemeinen Menschenrechte geht, wie man sich dieselben doch wohl auch aneignen könnte, ohne eine große Revolution erlebt zu haben.

Begräbniß oder die Fürsorge für dasselbe obliegen, wenn dazu nicht anderweite Vorkehrungen getroffen sind. Endlich tritt hier die Unzweckmäßigkeit des schon oben erwähnten, einzigen Zusatzes hervor, auf den sich die Allgemeine Dienst-Instruction von 1862 zum Consular-Reglement von 1796 beschränkt hat. Im Interesse der in der Regel ja unbemittelten „Interessenten" ist es vielmehr den Consuln zur Pflicht zu machen, den gehörig inventarisirten Nachlaß in Gewahrsam zu nehmen, bis daß sich eine Gelegenheit zur Heimsendung findet oder aber auf den Wunsch der Betheiligten ein Verkauf angeordnet werden kann. — Todesfälle von Schiffern legen selbstverständlich den Consular-Beamten noch umfassendere Verpflichtungen auf, da sie, insonderheit wenn die Correspondenz mit den Rhedern zu zeitraubend und ein Commissionär nicht anwesend ist, auf ihre eigene Verantwortlichkeit eine Fürsorge für die weitere Führung des Schiffes zu übernehmen, resp. aber bei Einsetzung eines neuen Capitäns jedenfalls mitzuwirken haben werden.

k. Aufnahme von Erklärungen und Protesten. Schiffer kommen nicht selten in die Lage, von den Consuln die Aufnahme von Erklärungen, insbesondere von Protesten d. h. Erklärungen zu verlangen, in denen sie sich gegen gewisse Folgerungen aus Handlungen, Willenserklärungen oder Thatsachen verwahren, z. B. Proteste wegen etwaiger schlechter Beschaffenheit der Ladung, Nichtbekanntschaft mit der Quantität u. s. w. Zwar haben nach den jetzt geltenden Vorschriften die Consuln unter allen Umständen die Befugniß hierzu, aber nicht immer die Verpflichtung, z. B. überall da nicht, wo sich Seegerichte am Orte ihrer Residenz befinden. Indessen wird man nicht umhin können, diese, dem Schiffer oft nachtheilige Freiheit der Consuln aufzuheben und ihre desfallsige Verpflichtung überall da eintreten zu lassen, wo es der Schiffer selbst in seinem Interesse und Nutzen findet, daß der Consul Erklärungen oder Proteste aufnehme, was selbstverständlich „qualificirten" Consuln gegenüber immer geschehen wird, wenn die betreffenden Verhandlungen vor preußischen Gerichten gebraucht werden sollen.

l. Bodmerei. Bodmerei ist im Sinne des deutschen Handelsgesetzbuches ein Darlehnsgeschäft, welches von dem Schiffer kraft der ihm ertheilten Befugnisse unter Zusicherung einer Prämie und unter Verpfändung von Schiff, Fracht und Ladung oder von einem oder mehreren dieser Gegenstände eingegangen wird, daß der Gläubiger wegen seiner Ansprüche nur an die verpfändeten (verbodmeten) Gegenstände nach Ankunft des Schiffes an dem Orte sich halten könne, wo die Reise enden soll, für welche das Geschäft eingegangen ist. (Art. 680 des Handelsgesetzbuches.)

Wenn bisher die Schiffer genöthigt waren, Gelder zur Fortsetzung der Reise auf Bodmerei aufzunehmen, z. B. weil sie vor Bezahlung der Reparaturkosten des Schiffes den Hafen nicht verlassen konnten, so sollten sie diese Umstände dem Seegerichte des Orts anzeigen, vor demselben eidlich erhärten und ein Instrument darüber aufnehmen lassen. Die preußischen Consuln waren, im Gegensatz zu Bestimmungen anderer Reglements, weder verpflichtet, die Frage, ob eine Bodmerei und in welchem Betrage nothwendig sei, einer Prüfung zu unterwerfen, noch ermächtigt, dem Schiffer eine Autorisation zur Aufnahme eines Darlehns oder zur Veräußerung oder Verpfändung des Schiffes zu ertheilen. Indessen irrt König doch, wenn er S. 61 annimmt, daß die Mitwirkung der preußischen Consuln bei Bodmereien nur insoweit verlangt werde, als sie Atteste ausstellen sollen und resp. können, daß der Aufnahme des Darlehns nach preußischen Gesetzen im vorliegenden Falle Nichts entgegenstehe — wobei übrigens in Betracht kommt, daß die Ausstellung eines solchen Attestes von der Ertheilung einer förmlichen Autorisation, die doch König mit Recht verwirft, dem Wesen der Sache nach sehr wenig verschieden ist und jedenfalls eine sehr sorgfältige Prüfung der Umstände voraussetzt.

Aber es werden weit häufiger als Atteste dieser Art consularische Bescheinigungen darüber verlangt, daß die Bodmerei zu einer billigeren Prämie nicht zu beschaffen gewesen sei. Die Bodmerei-Prämie, also diejenige Summe, die, in Procenten des bargeliehenen Capitals ausgedrückt, dem Darleiher als Entschädigung für sein Risico gezahlt werden soll, gehört nämlich mit zu den Kosten und Verlusten der großen Havarie, welche im Falle der Versicherung die Versicherer zu tragen haben. Es wird daher und mit vollem Rechte von den Letzteren eine Bescheinigung darüber verlangt, daß das Geld nicht unter billigeren Bedingungen zu schaffen gewesen sei. Werden nun solche Bescheinigungen leichtsinnig ausgestellt, so leiden nicht allein die Versicherer Schaden, sondern es wird auch zuweilen eine offenbare Betrügerei der Rheder begünstigt und hierdurch die Sucht nach unredlichem Gewinne angereizt. Es kommen nämlich nicht selten Fälle vor, in denen die Rheder, in der Person ihrer Commissionäre, das Darlehnsgeschäft selbst machen und sich dafür eine ganz unverhältnißmäßig hohe Prämie bedingen. Zwar geht dann die Sache scheinbar sehr ordnungsmäßig zu. Der Commissionär macht nämlich wiederholt öffentlich bekannt, der Capitän N. N. verlange die und die Summe auf Bodmerei und würden Darleiher ersucht, schriftliche Gebote bis zu dem und dem Tage Mittags 12 Uhr einzureichen. Nun wissen aber die Capitalisten, die unter anderen Umständen wohl auf ein solches

Geschäft eingegangen wären, daß ihnen die Einreichung eines Gebotes Nichts helfen wird, da der Rheder, der sich z. B. 20 Procent Prämie zu nehmen vorgesetzt, auch den Commissionär ermächtigt hat, wenn niedrigere Gebote eingehen sollten, noch ein oder ein halb oder ein viertel Procent niedriger als das niedrigste derselben zu gehen und so das Geschäft zu behalten. Und eben weil man dieses Verfahren kennt, enthalten sich bei solcher schriftlichen Verlicitation die Capitalisten jeder Gebote, und der Commissionär kann dann mit einem Scheine von Wahrheit sagen, daß trotz der öffentlichen, wiederholten Bekanntmachung ein niedrigeres Gebot nicht eingegangen sei. Auch kann selbstverständlich dasselbe Stück zum Schaden der Versicherer spielen, ohne daß der Rheder selbst betheiligt ist, indem der Commissionär mit diesem oder jenem Freunde das Geschäft allein macht. Nun kommt man zum Consul, legt demselben die öffentlichen Bekanntmachungen, resp. das einzige oder auch die eingegangenen Gebote vor und verlangt auf Grund dieser Vorlagen seine Bescheinigung, daß das Darlehn nicht billiger zu beschaffen gewesen sei. Die früheren Handbücher und die „Allgemeine Dienst=Instruction" lassen diesen offenbar sehr wichtigen Punkt ganz unberührt, während sich Consuln zu solchen Bescheinigungen „als zu Certificaten über Handels= und Schifffahrtsgegenstände" sehr wohl ermächtigt erachten können. Wir haben natürlich in allen vorgekommenen Fällen Bescheinigungen auf Grund solcher Vorlagen abgelehnt und dagegen das folgende Verfahren eingeschlagen, was gleichmäßig erstens die Interessen der Versicherer und redlichen Rheder wahrnimmt, zweitens die Unredlichkeit unmöglich macht und drittens die Consuln in den Stand setzt, mit gutem Gewissen dergleichen Bescheinigungen auszustellen. Es wird ein Termin zur öffentlichen und mündlichen Versteigerung des Geschäftes an den Mindestfordernden gehörig bekannt gemacht und in diesem Termin das Geschäft demjenigen zugeschlagen, welcher der Mindestfordernde bleibt. Hierauf wird demjenigen, der eine solche Bescheinigung verlangt hat, eine beglaubigte Abschrift der in das Protokoll=Buch des Consulates eingetragenen Verhandlung ertheilt, aus der sich dann von selbst ergiebt, daß das Geld nicht billiger zu beschaffen gewesen ist. Und um die Wirkung dieses Verfahrens an einem Beispiele zu zeigen, wollen wir anführen, daß in einem jüngst vorgekommenen Falle, wo es sich um eine Bodmerei in guter Jahreszeit für eine kurze Reise handelte, das erste Angebot eine Prämie von 18 Proc. war, während das Geschäft für $9^{3}/_{4}$ Procent und zwar demjenigen zugeschlagen wurde, der zuerst die 18 Procent verlangt hatte! Aber freilich, weil die Capitalisten wissen, daß das Geschäft redlich zugehen wird, finden sich auch in solchen Terminen andere Personen als etwa der betreffende Commissionär mit einem Freunde ein. Selbstverständlich kann es aber auch dem Rheder, wenn im Uebrigen die Ordnungsmäßigkeit des Verfahrens verbürgt ist, nicht benommen werden, etwa selbst oder durch einen Commissionär Gebote zu machen, da eine gegentheilige Vorschrift eine unnöthige Härte gegen diejenigen Rheder enthalten würde, die Selbst-Versicherer sind.

Also schon bisher konnte die Thätigkeit der Consuln in Bezug auf Bodmerei in Anspruch genommen werden. Die „Allgemeine Dienst-Instruction" hat aber ganz und gar übersehen, — und wohl deshalb den betreffenden Artikel im Anhange auch gar nicht mit abgedruckt — daß nach dem deutschen Handelsgesetzbuch (Art. 686) der Consul, und nur erst in Ermangelung eines solchen das Ortsgericht, es ist, der die Nothwendigkeit der Eingehung des Geschäftes in dem vorliegenden Umfange urkundlich bezeugen soll. Und welcher Umsicht und Sorgfalt wird es bedürfen, wenn diese Urkunden, auf die also die Schiffer in den meisten Fällen angewiesen sind, später den unangenehmsten Weiterungen wirklich vorbeugen sollen, da die Urkunden zwar die Annahme der Nothwendigkeit begründen, aber ein Gegenbeweis nicht ausgeschlossen ist!

m. Bei Seeunfällen aller Art. Das Reglement (§ III.) unterscheidet zwischen Strandungen und Havarien (Havereien). Nun bezeichnet schon als große (und gemeinschaftliche) Haverei das Handelsgesetzbuch alle Schäden, welche dem Schiffe oder der Ladung oder beiden zum Zwecke der Errettung beider aus einer gemeinsamen Gefahr von dem Schiffer oder auf dessen Geheiß vorsätzlich zugefügt werden, so wie auch die durch solche Maaßregeln ferner verursachten Schäden, ingleichen die Kosten, welche zu demselben Zweck aufgewendet werden, und hiernach würde auch, namentlich die vorsätzliche (aber natürlich nicht böswillige) Strandung in die Kategorie der großen Havarie fallen. Indessen können wir hier und zu unseren Zwecken den Unterschied zwischen Strandungen und Havarien überhaupt ganz fallen lassen, und werden von der consularischen Thätigkeit in Bezug auf die Seeunfälle aller Art reden. Diese Thätigkeit*) kann dreifacher Art sein, je nachdem sie 1. auf Vorbeugung oder möglichste Verringerung des Schadens, 2. auf Feststellung desselben, 3. auf eine nothwendige Controlle des Verfahrens sowohl der fremden

---

*) Selbstverständlich giebt es Consulate, wo nach Lage des Ortes diese Thätigkeit gar nicht oder nur selten in Betracht kommt, dagegen wieder andere, wie z. B. bei preußischen Consulaten in Dänemark, Schweden und Norwegen und in England, wo das in hohem Grade der Fall ist.

Betheiligten als auch der Schiffer, Commissionäre und Rheder gerichtet ist. Auch der § III. des Reglements hat sie schon ins Auge gefaßt und ist trotz seiner Unvollkommenheit der späteren „Verbesserung" vorzuziehen.

ad 1. Es war eine sehr handgreifliche Vermischung von Religion und Selbstsucht, in der man, selbst in sogenannten civilisirten Ländern, bis vor nicht sehr langer Zeit um einen „gesegneten Strand", also darum betete, daß der liebe Gott recht viel Unglück geschehen lassen solle. Ein kluger Pastor hat mich zwar einst belehrt, daß keineswegs dieser Gedanke derjenige des Gebetes gewesen sei, sondern man vielmehr nur darum gebeten habe, daß, wenn der liebe Gott einmal doch die Strandung eines Schiffes beschlossen habe, er sie doch in der Nähe geschehen lassen solle. Wie dem nun sei, jenes öffentliche Gebet ist wohl nun überall abgeschafft, und noch mehr, es sind zur Vorbeugung von Strandungen, zur Rettung von Schiffbrüchigen und gegen die Ausbeutung der Seeunfälle durch Gewinnsucht der Strandbewohner in den meisten Ländern öffentliche Vorkehrungen getroffen. Hierher gehören nicht allein die Leuchtfeuer, Baken u. s. w. und die Rettungsstationen mit ihren mannigfachen Apparaten, sondern auch alle jene Gesetze, die das Bergungswesen, die Verpflichtung zur Rettung, die zu empfangende Entschädigung u. s. w. regeln sollen. Man muß es mit Dank anerkennen, daß in diesen Richtungen z. B. in Dänemark recht viel geschehen ist, auch abgesehen von Leuchtfeuern ꝛc., mit deren Erhaltung die dänische Regierung nur der internationalen Verpflichtung nachkommt, die sie in den Sundzollverträgen übernommen hat. Aber auf der jütländischen Küste befindet sich eine Zahl von Stationen mit Rettungsbooten, Rakettenapparaten u. s. w. Eine im Ganzen unerschrockene und keine Gefahr scheuende Fischerbevölkerung benutzt diese Anstalten mit regstem Eifer, ja in dieser Beziehung ist das seemännische Ehrgefühl, so mächtig oder das menschliche Mitleidsgefühl so stark, daß, wo die Vormänner solcher Anstalten bei furchtbarem Sturm oder anderen ungünstigen Umständen Bedenken getragen haben, die Mannschaften der Gefahr auszusetzen, diese selbst mit Ungestüm das forderten und sich mit ihren Mitbürgern beklagten, wenn eine Rettung in einem einzelnen Falle nicht versucht ward. Ehre, dem Ehre gebührt und große Ehre daher den wackeren Fischern an der Nordspitze und auf der Westküste Jütlands, von denen trotz der Fälle, in denen jährlich*) die Rettenden selbst ein Opfer des Meeres und ganze

---

*) So verloren am dritten Weihnachtsfeiertage in diesem Jahre (1862) auf ein Mal acht Familienväter in Skapte ihr Leben bei dem Versuche, die Besatzung einer schwedischen Brigg zu retten.

Familien ihrer Versorger beraubt werden, jährlich Heldenthaten verrichtet werden, die zwar kein Geschichtswerk verzeichnet, die aber eingeschrieben stehen im Buche des Lebens! Aber es ist ein altes Wort: Wo sich der Herr Gott eine Kirche baut, baut der Teufel flugs eine Capelle daneben. Selbst da, wo sich in der Rettung von Menschenleben die größte Hingebung und Aufopferungsfähigkeit zeigt, giebt es Menschen, die sich kein Gewissen daraus machen, wenn nicht die Geretteten selbst zu bestehlen, so doch von den geretteten Gegenständen den möglichst größten und auch unerlaubten Gewinn zu ziehen. Hier kommt es darauf an, daß die Consuln, sei es selbst oder durch ihre Agenten, nicht allein für die zweckmäßigste Unterbringung und Verpflegung und Weiterbeförderung der Geretteten, sondern auch dafür Sorge tragen, daß die Landesgesetze unter Berücksichtigung der obwaltenden Umstände gewissenhaft befolgt werden und weder Private noch Beamte sich einen größeren Lohn für ihre Bemühungen zuwenden, als ihnen gebührt. Aber bei geringeren Seeunfällen, sei es, daß Schiffe unter Umständen auf Grund gerathen, die erwarten lassen können, daß sie bei verändertem Wind und Strom von selbst wieder flott werden, sei es, daß sie aus dem Eise befreit werden sollen ꝛc. werden oft der Rath und die Anordnungen des Consuls selbst (dem von ihrer Verlegenheit Anzeige machen zu lassen, zu allererst und vor ihren Commissionären, die Schiffer ausdrücklich verpflichtet werden sollten) sehr empfindlichen Verlusten und Uebervortheilungen der Schiffer, Rheder oder Assecuranz-Gesellschaften vorbeugen können. Sind die Consuln aber auch bei der Beseitigung der Verlegenheiten nicht zugezogen, so werden sie doch später durch Prüfung der von dem Schiffer während der wirklichen oder ihm auch nur vorgespiegelten Gefahr eingegangenen Contracte und durch die Vertheidigung der Rechte der Schiffer gegenüber den Bergern u. s. w. den Ersteren von wesentlichem Nutzen sein. Oder, um an praktischen und in Wirklichkeit vorgekommenen Fällen die Bedeutung dieser Dienstleistung zu ersichtlichen, ist es nicht ein Unterschied, ob ein auf den Grund gekommenes Schiff für zwei Tausend oder für ein Hundert Thaler wieder flott gemacht wird? Kann das vorkommen, fragt der Leser? Warum nicht, und wie oft treten noch viel erheblichere Unterschiede ein, je nachdem die Sache von einem ganz unabhängigen, von eigener Gewinnsucht wie von der Freundschaft und dem Wohlwollen der Einwohner unabhängigen Consul oder von einem in mehr als einer Beziehung abhängigen Commissionär in die Hand genommen wird. Da ist z. B. im Sunde bei Helsingör die eigenthümliche Erscheinung, daß ein Sturm aus SO., mit dem starker südlicher Strom verbunden ist, das Wasser so heraustreibt, daß aus dem eigentlichen Fahrwasser gekommene Schiffe nördlich von Kronburg auf Stellen auf den Grund gerathen, wo unter normalen Verhältnissen die Tiefe des Wassers noch um mehrere Fuß den Tiefgang der Schiffe übersteigt. Sofort, trotz des Sturmes, finden sich Berger an Bord ein, die dem Schiffer unter Schilderung der Gefahr ein für sie äußerst vortheilhaftes Anerbieten machen. Der Schiffer, dem das noch nicht „passirt" und der mit den Local=Verhältnissen nicht vertraut ist, ist eben im Begriff, sich zur Zahlung von so und so viel Hunderten oder auch Tausenden von Thalern zu verpflichten, als ein neues Boot durch die Wogen sich durchgearbeitet hat und ihm von seinem Consul ein Schreiben bringt: „Gehen Sie auf nichts ein. Sie liegen sicher, bei diesem Wind und Strom kommen Sie doch nicht los. Aendern sich dieselben, wird das Schiff entweder von selgst flott werden, oder ich sende sogleich ein Dampfboot." Jetzt dankt der Schiffer natürlich den freundlichen Helfern und wartet es ab. Vierundzwanzig Stunden nachher ist er ohne sie und ohne Dampfboot wieder flott geworden. Es ließen sich in dieser Beziehung viele einzelne erbauliche Geschichten erzählen, wie denn der im zweiten Capitel enthaltene Bericht schon eine sehr erbauliche enthalten hat, aber das Angeführte ist schon hinreichend.

ad 2. Was die Constatirung des Sachherganges und die Feststellung des Schadens betrifft, so fällt die Aufgabe und Thätigkeit der Consuln zwar schon unter die oben erwähnte Aufnahme von Erklärungen, Protesten u. s. w., aber es liegt auf der Hand, daß gerade in den hier in Betracht kommenden Beziehungen besondere Umsicht, Genauigkeit und Gewissenhaftigkeit erforderlich sind. Auch der Umstand, daß diese Verklarungen beeidigt werden müssen, wenn sie einen Werth haben sollen, läßt es in hohem Grade bedenklich erscheinen, etwa Commis mit Aufnahme derselben und Abnahme von Eiden zu betrauen. Bedenklich erscheint es aber auch, daß, trotz der notorischen und von dem Ministerium der auswärtigen Angelegenheiten ausdrücklich eingeräumten Nicht=Qualification der allermeisten unserer Consuln zu richterlichen Functionen, dasselbe Ministerium doch diesen Consuln das Recht giebt, Schiffsmannschaften durch Zwangsmaaßregeln anhalten zu lassen, wenn sie die mit Eidesleistung verbundene Verklarung verweigern. Mir selbst ist eine solche Verweigerung nie vorgekommen, aber König sagt (S. 75): „Es ist öfters vorgekommen, daß die Mannschaft sich geweigert hat, eine Verklarung abzugeben oder zu unterzeichnen, sofern sie nicht zuvörderst wegen vermeintlicher Heuerforderungen befriedigt würde. Eine solche Weigerung ist durchaus unbegründet, da die Leistung der Aussagen, um die es sich handelt, nicht an gewisse Bedingungen geknüpft werden darf, überdies auch das preußische Gesetz den Matrosen eines zu Grunde gegangenen Schiffes jeden Anspruch auf Heuer abspricht. Deshalb sind die Herren Consular-Beamten durch Circulare vom 9. März 1839 ermächtigt und angewiesen worden, in Fällen, wo es auf Beseitigung einer Weigerung der in Rede stehenden Art ankommt, die Einwirkung der competenten Ortsbehörde, wenn und in wie weit die Letztere nach der Verfassung des Landes dazu im Stande und bereitwillig ist, zu dem Zwecke zu requiriren, daß der widerspenstige Matrose durch Verhaftung angehalten werde, der consularischen Anordnung, welcher er den schuldigen Gehorsam verweigert, Folge zu geben. Aber wie, wenn nun ein Steuermann oder ein Matrose nicht aus dem oben angegebenen Grunde, sondern darum die Verklarung oder den Eid verweigert, weil er mit dem „altväterischen" Begriffe von der Heiligkeit des Eides und der Würde einer solchen Handlung es nicht vereinbar halten kann, daß ein fremder Kaufmann in einem kaufmännischen Geschäftslocal von ihm einen Eid abnehme? Wie läßt sich denn überhaupt die nur vermittelnde Stellung der Consuln mit solchen Zwangsrechten vereinigen?!

ad 3. Wir haben gesehen, daß auch bei bedeutenden Seeunfällen von den Consuln eine controllirende Thätigkeit zu üben ist. Besonders aber kommt dieselbe in Betracht, wo es sich um die durch Seeunfälle verursachten Beschädigungen des Schiffes, um seine Ausbesserung in dem als Nothhafen angelaufenen oder auch in dem als Ziel der Reise erreichten Hafen handelt. Schon in dem Berichte des zweiten Capitels ist dieses Punktes Erwähnung geschehen, aber wir müssen hier noch ausführlicher auf denselben zurückkommen. Das ist gerade der Punkt, in Bezug auf welchen wir oben gesagt, daß das Reglement den späteren Verbesserungen vorzuziehen sei. Während nämlich das Erstere (III. B.) dem Consul ausdrücklich die Pflicht auferlegt, in gewissen Fällen die Ausbesserung der Schäden selbst zu dirigiren, in allen aber eine Controlle zu üben und ihm die Pflicht auferlegt, alle diesfallsigen Rechnungen durch seine Unterschrift zu legalisiren — sagt die Summa der Verbesserungen in Zusatz 16 zur Allgemeinen Dienst-Instruction: „Eine consularische Visirung der Unkosten-Rechnungen ist auch in Havarie- und Strandungssachen nicht erforderlich, wenn sie nicht von den Rhedern oder Ladungs-Interessenten ausdrücklich vorgeschrieben worden und keine besondere Veranlassung vorliegt, die Richtigkeit der Rechnungen in Zweifel zu ziehen." Wir wollen uns nicht bei der unglücklichen Fassung dieser, der Bemerkung 3 zum Reglement II. des Consular-Handbuches vom Jahre

1847 nachgebildeten Bestimmung aufhalten. Nach der jetzigen Fassung könnte es ja scheinen, daß die Consuln gerade Rechnungen visiren sollen, die sie nicht für richtig halten, und die Einschiebung der „Ladungs-Interessenten" macht die Handlungen preußischer Beamten auch von dem Belieben fremder Unterthanen abhängig. Die Hauptsache ist, daß die Richtigkeit der Rechnungen von den Consuln gar nicht in Zweifel gezogen werden kann, wenn die Schiffer nicht verpflichtet sind, sie ihm vorzulegen. Diese Verpflichtung auf die Fälle zu beschränken, wo der Consul eine besondere Veranlassung vorhanden erachtet, ist aber bedenklich und muß zu ganz unnützen Weiterungen und Zerwürfnissen führen. Denn was ist eine besondere Veranlassung? Wer entscheidet darüber, ob sie in Wirklichkeit oder nur in einem unbegründeten Mißtrauen vorhanden ist? Mißtrauen in den Capitän oder den Commissionär würde in jedem Falle ein ausnahmsweises Verlangen der Havarie-Rechnung seitens des Consuls bekunden, denn auch mißbräuchliche Ansätze der Handwerker oder Lieferanten u. s. w. hätten von einem redlichen Schiffscapitän und redlichem Commissionär schon selbst bemerkt und zurückgewiesen werden müssen. Und wer wird es denn den Betheiligten verdenken, wenn sie eine Begründung des kundgegebenen Mißtrauens verlangen und davon die Vorlage der Rechnungen abhängig machen? Eine allgemeine Verpflichtung, dergleichen Rechnungen den Consuln immer vorzulegen und sie von ihnen immer visiren oder legalisiren zu lassen, würde diese Mißstände beseitigen und muß schon an und für sich gegen zu hohe Forderungen oder auch offenbare Betrügereien vorbeugend wirken. Das hatte das Consular-Reglement anerkannt, und solche Verpflichtung für die Consuln einerseits und die Schiffer andrerseits wird im Interesse der öffentlichen Moral heute noch nothwendiger, wo die Jagd nach Gewinn, auch nach unerlaubtem, und die Corruption in jeder Richtung in wahrhaft erschreckender Weise überhand nehmen. Es würde sogar uns als eine Pflicht der Gesetzgebung erscheinen, preußischen Versicherungs-Anstalten die Vergütung von Schäden zu untersagen, wenn die eingereichten Rechnungen nicht durch die Consuln beglaubigt sind, und die Consuln würden auf das strengste anzuhalten sein, sich der Prüfung solcher Rechnungen mit Gewissenhaftigkeit und unter Zuziehung sachverständiger Leute zu unterziehen, wozu man freilich auch „qualificirte" Consuln haben müßte.*) Aber weiter werden

---

*) In kleinen Häfen, wo besoldete Beamte auch nach der von uns weiter unten vorzuschlagenden und zu begründenden Organisation nicht vorhanden sind, würden die von besoldeten General-Consuln oder Consuln ressortirenden kaufmännischen Vice-Con-

auch weder die Verpflichtungen der Consuln, noch diejenigen der Schiffer zu gehen brauchen. Das französische Reglement greift einerseits offenbar zu sehr in das Gebiet der individuellen Freiheit über und legt andrerseits den Consuln eine zu große Verantwortlichkeit und Arbeitslast auf. Zwar behandelt es, und darin liegt sein großer Vorzug, die Fragen als Fragen der öffentlichen Wohlfahrt und hält die Controlle daher auch da fest, wo das Schiff nicht versichert ist und die Schäden lediglich den Eigenthümern zufallen, die sich durch Commissionäre oder Schiffsführer hinlänglich vertreten glauben. Aber es geht zu weit, wenn es — gemäß eines, von allen späteren Regierungen aufrecht erhaltenen Gesetzes vom 27. vendémiaire an II. art. 8 — den Schiffern verbietet, irgend welche Reparatur ohne die Genehmigung des Consuls im Auslande vornehmen zu lassen und demgemäß das consularische Verfahren regelt. Mag man immerhin den Schiffern und ihren Commissionären in dieser Rücksicht volle Freiheit lassen, wenn nur schließlich für eine Controlle gesorgt ist, die verhindert, daß sich die Einen mit den Anderen oder auch alle Beide mit dritten Personen vereinigen, um die Rheder oder die Assecuranz-Gesellschaften hinter das Licht zu führen. Daß aber auch diese Controlle, wenn sie wieder nicht blos ein papiernes Scheinleben, sondern eine wirkliche Bedeutung haben soll, von eben so umsichtigen wie völlig unabhängigen Personen geübt werden muß, ist unschwer zu begreifen. Es ist ein eigenes Ding, sie Leuten zuzumuthen, die in der Sache selbst als betheiligt erscheinen und deren Provision mit der Höhe der Rechnungen selbst wächst.

Endlich werden in Kriegsfällen der consularischen Thätigkeit mancherlei Aufgaben erwachsen, die in Art. IV. des Reglements wenigstens angedeutet und von König im vierten Abschnitte seines Buches besprochen sind. Selbstverständlich handelt sich es hier nicht um Kriege, in die Preußen mit dem Staate selbst verwickelt wird, in dem der Consul residirt. Denn in solchem Falle hat es in der Regel mit seinen officiellen Verpflichtungen und Befugnissen, insonderheit, wenn die Consuln wirklich preußische Beamte und daher auch preußische Unterthanen sind, überhaupt ein Ende. Sondern es handelt sich um Kriege, in denen Preußen neutral bleibt. Bei einer näheren Regelung der consularischen

---

suln oder Agenten den Ersteren die Rechnungen mit einem Gutachten einzusenden und die Legalisation daher von den wirklichen Beamten zu erwarten haben. Glauben die Letzteren diesen oder jenen Ansatz beanstanden zu müssen und erhalten sie darüber nicht zufriedenstellende Aufklärungen, so wird es ihre Aufgabe sein, sich an Ort und Stelle von dem Sachverhalte Ueberzeugung zu schaffen, wie denn überhaupt die eigentliche Verantwortlichkeit für die Consularverwaltung in ihrem Districte auf ihnen ruht.

Verpflichtungen in diesen Fällen kommen natürlich auch die Grundsätze der internationalen Seerechtes in Betracht, die am 16. April 1856 von den europäischen Großmächten, Sardinien und der Pforte vereinbart worden und denen die meisten anderen Mächte beigetreten sind. Daß, wo in solchen Kriegsfällen die Thätigkeit der Consuln eintritt, dieselbe von ganz anderer Bedeutung sein wird und kann, wenn sie nicht von Unterthanen des Staates selbst geübt wird, gegen dessen Behörden sie gerichtet ist, bedarf keines Beweises. Doch hierüber wird noch andern Orts zu reden sein.

4.

In das Capitel der Thätigkeit der Consuln bei Seeunfällen gehört auch die Heimschaffung der schiffbrüchigen oder sonst hülfsbedürftigen Seeleute. Diese Frage hat schon früher eine gelegentliche Erwähnung gefunden. Wenn wir derselben hier und sogar in einem besonderen Abschnitte näher treten, als es auf den ersten Blick durch die Bedeutung dieser Frage gegenüber der bisher behandelten gerechtfertigt erscheinen mag, so geschieht das nicht allein um deswillen, weil sie auch in der Allgemeinen Dienst-Instruction die umfangreichste Behandlung erfahren hat, sondern auch, weil gerade diese letztere Behandlung eine nicht unwichtige Principienfrage anregt.

„Die Königlichen Consular-Beamten" — beginnt Zusatz 23 — „sind nach Inhalt der Vorschriften des Reglements vom 18. September 1796 § III. Lit. A. und § VII. in dem Interesse des Seedienstes verpflichtet, sich Preußischer Seeleute hülfreich anzunehmen, welche durch den Verlust ihres Schiffes oder aus anderen Ursachen in die Lage gekommen sind, einer Unterstützung im Auslande zu bedürfen, und bezieht sich diese consularische Fürsorge sowohl auf den einstweiligen Unterhalt als auch auf die demnächstige Heimschaffung der hülflosen Seeleute. Es sind hierbei von dem Reglement behufs der Vermeidung von Kosten für Rechnung der Staatskasse zunächst nur solche Verhältnisse ins Auge gefaßt worden, wo sich die Hülfe entweder überhaupt kostenfrei beschaffen läßt oder wo doch wenigstens eine Erstattung der entstandenen Kosten durch die betheiligten Rheder gesetzlich garantirt ist. Inzwischen hat sich die Königliche Regierung, zur Förderung des Zweckes, Preußische Seeleute dem vaterländischen Dienst zu erhalten, in allmähliger Erweiterung der früheren Schranken veranlaßt gefunden, dem consularischen Einschreiten eine größere Ausdehnung zu geben, wonach es gegenwärtig, ohne Rücksicht auf die mögliche Belastung der Staatskasse, unter gewissen Umständen zulässig geworden ift, die Hülfe auch dann zu gewähren, wenn mit derselben Koften verbunden sind, welche sich vorausfichtlich nicht anderweitig wieder einziehen laffen."

Ueber eine Thatsache kann schon nach diesen Worten kein Zweifel mehr sein. Die Zusatz-Bestimmung gesteht selbst zu, daß sie eine wesentliche principielle Veränderung des Reglements enthält. Nun kündigt sich zwar die „Allgemeine Dienst-Instruction" im Vorwort nur als eine „Zusammenstellung der bisherigen Dienst-Vorschriften" an. Aber wie sie auch in anderen Beziehungen unter dieser Firma wirklich und wesentlich neue Dienst-Vorschriften bringt, so werden auch dieser principiellen Veränderung des Reglements, wie sie schon in früheren Bestimmungen enthalten war,*) im Verlaufe des Zusatzes weitere Folgen gegeben, die wegen der mit ihnen verknüpften höheren Belaftung der Staatskaffe einer neuen gesetzlichen Grundlage bedürfen. Dieses Bedürfniß oder diese Nothwendigkeit wird selbstverständlich durch die größere oder geringere Zweckmäßigkeit der getroffenen Bestimmungen gar nicht berührt, ebenso wenig wie durch den Betrag der in Betracht kommenden Ausgabe. Auch das Zweckmäßigfte und Richtigfte darf nur auf gefetzlichem Wege zu Stande kommen und die Treue im Kleinen verbürgt diejenige im Großen. Mit der Verkennung oder Verletzung dieser Grundsätze würde sich eine Regierung wesentlicher Garantien gegen die Revolution berauben, wie der einzelne Mensch, der eins der zehn Gebote übertritt, in der That eine der Garantien schwächt, die ihm und der Gemeinschaft, in der er lebt, gegen den Verfall und das Verderben gegeben sind. Man kann der unbefugten Einmischung des Landtages in die eigentliche Executive oder Verwaltung entschieden abhold sein, und diese unbefugte Einmischung sogar für einen Hauptfehler parlamentarischer Versammlungen halten. Aber es gehört zur Festigkeit der Position, von der aus die Regierung dergleichen Uebergriffe bekämpfen muß, daß sie auch die Rechte des Landtages felbst in den scheinbar unbedeutendsten Fragen auf das Gewissenhaftefte achte. Erkennt man die Richtigkeit dieser allgemeinen Sätze an, so muß man auch einräumen, daß die Regierung sich über den Umfang und die Bedingungen der in Rede stehenden Unterstützungen, gerade aus Rücksicht auf die mögliche Belaftung der Staatskaffe, vor allen Dingen mit dem Landtage zu verftändigen hat. Auf der Grundlage eines sich aus dieser

---

*) Circular-Verfügungen vom 30. Januar 1815, 23. Auguft 1816 und 24. April 1834 und Allerhöchfte Verordnung vom 5. October 1833. (Gesetz-Sammlung S. 122 u f. f.)

Verständigung ergebenden Gesetzes würden dann die Kosten für Unterhalt, Kleidung und Heimschaffung hülfsbedürftiger Seeleute — mit Rücksicht auf die von den Rhedern wieder einzuziehenden Beträge — für jedes Jahr im Voraus veranschlagt und auf den Staatshaushaltetat gebracht werden müssen. Vielleicht, daß eine nähere Prüfung der jetzt bestehenden Bestimmungen für diese Verständigung einiges Material liefert.

„Wegen der" — fährt der Zusatz der Dienst-Instruction fort — „den Königlichen Consular-Beamten somit zustehenden Befugniß, event. für Rechnung der Königlichen Regierung Kosten zu übernehmen, ergeben sich nunmehr folgende Bestimmungen über das in der Sache zu beobachtende Verfahren:

a) Die bei der consularischen Unterstützung Preußischer Seeleute zugelassene Uebernahme von Kosten für Rechnung der Königlichen Regierung beruht nicht auf einer gesetzlichen Verpflichtung des Staates. Es ist eine aus freier Entschließung dem Seedienste gewidmete besondere Fürsorge, welche der Staat in seinem Interesse findet, die aber nicht als ein den Seeleuten gesetzlich zustehendes Recht in Anspruch genommen werden kann."

Hiermit ist die erste Bestimmung zu Ende. Offenbar bestimmt sie eigentlich gar Nichts für das „zu beobachtende Verfahren", sondern will nur dem Consul einen Standpunkt geben, von dem aus er sein Verfahren selbst regeln soll. Aber ist nun dieser Standpunkt selbst klar und bestimmt? für Viele gewiß nicht. Der Staat erscheint dabei als ein interessirter Wohlthäter und das ist immer ein zweideutiges Ding. Der preußische Seemann erscheint als ein Almosen-Empfänger, der sich gleichwohl nie zum Danke verpflichtet fühlen wird, und dem Dankbarkeit auch gar nicht zuzumuthen ist, weil die ihm gewährte Unterstützung gar nicht aus Interesse für ihn, sondern aus einem Staats-Interesse für den Seedienst erfolgt. Der Consular-Beamte hat endlich eine Befugniß, aber keine Verpflichtung — es werden ihm daher auch niemals Vorwürfe zu machen sein, wenn er von der Befugniß keinen Gebrauch macht. Bei näherer Betrachtung wird man aber zu der Alternative kommen müssen:

Entweder hat der Staat ein wirkliches Interesse bei dieser Unterstützung und dann hat er auch eine Verpflichtung zu derselben; ist die letztere aber gesetzlich festgestellt, so hat der Seemann auch ein gesetzliches Recht auf diese Unterstützung — oder aber der Staat hat kein wirkliches Interesse, dann hat er auch nicht allein keine Verpflichtung, sondern nicht einmal die Befugniß zu solchen Unterstützungen.

Daß diese Frage von anderen Gesetzgebungen und Consular-Reglements im Sinne der ersteren Alternative entschieden wurde und sie daher nur von consularischen Verpflichtungen sprechen, braucht für uns noch kein Grund zu sein, diese Verpflichtung anzuerkennen. Freilich ist es eine immerhin zu berücksichtigende Thatsache, daß darin eine Uebereinstimmung zwischen Staaten stattfindet, welche sonst der Staatsgewalt sehr verschiedene Stellungen anweisen. Wir müssen aber doch diese Frage einer selbstständigen Untersuchung unterwerfen, die wir in möglichster Kürze aber um so lieber vornehmen wollen, weil der geneigte Leser daraus Veranlassung zu nützlichem Nachdenken in anderen Richtungen nehmen könnte. Einige nennen den Staat ein Uebel, aber ein nothwendiges, d. h. sie würden es zwar als den glückseligsten Zustand der Gesellschaft betrachten, wenn es gar keine Obrigkeit und obrigkeitliche Gewalt mehr gäbe, aber sie räumen doch ein, daß für jetzt und noch auf lange hinaus diese Gewalten bestehen müssen, wenn — die Gesellschaft bestehen soll. Gleichwohl ist es ihr Ziel und ihre Hoffnung, daß der Staat schließlich in der Gesellschaft aufgehe. Andere halten wiederum den Staat, so zu sagen, für ein Gut, und zwar für ein sehr großes, in dessen Bewahrung, Förderung, Ausbildung das Heil der Gesellschaft liegt, daher denn auch die vollkommenste Staatsform und namentlich die besteingerichtetste Obrigkeit die Hauptgarantie für das Wohlbefinden der Einzelnen gewährleisten soll. Der Staat soll Alles umfassen, Alles verlangen, Alles ordnen können, aber dafür auch wieder — Alles geben oder gewährleisten. Der Mensch, die Gesellschaft sollen in dem Staate aufgehen.

Von diesen beiden entgegengesetzten Standpunkten aus muß natürlich die Frage auf unsere Antwort entgegengesetzt lauten. Die Anhänger des ersten werden nicht allein die Unterstützung hülfsbedürftiger Seeleute, sondern sogar das ganze Consularwesen sehr überflüssig finden. Wer sich aus freiem Willen in ein fremdes Land begiebt, mag sehen, wie er dort fort oder wieder nach Hause kommt. Wollte man diese Herren aber darauf aufmerksam machen, daß diese Unterstützung möglicherweise ein Moment wäre, das für die Wehrhaftigkeit des Staates zu See in Betracht kommen könnte, so würden sie erst recht eifrig werden und sagen: Davon wollen wir gerade gar Nichts wissen, denn siegen unsere Meinungen, so ist überhaupt der ewige Frieden im Anzuge. Die Landarmee ist uns schon Last genug, komme uns nicht noch mit Rücksichten auf die Marine. Aber ein Standpunkt ist das immerhin und noch dazu der, dem Anscheine nach, für die Staatskasse billigste. Die „Staatsvergötterer", um die Anhänger der zweiten Ansicht so zu bezeichnen, werden dagegen leichter bereit sein, den Staatsgeldbeutel zu öffnen. Für sie ist ja die Nothwendigkeit eingehender Fürsorge des Staates auch für Handel und Schifffahrt eine ausgemachte Sache, und da sie unschwer zu überzeugen sein werden, daß in der Unterstützung hülfsbedürftiger Seeleute eine Aufmunterung für die Menschen liegt, sich einem der beschwerlichsten und gefahrvollsten Dienste zu widmen, werden sie auch eine desfallsige Verpflichtung des Staates gern anerkennen. Indessen würde die Anerkennung dieser Staatsvergötterer für uns nicht ausreichend sein. Denn sie sind mit der Anerkennung von Staatsverpflichtungen immer so freigebig, daß sie zuletzt den Staat und die Gesellschaft dazu, wenn auch sehr gegen ihre Absicht, ruiniren müssen. Ist nämlich der Staat zu einer speciellen Fürsorge für Handel und Schifffahrt verpflichtet, so wird alle „Freiheit der Entschließung" Nichts helfen, er wird zuletzt auch die Fürsorge für billiges Brod und lohnende Arbeit zu seinen Verpflichtungen zählen und sich bankerott erklären müssen, wenn er ihnen nicht mehr genügen kann. Die Theorie von der Staats-Allmacht muß in der Praxis zur Staats-Ohnmacht führen. — Wir meinen, daß der Staat — gleichviel was die Menschen sonst darüber denken und philosophiren — eine göttliche Einrichtung ist und bleibt, dazu bestimmt, daß sie durch die obrigkeitliche Gewalt die ebenfalls göttlichen Grundlagen der Gesellschaft (die Individualität, die Ehe, die Familie, das Eigenthum, den Verkehr, die Gemeinde u. s. w.) und dadurch die Entwickelung dieser Gesellschaft selbst schütze und sichere, und zwar sowohl gegen innere wie äußere Feinde. Eine göttliche Einrichtung — damit ist gesagt, daß sie menschlicher Willkür entrückt, in ihrer Form zwar veränderlich, aber ihrem Wesen nach unveränderlich bestehen wird, so lange die menschliche Gesellschaft besteht, d. h. bis an das Ende der Weltgeschichte. So wenig ein Haus in eine Familie oder eine Familie in ein Haus „aufgehen" kann, kann der Staat in der Gesellschaft oder diese in dem Staate aufgehen. Mit der Bezeichnung des Staats als einer göttlichen Einrichtung ist es allerdings ausgesprochen, daß diejenigen, welche sich der obrigkeitlichen Gewalt aus irgend einem Grunde und unter irgend einem Vorwande thatsächlich widersetzen und gegen sie auflehnen, sich auch gegen eine göttliche Ordnung auflehnen. Aber es ist keineswegs damit ausgesprochen, daß die Träger der Staatsgewalt im Besitze eines besonderen göttlichen Rechtes wären, vermöge dessen sie etwa auch nach Belieben den Umfang oder das Gebiet dieser Staatsgewalt ausdehnen könnten. Ganz im Gegentheil. Gott ist kein Gott der Willkür und Unordnung. Alle seine Einrichtungen haben ihr bestimmtes Maaß und Ziel und wo menschliche Willkür sie überschreitet, wird aus der Wohlthat ein Uebel. Daher versündigen sich auch die Träger der Staatsgewalt durch die Versuche, mehr sein zu wollen als sie sein sollen, gegen eine göttliche Ordnung und müssen selbst oder auch ihre Nachkommen die Folgen dieser Versündigung verspüren, selbst wenn sie, menschlich gemessen, von den allerbesten Absichten geleitet waren. Gerade durch die Auffassung des Staates als einer göttlichen Einrichtung ist jener Willkür der Staatsgewalt ein für alle Mal ein Ziel gesetzt. Schöpfungen und Einrichtungen, die aus der Freiheit des menschlichen Willens hervorgehen, haben nur allzuoft den wesentlichen Fehler, daß die Mittel zur Erreichung des Zweckes nicht geeignet sind, gleichviel ob sie nicht ausreichen oder aber über denselben hinausgehen. Ganz anders verhält es sich mit göttlichen Einrichtungen. Da können wir aus den ihnen zu Gebote gestellten Mitteln, Organen u. s. w. gleich erkennen, wozu sie bestimmt oder aber wozu sie nicht bestimmt sind. Wären die Fische bestimmt auf dem Lande zu leben oder die Vögel im Wasser oder die Menschen im Feuer, so würden sie danach eingerichtet sein, um diese Bestimmung erfüllen zu können. Wäre es wirklich die Bestimmung des Staates, die Menschen religiöser, klüger, gebildeter, reicher, mit einem Worte glücklicher zu machen, so wären ihm dazu auch die Mittel verliehen. Aber das ist offenbar nicht der Fall. Denn alle Mittel, die dem Staate zu Gebote stehen, fassen sich schließlich in das Wort „Gewalt" oder „Zwang" zusammen. Nun kann man zwar die Menschen zu vielerlei Dingen zwingen, ja die Gewalt kann ihn sogar todt schlagen — aber, näher betrachtet, ist doch ihr Gebiet in Wahrheit nur ein kleines. Man kann den Menschen nicht zwingen religiös, moralisch, klug, geschickt, talentvoll, man kann ihn nicht zwingen — glücklich zu werden und zu sein. Will sich gleichwohl der Staat ungeachtet, daß ihm die Mittel dazu fehlen, solche Aufgaben setzen, so muß er aber auch ferner mit seiner ursprünglichen und eigentlichen Aufgabe in Widerspruch gerathen, d. h. er muß Grundlagen der Gesellschaft angreifen und in Gebiete des Lebens der Gesellschaft eingreifen, die er zu beschützen und als ein Noli me tangere zu achten die Pflicht hatte. Dagegen wehrt sich die Gesellschaft mit vollem Rechte, wie Unrecht sie auch oft in der Weise der Abwehr haben, und wie verkehrt sie in der Wahl der Mittel sein mag, durch die sie für die Zukunft gegen ähnliche Uebergriffe des Staates sicher gestellt werden soll.

Gott hat Alles weislich geordnet, aber die selbstklugen und sich selbst vergötternden Menschen stürzen seine Ordnungen über den Haufen und sich damit selbst in unabsehbare Verwirrung. Darin kann sich zuletzt

Niemand mehr zurecht finden. Der „Liberale" arbeitet dem Despotismus, der „Conservative" der Revolution in die Hände. Heute tyrannisirt die Majorität die Minorität — morgen ist es vielleicht wieder umgekehrt. Ein Tag ruft „Es lebe die Freiheit" und der andere „Es lebe der Imperator", und hat an einem dritten die Anarchie dem Imperatorenthum wieder ein Ende gemacht, so kommt auch wohl eine Fremdherrschaft dazwischen, unter der Alle über das verlorene Erbtheil der Väter nachzudenken Zeit haben. Wo ist da ein Raum für die Freiheit?!

Hätte der Staat als solcher wirklich noch andere Aufgaben als die oben bezeichneten — die übrigens der Staatskunst noch ein sehr großes Gebiet mannigfachster Thätigkeit lassen — so müßte es doch wohl und insonderheit in christlichen Ländern vor Allem die Aufgabe sein, die Staatsbürger zu Bürgern des Reiches Gottes zu erziehen, sie zu religiösen, gottesfürchtigen Menschen zu machen. Nach unserer innigsten Ueberzeugung ist die Religion die eigentliche und wahre Lebenskraft eines Volkes. Sie allein war und ist das Salz, wodurch ein Volk vor innerer Fäulniß und Verderben bewahrt wird, die sonst in erschreckendem Maaße bereits eingerissen sein können, auch wenn äußerlich noch gesetzliche und geordnete Zustände bestehen. Es kann daher auch keineswegs für das Wohl eines Volkes gleichgültig sein, ob die Träger der Staatsgewalt wirklich religiöse Menschen sind oder nicht. Wenn sie, die Ersten in der Gesellschaft, diejenigen, auf welche die Blicke Aller gerichtet sind, durch ihr Beispiel, durch die eigene demüthige Unterwerfung unter Gottes Gesetze und Seinen Willen, durch den freudigen Verzicht auf Gunst, Macht, Ehre und Vortheil, wo sie mit dem Rechte Andrer oder eigner religiöser Ueberzeugung nicht in Einklang zu bringen sind — wenn diese Mächtigen durch ihr Leben und Sterben zu einem lebendigen Glaubensbekenntnisse werden, so können sie offenbar nicht ohne großen und segensreichen Einfluß auf das ganze öffentliche Leben bleiben. Aber wenn diese Träger der Staatsgewalt durch einen Mißbrauch der ihnen zu ganz anderen Zwecken anvertrauten Gewalt auf dieses Ziel hinzuarbeiten versuchen, so hat sich dieser Versuch — wie die Geschichte bezeugt — für die Förderung wahrer Religiösität immer als ein sehr unglücklicher erwiesen. Und wie kann dem auch anders sein? Wie kann das Reich Gottes, das inwendig in dem Menschen Wahrheit und Freiheit ist, und zu dem nur das Gegenliebe entzündende und volle Hingebung erweckende Bewußtsein der Liebe und Barmherzigkeit Gottes zu führen vermag — wie kann dieses Reich durch Strafe oder Lohn, Gunst oder Ungnade der Mächtigen dieser Welt in Wahrheit begründet und gefördert werden? Die Heuchelei braucht sich keineswegs immer im

Gefolge der Orthodoxie zu befinden, aber sie pflegt selten in demjenigen des Staatskirchenthums zu fehlen!

Josua, der erste Träger der Staatsgewalt in dem theokratischen Staate der Israeliten, ist zwar nicht müde geworden, Israel mit Ernst zu vermahnen, bei dem Herrn zu verbleiben und sich heidnischen Gottesdienstes zu enthalten. Aber derselbe Josua ist so weit entfernt zu glauben, das Volk mit Gewalt und kraft seiner obrigkeitlichen Gewalt bei Gott erhalten zu können oder zu sollen, daß er auf dem letzten Landtage an Israel die Aufforderung richtet, sich heute zu erwählen, „wem sie dienen wollen, dem Gotte der Egypter oder den Göttern der Amoriter", wenn es ihnen nicht gefiele, länger dem Herrn zu dienen.*) Freilich setzt er hinzu: „Ich aber und mein Haus wollen dem Herrn dienen." Die Träger der Staatsgewalt sollen ihre religiösen Ueberzeugungen nicht dem Volke octroyiren wollen, aber sie sich auch nicht von dem Volke octroyiren lassen. Und wo das Königthum als Staatsform in der Geschichte des auserwählten Volkes zuerst auftritt, da wird vom Volke ein König nur verlangt als oberster Gerichts- und Kriegsherr, und in diesem Sinne wird nach der biblischen Darstellung**) dem Samuel befohlen, ihm einen König zu geben. Gleichwohl wissen wir, daß im weiteren Verlaufe der Geschichte, um uns so auszudrücken, von der religiösen Qualification der Könige sehr wesentlich das Geschick des Volkes abhing.

Die bekannten Worte, welche Friedrich der Große schon im Juni 1740 an den Rand eines Berichtes des Geistlichen Departements schrieb:

„Die Religionen müssen alle tolerirt werden und muß der Fiscal
nur darauf das Auge haben, daß keine der anderen Abbruch thut,
denn hier muß ein jeder nach seiner Façon selig werden;" —

diese Worte flogen über die ganze Welt, und weder das Verdammungsurtheil, das religiöse Fanatiker über sie ausgesprochen haben, noch das „Bravissimo", welches die seichteste Aufklärung oder die bewußteste Feindschaft gegen die Religion ihnen zuriefen, kann der Wahrheit Abbruch thun, die ihnen zu Grunde liegt, und die Friedrich der Große nicht erfunden, sondern nur ausgesprochen hat. Aber derselbe Monarch, der somit der Staatsgewalt als solcher das Recht und die Pflicht, die Seligkeit seiner Bürger zum Gegenstande seiner Fürsorge zu machen, abgesprochen hatte, leistete dennoch der Religion einen großen Dienst, den ein wohlgemeinter, aber nicht verständiger christlicher oder confessioneller Eifer oft genug über-

---

*) Josua 24, 15.
**) Samuelis, Capitel 8.

sehen und nie genug gewürdigt hat. Wenn Friedrich, am Ende des siebenjährigen Krieges, in dem sein unvergleichliches Genie die Bewunderung ganz Europas erobert hatte, die guten Berliner vergeblich auf den Einzug des Triumphators warten läßt und unterdessen in der Schloßkirche von Charlottenburg dem Herrn der Heerschaaren die Opfer bemüthigen Dankes bringt, so hat damit der größte Feldherr und Monarch seines Jahrhunderts vor aller Welt und insonderheit vor seinem preußischen Volke durch eine That öffentlich und laut bekannt: daß er seine Erfolge nicht sich selbst, nicht Menschen, nicht dem Zufalle, sondern dem lebendigen Gotte verdanke. Daß ein solches Bekenntniß von einem solchen Manne von großem, förderndem Einfluß auf die Religiosität eines Volkes sein muß, liegt außer allem Zweifel, während alle Erklärungen und Versuche der Staatsgewalt, als solche den Feinden der Religion entgegen treten zu wollen, entweder gar keine Wirkung haben oder sogar eine offenbar nachtheilige hervorbringen müssen. Und wird nicht die Anschauung, daß es nicht die Aufgabe der Staatsgewalt als solcher sei, die Menschen zu Bürgern des Reiches Gottes zu machen und für ihre ewige Seligkeit zu sorgen, vom Christenthum ganz ausdrücklich bestätigt?! Christus erkennt die Obrigkeit als eine göttliche Einrichtung selbst da an, wo sie ihre Gewalt mißbraucht, d. h. er unterwirft sich ihr. Aber wie alle äußere Gewalt verschmäht Christus auch die königliche und obrigkeitliche als ein Mittel zur Förderung des Reiches Gottes — und die Jünger wollten größer sein als ihr Meister?!

Hat aber der Staat nicht die Aufgabe, die Menschen religiöser zu machen, so können ihm von unserem Standpunkte aus unmöglich die anderen zugesprochen werden, sie durch den Gebrauch seiner Gewalt gebildeter und reicher, mit einem Worte glücklicher machen zu sollen. Bildung und Reichthum ohne Religion — und eine selbstgemachte ist so gut wie keine — verbürgen nicht allein nicht das Glück und den Frieden eines einzelnen Menschen, sondern sie gefährden sie auch. Bildung und Reichthum verbürgen insonderheit nicht die Unabhängigkeit und Selbstständigkeit eines Volkes anderen Völkern gegenüber. Die Geschichte bezeugt es sogar, daß sehr gebildete Völker von sehr viel roheren unterworfen und aus der Reihe selbstständiger Völker ausgelöscht wurden. Auch ist es eine sehr bezeichnende Thatsache, daß heute in dem gebildetsten Jahrhundert und in dem gebildeten Europa derjenige Staat der tonangebende ist, von dessen erwachsener Bevölkerung nur 39 Procent lesen und schreiben können. Und was für Lehren mag die Zukunft dem gebildeten Europa in dieser Beziehung vorbehalten haben?!

Wo der Staat, unzufrieden mit der bescheidenen, aber doch ungemein wichtigen Aufgabe, ein Pfleger des Rechtes und ein Hüter und Vertheidiger der Entwicklung der Gesellschaft zu sein, immer es unternommen hat, diese Entwicklung selbst leiten und befördern zu wollen, hat er entweder gar keine oder nur scheinbare d. h. Erfolge erzielt, die in ihrer weiteren Entfaltung ihm selbst gefährlich werden mußten. Er hat sich in mancherlei Gestalt seine eigenen Feinde groß gezogen und braucht sich nicht zu wundern, wenn sie ihm zuletzt über den Kopf wachsen.

Wir verzichten um so schwerer darauf, uns die Geduld des geneigten Lesers für eine weitere Verfolgung dieser Abschweifung zu erbitten, als nach unserer geringen Meinung in einer richtigen Begrenzung des Gebietes der Staatsgewalt,*) in dem Verzichten derselben auf die directe Einwirkung auf ihr fremde Gebiete, der erste, unerläßliche Schritt liegt, um aus den heutigen unerquicklichen Zuständen herauszukommen. Verfassungsänderungen, neue Wahlgesetze, Wiederholungen alter Maaßregelungen und was sonst der ganze Apparat der modernen Staatskunst aufzuweisen vermag, sind gegenüber den großen Aufgaben dieser Zeit sehr untergeordnete Dinge. Damit zu operiren wird gewöhnlich sich sogar zur Erreichung der nächsten Zwecke als sehr wenig wirksam erweisen, wie man sich bei einiger Unbefangenheit immer vorher sagen könnte. Aber es ist auch gefährlich und nicht allein um deswillen, weil dergleichen Experimente nur allzuleicht Mittel in der Hand ehrgeiziger, leichtsinniger, das eigene über das Staatswohl setzender Menschen und Parteien und dadurch zu einer ernsten Gefahr für die öffentliche Moral, den sittlichen Fonds eines Volkes werden und ein in seinen Folgen unberechenbares Gefühl von Unsicherheit erzeugen. Sondern selbst da, wo solche Versuche augenblicklich und scheinbar gelingen und nicht das Gepräge des persönlichen Ehrgeizes oder des Parteiwesens tragen, sind sie eher geeignet, den Sitz der eigentlichen Gefahr und Krankheit den Regierenden wie Regierten zu verbergen, als Beide zu einer Bekämpfung und Beseitigung der Gefahren zu vereinigen. Der dämonische Zauber des falschen Liberalismus wird nicht gebrochen, sondern eher erhöht.

Natürlich können Einrichtungen, die aus einer unrichtigen Auffassung der Staatsaufgaben hervorgegangen sind, nicht über Nacht beseitigt und weggeworfen, aber die rechte Richtung muß eingeschlagen und es muß ernstlich Hand ans Werk gelegt werden.**) Die Freiheit will eine Gasse

---

*) Und damit auch der Verantwortlichkeit dieser Staatsgewalt.
**) Freilich würden beim Verfolg dieser Richtung bei uns nicht weniger als drei Ministerien auf den Aussterbe-Etat gelangen: das Cultus-, das Handels- und

und die Ordnung will eine feste Burg, man öffne die eine und baue die andere! Fiele das ganze Consularwesen nicht seiner eigentlichen Bedeutung und Aufgabe nach in die Sphäre, die nach dem eben dargelegten Standpunkte dem Gebiete des Staates verbleiben muß, so würden wir selbstverständlich nicht für seine Reorganisation, sondern lediglich dafür das Wort ergriffen haben, daß die Regierung auch die bisher daraus erwachsenden Ausgaben fallen lasse. Betrachtet man die Consuln nur als Handels-Agenten oder commis voyageurs im höheren Style oder als Commissionäre für Privatleute, so ist es offenbar Unrecht, den Staat selbst mit Ausgaben für sie zu belasten. Vertreten dagegen die Consuln in Bezug auf den **Verkehr** ihrer **Nationalen**, und zwar den Gesammtverkehr wie denjenigen der Einzelnen, die heimische Staatsgewalt, so weit solche Vertretung im Auslande nothwendig und möglich ist, so wird die Be-

---

das landwirthschaftliche Ministerium. Den Beziehungen, die nach einer richtigen Auffassung der Staatsgewalt zu diesen Gebieten verbleiben, werden die Ministerien der Justiz, des Innern, der auswärtigen Angelegenheiten und der Marine (Schifffahrt) völlig genügen können. Mit dem Wegfall jener Ministerien ist aber keineswegs gesagt, daß diese wichtigen Gebiete der Entwicklung des Volkes nicht auch Central-Organe haben dürften, sollten oder könnten. Aber sie sollen nicht in den Händen des Staates sich befinden oder auf seine Kosten unterhalten werden. In Dänemark z. B. blüht die Landwirthschaft — und eine landwirthschaftliche Hochschule, wie wir sie so nicht haben — ohne ein landwirthschaftliches Ministerium, aber sie hat ein von der Regierung unabhängiges Central-Organ, das von der Staatsgewalt gleichwohl nicht umgangen wird, wenn es Fragen der agrarischen Gesetzgebung gilt. Es entwickelt sich der Handel mehr und mehr ohne ein Handelsministerium, aber diese Entwicklung würde freilich noch kräftiger sein, wenn Handel, Schifffahrt und Gewerbe ein wirkliches Central-Organ hätten und nicht nur dasjenige der Kopenhagener Kaufmannschaft als solches fungirte. Die ärztliche Wissenschaft blüht und von allen am Meisten ohne ein Ministerium für Medicinal-Angelegenheiten — ein aus Aerzten, Chemikern u. s. w. bestehendes Gesundheits-Collegium genügt, um als Central-Organ der Regierung diejenigen technischen Rathschläge und Gutachten zu geben, deren sie bei der einschlagenden Gesetzgebung u. s. w. bedarf. Die anderen Wissenschaften dagegen und insonderheit die kirchliche Entwicklung befinden sich aber keineswegs in gleichem Aufschwunge trotz eines Cultusministeriums, und trotzdem daß sogar längere Zeit ein Bischof an seiner Spitze steht; ja man kann sagen, daß sich die eigentlich gesunden Entwickelungen in dieser Richtung in einem mehr oder weniger scharf hervortretenden Gegensatze gegen das Cultusministerium befinden. Im Ganzen genommen muß man aber einräumen, daß die Zustände in Dänemark, Schweden und Norwegen trotz einer viel geringeren Thätigkeit der Staatsgewalt und trotz erheblicher Mängel der Gesetzgebung und Verwaltung gesunder und glücklicher sind als die unsrigen. Hiermit ist natürlich gar kein Urtheil über den Werth, geschweige denn eine Vertheidigung oder Anerkennung der heutigen dänischen Politik ausgesprochen.

lastung des Staates mit Ausgaben für das Consularwesen vollkommen gerechtfertigt. Und sie wird es nicht dadurch weniger, wenn diese Beamten — ohne daß dem Staate dadurch besondere Kosten erwüchsen — ihre Thätigkeit auch in Beziehungen eintreten lassen, welche streng genommen nicht in das Gebiet der Staatsgewalt fallen, weil im Auslande eben nicht die Gesellschaft vorhanden ist, die ihr desfallsiges Interesse selbst wahrnehmen könnte. So sind z. B. die Anfertigungen von Handelsberichten, die Mittheilung neuer Erfindungen, die Hinweisung auf neue Bezugs- oder Absatzquellen u. s. w. Arbeiten, die von den Consuln selbst solche Regierungen ausführen lassen, die sich sonst nicht mit der Hebung des Handels durch staatliche Veranstaltungen beschäftigen. Man übergiebt dann dergleichen Arbeiten, sei es den Organen des Handelsstandes, sei es der Oeffentlichkeit und überläßt dem betheiligten Publicum den Gebrauch, den es davon machen will. Hier ist keinerlei ungerechtfertigte Einmischung, keine besondere, dem einen Stande oder Geschäftszweige auf Kosten des anderen erwiesene Fürsorge.

Anders könnte es sich mit der Frage verhalten, die uns hier zunächst beschäftigt, mit der Frage, ob der Staat zur Fürsorge für die Heimschaffung hülfsbedürftiger Seeleute verpflichtet sei. Hier handelt es sich gerade um besondere Kosten, die der Staat übernehmen soll. Ein solches Verlangen würde abzuweisen sein, wenn es sich nur, oder doch hauptsächlich durch die Rücksicht auf Handel und Schifffahrt zu begründen versuchte. Warum sollten denn andere Gewerbtreibende, Handwerker oder Künstler, die im Auslande ohne Schuld in Noth kommen, nicht zu gleicher Unterstützung berechtigt sein? Von der Regierung kann kein Erwerbszweig eine vorzugsweise Berücksichtigung und Fürsorge fordern. Der Staat aber ist auch keine Armenanstalt, daß er etwa durch bloße Menschenfreundlichkeit sich zu dieser oder jener Handlung bestimmen lassen könnte. Indessen gebraucht die Dienst-Instruction an dieser Stelle auch nicht das Wort „Schifffahrt", sondern spricht von einer, „aus freier Entschließung dem Seedienste gewidmeten besonderen Fürsorge." Es hat daher wohl bei der freien Entschließung ein Gedanke vorgeschwebt, durch dessen weitere Verfolgung man aber wohl aus dem Gebiete der Freiheit auf das der Nothwendigkeit, aus demjenigen der Befugniß auf das der Verpflichtung wird gelangen müssen.

Selbstverständlich werden die allgemeinen Aufgaben des Staates für jeden Staat näher durch seine besondere Natur bestimmt. Hierbei kommt auch seine geographische Lage, kommen alle Bedingungen seiner ökonomischen Entwickelung in Betracht. Daß Preußen und Deutschland mit auf den Seehandel angewiesen sind, zeigt ein Blick auf die Karte. Daß sie ohne Gründung von Colonien keine große Zukunft haben können, halten wir für erwiesen. Daß sie, um jetzt schon dem Seehandel — und nebenbei doch auch den eigenen Küsten — und später den Colonien Schutz gewähren zu können, eine angemessene Kriegs=Marine haben müssen, kann daher, sollte man meinen, von Niemandem in Zweifel gezogen werden. Aber freilich, es wird in Zweifel gezogen. Denn die Flottenfrage ist wie so viele anderen, die mit dem Parteiwesen Nichts zu thun haben sollten, eine Parteifrage geworden. Ein so muthiger wie geistvoller Führer der Conservativen hat das verhängnißvolle Wort ausgesprochen: mit einer Marine werde sich Preußen ein neues Neuffchatel schaffen! Sehr möglich — wenn man es danach anfängt. Im Uebrigen sehen wir in dieser trüben, nicht näher motivirten Prophezeihung nur den Ausbruck der entschiedenen Abneigung der conservativen Partei gegen die Marinesache. Für diese Abneigung vermögen wir bei sonst so umsichtigen Männern keinen andern Grund zu entdecken, als daß die Flottenbewegung von der liberalen Partei ausgegangen ist. Was kann von ihr Gutes kommen? Aber unsere Conservativen können sich trösten: Der Gedanke, daß Preußen auch zur See eine Macht sein, und der andere, daß es einen Seehandel haben müsse, woraus sich die erste Forderung ganz von selbst wieder ergiebt — sind durchaus keine liberalen Erfindungen. Es sind schon die Gedanken seiner größten Fürsten gewesen. Andrerseits hat auch die Fortschrittspartei oder der National=Verein einen, gewiß von Vielen in ihr selbst als solchen erkannten, Mißgriff damit gemacht, daß sie, ärgerlich über einen Ministerwechsel in Preußen, der Flottensache diese Mißstimmung entgelten ließ und dadurch selbst zeigte, daß man die Frage mehr als Parteifrage als wie als eine Frage nationaler Ehre und Bedeutung betrachtete. Denn in den Fragen letzterer Natur müßte nicht allein die Verschiedenheit der Stämme, sondern auch diejenige der inneren Parteiungen und Zerwürfnisse schweigen. Gerade darin, daß man diese Nothwendigkeit anzuerkennen schien — und nicht in dem Betrage der gesammelten Summen — lag die größte und mit Dank anzuerkennende Bedeutung der von dem National=Verein veranstalteten Sammlungen für die Flotte, zu denen in allen Theilen Deutschlands und von Mitgliedern aller Parteien beigesteuert wurde. Ehe daß die Flotte vollendet ist und zur Verwendung kommen kann — hätte man sich sagen müssen — werden wohl noch verschiedene Wechsel eingetreten sein; wenn wir aber jetzt, weil kein Ministerium nach unserem Herzen in Preußen am Ruder ist, der Sache den Rücken kehren, so kann es nur allzuleicht geschehen, daß später ein uns angenehmes Ministerium sich vergeblich nach dem Materiale umsieht, das zur Ausführung seiner guten Absichten unbedingt erforderlich wäre. Und das hätte sich nicht allein der National=Verein, das hätte sich vor Allem die Majorität des Abgeordneten=Hauses sagen sollen und sollte es sich noch sagen. Erst das Vaterland und dann die Partei!*) Freilich, die politische Vertheidigung, die bisher die Marine=Vorlagen seitens der Regierung im Parlamente gefunden, hat der Volksvertretung die Verweigerung der Mittel nicht erschwert. Eine bleibende und daher für die Staatskasse mit bleibenden Opfern verbundene Schöpfung kann nicht durch Rücksichten auf eine augenblickliche vorübergehende Frage gerechtfertigt werden. Der Versuch, den deutsch=dänischen Conflict für die Förderung der Marine=Frage auszubeuten, konnte aus mehrfachen Gründen kein glücklicher sein. Ganz abgesehen davon, daß die zu Tage getretene Tendenz, die Erledigung des Conflictes auf die Zeit zu verschieben, wo sich Preußen und Deutschland im Besitze einer Flotte sehen wird, augenblicklich den Widerstand der dänischen Regierung eher ermuthigen als schwächen mußte, so liegt es für einen, einigermaßen mit den Verhältnissen Vertrauten auf der Hand: daß Deutschland auch ohne Flotte Dänemark zur Nachgiebigkeit zwingen kann, wenn Letzteres keine der großen Mächte zur Bundesgenossin hat, daß aber in dem entgegengesetzten Falle die ganze preußische Flotte durchaus nicht schwer ins Gewicht fallen würde. Es müßte aber, und das ist die Hauptsache, unser Streben gerade darauf gerichtet gewesen und noch sein, durch eine ebenso gerechte wie energische Politik diesen Conflict baldigst zu beseitigen und für Deutschland in den skandinavischen Staaten einen zuverlässigen und treuen Bundes=Genossen zu sichern. Mithin wird man wohl die Vor-

---

*) Es wäre ein großer Irrthum, aus der Einigkeit, mit der z. B. das kleine, aber patriotische dänische Volk dem Auslande gegenübertritt, darauf zu schließen, daß es hier keine, sich in einem sehr erbitterten Kampfe gegenüberstehenden Parteien gäbe oder daß man auch nur z. B. über die Zustände Schleswigs derselben Ansicht wäre. Auch erfreute sich das Ministerium Hall keineswegs im letzten Reichsrath (1862) des Vertrauens der Majorität. Nichtsdestoweniger bewilligte dieselbe ein bedeutendes Extraordinarium für die Marine und knüpfte diese Bewilligung nicht an die Vorlegung eines bestimmten Planes über die Verwendung. Noch weniger würde man hier, wo man doch natürlicherweise etwas mehr von Marine-Angelegenheiten versteht als bei uns, Bewilligungen an die Vorlage eines vollständigen und deutlichen „Flottenplanes" knüpfen. Das Schiff der Zukunft gehört zu den Geheimnissen der Zukunft. Hiermit ist freilich nicht gesagt, daß man bei uns nicht einen allgemeinen Plan über den Umfang, den Kostenaufwand u. s. w. der Marine vorlegen könnte und sollte.

aussetzung einer ewigen Feindschaft gegen Dänemark nicht zum Ausgangspunkt der Organisation einer Flotte nehmen können!

Die Frage ist vielmehr: Will und kann Deutschland auf eine gesicherte, von der Protection anderer Mächte unabhängige Theilnahme am Welthandel verzichten oder nicht? Entscheidet man sich für das „Nein", so hat man sich auch für eine Flotte entschieden und dann ergeben sich die weiteren Consequenzen von selbst.

Zu einer Flotte gehören aber vor Allem Schiffe, wie Officiere und Mannschaften. Was die Schiffe betrifft, so ist in der Gegenwart insofern eine wesentliche Veränderung eingetreten, als Kriegs-Schiffe zu bauen früher eine Art geheimer Kunst war, die nur auf Kriegswerften ausgeübt wurde. Jetzt werden Kriegs-Schiffe auch auf Privatwerften gebaut und wenn sich die preußische oder in Zukunft deutsche Flotte für gewöhnliche Zeiten auf eine geringere Zahl von Schiffen beschränken kann, so wird unter außerordentlichen Umständen dieselbe sich in verhältnißmäßig kurzer Zeit ansehnlich vermehren lassen, wenn wir nur die nöthigen Groschen dazu haben. Ganz anders verhält es sich mit Officieren und Mannschaften. Sie können nicht in kurzer Frist beschafft und ausgebildet werden.

Denn hier kommt es nicht allein auf Dressur, sondern auch auf lange Uebung und vieljährige Gewohnheit an. Schon der Officier und der Matrose der Handels-Marine stehen bei allen ihren „Maneuvern" nicht einem fingirten, sondern einem sehr wirklichen und mächtigen Feinde gegenüber. Vor ihm sind sie keinen Augenblick sicher, und ihm gegenüber kann ein verhängnißvoller Fehler der ganzen Mannschaft das Leben kosten. Gegen die Entbehrungen und Strapatzen, die auch der friedliche Seedienst nicht selten diesem Feinde gegenüber mit sich bringt, sind selbst diejenigen eines militärischen Uebungs-Lagers noch ein reines Vergnügen. Daß es, um dergleichen auch nur ertragen zu können, nicht allein vieler Charakterstärke, sondern auch einer langen körperlichen Abhärtung bedarf, ist leicht zu begreifen.

Aber selbst in gewöhnlichen Zeiten ist die Kriegs-Marine nicht in der Lage, für ihren Ersatz nach denselben Grundsätzen verfahren zu können, wie es in Bezug auf die Landarmeen geschieht. Ein Dienstpflichtiger, der nicht Seemann ist, kann nicht in drei, geschweige in zwei Jahren zum Matrosen für den Kriegsdienst vollkommen ausgebildet werden, für einen brauchbaren Matrosen der Handels-Marine aber sind nicht einmal zwei Jahre erforderlich, um ihm das für den Kriegsdienst außerdem Nothwendige beizubringen. Daher hat zwar die Kriegs-Marine einen für ihre

Zwecke besonders erzogenen, festen Stamm, aber sie hat in den Officieren und Mannschaften der Handels-Marine, so zu sagen ihr Hauptdepot, ihre Hauptreserve. Von der Entwickelung der Handels-Marine hängt daher recht wesentlich diejenige der Kriegs-Marine ab. England ist die erste Seemacht, weil es die erste Handelsmacht ist und die größte Handels-Marine hat. Frankreich nimmt es jetzt sicher mit England auf, was Schiffe und Artillerie betrifft, aber der schwächere Punkt sind noch immer die Matrosen. Es hat daher instinctmäßig seit einer Reihe von Jahren auf eine Vergrößerung seiner Handels-Marine hingearbeitet und dem Ziele, welches die Bestrebungen einer künstlichen Gesetzgebung nicht erreicht haben, hofft es jetzt durch seine Handels-Verträge auf richtigerem Wege nahe zu kommen. Rußlands enorme Anstrengungen für für die Flotte finden in dem Zustande der Handels-Marine eine große Schwierigkeit, während die bisher Vereinigten Staaten von Nord-Amerika im Bewußtsein ihres Reichthums an Seeleuten selbst einen Krieg mit England nicht zu fürchten brauchten.

Somit wird also die Entwickelung der preußischen resp. deutschen Handels-Marine eine wesentliche Frage unserer Wehrhaftigkeit zur See d. h. unserer Beziehung zum Welthandel und somit eine Frage unserer Weltstellung. Von diesem Gesichtspunkte und von ihm allein erscheint daher die dem Seedienste gewidmete besondere Fürsorge als eine staatliche Pflicht und auch die Sorge für hülfsbedürftige Seeleute wird geradezu eine Verpflichtung. Denn es handelt sich nicht allein in den einzelnen Fällen um die Erhaltung eines „kostbaren Materials", sondern auch und vor Allem darum, daß denen, die sich dem Seedienste widmen wollen, eine Aufmunterung in der Sicherheit gegeben werde, daß sie in Unglücksfällen nicht der Willkür und dem Erbarmen fremder Behörden überlassen sind. Dadurch, daß in allen Fällen der Staat die Sorge für die Heimschaffung ꝛc. hülfsbedürftiger Seeleute unternimmt, ist selbstverständlich die Frage, in welchen Fällen der Rheder nach bestehenden oder zu erlassenden Gesetzen die Kosten dafür zu erstatten habe, in keiner Weise präjudicirt. Aber diese Frage kann für die Consuln nicht in Betracht kommen. Sie sollen nicht allein die Befugniß, sondern die Verpflichtung haben, für hülfsbedürftige Seeleute Sorge zu tragen.

Prüft man von diesem einfachen, klaren und bestimmten Standpunkte aus die weiteren Dispositionen des Zusatzes 23, so wird sich natürlich die Nothwendigkeit eingreifender Veränderungen ergeben müssen. Allerdings verwandelt sich die Rolle eines, die Würdigkeit und Unwürdigkeit der Bedürftigen prüfenden Wohlthäters in die eines bescheidenen Dieners des Gesetzes, aber je ernster gerade unsere Absicht dahin gerichtet ist, die consularische Stellung im Interesse des Dienstes zu heben und zu sichern, je leichter können wir auch auf allen leeren und gefährlichen Schein verzichten. Da es aber hier nicht die Aufgabe ist, ein neues Consular-Reglement zusammen zu stellen, sondern vielmehr bei Erörterung der consularischen Aufgaben überall nur auf die Grundsätze hinzuweisen, von denen ein solches ausgehen müßte, werden wir diese Prüfung nur an der nächsten Bestimmung des Zusatzes 23 vornehmen und anderweite Festsetzungen derselben nur flüchtig berühren.

„Diese Hülfe des Staates" — fährt der Zusatz der Dienst-Instruction unter b. fort — „darf daher auch nicht offenbar unwürdigen Individuen zu Theil werden, an deren Erhaltung ihm (nämlich dem Staate) in dem Interesse des Seedienstes nichts gelegen sein kann." Da befände man sich denn wieder auf dem schwierigen Gebiete der Untersuchung, ob ein Individuum würdig ist oder nicht. Im Nachsatze empfängt wohl dieses schwierige Wort eine Definition, aber eine nicht unbedenkliche. Denn freilich kann z. B. dem Seedienst an der Erhaltung eines alten, durch einen Fall zum Krüppel gewordenen Matrosen nichts mehr „gelegen sein", aber gleichwohl liegt es im Interesse des Seedienstes, daß diesem Manne unsere Fürsorge zu Theil werde, so gewiß, wie es im Interesse der Armee und somit des Staates liegt, für Invaliden zu sorgen.

„Sie (die Unterstützung) setzt im Allgemeinen vielmehr solche Fälle voraus, wo der die Unterstützung nachsuchende Seemann nicht durch eigenes Verschulden, sondern lediglich in Folge eines Zufalles, welcher sein Schiff oder seine Person betroffen, außer Dienst gekommen und in Noth gerathen ist, auch nicht durch sein ferneres Benehmen Anlaß gegeben hat ihm den Consulatsschutz zu entziehen." Noch immer sehr allgemein und unbestimmt! Insonderheit ist, daß ein Staatsangehöriger dieser Fürsorge und dadurch möglicherweise der Rückkehr in die Heimath für verlustig erklärt und dem äußersten Elende Preis gegeben werde, eine so harte Strafe, daß man doch wirklich das Benehmen, welches sie nach sich ziehen soll, näher zu charakterisiren die Pflicht gehabt hätte.*) Mag der betref-

---

*) Dieses „Benehmen" kann sich auch auf sein Verhältniß zum Consul selbst beziehen. Aber dann würde eine solche Befugniß des Consuls nur um so bedenklicher erscheinen. Dagegen wollen wir bei dieser Gelegenheit darauf aufmerksam machen, daß auch in Rücksicht auf die Vergehen gegen die Consuln in Ausübung ihres Amtes unsere Gesetzgebung lückenhaft und der heutige Zustand kaum haltbar ist. Schon die Frage, ob fremde Unterthanen, die nicht dem Könige vereidet sind, überhaupt als „Beamte" betrachtet werden können, ist keineswegs unbedingt zu bejahen.

fende Seemann in der Heimath bestraft werden, wenn und wie er es verdient hat. Dadurch, daß ihm die Rückschaffung gewährt wird, wird ihm keineswegs Straflosigkeit zugesichert, wohingegen der Staat sich lediglich selbst bestraft, wenn er, vielleicht um unbedeutender Vergehen willen, eine ihm gegen einen Seemann obliegende Verpflichtung unerfüllt läßt.

„Die Königl. Consular-Beamten sind unter dieser Voraussetzung namentlich auch ermächtigt, bei Strandungen ganze Schiffsmannschaften mit Einschluß des Capitäns event. für Rechnung der Königl. Regierung zur Heimschaffung zu übernehmen, so weit nicht wegen fremder Unterthanenschaft nach den Bestimmungen ad c. Ausnahme-Zustände obwalten." Da unter fremden Unterthanen alle nicht preußischen verstanden werden, kann diese Bestimmung als zweckmäßig nicht betrachtet werden. Für deutsche Matrosen, die auf und mit preußischen Schiffen verunglücken, zu sorgen, bleibt die Pflicht jeder preußischen Regierung, die sich bewußt ist, daß die preußische Kriegs-Marine der Anhalt und Kernpunkt einer deutschen sein und werden muß, und daß in außergewöhnlichen Zeiten es die seemännische Bevölkerung auch der andern deutschen Staaten sein wird, die für diese Marine Mannschaften liefern kann. Durch diese Ansicht ist es natürlich nicht ausgeschlossen, daß sich die preuß. Regierung einstweilen durch Verträge mit anderen deutschen Regierungen die Erstattung der Kosten zu sichern sucht, wenn dieselbe nicht etwa — was durchaus das Richtigste wäre — für alle Zollvereins-Regierungen von der Zollvereinskasse als solcher übernommen wird. „Hat dagegen der Hülfe nachsuchende Seemann z. B. durch widerrechtliche Entfernung vom Schiff oder weil er aus den in Art. 543 sub 1. 2. 3 des allgemeinen Handels-Gesetzbuches angegebenen Gründen entlassen worden ist, die Dienstlosigkeit oder Noth selbst verschuldet, so ist der Consul nicht ermächtigt, zur Heimschaffung desselben Kosten zu übernehmen, welche der Regierung möglicherweise zur Last fallen könnten; es müßten denn zugleich etwa wegen eines begangenen Verbrechens in dem Interesse der diesseitigen Justiz-Hoheit anderweite Veranlassungen vorliegen, Behufs der diesseitigen Untersuchung der Sache eine Heimschaffung event. auf Kosten der Königl. Regierung einzuleiten, worüber vorkommenden Falles die näheren Anweisungen vorbehalten bleiben."

Ueber Desertionen und Deserteure ist schon früher gehandelt. Der citirte Art. 543 giebt dem Schiffer das Recht, den Schiffsmann vor Ablauf der Dienstzeit zu entlassen:

1) wenn der Schiffsmann zu dem Dienste, zu dem er sich verheuert

hat, untauglich ist. Offenbar kann aber daraus, daß sich z. B. ein Matrose als Koch oder Zimmermann verheuert und hierzu nicht brauchbar gezeigt hat, gar nicht gefolgert werden, daß er überhaupt kein brauchbarer Matrose ist. Die Berechtigung des Schiffers, ihn aus dem speciellen Dienste zu entlassen, schließt keineswegs für den Staat die Verpflichtung aus, event. für seine Rückbeförderung zu sorgen, nur daß hierbei, wie auch in den folgenden Fällen natürlich zunächst die von dem Matrosen bis zur Entlassung verdiente Heuer zur Bestreitung der Kosten herangezogen werden wird. 2) Hat der Schiffer das Recht der Entlassung, wenn der Schiffsmann sich grober Dienstvergehen, wiederholten Ungehorsams, fortgesetzter Widerspenstigkeit u. s. w. schuldig gemacht. Aber hier handelt es sich nicht allein um die „Justiz=Hoheit", sondern auch und vor Allem um das Interesse des Staates an der Erhaltung der Schiffsdisciplin, und es wird daher erst recht eine Verpflichtung der Consuln, für die Heimschaffung der Schuldigen Sorge zu tragen. 3) Hat der Schiffer das Recht der Entlassung, wenn der Schiffsmann mit einer syphilitischen Krankheit behaftet ist, oder wenn er durch eine unerlaubte Handlung eine Krankheit oder Verwundung sich zuzieht, welche ihn arbeitsunfähig macht. Auch in diesen Fällen scheint es uns eine, dem eingenommenen Standpunkte durchaus nicht entsprechende Härte zu sein, wenn man hülfsbedürftigen Seeleuten die fragliche Fürsorge entziehen will. Augenblickliche Arbeitsunfähigkeit schließt natürlich spätere Brauchbarkeit nicht aus; der mit syphilitischer Krankheit Behaftete kann später wieder ein tüchtiger Matrose werden. Aber gerade in Bezug auf jene unselige Krankheit muß man sich insbesondere hüten, Folgen eintreten zu lassen, die dahin führen können, daß die Matrosen, um sich ihnen nicht auszusetzen, so lange wie möglich die Krankheit verheimlichen und dadurch nicht allein ihr eigenes Leben, sondern auch die Gesundheit einer ganzen Mannschaft ernsten Gefahren aussetzen.

„Etwaige Militärpflichtigkeit ist für sich allein im Allgemeinen noch kein Grund, von Consulatswegen auf die Heimschaffung Bedacht zu nehmen, außer wenn es darauf ankommt, zur Befolgung einer speciellen Einberufungs=Ordre behülflich zu sein." Natürlich ist die Hülfsbedürftigkeit der erste und hauptsächlichste Grund, aber im Uebrigen scheint uns doch ein Unterschied zwischen der unzweifelhaften Militärpflichtigkeit und einer speciellen Einberufungs=Ordre nicht recht durchgreifend und durchführbar. Allerdings ist eine anderweite Bestimmung der Dienst=Instruction (Zusatz 20) ganz richtig, die den Schiffer zu einer Entlassung eines Schiffsmannes nicht verpflichtet erachtet, wenn derselbe etwa nur augenblicklich seiner Militärpflichtigkeit genügen will, was er, den gesetz=

lichen Bestimmungen zufolge, auch noch länger verschieben kann. Aber fehlt ihm hierzu die Befugniß, so wird seine allgemeine Militärpflichtigkeit schon in dieser Beziehung, so zu sagen, zu einer speciellen Einberufungs=Ordre und wir erachten in solchem Falle sogar den Schiffer zur Entlassung verpflichtet. Aber noch viel bestimmter tritt die Verpflichtung zur Heimschaffung eines Seemannes hervor, wenn derselbe zwar keine specielle Einberufungs=Ordre, aber dagegen z. B. einen Militärschein vorlegt, in welchem ihm ein Urlaub nur auf eine bestimmte Zeit ertheilt oder aber die nähere Feststellung seiner Dienstpflicht auf den Ablauf eines Jahres zc. vorbehalten ist. In solchem Falle die Heimschaffung verweigern, würde durchaus nicht im Staats=Interesse liegen und die Gleichgültigkeit der königlichen Behörden wesentlich die Gleichgültigkeit der Verpflichteten für die Erfüllung ihrer Pflicht befördern müssen.

Was das Verfahren bei der Heimschaffung u. s. w. betrifft, so lassen sich hierüber in einer Allgemeinen Dienst=Instruction detaillirte Vorschriften gar nicht geben, sondern es sind nur ganz allgemeine Grundsätze festzustellen, zu denen selbstredend möglichste Sparsamkeit gehört, und es ist den Beamten, die an der Spitze der Consularverwaltung eines Landes stehen, zu überlassen, für den Bezirk ihrer Verwaltung die geeigneten näheren Bestimmungen zu treffen. Das ist denn der Hauptsache nach von der vorliegenden Dienst=Instruction auch anerkannt und hierin liegt ein großer Fortschritt gegen die früheren. Wir beschränken uns darauf, hier noch zwei Punkte hervorzuheben, in denen wir die getroffenen Bestimmungen entschieden unrichtig finden. Erstens ist gesagt: „Ein Unterschied in der Behandlung nach dem Range des Seemannes im Schiffsdienst ist bei dem einstweiligen Unterhalt sowohl als auch bei dem weiten Transport möglichst zu vermeiden und braucht daher auch in den Fällen, wo ganze Schiffsmannschaften heimzuschaffen sind, dem Führer derselben, selbst wenn es der Capitän ist, in der Regel keine reichere Unterstützung als den Uebrigen zu Theil zu werden." Diese Regel muß natürlich der Natur der Dinge nach in der Praxis, was den Capitän oder den seine Stelle versehenden Steuermann betrifft, zur Ausnahme werden. Die Capitäne etwas besser verpflegen und sie etwas bequemer reisen zu lassen als die übrige Schiffsmannschaft, das ist die Praxis in aller Welt und eine, durch die nothwendige Rücksicht auf die Disciplin gerechtfertigte Praxis, wohingegen sich die Nivellirungstendenz in einer preußischen Dienst=Instruction eigenthümlich genug ausnehmen muß. Oder sollen wir wirklich Schiffsführer statt wie bisher auf Dampfschiffen in zweiter Cajüte mit den Matrosen als „Deckspassagiere" reisen lassen u. s. w.?!

Zweitens ist rücksichtlich der Erstattung der Auslagen bestimmt: „Ein Anspruch auf Zinsen oder Provision für die gemachte Auslage ist nicht zulässig. Die Reduction in preußisches Geld erfolgt nach dem jeweiligen Wechselcours." Das ist selbstverständlich, daß die Consuln bei diesen Geschäften nichts profitiren sollen, aber ihnen auch nur den geringsten Schaden aufzubürden, ist einer Regierung nicht würdig, gleichviel ob es sich um besoldete oder unbesoldete Beamte handelt. Wenn nun der prompte und ausgezeichnete Geschäftsgang im Ministerium den Zinsenverlust möglichst verringert, so können den Beamten gleichwohl durch die Provision, die sie für Einziehung der Auslagen selbst bezahlen oder aber durch eine inzwischen eingetretene Coursveränderung Verluste entstehen, die man ihnen nicht zumuthen darf. Es wird daher von einigen Regierungen selbst besoldeten Beamten für diese Auslagen eine Provision eingeräumt, von anderen aber die ausgelegte Summe ihnen durch Vermittelung von Bankierhäusern — ebenso wie Gehalt u. s. w. — an dem Orte ihrer Residenz zum Vollen wieder bezahlt. Näher zu untersuchen, welches der richtigste Weg ist, gehört nicht hier, aber jedenfalls muß in der einen oder anderen Weise der jetzigen Ungerechtigkeit abgeholfen werden.

5.

Wir haben am Ende dieses Abschnittes noch von den Aufgaben zu sprechen, die den königlichen Consular-Beamten durch die Anwesenheit von Kriegs-Schiffen Sr. Majestät auf der Rhede oder in den Häfen ihrer Residenz oder ihres Verwaltungsbezirkes erwachsen. Die neue Allgemeine Dienst-Instruction hat es vorgezogen, in ihrem Texte diesen Gegenstand gar nicht zu behandeln, sondern verweist nur in einem, die Meldung von Schiffern in den Consulaten betreffenden Zusatze (No. 12) auf eine, im Anhange abgedruckte frühere Bestimmung, betreffend das consularische Verhalten, „wenn Sr. Majestät Kriegs-Schiffe einlaufen." Diese in Bezug genommene Bestimmung ist eine, unter dem 22. April 1853 erlassene „Instruction über das Verhalten zwischen den Commandanten Seiner Majestät Geschwader, so wie einzelner Schiffe und den Königlichen diplomatischen und consularischen Beamten in auswärtigen Häfen." Diese Instruction, die auf zwei Seiten dieses ganze wichtige Capitel erledigen soll — denn im Uebrigen giebt es über das Verhältniß der königlichen Consular-Beamten zur Kriegs-Marine überhaupt keine Bestimmungen — zerfällt in zwei Theile. Der erste, dem Umfang nach größere, behandelt die „ersten Besuche", der zweite die „ferneren Dienstpflichten." Wir haben es selbstverständlich hier nur mit dem zweiten zu thun, an dessen Spitze sich die sehr allgemeine und umfassende Bestimmung befindet:

„Die betreffenden Beamten sind im Allgemeinen den diesseitigen Kriegsschiffen Hülfe und Unterstützung zu gewähren verpflichtet, soweit sie derselben bedürfen und eine diesfällige Requisition des Commandanten an sie ergeht oder sie auch nur eine verbürgte Kunde von der bedürftigen Lage eines solchen Schiffes in der Nähe ihres Wohnsitzes erhalten."

Wenige, aber inhaltreiche Worte, die bei der Anwesenheit von Geschwadern und Kriegsschiffen den Consuln und ihren Agenten nicht allein eine Menge der verschiedensten Geschäfte, sondern auch eine nicht unbedeutende Verantwortlichkeit zuwenden können. Es ist evident, daß eine Reihe von Verpflichtungen, welche den Consuln schon aus der Anwesenheit preußischer Kauffahrteischiffe erwachsen, hier und zwar in umfangreicherem Maaße wiederkehren. Je weniger aber der Natur der Dinge nach sich diese Verpflichtungen, diese im Allgemeinen zu leistende „Hülfe und Unterstützung", gegenüber den Kriegsschiffen und ihren Commandanten, bis in das Detail reglementiren lassen — wobei freilich nicht gesagt sein soll, daß eine doch speciellere Ausführung als die obige nicht ebenso nothwendig wie möglich wäre — desto größeren Eifer, desto mehr Umsicht und Tact, desto mehr Unabhängigkeit von den fremden Behörden und Ansehen bei ihnen und vor Allem desto mehr wahres Interesse für das Amt und für Preußens Stellung muß bei den Beamten vorausgesetzt, desto vorsichtiger muß bei Auswahl derselben verfahren werden. Die wenigen besonderen Bestimmungen, die in der jetzigen Instruction dieser allgemeinen folgen, deuten nur Einzelnes an, ohne das davon besonders Wichtige in einer, für den praktischen Dienst brauchbaren Weise zu präcisiren. Die ersten drei Bestimmungen lauten:

„Sobald Seiner Majestät Schiffe in eine fremde Rhede oder einen fremden Hafen einzulaufen im Begriff sind,[*] woselbst ein diesseitiger diplomatischer oder consularischer Beamter angestellt ist, giebt derselbe, wenn eine epidemische oder ansteckende Krankheit am Orte herrscht, den commandirenden Officieren ungesäumt davon Nachricht.

Er thut alle nöthigen Schritte, um ein gutes Einvernehmen

---

[*] Beiläufig bemerkt, kann man im Deutschen nicht sagen „in eine fremde Rhede einlaufen" (entrer dans une rade), sondern es heißt entweder „eine Rhede anlaufen" oder „auf einer fremden Rhede ankern", und das Letztere ist offenbar hier der Sinn.

zwischen den commandirenden Officieren und den Ortsbehörden vorzubereiten und aufrecht zu erhalten.

Er unterrichtet die Befehlshaber auf deren Verlangen über die Ehrenbezeugungen, welche am Orte nach Bestimmung und Herkommen zu erweisen sind und über das Verfahren, welches die vorzüglichsten fremden Flaggen in dieser Beziehung beobachten."

Diese drei Bestimmungen sind eine wörtliche Uebersetzung des ersten Artikels der französischen Ordonnanz vom 7. November 1833.*) Das wäre an sich kein Vorwurf, denn es ist natürlich, daß wir, selbst ohne Erfahrung in diesen Angelegenheiten, die geeigneten Bestimmungen den Reglements derjenigen Regierungen entnehmen, die sich durch organisatorisches Talent ausgezeichnet haben. Aber freilich müssen dann auch die Voraussetzungen vorhanden sein, unter denen jene Bestimmungen erlassen sind. Die französische Ordonnanz setzte aber nicht allein in allen größeren, also hier in Betracht kommenden Häfen nur besoldete Beamte als Consuln voraus, sondern es sind auch theils in derselben Ordonnanz, theils in späteren Ordonnanzen, Decreten und Verfügungen zu jenen Bestimmungen ganz nothwendige Erläuterungen gegeben. Noch mehr, es ist die Praxis und nicht allein der französischen Regierung, wo es irgend möglich ist, die betreffenden Beamten schon vorher über die bevorstehende Ankunft, die Zeit des muthmaßlichen Eintreffens, die Bestimmung u. s. w. des Geschwaders oder des einzelnen Kriegsschiffes zu unterrichten, wodurch die Consuln erst in den Stand gesetzt werden, die vorbereitenden Schritte zu thun, die von ihnen gefordert werden. Im Uebrigen haben diese Bestimmungen eine viel größere Bedeutung und führen für die Consuln viel mehr Pflichten mit sich, als es dem Laien auf den ersten Blick erscheinen mag. Ein Kriegsschiff ist der Repräsentant einer ganzen Staatsmacht und seine Flagge in einem noch ganz anderen Sinne als diejenige eines Kauffahrteischiffes der Repräsentant einer ganzen Nation. Artigkeiten — seien es nun gegebene oder empfangene Salute, Besuche ꝛc. — die von den commandirenden Officieren oder gegen sie unterlassen

---

*) Lorsque les bâtiments de l'Etat se disposent à entrer dans une rade ou dans un port étranger, le consul, s'il a connaissance de quelque maladie épidémique ou contagieuse, doit en donner promptement avis aux officiers commandants. Il doit au surplus faire toutes les démarches nécessaires pour préparer et maintenir le bon accord entre les officiers commandants et les autorités locales et éclairer par conséquent les premiers sur les honneurs à rendre à la place d'après les règlements ou les usages en les instruisant des précédents consacrés à cet égard par les bâtiments de guerre des autres nations.

werden, sind daher von größerer Tragweite in Bezug auf das Verhältniß der Regierungen und Nationen unter einander, als es der Natur dieser Dinge zuzukommen scheint. In allen diesen Beziehungen sollen die Consuln nicht allein die Rathgeber der Commandanten sein, sollen sie eventuell bei den betreffenden Militär-, Marine- oder Civilbehörden einführen u. s. w., sondern sie sind auch andrerseits wieder die Vermittler der Mittheilungen, die sich diese Autoritäten etwa gegenseitig zu machen haben. Unsere preußische Marine könnte, eben nicht zu ihrem Nachtheile, in dieser Rücksicht noch Manches aus den betreffenden Bestimmungen und der Praxis anderer Marinen sich aneignen — freilich kann sie zur Entschuldigung dafür, daß das bisher nicht geschehen, ebenfalls auf die „Qualification" der preußischen Consuln hinweisen, die in ihren Augen eben Nichts sind als „Commissionäre". Doch wir widerstehen der Versuchung, hier näher auf dieses Thema einzugehen. —

„Wenn Mannschaften" — lautet die vierte Bestimmung — „von Kriegsschiffen desertiren, so hat er (der Consul) auf den Antrag des betreffenden Commandanten zur Wiederhabhaftwerbung derselben bei den competenten Orts- oder Landesbehörden die geeigneten Schritte zu thun."

Hiermit wäre allerdings der Hauptpunkt der Desertionsfrage, was die Kriegsschiffe betrifft, in der Weise erledigt, die, wie oben auseinandergesetzt, auch für die Kauffahrtei-Marine die allein richtige ist.*) Indessen wird ein künftiges Reglement doch auch auf diesen Punkt näher einzugehen und das Verfahren der Consuln in verschiedener Richtung zu regeln haben. Dasselbe Bedürfniß muß sich endlich bei der fünften Bestimmung geltend machen, mit der die „Instruction" abschließt:

„Dagegen sind die Commandanten Seiner Majestät Kriegsfahrzeuge gehalten, die Königlichen diplomatischen und consularischen Beamten bei Ausübung ihrer Functionen auf erfolgtes Ansuchen zu unterstützen."

Wir haben schon früher hervorgehoben und können es nicht nachdrücklich genug wiederholen, daß Consuln, hinter denen nicht eventuell Kanonen stehen, in der That wenig zu bedeuten haben. Mögen die kleinen deutschen Staaten, anstatt sich mit einem großen zu einem Consularwesen zu verbinden, immerhin fortfahren, General-Consuln, Consuln und Vice-Consuln in alle Welt zu schicken. Es bleibt das eine Souveränitäts-

---

*) Statt „Antrag" hätte nur richtiger „Anzeige" stehen und das etwas schwerfällige „Wiederhabhaftwerbung" mit dem leichteren „Ergreifung" vertauscht werden können.

spielerei, die nur die eine ernste Bedeutung hat, daß sie Deutschland im Auslande lächerlich macht. — Mit der Entstehung und Entwickelung einer Kriegs=Marine ist aber das preußische Consularwesen in ein neues Stadium getreten, das freilich von ihm selbst auch eine neue Entwickelung verlangt. Die obige Bestimmung hat aber nicht sowohl den Schutz im Allgemeinen im Auge, den die preußische Regierung in Zukunft ihren Consuln, wie den Schifffahrts= und Handels=Interessen wird zu gewähren vermögen, sondern vielmehr die speciellen Fälle, in denen der Consul in der Lage sein kann, die Unterstützung entweder zu diesem Zwecke schon gesandter oder aber aus anderen Gründen gerade anwesender Kriegsfahrzeuge in seinen Functionen zu verlangen. Freilich gewährt oder verweigert der betreffende Commandant sie auf eigene Verantwortlichkeit, aber nichts destoweniger bleibt die hiermit den Consuln ertheilte Befugniß eine so wichtige und verantwortliche, daß es in der That Wunder nehmen muß, sie so flüchtig behandelt zu sehen. Auch hier wird also eine neue Dienst=Instruction eine große Lücke auszufüllen und im Einzelnen die Aufgaben festzustellen haben, die den Consuln aus einer Befugniß erwachsen, durch deren Nichtgebrauch oder Mißbrauch sie den betheiligten Interessen eben so großen Schaden zufügen können, als sie ihnen durch einen richtigen Gebrauch zu dienen vermögen.

Fünftes Capitel.
Die consularischen Aufgaben.
(Fortsetzung.)

1. Handels-Politik im Großen und Kleinen. 2. Correspondenz mit dem Ministerium der auswärtigen Angelegenheiten. 3. Correspondenz mit anderen Behörden, Königl. Marine ꝛc. 4. Besondere Aufgaben der General-Consuln.

1.

Es ist die Absicht aller Handels- und Schifffahrts-Verträge, diejenigen Hindernisse, die der Sicherheit und Freiheit des Verkehrs zwischen den betreffenden Staaten bis dahin entgegen standen, entweder ganz oder doch theilweise zu beseitigen. Offenbar wirken solche Verträge dadurch mittelbar auch auf die Hebung und Belebung des Verkehrs zwischen diesen Ländern und dadurch wieder auf die Entwickelung lohnender Erwerbsthätigkeit in jedem derselben. Mithin wird es mit vollem Rechte als eine Aufgabe der Regierungen betrachtet werden, den Abschluß solcher Verträge zu erstreben und sind sie geschlossen, darauf zu sehen, daß ihnen nicht entgegen gehandelt wird. Aber kommen wir mit solcher Behauptung nicht etwa in Widerspruch mit den, in dem vorigen Capitel bezeichneten Grenzen der Thätigkeit und Aufgabe der Staatsgewalt? Mit nichten, denn wir haben keineswegs behauptet, daß der Staat außer aller Beziehung zu Handel und Schifffahrt stehe. Wir haben nur ihm das Recht und die Pflicht bestritten, durch eine unmittelbare Einwirkung auf dieselben ihre Hebung zu versuchen. Mittelbar leistet er ihnen durch die Erhaltung der Ordnung, der Sicherheit des Verkehrs, durch die Beschützung des Eigenthums im weitesten Sinne, also auch durch die allmählige Beseitigung der Hindernisse in der Verwerthung derselben und durch die Herstellung und Erhaltung einer sicheren und schnellen Rechtspflege die allergrößesten, ja so große Dienste, daß mit dem Wegfall derselben Handel und Schifffahrt theils unmöglich, theils ernstlich gefährdet würden. Durch den Abschluß von Handelsverträgen tritt die Staatsgewalt nicht etwa außerhalb des Kreises ihrer Aufgabe, sondern erreicht nur die Peripherie desselben. Die

Staatsgewalt beschützt nämlich hier das Eigenthum der Nation — um den nationalen Handel, die nationale Industrie, die Sicherheit des internationalen Verkehrs in dieses eine Wort zusammenzufassen — gegenüber anderen Nationen; sie beschützt es im Auslande.

Was als Ahnung schon in dem menschlichen Bewußtsein liegt, das verkündet uns das Evangelium als eine wirklich frohe Botschaft und bringt es zum klaren Bewußtsein aller seiner Bekenner: daß Gott der Vater aller Menschen, also auch aller Völker ist und daß mithin alle seine Kinder sind. Was der Einzelne in der Familie, ist ein Volk in der Völkerfamilie. Wie ein Mensch auf den anderen Menschen, so ist ein Volk auf das andere angewiesen; kein Mensch kann sich ohne andere Menschen, kein Volk außer im Zusammenhange mit anderen Völkern gedeihlich entwickeln. Daß dieser Zusammenhang immer deutlicher und lebendiger hervortrete, ist die große Arbeit der Geschichte. Eisenbahnen, Dampfboote, Telegraphen, alle Fortschritte der Civilisation wirken darauf hin. Selbst blutige Kriege, scheinbar angethan, um nur Trennungen herbeizuführen, machen das Bewußtsein dieses Zusammenhanges nur lebendiger. Wie intim der Haß zwischen dem Engländer und dem Amerikaner auch sein mochte, die Folgen des blutigen Krieges in den Vereinigten Staaten werden bitter genug in England empfunden, und die Gleichgültigkeit, mit der man bei uns in Schlesien und den Rheinlanden bisher die Entwickelung der amerikanischen Verhältnisse als eine uns nicht berührende Angelegenheit betrachtete, ist auf ein Mal einem sehr lebhaften Interesse gewichen. Je lebhafter aber das Bewußtsein des Zusammenhanges zwischen den Völkern wird, je mehr müssen auch die Schranken fallen, welche nur bei Abwesenheit dieses Bewußtseins aufgerichtet werden konnten, und deren gemeinschaftliche Natur es ist, daß ein Volk damit entweder zugleich den Werth seines Eigenthums und desjenigen anderer Völker verringerte oder geradezu Angriffe auf das Eigenthum des anderen machte. Wie es zuerst der Einzelne sich gesagt hat, daß der Werth seines Eigenthums, seiner Kräfte, seiner Fähigkeiten, seiner Dienstleistungen u. s. w. mit dem Umfange des Kreises wächst, in dem er sie zur Geltung zu bringen vermag, wohingegen diese Werthe in demselben Maaße abnehmen, in dem sie isolirt stehen, so sagen sich dasselbe nunmehr die Völker. Ja, es wird immer deutlicher erkannt, daß ein Staat auch in dieser Beziehung nicht ungerecht gegen einen anderen sein kann, ohne daß er nicht auch gegen seine eigene Bürger eine Ungerechtigkeit begehen müßte.

Wie der Einzelne, so hat auch ein Volk seinen Beruf. In der Verschiedenartigkeit dieser Berufe, von denen doch einer dem anderen unentbehrlich ist, liegt offenbar eins der Mittel, welches die Weisheit der göttlichen Weltregierung benutzt, um die Menschen und Völker einander näher zu bringen. Es ist offenbar kein Zufall, daß viele Producte an den Orten gar nicht oder nur zu sehr geringem Theile verbraucht werden können, wo die Mutter Erde sie reichlich liefert, und daß sie da dem Menschen fast unentbehrlich sind oder doch wesentlich zu seinem besseren Befinden beitragen, wo die Natur sie versagt hat. Aber wie es nur zu sehr in der Neigung des Menschen liegt, entweder einen anderen Beruf zu ergreifen, als wozu ihn seine Fähigkeiten und Verhältnisse bestimmt haben, oder aber in den Beruf Anderer eigenmächtig einzugreifen, so haben sich auch die Völker für berechtigt erachtet, die göttlichen Ordnungen etwas zu corrigiren. Und die Staatsgewalten haben ihnen hierbei willig Hülfe geleistet oder sogar die Initiative ergriffen. Denn es stimmte mit ihren unrichtig verstandenen Aufgaben und Interessen, also mit der unrichtigen Auffassung des eigenen Berufes, vortrefflich überein, Maaßnahmen zu treffen, welche gleichzeitig den Wohlstand zu mehren und die Staatskasse zu füllen versprachen. Ueber dem augenblicklichen trügerischen Vortheil, den das brachte, wurden die Nachtheile übersehen, die es bringen mußte. Nehmen wir ein Beispiel. Was brauchen wir Zucker aus Amerika? Die Rübe enthält Zuckerstoff, laßt uns den verarbeiten und selbst Zucker herstellen! Und wie muß der Werth des Landes, wie muß die Wohlhabenheit der Bevölkerung steigen, wie hiermit wieder die Steuerkraft, wie viele Hände werden dabei lohnende Beschäftigung finden u. s. w.? So entstand die Runkelrübenzucker-Industrie. Aber damit sie empor käme, mußte der Staat ihr hülfreiche Hand leisten. Er fand das sehr convenabel und entfernte durch seine Zollgesetzgebung den fremden Zucker so gut wie gänzlich von seinen Märkten. Das war ohne Zweifel ein Eingriff in das Eigenthum, in den Beruf eines fremden Volkes. Konnte er überhaupt vorgenommen werden, ohne daß der Staat auch einen Eingriff in das Eigenthum seiner eigenen Bürger machte, ohne daß er sein eigenes Interesse verletzte? Nein. Damit ein kleiner Theil Zucker produciren und sich dadurch bereichern könne, mußte der überwiegend größte Theil der Bevölkerung den Zucker viel theurer bezahlen — es wurde an ihm unter gesetzlichem Schein eine Schmälerung seines Eigenthums begangen. Das konnte und kann nicht ohne schlimme Folgen bleiben. Die zehn Gebote sind auch für die Völker unter einander, sind auch für die Träger der Staatsgewalten vorhanden. Wo sie eins derselben verletzen, verletzen auch sie eine ihnen selbst gegebene Garantie, und der Vortheil muß zum Nachtheil, der scheinbare Gewinn zum Verlust, die Wohlthat zum Uebel werden.

Ohne daß verkehrte Handlungen sich in ihren Folgen selbst bestraften, würden die göttlichen Gebote um so weniger zu bedeuten haben, je „aufgeklärter" die Menschen würden. Aber dem ist nicht so. Die Weltgeschichte ist auch in dieser Beziehung das Weltgericht, vor dem und von dem kein begangenes Unrecht ohne Strafe bleibt. Die „neue Industrie" hat der Schifffahrt und dem Handel erhebliche Verluste zugefügt. Sie hat in einigen Gegenden aus einem fleißigen und wohlhabenden Bauernstand ein üppiges, faules Mittelding zwischen Bauer und Bürger geschaffen. Sie hat in dieser Art von „Mittelstand", wie die Erfahrung zeigt, atheistischen Lehren einen fruchtbaren Boden zubereitet, wie denn alle Eingriffe in göttliche Ordnungen die wirksamsten und gefährlichsten Angriffe auf die Existenz Gottes sind. Die „neue Industrie" hat nicht zur Verminderung, sondern zur Vermehrung des Proletariats beigetragen und daher auch nicht zu einer wirklichen Vermehrung des Nationalwohlstandes. Das sind Früchte des begangenen Unrechtes, die schon jetzt zu erkennen sind, die aber die Zukunft noch viel deutlicher hervortreten lassen wird. „Das eben ist der Sünde größter Fluch, daß sie fortzeugend Böses muß gebähren." Und wenn unsere Kinder nicht die Verantwortlichkeit für unsere Fehler zu tragen haben, so werden sie doch nicht von ihren Folgen verschont sein.

So viel über den Standpunkt, von dem aus wir den Verkehr der Völker unter einander, den internationalen Verkehr, betrachten. Das Ziel aller äußeren Politik muß auf Vereinigung, auf den Frieden gerichtet sein, der nur bei gegenseitiger Anerkennung der Rechte an und der Pflichten gegen einander ein dauernder sein kann. Die Handelspolitik ist ein sehr wesentliches Moment in der Politik, aber keineswegs das ausschließlich entscheidende. Wie die ökonomische Entwickelung eines Volkes nur der Träger oder ein Mittel seiner geistigen sein soll, so soll auch der, so zu sagen, materielle Zusammenhang zwischen den Völkern ein Träger, ein Vermittler ihres geistigen sein. Das Völkerrecht beschützt höhere Güter als die nur materiellen. So sind auch die Beziehungen der Staaten unter einander keineswegs durch die Handels- oder Verkehrsbeziehungen erschöpft. Eben so gut, wie es Fälle geben kann, in denen die höchste obrigkeitliche Gewalt in die Rechte einer Familie, einer Genossenschaft, einer Gemeinde, eines Kreises, einer Provinz einzugreifen verpflichtet ist, weil entstandene Unordnung und Verwirrung die allgemeine Sicherheit bedrohen, kann ein Staat in der Lage sein, auch abgesehen von der Zurückweisung von directen Angriffen gegen seine eigene Sicherheit, doch im Interesse derselben an der Aufrechthaltung des öffentlichen Rechtszustandes in anderen Staaten, an der Erhaltung des Friedens zwischen ihnen, ja auch an der Erhaltung der Existenz derselben selbst einen thätigen Antheil zu nehmen und nehmen zu müssen. Die Möglichkeit, daß diese Wahrheit gemißbraucht werden kann, theilt sie mit allen anderen Wahrheiten. So paradox es klingen mag: Je größer, umfassender, in ihren Wirkungen tiefer eine Wahrheit, je segensreicher ein Gut ist, um so größerem Mißbrauche sind sie auch ausgesetzt. Wahrheit ist Leben, und wo Leben ist, ist die Gefahr des Todes — für den Tod selbst giebt es keine Gefahr. Die bloße Verneinung, die Lüge können nicht weiter gemißbraucht werden, sie sind selbst schon der Mißbrauch. Carricaturen von Carricaturen herzustellen ist schwerer als die herrlichsten Meisterwerke zu carriciren.

Das sogenannte Nicht-Interventions-Princip, selbst von denen, die es aufgestellt haben, keineswegs mit Treue befolgt, ist nur ein Vorwand unter dem Staaten sich der Verpflichtung, die sie in richtigem Verständniß ihrer Aufgaben hatten und hätten, zu entziehen versuchen, oder ein Mittel, durch welches sie aus egoistischen Gründen andere abhalten wollen, ihr Interesse wahrzunehmen. Ein Beispiel. Es giebt Viele, die der Meinung sind, daß Preußen durchaus kein Interesse an der römischen Frage habe. Die französische Occupation, sagen die noch Weitergehenden, ist eine Intervention, welche Preußen, wenn es seinen Beruf verstände, nicht dulden dürfte, es müsse für ihre Beseitigung mit England gemeinschaftliche Sache machen u. s. w. Zögen die französischen Soldaten von dannen, so werde Rom von selbst an Victor Emanuel fallen und das freie und einige Italien sei im Besitze der Hauptstadt, auf die es ein natürliches Recht habe. Das soll liberale Politik sein, ist aber in Wahrheit nur gedankenlose Kannegießerei, welcher Gehör zu schenken der preußischen Regierung schlecht genug bekommen würde. Allerdings ist die französische Besatzung in Rom ein öffentlicher Skandal, oder vielmehr sie constatirt einen öffentlichen Skandal, weil sie den Rechtszustand in Europa als einen so erschütterten zeigt, daß der König Victor Emanuel oder die italienische Revolution die katholische Kirche eines vollkommen legitimen Länderbesitzes berauben könnten, ohne dabei einen anderen Widerstand als den eines, vielleicht deshalb anderweit bedrohten Oesterreichs fürchten zu müssen! Und wohl gemerkt: man würde das Nicht-Interventions-Princip anrufen, um die Franzosen aus Rom los zu werden, aber man würde die Intervention billigen, durch welche Turin die Römer unterstützen würde, um den Pabst los zu werden! Es ist allerdings eine merkwürdige Ironie des Schicksals, daß gerade diejenige Macht, die zur Herbeiführung dieses heutigen Zustandes in Europa so wesentlich beigetragen, nunmehr — in und aus eigenem Interesse — die Rolle eines Wächters der öffentlichen Ordnung spielen muß. Aber Frankreich in dieser Rolle zu stören, hat Preußen unter den gegebenen Umständen weder ein Recht noch ein Interesse. Für Preußen kann es sich freilich nicht um die Frage handeln, ob der Chef der katholischen Kirche im Besitze weltlicher Macht sein könne oder dürfe. Diese Frage hat vielmehr die katholische Kirche selbst zu entscheiden. Nicht einmal die Erwägung, daß es wirklich nicht gleichgültig für Preußen und Deutschland sein kann, ob der geistliche Chef einer auch bei uns so zahlreichen und ansehnlichen Genossenschaft, wie es die katholische Kirche ist, der Unterthan — und dann bald das Werkzeug — einer anderen, größeren Macht wird, oder ob er, wie klein oder groß der Umfang seines Besitzes sein mag, ein S o u v e r ä n bleibt — nicht einmal dieser Erwägung, meinen wir, kommt das entscheidende Gewicht zu. Das Entscheidende liegt vielmehr darin, daß Preußen und Deutschland es nicht zugeben dürfen, daß ein „Princip" in Europa als das maaßgebende verkündet werde, das in seinen praktischen Consequenzen nicht allein im Allgemeinen die Quelle unabsehbarer Verwirrung werden, sondern auch unsere Stellung tief erschüttern muß. Turin verlangt Namens des Nationalitäts-Princips Rom, weil es dessen bedarf, damit das Königreich Italien vollständig werde. Man kann nun mit uns die regste Theilnahme für die Unabhängigkeit der Italiener von einer Fremdherrschaft und für die Wiedergeburt des italienischen Volkes haben, ohne daran zu glauben, daß es Italiens Anlage und Bestimmung sei, ein Königreich zu bilden. Im Gegentheil, uns scheint die einzige Bürgschaft für ein wirkliches, von fremder Herrschaft unabhängiges Italien — die einzige Bürgschaft auch dagegen, daß das mittelländische Meer ein französischer oder englischer Binnensee werde — in einer Conföderation italienischer Monarchien und Stadtrepubliken zu liegen. Aber wie dem auch sei, das darf in keinem Falle von uns zugeben werden, daß eine, aus der beabsichtigten Durchführung des Nationalitäts-Princips sich ergebende Bedürfnißfrage auch die Rechtsfrage entscheide. Findet der Liberalismus Solches an einer Stelle gerechtfertigt, so würde er consequenterweise es überall gerechtfertigt finden müssen. Aber da ist, um von anderen Punkten zu schweigen, sogleich ein ganz nahe liegender, bei dem er auf dasselbe Princip begründete Forderungen entschieden und mit vollem Rechte zurückweist. Die herrschende, nationale Partei in Kopenhagen predigt seit einer Reihe von Jahren unaufhörlich, daß das dänische K r o n l a n d Schleswig eine dänische P r o v i n z werden müsse, weil — — nun, weil das zur Existenz eines unabhängigen Dänemarks durchaus erforderlich sei. Wir brauchen Schleswig, folglich müssen wir es haben — rufen die Dänen im Namen des Nationalitäts-Princips.

Wir brauchen auch Schleswig, folglich müssen wir es haben — sagen die Schleswig-Holsteiner im Namen desselben Princips. Dabei können aber weder die Einen noch die Anderen in Abrede stellen, daß ein Theil der Bevölkerung des Herzogthums Schleswig deutsch, der andere dänisch rede und daß der eine Theil nicht Lust hat, sich danisiren zu lassen und der andere nicht verdeutscht sein will. Zugegeben, daß sich hierbei nicht allein die numerische Mehrheit der Bevölkerung, sondern auch die reichere und intelligentere auf deutscher Seite befindet, so könnte doch hieraus niemals ein Recht auf Unterdrückung der Minorität und noch dazu einer so ansehnlichen Minorität hergeleitet werden. Auf eine etwaige Zusage, daß die Rechte dieser Minorität seitens einer schleswig-holsteinischen Regierung gewissenhaft geachtet werden sollen, würden die Dänen nicht viel geben und das mit demselben Rechte, mit dem wir ihrem Versprechen, in der dänischen Provinz Schleswig der deutschen Nationalität vollkommen gerecht werden zu wollen, nicht den geringsten Werth beilegen. Aber nun haben wir hierbei überhaupt Nationalität = Sprache gesetzt, wodurch der sonst unbestimmte Begriff der Nationalität noch keineswegs erschöpft wird. Tritt man der schleswigschen Frage näher, so muß man nämlich bei einiger Kenntniß der Verhältnisse und unbefangenem Urtheil wieder einräumen, daß weder die große Mehrheit der dänisch redenden Schleswiger etwas von einem dänischen Reichstag, noch die deutsche Bevölkerung etwas von einem deutschen Parlamente wissen will. Käme vielmehr die schleswigsche Bevölkerung zu einer nach allen Seiten hin vollkommen freien Aeußerung, so würde man sicherlich den Beschluß hören: Wir wollen Schleswiger sein und bleiben, verbunden mit Dänemark auf der einen und durch Holstein mit Deutschland auf der anderen Seite, aber in unserer inneren Entwickelung unabhängig von Beiden. Da hätten wir — eine schleswigsche Nationalität! Gerade die deutsch-dänische Frage zeigt, wie außerordentlich wenig sich bei der Entscheidung praktischer Fragen mit dem Nationalitäts-Princip ausrichten läßt. Daher berufen sich denn auch die deutschen Mächte gar nicht auf dieses Princip und noch weniger darauf, daß Deutschland zu seiner Existenz Holsteins und Schleswigs bedürfe, sondern sie denken gar nicht daran, diese Herzogthümer der dänischen Krone streitig zu machen. Deutschland verlangt vielmehr nur die Erfüllung der gegen dasselbe in Bezug auf die selbstständige Stellung dieser Herzogthümer in einer dänischen Gesammtmonarchie und auf die Stellung der deutschen Bevölkerung eingegangenen Verpflichtungen, und beruft sich für dieses Verlangen auf sein durch Vertrag erworbenes Recht. Offenbar kann man sich aber nicht auf das Recht in einer Frage berufen und in der anderen dazu beitragen oder zulassen, daß es verletzt und nach den Bedürfnissen des Nationalitäts-Princips gebeugt werde. Es wäre das allerdings der Standpunkt einer sehr freien Entschließung und sehr freien Hand, aber man könnte auf demselben und von demselben aus zuletzt zum Knechte der alleränderlichsten und launischsten Macht, der sogenannten öffentlichen Meinung, werden, die heute das Eine und morgen das gerade Entgegengesetzte liberal und zweckmäßig findet und deren Strömungen sich blind anzuvertrauen doch eine sehr bedenkliche Sache ist.*)

Also wir erkennen vollkommen an, daß der Staat die Pflicht haben kann, nicht allein sein Recht und dadurch sein Interesse zu vertheidigen, sondern auch das Recht überhaupt und da zu vertheidigen, wo sein unmittelbares Interesse nicht in Frage kommt. Das aus Rücksichten auf mögliche materielle Vortheile oder Nachtheile unterlassen zu wollen und dieselben zum eigentlichen Kern und Schwerpunkte der ganzen Politik zu machen, heißt praktisch den Materialismus zum obersten Gesetze erheben, wovon die Folgen für den Bestand der Staaten und das Wohlbefinden der Menschen nicht ausbleiben können. Man sieht in dem sich immer mehr steigernden Aufwand für Armeen und Flotten die Quelle bedenklichster Zustände, aber verstopft kann diese Quelle doch dadurch nicht werden, daß man das Recht für vogelfrei erklärt und das Faustrecht an seine Stelle setzt, unter welchem besser klingenden Namen man es immer verbergen möge. Vergeblich müssen da alle Friedensversicherungen werden, kämen sie selbst von der Stelle, der jetzt die Entscheidung über Krieg und Frieden von Europa anheimgestellt zu sein scheint. Der Instinct sagt es den Regierungen wie den Völkern, daß wir am Vorabende blutiger Kämpfe stehen, und das Gefühl der Unsicherheit beherrscht daher trotz

---

*) Man vergleicht oft den Staat mit einem Schiff und den Träger der Staatsgewalt mit einem Steuermann oder Schiffsführer. Diejenigen, welche die Schifffahrt in Gegenden zu beobachten Gelegenheit haben, wo der Strom des Meeres eine bedeutende Rolle spielt, wissen aber sehr wohl, daß auch hier der Schein sehr oft trügen kann. Die Oberfläche zeigt z. B. augenblicklich südlichen Strom, aber der Strom, nach dem der Schiffer sich richtet und richten muß, geht tiefer und ist nördlich. Die öffentliche Meinung ist allerdings auch ein, von dem Staatsmanne wohl in Betracht zu ziehendes Moment, aber wehe ihm, wenn er sie nur nach den oberflächlichen Erscheinungen der Tages-Meinung beurtheilen will. Der Schiffer kann freilich den tieferen Strom, der ihm zur Richtschnur wird, nicht mit den leiblichen Augen sehen, aber es gehört zu seiner Kunst, daß er ihn gleichwohl zu erkennen und seine Bedeutung zu beurtheisen verstehe. So gehört es auch zur Staatskunst, den wahren Zug und Strom der öffentlichen Meinung geistig zu sehen und sich durch zu Tage tretende äußere Erscheinungen nicht bestimmen zu lassen.

allen scheinbaren Aufschwunges den Verkehr. „Europa ist durch Deutschland gefallen und durch Deutschland muß es wieder aufsteigen." Ein nach Außen hin einiges, im Innern freies Deutschland und die Ruhe Europas ist auf lange Zeit hin gesichert. Denn nur ein einiges und freies Deutschland kann der Kern einer großen germanischen Allianz sein, die einem Ruhestörer, komme er von Osten oder Westen oder von beiden Himmelsgegenden zugleich, Ruhe gebieten könnte. Aber zu dieser Einigkeit und Freiheit wird Deutschland nur gelangen, wenn es den Weg des Rechtes geht und nicht eine tausendjährige Vergangenheit als eine Schülerarbeit betrachtet, dem Lehrer vorgelegt, nicht um daraus zu lernen, sondern um sie zu corrigiren! Kühnheit mit Gerechtigkeit muß der Wahlspruch deutscher und daher auch preußischer Politik sein.

Aber wenn man nun auch die Handelspolitik als Moment in der Politik nicht überschätzt, so bleibt sie gleichwohl aus den früher dargelegten Gründen ein sehr wichtiges und wesentliches. Das Hauptmittel und das bei weitem glücklichste Mittel, mit dem sie arbeitet, sind Verträge, die von einem Staate mit einem andern oder einer Reihe von andern geschlossen werden. Die consularische Aufgabe in dieser Beziehung ist eine doppelte. Theils sollen die Consuln darauf sehen und darüber wachen, daß die Verträge auch wirklich zur Ausführung kommen und insonderheit in allen, den Nationalen zu Gute kommenden Bestimmungen pünktlich erfüllt werden, theils sollen die Consuln in geeigneter Weise neue Verträge vorbereiten. Endlich sollen sie auch auf anderem Wege auf die Beseitigung von Hindernissen hinzuwirken suchen, die in dem betreffenden Lande der Sicherheit und Freiheit des Verkehrs ihrer Nationalen und daher der größeren Entwickelung derselben entgegen stehen.

Die Handelsverträge enthalten entweder einzelne, bestimmte Festsetzungen, in denen sich die betheiligte Regierung zu diesen oder jenen Handlungen oder Unterlassungen, Herabsetzung von Zöllen und Abgaben u. s. w., oder aber im Allgemeinen dazu verpflichtet, daß z. B. die Schiffe des andern Staates entweder dieselben Rechte haben sollen wie die nationalen oder die Schiffe der meist begünstigten Nationen. Durch Bestimmungen der letzteren Art kann der geschlossene Vertrag fortwährend nicht allein durch spätere Verträge, die der betheiligte Staat mit anderen Regierungen schließt, sondern auch durch Acte der inneren Gesetzgebung und Verwaltung wesentliche Erweiterungen erfahren. Daher ist es selbstverständlich die Pflicht der Consuln, allen dergleichen Veränderungen mit Aufmerksamkeit zu folgen und dafür zu sorgen, daß ihren Nationalen keine der ihnen auf diese Weise zustehenden Begünstigungen entzogen werde.

Wird Letzteres von Seiten localer Behörden (Zoll- oder Schifffahrts- oder Polizeibehörden u. s. w.) versucht, so werden die Consuln denselben mündlich oder schriftlich die geeigneten Vorstellungen zu machen und sich eventuell in gleicher Weise an die höheren Instanzen zu wenden haben. Sind diese Bemühungen der Consuln fruchtlos, so haben sie, insofern sie nicht selbst zugleich als Geschäftsträger fungiren, die Hülfe der Gesandtschaft zu beanspruchen oder endlich die Angelegenheit der Entscheidung und dem weiteren Verfahren ihrer Regierung zu unterbreiten. Macht sich aber die fremde Regierung selbst einer Nichtachtung oder einer offenbaren Verletzung der Verträge schuldig, so wird es die Aufgabe der Consuln sein, dieses vertragswidrige Verfahren zu constatiren, über die Motive oder angeblichen Entschuldigungen des Verfahrens Erkundigungen einzuziehen und dann zugleich die Aufmerksamkeit der Gesandtschaft und der heimischen Regierung hierauf hinzulenken, damit Letztere ungesäumt ihre Entschlüsse fassen und Erstere mit der nöthigen Anweisung versehen kann.

Wählen wir, um diese Aufgabe und das Resultat zu veranschaulichen, das durch eine ihr entsprechende Thätigkeit oft schnell erreicht werden kann, als Beispiel eine schon im ersten Capitel erwähnte Angelegenheit.

Wer den dänischen Handel kennt, weiß, daß darin der Handel mit Island eine nicht unbedeutende Rolle spielt. Ein großer Theil der isländischen Producte sind ein wesentlicher Artikel des Absatzes nach anderen Ländern, und dieser Handel war ein um so vortheilhafterer, als er hauptsächlich als Tauschhandel betrieben wurde, d. h. man brachte und bringt den Isländern Getreide, Manufacturwaaren u. s. w. und nahm dafür ihre Producte in Empfang. Früher war dieser Handel ausschließlich in den Händen der dänischen Regierung. Noch jetzt besteht in Kopenhagen „der königl. isländische Handel", d. h. ein für Rechnung des Staates zur Betreibung dieses Handels etablirtes Haus. Später ließ man indessen auch einzelne dänische Kaufleute an dem Verkehre mit Island Theil nehmen. Diese Erlaubniß wurde jedoch nur denen ertheilt, die in Island selbst Factoreien unterhielten, und war außerdem an die Bedingung geknüpft, daß sie sich dänischer Schiffe zur Zufuhr der Waaren nach Island und zum Transport isländischer Producte hierher oder nach andern Ländern bedienten. Bei diesen Privilegien standen sich natürlich einzelne Häuser sehr wohl, aber das dänische Volksthing war im Jahre 1854 der Ansicht, daß sie, die auf nichts weniger als auf einem Rechtstitel, sondern vielmehr nur dem Bon plaisir der Regierung beruhten, verschwinden müßten. Die kräftige Initiative, die der Reichstag ergriff, veranlaßte die Regierung nun selbst einen Gesetz-Entwurf vorzulegen, der den Schiffs- und Handels-Verkehr mit Island unter Beobachtung gewisser Vorschriften frei gab. Der später zum Gesetz (15. April 1854) erhobene Entwurf setzte (§ 6) eine Schiffsabgabe von 1¼ Thlrn. preuß. für jede Commerzlast fest, ermächtigte aber in einem folgenden Paragraphen (§ 7) den König, zu bestimmen, ob und in welchem Betrage außer dieser Abgabe Abgaben an die Staatskasse von Schiffen zu entrichten seien, die Staaten angehörten, in denen dänische Schiffe und ihre Ladungen einer höheren Abgabe als die inländischen unterworfen würden. Dieser Paragraph, welcher der Regierung eine solche Befugniß ertheilte, daß sie die Wohlthat des Gesetzes den betreffenden Staaten gegenüber gänzlich illusorisch machen konnte, war, wie man allgemein annahm, hauptsächlich auf Spanien gemünzt, das eine sehr große Quantität Fisch u. s. w. von Island bezieht. Die Erhaltung dieses Handels mit Spanien war aber den dänischen Schiffern besonders vortheilhaft, weil ein dänisches Schiff erstens mit Waaren von Kopenhagen nach Island, von dort mit Ladung nach Spanien und wieder von dort — Alles oft für Rechnung desselben Hauses — mit Südfrüchten, Wein u. s. w. nach Dänemark zurückgehen konnte. In Spanien aber sind die Ladungen dänischer Schiffe höher besteuert als diejenigen spanischer, mithin wäre der dänische Handel mit Island in dieser Beziehung benachtheiligt gewesen. Da in Preußen dänische Schiffe nicht höheren Abgaben als die inländischen unterworfen sind, konnte jener Paragraph auf Preußen keinen Bezug haben. Vielmehr stand vom 1. April 1855 an, wo das Gesetz in Kraft treten sollte, Island mit den kleinen Inseln der preußischen Schifffahrt und den Operationen des preußischen Handels so gut offen wie den Dänen. Vermittelst Berichtes vom 20. Mai 1854 wurden denn auch das bisherige Sachverhältniß und das neue, einige Tage zuvor ausgegebene Gesetz zur Kenntniß des königl. auswärtigen Ministeriums mit dem Antrage gebracht, Solches zur Kenntniß des preußischen Handelsstandes zu bringen. Das ist denn auch sofort geschehen, und es ist daher weder die Schuld des Ministeriums noch die des hiesigen Consulates, wenn man bei uns mit dieser Mittheilung nichts anzufangen gewußt hat. Daß man Etwas damit anzufangen wissen würde, mußte jedenfalls die Voraussetzung sein, und daher ergab sich die Nothwendigkeit einer weiteren Action, als wenige Tage, bevor jenes Gesetz in Kraft treten sollte und fast ein Jahr, nachdem es publicirt war, unter den „Nachrichten" der Berlingschen Zeitung eine Bekanntmachung erschien, nach welcher der König auf Grund des § 7 jenes Gesetzes und einer Vorstellung des Ministers des Innern allen fremden Schiffen, mit alleiniger Ausnahme der englischen, eine Zulage-Abgabe von 100 pCt. auferlegte. Aber ein solches Verfahren war nach den mit Dänemark 1818 und 1846 geschlossenen Verträgen, nach welchen den preuß. Schiffen die Rechte der meistbegünstigten Nationen eingeräumt werden sollten, Preußen gegenüber eine Vertragsverletzung. Sie konnte, wenn preußische Häuser auf jenes Gesetz hin wirklich Dispositionen getroffen hatten, augenblicklich von den allerempfindlichsten Nachtheilen für dieselben werden, und es war daher ungesäumt gegen dieselbe vorzugehen. Das geschah, und nicht allein, daß schon nach ganz kurzer Zeit die königl. dänische Regierung anerkennen mußte, daß den preußischen Schiffen dasselbe Recht wie den englischen zustand — es erschien am 11. August 1855 auch noch eine öffentliche Bekanntmachung „über die Befreiung preußischer Schiffe von der nach der Bekanntmachung vom 24. März c. für Schiffe gewisser fremder Nationen befohlenen Mehr-Abgabe." Dieses Resultat consularischer Anregung würde freilich ohne die lebhafte Unterstützung von anderer Seite aus von keinem Erfolge gewesen sein, während andrerseits diese Unterstützung ohne jene Anregung auch nicht stattgefunden hätte, sondern die Verletzung der Verträge — in Folge eines „Mißverständnisses", sagte der damalige königl. dänische Minister der auswärtigen Angelegenheiten — möglicherweise zu großem Schaden unserer Interessen unbeachtet vorübergegangen wäre Es wäre vielleicht gerathen, schon hier dem Einwande zu begegnen, daß wenigstens diese consularische Thätigkeit eben so gut den Gesandten überlassen werden könne. Aber wir müssen doch eine nähere Erörterung dieser Frage einer anderen Stelle vorbehalten, und wollen nur hier constatiren, daß in der eben besprochenen Angelegenheit jene entscheidende Bekanntmachung nicht allein der Aufmerksamkeit der königl. preußischen Gesandtschaft entgangen war, sondern daß auch die anderen Regierungen und Gesandtschaften, die überhaupt in dieser Frage agirten, es auf Veranlassung der betreffenden Consuln gethan haben. Noch weniger sind selbstverständlich Gesandte in der Lage, Verletzungen der Handels-Verträge im Großen wie im Kleinen in Betracht zu ziehen, wenn dieselben nicht, wie es hier der Fall war, von der höchsten Landesbehörde ausgehen und unmittelbar an die Oeffentlichkeit treten. Dergleichen Verletzungen entspringen gewiß nur selten der Absicht zu verletzen, sondern vielmehr fast immer einem kurzsichtigen Egoismus. Begünstigt aber werden sie durch unklare Fassungen der Vertragsbestimmungen, namentlich durch die Wahl unbestimmter und verschiedener Auslegung fähiger Ausdrücke. Nun ist es aber offenbar immer diejenige Regierung, die in der betreffenden

Festsetzung ein Opfer zu bringen, eine Gegenleistung zu versprechen hat, die keinen besonderen Eifer zeigen wird, Unklarheiten zu vermeiden, obschon dieselben oft zu einem zweischneidigen Messer werden können. Daher pflegen Regierungen, welche hiezu qualificirte Consuln haben, dergleichen Verträge nicht ohne Zuziehung derselben zu schließen, wenn sie nicht überhaupt mit dem Abschluß beauftragt werden.

Auch der bei Weitem wichtigste Vertrag, den Preußen seit langer Zeit geschlossen, der Handelsvertrag mit Frankreich, dem man eine große Präcision und Klarheit nicht absprechen kann, ist, und gewiß zu seinem Glücke, nicht von Diplomaten im engeren Sinne, sondern von den Chefs der Consular-Abtheilungen der betreffenden auswärtigen Ministerien und preußischer Seits unter wesentlicher Mitwirkung eines Ministerial-Directors aus dem Handelsministerium geschlossen worden.*) Wohingegen der im Jahre 1857 von den europäischen Regierungen mit Dänemark geschlossene Sundzollvertrag, auf den wir an anderer Stelle noch zurückkommen, ein wesentlich diplomatisches Werk ist. Da nun der dänische Unterhändler, Mr. Bluhme, die meisten der fremden Unterhändler an Klugheit, Sachkenntniß und diplomatischer Gewandtheit in einem nicht unbedeutenden Grade überragte, so ist es unter dem Zutritt anderer Umstände kein Wunder, daß die Leistungen, die man der dänischen Regierung gewährte, einen sehr bestimmten, die Verpflichtungen der letzteren dagegen einen zum Theil sehr unbestimmten Ausdruck empfangen haben, der bereits zu wiederholten Beschwerden über Nichterfüllung des Vertrages Veranlassung gegeben hat.

Indessen kommt nicht allein in dieser Beziehung die consularische Mitwirkung bei neuen Verträgen in Betracht. Es gehört zu den Aufgaben consularischer Thätigkeit, dieselben auch in verschiedener Weise vorzubereiten. Es ist die Pflicht der Consuln, sich mit dem ganzen ökonomischen Leben des Volkes so vertraut wie möglich zu machen. Hierbei dürfen sie sich natürlich nicht allein mit den allerdings zuerst in Betracht kommenden, bereits vorhandenen Beziehungen dieses Lebens zu dem Staate begnügen,

---

*) So ist auch gegenwärtig Schweden bei den Verhandlungen eines Handels- und Consular-Vertrages mit Frankreich durch den Chef der Consular-Abtheilung, der lange Zeit im praktischen Consulardienst thätig gewesen, vertreten und Frankreich hatte im vorigen Jahre den kaiserl. Consul in Helsingör zum Bevollmächtigten für den Abschluß eines Schifffahrtsvertrags mit Dänemark ernannt u. s. w. — alles Beweise, daß man sich von den Herren Diplomaten bei der Erledigung solcher Geschäfte nicht mehr viel verspricht. — Beim Sundzollvertrag bestellten die Regierungen auf den ausdrücklichen, sehr verständlichen Wunsch, d. h. auf eine plumpe Intrigue der damaligen dänischen Regierung hin, „ihre Vertreter am dänischen Hofe" zu Commissarien — und mit welchem Erfolge!

den sie vertreten, sondern sie haben auch die ökonomische Gesetzgebung, die Einrichtungen u. s. w. des Landes selbst, in dem sie leben, die Beziehungen desselben zu allen anderen Staaten genau in das Auge zu fassen. Aus einer solchen Erforschung und Prüfung der Verhältnisse können sich aber sehr verschiedenartige Resultate ergeben, an die der Abschluß neuer oder die Erweiterung bestehender Verträge sich anknüpfen läßt. Man wird neue Verkehrsbeziehungen finden, in welche zu beiderseitigem Vortheile die Länder zu einander treten könnten, sobald sich die Regierungen nur über gewisse Erleichterungen des Verkehrs vereinigten, mögen nun die letzteren in einer Verringerung von Zoll- und Schifffahrtsabgaben, oder in der gänzlichen Beseitigung gewisser Lasten, oder aber in einer zweckmäßigen Veränderung der zu Zollabfertigungen und anderen Expeditionen bestehenden Einrichtungen, oder endlich in der Herstellung oder Verbesserung dieser oder jener Verbindungsstraße bestehen u. s. w. Und hier gilt es nicht allein das zur Beurtheilung der Sache nothwendige Material herbeizuschaffen, sondern auch durch persönliche Einwirkung auf maaßgebende Personen und Kreise die Ueberzeugung von dem gemeinsamen Interesse zu erwecken oder zu befördern. Hierdurch fällt diese Aufgabe noch mit einer dritten zusammen. Dieselbe wurde oben dahin bezeichnet, daß die Consuln auch in Fällen, wo solche kein Gegenstand von Verträgen sein kann, auf die Beseitigung von Hindernissen hinwirken, die in dem betreffenden Lande, sei es der Freiheit und Sicherheit des Verkehres überhaupt, sei es im besonderen dem Verkehre der Nationalen des Consuls entgegenstehen. Heben wir in dieser Beziehung nur Einiges hervor.

Indem ein Staat dem Handel und der Schifffahrt eines anderen die Rechte der meist begünstigten Nationen einräumt, begiebt er sich doch nicht des Rechtes, einzelne gewisse Begünstigungen nur für Staaten eintreten zu lassen, die gewisse Bedingungen erfüllen. So hat z. B. Preußen mit vielen Staaten Verträge geschlossen, welche jene allgemeine Zusage enthalten, aber gleichwohl erlaubt es die **Küstenschifffahrt** nur den Schiffen der Staaten, welche auch ihrerseits die Küstenschifffahrt und zwar ohne jegliche Beschränkung zulassen. Dänemark, das nur Fahrzeuge über 15 Commerzlasten zur Küstenschifffahrt (cabotage) zuläßt, hat sich daher vergeblich auf das allgemeine Recht der meist begünstigten Nationen berufen, um die Zulassung dänischer Schiffe zur preußischen Küstenschifffahrt zu erlangen. Diese Zurückweisung der dänischen Anträge hat preußischer Seits auf Grund eines Gesetzes stattgefunden, das die preußische Regierung nur ermächtigt, jene Vergünstigung lediglich unter der eben erwähnten Bedingung eintreten zu lassen. Auf eine Beseitigung dieses Gesetzes hinzuwirken, kann die königlich dänische Regierung nicht versuchen, denn offenbar ist das preußische Gesetz der Ausdruck einer viel freisinnigeren Handelspolitik, als sie Dänemark in dieser Hinsicht befolgt, und Rückschritte kann man von Niemandem verlangen. Also die dänischen Schiffe bleiben von der preußischen Küstenschifffahrt bis auf Weiteres ausgeschlossen. Das könnte einem oberflächlichen oder befangenen Blick auch ganz in unserem Interesse erscheinen. Aber der Schein trügt wieder. Wir haben auch und kein geringes Interesse dabei, daß dieses „bis auf Weiteres" möglichst verkürzt werde. Denn gerade preußische Fahrzeuge von und unter 15 Commerzlasten sind es, die mit großem Vortheile an der dänischen Küstenschifffahrt sich betheiligen könnten. Eine sehr große Zahl dieser kleinen Schiffe bringt nämlich, insonderheit nach Kopenhagen, aber auch nach anderen dänischen Häfen, Holz und Getreide. Diese Schiffe sind aber, weil sie Fracht nach einem anderen dänischen Hafen nicht nehmen dürfen und nach einem preußischen Hafen eine Fracht nicht gleich vorhanden ist, meistentheils genöthigt, mit Ballast zurückzukehren. So muß also die eine Fracht die Kosten für zwei Reisen tragen. Bestände jenes Verbot nicht, so würden diese Schiffe von ihrem ersten Bestimmungsorte aus noch eine oder noch mehrere Reisen von einem dänischen Hafen zum anderen machen und zuletzt wohl auch noch eine Rückfracht nach der Heimath finden können. So ist, daß jene Beschränkung der dänischen Gesetzgebung falle, nicht allein ein dänisches, sondern auch ein preußisches Interesse und darauf in geeigneter Weise hinzuwirken wird eine consularische Aufgabe.

Ein anderes Beispiel. Daß Transitzölle auf den Verkehr einen verderblichen Einfluß ausüben und daher eine höchst verwerfliche Abgabe sind, ist jetzt allgemein anerkannt. Die bei weitem meisten europäischen Staaten haben sie abgeschafft. Die Transitzölle auf dänischem Gebiete zu beseitigen, boten die Sundzollverhandlungen eine vortreffliche Gelegenheit. Aber die Herren Diplomaten versäumten sie und begnügten sich mit einer Herabsetzung des Transitzolles.*) Gleichwohl liegt in dem Bestehen der-

---

*) Und dabei wird der Sundzollvertrag auch in dieser Beziehung noch fortdauernd von der dänischen Regierung verletzt. Denn sie hat sich ausdrücklich verpflichtet, auf sämmtlichen Straßen und Canälen (mit Ausnahme der zollfreien Richtung des Sundes und der Belte) nur einen gleichmäßigen Transitzoll zum Betrage von 16 Sch. dänisch (3⅓ Sgr.) für 500 Pfd. zu erheben, welche Abgabe nicht durch eine andere, unter welchem Namen es immer sein möge, sollte erhöht werden können. Aber durch die größere Belastung mit transitzollpflichtigen Gütern beladener Schiffe wird der Transitzoll im Eidercanal erhöht, und doch sind die Herren Diplomaten in fünf Jahren nicht im Stande gewesen, diesem Unwesen ein Ende zu machen.

selben eine nicht unwesentliche Beeinträchtigung unseres Interesses. Weder die Befrachter noch die Empfänger der Ladungen wollen diesen Zoll tragen und er fällt also den Rhedern zur Last. Um sich dem Transitzoll bei der Benutzung des Eidercanals zu entziehen, machen daher Schiffer auf ihren Reisen zwischen den preußischen Ostseehäfen nach hannöverschen und oldenburgischen Häfen oder dem preußischen Jahdebusen und umgekehrt lieber den bei weitem längeren und gefährlicheren Weg um Skagen. So wäre es ein preußisches — übrigens auch hamburgisches, französisches, englisches und insonderheit holländisches — Interesse, daß dieser Zoll fällt. Aber nicht etwa auch ein dänisches?! Ganz gewiß. Das Bestehen des Transitzolles macht den Kopenhagener Transithandel, der sonst einen sehr beträchtlichen Aufschwung nehmen könnte, zu einem sehr unbedeutenden, und was die Staatskasse an der geringfügigen Netto-Einnahme des Transitzolles gewinnt, verliert sie in anderer Weise drei- und vierfach. Das geltend zu machen und überhaupt in geeigneter Weise die gänzliche Beseitigung des Transitzolles zu erstreben, wird also zur consularischen Aufgabe.

Eine Hauptfrage des Verkehrs zwischen zwei Ländern ist die Tariffrage, sind die Zölle und Abgaben, mit denen Producte, Fabrikate, mit einem Worte alle Handelsartikel belegt sind, die von dem einen Lande nach dem anderen gehen, resp. die Schiffsgelder u. s. w. Auch hier sind die wohlverstandenen Interessen der Länder harmonisch. Man kann es unbedenklich aussprechen: Der Tarif, welcher für das eigene Land der Natur der Verhältnisse nach der richtigste ist, ist auch derjenige, der andern Ländern für ihren Verkehr mit diesem Lande der wünschenswertheste sein muß. Wir haben z. B. in diesem Augenblicke ein großes Interesse, daß bei der beabsichtigten Tarif-Revision in Dänemark eine bedeutende Herabsetzung des Zolles auf eine ganze Reihe von Manufacturwaaren erfolge. Das Grossirer Comité in Kopenhagen hat gegenüber einem Regierungs-Entwurfe den Entwurf eines Tarifes eingereicht, der diesem Interesse in liberalster Weise entgegen kommt. Natürlich waren diejenigen, von denen er ausging, durchaus nicht von der Absicht geleitet, den fremden Industrien, und am wenigsten der „deutschen" gefällig zu sein, sondern sie dachten nur an ihr eigenes Interesse. Sie sagten sich, daß es für Dänemark, durch die Natur auf Ackerbau, Viehzucht, Schifffahrt und Handel angewiesen, eine Thorheit sei, durch Schutzzölle nach und nach ein industrielles Proletariat groß zu ziehen und schon jetzt der Mehrheit der Bevölkerung die Befriedigung vieler nothwendiger Bedürfnisse zu Gunsten einiger Fabrikanten zu vertheuern. Aber ein solcher radicaler Umschwung findet selbstverständlich von vielen Seiten Gegner. Nicht allein die „Interessirten" wissen, und zum Theil sehr geschickt, ihr Interesse als das der allgemeinen Wohlfahrt geltend zu machen, sondern es giebt immer viel kluge und wohlwollende Leute, die in den weiten Mantel „staatsmännischer Besonnenheit", „billiger Rücksichtnahme", des „Vortheils nationaler Industrie" u. s. w. gehüllt, zwar bereit sind, die Richtigkeit von Principien anzuerkennen, aber sich auf das Aeußerste dagegen sträuben, denselben wirkliche und eingehende Concessionen zu machen. Das muß man sich gefallen lassen. Rom ist nicht an einem Tage erbaut; auf einen Hieb fällt kein Baum. Der Entwurf des Kopenhagener Grossirer-Comités bleibt gleichwohl ein Zeugniß für die Intelligenz des dänischen Handelsstandes und das Ziel, das bei allen Revisionen ins Auge gefaßt werden muß. Dazu, daß dieses Ziel endlich erreicht werde und schon zunächst wenigstens einige erhebliche Schritte in der Richtung nach ihm hin geschehen, in geeigneter Weise beizutragen, fällt mit unter die consularischen Aufgaben. Ein Abgeordneter, irren wir nicht, der frühere Präsident des Handelsamtes, Herr v. Rönne, hat mit vollem Rechte 1859 bei den Verhandlungen über die Aufhebung besoldeter General-Consulate geäußert: daß die Mitwirkung eines solchen Beamten bei der Herabsetzung einer einzigen Tarif-Position mit einem Male dem Staatsinteresse unvergleichlich mehr einbringen könne, als was in vielen Jahren für die Besoldung dieses Beamten verausgabt sei. Wer freilich diese Verhältnisse nicht kennt, mag eine solche Behauptung ganz unerklärlich finden. Ein Mensch ohne allen Kunstsinn und ohne alles Kunstverständniß kann vor das herrlichste Madonnengemälde gestellt werden, ohne etwas anderes zu sehen, als eine Frau mit einem Kinde, und sich höchlichst verwundern, daß man davon so viel Aufsehens macht.

Wenn wir in den angegebenen Beziehungen von consularischer Thätigkeit reden, hatten wir natürlich hier nicht die Berichterstattungen an das vorgesetzte Ministerium im Auge, durch welche möglicherweise diese oder jene diplomatische Action veranlaßt wird, sondern im Gegentheil die desfallsige Thätigkeit der Consuln in dem Lande selbst, in dem sie fungiren. In dieser Thätigkeit, wenn sie im Uebrigen mit loyalen Mitteln arbeitet, liegt durchaus keine unberechtigte Einmischung in innere Landesverhältnisse. Die Letztere zu vermeiden, muß sich im Gegentheil der Consul gerade im Interesse jener Thätigkeit angelegen sein lassen, weil er durch bemerkbare Parteinahme sich immer die Möglichkeit des Verkehrs mit den entgegenstehenden Parteien und dadurch die Unterstützung oft wesentlicher Kräfte abschneiden wird. Jene Fragen, auf die sich die consularische

Thätigkeit bezieht, sind nämlich in der That immer internationaler Natur, auch wenn sie zugleich sowohl in Rücksicht auf ihre Bedeutung als auch auf die Form der Erledigung in hohem Grade innere Fragen sind. Ein Mensch, der tüchtig und geschickt arbeitet, arbeitet, er mag nun wollen oder nicht, dadurch auch für die ganze Gesellschaft, ohne seinen eigenen Vortheil zu gefährden. Der ökonomische Fortschritt, den die Gesetzgebung eines Staates macht, muß freilich auch anderen Staaten zu Gute kommen, aber er wird deshalb nicht weniger dem eigenen Lande von Nutzen sein. Die Consuln sind die Vertreter der Harmonie der internationalen Interessen. Welche Mittel sie bei der Verfolgung dieser Aufgaben zu benutzen, welche Wege sie einzuschlagen haben, das sind Fragen, auf die wir hier nicht näher einzugehen haben. Nur eine allgemeine Hindeutung sei in dieser Beziehung gestattet. Wie fatal das auch in anderer Beziehung für jede Art von diplomatischer Thätigkeit sein mag: die Entschlüsse einer Regierung hängen weit weniger als in den guten alten Zeiten von dem Belieben eines einzelnen Fürsten ab. Freilich versucht sich an die Stelle der monarchischen Gewalt unter dem Schutze eines falschen Parlamentarismus die ministerielle Allgewalt zu setzen, und wenn es früher einem Diplomaten vor Allem und fast ausschließlich darauf ankommen mußte, „bei Hofe" und daher auch „in den Salons" gut zu stehen, und wenn er dort seine Mittel und Mittelchen in Bewegung setzte, so kommt jetzt ein „freundliches Verhältniß" zu dem dirigirenden Minister oder aber denjenigen in Betracht, von denen dieser wieder Directionen und Impulse zu empfangen pflegt. Indessen hat es doch auch wieder mit dieser ministeriellen Allgewalt seine Grenzen, was im Interesse wahrer Freiheit nur sehr wünschenswerth sein kann, und zuletzt werden die Minister auch wieder mehr geschoben als sie schieben. Es kommt daher darauf an, sich mit der eigentlichen Schiebekraft in Beziehung zu setzen. Sie kann sehr mannigfacher Natur sein. In Sachen der Handelspolitik steht aber offenbar dem Handels- und Gewerbestande von Rechtswegen die bedeutendste Stimme zu. Die auf dem deutschen Handelstag laut gewordene Forderung, daß künftige Veränderungen des Zolltarifs von dem Directorium nur unter Genehmigung eines Zoll-Parlamentes vorgenommen werden sollen, ist eine sehr wohl begründete. Denn abgesehen davon, daß wir bis zu einem allgemeinen deutschen Parlamente noch ein gutes Stück Weges haben, so würden wir — nach der Consequenz der im vorigen Capitel dargelegten Anschauung über die Grenzen des Gebietes der Staatsgewalt — ein solches Parlament gar nicht für befugt erachten, Beschlüsse zu fassen, die so direct gewerbliche und Handels-

Interessen berühren. In solchen Fragen müßte das Central-Organ dieser Stände gehört werden und seine Entscheidungen dürften von der Staatsgewalt nicht unbeachtet bleiben. Sonst laufen diese wichtigen Angelegenheiten Gefahr, sich überhaupt nur sehr oberflächlich behandelt zu sehen oder wesentlich in der Hand der Büreaukratie zu bleiben oder aber gar dem politischen Parteiwesen anheim zu fallen. Der deutsche Handelstag hat sich schon dadurch ein großes Verdienst erworben, daß er das Bedürfniß eines Centralorgans für alle Handels- und Gewerbe-Interessen nicht allein thatsächlich documentirt, sondern auch die Möglichkeit seiner Befriedigung gezeigt und den Weg zu derselben angedeutet hat. Aber auch ehe in allen Ländern dergleichen, von den Regierungen wirklich anerkannte Central-Organe bestehen, wird es gleichwohl neben den, mit größerem oder geringerem Einfluß ausgestatteten Landesvertretungen immer Körperschaften, Vereine, Organe der öffentlichen Meinung u. s. w. geben, die auf die Beschlüsse der ersteren nicht ohne Einfluß sind und mit denen man sich daher in eine geeignete Verbindung zu setzen und dieselbe zu erhalten haben wird. — Wie bedeutungsvoll für das Interesse des nationalen Handels dergleichen consularische Bestrebungen werden können, liegt auf der Hand. Und an der Seite großer Fragen, auf die sie gerichtet sind, wird es selten an kleinen fehlen, in denen sie im Interesse der Nationalen sich mit den Bestrebungen von Einwohnern der fremden Stadt und des fremden Landes vereinigen können. Auch hierfür noch ein Beispiel. Der Hafen von Helsingör, dessen Bedeutung für den gesammten Schiffsverkehr ungleich wichtiger ist als für Dänemark selbst, hatte endlich vor zwei Jahren eine beträchtliche Erweiterung erfahren. Aber den Einlauf zu verändern und zu verbessern, daran hatte man nicht gedacht. Die Erweiterung war hauptsächlich in der Absicht erfolgt, daß auch die größten Schiffe, namentlich Dampfschiffe, Helsingör als Nothhafen sollten brauchen können u. s. w. Aber gerade für sie war dieser Einlauf besonders gefährlich und es kamen selbst da, wo Lootsen expreß von den Schiffern genommen waren, um ohne Gefahr den Einlauf zu bewirken, erhebliche Unfälle vor. Vergeblich versuchten die Einheimischen Abhülfe zu erreichen. Da vereinigten sich die General-Consuln und Consuln der großen Mächte, um der betreffenden königlich dänischen Autorität zu erklären, daß sie sich verpflichtet erachtet würden, ihre Rheder auf die Bedenklichkeit der Benutzung dieses Hafens aufmerksam zu machen, wenn nicht Abhülfe des Uebelstandes erfolge. In kürzester Frist war dieselbe in Aussicht gestellt und erreicht. Bei dieser Gelegenheit erhob sich aber auch eine andere Frage, die für den Verkehr im Sunde gerade von großer Bedeutung ist, aber noch der Entscheidung harrt. Die königlich dänische Regierung hat sich durch den Sundzollvertrag zur Erhaltung gewisser Lootsenstationen im Sunde und in den Belten verpflichtet. Soll diese Verpflichtung nicht eine bedeutungslose Phrase sein, so setzt sie natürlich voraus, daß die königlich dänische Regierung auch nur wirklich befähigte Lootsen anstellt und für dieselben eine gewisse Verantwortlichkeit übernimmt. Denn sobald ein Lootse sich am Bord eines Schiffes befindet, übernimmt er die Führung desselben, mithin auch die Verantwortlichkeit. Gleichwohl sind Fälle vorgekommen, daß, trotz dieser Führung und vielleicht durch dieselbe, Schiffe nicht unbedeutende Beschädigungen erfahren oder verursacht haben. Die Frage ist, wer trägt den Schaden? — eine Frage, die besonders scharf hervortrat, als ein englischer Schiffer, der, zwei königlich dänische Lootsen am Bord, in den Hafen von Helsingör eingelaufen war, den nicht unbeträchtlichen Schaden tragen sollte, den das Schiff bei diesem Einlauf nicht erfahren, sondern dem Bollwerk des auf Kosten der königlich dänischen Regierung unterhaltenen Hafens verursacht hatte. — Oder wieder ein Beispiel von einem anderen Gebiete. Trotz einer klar ausgesprochenen Tarif-Position versuchen Zollbehörden einen Artikel, der seiner Entstehung und Beschaffenheit nach unzweifelhaft in diese oder jene Position fallen würde, doch einer anderen und höheren zu unterwerfen, weil sie der Meinung sind, daß der Gesetzgeber Solches auch gethan haben würde, wenn er das betreffende Erzeugniß in solcher Beschaffenheit gekannt hätte. So giebt es Tarife, welche mit einer Verschiedenheit von mehr als hundert Procent im Interesse inländischer Siedereien „Steinsalz" und „alles andere Salz"*) besteuern. Aber da liefert Staßfurth ein Steinsalz, das ohne Weiteres in den Verbrauch übergehen kann. Offenbar muß der Absatz dieses Salzes, wenn es überhaupt in dem betreffenden Lande mit Rücksicht auf die Kosten der Fracht u. s. w. concurriren kann, ein ganz anderer sein, je nachdem es der einen oder der anderen Tarif-Position unterworfen wird. Dieser Absatz ist aber wiederum von Einfluß auf die Schifffahrt u. s. w., also daß er gefördert werde ein allgemeines Interesse. Oder aber ein Tarif unterscheidet ebenfalls in sehr durchgreifender Weise zwischen geleimtem und ungeleimtem Papier. Trotzdem die inländische Papierfabrication durch einen sehr hohen Zoll geschützt ist, gelingt es fremden Fabrikanten aus Stroh ein Papier herzustellen, das sich durch den in demselben enthaltenen Pflanzenleim zu Verwendun-

---

*) Natürlich ist dabei nur von Salz zum Kochen und Pökeln u. s. w. die Rede und nicht von den Medicinal-Salzen.

gen eignet, zu denen sonst nur geleimtes Papier benutzt werden kann. Wird jenes Strohpapier nun als das versteuert, was es wirklich nur nach der Bestimmung des Gesetzes ist — als ungeleimtes Papier — so ist ein großer Absatz in dem betreffenden Lande möglich, wohingegen derselbe mit der Versteuerung als geleimtes Papier geradezu unmöglich werden kann.

Mögen diese Beispiele hinreichen. In allen diesen Fällen bezieht sich die einschlägliche consularische Thätigkeit, wie verschieden sie immer in Rücksicht auf die Bedeutung der fraglichen Angelegenheit sein mag, doch zuletzt auf das gesammte Interesse des Handels und der Schifffahrt, das in diesem Sinne wahrzunehmen, aus den entwickelten Gründen eine wichtige Aufgabe der Staatsgewalt ist und bleiben muß.

2.

Alle consularischen Aufgaben, die wir in dem vorhergehenden Capitel und Abschnitt besprochen haben, beziehen sich hauptsächlich auf die Thätigkeit, die den Consuln in dem fremden Lande selbst obliegen. Daß schon mit dieser Thätigkeit eine große Correspondenz mit Behörden und auch Privatpersonen verknüpft sein kann, wird sich jeder Leser selbst gesagt haben. Auch das kann er schwerlich übersehen, daß es für den Erfolg jener Thätigkeit nicht allein auf die gute Feder, ja selbst nicht einmal allein auf eine Masse von Kenntnissen, sondern auch und vor Allem auf eine mit besonderen Gaben und Fähigkeiten ausgerüstete Persönlichkeit ankommt. Das Gleiche ist freilich zuletzt bei allen Zweigen der Staatsverwaltung und auf allen Gebieten menschlicher Vereinigung der Fall. Ausgezeichnete Persönlichkeiten vermögen häufig die Mängel von Einrichtungen, aber die Vorzüge von Einrichtungen können selten die Mängel der Personen ausgleichen. Man hat seit sehr geraumer Zeit recht eifrig über die Vielschreiberei in allen Zweigen der Staatsverwaltung geklagt. Aber es ist ihrer doch nicht weniger, sondern eher noch mehr geworden. Vielschreiberei und Vielregiererei sind untrennbar und Beide gehen aus einer Unterschätzung des Werthes der Persönlichkeit hervor. Hatte es die höchste Staatsgewalt erst übernommen, für die Unterthanen in allen Beziehungen zu denken und zu sorgen, so mußte sie dazu kommen, auch diese Sorge für ihre Organe selbst zu übernehmen. Es ist dann nicht mehr hinreichend, daß der Umfang und die Mittel der Thätigkeit eines solchen Organes im Allgemeinen gesetzlich geordnet sind und ihm innerhalb solcher Grenzen die Freiheit eigenen Denkens und Handelns verstattet wird. Bis in das Einzelne soll Alles von Oben entschieden und geordnet, ja die

Beamten sollen zuletzt sogar in ihren Anschauungen den Schwankungen dieses Oben unterworfen werden. Daraus ergiebt sich eine Fülle von Verfügungen und Berichten, die einerseits persönlicher Thätigkeit wenig Zeit läßt, und andrerseits dahin führt, daß man dieselbe und damit auch die Fähigkeit zu derselben unterschätzt. Freilich pflegt sich diese unglückliche Richtung im Gefolge eines falschen Constitutionalismus zu befinden. Die Lehre von der nothwendigen Uebereinstimmung der Anschauungen der parlamentarischen Majorität mit denen der Minister hat die andere von der Uebereinstimmung dieser und aller ihnen untergeordneten Beamten zur verhängnißvollen Folge. Aber andrerseits sind die Bekämpfer jenes falschen Constitutionalismus nicht immer von diesem Fehler frei. Im Gegentheil sieht man merkwürdigerweise gar nicht selten die nichts weniger als „constitutionellen" Spitzen der Verwaltung in demselben Maaße auf diese Beamten-Dressur hinarbeiten und die Stärke der Disciplin in der Vernichtung aller Selbstständigkeit der ihnen untergeordneten Beamten suchen, in dem diese Spitzen sich selbst möglichst von allen Schranken unabhängig zu machen streben. Jeder verständige Gutsherr, ja jeder verständige Hausvater und jede verständige Hausmutter wissen es, daß das viele Commandiren Nichts hilft, und daß es zu den Geheimnissen einer guten Verwaltung gehört, selbst Dienstboten in den Sphären ihrer Thätigkeit eine gewisse Selbstständigkeit und Freiheit zu lassen, aber aus den Maximen mancher Staatsverwaltung scheint diese Klugheit verschwunden zu sein. Damit soll freilich nicht der Zuchtlosigkeit, dem Ungehorsam und der Widersetzlichkeit von Beamten gegen ihre Vorgesetzten da das Wort geredet werden, wo diese Beamten in ihren Handlungen zu unbedingtem und hingebendem Gehorsam verpflichtet sind. Nur soll man sie nicht in meinungs- und willenlose Maschinen zu verwandeln suchen. Diese sind freilich zuletzt zu nichts Anderem mehr als zum „Schreiben" zu gebrauchen und von einer anderen persönlichen Einwirkung als durch unberechtigte Drohungen oder ebensowenig berechtigte Versprechungen ist kaum mehr die Rede!

In früheren Zeiten hielt es z. B. ein tüchtiger Landrath*) für seine Pflicht, sich so viel wie irgend möglich im Kreise persönlich umher

---

*) Was hier vom „Landrathe" gesagt ist, gilt natürlich von vielen anderen Stellungen. Woher schreibt sich die große Verehrung, die man im ganzen preußischen Lande noch heute dem Oberpräsidenten Freiherrn v. Vinke zollt, einem der volksthümlichsten Männer, die wir je gehabt? Von seinen vorzüglichen Berichten oder seinen vortrefflichen Verfügungen? Mit nichten, sondern gerade von der persönlichen Thätigkeit und dem persönlichen Eingreifen dieser großen Persönlichkeit.

zu bewegen, selbst zu sehen und zu prüfen und durch seine persönliche Einwirkung anzuregen und Vielerlei zu schaffen. Jetzt haben die Landräthe mit Berichten aller Art so viel zu thun, daß dieser **persönlichen** Thätigkeit wenig Zeit mehr übrig bleibt. Und ist man auch von der unglücklichen Idee zurückgekommen, statt begüterter Kreiseingesessenen junge Beamte an die Spitze eines Kreises zu stellen, die demselben fremd, die ohne praktische Erfahrung, ohne Menschenkenntniß waren, aber doch durch Examina und eine gute d. h. sehr gefügige Gesinnung eine vorzügliche Qualification an den Tag gelegt hatten, so ist doch die Tendenz, die Landräthe zu Schreibmaschinen zu machen, keinesweges verschwunden. — Man klagt über den Mangel großer Charaktere gerade in den Kreisen, aus denen die Träger hoher Staatsstellungen hervorzugehen pflegen. Auch diese Klage ist sicher eine wohl begründete. Sie bezeugt, daß der Instinct des menschlichen Geistes und auch des Volksgeistes weiser ist, als die Richtung, in die sich die gebildete Welt verrannt hat. Sie überschätzt das **Wissen** und unterschätzt das **Können**. Sie überschätzt das, was sich der **Mensch** durch Anstrengung und Fleiß aneignen kann, und unterschätzt, was ihm — die modernen Heiden sagen die **Natur** — wir sagen Gott gegeben hat. Freilich kann ein Mensch, durchaus ohne Talent für die Malerei, die „Kunst" der Photographie erlernen und mit ihrer Hülfe Porträts, Gebäude und Landschaften zu Wege bringen, aber er wird deshalb doch kein Maler und seinen Schöpfungen fehlt das Gepräge himmlischer Kunst. So ist auch ein hoher **Staatsbeamter** noch lange kein **Staatsmann**, wozu ein besonderes Talent gehört, was der Mensch wohl ausbilden, aber sich nicht geben und aneignen kann. Was dergleichen, mit staatsmännischem Talente nicht begabte, im Uebrigen vielleicht sehr treue und eifrige hohe Beamte hervorbringen, hat daher auch nur einen sehr ephemeren, einen blos mechanischen Werth und bleibt ohne Bedeutung für eine gesunde Entwickelung. So ist denn auch die Einwirkung auf andere Menschen ein Talent, das durch Kenntnisse und Erfahrung wesentlich erhöht und ausgebildet, aber durch dieselben niemals ersetzt werden kann. Man kann in verschiedener Beziehung außerordentlich gelehrt, ja auch geistig gewandt und doch außer Stande sein, auf Menschen einen anregenden und bestimmenden Einfluß zu üben. Freilich sich unter den Menschen ohne Anstoß und mit einer gewissen Leichtigkeit zu bewegen, das kann man lernen. Erziehung, geselliger Verkehr, Lectüre — von Knigge's Umgang mit Menschen bis zu Alberti's Complimentirbuch in funfzigster Auflage — bieten dazu reiche Mittel. Aber tretet nur ein in die Salons und sehet Euch die, nicht allein äußerlich geschniegelten und gebiegelten Menschen an! Wie sicher ist ihr Auftreten, wie leicht und fließend geht die, freilich in der Regel auch sehr wässerige Conversation, wie glücklich wird jeder Anstoß vermieden! Aber, wenn Ihr nun fragt, was die meisten dieser Männer wohl leisten und zu leisten vermögen, wo es gilt, wirklich Etwas von unabhängigen Menschen und durch sie und an ihnen zu erlangen — wie traurig würde da die Antwort ausfallen!

Den Beamten, mit denen wir hier es zunächst zu thun haben, fällt in dieser Richtung eine besonders schwere Aufgabe zu. Denn ihre Thätigkeit weist sie in die allerverschiedensten Sphären, und der Erfolg hängt mehr oder weniger gerade von ihrer persönlichen Geschicklichkeit ab. Aber das wird nur allzuoft verkannt, und die guten oder ausgezeichneten „Berichte" bilden den Maaßstab, an dem man hauptsächlich den Werth ihrer Thätigkeit messen zu können vermeint. Gleichwohl darf die berichterstattende Thätigkeit der Consuln nicht unterschätzt werden und wir wollen ihr hier in ihren hauptsächlichsten Aufgaben näher treten. An der Spitze derselben steht die Berichterstattung an das auswärtige Ministerium, sei es nun, daß die Berichte dort selbst zur Verwerthung kommen, sei es, daß sie von ihm nur an andere Organe weiter befördert werden soll. Wir übergehen hierbei die umfangreiche Correspondenz mit diesem Ministerium, die sich schon von selbst aus den früher dargelegten Aufgaben ergiebt, und handeln hier insbesondere zunächst A. von der commerciellen und sodann B. von der politischen Berichterstattung. A. Die commercielle Berichterstattung*) soll, sei es nun durch einzelne, besondere Gegenstände in das Auge fassende oder durch die jährlichen Hauptberichte ein Gesammtbild des ganzen ökonomischen Lebens und Verkehrs des betheiligten Bezirkes oder Landes mit besonderer Rücksichtnahme auf unsere bereits vorhandene oder mögliche Theilnahme an demselben geben. Hier kommen also der Aus= und Einfuhrhandel mit allen Ländern und die Betheiligung des Zollvereins an demselben in Betracht. Tabellen über diesen Verkehr, über die Schwankungen der Preise, der Course u. s. w., über Ernteerträge, Waarenvorräthe u. s. w. sind zusammenzustellen und zu beleuchten. Denn es wird die Angabe von bloßen Zahlen nicht hinreichen, sondern es werden die hauptsächlichsten Erscheinungen des Handels, namentlich eine Zu= oder Abnahme des Zollvereinshandels in ihren Ursachen zu erklären sein. Man wird auf die Mittel hinzuweisen haben, durch welche, sei es dieser Handel im Allgemeinen, sei es der Handel

---

*) In §. X. des Reglements nur sehr ungenügend behandelt und auch durch spätere Zusätze nicht erschöpft.

mit diesem oder jenem Artikel einen Aufschwung erfahren könnte. Nicht allein die erfolgten Veränderungen des Zolltarifes oder der Schifffahrts-Abgaben, sondern auch alle anderen Acte der Gesetzgebung und Verwaltung, die auf Handel und Schifffahrt einen Einfluß zu üben vermögen, werden ungesäumt mitzutheilen und in dieser Bedeutung nach den verschiedenen Seiten hin, so wie in ihrem Zusammenhange mit anderen Erscheinungen zu erörtern sein. Hierher gehören z. B. die Fallitgesetzgebung, das Wechselrecht; Verordnungen, die den Zinsfuß betreffen; Quarantäne-bestimmungen; die Strandordnung, die Beleuchtung oder Bezeichnung der Fahrwasser; das Rettungswesen und die in Verbindung damit stehenden Einrichtungen; die Bedingungen, unter denen Fremde zum Gewerbebetrieb zugelassen werden u. s. w. Wiederum zählen neue Erfindungen oder die bei Benutzung derselben gemachten Erfahrungen, insonderheit im Maschinen- und Schiffsbau, und große Unternehmungen, mögen sie von einem unmittelbaren oder nur mittelbaren Einfluß auf den Geschäftsverkehr sein, zu den Gegenständen dieser Berichterstattung. Und dieselbe wird sich hierbei nicht auf das Gebiet des Handels und der Schifffahrt im engeren Sinne zu beschränken, sondern Vieles in ihren Kreis zu ziehen haben, was nur in irgend einem Zusammenhang mit derselben steht oder auf unseren Handel und den gesammten Gewerbebetrieb und Verkehr von Einfluß sein kann. Es ist freilich eine unrichtige und übertriebene Erwartung, wenn man von der consularischen Thätigkeit hofft, daß sie Handelsverbindungen schaffen könne und werde, wo nicht die natürlichen und daher gesunden Grundlagen und Bedingungen derselben vorhanden sind. Aber schon in einem Hinweis auf die letzteren wird oft ein Gewinn liegen und umsichtige und zuverlässige Consular-Berichte — vorausgesetzt, daß sie von dem Gouvernement in geeigneter Weise benutzt werden — können sowohl der Regierung wie Corporationen und Privaten durch die Mittheilung bereits gemachter Erfahrungen manches Lehrgeld ersparen. — Endlich mögen noch auf dem Gebiete der „commerciellen Correspondenz" diejenigen Mittheilungen erwähnt sein, die sich auf Unterhandlungen der Regierung des Landes mit anderen Regierungen über den Abschluß neuer oder die Veränderung bestehender Handels- und Schifffahrts-Verträge beziehen. Denn die rechtzeitige und zuverlässige Kenntniß solcher Verhandlungen kann für die heimische Regierung sowohl, wie für den einheimischen Handelsstand von sehr erheblichem Nutzen sein.

B. Politische Correspondenz. Es ist bei uns grundsätzlich angenommen, daß die Consuln, sofern sie nicht zugleich mit einer diplomatischen Stellung ausdrücklich betraut sind, mit Politik gar Nichts zu thun haben.

Auch läßt sich nicht leugnen, daß die „Qualification" der großen Mehrzahl unserer Consuln diese Annahme nur allzusehr gerechtfertigt hat. Aber wenn alle anderen großen Mächte ihre Consuln mehr oder weniger auch für die Politik in geeigneter Art verwenden, so werden wir auf diese Verwendung wohl auch nicht ganz verzichten können. Selbstverständlich ist dabei freilich nicht von eigentlich diplomatischer Thätigkeit, von Unterhandlungen mit der fremden Regierung, von einer directen Einwirkung auf die Entschlüsse derselben und noch weniger von irgend welcher Einmischung in die politischen Verhältnisse des Landes die Rede. Diese Thätigkeit wird vielmehr theils in der Beobachtung der Entwickelung, theils darin bestehen, daß die Consuln in geeigneter Weise richtige Anschauungen über die Entwickelung des von ihnen vertretenen Landes, oder über einzelne Vorkommnisse in demselben zu verbreiten suchen. Das interessante Handbuch von be Clercq*) dem französischen Unterhändler bei dem preußisch-französischen Handelsvertrag, spricht sich über diesen delicaten Punkt in folgender Weise aus:

„Die Consuln haben keinerlei Thätigkeit im Auslande, weder eine öffentliche noch geheime, zum Schutze der politischen Interessen ihres Landes auszuüben. Es ist ihnen noch strenger als den diplomatischen Agenten untersagt, sich in die politischen Angelegenheiten des Landes einzumischen, in dem sie residiren. Aber ohne die ihnen in dieser Beziehung zugetheilte passive Rolle zu verlassen, ohne einen Geist unruhiger Erforschung zu verrathen, ohne auch nur den bloßen Willen belästigender Ueberwachung zur Schau zu stellen, können und sollen sie die sich unter ihren Augen zutragenden Ereignisse beobachten, die Menschen studiren, die auf der politischen Bühne auftauchen, die circulirenden Gerüchte sammeln und über ihre Beobachtungen Berichte erstatten, sobald sie ihrer Natur nach für die auswärtige Politik ihres Gouvernements ein näheres oder ferneres Interesse zu haben scheinen. Das ist der Zweck der allgemeinen Correspondenz, welche die Consuln mit dem Minister der auswärtigen Angelegenheiten rücksichtlich der politischen Abtheilung unterhalten sollen. Es kommt darauf an, daß diese Agenten in der Mittheilung von Nachrichten die Correspondenzen von Privatleuten und Journalen überflügeln, damit das Gouvernement eine frühere Kenntniß habe als das Publicum x.

---

*) Guide pratique des Consulats publié sous les auspices du Minister des Affaires étrangères par Mr. Alex. de Clercq, sous-directeur des Consulats au Ministère des Affaires étrangères et M. C. de Vallat, consul de première classe. Paris. Amyot. 1858.

Wie beschränkt auch für den größten Theil der Consulate diese politische Correspondenz sein mag, diese Agenten würden tadelnswerth sein, wenn sie dieselbe vernachlässigten oder ganz unterließen, etwa unter dem Vorwande, daß ihr Posten wenig bemerkbar oder durch die Nähe eines diplomatischen Agenten seine Bedeutung verloren hat. Denn es giebt in der Politik Ereignisse und Menschen, die nichts an Wichtigkeit durch die Kleinheit des Schauplatzes verlieren, auf dem sie auftreten. Oft giebt der Geist in den Provinzen viel besser als derjenige der Bevölkerung der Hauptstadt Aufschluß über den Geist der Nation. Auch giebt es einzelstehende Acte, die, scheinbar ohne Bedeutung, durch ihre Beziehung zu dem Beobachter vielleicht unbekannten Verhältnissen eine große Bedeutung gewinnen. Diese Agenten würden endlich ihre Pflicht verkennen, wenn sie zögern wollten, das Gouvernement von Verhältnissen und Thatsachen in Kenntniß zu setzen, die seinem Standpunkte, seinen Absichten oder Hoffnungen ungünstig sein mögen oder vertraulicher Natur sind. Diese Beamten schulden dem Gouvernement die Wahrheit in Allem und die ganze Wahrheit, und Nichts würde den Mangel an Vertrauen in die Discretion der mit Bewahrung ihrer Depeschen betrauten Bureaus rechtfertigen."

In den letzten Bemerkungen ist überhaupt ein Hinweis auf ein Moment enthalten, dem die französische Regierung und namentlich der Kaiser Napoleon selbst in den letzten Zeiten einen nicht geringen Theil ihrer Erfolge verdankt haben: eine genauere Kenntniß der wirklichen Verhältnisse und der Menschen, als sie den meisten anderen Regierungen zu Gebote stehen. Man kann auch nicht sagen, daß, was die fremden Länder betrifft, die Berichte der Diplomaten diesen Zweck schon vollkommen erreichen könnten. Denn die Diplomaten können der Natur der Verhältnisse nach meistens nur Quellen benutzen, die sehr spärlich fließen oder sehr getrübt sind. Wie oft geben weder die Salons noch die Auslassungen der Presse ein treues und vollständiges Bild der Ideen, der Wünsche, der Bewegungen, die in einem Volke vorhanden sind. Zu welchen verkehrten Anschauungen und wenn man solche auf sie begründet, zu was für verkehrten Schritten und Handlungen wird man kommen, wenn man sie allein berücksichtigen will. Die Consuln dagegen sind in die Mitte des Volkslebens selbst gestellt, das sie bei vielfachen persönlichen Berührungen viel unbefangener beobachten können. Sie sind zur Feststellung thatsächlicher Verhältnisse und vorhandener Stimmungen viel besser zu gebrauchen als blos diplomatische Agenten, denen einmal über den Sitz der Regierung hinaus selten oder nie die Gelegenheit persönlicher Beobachtung geboten wird, und die sich daher oft damit zu begnügen haben, was man sie wissen zu lassen für gut findet. Auch kommt hierbei noch in Betracht, daß man von den Consuln fordern kann, daß sie sich die Sprache des Landes aneignen, in dem sie wirken sollen. Ohne Kenntniß der Landessprache wird aber diejenige eines Volkes immer nur sehr unvollständig bleiben. Es ist freilich oft für die fremde Regierung sehr bequem und vortheilhaft, wenn das Ausland ihren Versicherungen über den oder jenen Zustand ausschließlichen Glauben schenkt, und z. B. die dänische Regierung und noch mehr die Eiderdänische Partei sind außerordentlich böse gewesen, daß auch England sich über die Zustände im Herzogthum Schleswig durch Consular-Beamte hat Berichte erstatten lassen und diesen Berichten mehr Glauben schenkt als anderweiten Versicherungen, nach denen in den letzten zwölf Jahren jenes Herzogthum ein wahres Eldorado für Recht und Gesetz, Freiheit und Ordnung, naturgemäße und gesunde Entwickelung gewesen sein soll. Aber weder die dänische noch überhaupt irgend eine Regierung wird es anderen jemals verwehren können, daß sie alle loyalen Mittel in Bewegung setzen, um sich über wirklich vorhandene Zustände, Verhältnisse, Richtungen und Stimmungen besser zu unterrichten, als es auf dem früher allein gangbaren diplomatischen Wege geschehen kann.

Wo sich Consuln mit Gesandten an einem und demselben Orte befinden, werden sie allerdings jene directe Correspondenz mit dem Minister sehr beschränken und doch ihre desfallsigen Wahrnehmungen durch Mittheilung an den Gesandten in hohem Grade fruchtbar machen können. Davon werden begabte, kluge, ihres persönlichen Werthes und ihrer persönlichen Bedeutung sich wohl bewußte Diplomaten auch jeder Zeit einen vortrefflichen Gebrauch zu machen verstehen, während Diplomaten anderer Natur von einer unheilbaren Aengstlichkeit befallen sind, daß sich die Consuln auch um Politik bekümmern und die diplomatischen Verdienste Etwas in Schatten stellen könnten. Gerade mit Rücksicht hierauf werden aber die Regierungen ihre consularischen Beamten zu directen Correspondenzen geradezu zu verpflichten haben, sobald sie auf eine Verwerthung ihrer Mittheilungen durch die Gesandten aus irgend welchen Gründen nicht zu hoffen vermögen. Zur politischen Correspondenz im weiteren Sinne gehören endlich die Berichte über Einrichtungen aller Art — namentlich auf dem Gebiete der Kunst und Wissenschaft, der Rechtspflege, der Bevölkerung, der Steuerkraft oder der Vertheilung der Steuern, der Wohlthätigkeits-Anstalten u. s. w. — die dem Lande eigenthümlich sind und für das Gouvernement oder die betreffenden Lebenskreise in der Heimath von Interesse und Nutzen erscheinen können. Auch die Mittheilung der mit neuen Gesetzen oder Einrichtungen gemachten Erfahrungen und erzielten Ergebnisse, wird in mannigfacher Weise verwerthet werden können. Endlich wird es auch die Aufgabe dieser consularischen Berichterstattung sein, auf die Wirkungen der über die Rechtsverhältnisse der Mannschaften der Seeschiffe bestehenden und aller in dieses Gebiet einschlagenden Gesetze aufmerksam und auf Grund der angestellten Beobachtungen und gesammelten Erfahrungen Vorschläge zu zweckmäßigen Veränderungen zu machen. Hätte Preußen nicht bisher nur als Ausnahmen wirkliche Consuln gehabt, so würde unsere Gesetzgebung sicher nicht auf diesem Gebiete hinter derjenigen anderer civilisirter und freier Staaten so weit zurückgeblieben sein, als Solches jetzt wirklich der Fall ist.

3.

Schon oben ist angedeutet, daß in vielen Fällen das auswärtige Ministerium nur der Vermittler der Correspondenz für andere Behörden oder Corporationen sein wird. Weil aber das Interesse dieses Ministeriums hierbei immer mehr oder weniger in Berührung kommt und aus diesem Umwege nur ein geringer Zeitverlust und daher für die Sache selbst kein Nachtheil erwachsen kann, wird auch an dieser Vermittelung für eine große Zahl in Betracht kommender Angelegenheiten festzuhalten sein. Aber es giebt andere Angelegenheiten, bei denen entweder das Ministerium der auswärtigen Angelegenheiten als Solches gar kein Interesse hat oder die durch einen Verzug in der Behandlung Schaden erleiden müssen und hieraus erwächst für die Consuln eine Verpflichtung zur Correspondenz mit verschiedenen anderen Behörden. Hier kommt zunächst die Kriegs-Marine in Betracht, und einige Reglements haben sogar die Consuln in ein bestimmtes Ressortverhältniß zu den Marinebehörden gebracht. Aber auch ohne ein solches directes Verhältniß wird die consularische Correspondenz für die Kriegs-Marine nutzbringend gemacht werden können. Wir reden hier nicht von den Berichten über Ankunft oder Abreise von Kriegs-Schiffen oder über die in Folge der Anwesenheit derselben entstandenen Geschäfte.*) Auch nicht von der Mittheilung von Beobachtungen

---

*) Bei anderen Kriegs-Marinen ist es herkömmlich oder sogar reglementsmäßig, daß sich die von den Commandanten der Schiffe mit Ergänzung des Proviants oder des Kohlenvorrathes beauftragten Officiere und Beamte zunächst immer an die Consuln wenden, die ja ohnehin wegen dergleichen Bedürfnisse der Handels-Marine, auch wenn sie direct mit Befriedigung derselben Nichts zu thun haben, auch in dieser Beziehung „localisirt" sein und zuverlässige Personen an der Hand haben müssen, an die sie betreffenden Falles verweisen können. Bei uns scheinen die Betreffenden geneigt, auf eigene Hand dergleichen Versorgungen zu unternehmen, was als zweckmäßig nicht er-

ober Bemerkungen, zu denen solche Anwesenheit Veranlassung gegeben hat, und die für die obere Leitung der Marine=Angelegenheiten oft von Interesse sein können, sondern wir haben hier eine, so zu sagen, laufende Correspondenz im Auge. Sie wird sich besonders beziehen: Auf alle Veränderungen, die sich in der Zahl oder der Beschaffenheit der Kriegs=Schiffe zutragen, auf die Ausrüstung oder Desarmirung von Kriegs=Schiffen, auf die Neubauten, Einrichtung von Werften, Häfen u. s. w.; auf Veränderungen in der Gesetzgebung über die Verwaltung der Marine, den Ersatz für dieselbe, die Ausbildung der Officiere x.; auf weitere Unternehmungen, die Bestimmungen einzelner Kreuzer oder Geschwader. Insonderheit werden die Consuln sich auch zuverlässige Kenntniß von neuen Erfindungen und den Ergebnissen ihrer Anwendung zu verschaffen und das Ministerium von Allem in Kenntniß zu setzen suchen, was für dasselbe möglicherweise von einigem Interesse sein kann. Freilich bringen über viele Dinge dieser Art auch die öffentlichen Blätter des betreffenden Landes vielerlei Mittheilungen. Aber abgesehen davon, daß dieselben oft sehr wenig zuverlässig sind, liegt es in der Natur der Dinge, daß gerade von dem Interessantesten diese Blätter keine oder doch nur sehr unsichere Mittheilung erhalten. Außerdem würde eine den Nutzen solcher consularischen Berichte ersetzende Benutzung der fremden Presse eine so aufmerksame Verfolgung aller ihrer Erzeugnisse voraussetzen, wie sie einer Verwaltung nicht zuzumuthen ist. Welchen Nutzen aber treue und schleunige Berichte der Consuln derselben zu bringen vermögen, liegt auf der Hand, selbst wenn sie zuweilen nur dazu führen sollten, daß die Marine durch Absendung von Officieren oder Behörden sich eine nähere Kenntniß der betreffenden Sache zu verschaffen sucht.*)

---

achtet werden kann. Denn der Fremde kauft in den meisten Ländern nicht allein theurer, sondern in der Regel auch schlechter, und dergleichen directe Geschäfte und Abmachungen pflegen zuweilen zu Mißhelligkeiten zu führen, welche mit den Eingeborenen zu vermeiden immer im Interesse fremder Officiere und Marinebeamten liegt. Man muß schließlich dann doch auf die Hülfe der Consuln recurriren, die man aus irgend welchem Grunde umgehen zu können glaubte. Ohne auf diese Angelegenheit hier näher eingehen zu wollen, wünschten wir doch die Aufmerksamkeit der Betheiligten hierauf hinzulenken. Natürlich ist es auch in dieser Beziehung wünschenswerth, überall, wo ein öfterer oder längerer Aufenthalt von Kriegs=Schiffen Sr. Majestät wahrscheinlich ist, Consuln zu haben, von denen man die volle Ueberzeugung hegen darf, daß lediglich das Staats=Interesse das allein maaßgebende für sie ist.

*) Da wir hier, wenigstens in diesem Buche, für immer von der Kriegs=Marine Abschied nehmen, möchten wir ihre möglichst schnelle weitere Entwickelung noch einmal allen Freunden des Vaterlandes recht ernstlich und bringend an das Herz gelegt haben.

Der **Ackerbau in seinen Resultaten** — die gewonnene Ernte, die Ergebnisse der Viehzucht u. s. w. — gehört schon in das Gebiet der **commerciellen Correspondenz**. Aber Berichte über die Verbesserungen, die er erfahren hat, über die Ursachen seines Aufschwunges oder Rückganges, über die Einwirkungen agrarischer Gesetzgebung, über Pacht- und Dienstverhältnisse, über die Lage der Arbeiter u. s. w. werden Gegenstand der Correspondenz mit dem landwirthschaftlichen Ministerium oder einem künftigen Centralorgane des Landbaues sein, gleichviel ob diese Correspondenz direct oder durch das auswärtige Ministerium dahin geht. An der Seite des Ackerbaues und bei uns von demselben Ministerium ressortirend steht — die **Fischerei**. Sie ist ein bei uns noch lange nicht genug gewürdigtes und ausgebeutetes Gebiet, das nicht allein für die Bewohner unserer Küste eine bedeutend erweiterte Quelle des Erwerbes und Wohlstandes werden könnte. Wie wünschenswerth und nützlich es wäre, wenn wir uns an der Fischerei an den Küsten von Island — an denen die Franzosen allein im vergangenen Jahre für ca. 400,000 Thlr. Prß. Cour. Fische gefangen haben — oder an dem Wallfischfang betheiligten, das Gute, das wir versäumen, liegt noch viel näher. Die Verbesserung von Geräthschaften, die sehr wohl mögliche Pflege des Fisches, die, wenn die Mittel Einzelner nicht ausreichen, durch Genossenschaften zu bewirkende

---

Ohne Zweifel ist an der bisherigen Behandlung unserer Marine-Angelegenheiten vielerlei mit Recht auszusetzen gewesen, und man hätte durch rechtzeitige Benutzung nicht allein wohlgemeinten, sondern auch guten Rathes manchen Fehlgriff vermeiden können. Aber ohne Lehrgeld werden dergleichen große Schöpfungen nirgends in das Leben gerufen und selbst alte Marinen bezahlen solches Lehrgeld noch heute in mancher Beziehung. Indessen wird durch dergleichen Betrachtungen und Klagen das Werk wenig gefördert und auch von ihm gilt das Sprichwort: Viele Köche verderben den Brei. Nur noch eine Bemerkung: Für einen glücklichen Griff wird auf vielen und competenten Seiten die Vereinigung des Marine-Ministers mit dem Kriegs-Minister nicht gehalten. Sie würde vielleicht ohne Bedenken sein, wenn wir bereits eine alte Marine hätten. Aber eine junge, werdende Schöpfung verlangt eine ganze, ungetheilte Kraft und eine solche ausschließliche Hingebung, wie sie von einem, so vielfach in Anspruch genommenen preußischen Kriegs-Minister kaum zu erwarten sind. Schon von diesem Gesichtspunkt aus würde sich die Zweckmäßigkeit der jetzigen Einrichtung bezweifeln lassen, aber es kommen noch andere, hier nicht näher zu erörternde in Betracht, die zu demselben Resultate führen. Daher würde in einem selbstständigen Marine-Ministerium, gleichviel ob ein Officier oder nach dem Beispiele anderer Staaten eine geeignete Civilperson an die Spitze gestellt wird, ein wesentlicher Anfang zum Bessern gesehen werden. Aber eine Hauptsache bleibt auch, daß die Nation die Marine-Frage nicht als eine Parteifrage, sondern als eine Frage deutscher Ehre und Macht betrachte und behandle und sich darin selbst durch die unbehaglichsten Zeitverhältnisse nicht stören lasse.

Errichtung großer Anstalten zu Einsalzungen u. s. w. würden in kurzer Zeit sehr erhebliche Resultate liefern. Zur fruchtbringenden Benutzung der Einrichtungen und Erfahrungen in anderen Ländern wird jene consularische Correspondenz oft einen werthvollen Beitrag liefern können, vorausgesetzt, daß sie nicht in den Acten eine friedliche Ruhestätte findet. —

Endlich sind die Correspondenzen mit Provinzial= und Localbehörden zu erwähnen. Es heißt wirklich die Schreiberei nur unnütz vermehren und das auswärtige Ministerium zu einem Umschweifs=Departement machen, wenn Vorfälle, die nur für eine locale Hafen= oder Polizei= oder Gerichtsbehörde von Interesse sein können, erst an jenes Ministerium berichtet und durch dasselbe zur Kenntniß jener Behörden gebracht werden sollen. Dasselbe gilt von Anträgen von Privatpersonen auf Verlängerung von Pässen, Militär=Urlauben u. s. w., die auf Grund oder in Bescheinigung thatsächlicher Verhältnisse zu unterstützen die Consuln sich veranlaßt sehen, oder von Verhandlungen, Todtenscheinen, Inventarien=Verzeichnissen über Nachlasse u. s. w., welche die Consuln einzusenden haben. Andrerseits können wieder einheimische Gerichts= und Polizeibehörden in der Lage sein, von den Consuln die Ertheilung einer Auskunft, die Feststellung oder die Mitwirkung bei der Feststellung thatsächlicher Verhältnisse zu verlangen, wobei die Vermittelung durch das auswärtige Ministerium keinen anderen Nutzen bringen kann als denjenigen größeren Papierverbrauchs und unnöthiger Zeitverschwendung. Wünscht das letztere Ministerium dabei eine Uebersicht der Geschäftsthätigkeit der Consuln zu erhalten, so wird sich Solches in weit kürzerer und einfacherer Weise erreichen lassen.

4.

Nach dieser Darlegung der consularischen Aufgaben im Allgemeinen muß noch von den besonderen Aufgaben der General=Consuln gehandelt werden. Die bisher besprochenen Aufgaben werden zwar zu einem nicht geringen Theil stets General=Consuln in einem viel größeren Umfange als anderen Consuln zufallen, die nur auf einen einzigen Platz ihr Augenmerk zu richten brauchen. Namentlich werden General=Consuln d. h. für ganze Länder oder mehrere Länder oder auch für größere abgegrenzte Districte eines umfassenden Staatsgebietes fungirende Consular=Beamte, in Bezug auf die Berichterstattung viel größere Aufgaben zu erfüllen haben. Aber das ergiebt sich zu leicht aus der Natur der Verhältnisse selbst, als daß wir hierbei umständlicher verweilen sollten. Wir haben unter den besonderen Aufgaben der General=Consuln vielmehr diejenigen gemeint, welche die General=Consuln vor andern Consuln, Vice=

Consuln u. s. w. voraus haben, gleichviel ob die General-Consuln noch außerdem mit der Verwaltung eines einzelnen Consulates betraut sind oder nicht.

Das Reglement von 1796 kennt die General-Consuln nur dem Titel nach. Das Handbuch von 1847 beschäftigt sich auch schon mit den Uniformen! Das im Jahre 1854 erschienene Handbuch von König bezeichnet den General-Consul ganz richtig als Chef aller in seinem Bezirke befindlichen Consulatsposten — wodurch freilich die meisten preußischen General-Consuln als General-Consuln in partibus erscheinen, denn sie haben durchaus keine Consulatsposten unter sich. Im Uebrigen begnügt sich König mit der Bemerkung, daß die General-Consuln zwar die Oberaufsicht über die Dienstverwaltung der ihnen untergebenen Consular-Aemter im Allgemeinen ausüben, daß aber die specielle Leitung der Geschäfte bei diesen Behörden zunächst nicht ihre Aufgabe ist. Es geht aber Nichts über so allgemeine Begriffe wie „Oberaufsicht" und im „Allgemeinen", weil sich unter ihnen jeder Leser ganz nach Bequemlichkeit und Vermögen entweder Alles oder auch gar Nichts denken kann. Die neueste Dienst-Instruction vom 1. Mai 1862 endlich, als deren Absicht im Eingange doch angekündigt war, daß sie die königlichen Consular-Beamten mit einer umfassenden Dienst-Instruction versehen sollte, erledigt die besonderen Aufgaben der General-Consuln in zwei Zeilen eines zu §. XVI des Reglements (Vice-Consuln) gehörigen Zusatzes. Er lautet also:

„Wenn ein Königlicher Vice-Consul von der ihm zustehenden Befugniß, an die vorgesetzte Gesandtschaft oder das Königliche Ministerium der auswärtigen Angelegenheiten unmittelbar zu berichten, Gebrauch macht, so ist er verpflichtet, dem Consul, von welchem er zunächst ressortirt, solchen Bericht entweder sub volanti vorzulegen oder aber durch gleichzeitige Zusendung einer Abschrift oder eines angemessenen Auszuges besonders mitzutheilen."

„Ein ähnliches Verfahren ist von den Königlichen Consuln, wenn sie zunächst einem General-Consul untergeordnet sind, zu beobachten."

Hiermit ist dieser Gegenstand erschöpft und die von dem General-Consul ressortirenden Consuln erfahren eben so wenig, was sie für Pflichten gegen denselben oder was für Rechte sie an denselben haben, wie das betheiligte Publicum — „zu dessen Einsicht doch die gegenwärtige Dienst-Instruction jeder Zeit bereit zu halten ist" — in welchen Fällen es sich etwa der Entscheidung eines Consuls gegenüber an den, ihm vorgesetzten General-Consul wenden kann. Dergleichen aber in Special-Instructionen zu verweisen, die sich doch nur auf Eigenthümlichkeiten des einzelnen Postens — dieselbe sei bleibender oder vorübergehender Natur — beziehen können, erscheint sehr unzweckmäßig. Geben aber die officiellen Handbücher und Instructionen so wenig Aufschluß über die Bestimmung und die Thätigkeit der General-Consuln, so konnte es wirklich nicht Wunder nehmen, daß das Abgeordnetenhaus 1859 auf den Gedanken kam, die General-Consuln in Ländern, wo diplomatische Vertreter vorhanden seien, für ganz überflüssig zu erklären. Auch schien diese Ansicht um so größere Geltung beanspruchen zu dürfen, als sie durch den Hinweis auf die Praxis anderer Staaten eine scheinbare Unterstützung empfing. Wir hoffen aber schon bei dem Leser, der uns bis hierher seine Aufmerksamkeit geschenkt, die Ueberzeugung begründet zu haben, daß die Gesandten zur Befriedigung des consularischen Bedürfnisses sehr wenig geeignete Organe sind, und noch aus diesem Abschnitte wird sich ergeben, daß mit Gesandtschaften General-Consulate zu vereinigen, wo dieselben überhaupt wirklich erforderlich sind, gerade so viel heißt, wie ein Bedürfniß anzuerkennen, um es nicht zu befriedigen. Was nun jenen Hinweis auf die Praxis anderer Staaten betrifft, so sei schon hier dargethan, daß ihn diejenigen schwerlich wiederholen können, die sich eine etwas genauere Kenntniß des Sachverhaltes verschaffen wollen.

Je ausgebildeter und wohlgeordneter das Consulatswesen eines Staates war, je mehr mußte gleichzeitig die Nothwendigkeit einer Centralisation auf der einen und einer Decentralisation nach der anderen Seite hin empfunden werden. Daher sah die französische Regierung zuerst ein, daß von Paris aus, unmöglich z. B. die Consulats-Verwaltung in Schweden und Norwegen geleitet werden konnte, aber man begriff wiederum, daß diese Consulats-Verwaltung doch auch einer einheitlichen Leitung bedurfte, die über die untergeordneten Agenten eine zweckmäßige Controle führte und auf die Verwaltung einen geeigneten Einfluß ausübte. Alle in einem fremden Lande befindlichen Consulate oder Agenturen bildeten ein Consular-Etablissement, an dessen Spitze, sei es ein General-Consul oder bei Ländern von geringerer Ausdehnung und Wichtigkeit ein Consul stand. Diese General-Consuln der betreffenden Staaten, denen oftmals nur diese allgemeine Controle und nicht zugleich die specielle Verwaltung eines Consulates oblag, wurden ihrer Stellung gemäß hoch bezahlt.*) In Folge

---

*) Ganz beiläufig bemerkt, bezahlen die anderen Staaten ihre bloßen Consuln an wichtigen Plätzen bei weitem besser als Preußen seine General-Consuln, die gewöhnlich nur die Hälfte oder zwei Drittel der Einnahme anderer General-Consuln haben. Hiervon macht natürlich der „unbesoldete" General-Consul in London eine ruhmvolle Ausnahme!

einer, wie sich der Ministerial=Director de Clercq selbst ausdrückt, „rigorösen Sparsamkeit" beschloß aber das tonangebende Frankreich im Jahre 1830 die Attributionen und Functionen der General=Consuln als Chefs der Consular=Etablissements mit den diplomatischen Missionen zu vereinigen. Aber wohlverstanden, weder Frankreich, noch England, noch Rußland, noch die Vereinigten Staaten von Amerika, noch irgend ein anderes in Betracht kommendes Land haben jemals den Grundsatz aufgestellt, daß sie in Ländern oder auch nur an Orten, wo sich Gesandte u. s. w. aufhielten, auf besoldete Consuln verzichten wollten.*) Indessen wurden erstens schon von jener Regel selbst theils sofort, theils im Laufe der Zeit wieder Ausnahmen gemacht, indem man in den Ländern, wo wirklich die Consulats=Verwaltung wegen des Umfanges des betreffenden Verkehrs eine bedeutende war, General=Consuln an der Seite der Gesandtschaften bestehen ließ oder wieder ernannte. Zweitens wurden den Gesandtschaften, die mit den Wahrnehmungen consularischer Geschäfte betraut wurden, besonders hierzu ausgebildete Beamte — Chanceliers — beigegeben oder sogar ihnen besoldete Consuln zur Seite gestellt, und endlich wurden drittens in Ländern, in denen man ein größeres Schifffahrtsinteresse hatte, Consuln erster Classe wiederum neben der Verwaltung eines localen Consulates mit Wahrnehmung der Functionen eines General=Consuls, sei es für ein ganzes Land oder aber für einen größeren District eines Landes, betraut. In die letztere Kategorie fällt gerade in Ansehung der Staaten, die jene französischen Principien adoptirten, das Verhältniß zu Dänemark. Während nämlich Rußland und Schweden, als besonders an der Schifffahrt nach und von hier betheiligte Länder, neben den resp. Gesandten besoldete General=Consuln in Kopenhagen haben,**) hat Frankreich bei der Gesandtschaft in Kopenhagen noch einen lediglich mit

---

*) Und das sollte ja doch bei der Verhandlung in unserem Abgeordnetenhause 1859 die eigentliche Bedeutung des Hinweises sein. Es kam nicht darauf an, z. B. dem General=Consul in Kopenhagen (für Dänemark und die Herzogthümer) seine Functionen als General=Consul zu entziehen, sondern vielmehr die betreffende Position des Etats künftig zu ersparen. Aber diese Absicht konnte durch jenen Hinweis in keiner Weise unterstützt werden, da man, ohne sich schwer gegen unsere dortigen Interessen zu versündigen, an die Stelle eines besoldeten General=Consuls einen besoldeten Consul hätte setzen müssen, dem eine erheblich geringere Einnahme nicht zugewiesen werden konnte.

**) Dazu Rußland noch einen besoldeten Vice=Consul in Kopenhagen und einen besoldeten Consul in Helsingör, und Schweden noch einen besoldeten Vice=Consul in Kopenhagen.

Wahrnehmung der consularischen Geschäfte betrauten Chancelier, in Helsingör aber einen Consul erster Classe für Dänemark mit einem Chancelier und noch einen besoldeten Vice=Consul in Kiel, und England neben einem besoldeten Consul in Helsingör für Dänemark und einem besoldeten Vice=Consul daselbst noch einen besoldeten Vice=Consul in Kopenhagen. Aehnliches findet hier in Bezug auf die Vereinigten Staaten, Italien, Brasilien, Spanien und Portugal statt, die Alle neben den diplomatischen Vertretern noch besondere besoldete General=Consuln resp. Consuln in und für Dänemark haben. Weiteres wird aus dem folgenden Capitel zu ersehen sein. Mithin war jener Hinweis auf den von anderen Staaten angeblich angenommenen Grundsatz wenigstens in den thatsächlichen Verhältnissen nicht begründet. Ob aber die demselben zu Grunde liegende Ansicht richtig ist, daß nämlich, wo das Consularwesen überhaupt eine Wichtigkeit für ein Land hat, die Gesandten die Functionen eines General=Consuls überhaupt übernehmen können? Diese Frage wird hier zunächst in einer kurzen Darstellung der besonderen Aufgaben der General=Consuln eine Antwort finden.

Die „wahren" General=Consuln oder die mit Functionen derselben beauftragten Consuln haben ihrer Regierung gegenüber die **Verantwortlichkeit für die gesammte Consular=Verwaltung des Bezirkes**, für den sie angestellt sind — derselbe sei nun ein ganzes Land oder ein größerer District. Sie erhalten daher einerseits von der fremden Regierung ein Exequatur für diesen ganzen Bezirk, d. h. sie werden gewissermaaßen bei allen Provinzial= und Localbehörden dieses Bezirkes beglaubigt. Andrerseits geht von ihnen die Anstellung der unter ihnen fungirenden **unbesoldeten Beamten** — für deren Geschäftsführung sie verantwortlich sein sollen — aus, sei es, daß sie dieselben bis zu einem gewissen Range selbst anstellen, sei es, daß Solches mit Genehmigung oder auf ihren Vorschlag von dem Ministerium u. s. w. geschieht.

Die General=Consuln haben daher:

1) Vorschläge über Verbesserungen der Organisation der Consular=Verwaltung ihres Bezirkes zu machen oder dieselben vorzunehmen, wo solche erforderlich oder zweckmäßig erscheinen.
2) Sie haben die Geschäftsführung der von ihnen ressortirenden Beamten in geeigneter Weise zu controliren und über die Ergebnisse dieser Inspectionen Bericht zu erstatten.
3) Sie haben den betreffenden Beamten die nöthigen Mittheilungen über wahrzunehmende Interessen zu machen, resp. die etwaigen directen Berichte derselben an das Ministerium nicht allein zu

vermitteln, sondern dieselben auch mit ihren Gutachten und Bemerkungen zu begleiten.

4) Sie haben von den betreffenden Beamten Berichte über alle wichtigeren Vorgänge und Auskunft über die Angelegenheiten zu verlangen, in denen ihnen solche wünschenswerth erscheinen.

5) Sie haben in allen denjenigen zweifelhaften Fällen, in denen die betreffenden Beamten sich an sie zu wenden angewiesen sind oder sich an sie wenden, dieselben mit Instruction zu versehen oder aber auf die gemachten Berichte die erbetenen Entscheidungen zu treffen und zu begründen. Sind letztere von principieller Wichtigkeit, so werden sie — im Falle des Zweifels seitens der General-Consuln selbst vorher der Prüfung des Ministeriums unterbreitet — den anderen Beamten des Ressorts zur Nachachtung in ähnlichen Fällen mitzutheilen sein.

6) Sie haben die Schritte der betreffenden Beamten bei den fremden Behörden, mit denen die ersteren selbst verkehren, zu unterstützen, resp. auf Antrag der Beamten die geeigneten Schritte bei den Behörden zu thun, mit denen die ersteren nicht verkehren können.

7) Sie haben die Beschwerden der Nationalen gegen etwaige Entscheidungen der Consuln oder wegen angeblicher Verweigerung des Schutzes u. s. w. zu untersuchen und hierauf das Nöthige zu veranlassen.

8) Sie haben an Orten, wo Consular-Beamte nicht angestellt sind, geeignete persönliche Verbindungen einzuleiten, um gleichwohl von etwaigen wichtigeren Vorkommnissen auf dem einschlagenden Gebiete sofort in Kenntniß und in den Stand gesetzt zu werden, sei es durch Correspondenz, sei es persönlich eingreifen zu können.

Ohne hier auf das Detail dieser Geschäfte näher eingehen zu wollen, muß doch hervorgehoben werden, daß eine wirklich nützliche Thätigkeit den General-Consuln die Pflicht auferlegen wird, sich nicht zu begnügen, dieselben von dem Orte ihrer Residenz aus zu üben. Ein ordentlicher General-Consul muß alle die von ihm ressortirenden Beamten persönlich kennen. Eine Controlle und Inspection, die nicht auch von Zeit zu Zeit am Orte selbst vorgenommen wird und bei der die Bücher, die aufgenommenen Verhandlungen, die getroffenen Entscheidungen u. s. w. einer eingehenden Prüfung und Besprechung unterworfen werden, bleibt eine Controlle auf dem Papier. Einige gehörig benutzte Tage persönlichen Verkehrs werden gewiß auf die künftige Behandlung der Geschäfte, auf die richtige Auffassung einzelner zweifelhafter Bestimmungen u. s. w. einen viel wirksameren und günstigeren Einfluß üben, als viele und lange Verfügungen, und selbst der spätere schriftliche Verkehr wird für beide Seiten eine ganz andere Bedeutung und Grundlage gewinnen. Gleiches gilt von dem Verkehre mit fremden Behörden, der ebenfalls leichter und sicherer wird, wenn er durch persönlichen Verkehr eingeleitet ist. Auch wird die Correspondenz der General=Consuln mit dem Ministerium — die commercielle und politische — einen ganz anderen Werth haben, wenn sie überall eine persönliche Anschauung der Verhältnisse u. s. w. gewonnen haben, als wenn sie sich auf Berichte ihnen selbst unbekannter Personen verlassen müssen. Endlich werden diejenigen, die in der Beseitigung dieser Zwischen=Instanzen einer ganz falschen und gerade in dieser Rücksicht bei der mannigfachen Verschiedenheit der Länder und localen Verhältnisse höchst unzweckmäßigen Centralisation im Ministerium das Wort reden, auch das zu erwägen haben, daß eine Regierung mit Consular=Beamten, die fremde Unterthanen sind, keineswegs mit der Offenheit und Rückhaltlosigkeit correspondiren kann, die zuweilen doch erforderlich sind. Einen General-Consul kann eine Regierung nöthigenfalls desavouiren, aber sich selbst nicht.

Der französische Ministerial=Director de Clercq bezeichnet in seinem officiellen Buche schon in Beziehung auf den einzigen Punkt der Controlle die Unterdrückung einiger General=Consulate als betrübend (fâcheuse), da die Chefs der diplomatischen Missionen, mit denen dieselben vereinigt seien, anderweit „zu wichtige Geschäfte hätten", um dieser Verwaltung selbst die nöthige Zeit und Aufmerksamkeit widmen zu können. Er schlägt daher noch ein Institut der „Consular=Inspectoren" vor, wobei indessen für die einzelnen Consuln die Verpflichtung bestehen soll, wenigstens alle drei Jahre alle ihnen untergebenen einzelnen Agenturen des Bezirkes persönlich zu inspiciren. Damit wäre also noch ein Rad mehr in die Maschinerie gebracht, aber leider keines überflüssig geworden. Uebrigens ist die Frage der Controlle, wie wir oben gesehen, gar nicht die allein in Betracht kommende, und es liegt ferner schon nach dem Gesagten auf der Hand, daß es auch noch andere Umstände als der bloße Mangel an Zeit sind, welche es unräthlich oder geradezu zweckwidrig erscheinen lassen, in den Ländern, die überhaupt für die einschlagenden Interessen in Betracht kommen, die Gesandten mit Wahrnehmung der besonderen Functionen der General=Consuln zu betrauen. Ein näheres Eingehen auf diese anderen Umstände behalten wir indessen einer späteren Erörterung vor.

Sechstes Capitel.

Zur Vergleichung.

1. Vorbemerkungen. 2. Frankreich. 3. England. 4. Nordamerikanische Vereinigte Staaten. 5. Spanien. 6. Oesterreich. 7. Italien. 8. Rußland. 9. Brasilien. 10. Schweden. 11. Belgien und die Niederlande. 12. Preußen. 13. Wirkung und Ursachen!

1.

Mit den consularischen Aufgaben haben wir in den beiden vorhergehenden Capiteln zugleich die wichtigen Interessen kennen gelernt, denen die Consular-Beamten dienen sollen. Bevor wir nun zu einer Erörterung über die mit Rücksicht auf diesen Zweck nothwendige Qualification dieser Beamten und über die Reorganisation unseres Consularwesens übergehen, glauben wir den geneigten Leser mit der Praxis anderer Staaten in Beziehung auf eine hierbei hauptsächlich in Betracht kommende Frage näher bekannt machen zu müssen. Man unterscheidet ohne Rücksicht auf ihren consularischen Rang consules missi (consuls envoyés), nämlich Consuln, die Unterthanen des von ihnen vertretenen Staates sind, und consules electi, nämlich Consuln, die Unterthanen des Staates sind, in dem sie fungiren sollen. Die Ersteren bezeichnet man gewöhnlich auch als besoldete, die Anderen als kaufmännische Consuln, da die Letzteren in der Regel Kaufleute sind und kaufmännische Geschäfte treiben. Einige Staaten haben in der neueren Zeit den Grundsatz angenommen, daß sie zu General-Consuln und Consuln nur und ausschließlich besoldete Beamte (consules missi) verwenden, während die unter denselben fungirenden Vice-Consuln, Consular-Agenten u. s. w. zu größerem oder geringerem Theile aus den Unterthanen des fremden Staates genommen werden können. Zu diesen Staaten gehören: England, Frankreich, die Vereinigten Staaten und Spanien. Andere, zu denen Rußland und Italien gehören, lassen diesen Grundsatz nur für diejenigen Länder gelten, in denen sie bedeutendere consularische Interessen wahrzunehmen haben und begnügen sich in anderen für sie weniger in Betracht kommenden Ländern mit kaufmännischen Consuln aller Grade. Endlich giebt es Staaten, in deren desfallsiger Praxis bisher gar kein Princip zu erkennen gewesen ist. An der Spitze dieser Staaten befindet sich Preußen, wenn man nicht etwa „die freie Entschließung" oder die Principlosigkeit auch als ein Princip mit in den Kauf nehmen will.

Wir geben im Nachstehenden eine Uebersicht der besoldeten Consular-Beamten der vorzüglichsten Staaten, ohne die kaufmännischen Consular-Beamten in Betracht zu ziehen, die als Agenten von jenen ressortiren oder selbstständig Consulate verwalten. Allgemeine Zahlenangaben schienen hierbei aus zwei Gründen nicht hinreichend. Einmal wird gerade eine detaillirte Darlegung allen Lesern ein viel anschaulicheres Bild der betreffenden Consular-Systeme und Verwaltungen geben. Sodann werden aber diejenigen Leser, die gewillt und befähigt sind, auf diese Frage näher einzugehen, einen Anhaltepunkt zu interessanten Vergleichungen über das Verhältniß gewinnen, in dem die Consulats-Verwaltungen überall zu dem Fortschritte, der politischen wie commerciellen Stellung stehen, welche die betreffenden Staaten einnehmen, zu dem Verkehr, den sie in den betreffenden Ländern haben, zu den Absichten, die sie hier und da verfolgen u. s. w. Man wird ferner sehen, daß das Consularwesen in dieser seiner Hauptfrage nicht berührt wird von der Verfassungsform, welche sonst die Staaten haben, und die im Uebrigen auf die größere oder geringere Zahl von Staatsbeamten von erheblichem Einflusse ist. Endlich sei noch hinzugefügt, daß in keinem der angeführten fremden Staaten — in neuerer Zeit — ein Rückschritt in der Anstellung besoldeter Beamten eingetreten ist, sondern daß sich vielmehr überall ein Fortschritt in entgegengesetzter Richtung bemerkbar macht.

Die den Ortsnamen beigefügten Zahlen haben folgende Bedeutung: 1 = General-Consul, 1a. = General-Consuln, die zugleich als Geschäftsträger oder Minister-Residenten fungiren oder diese Titel haben. 2 = Consuln, die für ihre Residenz und die nächste Umgebung, 2a. = Consuln, die für ganze Länder oder größere Districte derselben als General-Consuln fungiren, 2b. = Consuln, die den als General-Consuln fungirenden Gesandten beigegeben sind. 3 = Vice-Consuln, 3a. = Consular-Eleven. 4 = Kanzler. 5 = Interpreten.

2.
Frankreich. *)

Großbritannien und englische Besitzungen.

Londres 1. 3ᵃ· 4.
Brighton 3.
Bristol 3.
Folkstone 3.
Gloucester 3.
Guernesey 3.
Jersey 2.
Plymouth 3.
Portsmouth 3.
Ramsgate 3.
Southampton 3.
Weymouth 3.

—

Dublin 2ᵃ· 4.
Cork 2.

—

Edinbourgh 2ᵃ· 4.
Aberdeen 3.
Dundee 3.
Lervic 3.

—

Glasgow 2ᵃ· 4.

—

Liverpool 2. 4.
Cardiff 3.
Llanelly 3.
Swansea 3.

—

Newcastle 2ᵃ· 4.
Blyth 2.
Sunderland 3.

—

Corfu 2ᵃ· 4.
Zante 3.

—

Gibraltar 2. 4.
Malta 2. 4.

—

Cap de Bonne Esperance 2. 4.

—

Maurice 2. 4.
Bathurst 3.
Sierra Leone 3.

—

Calcutta 2ᵃ· 4.
Singapore 2ᵃ· 4.

—

Sydney 2ᵃ· 4.
Quebeck 2ᵃ· 4.
Halifax 3.
Saint Jean 3.
Sydney (N. E.) 3.
Barbade 3.
Nassau (N. P.) 3.

Oesterreich.

Venedig 1.
Triest 2ᵃ·
Fiume 3.

Deutschland.

Mannheim 2. 4.
Hannover 2.
Leipzig 2. 4.
Hamburg 2.
Lübeck 3.

Rostock 3.
Frankfurt 4.

Preußen.

Berlin 2ᵇ·
Dantzick 2ᵃ· 4.
Königsberg 3.
Memel 3.
Stettin 2ᵃ· 4.

Belgien.

Anvers 1.
Ostende 2ᵃ·
Charleroi 3.
Mons 3.

Brasilien.

Rio Janeiro 2ᵇ·
Cantagallo 3.
Mon Quemado 3.
St. Catherine 3.
Bahia 2ᵃ·
Pernambuc 2ᵃ·
St. Louis 3.

Central-Amerika.

Guatemala 1ᵃ· 4.

Chili.

Santiago 1ᵃ· 4.
Valparaiso 2ᵃ· 4.

China.

Shanghai 2ᵇ·
Canton 1. 4. 5.

---

*) Kein französischer besoldeter Consular-Beamter darf kaufmännische Geschäfte irgend welcher Art betreiben, auch der Erwerb von Grundeigenthum in den Ländern, in denen sie fungiren, ist ihnen untersagt und soll nur ausnahmsweise — wenn er zur Beschaffung einer Wohnung nothwendig war — durch das Ministerium gestattet werden.

Argentinische Conföderation.
Parana 4.
Buenos-Ayres 2ª. 4.

Dänemark.
Copenhague 2ᵇ.
Elseneur 2ª. 4.
Kiel 3.
St. Thomas 3.

Spanien und spanische Besitzungen.
Madrid 2ᵇ.
Barcelona 1. 3ᵇ. 4.
Figueras 3.
Jaen 3.
Lerida 3.
Palamos 3.
Rose. 3.
Tarrogne 3.
Tortose 3.
Bilbao 2. 4.
Cadiz 1. 4.
Algesiras 3.
Huelba 3.
Xerez de la Frontera 3.
Teneriffa 3.
Carthagena 2ª. 4.
Las Aguillas 3.
Corogna 2ª. 4.
Camarinas 3.
Le Ferol 3.
Muros 3.
Pontevedra 3.
Vigo 3.
Villagarcia 3.
Malaga 2ª. 4.
Adra 3.
Almeria 3.
Estepona 3.
Grenade 3.

Marbella 3.
Motril 3.
Palma 2ª. 4.
Alendia 3.
Ciudadella 3.
Felanitz 3.
Mahon 3.
Soller 3.
Saint-Sebastien 2ª. 4.
Santander 2ª. 4.
Castro Urdidus 3.
Santona 3.
Tomillas 3.
Sevilla 2. 4.
Valentia 2ª. 4.
Alicante 3.
Torre-Vieja 3.

—

Havannah 1ª. 4.
Mantanzas 3.
Puerto Principe 3.
Trinidad 3.
Puerto Rico 2ª. 4.
Aquadilla 3.
Arecivo 3.
Guajana 3.
Mayaguez 3.
Naguabo 3.
Vieques 3.
Santiago de Cuba 2ª. 4.

—

Manilla 2. 4.

Italien.
Neaples 2ª. 3ᵇ. 4.
Palerme 2ª. 4.
Messine 2.
Syracus 2.
Rom 2ᵇ.
Ancona 2ª. 4.
Fermo 3.
Ravenna 3.

Civita-Vecchia 2ª. 4.
Turin 4.
Genua 1. 3ᵇ. 4.
Capraja 3.
Sainte-Marguerite 3.
Cagliari 2ª. 4.
Alghero 3.
Carlo forte 3.
Port Maurice 2. 4.
Milan 2. 4.
Livorno 1. 4.
Lucques 3.
Porto Ferrajo 3.

Ecuador.
Quito 1ª. 4.

Vereinigte Staaten von Nord-Amerika.
New-York 1. 3ᵇ. 4.
Boston 2. 4.
Chicago 3.
Charleston 2ª. 4.
Savannah 3.
Nouvelle-Orleans 2. 4.
Baton-Rouge 3.
Pensacola 3.
Philadelphia 2. 4.
Baltimore 3.
Cincinnati 3.
Louisville 3.
Richmond 2. 4.
San-Francisco 2. 4.
Monterey 3.

Griechenland.
Athènes 4.
Patras 3.
Syra 1. 4.
Milo 3.
Santorin 3.

Haiti.
Port-au-Prince 1. 4.
Cap Haïtrin 2.
Santo-Domingo 2. 4.

Japan.
Jedo 1ᵃ. 4.

Mascat.
Zanzibar 2. 4.

Mexiko.
Mexique 4.
Vera-Cruz 2ᵃ. 4.
Tampico 2ᵃ. 4.

Neu-Granada.
Sainte-Marthe 2ᵃ. 4.
Panama 2ᵃ. 4.

Paraguay.
L'Assomption 2. 4.

Niederlande und holländische Besitzungen.
Amsterdam 1. 4.
Herdes 3.
Paramaribo 3.
Rotterdam 2. 4.
Batavia 1. 4.
Padang 2. 4.

Peru.
Lima 1. 3ᵇ. 4.
Callao 2. 4.

Portugal.
Lissbone 1. 4.
Setubal 3.
Porto 2. 4.

Rußland.
St. Petersbourg 2. 4.
Moscau 2. 4.
Odessa 2. 4.
Riga 2. 4.
Tiflis 2. 4.
Varsovie 1. 4.

Sandwich.
Honolulu 2. 4.

Siam.
Bangkok 2. 4.

Schweden und Norwegen.
Stockholm 4.
Gothenburg 3.
Christiania 2. 4.

Schweiz.
Berne 4.
Bade 3.
Chaux-de-Fonds 3.
Génève 2.

Europäische Türkei.
Constantinople 2ᵇ.
Adrianople 2ᵃ. 4.
Borna-Seraï 2.
Brousse 3.
Dardanelles 3.
Enos 3.
Gallipoli 3.
Janina 3.
Scutari 2. 4.
Canee 2. 4.
Salonique 2. 4.
Belgrade 1. 4.
Bucharest 1. 4.
Ibraila 3.
Galatz 2. 4.
Jassy 2. 4.
Sulina 3.

Asiatische Türkei.
Smyrna 1. 4. etc.
Rhodes 3.
Metelin 3.
Erzeroum 2. 4.
Larnaea 2. 4.
Trebisonde 2. 4.
Bagdad 1. 4.
Alep 1. 4. 4.
Alexandrette 3.
Beyrouth 1. 4.
Damas 2. 4.
Djeddah 2. 4.
Jerusalem 2. 4.

Aegypten.
Alexandrie 1. 3ᵇ. 4. 5. etc.
Suez 3.
Le Caire 1. 4.

Tripoli.
Tripoli 1. 4. etc.
Bengasi 3.

Tunis.
Tunis 1ᵃ. 3ᵇ. 4. etc.
Soucre 3.

Marocco.
Tanger 1ᵃ. 3ᵇ. 4. etc.
Rabat 3.
Mogador 2. 4.

Uruguay.
Montevideo 1ᵃ. 4.
Maldonado 3.

Venezuela.
Caracas 1ᵃ. 4.
Puerto Caballo 3

3.
England. *)

Frankreich und französische Besitzungen.

Paris 2.
Dunkirk 2.
Calais 2.
Boulogne 2.
Havre 2.
Caen 3.
Cherbourg 2.
Granville 3.
Brest 2.
Nantes 2.
Charente 2.
Bordeaux 2.
Bayonne 2.
Marseille 2.
Toulon 3.
Corsica 2.
Algier 1. 3.
Bona 3.
Philippeville 3.
Martinique 2.
Guadeloupe 2.
Nice 2.
Réunion 2.
Guiana 2.

Türkei.

Constantinopel 1., mit 2 Vice-Consuln, 1 Richter beim Consulargericht, Protokollführer ꝛc.
Belgrade 1.
Bucharest 1.
Kustendge 3.
Gioorgewo 3.
Jassy 1
Galatz 2.
Toultscha 3.
Varna 2.
Soulina 3.
Bosnia 2.
Mastar 3.
Dardanelles 2.
Enos 3.
Salonica 2.
Cavallo 3.
Larissa 3.
Monastir 2.
Nicup 3.
Janina 2. 3.
Prevesa 3.
Sayada 3.
Gomenizza 4.
St. Guaranta 4.
Scutari 2.
Crete 2.
Brussa 2.
Smyrna 2., mit 2 Vice-Consuln, 1 Richter, Protokollführer ꝛc.
Rhodes 2.
Scio 3.
Erzeroom 2.
Trebizond 2.
Diarbekir 2.
Samsooen 2.
Moussul 3.
Damascus 2.
Aleppo 2.
Alexandretta 3.
Beirout 1. 3.
Cyprus 3.
Antioch 3.
Jerusalem 2.
Caiffa 3.
Jaffa 2.
Jedda 2.

Aegypten.

Für Aegypten 1ª·
Alexandria 2., mit 2 Vice-Consuln, 1 Richter und 2 Unterbeamte.
Cairo 2.
Damietta 3.
Suez 3.

Vereinigte Staaten von Nord-Amerika.

Portland 2.
Boston 2.
New-York 2.
Philadelphia 2.
Baltimore 2.
Richmond 2.
Charleston 2.
Savanah 2.
Mobile 2.
New-Orleans 2.
Galveston 2.
San-Francisco 2.
Chicago 2.
Buffalo 2.

Uebrige Staaten von Nord- und Süd-Amerika.

Mexico 2.
Vera-Cruz 2.

---

*) Auch die englischen besoldeten Consular-Beamten dürfen grundsätzlich keinerlei kaufmännische Geschäfte treiben. An einigen wenigen Plätzen ist es früher ausnahmsweise gestattet gewesen, aber bei neuen Besetzungen verboten worden.

Laguna (Torminos) 3.
Tampico 2.
San Blas 2.
Mazatlan 3.
—
Montevideo 3.
—
La Guayana 3.
Maracaibo 3.
Bolivar 3.
—
Buenos-Ayres 2.
Rosario 3.
—
Valparaiso 2.
Talcahuano 3.
Coquimbo 2.
Caldera 3.
—
Guayaquil 1. 3.
—
Port-au-Prince 1ᵃ. 3.
St. Domingo 2.
—
Comayagua 2.
—
Bogodá 3.
Carthagena 2.
Panama 2.
Chagres 3.
St. Martha 3.
Savanilla 3.
—
Realejo 3.
—
Callao 2.
Yslay 2.
Arica 3.
Payta 3.

China.
Canton 2. 3. 3. mit noch 5 Unterbeamten.
Swatow 2. mit 3 Unterbeamten. *)
Amoy 2. desgl.
Foochow 2. desgl.
Ningpo 2. desgl.
Shanghai 1. 3. mit 4 Unterbeamten.
Taiwan 3. mit 2 desgl.
Chin-Kiang 2. m. 2 desgl.
Kin-Kiang 3. m. 2 desgl.
Hankow 2. mit 2 desgl.
Pangehow 2. mit 2 desgl.
Tient-sin 2. mit 2 desgl.
New-chiang 2. m. 2 dsgl.

Japan.
Jedo 3.
Hakodadi 2. mit 2 Unterbeamten.
Kanagawa 2. desgl.
Nagasaki 2. desgl.
Jokohama 2. mit 3 Unterbeamten.

Siam.
Bangkok 2. mit 4 Unterbeamten.

Spanien und spanische Besitzungen.
Bilbao 2.
Santander 3.
Vigo 2.
Cadix 2.
San Lucar 3.
Seville 2.

Malaga 2.
Carthagena 2.
Alicante 2.
Barcelona 2.
Mahon 2.
Teneriff 2.
Havannah 1.
Trinidad 3.
St. Jago de Cuba 2.
Porto Rico 2.
Manila 2. 3.
Sual 3.
Iloilo 3.

Portugal.
Lisbon 2. 3.
Oporto 2.
Madeira 2.
St. Michaels 2.
Fayal 3.
Terceira 3.
Cape Verdt (Insel) 2.
Quilimane 2.

Brasilien.
Rio de Janeiro 2.
Maranham 2.
Pará 2.
Pernambuco 2.
Maceio 3.
Paraiba 3.
Ciara 3.
Bahia 2.
Rio Grande de Lel 2.
St. Catharines 2.

Außeröstereichisches und außerpreuß. Deutschland.
Hamburgh 1ᵃ. 2.
Cuxhaven 2.

---

*) Ein Interpret mit zwei Assistenten. Außerdem auf allen diesen Consulaten noch ein chinesischer Dollmetscher.

Bremen 2.
Lübeck 2.
Kiel 2.
Leipzig 1.
Frankfurt 2.

Oesterreich.
Venedig 1. 3.
Trieste 3.
Fiume 3.

Preußen.
Danzic 1. *)
Memel 3.
Königsberg 2.
Stettin 2.
Cologne 2.

Dänemark.
Helsingör 2. 3. **)
Kopenhagen 3.
St. Thomas 2.

Italien.
Genoa 2.
Spezia 3.
Cagliari 3.
Leghom 2.
Milan 1.
Ancona 3.
Naples 1.
Gallipoli 3.
Brindisi 3.

Palermo 2.
Messina 3.

Kirchenstaat.
Rom 2.

Niederlande.
Amsterdam 2.
Rotterdam 2.
Fluching 3.
Batavia 2.
Surinam 2.

Belgien.
Antwerpen 2.
Ostend 2.
Ghent 3.

Schweden und Norwegen.
Stockholm 2.
Gothenburg 2.
Christiania 1.

Rußland.
Petersburg 2.
Moscau 2.
Archangel 2.
Riga 2.
Helsingfors 2.
Wiborg 2.
Warsaco 1. 3.
Odessa 1. 3.
Kherson 3.

Bendianch 2. 4.
Taganrog 2.
Kertch 2.
Theodosia 2.
Soukumkalé 2.
Poti 3.

Griechenland.
Patras 2.
Syra 2. 3.
Piraeus 2.
Missolonghi 3.

Abyssinien.
Massawa 2.

Marocco.
Tangier 1ª. 2.
Mogador 3.
Tetuan 3.
Rabat 3.
Laraicho 3.
Mazagan 3.
Saffee 3.
Dar-El-Baida 3.

Tripoli.
Tripoli 1. 3.
Bengazi 3.
Mourzuk 3.

Tunis.
Tunis 1ª. 3.
Susa 3.

---

*) Soll bei eintretender Vacanz nach einem Parlamentsbeschluß in ein Consulat verwandelt werden. Hiermit sollen indeß die Functionen des Beamten nicht berührt, sondern nur das Plus des Gehaltes des General-Consuls erspart werden. Schon früher haben wir übrigens darauf aufmerksam gemacht, daß das Gehalt eines englischen Consuls das eines preuß. General-Consuls immer und zuweilen um das Doppelte übersteigt.

**) Es ist beschlossen, bei eintretender Vacanz das Consulat für Dänemark nach Kopenhagen zu verlegen und in Helsingör ein (natürlich besoldetes) Vice-Consulat zu errichten.

Perſien.
Tabreez 1.
Theran 3.
Recht 3.

Bai von Benin.
Lagos 2.
Abbeokuta 3.

Bai von Biafra.
Ferdnando 3.

Borneo.
Brunei 1.

Commora-Inſeln.
Johanna 2.

Fidji-Inſeln.
Ovalau 2.

Georgien.
Tahiti 2.

Schiffer-Inſeln.
Samoa 2.

Sandwichs-Inſeln.
Woahoo 1.

Geſellſchafts-Inſeln.
Raiatea 2.

4. Vereinigte Staaten von Nord-Amerika. *)

Großbritannien u. Irland und die ſämmtlichen britiſchen Beſitzungen.
London 2.
Liverpool 2.
Leeds 2.
Manchester 2.
Southampton 2.
Bristol 2.
Cardiff 2.
New-Castle 2.
Plymouth 2.
Glasgow 2.
Dundee 2.
Belfast 2.
Cork 2.
a Dublin 2.
a Galway 2.
a Londonderry 2.
—
Hong-Kong 2.
—
Calcutta 2.
Singapore 2.

a Bombay 2.
a Ceylon 2.
—
Melbourne 2.
Sidney 2.
—
Bay of Isl'ds 2.
—
Port Louis 2.
Cape Town 2.
a Gibraltar 2.
Malta 2.
—
Zante 2.
—
Montreal 1.
Halifax 2.
Prince Edwd. Island 2.
St. John N. F. 2.
Pictou N. S. 2.
St. John N. B. 2.
Gaspe Basin 2.
Quebec 2.
Victoria 2.

Jamaica 2.
Nassau N. P. 2.
Tyrk's Isl'ds 2.
Barbadoes 2.
Trinidad 2.
Bermuda 2.
Antigua 2.
—
Demerara 2.
—
Port Stanley 2.
—
Bathurst 2.
—
Rußland.
Petersburg 2.
Moscau 2.
Odessa 2.
Reval 2.
a Riga 2.
a Archangel 2.
a Helsingfors 2.

*) Den beſoldeten Conſuln in den mit a vorgezeichneten Reſidenzen iſt es, obſchon ſie amerikaniſche Unterthanen ſind, ausnahmsweiſe geſtattet, kaufmänniſche Geſchäfte zu betreiben; allen übrigen Conſular-Beamten iſt es ſtreng unterſagt.

Frankreich und französische Besitzungen.
Paris 2.
Havre 2.
Marseille 2.
Bordeaux 2.
La Rochelle 2.
Lyons 2.
Nantes 2.
Vendée 2.
Nice 2.
Martinique 2.
Guadaloupe 2.
Algier 2.
a Cayenne 2.

Spanien und spanische Besitzungen.
Cadiz 2.
Malaga 2.
Barcelona 2.
Port Mahon 2.
Valencia 2.
Bilbao 2.
Santander 2.
a Sevilla 2.
a Denia 2.
a Vigo 2.
a Alicante 2.
Havannah 1.
Mandazas 2.
Trinidad 2.
Santiago de Cuba 2.
San Juan 2.
Ponce 2.
a Teneriffa 2.
a Manilla 2.

Portugal und portugiesische Besitzungen.
Lissabon 2.
Oporto 2.
Funchal 2.
a Fayal (Azoren) 2.
a Santiago (C. Verde) 2.
Macao 2.
a Bissao 2.
a Mozambique 2.

Belgien.
Antwerpen 2.
Gent 2.

Niederlande und niederländische Besitzungen.
Rotterdam 2.
Amsterdam 2.
a Batavia, Java 2.
Paramaribo 2.
a Padang 2.
a St. Martin 2.
Curacao 3.

Dänemark und dänische Besitzungen.
Helsingör 2.
Altona 2.
Santa-Cruz 2.
St. Thomas 2.

Schweden u. Norwegen.
Stockholm 2.
Gothenburg 2.
Bergen 2.
a Porsgrund 2.

Preußen.
Aachen 2.
a Stettin 2.

Oesterreich.
Wien 2.
Triest 2.
Venedig 2.

Das übrige Deutschland.
Frankfurt 1. 3.
Leipzig 2.
a Dresden 2.
München 2.
Stuttgart 2.
Bremen 2.
Hamburg 2.

Schweiz.
Bern 2.
Basel 2.
Genf 2.

Italien.
Florenz 1.
Genua 2.
Spezia 2.
Leghorn 2.
Neapel 2.
Palermo 2.
Messina 2.
a Carrara 2.
Otranto 2.
Taranto 2.

Kirchenstaat.
a Rom 2.
Ancona 2.

Türkei und türkische Besitzungen.
Constantinopel 1.
Smyrna 2.
Beirut 2.
Jerusalem 2.
Candia 2.
Cypern 2.
Scio 2.
Galatz 2.
Alexandria 1.

Griechenland.
a Athen 2.

Afrika.
Tanger 2.
Tripoli 2.
Tunis 2.
a Tetuan 2.
a Gaboon 2.
a Zanzibar 2.

Japan.
Kanagawa 2.
Nagasaki 3.

Siam.
Bangkok 2.

China.
Kanton 2.
Shanghai 2.
Foo Choo 2.
Amoy 2.
Ningpo 2.
Swatow 2.

Inseln.
Minolotulu 1. 2.
Lahaina 2.
Milo 2.
a Apia 2.
a Tahita 2.
a Lanthala 2.

Hayti und St. Domingo.
Port-au-Prince 1.
St. Domingo 2.
a Cap Hayti 2.
a Aux. Cayes 2.
a St. Marc 2.

Mexiko.
Vera-Cruz 1.
Acapulco 2.
a Mexico 2.
a Tampico 2.
a Matamoras 2.
Mazanillo 2.
a Zacatecas 3.
a Tabasco 3.
a Paro del Norte 3.
a Monterey 3.
a Mazatlan 2.
Tehuantepeec 2.
Chihuahua 2.
La Paz 2.
a Saltillo 3.

Nicaragua.
San Juan and 2.
Punta Arenas 1.
San Juan del Sur. 2.

Costa Rica.
a San Jose 2.

Guatemala.
a Guatemala 2.

Honduras.
a Omoa 2.
a Comayagua 2.
a Balize 2.

San Salvador.
a La Union 2.

Neu-Granada.
Panama 1.
Aspinwall 2.
Carthagena 2.
Sabinala 2.
Santa Martha 2.
a Bogota 2.
a Turbo 2.
a Rio Hacha 2.
a Medellin 2.

Venezuela.
Laguayra 2.
Maracaibo 2.
a Puerto Cabello 2.
a Ciudad Bolivar 2.

Ecuador.
a Guayaquil 2.

Brasilien.
Rio de Janeiro 2.
Pernambuco 2.
Para 2.
Bahia 2.
a Maranham 2.
a Rio Grande 2.
a Santos 2.
a Saint Catharines 2.

Uruguay.
a Montevideo 2.

Argentinische Conföderation.
Buenos-Ayres 2.
a Rio Negro 2.
a Rosario 2.

Paraguay.
Assuncion 2.

Chili.
Valparaiso 2.
a Talcahuano 2.
a Coquimbo 2.

Peru.
Callao 2.
a Payta 2.
a Pumbez 2.

Bolivia.
a Cobija 2.

5.
Spanien.*)

Argentinische Conföderation.
Gualeguaycha 3.
Rosario de Santa Fe 3.

Belgien.
Antwerpen 2. 3.

Central-Amerika.
Sant Jose 1. 3.

Chili.
Santiago 1ª.

China.
Macao 1. 3. 4.
Canton 3.
Emay 2.
Shanghay 1. 3.

Dänemark.
Helsingör 1.
St. Thomas 1.

Ecuador.
Quito 1ª.

Frankreich.
Paris 1. 3.
Arger 2. 3.
Bayonne 2. 3.
Bone 3.
Bordeaux 2. 3.
Cette 2. 3.
Le Hâvre 2. 3.
Toulouse 2.

Marseille 2. 3. 4.
Montpellier 3.
Nantes 2. 3.
Nizza 2. 3.
Olorou 3.
Oran 2. 3.
Perpignan 2. 3.

Griechenland.
Athen 1ª. 3.

Großbritannien u. Irland und Besitzungen.
London 1. 3.
Acera 3.
Cardiff 2. 3.
Gibraltar 2. 3.
Hongkong 2.
Jamaica 2.
Liverpool 2. 3.
Malta 2. 3.
Newcastle 2. 3.
Sidney 2.
Sierra Leone 1. 3.
Singapore 2.
Southampton 2. 3.

Italien.
Genua 1. 3.
Neapel 2. 3.
Palermo 2. 3.
Civita Vecchia 2. 3.
Livorno 2. 3.

Hansestädte.
Hamburg 1. 3.**)

Hayti.
Port-au-Prince 1ª. 3.

Marocco.
Tanger 1.
Aduana R. Martin 3.
Casa Blanca 3.
Larache 3.
Mazagan 3.
Mogador 2. 3.
Rabad 3.
Saffi 3.
Tetuan 2.

Mexiko.
Vera-Cruz 2.

Vereinigte Staaten von Nord-Amerika.
Baltimore 3.
Boston 3.
Cayo Heuso 2.
Charleston 2.
Philadelphia 2.
Mobile 2.
New-York 2. 3.
New-Orleans 2. 3.
Portland 2.
Savannah 3.

---

*) Die spanischen besoldeten Consular-Beamten dürfen keinerlei kaufmännische Geschäfte treiben.

**) Wir haben, beiläufig erwähnt, einen unbesoldeten gerade dort bei dem Bestehen einer Gesandtschaft nach Bieler Meinung durchaus entbehrlichen General-Consul für die Stadt Hamburg mit deren Gebiete und für die hannoverschen und holsteinischen Gebiets-Antheile an der Elbe!

Oesterreich.
Trieste 2. 3.

Portugal.
Lissabon 1. 3.
Faro 2. 3.
Oporto 2. 3.

Preußen.
Berlin 3. (Chancelier).

Rußland.
Odessa 1.

Türkei.
Constantinopel 3. (Chan-
 celier.)
Jerusalem 2. 3. 4.
Smyrna 1. 3.
Alexandria 1. 3. 4.
Cairo 2.

Tripoli.
Tripoli 1ª. 3. 4.

Tunis.
Tunis 1ª. 3. 4. 4.

Venezuela.
Caracas 1ª. 2.

Uruguay.
Montevideo 1ª.

6.

Oesterreich. *)

Frankfurt a. M.
Frankfurt a. M. 2ᵇ.

Frankreich.
Paris 2ᵇ.

Griechenland.
Syra 2.
Pyraeus 3.
Patras 2.

Großbritannien u. Irland.
London 2ᵇ.

Jonische Inseln.
Corfu 1. 4.
Zante 3.
Sara 4.
St. Maura 4.

Italien.
Ancona 1.
Civita Vecchia 1.
Ferrara 2.
Genua 1. 4.
Neapel 1.
Palermo 1.
Livorno 1.

Nord-Amerika.
Vereinigte Staaten.
New-York 1. 4.

Portugal.
Lissabon 2ᵇ.

Preußen.
Danzig 2.

Rußland.
Warschau 1. 4. 4.
Odessa 1. 4.

Sachsen.
Leipzig 1. 4.

Spanien.
Cadiz 1.

Türkei.
Constantinopel 2. 3. 4. 4.
 ein Gerichts-Adjunkt,
 ein Marine-Adjunkt, ein
 Hafen-Kapitain.
Salonich 2. 4.
Rustschuk 2. 4.
Widdin 3.
Jassy 1. 4. 4. 5 u. ein
 Actuar.
Galatz 2ª. 4. 5.

---

*) Die kaiserlich österreichische Regierung hat an einigen Hauptplätzen den kaufmännischen General-Consuln unter dem Titel Kanzlei-Directoren, Kanzler 2c. besoldete Consular-Beamte beigegeben, denen die Besorgung der eigentlichen „Geschäfte" obliegt, während der „Geldgröße" der Titel bleibt. Wir werden diese Beamten mit 2ᵇ. bezeichnen. —

Ibraila 3. 4.	Skutari 2. 4.	Larnaca 4.
Tultscha 3.	Durazzo 2.	Damascus 3.
Bukarest 1. 4. 4. 5 u.	Janina 3.	Acri-Caifa 4.
ein Actuar.	Prevesa 4.	Jerusalem 2. 5.
Belgrad 1. 4. 4.	Trapezunt 2.	Alexandrien 1. 3. 4. 5.
Sarajevo 1. 4. 5.	Smyrna 1. 4. 5.	Cairo 2. 4.
Mostar 3.	Canea 2.	Tunis.
Trebigne 4.	Beiruth 1. 4. 5.	Tunis 1.

Außerdem acht etatsmäßige Consular-Eleven, die an verschiedenen Orten zum Theil als Vice-Consuln angestellt sind.

7.
Italien.*)

Argentinische Conföderation.
Buenos-Ayres 2. 3.

Oesterreich.
Venedig 2. 3.

Brasilien.
Rio de Janeiro 1. 3.
Bahia 2.

Dänemark.
Helsingör 2. 3.

Frankreich.
Paris 1. 3.
Chambery 2.
Lyon 1. 3.
Marsiglia 1. 3. 3.
Nizza 1. 3.
Tolone 3.
Algeri 2. 3.
Bona 2. 3.

Großbritannien u. engl. Besitzungen.
Londra 1. 3.
Calcutta 2. 3.
Corfu 1.
Gibraltar 2. 3.
Malta 2.

Marocco.
Tanger 2.

Mexiko.
Messico 2.

Peru.
Lima 2. 3.

Rußland.
Odessa 2. 3.
Taganrog 2. 3.

Spanien.
Barcelona 2. 3.
Malaja 2.

Kirchenstaat.
Roma 2. 3.

Vereinigte Staaten.
Nuova-York 1. 3.

Schweiz.
Ginevra 2. 3.

Türkei.
Constantinopoli 1. 2. ** 3. 3. 5. 5.
Trebisonde 2.
Bayrouth 1. 3.
Scutari 2. 3.
Smirne 2. 3.
Alessandrio 1. 2. ** 3. 3. 3ᵃ. 5.
Cairo 3. 3.
Belgrado 2.
Bukarest 1. 3.
Galatz 2. 3.
Ibrailo 2.

*) Diese Beamten des Königreichs Italien sind fest besoldete, dürfen keinerlei kaufmännische Geschäfte treiben.

**) Die mit diesem Zeichen versehenen sind den General-Consuln beigegebene Richter.

Tripolis.
Tripoli 2.

Tunis.
Tunisi 1. 3.
Goletta 3.

Uruguay.
Montevideo 2. 3.

Außerdem stehen ein General-Consul, ein Consul und drei Vice-Consuln zur Disposition des Ministers, um für Vacanzen oder besondere consularische Aufträge verwendet zu werden, und zwei General-Consuln und zwei Vice-Consuln sind bereits ernannt und haben demnächstige Verwendung zu erwarten, da die königlich italienische Regierung die Creirung noch einer Reihe besoldeter Consular-Aemter projectirt hat. Man kann der Regierung dieses jungen Königreichs eine große Rührigkeit auch in dieser Richtung nicht absprechen!

8.
Rußland.*)

China.
Kouldja 2.
Tschougoutschek 2.

Dänemark.
Kopenhagen 1. 3.
Helsingör 2.

Frankreich.
Paris 1. 3.
Havre und Rouen 2.
Bordeaux 2.
Marseille 1.
Nizza 2.

Griechenland.
Syra 1.
Athen 2.

Großbritannien.
London 1.
Malta 2.
Corfu 1. 3.

Hansestädte.
Hamburg 1.
Lübeck 2.

Italien.
Neapel 1.
Bari 2.
Palermo 1.
Messina 2.
Ancona 2.
Genua 1. 3.

Japan.
Hacodadi 2.

Mecklenburg.
Rostock und Wismar 2.

Niederlande.
Amsterdam 1. 3.

Persien.
Tauris 1.

Portugal.
Lissabon 2.

Preußen.
Danzig 1.
Königsberg 1.
Memel 2.
Stettin 2.

Vereinigte Staaten von Nord-Amerika.
New-York 1.

Oesterreich.
Triest 1. 3.
Venedig 3.
Brody 2.
Ragusa 2.
Orsowa 3.

Spanien.
Cadiz 1.

---

*) Die russischen besoldeten Consular-Beamten dürfen keinerlei kaufmännische Geschäfte treiben.

Schweden u. Norwegen.
Stockholm 1.
Gothenburg 2.
Christiania 1.

Türkei.
Constantinopel 1.
Janina 1.

Adrianopel 2.
Salonich 2.
Widdin 2.
Sarajevo 2.
Bucharest 1.
Galatz 2.
Jassy 2.
Ismail 4.

Belgrad 1.
Smyrna 1.
Trapezunt 2.
Erzerum 1.
Batum 3.
Beyruth 1.
Jerusalem 2.
Alexandrien 1.

9.
Brasilien.*)

England.
Liverpool 1.

Holland.
Amsterdam 1.

Belgien.
Brüssel 1.

Frankreich.
Paris 1.

Italien.
Genua 1.

Spanien.
Seville 1.

Oesterreich.
Trieste 1.

Süd-Deutschland und Schweiz.
Munich 1.

Hansestädte.
Hamburg 1.

Preußen und Sachsen.
Dresden 1.

Dänemark n. Schweden.
Kopenhagen 1.

Vereinigte Staaten von Amerika.
New-York 1.
Gyuna 2.

Peru.
Lima 1.
Nauta 2.

Paraguay.
Assomtion 1.

Uruguay.
Mondevideo 1.

Argentinische Conföderation.
Buenos-Ayres 1.

Africa.
Angola 2.
Cap Squl 2.

10.
Schweden und Norwegen.**)

Schweden und Norwegen, überhaupt in bemerkenswerthem Aufschwunge befindlich, sind in der Reorganisation ihres Consulatswesens begriffen. Der Regierung ist die Ermächtigung ertheilt, jeden jetzt von einem kaufmännischen General-Consul oder Consul besetzten Posten beim Eintritt einer Vacanz in ein besoldetes Consulat zu verwandeln, wenn Solches nothwendig erscheine.

---

*) Die brasilianischen besoldeten Consuln dürfen keinerlei kaufmännische Geschäfte treiben.

**) Die besoldeten Consuln dürfen nicht kaufmännische Geschäfte treiben.

Vereinigte Staaten von Nord-Amerika.
New-York 1a.

Brasilien.
Rio de Janeiro 1a.

Rußland.
Archangel 2.
Helsingfors 1.

Dänemark.
Kopenhagen 1. 3.

Hansestädte.
Hamburg 1a.
Lübeck 2.
Rostock 2.

Großbritannien.
London 1.
Malta 2.

Italien.
Turin 1a.

Portugal.
Lisabonne 1a.

Griechenland.
Athen 1a.

Aegypten.
Alexandria 1a.

Algier.
Algier 1.

Marocco.
Tanger 1.

11.
Belgien und die Niederlande.

Die königlich belgische Regierung ist in einer Reorganisation des Consularwesens begriffen. Belgien hat gegenwärtig zu besoldeten Consular-Beamten General-Consuln an folgenden Plätzen:

Constantinopel, Bucharest, Smyrna, Athen, Tanger, Ile Maurice, Cingapore, Melbourne, Mexico, Valparaiso, Buenos-Ayres. Das General-Consulat in Alexandrien gehört principmäßig zu den besoldeten, wird aber seit 10 Jahren von einem reichen französischen Grafen gratis verwaltet.

Besoldete General-Consuln sind für China und Japan bereits für den Zeitpunkt in Aussicht genommen, sobald die Handelsbeziehungen dort wieder angeknüpft sind. Außerdem wird dem Vernehmen nach beabsichtigt die Errichtung von General-Consulaten in Hamburg für das nördliche Deutschland, in Stettin für Preußen, in Triest für Oesterreich, in Kopenhagen für Dänemark, Schweden und Norwegen, in Genua für Italien, in Marseille für Frankreich, in Cadix für Spanien, in Lisabonne für Portugal, in Moscau und Riga für Rußland.

Die holländische Regierung ist vertreten durch besoldete General-Consuln in London, Mannheim, Bern, Athen, Rio de Janeiro, Caracas, Havanah, Tanger und Alexandria, und durch besoldete Consuln in Smyrna (mit zwei Unterbeamten) und Tunis.

12. Preußen.

Belgien.	Britische Besitzungen.	Rußland.
0.	0.	0.
Brasilien.	Hayti.	Polen.
0.	0.	Warschau 1.
Central-Amerika und Neu-Granada.	Japan.	Schweden u. Norwegen.
0.	Jokohama 2.	0.
Chili.	Italien.	
Santiago 1.	0.	Spanien.
China.	Mexiko.	0.
Shanghai 1. 3.	0.	
Dänemark.	Niederlande.	Spanische Besitzungen.
Kopenhagen 1.	0.	0.
Dänische Besitzungen.	Niederländische Besitzungen.	Türkei.
0.	0.	Alexandria 1. 4.
St. Domingo.		Cairo 3.
0.	Vereinigte Staaten von Nord-Amerika.	Beirut 2.
Ecuador.	0.	Jerusalem 2.
0.		Bukarest 1. 4.
Frankreich.	Oesterreich.	Jassy 2. 4.
0.	0.	Crajowa 5.
		Galatz 3.
Französische Besitzungen.	Peru.	Belgrad 2.
0.	0.	Smyrna 2.
		Trapezunt 2.
Griechenland.	La Plata-Staaten.	Uruguay.
0.	Buenos-Ayres 1*	0.
Großbritannien und Irland.	Portugal.	Benezuela.
0.	0.	0.

13.

Hiernach haben besoldete Consular-Beamte:		Es kommen davon auf Europa:	Auf die Türkei*)
Frankreich	375	183	49
England	353	121	52
Vereinigte Staaten	240	90	9
Spanien	133	75	10
Oesterreich	96	28	58
Italien	89	31	27
Rußland	65	43	18
Brasilien	20	11	0
Schweden	17	7	1
Preußen	21	2	14

In der That ein überraschendes Resultat! Preußen, das den deutschen Zollverein nach Außen vertretende Preußen, nicht nur übertroffen, denn das wäre den Verhältnissen angemessen, sondern bis zum gänzlichen Verschwinden übertroffen von Frankreich, England, den Vereinigten Staaten und Spanien und schon jetzt weit, weit zurück hinter Oesterreich, Italien und Rußland, und nur in der Türkei in siegreicher Concurrenz mit — Brasilien und Schweden!

Aber es lebe Bosco! „Meine Herren" — kann er sagen — „Sie sehen hier die Zahl 21; aber — Eins — Zwei — Drei — was sehen Sie nun?" „Immer noch 21." „Ja, dann haben Sie das rechte Licht nicht. Nehmen Sie gefälligst das Licht des preußischen Staatshandbuches und sofort werden aus der 21 ganze 400 und Einige „königlich preußische Consular-Beamte" werden. Aus diesen 400 sind die 21 gar nicht herauszufinden, Consul ist Consul; die „Allgemeine Dienst-Instruction" gilt für Alle in ganz gleicher Weise, folglich: Das preußische Consularwesen ist das erste nicht allein in Europa, sondern in der Welt." **) „Aber wer wird das glauben?" „Seien Sie unbesorgt, in Berlin werden jetzt auch andere, ganz unglaubliche Dinge gesagt und geglaubt — warum sollten sich nicht auch für diese Behauptung gläubige Seelen finden, namentlich wenn sie hierdurch ihren „Patriotismus" documentiren könnten!"

---
*) Die europäische und asiatische Türkei incl. der Vasallenstaaten.

**) Diese Freude über „Vierhundert und Einige" würde freilich auch schon wieder verbittert werden, wenn man zu der Zahl der besoldeten Consular-Beamten der anderen Staaten die Zahl derjenigen kaufmännischen Consular-Agenten legte, die mit verschiedenen Titeln unter diesen Beamten und als Agenten derselben fungiren.

Scherz bei Seite. Die Sache ist zu ernst. Man kann sich zwar auch über dieses ganze Buch weidlich lustig machen; man kann reden „von der großen Selbstüberschätzung", mit der es geschrieben, „von der übertriebenen Wichtigkeit", die der Verfasser diesem Gegenstande und wo möglich sich selbst beilegt, von der gänzlichen Unziemlichkeit für einen Beamten, einen so wunden Fleck zu berühren u. s. w. Man kann in dem und jenem Punkte einen angeblichen Irrthum angeblich nachweisen und daraus mit derselben Logik, die heute auf anderen Gebieten die Welt in Erstaunen setzt, folgern, daß — das ganze Buch nicht der Beachtung oder gar der Widerlegung werth sei. Aber was würde mit allen solchen Versuchen und Behauptungen wirklich ausgerichtet, bewiesen und widerlegt werden?! Denn es käme doch darauf an, daß die vorgetragenen Zahlen und die durch sie bekundeten Thatsachen, daß die gründlichen, theils in Staatsschriften, theils in Parlamentsverhandlungen niedergelegten Erwägungen, aus denen die Systeme anderer Regierungen hervorgegangen sind, ebenso gründlich widerlegt würden. Es käme darauf an, nachzuweisen, daß die großen Summen, mit denen andere Staaten ihr Budget für das Consularwesen zunehmend belastet haben,*) nichts als die Thorheit und Ver-

---

*) Leider gestattet uns die Kürze der Zeit bis zu dem für das Erscheinen dieses Buches in Aussicht genommenen Zeitpunkt es nicht, die nothwendigen Notizen abzuwarten, um auch eine möglichst vollständige Uebersicht über diese Summen und das Verhältniß derselben zu den Ausgaben der Staaten für das Heerwesen, für die diplomatische Vertretung u. s. w. schon jetzt zu geben. Nach den bereits vorliegenden würde auch diese Vergleichung überraschende Resultate geliefert haben. Wir müssen aber die Darlegung derselben anderer Gelegenheit vorbehalten. Hier nur zwei Notizen. Die englische Regierung ließ früher die Einnahmen der Consuln theils aus festem Gehalte, theils aus Gebühren bestehen. Sie verwandelt nach und nach aber alle Einnahmen in festes Gehalt und läßt die Gebühren für Staatsrechnung erheben. Für das Jahr 1863 beträgt die Gesammt-Einnahme der Consular-Beamten 1,400,000 prß. Thaler; wovon 1,211,146 Thaler auf feste Gehalte kommen. Die persönlichen Ausgaben für die englische Diplomatie betragen für denselben Zeitraum: ca. 1 Million prß. Thlr. — Die nordamerikanische Regierung hat an diplomatischen Gehältern ausgegeben im Jahre 1862 273,825 Dollars, an consularischen dagegen 341,350 Dollars. Zur letzteren Summe sind aber zum wenigsten 50,000 Dollars Gebühren-Einnahme derjenigen Beamten zu fügen, die auf dieselbe angewiesen sind und dieselbe nicht wie die bei weitem überwiegendste Zahl zur Staatskasse abzuführen haben. Die Gesandtschaft in England erfordert z. B. 21,725 Dollars, dagegen betragen die consularischen festen Gehälter in Großbritannien, Schottland und England allein, 34,000 Dollars, diejenigen in den englischen Besitzungen aber 50,000 Dollars. Nun vergleiche man einmal damit, nicht was wir überhaupt und für Consuln ausgeben, sondern was wir im Verhältniß hierzu für unsere diplomatische Vertretung ausgeben!

schwendungssucht ihrer Regierungen und Parlamente bekundeten, während Preußen natürlich auch in dieser Beziehung an der Spitze der Intelligenz und weisen Sparsamkeit stände. Es käme darauf an, nachzuweisen, daß die „Praxis der ganzen Welt" als eine auf fehlerhaften Theorien beruhende und in ihren Resultaten daher fehlerhafte, dagegen die preußische Praxis wie die allein principiell richtig so die im Erfolg bewährteste ist. Diese Widerlegungen und Nachweise wird man aber schuldig bleiben und damit einräumen müssen, daß Preußen sich bezüglich der Ausbildung seines Consularwesens einer sehr beklagenswerthen Vernachlässigung wichtiger Interessen schuldig gemacht hat — und dieses Zugeständniß würde sogar als der erste Schritt zum Besseren betrachtet werden können.

Es gab eine Zeit, und sie liegt nicht weit hinter uns, in der man diesen Schritt schon gethan hatte. Aber ein Schritt vorwärts und zwei zurück scheint das Gesetz unserer Bewegung geworden zu sein! Leider liegen uns die Reden und Denkschriften nicht vor, mit denen damals die Nothwendigkeit der Anstellung besoldeter Consuln in den Hauptländern und an den Hauptplätzen — vielleicht nur sehr unvollkommen — von der Regierung selbst vertheidigt wurde. Aber das officielle Werk von König enthält hierüber doch eine interessante Andeutung.

„Das preußische Consularwesen" — sagt König in dem 1854 erschienenen Buche — „ist nicht schon etwas Abgeschlossenes, Fertiges. Bei „der kurzen Geschichte, welche hinter ihm liegt, konnte es noch nicht die„jenige Ausbildung erreichen, welche sich ähnliche Einrichtungen anderer „Staaten erfreuen. Doch hat die königliche Regierung in neuerer Zeit „dem Institute eine immer größere Theilnahme zugewandt; es sind neue „Consulate begründet und es scheint höheren Ortes der Plan festzustehen, „nach welchem bei weiterer Entwickelung des preußischen Consularwesens „verfahren werden soll.

„Es ist oft darauf hingewiesen worden, daß den Consuln nicht gestattet „werden dürfe, selbst kaufmännische Geschäfte zu betreiben und daß man „zu Consuln nur Unterthanen desjenigen Staates, den sie vertreten, be„stellen solle. Auch die preußische Regierung verkennt es nicht, daß es „manchem Bedenken unterliegt, fremde dem preußischen Unterthanenver„bande nicht angehörige Kaufleute mit Consulnposten zu betrauen. Wenn „dessen ungeachtet die preußischen Consules missi noch zu den Ausnahmen „gehören, so mag dies hauptsächlich zwei Gründen zuzuschreiben sein. Ein„mal mögen andere Staatsrücksichten nicht gestattet haben, überall auszu„führen, was als das Bessere anerkannt ist. Andrerseits bietet eine zweck=

„mäßige Verbindung der Consules missi mit den kaufmännischen Consuln „auch wieder mancherlei Vortheile dar." „Während die Consules missi" — heißt es in einer Staatsschrift aus dem Jahre 1852 — „durch genaue „Bekanntschaft mit den heimathlichen Verhältnissen und Interessen, durch „besondere Fachkenntnisse und durch völlige Unabhängigkeit von fremden „Einflüssen vorzugsweise im Stande sein werden, auf die nationale Auf= „fassung und kräftige Verfolgung der vaterländischen Interessen hinzuwirken, „werden die, dem Handelsstande des Ortes angehörenden Consuln oder „Vice=Consuln besonders in den Fällen, wo es auf rein commercielle „Zwecke oder auf locale Eigenthümlichkeiten und specielle Bekanntschaft mit „den an jedem Orte geeigneten Mitteln und Rechten ankommt, sich nützlich „erweisen können." „Aus solchen Gründen werden in neuerer Zeit für „ganze Länder oder größere Gebietstheile besoldete Staatsdiener zu General= „Consuln ernannt, dagegen an den einzelnen wichtigen Seeplätzen eines solchen „General=Consularbezirkes Kaufleute oder sonstige qualificirte Bewohner „des Ortes als Consuln oder Vice=Consuln angestellt." Das hat Herr König 1854 in einem officiellen Buche geschrieben, heute schreiben wir 1863. Vergleicht man nun das, was auf dem consularischen Gebiete, in= sonderheit seit 1858, geschehen ist und den heutigen Zustand mit den damaligen Auslassungen, so dürften sich folgende Sätze ergeben:

a. 1854 schien höheren Ortes der Plan einer weiteren Entwickelung des Consularwesens in der Richtung, deren sich „andere Staaten zu er= freuen haben", festzustehen — seit 1858 scheint nichts weniger als ein solcher Plan überhaupt noch vorhanden zu sein.

b. Die Consules missi gehören bei uns allerdings zu den „Aus= nahmen", eben so wie z. B. weiße Krähen oder schwarze Rosen. Es sind „in neuerer Zeit" — mit Ausnahme eines Legations=Secretärs für China und eines Lieutenants für Japan, in welchen Ländern wir vorerst noch sehr wenig zu suchen und zu bedeuten haben — nicht allein nicht weitere besoldete General=Consulate oder Consulate errichtet, sondern dergleichen sogar eingezogen worden. Die „zweckmäßige Verbindung der Consules missi mit den kaufmännischen Consuln" findet überhaupt in Europa in Wirklichkeit nur in Dänemark und den Herzogthümern Schleswig und Holstein statt, daher sind in allen anderen Ländern den betheiligten In= teressen „die mancherlei Vortheile" einer solchen Verbindung vorenthalten worden.

c. Fragt man aber nun, welche anderen Staatsrücksichten nicht ge= stattet haben, nicht allein nicht „überall", sondern so gut wie nirgends auszuführen, was doch als das Bessere anerkannt ist, oder vielmehr, welche Staatsrücksichten sogar dahin geführt haben, daß insonderheit unter dem Ministerium des Grafen Bernstorff, neben einem für das gegenwärtige Bedürfniß nicht sehr bedeutungsvollen Fortschritte, sogar Rückschritte gemacht wurden, so giebt es keine andere Antwort, als: Die erheblichen Mehrkosten für die Armee gestatten den Fortschritt und die nothwendige Verbesserung auf keinem anderen Gebiete, komme es für unsere fernere Entwickelung und Bedeutung auch noch so sehr in Betracht. Aus ganz demselben Grunde ist noch vieles Andere ebenfalls als das „Bessere anerkannte" theils gänzlich unterblieben, theils nur sehr unvollkommen zur Ausführung gebracht worden. Diese Politik, und keineswegs nur böser Wille und die Agitation der politischen Parteien, hat aber gerade recht wesentlich zu der heut vorhandenen und viel tiefer als man glaubt gehenden Verstimmung und Stimmung gegen die Reorganisation der Armee und gegen die durch sie vermehrten Ausgaben für die Armee beigetragen. Das Volk hat einmal die üble Eigenschaft, sehen zu wollen, was es für sein Geld hat, und da jeder Mensch sich für einen Staatsmann hält, wenn er Zeitungen auch nur lesen kann, so ist es gar nicht zu verwundern, daß oft sehr unverständige Raisonnements über eine, nicht gleich ersichtlich nützliche Verwendung der Staats-Einnahmen zu Tage treten. Aber wo soll gar eine besondere Neigung zu solchen Mehrausgaben für die Armee herkommen, wenn man einerseits eben nicht sieht, daß mit dieser großen Armee irgend etwas Großes ausgerichtet und erreicht oder wenigstens etwas Schmähliches verhindert wird, und wenn man andrerseits sieht, daß ihrer Vermehrung und, wie wir glauben, auch der wirklichen Verbesserung der Armee-Organisation zu Liebe vieles Andere unterbleiben muß, was von der Regierung selbst als dringend nothwendig früher erkannt wurde?! Man braucht wahrlich kein „Volksheer" an die Stelle unserer Armee zu wünschen, mag vielmehr in diesem Gedanken eine völlige Absurdität erblicken. Man braucht nicht daran zu denken — und wer denkt wohl, einige unverbesserliche Schwärmer abgerechnet, ernstlich daran, — an die Stelle des Königs als obersten Kriegsherrn das Parlament setzen zu wollen. Man kann sogar — und wir gehen unsererseits so weit — dem Landtage entschieden und in seinem eigenen Interesse die Pflicht absprechen, Details der Armee-Organisation und Verwaltung zum Gegenstande seiner Untersuchung und Prüfung zu machen und es unpassend und ungehörig finden, wenn in ihm Vorlesungen über die Art und Weise gehalten werden, wie der König sein Recht der Ernennung von Officieren*) übt und wie er es üben sollte u. s. w. Aber ist man darum gezwungen, auch dem verhängnißvollen Wege derer zu folgen, welche das ganze Schicksal und die ganze Zukunft Preußens auf die Armee wie auf eine einzige Karte setzen?! Ganz im Gegentheil, wir würden dieses Spiel für ein höchst gefährliches halten und glauben, daß es kaum Etwas giebt, was weniger staatsmännisch und in seinen

---

*) Zeiten stürmischer Erregung sind zwar sehr ungünstig zu ruhiger Erwägung. Aber aus ihr und aus ihr allein wird doch zuletzt nur eine neue, glückliche Gestaltung und Entwickelung unseres öffentlichen Lebens hervorgehen können. Kleine Ursachen haben oft große Wirkungen und es scheint uns nicht unwahrscheinlich, daß gerade die Weise, in der in unserem Parlamente die Bevorzugung des Adels in der Armee und das sich in der einen und anderen Gestalt selbst in den freisten Staaten wieder findende Militärcabinet u. s. w. besprochen worden sind, nicht wenig dazu beigetragen hat, für das Abgeordnetenhaus sehr ungünstige Auffassungen und nicht allein an höchsten Stellen zu wecken. Will man einmal verfassungsmäßig und verfassungstreu sein, so muß man es offenbar auch da sein, wo diese Verfassungstreue vielleicht sehr lästige Schranken auferlegt. Verlangt das Parlament Solches von der Krone, so hat ein gleiches Verlangen der Letzteren doch mindestens auch dieselbe Berechtigung. Das Parlament mußte daher selbst den Schein vermeiden, als ob es Eingriffe auf Gebiete beabsichtige, die durch die Verfassungsurkunde dem Könige ausschließlich vorbehalten sind. Selbst eine bloße „Censur" erscheint in Beziehung auf diese Gebiete nicht statthaft, ebenso wenig wie das Parlament seinerseits der Regierung eine Censur über seine Thätigkeit, seine Geschäftsordnung, die Wahl seiner Beamten u. s. w. einräumen kann. Wie man es auch immer beschränken möge, es muß ein Gebiet geben, auf dem sich die Krone mit völliger Freiheit bewegen und der König seinen persönlichen Willen zur Geltung kommen lassen kann. Das leugnen, heißt in der That den König entmannen und ihn zu einem Sklaven der Minister oder des Parlaments machen wollen. Unter Königen, die sich das gefallen ließen, würde insonderheit Preußen bald genug die traurigsten Verwirrungen erleben. Dieses Gebiet weisen der Krone in der Verfassungsurkunde auch die Artikel 47 und 46 an. Auf einem anderen Gebiete begegnen sich Krone und Parlament und hier hat jedes von Beiden die Rechte des anderen auf das Gewissenhafteste zu achten. Und zu diesem Gebiete gehört nicht allein die Gesetzgebung einschließlich aller Finanzgesetze und der Feststellung des Budgets — über die wir uns später noch ein Wort zu erlauben gedenken — sondern auch die Controlle der Verwaltung insofern, als dem Parlamente unbedingt das Recht zustehen muß, nicht allein Minister in Anklagestand zu versetzen, sondern auch die Verletzungen der Gesetze durch andere Beamte zu rügen und dahin fallende Beschwerden der Regierung zur Abhülfe zu überweisen. Zur letzteren müßte die Regierung sogar verfassungsmäßig verpflichtet werden, sofern sie nicht einen Spruch des höchsten Gerichtshofes oder eines, zur Entscheidung solcher Conflicte zu bestellenden Gerichtshofes dahin zu erwirken möchte, daß die vom Parlamente angenommene Verletzung bestehender Gesetze in dem betreffenden Falle nicht stattgefunden habe. Aber über Dinge zu sprechen, in denen es doch Nichts beschließen und entscheiden kann, scheint nicht allein der Würde eines Parlamentes nicht ange-

Folgen gefährlicher ist, als nach ihrer Unterschätzung gerade diese Ueberschätzung der Bedeutung der äußerlichen Gewalt für die innere Ruhe und die Haltung nach Außen, für die Sicherheit des Thrones und für das Glück des Landes. Man kann ohne die entfernteste Besorgniß sein, daß die Treue und der Gehorsam einer Armee wanken könnten, obschon auch in dieser Beziehung nicht vergessen werden sollte, daß wir

---

messen, sondern auch für die fernere Entwickelung parlamentarischen Lebens bedenklich. Je mehr das Parlament Neigung hierzu zeigt, je mehr und mit günstigeren Chancen wird sich auch auf entgegengesetzter Seite die Neigung zeigen, das Parlament selbst in den Beziehungen, wo ihm unzweifelhaft eine Entscheidung zusteht, zu einem blos redenden und berathenden zu machen. Ebenso gewiß, wie der Absolutismus sein schlimmster Feind selbst war, ist es auch der absolute Parlamentarismus. Mit diesen Ansichten ist übrigens keineswegs etwa das Recht des Parlamentes bestritten, über auswärtige Politik zu reden, obschon man von diesem delicaten Rechte jederzeit auch einen möglichst delicaten Gebrauch machen sollte. Aber macht Art. 48 der Verfassungsurkunde die auswärtige Politik schon in anderer Beziehung zu einem Gebiete, auf dem sich Krone und Parlament begegnen können, so ist selbst das ausschließliche Recht des Königs Krieg zu erklären doch in seiner Ausübung von Ausgaben abhängig, die nicht ohne Genehmigung des Parlamentes gemacht werden dürfen. Außerdem können die Beantwortung der Thronrede oder besonders wichtige, zum Erlaß einer Adresse an den König auffordernde Angelegenheiten dem Parlament eine geeignete Veranlassung bieten, auch über die Führung der äußeren Politik seine Meinung zu sagen. Braucht dieselbe auch für den König nicht ausschließlich maaßgebend zu sein, so wird und muß sie doch immerhin von der Krone in Betracht gezogen werden, und das um so mehr, je weiser und mäßiger das Parlament aufzutreten gewohnt und je deutlicher es ist, daß es das Volk wirklich hinter sich hat. Aber gänzlich ausgeschlossen ist durch jene Ansichten die Kritik der Besetzung der Stellen im Heere oder in der Civil-Verwaltung, insofern dabei nicht eine Verletzung von Gesetzen in Betracht kommen kann. Denn es giebt eben kein Gesetz — und kann vernünftigerweise nie ein Gesetz geben — was das Verhältniß zwischen Adeligen und Bürgerlichen in der Armee feststellt oder feststellen sollte. Könnte wirklich aus vorliegenden Zahlen eine systematische Bevorzugung des Adels in dem Armeedienst nachgewiesen werden — und dann fände sie in fast noch erheblicherem Maaße im höheren Civildienste, namentlich in der diplomatischen Carrière statt — so möge man immerhin darüber den Kopf schütteln und außerhalb des Parlamentes das Bedürfniß mündlicher oder schriftlicher Expectoration befriedigen. Aber ein Recht, der Krone oder ihren Vertretern darüber parlamentarische Vorlesungen zu halten und Vorwürfe zu machen, hat man nicht. Die Möglichkeit eines Mißbrauches der Freiheit der Krone, auf dem ihrer selbstständigen Entschließung verbliebenen Gebiete, aufheben wollen, heißt nichts Anderes als diese Freiheit und Selbstständigkeit ganz und gar vernichten. Meint man vielleicht, daß die englische Krone — die monarchische Spitze einer aristokratischen Republik — bei der Besetzung der Aemter z. B. der diplomatischen Posten nur auf die Tüchtigkeit sieht und dort nicht vielmehr ein System von Bevorzugungen herrscht? Aber das englische Parlament hat sie keineswegs in dieser Art vor sein Forum gezogen, sondern geht einen

nicht allein mit Fleisch und Blut, sondern auch „den bösen Geistern unter dem Himmel kämpfen" und daß diese bösen Geister gar plötzlich und scheinbar unerklärbar die greulichste Verwüstung unter den Treuen anrichten können. Aber — — wir begehen ja in diesem Jahre große nationale Feiern! Die freudige Erinnerung an die Erhebung sollte die schmerzliche an den Fall nicht ganz verdrängen. Die Geschichte Beider läßt sich in wenige Worte zusammenfassen. Eine höchst wohlmeinende, väterliche Regierung hatte eine zwar conservative, aber darum doch sehr verkehrte Politik gemacht. Ruhe war die erste Bürgerpflicht — eine wahre Kirchhofsruhe, was das innerste Leben des Volkes betraf. Die Regierung vertraute der Armee, und das Uebermaaß dieses Vertrauens erzeugte dann auch hier und da einen Uebermuth unter den Officieren, der heute noch schwer zu verstehen ist, aber damals sicher noch schwerer zu tragen war. Der Feind kam als Vertreter eines dämonischen Principes an der Spitze einer tapfern Armee. Wir stellten ihm eine, zwar nicht kriegserfahrene, aber doch mindestens ebenso tapfere, gut geschulte, gehorsame und kampfbereite Armee gegenüber, aber statt eines großen Principes in der Avantgarde und einer von freudiger Vaterlandsliebe tief begeisterten Nation in der Reserve — die Principienlosigkeit vorn und die Faulheit der Gedanken und die Trägheit der Herzen in der Reserve. Die Armee schlug sich tapfer, aber sie wurde geschlagen. Die Fremdherrschaft kam mit ihren Leiden und Demüthigungen. Aber unter dem Drucke der französischen Bajonette selbst warf eine geistige, eine religiöse Wiedergeburt des Volkes die Furcht von sich, und die Trägheit und die Gleichgültigkeit gegen das allgemeine Wohl und die sklavische

---

viel praktischeren Weg, indem es für die Zukunft den Eintritt in diese und jene Laufbahn z. B. in die diplomatische an gewisse gesetzliche und wenigstens in England dann auch unerläßliche Bedingungen knüpfen will, nicht um „Bevorzugungen" unmöglich, aber um sie möglichst unschädlich zu machen. Und weiß etwa der Präsident der nordamerikanischen Vereinigten Staaten nichts von systematischer Bevorzugung? Ist er etwa für die Dauer seiner Regierung eine entnannte Spitze, ein willenloses unpersönliches Wesen? Oder sind Bevorzugungen der Partei besser als diejenigen des Adels? Wollen wir frei sein, so müssen wir lernen wahr und gerecht sein und die Freiheit in etwas Anderem suchen, als dem Rechte — Andere zu tyrannisiren. Natürlich ist hiermit die Wahrheit des Satzes nicht aufgehoben, daß jeder Mißbrauch sich von selbst bestrafen wird, denn die Handlungen der Fürsten unterliegen denselben sittlichen Gesetzen wie die anderer Menschen Aber eine Verfassung, welche die Fürsten durchaus vor Thorheiten schützen wollte, müßte sie zu bloßen Puppen machen und selbst damit würde, wie die Erfahrung gezeigt hat, keineswegs der Bestand der Throne und der Dynastie gesichert sein.

Vergötterung des Friedens und den Moder, der die Wurzeln des Lebens bedeckte und den man als das Leben selbst „conserviren" zu müssen geglaubt hatte! Ein neuer Geist kam und durchwogte das ganze Preußen und bald das ganze Deutschland. Und was für Menschen, was für Patrioten, was für Soldaten schuf dieser Geist! Da ist es völlig überflüssig und unwürdig, darüber zu streiten, ob es die alten Soldaten und Officiere oder die Neulinge waren, die den glänzendsten Erfolg herbeiführten. Es waren die Alten, aber verjüngt durch einen neuen Geist und es waren die Jungen, aber gereift in der Schule bitterer Erfahrung und begeistert von der uneigennützigsten, opferwilligsten Vaterlandsliebe! Bei den Festmahlen, an denen man unserer großen tapferen Heerführer, der unvergleichlichen Armee, der noch mit Ehrenzeichen geschmückten lebenden Veteranen dankbar gedenken wird — wird man ohne großes Unrecht der Fichte, der Schleiermacher, der Stein und aller derer nicht vergessen dürfen, die jenes neuen Geistes Organe und Träger waren. „Gott neigte das Herz des Königs zu dem Herzen seines Volkes" — diese Aeußerung ist kürzlich dem hohen Oberkirchenrathe selbst entschlüpft. Damit hat er aber bekannt, daß es das Herz des Volkes, also der Volksgeist selbst war, zu dem der König sich neigte und in dem er — im Gegensatze zu früheren Richtungen — das Heil und den Weg der Rettung erkannte. Ein bedeutungsvolles Zugeständniß! Und wie hat das Volk diesen König, unter dem und mit dem es so schwer gedemüthigt worden war und so bitter gelitten hatte, später gerade um dieser Hinneigung zu seinem Herzen willen geliebt, so geliebt, daß, so lange Er lebte, Niemand ernstlich daran gedacht — an die Erfüllung gegebener Verheißungen ernstlich zu mahnen. — — —

Wird es neuer bitterer Erfahrungen und Demüthigungen bedürfen, um darzuthun, wie gefährlich es ist, die ganze Zukunft auf eine Karte zu setzen, und wie der innere Frieden und die Stellung nach Außen noch von anderen Dingen abhängig sind, als selbst von der vortrefflichsten Organisation der Armee?! Hoffentlich nicht, und daher wird man auch ferner nicht das, was in Bezug auf das Consularwesen nothwendig ist, aus Rücksicht auf immer wachsende Bedürfnisse der Armee aufschieben oder ganz unterlassen wollen.

d. Also von einem preußischen geordneten Consularwesen außerhalb der Türkei ist kaum zu sprechen. Wie aber sind wir darauf gekommen, bei einer im Uebrigen so durchgreifenden Vernachlässigung verhältnißmäßig so bedeutende Summen auf die Türkei zu verwenden? Sind denn die politischen und commerciellen Interessen Preußens dort so bedeutend und vorwiegend, oder ist die Zahl unserer Schutzbefohlenen gegenüber der Zahl derer, die in anderen Ländern des Schutzes bedürfen, so groß? Durchaus nicht — aber wir mußten dort etwas „Großmacht" spielen, und die eigenthümlichen Rechtsverhältnisse in der Türkei, so wie die Einräumungen, die sie den christlichen Mächten in Bezug auf eine selbstständige Rechtspflege machen mußten, gaben eine scheinbar dringende Veranlassung dazu. Indessen sind auch in dieser Beziehung, zum wenigsten in den nur unter türkischer Oberhoheit stehenden Ländern Veränderungen zu erwarten, und den Consuln wird dort bald keine größere Gerichtsbarkeit verbleiben, als man ihnen in christlichen Ländern auch wird einräumen müssen. Jedenfalls ist zu erwägen, daß England und Frankreich in der Türkei als große See=, Rußland und Oesterreich aber als Nachbarmächte bedeutende Interessen zu vertreten haben und daher immer eine sehr kostspielige Consulats-Verwaltung unterhalten müssen. Das Beispiel dieser Mächte kann daher für uns nicht maaßgebend sein. Freilich giebt es Einige, die der Meinung sind, Preußen habe im Orient — den Protestantismus zu vertreten. Diese Ansicht bekundet mehr eine gute Gesinnung als ein rechtes Verständniß der Aufgaben eines Staates und des Verhältnisses seiner Gewalt zur Religion überhaupt und zum Christenthum insbesondere. Jede Verbreitung des Christenthums durch Gewalt oder äußerliche Mittel widerspricht seinem Geiste. Am wenigsten kann ein Staat, dessen Unterthanen zu zwei Fünftel Katholiken sind, daran denken, auf Staatskosten im Auslande den Protestantismus im Gegensatz zur katholischen Kirche vertreten zu wollen. So weit solche Vertretung zulässig ist — nämlich die Abwehr von etwaigen Verunglimpfungen und Vergewaltigungen gegen evangelische Christen — wird England solche zu einer Ehrenverpflichtung zählen müssen und derselben viel besser genügen können, als wir es jemals im Stande sind. Jedenfalls brauchte protestantischer Eifer — der sich vor Allem bei uns selbst durch positive Schöpfungen bewähren müßte — uns nicht abzuhalten, unsere Schutzbefohlenen und Interessen dem Schutze Oesterreichs unter gewissen Modalitäten anzuvertrauen. Hierfür würde Preußen und der Zollverein wiederum die consularische Vertretung Oesterreichs in den Ländern übernehmen können, in denen vorzugsweise unsere Interessen in Betracht kommen. Eine selbstständige Politik im Orient kann Preußen doch nicht verfolgen. Nur mit einer gänzlichen Verleugnung seines „deutschen Berufes" wird es dort jemals etwas Anderes zu thun vermögen, als die Politik Oesterreichs zu unterstützen, ebenso wie Oesterreich die Politik Preußens im Norden unterstützen muß, wenn es sich nicht selbst für eine undeutsche Macht erklären will. Auf der Einigkeit

Preußens und Oesterreichs beruht diejenige Deutschlands. Auf der Einigkeit Deutschlands beruht seine glückliche Entwickelung im Innern, seine Unabhängigkeit nach Außen. Auf einem durch Einigkeit starken und in wahrer Freiheit sich entwickelnden Deutschland beruhen die Ruhe und Sicherheit Europas. So unbequem diese Sätze auch für manchen Parteipolitiker klingen mögen, wahr und richtig bleiben sie doch. In der Beherzigung ihrer Wahrheit sollte man ernstlich eine Verständigung mit Oesterreich suchen und die wechselseitige und gegenseitige, gänzliche oder theilweise Vertretung der beiderseitigen consularischen Interessen könnte ein symbolischer Ausdruck für eine wirklich neue Aera für Deutschland und das Loos deutscher Unterthanen im Auslande sein. Bis zur Verwirklichung dieser Idee mag's noch gute Zeit haben und ein näheres Eingehen auf diese Frage ist hier nicht am Orte. Aber das ist schon jetzt ausgemacht: ist die Erhaltung unseres Consularwesens in der Türkei eine Nothwendigkeit, so ist die Schöpfung eines wirklichen Consularwesens in anderen Ländern eine zehnmal dringendere, und wenn von den französischen Consular-Beamten nur ca. $1/9$, von den englischen $1/7$, von den amerikanischen $1/11$, von den spanischen $1/13$, von den österreichischen $11/19$, von den italienischen $1/3$, von den russischen $1/4$, von den schwedischen $1/17$ in der Türkei angestellt ist, so hat es wirklich etwas Komisches, wenn wir nicht weniger als $2/3$ unserer besoldeten Consuln in der Türkei und zwar **sieben Mal** so viel als in Europa und drei Mal so viel als in allen anderen Erdtheilen zusammengenommen haben — dabei doch nur im Ganzen — 21!

Siebentes Capitel.
Was nun?

1. **Keine Ausflucht!** 2. **Noch ein Sachverständiger.** 3. **Der nothwendige Entschluß und die ersten Schritte.**

1.

Der erste Schritt, um aus einer unrichtigen, unhaltbaren und verberblichen Richtung zu kommen, ist sie rückhaltlos als solche anzuerkennen. So lange man sie noch zu beschönigen, sich und Andere darüber zu beschwichtigen und zu beruhigen sucht, muß man immer tiefer hinein kommen — aller guten Vorsätze ungeachtet, die nebenbei laufen mögen. Ohne Sündenerkenntniß keine Sündenvergebung, ohne Buße keine Gnade, lehrt die Kirche. Um die Richtigkeit dieser Lehre zu begreifen, braucht man noch gar kein gläubiger Christ, man braucht nur ein ehrlicher Mensch von gesundem Verstande zu sein. Der kann Jedem sagen, daß Unrecht für Recht ausgeben nicht allein schlimmer, sondern auch gefährlicher ist, als ein einzelnes Unrecht thun oder gethan zu haben. Denn jener Versuch, etwa auf dem Gebiete des öffentlichen Lebens unternommen, verwirrt und empört nicht allein alle Gewissen, die sich nicht nach dem augenblicklichen Bedürfnisse zu modeln verstehen, sondern er reißt auch diejenigen, die ihn machen, immer tiefer und tiefer in die Sünde hinein und bringt sie dahin, wohin sie allerdings niemals haben kommen wollen. Denn wer Sünde thut, der thut auch Unrecht, und wer Sünde thut, der ist der Sünde Knecht. Das sind ewige Gesetze, nicht zu verändern durch die riesigsten Anstrengungen des sich selbst vergötternden Menschenverstandes und Menschenwillens — am wenigsten durch einen experimentirenden Leichtsinn, selbst wenn er sich auf die physische Macht stützt. Was aber im Ganzen und Großen richtig ist, ist es auch im Einzelnen und Kleinen.

Also auf die Frage: „Was nun?" nur keine Ausflucht, kein Versuch, zu beschönigen, oder sich selbst und Andere zu beschwichtigen! Denn, so lange man den heutigen Zustand unseres Consularwesens noch zu beschönigen und zu vertheidigen sucht, ist an eine gründliche Verbesserung desselben gar nicht zu denken. Es giebt aber zwei Hinweise, mit denen solche Versuche gemacht zu werden pflegen. Der erste Hinweis kommt darauf hinaus, daß durch die Gesandtschaften, welche nach der Dienst-Instruction „im Allgemeinen" zu den vorgesetzten Behörden der Consuln gemacht werden sollen, gewissermaaßen der Vortheil „einer zweckmäßigen Verbindung der consules missi mit den kaufmännischen Consuln" erreicht werden könne. Wir müssen es König zur Ehre nachsagen, daß er diesen Hinweis nicht einmal versucht hat. Hierzu kannte er die consularische Aufgabe einerseits und andrerseits unsere Diplomatie zu gut. Außerdem ist dieser Hinweis nicht allein schon im fünften Capitel widerlegt, sondern die im sechsten Capitel vorgetragenen Thatsachen legen auch ein lautes und unwiderlegbares Zeugniß gegen ihn ab. Wenn die anderen Regierungen und Parlamente großer Staaten ihren Diplomaten die Lösung dieser Aufgabe nicht zutrauten, so werden wir hierzu wohl auch keine gegründete Veranlassung haben. Die preußische Diplomatie mag im Ganzen nicht weniger befähigt und tüchtig sein als manche andere, aber daß sie besser sei als die englische, französische, russische, österreichische u. s. w., das wird auch Niemand behaupten wollen, der diesen Verhältnissen näher getreten ist. Und gerade die ausgezeichneteren Diplomaten, sowohl preußische als andere, räumen ganz rückhaltlos ein, daß es unmöglich ist, durch die Diplomatie den Vortheil der Verbindung von besoldeten und kaufmännischen Consular-Beamten zu ersetzen, und die diplomatischen Vertreter kleinerer Staaten beklagen es lebhaft, daß die finanziellen Mittel derselben die Anstellung besoldeter Beamter nicht erlauben. Also mit diesem Hinweis ist es Nichts.

Einen anderen Hinweis versucht König. Ob er damit glücklich gewesen ist, werden wir sehen. „Uebrigens" — sagt er — „hat gerade Preußen unter seinen kaufmännischen Consuln nicht wenige Männer, welche sich an dem Orte ihrer Residenz allgemeiner Achtung und eines bedeutenden Einflusses erfreuen, und welche mit seltener Selbstverleugnung all ihr Streben darauf richten, den Handel Preußens zu heben."

Soll das Wörtlein „gerade" in dieser Sache überhaupt Etwas zu bedeuten haben, so muß es natürlich heißen: „im Voraus, vor vielen anderen Staaten!" Aber mit welchem Rechte kann man „gerade" für Preußen einen solchen Vorzug beanspruchen? Haben nicht auch die anderen Regierungen unter den kaufmännischen Agenten, die, gleichviel mit welchem Titel, unter besoldeten General-Consuln oder Consuln fungiren, ebenfalls solche, denen das gleiche Zeugniß, so weit es überhaupt Sinn hat, nicht versagt werden darf? Diese Frage kann um so weniger verneint werden, als sehr viele preußische Consuln zugleich Consuln und Vice-Consuln anderer

Staaten sind, wodurch noch beiläufig dieses ganze kaufmännische Consularwesen eine neue Beleuchtung empfängt. Man dient nicht allein zwei
Herren, sondern dreien und vieren auf ein Mal — aber es ist auch darnach. Und wollte die preußische Regierung etwa es einem ihrer „königlichen Consular-Beamten" abschlagen, noch einen Consulatsposten für eine
andere Regierung mitzuübernehmen — wenn der Consul sich überhaupt
zu solcher „Anfrage" veranlaßt sieht — so wird er sich ganz einfach fragen,
welcher Posten für sein Geschäft der vortheilhafteste ist und hiernach
handeln. Denn daß im Uebrigen ein fremder Kaufmann nicht etwa eben
so gern englischer und französischer u. s. w. wie „gerade" preußischer Consular-Beamter sein will, wird doch nicht behauptet werden sollen.

„Nicht wenige Männer" sind noch nicht viele, geschweige denn alle.
Ganz im Gegentheil, es gilt auch hier, daß die Ausnahme die Regel
bestätigt. Von den enragirtesten Verehrern der Verfassungsurkunde kann
man es hören, daß sie gern dem Absolutismus huldigen würden, wenn
man nur immer die Garantie hätte, „einzige Friedriche" auf dem Thron
zu sehen. Die entschiedensten Gegner des Papstthums können und werden
es nicht bestreiten, daß es ausgezeichnete Päpste gegeben hat, die sich um
die ganze Christenheit wohl verdient gemacht haben. Aber eben die Seltenheit der Friedriche und jener großen Päpste hat gegen den Absolutismus
und das Papstthum so mißtrauisch gemacht, obschon sehr viele Monarchen
im Uebrigen außerordentlich brave und viele Päpste persönlich ausgezeichnete Männer waren. Kaufmännische Consuln, auf die wirklich das obige
Zeugniß vollkommen paßt, sind eine Ausnahme, während andrerseits
besoldete Beamte, auf die es in seiner wesentlichen Bedeutung nicht
paßte, zu den zu beseitigenden Ausnahmen gehören würden.

Aber was bedeutet nun jenes Zeugniß überhaupt? Eine Illusion.
Nicht um den Handel Preußens, sondern um ihren Handel mit Preußen
zu heben, werden — wenn nicht andere Gründe, die mit dem Handel
eigentlich gar nichts zu thun haben, maaßgebend waren — fremde Unterthanen und Kaufleute preußische Consuln.*) Dafür, daß fremde Kaufleute
bestrebt gewesen sind, auf Kosten ihres eigenen Geschäftes und in Verletzung der eigenen Interessen oder der Interessen des eigenen Landes den
preußischen Handel zu heben, würden erst thatsächliche Beweise beizubringen

---

*) Wenn z. B. jetzt die sämmtlichen kaufmännischen Consuln und Vice-Con-
suln in Rendsburg und Tönning ihre Chefs in den Bemühungen gegen den Transitzoll
durch schätzenswerthes Material unterstützen, so ist das sehr dankenswerth, aber doch
dabei nicht zu übersehen, daß die Herren lediglich und vor Allem in ihrem eigenen
Interesse handeln.

sein, wenn man diese Behauptung des geehrten Herrn Verfassers für mehr als eine freundliche Aeußerung halten sollte. Es ist uns allerdings ein Fall bekannt geworden, in dem ein kaufmännischer Consul theils selbstständig, theils in Unterstützung besoldeter Beamten treulich mit an der Erreichung eines Zieles gearbeitet hat, das sowohl seinen consularischen, wie kaufmännischen Einnahmen so gut wie ein Ende machen mußte. Aber er hat es, woraus er kein Hehl gemacht, in der Hoffnung gethan, daß ihm die preußische Regierung hierfür eine passende Entschädigung gewähren würde — worin er sich zu unserem lebhaftesten Bedauern getäuscht hat!! Aber jener Fall lag damals noch nicht vor. Wir fürchten vielmehr, daß jenem Verfasser, Herrn König, nur Personen vorgeschwebt haben, an deren Verherrlichung man sich an gewissen Stellen gewöhnt zu haben schien und die allerdings die außerordentliche Selbstverleugnung besaßen, für so hohe directe und indirecte Einnahmen aus dem „unbesoldeten" Consularamt, wie sie den besoldeten Beamten niemals zu Theil werden können, zuweilen sehr vortreffliche und zum Theil wiederum mit Staatsgelde bezahlte Berichte einzusenden, und auch neben anderen ausgezeichneten persönlichen Eigenschaften sehr gastfrei zu sein u. s. w. Aber gleichwohl hat sich doch herausgestellt, daß die Verwaltung ihres General-Consulates außerordentlich viel zu wünschen übrig ließ und nicht unwesentlich dazu beigetragen hat, unser ganzes Consularwesen in jenen Ländern in sehr mangelhaftem Zustande zu erhalten und dadurch unter Anderem für die wichtige Schiffsdisciplin in hohem Grade nachtheilig zu wirken. Und von der Selbstverleugnung der Wenigen, für die Preußen noch heute die melkende Kuh ist, wollen wir lieber schweigen, ohne im Uebrigen ihre Verdienste und ihren Verdienst schmälern zu wollen. — Und was hat es denn nun mit der „allgemeinen Achtung und des bedeutenden Einflusses (!) am Orte ihrer Residenz" auf sich?! Kann es Jemandem, der uns bis hierher mit einiger Aufmerksamkeit gefolgt ist, entgangen sein, daß es sich in sehr wesentlichen Beziehungen für den Erfolg der Thätigkeit der Consuln darum handelt, ob sie die volle Achtung und das volle Vertrauen der Schiffer oder Matrosen besitzen oder nicht. Aber dieses volle Vertrauen wird insonderheit seitens der Matrosen kaufmännischen Consuln niemals zu Theil werden. Das „gemeine Volk" hat sehr oft und selbst da, wo man es nicht vermuthen sollte, ein durchaus richtiges und treffendes Urtheil, das in diesem Falle einen halben Beamten für gar keinen Beamten hält. Personen ohne „allgemeine" Achtung sollten sich überhaupt gar nicht unter den Consuln befinden. Es wird also hier wohl eine besondere Achtung als Consul gemeint gewesen sein. Hierbei käme es nun unter

Anderem auf das Verhältniß der preußischen kaufmännischen Consuln zu den besoldeten Consuln anderer Länder an. Denn mögen auch in einzelnen Fragen die Interessen derselben scheinbar auseinandergehen, die besoldeten Consuln haben im Allgemeinen in dem Lande, in dem sie fungiren, dieselben Ziele zu verfolgen und dasselbe Interesse wahrzunehmen. Daher ist es für die consularische Wirksamkeit oft von großem Einflusse, daß man sich mit seinen Collegen auf einen guten und freundschaftlichen Fuß zu stellen und zu erhalten weiß. Aber kaufmännische Consuln werden von besoldeten sehr selten oder nie als Collegen betrachtet und behandelt, und wenn auch die preußische Regierung im Staatshandbuch und in der Dienst-Instruction und in der Uniform u. s. w. die kaufmännischen Consuln ihren besoldeten Beamten ganz und gar gleich stellen kann, so vermag sie natürlich doch keinen englischen, französischen, russischen oder anderen „wahren" General-Consul oder Consul zur Anerkennung dieser Gleichheit, d. h. einer Illusion zu vermögen, die man sich in Berlin zu machen beliebt. Denn es handelt sich nur um eine Illusion, weil die Gleichheit am Orte der Residenz, wo es doch darauf ankommt, schon durch die durchgreifende Verschiedenheit der Stellung, Rechte und Privilegien zerstört wird, die den besoldeten Consuln, fremden Unterthanen, im Gegensatz zu den kaufmännischen Consuln, den eigenen Unterthanen, eingeräumt sind. Und mit verschiedenen Augen werden Beide von der höchsten Spitze der Regierung an bis zum letzten Beamten, von den Behörden wie vom Publicum selbst betrachtet!*) Jene Gleichheit wird weiter dadurch zer-

---

*) Hierzu zwei kleine komische aber charakteristische Geschichten, denen die kurze Erwähnung einer ernsthafteren sich anschließen mag. In einer Residenz, der Hauptstadt eines freien Landes, hatte eine gewisse Regierung einen reichen Kaufmann, der sich in Wahrheit und in wohl verdienter Weise „allgemeiner Achtung und auch eines bedeutenden Einflusses" erfreute, zum General-Consul ernannt. Diese Wahl, sollte es ein Kaufmann sein, war daher eine glückliche. Es war aber dort Sitte, daß neu ernannte General-Consuln (missi) beim Monarchen in einer besonderen Audienz vorgestellt wurden. Der neue General-Consul ging nun einen hohen Hofbeamten, seinen culinarischen „Freund und Gönner" an, ihm doch auch eine solche Audienz zu verschaffen — so wenigstens erzählte man. Der Betreffende, sonst ein Mann strengster Etikette, gab auch das Versprechen, jenen Wunsch dem allergnädigsten Herrn vorzutragen, und hielt sein Wort. Aber der Monarch, der sich im Uebrigen keineswegs in überspannte Theorien verloren, sondern im höchsten Grade auf den Boden realer Verhältnisse gestellt hatte, soll geantwortet haben: „Was? Das soll mir ja nicht einfallen. Wenn der Herr N. N., mein charmanter Hoflieferant, mich sehen will, so mag er an den Tagen kommen, wo ich für jeden meiner Unterthanen zu sprechen bin und da soll es mir lieb und angenehm sein, ihn zu sehen. Aber ich werde nie einen meiner Unterthanen als eine Art Repräsentanten einer fremden Macht empfangen und behandeln. Mag der

stört, daß die Einen dem Amte, dessen Titel sie tragen, ihre ganze Zeit und Kraft widmen, während es für die Anderen nur ein Nebengeschäft oder gar kein Geschäft, sondern eine bloße Spielerei ist. Ja, jene Gleichheit ist schon durch den ganz verschiedenen Weg ausgeschlossen, auf dem die Inhaber zu ihren Stellungen gekommen sind — die Einen in der Regel durch langjährige treue Dienste, besondere Talente und mühsam erworbene Kenntnisse, die Andern durch das glückliche Ungefähr guter Geschäftsverbindung oder persönlicher Bekanntschaft, oder zuweilen auch auf dem nicht mehr ungewöhnlichen Wege — guter Bezahlung! In einem gewissen Lande verkaufte früher der General=Consul eines übrigens nicht deutschen Staates die von ihm ressortirenden und daher auf seinen Antrag zu besetzenden Consulatsposten für 5—800 Thlr., wogegen die Consuln wieder für die Vice=Consulstellen 150—300 Thlr. nahmen. Das Erstere nahm bei der Bestellung eines besoldeten General=Consuls ein Ende, das Letztere soll noch bis in die neueste Zeit fortgedauert haben. Es giebt Residenzen, wo die consularischen Titel für Kaufleute eine Art Cours haben. Für den General=Consul=Titel wird so und so viel, für den bloßen Consul so und so viel bezahlt — ja zuweilen soll man auch hören: "Wenn Sie mir das und das Ge-

---

gute N. N. so viel General=Consul spielen als ihm beliebt und als solcher fungiren, für mich bleibt er mein Unterthan und wird nie etwas Anderes." — Natürlich wurde über diese Geschichte viel gescherzt und gelacht, aber sie ist im Grunde gar nicht scherzhaft, sondern sehr lehrreich und empfiehlt sich auch ernster Erwägung. — — In einem anderen Falle nahm die Sache anfänglich einen glücklicheren Verlauf, aber um für den Betheiligten keineswegs glücklicher zu enden. Ein deutscher Sechsbez=Staat hatte in einer —schen Provinzialstadt einen "Consul" bestellt. Dieselbe ist Sitz der höchsten Provinzialbehörde. Der neue Consul richtete, nachdem er in den Besitz des Exequaturs gekommen war, an den Inhaber derselben ein Schreiben, worin um Angabe einer Stunde gebeten wurde, wo er dem Herrn X als Consul seinen Antrittsbesuch machen könne. Der Herr X. gab in einem höchst verbindlichen und mit allen diplomatischen Chicanen wohl ausgestatteten Schreiben diese Stunde an und obschon bekannt war, daß er nichts weniger als ein besonderer Freund von Uniform und Orden war, empfing er den neuen Consul in Galla-Uniform und behandelte ihn so feierlich, daß — erst das Gelächter des Beamtenpersonals und dann dasjenige der ganzen Stadt nicht ausbleiben konnte! Später nahm es leider mit dem Consul und Consulate ein trauriges Ende. — Kürzlich ließ in einer dänischen Provinzialstadt ein untergeordneter Beamter einen kaufmännischen Consul auf den bloßen Verdacht hin, bei einer Strandungsaffäre unredlich gewesen zu sein, verhaften und ließ ihn wieder los, als er den Verdacht nicht näher zu begründen vermochte. Ein solcher Versuch würde natürlich einem besoldeten Consul gegenüber nicht gemacht oder von sehr unangenehmen Folgen für den Beamten gewesen sein, der jetzt nur einen freundschaftlichen Verweis erhalten haben soll. Aber mit dem "consularischen Ansehn" des Betreffenden ist es doch durch eine solche "Geschichte" für immer vorbei.

neral-Consulat verschaffen können, so soll mir kein Opfer zu groß sein. Bestimmen Sie nur!" Für welche Macht man „Consul" wird, ist dabei gleichgültig — gelingt es bei der einen nicht, so wird's bei der andern versucht, schlägt's auch da fehl, bei der dritten u. s. w. Ist's nicht Griechenland, so ist's vielleicht die Türkei, ist's nicht Holland, so vielleicht Belgien, ist's nicht ein Königreich, so muß ein Herzogthum oder eine Republik auch gut sein — oder ist's nicht baierisch, so wird Waldschlößchen versucht; ist auch das sauer, so käme es auf die braunschweigische Mumme an, und ist es auch mit ihr Essig, so wird sich wohl noch ein anderes deutsches Getränke finden, das den Durst befriedigen kann. Eine heitere Wirthschaft! Und verschieden wie der Weg, auf dem man zum Ziele kommt, sind die Motive. Da ist es noch das verhältnißmäßig beste, wenn gerade das „Geschäft" mit dem betreffenden Lande den Wunsch rege macht, es auch consularisch zu vertreten. Freilich kann gerade diese Verbindung der Interessen zu den ärgerlichsten Conflicten zwischen dem Consul und dem Geschäftsmann führen, wie das schon aus früheren Darlegungen erhellt. Aber mit der Ausdehnung des auf Preußen basirten Geschäftes wächst ja auch der preußische Verkehr und — wie sich dabei die Schiffsmannschaften stehen, darauf kommt zuletzt doch nur wenig an! Aber es ist in der That noch viel besser, daß Jemand nur zur Erhöhung seines geschäftlichen Credits oder zur Vermehrung seines Geschäftsumfanges nach einem Consularamte strebt, als wenn männliche oder weibliche Eitelkeit, Titel- oder Rangsucht, oder gar der Wunsch, sich Pflichten gegen das eigene Land oder die eigene Gemeinde zu entziehen, die wahren und letzten Motive dieses Strebens sind! Es ist nur thöricht, von einem fremden Staatsbürger und angesehenen, und daher doch wahrscheinlich auch sehr thätigen Geschäftsmanne diejenige volle Hingebung an das consularische Amt zu erwarten, die überall, wo es überhaupt eine Bedeutung hat, erforderlich ist. Aber es ist unbestreitbar unsittlich, von einem Bürger eines fremden Landes zu verlangen, daß er eventuell seine eigene Obrigkeit bei einer fremden Regierung denunciren oder der Ersteren in eintretenden Conflicten mit derjenigen Unabhängigkeit und Entschiedenheit gegenüber treten soll, die nach der Sachlage erforderlich wären. Nur in Zeiten einer wahrhaften babylonischen Begriffs- und Sprachverwirrung — und wäre sie erst allgemein geworden, so würde auch der großartigste Zerfall aller Verhältnisse die unausbleibliche Folge sein — könnte diese Seite der Sache gänzlich übersehen werden. Wo der Schwerpunkt einer Consulats-Verwaltung und namentlich auch einer General-Consulats-Verwaltung in besoldeten Beamten liegt, können Kaufleute unter ihnen sehr gut Consular-Beamte sein und auch recht nützliche Dienste leisten, ohne mit ihrer Stellung als Staatsbürger, in einen unsittlichen Widerspruch zu gerathen.*) Denn bei eintretenden Conflicten mit den Landesbehörden sind es eben die besoldeten Beamten die sofort für jene kaufmännischen Consuln eintreten, wie denn das verhältnißmäßig beste Consular-Reglement, das es giebt, den Letzteren geradezu verbietet, sich selbst mit den Behörden ihres Wohnortes auch nur in eine schriftliche und officielle Controverse einzulassen, sondern die kaufmännischen Agenten anweist, solches ihrem Chef, dem vorgesetzten Consul, anheim zu stellen. Und wiederum, was ist für eine energische Vertretung unserer Interessen — und das Interesse sogar eines unserer ärmsten und geringsten Mitbürger gehört zu unserem Interesse — durch Consuln bei Behörden zu erwarten, welche die Ersteren auf mannigfache Weise wieder chicaniren und kränken können?!

---

*) Da kommt es denn darauf gar nicht oder sehr wenig an, ob diese kaufmännischen Consuln Sympathien für die preußische actuelle Politik oder gar für ein vorübergehendes Ministerium haben. Sollten diese Sympathien, insonderheit die letzteren, die conditio sine qua non sein, so würde es Zeiten geben, wo die „Vierhundert und Einige" bis auf die „Einigen" zusammenschmelzen oder ganz und gar verschwinden müßten! Das Verhältniß zwischen Preußen zu Dänemark ist in dieser Beziehung seit Jahren besonders delicat. Hätte man hier bei den für die Besetzung von Consular-Aemtern zu machenden Vorschlägen und abzugebenden Gutachten danach fragen wollen, ob die Betheiligten auch in Sachen Deutschland contra Dänemark unbedingt auf Seiten des Ersteren ständen, so würden sich gar keine Personen gefunden haben, die sich der allgemeinen Achtung und auch nur einigen Einflusses zu erfreuen gehabt hätten. Es kam vielmehr nur darauf an, im Uebrigen geeignete Männer zu finden, deren unzweifelhafter dänischer Patriotismus nicht in antideutschen Fanatismus ausgeartet und von deren ehrenhaftem Charakter daher zu erwarten war, daß sie nicht dem einzelnen Deutschen gegenüber ihre Pflicht aus nationalen Gründen versäumen würden. Andrerseits würde es weder passend noch geschickt gewesen sein, in den Herzogthümern Holstein und Schleswig Personen zu wählen, die sich etwa durch eine leidenschaftliche Parteinahme gegen die dänische Regierung hervorgethan hätten, vielmehr konnten nur Solche zu diesen Aemtern als geeignet erachtet scheinen, die bei allen ihren Sympathien für die Sache ihres Landes durch ihr streng correctes Betragen ein wenigstens äußerlich freundliches Verhältniß zu den königlich dänischen Landesbehörden aufrecht erhalten hatten. Eine gewisse Solidarität der Regierungen ist nicht abzuleugnen und daher eine gewisse Rücksichtnahme selbst auf die feindlichst gesinnte in diesen Beziehungen nie aus den Augen zu lassen. Für die politische Seite der consularischen Aufgaben war, wo sie in Betracht kommen sollte, anderweit gesorgt, und daß die Consular-Beamten weder in dem einen, noch in dem anderen Landestheile zu Gunsten der einen oder anderen Partei Thatsachen entstellen oder verdunkeln würden, nach denen sie gefragt würden, war gerade nach den bei ihrer Auswahl befolgten Grundsätzen nicht zu befürchten.

Kaufmännische Consular-Beamte sind daher endlich selbst sehr wohl zufrieden, von besoldeten Beamten zu ressortiren, weil sie nicht allein in zweifelhaften Fällen einen Mann haben, an den sie sich mit Vertrauen wenden können und von dem sie nicht einen Bescheid empfangen, nach welchem „man wieder gerade so klug ist denn zuvor", sondern auch weil dadurch ihre ganze Stellung einen starken Rückhalt bekommt und sie eventuell der Nothwendigkeit überhebt, mit ihren eigenen Obrigkeiten Differenzen auszufechten. Als Ende 1853 ein besoldetes General-Consulat für Dänemark und die Herzogthümer der Sache nach errichtet wurde und die bisher ganz selbstständigen Consuln in ein Ressortverhältniß zu demselben traten, wurden nicht allein darüber keine Beschwerden laut, sondern gerade die vorzüglichen der kaufmännischen Consuln haben oft ihre Zufriedenheit mit der neuen Einrichtung ausgesprochen, die sich im Laufe der Zeit in angemessener Weise entwickelte. Und gerade hier wollen wir eine liebe Pflicht erfüllen, indem wir von diesen kaufmännischen Consuln es öffentlich aussprechen, daß nicht nur „nicht wenige Männer unter ihnen", sondern daß sie Alle den Forderungen, die innerhalb der oben angegebenen Grenzen und Erwartungen an sie gestellt wurden, nach Kräften genügten, und daß wir in der Bereitwilligkeit, der reichen Erfahrung und dem persönlichen Vertrauen Vieler von ihnen eine nicht unwesentliche treuliche Unterstützung gefunden und ihr manche Erfolge zu verdanken gehabt haben.

So wenig angenehm es auch war, über eine Frage, die im Uebrigen der Theorie und Praxis nach von den vorzüglichsten Staaten entschieden ist, noch so viel schreiben zu müssen, haben wir doch, um die letzte Ausflucht abzuschneiden, uns diesen Darlegungen unterzogen. Daß es noch Mohren geben wird, die nicht weiß zu waschen sind, ist gar nicht zu bezweifeln. Habeant sibi! Wir wollen nur, ehe wir von dem Gegenstande Abschied nehmen, noch ein Zeugniß mittheilen, das einerseits diese Frage gar nicht von einem so principiellen, sondern nur von einem ganz praktischen Standpunkte und andererseits in Bezug auf ein Land bespricht, das sich weder nach seiner Größe und Bedeutung überhaupt, noch nach dem Umfange seines Handels mit Preußen und dem Zollverein messen und daher auch nur mit wesentlichen Opfern ein System von besoldeten und kaufmännischen Consuln annehmen kann. Und es handelt sich um das Zeugniß eines Sachverständigen aus der kaufmännischen Welt. Die schon Ueberzeugten können aber diese Nummer 2 gern überschlagen und sich sogleich zu dem dritten Abschnitte dieses Capitels begeben. — Der Zeuge ist unverdächtig, denn er ist weder besoldeter Consul, noch will er es werden. Er hat sich viel in der Welt umgesehen und in seinem eigenen Fache

Tüchtiges geleistet. Der Ort, wo er dieses Zeugniß abgiebt, ist ein im Anfange des vorigen Jahres geschriebenes Buch,*) in dem er — ein entschiedener Freihändler — die Mängel des Zolltarifes in schlagender Weise bekämpft und sehr beachtenswerthe, im Interesse auch des Zollverein-Verkehrs liegende Verbesserungen des Zolltarifes wie der übrigen Handels-, insonderheit der Wechsel- und Fallit-Gesetzgebung vorschlägt. In jenen Theilen seines Buches spricht überall ein erfahrener Praktiker, der nicht allein mit der Handelswissenschaft vertraut ist und mit Zahlen und Thatsachen vortrefflich umzugehen weiß, sondern auch das praktische Geschäft und das Handels- und Volksleben bis in das Detail kennt. In einem Abschnitt hat er sich auch über die Leitung des Handels „heim und auswärts" ausgelassen, und diesem Abschnitte entnehmen wir das folgende Zeugniß. Das Einzige, was sich gegen die Person dieses Zeugen einwenden ließe, aber nur vom Unverstande, wäre, daß er ein Däne ist. Aller Haß ist dumm, der dümmste aber der Nationalhaß. Wir haben es immer als einen glücklichen Zug des deutschen Volkes bezeichnet, daß seine Gemüthsart für diesen Haß wenig empfänglich ist — die Ausnahme bestätigt auch hier die Regel. — Wir hoffen aber die Regel auch an unserem Theile insofern bewahrheitet zu haben und weiter zu bewahrheiten, als es niemals dem schnödesten Unrecht und den erbittertsten Anfeindungen der dänischen „Nationalen" und ihrem vielleicht noch mehr zur Schau getragenen als wirklich vorhandenen Hasse gegen Deutschland gelingen wird, uns auf ähnliche Bahnen zu locken und zu vermögen, eine Partei oder gar nur einzelne Mitglieder oder Sklaven dieser Partei mit einer ganzen Nation zu verwechseln. Möchte es die Letztere nie zu beklagen haben, daß sie der Ersteren gegenüber zu gläubig, zu geduldig, zu unselbstständig gewesen ist! Von dieser Gesinnung sind, wir wissen es sicherlich, auch die meisten Leser erfüllt, und sie werden daher ohne Vorurtheil den dänischen Sachverständigen hören.

2.

Unser Sachverständiger hat in den kurz vorhergehenden Sätzen die Ernennung eines Ministers verlangt, dem die besondere Aufgabe zufallen soll, die Hindernisse, die sich in Dänemark dem Freihandel entgegenstellen, aus dem Wege zu räumen und den gesammten dänischen Handelsstand so organisiren zu helfen, daß er später sein eigenes Interesse selbst wahr-

---

*) Betragtninger over nogle af Danmarks Handels-Told-og Skibsfartsforhold etc. bygget paa frihandelns Grundsaetninger.

nehmen kann. Ist diese Aufgabe gelöst, so soll der besondere Minister wieder verschwinden und für die der Regierung zum Handel verbleibenden Beziehungen von einem bloßen, von einem anderen Ministerium (des Innern) ressortirenden Directorat gesorgt werden. Letzteres erachtet der Verfasser auch deshalb als im Interesse des Handels liegend, weil ein solcher Director nicht so oft zu wechseln brauche, wie das in Bezug auf die Minister nothwendig zu sein schiene. Hierauf fährt er fort:

„Eine der ersten Angelegenheiten, in denen er — dieser Minister-Organisator nämlich — eine Veränderung nothwendig erachten würde, wäre die Besetzung der wichtigsten Consularposten mit besoldeten Consuln, die dem Handel von größtem Nutzen sein könnten. Zum Wenigsten müßten besoldete Consuln in den Ländern angestellt werden, die von der größten Wichtigkeit für unsere Exportartikel sind, und an den transatlantischen Plätzen, an denen unsere Flagge wegen der weiten Entfernung vom Vaterlande und der Unsicherheit der dortigen Verhältnisse eines kräftigern Schutzes bedarf. In die erste Kategorie müßten drei General-Consulate auf das östliche England gerechnet werden, Leith, Hull und London, vielleicht auch Newcastle, in die letztere Kategorie außer einigen anderen China und Japan; im Ganzen zunächst 10 bis 12 Posten. Würden diese Beamten gut bezahlt, so würde das nach Abzug der einkommenden Gebühren höchstens eine Mehrausgabe von 60—70,000 Thlrn. erfordern — eine Summe, die mit Rücksicht auf den durch sie gestifteten Nutzen und auf die großen Summen, die zu anderen keineswegs so nützlichen und nothwendigen Dingen verausgabt werden, gar nicht in Betracht kommen kann. Sie würde überhaupt nicht als eine Mehrausgabe betrachtet werden können, denn der größere Aufschwung, den durch eine solche Veränderung der Handel sicherlich nehmen würde, würde wahrscheinlich der Staatskasse diese Auslage sehr vielfach wieder erstatten.

Wenn man die Instruction vom 11. Mai 1860 liest, muß man über die Menge der allerverschiedenartigsten Pflichten erstaunen, die auf einem General-Consul ruhen und nicht allein in Bezug auf den Hafen seiner Residenz, sondern für alle Häfen seines Districtes, da er für die Verwaltung der den Vice-Consuln anvertrauten Aemter nach § 25 verantwortlich ist. Man denke sich nun einen Mann wie den verstorbenen Consul Marshall in Leith, der selbst an der Spitze eines großen eigenen Geschäftes stand, das die ganze Arbeitskraft eines Mannes in Anspruch nehmen konnte. Aber außerdem sollte er seine Pflichten als Consul am Platze erfüllen und außerdem darüber wachen, daß alle Vice-Consuln in Schottland, die zu seinem Districte gehörten, die ihrige nicht versäumten.

Außer den bereits früher angeführten Pflichten einer umfassenden und regelmäßigen consularischen Berichterstattung (§§ 2 und 3 der Instruction) soll ein Consul immer bereit sein, wenn die Regierung ihn in einer oder der anderen öffentlichen Angelegenheit gebrauchen will. Er soll ungesäumt Alles anzeigen, was in Bezug auf den öffentlichen Gesundheitszustand und das Quarantänewesen in seinem District vorkommt. Er soll in allen vorkommenden Fällen die Person, das Eigenthum, die Rechte und Freiheiten eines dänischen Unterthanen beschützen und vertheidigen und soll entstehende Streitigkeiten und Conflicte beizulegen suchen. Er soll dabei den dänischen Unterthan mit Rath und That unterstützen und bei Streitigkeiten zwischen dänischen Unterthanen selbst eine Entscheidung treffen. Letzteres scheint doch eine größere Kenntniß unserer Sprache und Gesetzgebung, so wie auch mehr Zeit vorauszusetzen, als einem Manne zu Gebote stehen, der vielleicht kein Wort dänisch versteht und vom frühen Morgen bis zum späten Abend kaum zehn Minuten für etwas anderes als seine Geschäfte übrig hat. — Der Consul soll von den Papieren des Schiffers Einsicht nehmen, auf die Ordnungsmäßigkeit derselben halten und sie attestiren. Er soll Strandungscommissar sein, wenn kein Anderer vorhanden ist und soll dann für Schiff und Ladung sorgen. Er soll dafür sorgen, daß die Hinterlassenschaft dänischer Bürger, die in seinem District sterben und keine Erben am Platz haben, den rechten Erben zu Händen komme. Er soll beim Verkauf dänischer Schiffe im Auslande dafür sorgen, daß die Documente und Merkzeichen der Nationalität dem Schiffe genommen werden und auf dem Beilbrief bemerkt wird, daß das Schiff nicht länger dänisches Eigenthum ist. Er soll bei dem Ankauf fremder Schiffe dafür sorgen, daß die Abgabe bezahlt wird und das Schiff einen dänischen Meßbrief erhält. Er soll also für dänische Unterthanen, die in seinen District kommen, Alles sein: Freund, Rathgeber, Polizeimeister und Alles das in einer Person, was man in der Heimath bei Zehnen sucht, und Alles für die lumpige Bezahlung von 6 Schill. (1½ Sgr.) für die beladene Commerzlast und resp. 1 Thlr. und 3 Mk. für Visirung der Schiffsjournale. Zugleich soll er über Alles, was beim Consulat vorgeht, zwei Journale führen und zu den befohlenen Zeiten Berichte an das Ministerium einschicken.

Wie kann man sich nun vorstellen, daß ein Mann mit großem, eigenem Geschäft, der die Sprache kaum versteht, der keine Kenntniß unserer Verhältnisse und kein Interesse für uns hat, alle die laufenden Geschäfte und Pflichten seiner consularischen Stellung in einer zufriedenstellenden Weise erfüllen kann — vielleicht in einem District, wo 1000 bis 1500 Schiffe mit einer Besatzung von circa 10,000 Mann ankommen?! Wie kann man glauben, daß er Zeit und Lust habe, sich um die vielen Streitigkeiten der Seeleute zu bekümmern, die nicht immer zu den friedlichsten gehören? Selbst wenn der Consul die Sprache versteht, was er in der Regel nicht thut, so fehlen ihm Zeit und Lust dazu — und nun glaubt man sogar noch, daß er viel Zeit darauf verwenden wird, lange und erschöpfende Berichte über die in §§ 2 und 3 der Instruction aufgeführten Gegenstände zu schreiben, deren Untersuchung allein mehr Zeit erfordert, als er darauf verwenden kann.

Aber freilich, es giebt auch eigentlich Niemanden, der das glaubt, diejenigen vielleicht ausgenommen, die nichts davon verstehen. Am wenigsten aber glauben es diejenigen, die Gelegenheit gehabt haben, unsere Consuln weiter benutzen zu wollen, als zur Visirung von Pässen und Schiffsdocumenten, wofür Gebühren bezahlt werden. Will die Regierung hierüber richtig Bescheid erhalten, so frage sie den Handelsstand oder die Schiffsführer umher im ganzen Lande, was sie von den Consuln für Hülfe erhalten, wenn sie ein Mal derselben bedürfen und sich an sie wenden. Dann wird die Regierung hören, daß man es in der Regel für kaum der Mühe werth hält, zum Consul zu gehen und seine Hülfe und seinen Beistand zu verlangen. Ein kaltes und vornehmes „Kann nichts für Sie thun" ist das Einzige, wenn man so glücklich gewesen ist, Audienz bei dem großen Manne zu erlangen und Beschlag auf sein Ohr zu legen, während man sich selbst eine Viertelstunde bemüht hat, auf den holprigen Wegen einer fremden Sprache vorwärts zu kommen, zum großen Gaudium seines jüngeren Comtoirpersonals, um sein Anliegen vorzutragen und vielleicht auch gerade das Entgegengesetzte von dem ausgedrückt hat, was man sagen wollte. Das ist nämlich auch eine Sache, in welcher der Glaube der Regierung vollkommen allein steht, daß unsere Kaufleute und Seeleute im Stande sind, irgend welche Conversation über einen Gegenstand, der vielleicht früher ihre Gedanken in keiner Weise beschäftigt hat und auf den man sich unmöglich vorbereiten konnte, in irgend einer Sprache, englisch, deutsch oder französisch zu führen, während sie oft Mühe genug haben, sich recht deutlich in der Muttersprache auszudrücken. Es ist ein außerordentlich großer Unterschied, sich in einer fremden Sprache vorkommenden Falles einigermaßen fortzuhelfen, oder in ihr seine Sache so deutlich und klar ausdrücken zu können, daß man damit sage und kurz beweise, was zu sagen und zu beweisen erforderlich ist.

Einem gesunden Menschenverstand muß insonderheit § 8 für den betreffenden Consul sehr bürdevoll erscheinen. Hiernach soll der Consul nämlich „unseren Unterthanen, Schiffern, Handelnden und Reisenden mit gutem Rath zur Hand gehen, wann und so oft sie solchen begehren", und er soll ferner bei Streitigkeiten unter ihnen einen Vergleich zu Wege zu bringen suchen; oder wenn ein solcher nicht zu erreichen, nach Recht und Billigkeit und bestem Gewissen, in Uebereinstimmung mit unseren Landesgesetzen, so weit ihm solche bekannt sind, ein Urtheil fällen.

Das muß ein außerordentlich tüchtiger Consul sein, der guten Rath geben kann, wenn er kaum versteht, warum er gefragt wird, und der einen Urtheilsspruch in Uebereinstimmung mit unseren Gesetzen fällen kann, wenn er sie kaum zu lesen vermag. Sehr möglich, daß die Regierung mit diesem § 8 gethan hat, was ihr in dieser Richtung zu thun möglich war, aber es ist auch vollkommen illusorisch, denn nur sehr selten wird man auf diese Weise von dänischen Consuln Gebrauch machen, weil es unnütz ist, sich an sie zu wenden. „Was nützt es auch zu dem Consul zu gehen und seinen Rath und Beistand zu verlangen, er versteht mich gar nicht" — heißt es allgemein unter den Seefahrern. Giebt es aber nun wenigstens einen Mann im District, nämlich den General=Consul, der unsere Sprache schreiben und sprechen kann und unsere Gesetze kennt — denn von einem Vice=Consul in jeder kleinen Stadt kann man das nicht verlangen — so kann ich ihm meine Sache vorlegen und seine Antwort abwarten, oder ich kann mich selbst zu ihm mit meinen Documenten begeben und reinen und klaren Bescheid über Alles erwarten, was ich wissen will. Aber ist der General=Consul auch ein Mann, der entweder mich nicht versteht oder keine Zeit für mich hat, so nützt er mir ebenso wenig wie der Vice=Consul. Welche Verluste hierdurch für Geschäftstreibende und Seeleute herbeigeführt werden können, ist unberechenbar und die Klage über diese unbefriedigende Einrichtung daher so allgemein wie vollkommen begründet. — Geht man indessen von § 8 zu § 9, der davon handelt, was der Consul zu thun hat, wenn während der Reise ein Verbrechen begangen ist und der Capitän sich als Kläger beim Consul einfindet, so wird das Verhältniß noch unerträglicher oder geradezu unzulässig. Zu Verbrechen gegen die Schiffs=Officiere können nämlich vielerlei Dinge gezählt werden, die sich bei näherer Prüfung nur als geringe Versehen herausstellen und oft erst durch Uebergriffe dieser Schiffs=Officiere selbst veranlaßt worden sind. Welches Recht hat nun ein armer Matrose, der von einem Capitän oder Steuermann verklagt wird, von einem Consul zu erwarten, der kaum verstehen kann, was der Angeklagte zu seiner Rechtfertigung anzuführen hat. Da wird denn in der Regel auch nur ein kurzer Proceß gemacht, wenn es der Schiffer so haben will. Man schmeißt den Matrosen in's Loch und hält ihn dort in Verwahrung, bis daß er mit einem dänischen Schiffe als Verbrecher heimgesandt und gegen Quittung an die nächste Obrigkeit abgeliefert werden kann. Stellt es sich später heraus, daß es nur Nothwehr gegen einen betrunkenen Steuermann oder Schiffer war, was freilich schwer zu beweisen ist und jedenfalls längere Zeit erfordert, da das Schiff mit den Zeugen weiter gesegelt ist, so wird er zwar losgelassen, aber er hat doch schon eine Strafe erlitten, die groß genug für viel schwerere Verbrechen als das war, sich einen betrunkenen Steuermann vom Leibe zu halten — und doch war es nicht schwer, schon dieses Vergehen mit solchen Farben zu malen, daß der Consul sich genöthigt sah, ihn vom Schiffe zu nehmen und nach der Heimath zu schicken.

Aber selbst wenn man nun dänische Geschäftstreibende an solchen Plätzen zur Uebernahme solcher Posten bereit findet, womit die aus der Unbekanntschaft mit der Sprache vorkommenden Einwendungen fortfallen würden, so bleibt doch die Thatsache dieselbe, daß er ganz ebenso wenig wie der Fremde Zeit und Veranlassung hat, sich der consularischen Pflichten so anzunehmen, wie es das Interesse der Sache erfordert. Auch ein anderer wesentlicher Fehler an diesem System wird nicht verändert, nämlich der: daß das Interesse des Consuls als Geschäftsmann mit seiner Pflicht als Consul in Conflict kommen kann. Die Geschäftsleute eines Platzes stehen fast alle in Geschäfts- oder anderen Verbindungen zu einander, die es oft dem Consul schwer machen können, entweder so kräftig gegen einen anderen Kaufmann aufzutreten, als es doch die gegebene Veranlassung forderte, oder die auch den Consul verleiten können, schärfer aufzutreten, als es nöthig wäre. Eine Angelegenheit, die in ihrer Entstehung leicht beizulegen gewesen wäre durch ein bestimmtes oder besonnenes Verfahren, wird verwickelt; die Ausgleichung des Streites, die Aussöhnung alter Geschäftsfreunde wird schwieriger gemacht, weil es vielleicht gar nicht im Interesse des Consuls lag, sie zu Stande zu bringen. Die Uneigennützigkeit solcher Consuln kann auch bei vielen andern Gelegenheiten, die alle aufzuzählen zu weitläufig wäre, auf eine ernste Probe gestellt werden. Einer der größten Uebelstände des Systems liegt aber darin, daß man als Geschäftsmann nur allzuleicht in Streit mit seinem eigenen Consul kommen kann und dann der Hülfe und des Beistandes beraubt wird, die der Consul nach den Bestimmungen der Instruction gewähren und leisten soll. Es ist deshalb eine Nothwendigkeit, daß wir an den wichtigsten Plätzen des Auslandes besoldete Consuln erhalten, in so fern diese Plätze in lebendiger Geschäftsverbindung mit unserem Lande stehen.

Nur dann haben wir eine Gewißheit, daß die den Consuln durch die Instruction auferlegten Pflichten in aller Beziehung erfüllt werden, daß wir in diesen Vorposten des Handels wachsame, redliche, wohlwollende, hingebende und tüchtige Organe erhalten, welche die Interessen des Handels und der Schifffahrt wirklich wahrzunehmen vermögen."

3.

Also die Erkenntniß, daß unser preußisches Consularwesen nicht allein etwas „nicht schon Abgeschlossenes, Fertiges", sondern vielmehr eine durchaus unfertige, in ihrer Grundlage fehlerhafte und sich überdem in einer falschen Richtung entwickelnde Einrichtung ist, die einer nicht scheinbaren sondern wirklichen Vertretung der consularischen Interessen gar nicht genügen kann — diese Erkenntniß ist der erste und daher unerläßliche Schritt zum Besseren. Der zweite ist der bestimmte Entschluß — es besser zu machen. Nun wäre es zwar etwas höchst Erfreuliches und das Allerschönste, wenn eine neue Organisation, wie einst Pallas Athene, fix und fertig aus dem Haupte eines Zeus spränge. Aber wo sind die Zeus-Köpfe?! Für uns scheinen nur die Sprichwörter zu passen: Gut Ding muß Weile haben, und Rom wird nicht an einem Tage gebaut! Es wäre ferner sehr bequem, wenn man etwa in kleinerem Maaßstabe irgend ein anderes, bei weitem besser organisirtes Consularwesen blos nachzuahmen brauchte. Zum Nachahmen und Copiren zeigt sich so viele Neigung, wenn auch nicht übermäßiges Talent, wodurch man dazu kommt, z. B. nur die Fehler eines Napoleon zu copiren! So wenig man aber auch wird umhin können, in seinem Grundzuge sich dem von allen anderen in Betracht kommenden Staaten adoptirten Systeme anzuschließen, so kommt es doch darauf an, es im Einzelnen unter genauer Erwägung und Berücksichtigung unserer Verhältnisse auszuführen. Endlich aber muß jeder Anfang auf das zuletzt zu erreichende Ziel Rücksicht nehmen. Es kommt nun allerdings für Preußen in erster Linie in Betracht, daß es wenigstens einen Anfang zur Sicherung seiner eigenen consularischen Interessen mache, und dieser Anfang muß eine gesunde Richtung vor aller Welt darthun. Es handelt sich aber weiter darum, ein Zollvereins-Consularwesen zu schaffen*) und zuletzt durch eine Verständigung mit Oesterreich dieser Organisation einen Abschluß zu geben, der jeden Deutschen einst mit demselben stolzen und freudigen Bewußtsein erfüllen müßte, das heute

---

*) Dem sich Mecklenburg, Hamburg, Bremen und Lübeck sehr gut anschließen könnten und würden, wenn man es danach anfinge — eine Frage, auf die wir in einer späteren Arbeit zurückzukommen gedenken.

schon der Engländer und Franzose hat: Wohin dich dein Geschäft auch führt, hältst du dich nur in dem Kreise deiner Befugnisse und Pflichten, so werden deine Rechte nie eines wirksamen Schutzes entbehren. „Civis Romanus sum!"

Diese Rücksicht und insonderheit die Rücksicht auf das zweite als das nächstfolgende Stadium könnten selbstverständlich nicht ohne beträchtlichen Einfluß auf die Beschaffenheit und den Umfang der ersten Schritte bleiben. Aber kann es der Mühe werth sein, unter den jetzigen Zeitumständen über sie auch nur ein Wort zu sagen?!

In der That, seitdem wir vor vier Monaten diese Arbeit begonnen haben, hat der schon damals vorhandene Conflict eine so große Schärfe und eine so unabsehbare Tragweite angenommen, daß von einem wirklichen Vorwärts in Preußen auf Gebieten, die doch ein Zusammenwirken der Regierung und Landesvertretung zur unbedingten Nothwendigkeit machen, auf eine sehr unbestimmte Zeit hin, wie es scheint, gar nicht die Rede sein kann. Aber gerade diese Unbestimmtheit schließt auch eine unerwartet schnelle Veränderung zum Besseren nicht aus. Sind nicht oft gerade in den trübsten und traurigsten Zeiten doch die rechten Richtungen eingeschlagen und die Keime für eine bessere Gestaltung gelegt worden? Man säet auch in den rauhen, sonnenarmen Tagen des Herbstes, um an den schönen des Sommers zu ernbten! Mithin wollen wir uns von einer Andeutung der nach unserer geringen Meinung bei einer Reorganisation des Consularwesens hauptsächlich hierbei in Betracht kommenden Maaßnahmen und Grundsätze durch den augenblicklich vorhandenen Conflict nicht abhalten lassen.*) Eine weitere Ausführung aber mag einer späteren und günstigeren Zeit vorbehalten bleiben.

---

*) Unsere geringe Meinung über diesen Conflict auszusprechen, finden wir eine Veranlassung darin, daß man andrerseits die Ansichten der Beamten über denselben in einer Weise festzustellen und zur Einnahme zu nehmen versucht hat, mit der wir uns nicht einverstanden zu erklären vermögen, und die, ohne Widerspruch aus seiner Mitte, den preußischen Beamtenstand in der That in sehr ungünstigem Lichte erscheinen lassen, ja ihn der Möglichkeit berauben müßte, in der Zukunft mit Erfolg für die Rechte der Krone einzutreten. — Die eidlich gelobte gewissenhafte Beobachtung einer bestehenden Verfassung ist nur Schuldigkeit, das Gegentheil wird Verbrechen. Will man jene Gewissenhaftigkeit schon mit dem Namen „Verfassungstreue" beehren, so ist es eine heilige Pflicht, sich dieser Ehre theilhaftig zu machen. Aber wie Viele werden auf dieselbe verzichten müssen, wenn unter Treue die aus der Ueberzeugung von der Vorzüglichkeit eines Gegenstandes entspringende volle und ausdauernde Hingebung an denselben verstanden werden soll! Zu dieser Ueberzeugung und zu der aus ihr entspringenden Hingebung konnten und können in Beziehung auf unsere Verfassung Viele nicht kommen, nicht etwa, weil sie wirkliche Freiheit weniger, sondern vielleicht,

Zwei Gründe sind es, die Preußen bestimmen müssen, sich zunächst mit einem verhältnißmäßig kleinen Anfang zu begnügen, d. h. sich darauf zu beschränken, daß einstweilen nur für ganze Länder oder größere, durch die Natur der Verhältnisse wesentlich verschiedene Districte eines Landes General-Consuln oder Consuln und nur ausnahmsweise Consuln und Vice-Consuln für einzelne Plätze ernannt werden. Einmal würde es den früher

---

weil sie dieselbe mehr und nur verständiger lieben als die Verfassungstreuen par excellence — und weil sie etwas weniger Schein, aber dafür viel mehr Wahrheit und Wesenheit verlangen. Unsere Verfassung litt aber und leidet, abgesehen von anderen Mängeln in ihrer Richtung, an drei Cardinalfehlern. Erstens gab sie keine Garantie gegen die Uebergriffe der Staatsgewalt auf Gebieten, mit denen dieselbe nichts zu schaffen hat. Mithin bedroht sie die wahre Freiheit, ohne sie zu verbürgen. Hiervon ist bereits oben gehandelt. Zweitens unterschätzte sie die reale Macht des Königthums in Preußen und überschätzte die Macht der constitutionellen Doctrin über die Gemüther des Volkes. Dieser doppelt unrichtigen Schätzung ist es zuzuschreiben, daß man auf Seiten der Volksvertretung in Bezug auf wichtige Punkte, statt mit bescheidenen, aber klar und deutlich sicher gestellten Rechten sich zu begnügen, dem umfassenderen, aber nicht klar ausgesprochenen Rechte in der Hoffnung den Vorzug gab, daß die constitutionelle Praxis aller Welt es sicher stellen werde. So z. B. in Bezug auf das Budget. Hätte man rückhaltlos anerkennen wollen, daß ein, so zu sagen, eisernes Budget (Normalbudget) geben müßte, das ebenso wie jedes andere Gesetz nur durch die Uebereinstimmung des Beschlusses der drei Factoren der Gesetzgebung abgeändert werden könne, so würde sich die Krone wohl dazu verstanden haben, neue Ausgaben und Einrichtungen von der ausdrücklichen und vorherigen Zustimmung des Landtags abhängig zu machen. Drittens aber wurde die Vertretung des Landes in einer Weise organifirt, daß die beiden Häuser gar nicht als die Vertretung eines Landes, sondern als diejenige zweier verschiedener Länder erscheinen mußten, ein Fehler, gegen den selbst Alles zurücktreten muß, was sich gegen die Grundlagen und Zusammensetzung des Abgeordneten-Hauses immer anführen läßt. Man mag dem modernen Zweikammersystem immerhin den Vorzug geben z. B. vor einem, mit einer wesentlich verschiedenen Aufgabe und Befugniß betrauten und hierzu zweckmäßig zusammengesetzten Reichsrath einerseits und andrerseits der Vertretung des Volkes in einer den vorhandenen Verhältnissen entsprechenden Körperschaft. Aber an ein wirkliches Zusammenwirken zweier, mit fast denselben Aufgaben und Befugnissen betrauten Kammern läßt sich niemals denken, wenn dieselben auf so diametral entgegengesetzten Grundlagen beruhen, wie das in Preußen mit dem Herrenhause und dem Hause der Abgeordneten der Fall ist. Die Möglichkeit des Pairschubs bot hierfür nur eine sehr schwache Garantie. Wie oft hätte man Pairschubs wiederholen müssen, um nur irgend einen großen, aber für unsere Pairs unzugänglichen Gedanken verwirklichen zu wollen. Unter diesen Umständen war es denn kein Wunder, aber eben auch kein Zeugniß für die „Verfassungstreue" im eminenten Sinne, wenn sogleich mit dem Eintritt der neuen Aera das Sturmlaufen gegen das Herrenhaus begann, als ob es nicht ebenso „verfassungsmäßig" wäre wie das Haus der Abgeordneten — während die Verfassungstreuen in des Wortes bescheidenem Sinne, trotz ihrer geringen Sympathien für dasselbe, das

dargelegten Grundsätzen über die nothwendige Decentralisation widersprechen, wenn man rathen wollte, ohne Weiteres in Berlin einen Plan zur vollständigen Organisation zu entwerfen. Man hat freilich dort über unseren Schiffsverkehr in den einzelnen Ländern und Häfen ein vollständiges Material, unter dessen Berücksichtigung auch schon jetzt die ausnahmsweise Anstellung von Consular-Beamten für einzelne Plätze vorzunehmen

---

Herrenhaus vertheidigten, bis daß dieses hohe Haus selbst diese Vertheidigung auch für einen nicht geringen Theil dieser Verfassungstreuen sehr erschwert, wenn nicht unmöglich gemacht hat.

Kurz, die Aussicht auf schwere Conflicte war durch die Verfassungsurkunde selbst nicht abgeschnitten, sondern erst recht eröffnet worden. Sie war keine Schranke und kein Schild, sondern ein zweischneidiges Schwerdt. Indessen hätte es sich wohl denken lassen können, daß die Krone unter gewissen Voraussetzungen auch auf streng verfassungsmäßigem Wege — mit Benutzung eines nur einmaligen aber freilich sehr durchgreifenden Pairschubs — aus einem richtig benutzten Conflicte nicht allein ohne irgend welche Einbuße ihrer Rechte, sondern auch so hervorgegangen wäre, daß das Wort Friedrich Wilhelms IV.: „ein freies Volk, aber auch ein freier Fürst" seiner Verwirklichung näher kommen konnte.

Zu jenen Voraussetzungen gehörte: 1) der Regierung selbst durfte beim Eintritt des Conflictes eine verfassungswidrige Handlung nicht vorgeworfen werden können; 2) es durfte sich bei einem Conflicte mit dem Abgeordnetenhause nicht blos um Abwehr eines unrichtigen, unpolitischen, meinetwegen auch verhängnißvollen Gebrauchs eines verfassungsmäßigen Rechtes, sondern es mußte sich um die Zurückweisung eines, nicht in der Verfassungsurkunde, sondern nur in der constitutionellen Doctrin begründeten Uebergriffes dieses Hauses handeln; 3) oder aber es mußte klar hervorgetreten sein, daß die von dem Lande gebilligten und ihm willkommenen Intentionen der Regierung an dem Herrenhause einen hartnäckigen Widerstand und daher das Abgeordnetenhaus bereit fanden, sich, um diesen Widerstand für immer zu beseitigen, auf eine eingreifende, die früher erörterten Fehler beseitigende Revision der Verfassung einzulassen. Betrachtet man den gegenwärtigen Conflict von dem Standpunkte dieser Voraussetzungen, so erscheint die Aussicht auf eine endliche, günstige Lösung nicht allein durch die Art seiner Entstehung, sondern auch durch seine fernere Entwicklung sehr getrübt. Ob das Verfahren der Regierung in der Herbeiführung des Conflictes nur ein „nicht verfassungsmäßiges" oder aber ein „verfassungswidriges" war, mag dahin gestellt bleiben. Auf allgemeine Würdigung so subtiler Unterschiede war um so weniger zu rechnen, je fraglicher die Uebereinstimmung in der Sache selbst war. Ein etwaiger Ausspruch der Kronsyndici wird die Meinung, die man sich in und außer Preußen hierüber gebildet, weder in der einen noch der andern Richtung zu erschüttern vermögen. Aber zweierlei ist ausgemacht. Erstens sind in der Entwicklung des Conflictes Theorien verlautbart, die sich in ihren, von selbst vielleicht guten und wohlwollenden Absichten ihrer Bekenner ganz unabhängigen Consequenzen nicht allein gegen den falschen Constitutionalismus richten, sondern die jede Verfassung zu einer unbestimmten und daher werthlosen Verheißung machen. Zweitens hat sich in diesem Conflicte auf Seite der Regierung eine Partei als Bundesgenossin gestellt und ist

wäre. Aber im Allgemeinen würde es gerade erst die Aufgabe jener General-Consuln sein, durch ein ernstes Studium aller verschiedenen in Betracht kommenden Verhältnisse und durch umfassende Berichte darüber ein der Oeffentlichkeit zu übergebendes Material zu liefern, das für die Beschlüsse über die weitere Organisation von großer Bedeutung sein könnte. Sodann hätte es freilich gar nichts Anstößiges gehabt, wenn

als solche von ihr acceptirt worden, gegen deren mittel- oder unmittelbare Herrschaft sich in Preußen und Deutschland selbst Diejenigen auf das Bestimmteste sträuben, die im Uebrigen auch für diese Partei Freiheit und Rechtsschutz im vollsten Maaße in Anspruch nehmen und aufrichtige, entschiedene Anhänger der Monarchie sind und bleiben werden. Ja bleiben werden! Aber es ist ein Unterschied, ob man mit dem fröhlichen Bewußtsein endlichen Sieges unter einem Banner kämpft oder mit der Besorgniß einer endlichen Niederlage. Wenn selbst Diejenigen, die nicht blos gesagt, sondern gezeigt und bewiesen haben, daß sie in treuem Königs- und Landesdienst nichts nach Volksgunst und dem wetterwendischen Beifall der öffentlichen Meinung fragten, auf einen Punkt gedrängt werden, auf dem das Wort: "Du sollst Gott mehr gehorchen als den Menschen" eine sehr concrete Mahnung für sie werden könnte, so wird man sich durch den Zulauf, den jede mit einiger Energie auftretende Gewalt immer haben wird, über das Gefahrvolle der Situation nicht leicht täuschen lassen dürfen. Die Beseitigung derselben wird nur möglich sein, wenn die Regierung nicht in Worten, sondern vielmehr durch geeignete Gesetz-Vorschläge der Volksvertretung die Bürgschaft giebt, daß jenen gewagten Theorien eine thatsächliche Folge nicht ferner gegeben werden soll, und wenn sie weiter durch Thaten zeigt, daß sie nicht beabsichtigt, der ihr nahestehenden Partei einen größeren Einfluß auf die Geschicke und die Entwickelung des Landes einzuräumen, als ihr derselbe ihrer wirklichen Bedeutung nach zukommt. Wenn in diesem Falle die Volksvertretung ein Entgegenkommen in der zunächst streitigen Angelegenheit verweigern sollte, würde sie bald vom Lande verlassen sein, aber ohne dieses Verfahren dieser Vertretung Nachgiebigkeit zumuthen, heißt sie zu einem Selbstmorde auffordern, und dafür, daß sie dieser Aufforderung nicht Folge leistet, wird ihr das Land eher Dank wissen als Vorwürfe machen. Je länger aber der Conflict dauert, je größer und schwerer werden die Opfer sein, die einst zu seiner Beseitigung gebracht werden müssen. Je länger er dauert, je mehr wird aber auch die innere Entwickelung ebenso wie das Ansehen Preußens im Auslande leiden und die Kraft zu wirklicher Action geschwächt und gelähmt werden. Daher wäre im gleichen Interesse der Krone wie des Landes nicht allein von dem Abgeordnetenhause Nachgiebigkeit zu verlangen, sondern auch vor Allem von der Regierung die Aufgabe einer Stellung zu hoffen, von der man umgekehrt wie von der Verfassungsurkunde sagen kann: sie überschätzt die reale Macht des Königthums und unterschätzt nicht etwa nur den Einfluß liberaler Doctrinen, sondern die Macht, welche die Sehnsucht nach wahrer Freiheit und Rechtssicherheit über die Gemüther eines rechtschaffenen und fleißigen Volkes hat — eines Volkes, was mit einigem Verstande, gutem und ernstem Willen, und würdevoller Entschiedenheit leicht zu regieren ist und es nicht verdient hätte, wenn man es auch nur in seiner Vertretung vor dem ganzen Europa erniedrigen wollte! Daß die Absicht einer Regierung hierauf nie-

Preußen, hätte es vor einer Reihe von Jahren diese Reorganisation in die Hand genommen und sie auch mehr in das Einzelne ausgeführt, nunmehr die Uebernahme aller seiner Beamten verlangte, so zwar, daß es für die Creirung und Besetzung neuer Stellen sich bereit erklärte, einem Zollvereins-Directorium und Parlament eine gesetzlich zu regelnde Mitwirkung einzuräumen. Dagegen würde jetzt ein ähnliches Verlangen als eine unbillige Zumuthung erscheinen, während die Beschränkung auf das Nothwendigste eine günstige Beurtheilung finden und eine Bürgschaft für den Entschluß der preußischen Regierung sein würde, jenen Autoritäten nicht nur Scheinrechte einräumen zu wollen. Mag eine nähere Erörterung des Verhältnisses der Zollvereins-Autoritäten (Directorium und Parlament) zur preußischen Regierung anderer Gelegenheit vorbehalten bleiben. Aber über einige Punkte wird man sich von vorn herein zu verständigen haben:

Erstens wird man den Unterthanen der mit Preußen verbündeten Staaten bei Besetzung der besoldeten Consular-Aemter des Zollvereins das Recht der Concurrenz einräumen müssen.

Zweitens werden neue Stellen ebenso wenig von einem der in Be-

---

mals gerichtet sein wird, ist ganz gewiß, aber dieser unglückliche Erfolg ist damit doch nicht ausgeschlossen. Wenn Napoleon unter ganz anderen Verhältnissen und bei einer augenscheinlichen Gefahr für Frankreich einen Staatsstreich machte, so hat er doch den Franzosen nicht zugemuthet, ihn als eine verfassungsmäßige Handlung zu acceptiren. Er hat ferner nicht an die Stelle der beseitigten Verfassung in ihrer Tragweite unüberschaubare Theorien gesetzt, sondern sich selbst wieder an eine Verfassung gebunden. Er hat endlich nicht von den Franzosen verlangt, daß alle anderen Parteien sich einer Partei, sondern, daß alle sich dem Interesse des gemeinsamen Vaterlandes unterordnen sollten. Daher die Erfolge einer Handlung, die an sich und principiell so wenig zu billigen ist, wie eine Revolution. Wer aber in Preußen so viel Einsicht und Umsicht, wahre Kraft und Energie besäße, als zur geschickten Durchführung eines Staatsstreiches gehören, der braucht keinen zu machen, um zu einem erwünschten Ziele zu gelangen. Das haben wir schon vor zwölf Jahren gesagt und heute können wir nur hinzufügen: Eine Schein-Constitution ist nach allen Seiten hin schlechter und gefährlicher als gar keine!

Daß auch von unserer Vertretung Fehler gemacht worden sind und weiter gemacht werden dürften, kann an der Sachlage wesentlich Nichts ändern. Aus einem Unrechte macht man durch ein anderes noch lange kein Recht und von allen Denjenigen, die mit dieser Volksvertretung in einigen oder vielen Punkten nicht einverstanden und zufrieden sind, anzunehmen, daß sie es mit der Regierung wären, würde ein gefährlicher Rechenfehler sein. Auch darauf kann es endlich nicht ankommen, wie lange die Regierung den Conflict hinzuhalten oder welche einzelne Triumphe sie zu feiern verstände — wenn sie im Ganzen und Großen zuletzt doch scheitern müßte. Und was Alles könnte durch dieses Scheitern zuletzt bedroht werden!

tracht kommenden Factoren einseitig errichtet, wie bestehende Aemter einseitig aufgehoben werden können.

Drittens werden künftige Ernennungen zwar an gewisse gesetzliche Bestimmungen geknüpft werden und dem Directorium in Bezug auf die Personalfragen gewisse Rechte eingeräumt werden müssen, aber die letzteren dürften nie so weit gehen, daß der die Ernennung vollziehenden preußischen Regierung einzelne Personen octroyirt werden könnten.

Viertens die oberste Leitung der eigentlichen Consular=Verwaltung müßte zwar ein, von dem preußischen Ministerium der auswärtigen Angelegenheiten ressortirendes Consularamt haben. Dasselbe dürfte aber nicht als ein politisches Amt betrachtet und daher dem Wechsel der Minister unterworfen, sondern es müßte sogar mit einer gewissen Selbstständigkeit ausgestattet werden, durch die es in der eigentlichen Leitung der Geschäfte von den Ansichten und dem Interesse, welche die Minister haben oder auch nicht haben, unabhängig würde. Nichts würde ja überhaupt unglücklicher sein, als das Consularwesen zu einer Parteifrage und Parteisache machen zu wollen. Das französische Consularwesen hat sich selbst ohne Rücksicht auf sehr durchgreifende Veränderung der Staatsverfassung in einer fast stetigen Fortentwickelung befunden. Unter der Orleanistischen Regierung hat es allerdings in mancher Richtung die erheblichsten Verbesserungen erfahren. Die gegenwärtige Regierung hat es — der Kaiser an der Spitze — mit ganz besonderem Interesse umfaßt. Diese Regierung hat aber keineswegs daran gedacht, Beamte im Consularwesen zu entfernen oder auch nur zu vernachläßigen, weil sie von früheren Regierungen angestellt und besondere Sympathien für die jetzige bei ihnen nicht vorauszusetzen waren, wenn sie nur im Uebrigen mit Eifer ihre Schuldigkeit thaten. Ein englischer Ministerwechsel hat zwar auf die Besetzung erledigt werdender Consularposten einen erheblichen Einfluß, aber man hat nie daran gedacht, Anhänger früherer Ministerien aus consularischen Stellen zu entfernen. Je mehr diese Grundsätze und diese Discretion beobachtet sind, um so besser ist auch das Consularwesen der betreffenden Staaten bestellt, und je mehr erfreut es sich des Ansehens im Auslande. Dagegen haben die Vereinigten Staaten trotz einer sehr schönen Organisation auf dem Papier und der vortrefflichsten Gesetze in dieser Beziehung wirklich günstige Resultate nicht erzielt, weil die Besetzung der Aemter — eine Parteifrage ist! Der Präsident nimmt alle vier Jahre eine fast durchgreifende Veränderung vor — denn diejenigen, die ihm zum Präsidenten verholfen haben, müssen belohnt werden. Die unausbleibliche Folge davon ist: daß man zwar besoldete, aber keineswegs immer qualificirte, zwar unabhängige, aber fast nie erfahrene Beamte bekommt, und daß zweitens das Ansehen derselben im Auslande nicht selten viel zu wünschen übrig lassen wird. Bei der Organisation eines Zollvereins-Consularwesens würde aber der möglichste Ausschluß der politischen Parteirücksicht aus naheliegenden Gründen noch nothwendiger sein, als wo es sich nur um Anstellung von Beamten für einen Staat handelt.

Es dürfte sich also als eine Vorbereitung für eine künftige weitere Organisation in den Ländern, wo sich Solche als erforderlich ergiebt, empfehlen, preußische General-Consuln oder als solche fungirende Consuln (missi) gemäß noch zu ernennen:

1. für Brasilien,
2. für Central-Amerika und Neu-Granada,
3. für Schweden, Norwegen und Dänemark,
4. u. 5. für die Nord- und Westküste Frankreichs und für die französischen Häfen des Mittelmeers,
6. für Großbritannien und Irland mit besoldeten Vice-Consuln in den Häfen, die sich für unseren Schiffsverkehr als die wichtigsten herausstellen,
7. für das Königreich Italien und den Kirchenstaat,
8. für Belgien und die Niederlande,
9. u. 10. für die Vereinigten Staaten von Nordamerika,
11. für Oesterreich (Triest und Venedig),
12. für Peru und Ecuador,
13. für Spanien und Portugal,
14. u. 15. für die russischen Ostseehäfen und für Süd-Rußland,
16. für Venezuela und Guyana,
17. u. 18. für die Nordwestküste und die Süd- und Ostküste Afrikas.

Hierunter sind die Ernennungen für Großbritannien, die skandinavischen Königreiche,*) die russischen Ostseehäfen, die Nord- und Westküste

---

*) In Bezug auf diese Königreiche würden wir einen detaillirten Plan mit geeigneten Ausführungen vorlegen können, behalten das indessen anderer Gelegenheit und Ihr eventuell auch eine nähere Beleuchtung der gegenwärtigen Consularzustände daselbst vor. Dadurch daß im Staatshandbuch unter einen Consul das Wort „Ressort" gesetzt und dann eine Reihe von Städten und Personennamen mit verschiedenen Titeln aufgeführt wird, tritt natürlich noch keinesweges ein lebendiges und fruchtbringendes Ressortverhältniß in Kraft, sondern es kann dasselbe sogar gänzlich abwesend sein. Komisch genug ist es, daß bei dem einzigen wahren General-Consulate, das wir in Europa haben und von dem — nach dem wiederholt abgelegten Zeugniß des Ministeriums selbst — eine Anzahl von Consuln wirklich so ressortiren, daß sich daraus für das Interesse des Dienstes der ersprießlichste Nutzen ergeben hat, dieses Ressortverhältniß

Frankreichs, Italien und die Vereinigten Nordamerikanischen Freistaaten die allerdringlichsten. Den General-Consuln und Consuln würden Kanzler beizugeben sein. Zu General-Consuln und Consuln würden Männer gewählt werden müssen, die mit persönlicher Ehrenhaftigkeit und allgemeiner Bildung eine besondere national-ökonomische notorisch verbinden und deren Strebsamkeit Bürgschaft dafür gewährt, daß sie ernstlich bestrebt sein werden, sich die Kenntniß der einschlagenden Gesetze, so weit ihnen solche fehlt, anzueignen. Außerdem müßte die Kenntniß der englischen oder französischen Sprache als Erforderniß gelten. Ob diese Männer schon bisher dem Staatsdienste angehört haben oder nicht, kann nicht von Entscheidung sein; ebenso wenig brauchten vorzugsweise befähigt erscheinende Angehörige anderer deutschen Staaten ausgeschlossen zu werden. Auch würde preußischen Consuln, die bisher ein kaufmännisches Geschäft betrieben haben, wenn sie ihrer Geburt nach Deutsche sind, im Uebrigen vollkommen qualificirt erscheinen und ihr Geschäft aufgeben wollen — eine Neigung, die sich freilich nicht häufig finden wird — insonderheit die Verwaltung von Local-Consulaten anvertraut werden können. Denn es ist uns natürlich bei der entschiedenen Bekämpfung unseres heutigen Systems, die Consular-Verwaltung so gut wie ausschließlich fremden Kaufleuten anzuvertrauen, nicht zu bestreiten eingefallen, daß gebildete und noch bildungsfähige, frühere Kaufleute nicht besoldete Consular-Beamte werden könnten. Im Gegentheil mag es ihnen oft leichter sein, sich — wenn sie ihre ganze Zeit und Kraft dem Amte widmen wollen — die nothwendige Gesetzeskenntniß anzueignen, als es Stockjuristen oder gar „Salon-Candidaten" fallen wird, einen praktischen Blick und diejenige Sicherheit und Gewandtheit in dem Umgange mit „gewöhnlichen Menschen" zu erwerben, die ebenso nothwendige Requisite eines guten Consuls als Gesetzeskenntniß sind.

Um sich aber gegen die Folgen möglicher Fehlgriffe sicher zu stellen, könnten alle diese Ernennungen auch interimistisch erfolgen, so zwar, daß

---

im Staatshandbuch — keinen Ausdruck gefunden hat! — Das Bedenken, daß man nicht für Länder, die von verschiedenen Souveränen regiert werden, einen General-Consul ernennen könne, vermag in wirklichen Gründen nie seine Berechtigung zu suchen und ist außerdem selbst durch die frühere preußische Praxis widerlegt, die z. B. einen General-Consul für Spanien und Portugal hatte. Rücksichtlich der Diplomatie, wo sich gegen solche Vereinigung noch Erheblicheres anführen ließe, beginnen dergleichen Combinationen häufiger zu werden, und wir sehen in ihnen auch ein Mittel, den Etat des auswärtigen Ministeriums etwas zu erleichtern, ohne dem Interesse des Staates den geringsten Abbruch zu thun.

die definitive Ernennung in sichere Aussicht gestellt wird, sobald die Betheiligten innerhalb zweier Jahre keinen Anlaß zu begründeten Beschwerden gegeben haben.

Zu Kanzlern würden aber mit der Anwartschaft, bei der späteren Besetzung etatsmäßiger Kanzler-, Vice-Consul- und Consul-Stellen zunächst in Betracht gezogen zu werden, junge Männer zu wählen sein, die sich ganz und gar dieser Carrière widmen wollen und in der Lage sind, gegen eine anfänglich geringe Entschädigung diese Posten übernehmen zu können. An sie würden die Anforderungen zu stellen sein: daß sie entweder als Juristen oder Cameralisten das zum höheren Staatsdienste befähigende Staats-Examen gemacht oder als Doctoren der Rechte bei einer deutschen Universität promovirt und in beiden Fällen vor einer dazu niederzusetzenden Commission dargethan haben, daß sie sich mit einigem Erfolg mit national-ökonomischen Studien beschäftigt und sich eine hinreichende Kenntniß des Englischen oder Französischen angeeignet haben. Nach diesen, der Prüfung geneigter Leser unterbreiteten Andeutungen über die ersten Schritte*) werden wir aber auch in dem folgenden Capitel einige, für die künftige definitive Organisation wesentlich in Betracht kommenden Punkte wenigstens in ihren Hauptmomenten zu erörtern haben.

---

*) In der Negative würde von einer Ernennung von fremden Kaufleuten zu General-Consuln und Consuln für immer Abstand zu nehmen sein, etwaige kaufmännische Consular-Beamte würden sich künftig auch für Preußen mit den Titeln von Vice-Consuln oder Consular-Agenten zu begnügen haben.

Achtes Capitel.

Neue Organisation.

1. Die consularische Laufbahn. Avancement und sonstige Dienstverhältnisse.
2. Die Diplomatie und das Verhältniß zu derselben. 3. Die consularischen Rechte und Freiheiten.

1.

So lange überhaupt kein geordnetes Consularwesen als ein wesentlicher und wirklicher Theil der Staatsverwaltung vorhanden, konnte von einer consularischen Laufbahn kaum die Rede sein. Von einer nicht kleinen Zahl, die sich ihr zugewendet hatten oder ihr zugewendet worden waren, wurde sie nur als ein Nothbehelf oder aber als ein Durchgangspunkt zu höheren Posten betrachtet. Der Kaiser Napoleon III hat einmal gesagt: Die Zeit der Diplomaten ist vorüber, die Zukunft gehört den Consuln! Er hat in einem scheinbaren Widerspruche, aber doch in einer gewissen Bewahrheitung dieses Wortes nicht einen, sondern eine ganze Reihe seiner General-Consuln zu Gesandten ernannt. Aber nichtsdestoweniger bleibt es, so zu sagen, das höchste Ziel eines französischen Consular-Beamten, General-Consul oder auch nur Consul erster Classe zu werden. Ganz anders bei uns. Hier suchen sich sogar General-Consuln durch den Titel „Legationsrath", der ihnen nicht etwa einen höheren Rang giebt, sondern der mit untergeordneteren Stellungen verbunden sein kann, eine kleine Anwartschaft auf eine anderweite Laufbahn oder wenigstens ein Kennzeichen zu erwerben, das sie unter den Vierhundert und Einigen einigermaßen auszeichnet. In der ganzen langen Reihe der französischen, der englischen und natürlich auch amerikanischen Consular-Beamten befindet sich kein einziger mit einem solchen durchaus überflüssigen Titelbeiwort. Die kaiserl. russischen Consular-Beamten aller Grade haben dagegen einen ihrer Stellung entsprechenden Titel, also die General-Consuln (Staatsräthe und Wirkliche Staatsräthe) nicht Titel, die sie mit einem Hülfsarbeiter im Ministerium oder einem

17

Legations-Secretair bei einer kleinen Gesandtschaft auf eine Stufe stellen.*) Woher und warum das bei uns anders ist, soll uns hier nicht näher beschäftigen. Ausgemacht ist es, daß eine Wiedergeburt Preußens auch in das heutige Titels- und Ordenswesen einen kräftigen Schnitt machen und auch eine durchgreifende Reorganisation der Beamten-Hierarchie und der Ministerial-Büreaukratie zur Folge haben müßte. Gegen die bisherigen „Principien" spricht nichts mehr, als daß sie selbst vielfach durchlöchert sind und eben nur da unerschütterlich aufrecht erhalten werden, wo zu dieser Durchlöcherung keine persönliche Veranlassung vorhanden ist. Genug, davon daß der consularische als ein besonderer Lebenslauf mit Liebe umfaßt wurde, konnte der Natur der Verhältnisse nach nur ausnahmsweise die Rede sein — soll doch einer der Nachfolger des Herrn v. Manteuffel ausdrücklich es ausgesprochen haben, daß bei Besetzung der besoldeten Consularposten hauptsächlich auf die Versorgung derjenigen Legations-Secretaire Rücksicht zu nehmen sein werde, die sich zur weiteren Beförderung in der Diplomatie nicht eigneten! In der That — eine solche Benutzung consularischer Posten in der Perspective, würde man es keiner Landesvertretung verdenken können, wenn sie auch nicht die geringste Summe zur Errichtung besoldeter Consulate bewilligen wollte. Aber dieser Gefahr ist glücklicherweise leicht abzuhelfen, ohne daß innerhalb gewisser Grenzen die Concurrenz wirklich qualificirter Legations-Secretaire wenigstens so lange ausgeschlossen zu sein braucht, als das Institut nur ein preußisches ist.

Um nun bei der künftigen Organisation zu einer consularischen Laufbahn zu gelangen, würden zunächst die Consularposten, unseren Verhältnissen angemessen, etwa in folgender Weise zu classificiren sein:

Erstens General-Consulate an der Spitze der ganzen Consular-Verwaltung in denjenigen Ländern, welche für den Zollvereinsverkehr die größte Bedeutung haben.

---

*) Die meisten Staaten lassen ihre Consular-Beamten gar nicht mit der Büreaukratie, sondern vielmehr mit der Marine in eine Rang-Vergleichung treten, was offenbar viel richtiger und zweckmäßiger erscheint. Durch die französische Ordonnanz vom 7. November 1833 art. 2 ist für die französischen Consular-Beamten folgender Rang festgesetzt: Die General-Consuln haben den Rang eines Contre-Admirals, die Consuln erster Classe den eines capitaine de vaisseau (Linienschiffs), die zweiter Classe eines capitaine de fregatte u. s. w. — Viele unserer hochgestellten Büreaukraten mögen hierüber entsetzt sein, aber diese Rangstellung entspricht eben der Hochstellung von Interessen, durch deren Geringschätzung die Blüthe und das Ansehen der Staaten nicht gefördert wird. Wer aber einst an der Wiedergeburt Preußens zu arbeiten berufen ist, wird auch das zu würdigen verstehen und daher in der Ordnung solcher Verhältnisse nicht nach dieser oder jener Empfindlichkeit fragen.

Zweitens Consulate erster Classe an der Spitze der Consular-Verwaltung der minder wichtigen oder in den Ländern von geringerem Umfange oder an der Spitze der Consular-Verwaltung gesonderter Districte eines Landes.

Drittens Consulate zweiter Classe zur Verwaltung der Localconsulate an einzelnen vorzugsweise wichtigen Plätzen und deren nächsten Umgebung.

Viertens Vice-Consulate zur Verwaltung der Consulate an minder wichtigen Plätzen, in denen gleichwohl die Anstellung eines besoldeten Beamten erforderlich erscheint.

Den Inhabern der beiden ersten Kategorien, mit denen zugleich die Verwaltung eines localen Consulates verbunden werden kann, sind Kanzler beizugeben. Sie zerfallen in solche erster Classe, das heißt bereits etatsmäßig angestellte Staatsbeamte, und in Kanzler zweiter Classe, das heißt Consular-Eleven oder Aspiranten, die zwar auch schon Gehalt beziehen, aber noch nicht etatsmäßig angestellt sind.

Zu Kanzlern zweiter Classe (Consular-Eleven) können nur solche Männer genommen werden, die das vierundzwanzigste Lebensjahr noch nicht überschritten, bei einer deutschen Universität sich den Doctor der Rechte rite erworben und in einem näher zu regelnden Examen dargethan haben, daß sie im Besitze einer allgemeinen national-ökonomischen Bildung und der hinreichenden Kenntniß einer fremden Sprache sind.*)

Die Kanzler erster Classe werden nur aus der Zahl der Kanzler zweiter Classe ernannt, die in dieser Eigenschaft zwei Jahre fungirt, das

---

*) Examina können nur immer eine negative Bedeutung haben. Sie sollen die Zulassung geradezu unfähiger Personen verhindern und dem Nepotismus eine Schranke setzen. Eine eigentlich praktische Befähigung verbürgen sie niemals. Aus ihnen ein Recht auf Anstellung herzuleiten, heißt nichts anderes, als das Recht auf Arbeit mit allen seinen Consequenzen proclamiren. — Schon aus Rücksicht auf die Concurrenz der Angehörigen anderer deutschen Staaten konnten die preußischen Staats-Examina bei der Annahme von Consular-Aspiranten nicht zur Grundlage genommen werden. Aber auch im Uebrigen würden sich hiergegen Bedenken erheben lassen, deren nähere Erörterung hier zu weit führt. Jedenfalls liegt in der Beschaffenheit des Examenwesens eine gewichtige Ursache, aus der sich im Ganzen und Großen in unsern Bureaukraten so wenig geniale Productivität, eingehende Würdigung realer Verhältnisse und dagegen so viel doctrinäres Wesen und Pedantismus zeigt. Bei dem erwähnten consularischen Examen dürfte vor Allem kein Gewicht darauf zu legen sein, daß der Candidat sich im Besitze einer Masse unverdauten Wissens befindet, sondern darauf, daß er sich mit den Dingen, mit denen er sich beschäftigte, auch mit Verstand und Gründlichkeit beschäftigt hat und daß er im Besitze einer leichten Auffassung und eines gesunden und praktischen Urtheils ist.

vierundzwanzigste Jahr überschritten und zu gegründeten Beschwerden keine Veranlassung gegeben haben.

Die Vice-Consuln werden aus den Kanzlern erster Classe nach mindestens zweijähriger Dienstzeit, die Consuln zweiter Classe aus der Zahl der Vice-Consuln nach ebenfalls mindestens zweijähriger Dienstzeit ernannt.

Zu Consuln erster Classe können, soweit nicht der Mangel an Beamten Ausnahmen erfordert, Consuln zweiter Classe nur nach zweijährigem Dienste, resp. zu General-Consuln können Consuln erster Classe nur nach vierjährigem Dienste in der bezüglichen Eigenschaft befördert werden. Bis zu den Consuln zweiter Classe erfolgen alle Beförderungen ausschließlich nach der Anciennetät, von den Consuln zweiter Classe an unter möglichster Berücksichtigung derselben. Die diplomatischen Posten, z. B. in den Republiken von Südamerika, in Mexiko, wo deren wesentliche Aufgabe die Vertretung consularischer Interessen ist, können, wenn sie auf den Consular-Etat*) genommen werden sollen, nur aus der Reihe der General-Consuln und Consuln erster Classe und der zu diesen Posten qualificirten Beamten besetzt werden. Legations-Secretaire können immer nur als Consuln zweiter Classe in die Consular-Carrière eintreten, und zwar diejenigen, die sich bei dem Inslebentreten der neuen Organisation schon im diplomatischen Dienste befanden, wenn sie vor der consularischen Examinations-Commission eine allgemeine national-ökonomische Bildung und eine genügende Bekanntschaft mit der einschlagenden Handels- und Schifffahrts-Gesetzgebung dargelegt haben. Legations-Secretaire, die erst später in den diplomatischen Dienst treten, müssen dagegen vor diesem Eintritt auch den für die Consulats-Aspiranten aufgestellten Bedingungen genügt haben, wenn sie später in den consularischen Dienst übergehen wollen. — Jedenfalls bleiben drei Fünftel dieser Consularposten den Vice-Consuln vorbehalten.

Zu General-Consuln können Departementschefs des Ministeriums der auswärtigen Angelegenheiten oder des Handelsministeriums und zu Consuln erster Classe vortragende Räthe und Hülfsarbeiter aus denselben Ministerien ernannt werden, wenn die Betheiligten in diesen Stellungen wenigstens zwei Jahre, aber vorher wenigstens vier Jahre im praktischen

---

*) Eine auch bis in die sachlichen Ausgaben genau durchgeführte Trennung des diplomatischen von dem Consular-Etat würde sich schon längst als zweckmäßig empfohlen haben. — In Schweden besteht getrennt von dem des auswärtigen Ministeriums ein Consular-Fonds, aus dem aber zum größten Theil diejenigen diplomatischen Posten dotirt werden, die wesentlich nichts anderes als General-Consulate sind.

Consularbienst thätig gewesen sind. Drei Fünftel dieser Consulatsposten bleiben aber den Consuln zweiter Classe vorbehalten, so daß also nur jedes Mal die vierte und fünfte frei werdende Stelle durch Ministerial= Beamte besetzt werden kann.

Die Consular=Beamten müssen den Verhältnissen angemessen besoldet, und es muß hierbei darauf Bedacht genommen werden, daß bei mehrjäh= rigem treuem Dienste ihre Einnahme steigt, auch wenn die Umstände Be= förderungen nicht gestatten. Es würden mindestens zu gewähren sein:

den Kanzlern zweiter Classe 600 Thlr. im ersten und 800 Thlr. vom zweiten Jahre an,

den etatsmäßigen Kanzlern 1000 Thlr. mit einer Zulage von 200 Thlrn. nach je 2jähriger Dienstzeit als solche bis zu 1400 Thlrn.,

den Vice=Consuln 1400 Thlr. mit einer Zulage von 200 Thlrn. nach je 2jähriger Dienstzeit als solche bis zu 2000 Thlrn.,

den Consuln zweiter Classe 1800 Thlr. mit einer Zulage von 200 Thlrn. nach je 2jähriger Dienstzeit als solche bis zu 2400 Thlrn.,

den Consuln erster Classe 2400 Thlr. mit einer Zulage von 200 Thlrn. nach je 2jähriger Dienstzeit als solche bis zu 3000 Thlrn.,

den General=Consuln 3000 Thlr. mit einer Zulage von 200 Thlrn. nach je 2jähriger Dienstzeit als solche bis zu 4000 Thlrn.

Den Beamten der beiden letzten Kategorien ist nach der den Ver= hältnissen entsprechenden Dotation der verschiedenen Stellen noch ein Pauschquantum als Repräsentationskosten zu gewähren, in denen zugleich alle Reisediäten inbegriffen sind, wohingegen ihnen die Reisekosten nach den gesetzlichen Bestimmungen erstattet werden.*) Alle anderen Beamten erhalten keine Repräsentationskosten, wohl aber eine Theuerungszulage, wenn und wie weit die besonderen Verhältnisse des Ortes es erheischen. Von den Vice=Consuln aufwärts werden selbstverständlich den Beamten die Büreaukosten in gesetzlich festzustellender Weise vergütet.

Den etatsmäßigen Kanzlern und Vice=Consuln kann nach zweijäh= riger Dienstzeit der Titel der höheren Charge verliehen werden. Nach sechsjähriger haben sie Anspruch darauf. Diesem Vorschlage liegt dasselbe Motiv zu Grunde, das schon oben dazu geführt hat, den Vice=Consuln

---

*) Das preußische Regulativ vom 29. Juni 1850 hat in dieser Rücksicht das durchaus Richtige getroffen. Die Erfahrung lehrt, daß General=Consuln, deren Reise= kosten in dem Gehalte begriffen sind, gar nicht reisen und daher die ihnen anvertrauten Pflichten im vollen Umfange zu erfüllen nicht in der Lage sind. Andrerseits würde die Bewilligung von besonderen Diäten möglicherweise eine für das Dienst=Interesse nicht erforderliche Reiselust hervorrufen.

bei längerer Dienstzeit auf ihrer etatsmäßigen Stelle möglicherweise ein höheres Gehalt zu sichern, als sie bei dem Eintritt in die nächstfolgende etatsmäßige Stellung wieder beziehen müßten. Ein zu häufiger Wechsel in diesen Stellen liegt nicht in dem Interesse des Dienstes, der es im Gegentheil wünschenswerth macht, daß die betreffenden Beamten durch ein längeres Verbleiben an derselben Stelle auch eine mehr locale Erfahrung gewinnen und von der Kenntniß der Landessprache, die sich anzueignen allen Consular-Beamten zur Pflicht gemacht werden muß, hinreichenden Nutzen zu ziehen. Der Vorschlag sucht daher das persönliche Interesse des Beamten mit demjenigen des Dienstes zu vereinigen. Ein Vice-Consul, der nach sechsjähriger Dienstzeit den Titel eines Consuls und 2000 Thlr. Gehalt erhält, während er in einem etatsmäßigen Consulate mit nur 1800 Thlrn. Gehalt wieder beginnen müßte, wird es in der Regel vorziehen, wenigstens noch vier Jahre auf seiner Stelle zu bleiben, wenn er dann mit einem Gehalte von 2400 Thlrn. in ein etatsmäßiges Gehalt eines Consulats-Postens einrücken könnte.

Von demselben Gesichtspunkte aus ist es nothwendig, daß innerhalb der Kategorien der Consulate zweiter Classe und der Vice-Consulate eine Versetzung von einer Stelle zur andern als Beförderung nicht stattfindet. Hiermit soll eine Versetzung aus Gesundheitsverhältnissen der Betheiligten oder Rücksichten auf das Interesse des Dienstes nicht ausgeschlossen sein. General-Consuln und Consuln erster Classe können auf ihren Wunsch in reicher dotirte Stellen nur versetzt werden, wenn sie vier Jahre auf ihrem Posten gewesen sind. Sind diese Posten innerhalb der heißen Zone belegen, so haben diese Beamten nach vier Jahren das Recht, eine Versetzung auf den ersten frei werdenden Posten ihrer Kategorie zu verlangen.

Die Gehalts-Einnahmen der Consular-Beamten dürfen mit Steuern und Abzügen nicht belastet werden, wohingegen ihr etwaiges Einkommen aus Privat-Vermögen den Steuergesetzen desjenigen deutschen Staates unterliegt, dem sie speciell angehören.

Bei der Pension kommt nur das zuletzt bezogene persönliche Gehalt in Anrechnung. Mit Rücksicht auf alle bei Beurtheilung dieser Frage in Betracht kommenden Verhältnisse würde diesen Beamten nach zehnjähriger Dienstzeit wenigstens $^{10}/_{30}$ ihres Gehaltes und für jedes folgende Dienstjahr $^{1}/_{30}$ mehr zu bewilligen sein. Hierbei würde jedes in den tropischen Ländern zugebrachte Dienstjahr für wenigstens drei Jahre zu rechnen sein. Höhere Pensionen können bei besonderen Verdiensten, die sich die Betheiligten erworben haben, oder unter anderen geeigneten Umständen durch ein besonderes Gesetz bewilligt werden. Wittwen erhalten aus dem Consularfonds zwei Drittel derjenigen Summen, die dem verstorbenen Consul als Pension zugefallen wären, dieselbe Entschädigung wird minorennen Waisen gewährt. In Fällen, wo der Consular-Beamte einer klimatischen Krankheit unterlegen ist oder auf seinem Posten einen gewaltsamen Tod gefunden hat, wird der Wittwe oder den minorennen Waisen durch ein besonderes Gesetz ein Gehalt gewährt, nicht unter einem und nicht über zwei Viertel des von dem Verstorbenen bezogenen persönlichen Gehaltes.

Unfreiwillige Dienst-Entlassungen mit oder ohne Pension können bei groben Pflichtverletzungen durch das Urtheil eines preußischen, mit der Entscheidung dieser Fälle gesetzlich zu betrauenden Obergerichts erfolgen, gegen dessen Erkenntniß die Appellation an das Obertribunal in Berlin gestattet ist. Das Nähere wird durch ein Gesetz festgestellt. General-Consuln und Consuln erster Classe können auf den Antrag des Consular-Amtes in Fällen vermeintlicher mit dem Verluste des Amtes bedrohter Pflichtverletzungen durch den Minister der auswärtigen Angelegenheiten vom Amte suspendirt werden, behalten aber ihr volles persönliches Gehalt, bis daß das Gericht die Erhebung der Anklage beschlossen hat, von welchem Zeitpunkte bis zum Ausgange der Sache sie die Hälfte des Gehaltes beziehen. Endet die Untersuchung mit einer Freisprechung, so ist das entzogene Gehalt nachträglich auszuzahlen. Alle anderen Consular-Beamte können in Fällen grober Pflichtverletzung von dem Chef, von dem sie ressortiren, suspendirt werden. Diese Chefs haben aber über die Suspension sofort an das Consular-Amt zu berichten, das nach Lage der Sache die Aufhebung oder Bestätigung der Suspension bei dem Minister zu beantragen hat.

Geringere Versehen und Nachlässigkeiten können gegen General-Consuln und Consuln erster Classe von dem Minister auf Antrag des Consular-Amtes mit Ordnungsstrafen bis zu 100 Thlrn., und auf Antrag ihrer Chefs gegen die Consuln und Vice-Consuln bis zu 50 Thlrn., gegen die Kanzler bis zu 25 Thlrn. gerügt werden. Die Chefs der Consular-Verwaltungen können Ordnungsstrafen gegen die von ihnen ressortirenden Consuln und Vice-Consuln bis zu 20 Thlrn., gegen Kanzler bis zu 10 Thlrn. verhängen, haben aber in jedem Falle, wo sie von dieser Befugniß Gebrauch machen, Bericht zu erstatten.

Kaufmännische Vice-Consuln und Consular-Agenten können von dem besoldeten Beamten, von dem sie zunächst ressortiren, suspendirt und von dem Consular-Amte durch einen Erlaß ihres Dienstes entbunden werden, nachdem ihnen zu einer schriftlichen Rechtfertigung gegen die erhobene Beschwerde Gelegenheit geboten ist.

In Bezug auf Urlaub ist die neue „Allgemeine Dienst-Instruction" besonders liberal gewesen, da sie (Zusatz 44) unter Beobachtung gewisser Formen den Beamten überläßt, sich einen Urlaub bis zu vier Wochen selbst zu ertheilen! Dieser Liberalismus entspricht aber schwerlich dem dienstlichen Interesse. Es würden vielmehr ganz bestimmte Regeln festzusetzen und nur in sehr dringenden Fällen Ausnahmen zu gestatten sein. Als Grundsatz wäre festzuhalten: daß kein Consular-Beamter seinen Posten ohne vorherige Genehmigung des Chefs der Consular-Verwaltung in dem betreffenden Lande, ein solcher Chef aber seinen Posten nicht ohne vorherige Genehmigung des Ministers der auswärtigen Angelegenheiten verlassen darf. Außer in dringenden, näher zu bezeichnenden Fällen dürften größere Urlaube den Consular-Beamten in Europa bis zu sechs, denen in der Türkei bis zu acht, denen in transatlantischen Ländern bis zu zwölf Wochen nur alle zwei Jahre, kleinere Urlaube, jedoch nicht über drei Wochen, öfter aber unter Anrechnung derselben auf die größeren Urlaube zu ertheilen sein. Den Chefs der Consular-Verwaltungen würde die Bewilligung kürzerer Urlaube in diesen Grenzen an die von ihnen ressortirenden Beamten eingeräumt werden können, sobald sich diese Chefs von der zweckmäßig angewendeten Stellvertretung überzeugt haben.

2.

Daß zwischen der Diplomatie und dem Consularwesen gewisse Beziehungen stattfinden, hat sich schon aus früheren Abschnitten zur Genüge ergeben. Es wird daher bei einer neuen Organisation unseres Consularwesens auch darauf ankommen, diese Beziehungen in einer Weise zu regeln, wie sie am meisten geeignet ist, eine dem Interesse des Landes entsprechende Wechselwirkung der beiden Institutionen zu verbürgen.

Diese Aufgabe ist nicht schwierig, aber eine gewisse Vorsicht ist bei ihrer Lösung um deswillen erforderlich, weil diese beiden Institutionen doch von sehr verschiedener Beschaffenheit sind und sich auch in neuester Zeit in einer fast entgegengesetzten Richtung entwickelt haben. Das Consularwesen, bei allen vorwärts strebenden Völkern im Aufschwunge begriffen, hat zwar im Vergleich zu der Diplomatie nur kleine, aber dafür ganz bestimmte Aufgaben zu lösen, und wo es immer in einigermaßen zweckmäßiger Organisation auftritt, sofort bringt es auch den Umständen nach einen kleineren oder größeren, aber doch immer den alleraugenscheinlichsten und handgreiflichsten Nutzen. Ganz anders verhält es sich heute mit der

Diplomatie. Sie ist im offenbaren Verfalle begriffen, führt nur ein Scheinleben und wird erst nach sehr gewaltigen Ereignissen vielleicht wieder wie ein Phönix aus der Asche emporsteigen — aber dann vielleicht in sehr anderer Gestalt. Die Aufgaben der Diplomatie sind sehr groß — aber dafür glaubt auch Niemand mehr, daß sie von der Diplomatie gelöst werden können. Ihr Nutzen könnte unermeßlich sein — aber dafür ist er auch kaum wahrzunehmen. Um die Diplomatie zu dem zu machen, was sie heute ist, dazu haben verschiedene Umstände und Verhältnisse gewirkt, die mächtiger als die Menschen waren, die in der Erkenntniß des Uebels und der Gefahr ihnen nach besten Kräften zu begegnen suchten. Es kommt uns überhaupt nicht in den Sinn, über Personen richten zu wollen, aber selbst die vortrefflichsten, liebenswürdigsten und bedeutendsten Persönlichkeiten, die wir seit einer Reihe von Jahren auch in der Diplomatie kennen zu lernen die Ehre hatten, dürfen uns von einer ganz objectiven Betrachtung der Diplomatie und von einem ganz objectiven Urtheil über dieselbe nicht zurückhalten. Und gerade die wirklich bedeutenden Persönlichkeiten in ihr werden die ersten sein, die es — im Ganzen und Großen unterschreiben!

Die Diplomatie ist eine politische Einrichtung. Aber was ist heute die Politik? Ein sehr schmutziges Geschäft — pflegt sie kurz und gut ein verehrter diplomatischer Freund zu charakterisiren. Sieht man auf den Betrieb dieses Geschäftes, auf den durch die hohe Diplomatie selbst anerkannten und getheilten Betrieb, so wird man, je nach den verschiedenen Orten, noch zu anderen Definitionen kommen. So kann die Politik nicht selten aufgefaßt werden als die Kunst

zu täuschen vulgo zu lügen, oder

einem gewohnheitsmäßigen Lügner immer wieder „Vertrauen" zu schenken, oder

mit sehenden Augen nicht zu sehen, oder

den Tod im Herzen, doch noch von einem Tage zum andern zu leben, oder

jeden Rechtsbruch durch Nützlichkeitsgründe zu rechtfertigen, oder

einfache Fragen zu verwickelten zu machen, oder

eigentlich Nichts vorherzusehen, aber sich später die Miene zu geben, Alles vorher gewußt zu haben, oder

den Egoismus für ein auf die Völkerbeglückung gerichtetes Streben in Cours zu setzen, oder

durch den Gebrauch aller möglichen Mittel, ohne Rücksicht auf ihre sittliche Beschaffenheit, zu reüssiren!

Ja, und wer die letzte Kunst, das Reüssiren, und wäre es auch nur auf Monate oder einige Jahre, versteht, ist ein großer Politiker! Après nous le déluge.

Können sich aber solche Künste für Politik ausgeben, so wird von der Diplomatie als einer, in diesem Sinne gerade sehr politischen, Einrichtung nicht allzuviel Segen zu erwarten sein. Aber das führt auf ein zu allgemeines Gebiet. Bleiben wir bei dem Näherliegenden. Die Diplomatie hat einem Anstoße von Frankreich noch eine gewisse Blüthezeit und ihm dann auch den Todesstoß zu verdanken gehabt. Von dem Feuerzeichen der großen französischen Revolution aus dem sanften Schlummer geweckt, rieb sich die Diplomatie die Augen und wollte löschen. Vergeblicher Versuch! Der große Mann des Feuers — der Artillerist par excellence — ließ neben vielem Anderen auch das diplomatische Gerümpel in Rauch aufgehen, bis ihm selbst das große Feuer von Moskau wieder heim leuchtete. Da fielen nach der großen Völkerschlacht von Leipzig die drei mächtigsten Monarchen mit ihren Heeren auf die Kniee!*) Sie bekannten damit und zwar nach einem durch die Macht der Waffen erfochtenen Siege, daß es doch noch etwas Höheres geben müsse als die Macht, die vor Recht geht, und als die Klugheit der Menschen, die kaum die nächste Stunde überblicken kann. Das war der eigentliche Geburtstag der heiligen Allianz. Wäre die gottesfürchtige Demuth jener Stunde, wäre, die gemeinschaftliche Hingebung an Gottes Ordnung als Grundlage, die Einigkeit zwischen Herrschern und Völkern und wieder der Herrscher und Völker unter einander, auch in Wahrheit ihr Inhalt geworden und geblieben — was hätte diese Allianz für das Heil Europas werden und leisten müssen. Aber wie manch' ein nun verknöcherter, verblaßter, freudeleerer, an dem Schmerze eines verfehlten Daseins leidender Mensch nur mit tiefer Wehmuth auf eine Stunde seines Lebens zurückblicken kann, wo Gott ihn und er Gott gefunden hatte und unter heißen Thränen eine neue Welt ihm zu erstehen schien — so kann es auch nur Wehmuth sein, mit der die Völker Europas

---

*) Man versichert freilich jetzt, daß wenigstens die Darstellung, als sei von den Monarchen dieser große Act ausgegangen, zu den Mythen gehöre. Im Gegentheil habe sich von den russischen Heeresmassen der Klang eines Dankliedes erhoben und verbreitet und unter dem Eindrucke derselben seien die Monarchen auf ihre Kniee gesunken. Wir lassen das dahingestellt, die Sache bleibt dieselbe. Aber die letztere Darstellung wäre insofern charakteristisch, als hiernach auch jene symbolische Handlung von Rußland ausgegangen wäre, das zuletzt als die eigentliche Seele der heiligen Allianz und wiederum als diejenige Macht erscheint, durch deren eigenmächtiges Vorgehen der bereits vorhandene Tod der Allianz auch vor aller Welt zur Erscheinung gelangt.

auf jene heilige Stunde zurückschauen. Denn — Gottes Finger sollte nur in der Vernichtung der französischen Armee durch den russischen Winter und durch die Siege der Verbündeten zu erkennen gewesen sein! In der großen französischen Revolution selbst hatte der Teufel sein Spiel allein gehabt — zu lernen war nichts aus ihr, aber bekämpft mußten und sollten sie und ihre weiteren Wirkungen um jeden Preis werden! An die Stelle der Gottesfurcht trat die Furcht vor der Revolution. An die Stelle des Abscheus vor der Sünde selbst nur der vor ihren Folgen. Die Heere der Verbündeten führten einen Bourbonen auf den französischen Thron zurück — das alte Gotteswort von der Heimsuchung der Sünden der Väter an den Kindern brauchte für Dynastien keine Bedeutung zu haben! Frankreich trat der heiligen Allianz selbst bei, auch England unterzeichnete im Aachener Protokoll ihre Grundsätze: die Oberleitung Europas durch die fünf Großmächte war in der Theorie und Praxis fertig und ein oberstes Schiedsgericht mit gewaltiger executorischer Macht dazu. Das Princip dieser oberen Leitung aber, die Richtschnur für das Verhältniß der Staaten unter einander, sollten „die Vorschriften der Gerechtigkeit, der christlichen Liebe und des Friedens" sein. Ein großes und mächtiges Princip! Und man werfe ihm nicht vor, daß es zu allgemein und daher unpraktisch gewesen sei. Dieser Vorwurf ist nicht besser begründet, als die so oft gehörte und doch ganz unrichtige Behauptung, daß das Christenthum in der Politik concrete Fragen nicht entscheiden könne. Denn man verwechselt dabei „concrete" Fragen mit den nur technischen Fragen, die das Christenthum allerdings in der Politik so wenig entscheidet wie in einer anderen Kunst oder auf irgend einem anderen Gebiete. Dagegen muß entweder jede mit dem Gewissen und der Gesinnung der Menschen überhaupt zusammenhängende Frage eine Entscheidung in den Lehren des Christenthums finden können, oder aber dasselbe hat überhaupt keinen praktischen Werth weder für hier noch für dort. Aber das war der Fehler, daß jenes Princip als Richtschnur für die fernere Entwicklung der Verhältnisse der Staaten unter einander als das maaßgebende anerkannt werden, aber doch für die Entwickelung der einzelnen Staaten — des Verhältnisses zwischen der Staatsgewalt zu den Staatsbürgern und der letzteren unter einander — ohne maaßgebende Bedeutung sein sollte. Daher kam es denn auch, daß nicht durch Kriege, sondern durch Revolutionen — zuerst in Staaten, die nicht zur Corporation der Großmächte gehörten, — diese Corporation gelockert und dann aufgelöst wurde. Aber gleichviel, jenes Princip ist mächtig genug gewesen, Europa einen langen, für die innere Entwickelung der einzelnen Staaten leider schlecht genug benutzten

Frieden zu erhalten. Da es die Diplomatie war, die dieses Princip zu vertreten und mit ihm zu arbeiten hatte, mußte es sogar ihrer Gesammtheit und gesammten Thätigkeit, trotz der in einzelnen Fällen bereits hervortretenden Ohnmacht und Untreue, eine große Bedeutung verleihen. Merkwürdig genug hat es freilich in der langen Zeit keinen einzigen Diplomaten gegeben, der es über den Ruhm großer Geschicklichkeit hinaus zu dem eines großen Charakters und eines weitschauenden Geistes gebracht hätte. Aber was ist nun erst zu erwarten, seitdem daß die Diplomatie gar kein Princip mehr vertritt, sondern vielmehr nur als der Träger der Princip- und Ideenlosigkeit erscheint?! Und dazu ist sie doch geworden, seit die Fünf-Großmächte-Corporation „in der Krim gestorben und am Mincio zu Grabe getragen ist"! Frankreich, der Träger der Civilisation und der Schiedsrichter Europas! Das ist denn doch noch eine Idee in der auswärtigen Politik, wie denn auch die französische Verfassung, so wenig wir sie für uns copirt wünschen, doch auch eine gewisse Originalität hat, während die neueren Verfassungen der meisten anderen Staaten nur Copien sind und ihre auswärtige Politik eine kaum glaubliche Verwirrung und Verblendung zeigt. Und diese Idee vor Augen hat Frankreich überall seine Netze ausgeworfen, und während die eine Frage im Gange ist, wird schon an einer neuen studirt! Nun könnte wohl die Diplomatie dieser gefährlichen Idee andere entgegensetzen — aber sie hat keine, die dazu geeignet wären. Eine schüchterne Negation reicht hierzu nicht aus und aus vielen einzelnen kleinen Principleins wird noch lange kein großes. Freilich jene Netze können und werden eines schönen Tages auch ohne die Diplomatie wieder zerreißen, und es wird ganz gewiß wieder eine letzte Frage geben, aber bis dahin kann es noch gute Weile haben, und wenn man im Uebrigen sich aus der Principien- und Ideenlosigkeit nicht zu ermannen weiß, so ist das Verstummen der Lippen, von denen man jetzt in größter Spannung die wichtigsten Entscheidungen über die Zukunft Europas erwartet, von der Diplomatie selbst sicher eher zu fürchten als zu hoffen.*)

Einstweilen hat aber die europäische Diplomatie nichts als Thatsachen zu registriren, die sie nicht gewollt hat und die sie doch nicht verhindern konnte, und Noten zu schreiben, die nichts zu bedeuten haben.**) Man

---

*) Eingehende Erörterungen über diese Frage finden sich in den „Untersuchungen über das europäische Gleichgewicht." Berlin 1859, bei F. Schneider.

**) In der neuesten Zeit beobachtet die hohe Diplomatie solchen Thatsachen gegenüber nicht einmal mehr einen gewissen „äußeren Anstand". Vor nur vier Jahren feierte der König Otto von Griechenland sein fünfundzwanzigjähriges Königs-Jubiläum. Die Diplomatie brachte natürlich hierzu ihre Glückwünsche und die Rede des Doyens

muß sie nicht verhindern, sich diesem einträglichen Geschäfte mit vollkommener Hingebung zu widmen.

Aber freilich, die Ohnmacht der Diplomatie und die Hohlheit des diplomatischen Wesens datirt nicht von 1853, sondern sie ist seitdem nur immer deutlicher zu Tage getreten, und Napoleon hat sie nicht gemacht, sondern nur constatirt. Hätte es in jenem Jahre große, ihrer Aufgabe

---

(des englischen Gesandten Wyse) überfloß von Anerkennung und Versicherung der Freundschaft der Souveräne, deren Vertreter so glücklich waren, an diesem Tage Sr. Majestät nahen zu dürfen. Vier Jahre später wird dieser, durch den Willen Europas eingesetzte, wenn auch nicht sehr begabte, so doch durch und durch loyale und nur „verfassungsmäßig" regiert habende Monarch von einer infamen Militär-Revolution weggejagt, die freilich in dem unglückseligen, aggressiven Nationalitäts-Princip ihre letzte Wurzel hat. Und die hohe Diplomatie brachte es nicht einmal bis zu einem unschuldigen Protest, sie versicherte nur, daß für den König nichts mehr zu hoffen sei. Die persönlich bei einem Monarchen beglaubigten Herren Diplomaten fungiren bei der Revolution in größter Gemüthlichkeit weiter und es ist auch nicht einer unter ihnen, der das verschmähte! Noch mehr, in der englischen Thronrede wird Griechenlands erwähnt und mit Genugthuung auf die Sympathien eines Volkes für einen englischen Prinzen geblickt, das eben einen braven Monarchen weggejagt hat. Freilich König kann dieser Prinz nicht werden — diese Trauben sind sauer. Aber wie zur Belohnung für eine höchst loyale Handlung soll Griechenland die jonischen Inseln erhalten! Wahrlich, man muß vernagelt sein, wenn man hoffen will, daß sich bei der Fortdauer einer solchen Principlosigkeit die Monarchie und der Frieden in Europa erhalten lassen könnten. Noch ein anderes Beispiel.

Bekannt sind die großen Ziele, die sich die Diplomatie bei Regelung der Verhältnisse der Donaufürstenthümer gesetzt hatte. Aber diese Ziele hat sie auch nicht erreicht, dagegen wiederum nicht verhindern können, was sie ausdrücklich verpönt hatte: die Vereinigung dieser Fürstenthümer. Schon nach wenigen Jahren war die Congreßacte — ein Traum geworden! Kann es die hohe Diplomatie nach solchen Erfahrungen den holsteinischen Ständen verdenken, wenn sie ganz offen mit Anträgen auf Wiedervereinigung Schleswigs und Holsteins hervortreten?! Mögen die Stände hierin auch sehr unpolitisch gehandelt haben, und mag man es sehr inconsequent finden, daß sie in dem einen Punkte sich auf den Willen der Großmächte berufen und in einem anderen diesen Willen verwerfen — aber wo Nichts mehr sicher und verbürgt, und wo dieser Wille selbst nur ein schwankendes Rohr ist, da läßt sich ja „von der Macht der Ereignisse" Alles erwarten, Alles erhoffen! Sind „Volkswünsche" einmal als die Quelle der Ordnung des Verhältnisses der Staaten unter einander anerkannt — so wird es bald kein Bett mehr geben, das dem Strome, zu dem die Quelle anschwillt, zu widerstehen vermöchte. Die deutsch-dänische Frage ist zwar für viele Diplomaten ein rechtes crux — aber andrerseits je weniger man sie studirt hat, desto besser läßt sich auch darüber sprechen. Von einem ganz objectiven Standpunkt sagen wir: Wäre die europäische Diplomatie nicht impotent, so hätte man schon 1856 und 1857 bei Gelegenheit der Verhandlungen über die Aufhebung des Sundzolles diese Frage in die Hand nehmen müssen und durch eine zweckmäßige Erledigung derselben Dänemark

gewachsene Diplomaten in Europa gegeben, so hätte es möglich gewesen sein müssen, Rußland durch ein gemeinsames Auftreten der vier anderen Großmächte von einem Friedensbruche abzuhalten. Aber es kam nur zu Conferenzen, die nichts thaten, als den Zwiespalt constatiren, ohne ihn beseitigen zu können. Vor dem italienischen Kriege kam es auch dazu nicht mehr. Er brach ohne Versuch einer diplomatischen Lösung los und wurde nicht allein ohne die Diplomatie, sondern sogar zu ihrem Erstaunen beendet.*) Zu dem Mangel an Kraft und Energie war und ist der jeglicher Voraussicht gekommen.

Wie es nun richtig ist, daß die Hierarchien durch die persönliche Beschaffenheit der Priester, die Aristokratien durch die Aristokraten u. s. w. auch ihrer berechtigten Stellung und ihres berechtigten Einflusses beraubt werden, so wird man wohl auch in dem Satze nicht fehlgreifen, daß die persönliche Beschaffenheit der Diplomaten wesentlich zum Verfalle der Diplomatie beigetragen hat und daß durch einzelne Ausnahmen hieran nicht viel geändert werden konnte und kann. Zu diesem Resultate haben verschiedene Umstände mitgewirkt und wirken noch mit.

Es giebt keine Laufbahn, auf welche nicht allein vornehme Geburt, denn dies ließe sich, wäre sie mit großen Fähigkeiten und einer unabhängigen Gesinnung verbunden, noch verantworten, sondern auch und oft noch mehr persönliche Gunst einen so entscheidenden Einfluß ausüben, wie auf die diplomatische. Darüber kann, wie die Dinge einmal standen und noch stehen, kein Zweifel sein, daß, wenn ein Minister der auswärtigen Angelegenheiten bei dem Vorschlage zur Besetzung eines Postens die Wahl zwischen einem vornehmen Manne und einem bürgerlichen Bewerber hätte, bei im Uebrigen gleicher Befähigung, dem vornehmen

---

eine bessere Entschädigung gewähren können, als ihm durch die Bewilligung einer Summe zu Theil geworden ist, die — wie wir schon damals schrieben — zuletzt wahrscheinlich in unnützen Rüstungen und fruchtlosen Kriegen verzehrt wird. Aber im Gegentheil hat die hohe Diplomatie das Ihrige redlich gethan, um diese Frage noch verwickelter zu machen und die Entwickelung eines sonst glücklich situirten Landes — damit freilich auch diejenige fruchtbarer Beziehungen zu uns — in verschiedener Beziehung auf- und hinzuhalten. Aber freilich, was gäbe es für stehende Gesandtschaften und große Diplomaten in Kopenhagen noch zu thun, wenn diese unglücklich-glückliche Frage aus der Welt geschafft wäre?! Auch sie wird daher früher oder später, schließlich ohne die Diplomatie und wahrscheinlich sehr gegen die Meinung entschieden werden, die jetzt die Herren Diplomaten hierüber hegen mögen.

*) Denn wie erstaunt war doch die hohe Diplomatie über — Villafranca. Wir schrieben drei Wochen vorher, daß ein sehr unerwartetes Ende des begonnenen Krieges viel eher zu erwarten als seine längere Dauer zu fürchten wäre.

Manne der Vorzug zu geben wäre. Aber das ist auch unzweifelhaft, daß, wenn die Qualification eines Mannes nur in der vornehmen Geburt, in einem angenehmen Wesen, in der Routine des Salons und in dem persönlichen Wohlwollen eines Fürsten besteht, solche Wahlen von sehr nachtheiligem Einfluß auf die Erfolge der diplomatischen Thätigkeit sein müssen. Es ist allerdings vollkommen richtig, daß das persönliche Vertrauen eines Monarchen für die Inhaber gewisser Stellungen unentbehrlich ist und daß zu diesen Stellungen diejenigen der Minister im In- und der diplomatischen Vertreter im Auslande zu rechnen sind. Soll aber unter diesem persönlichen Vertrauen etwas Anderes verstanden werden, als die Ueberzeugung des Monarchen, daß der und der Mann nach seiner persönlichen Qualification unter den gegebenen Verhältnissen für dieses oder jenes Amt am Besten geschickt sei — sollen im Gegentheil Gunst und persönliche Sympathie oder gar die Verpflichtungen gegen die Väter die nothwendige Qualification ersetzen können, so muß diese Theorie vom persönlichen Vertrauen zu denjenigen gezählt werden, deren Consequenzen das Bestehen einer Monarchie und Dynastie sehr ernstlich gefährden können und sogar müssen. Wie die Naturforscher nicht die Gesetze machen, nach denen die Natur arbeitet, sondern sich nur bemühen, die Gesetze zu finden, nach denen sie in ihrem gewaltigen Bildungs- und Zerstörungsprocesse verfährt, so beschränkt sich auch der besonnene Politiker darauf, die Gesetze zu finden, nach denen eine Staatsform wie die Monarchie gedeiht oder verfällt. Die Stimme unparteiischer Geschichtsforscher erhält daher für die Politik eine große Bedeutung. Nicht aus den Handlungen kleiner und unbedeutender Monarchen, sondern aus denen der größten und in ihren Actionen erfolgreichsten, werden die richtigen Maxime für die Erhaltung und Blüthe einer Monarchie herzuleiten sein. Statt aus der Gegenwart Belege für die richtige und gegen die falsche Theorie vom persönlichen Vertrauen zu suchen, wollen wir daher über diesen höchst wichtigen Gegenstand die Stimme eines unparteiischen Geschichtsschreibers über Friedrich den Großen vernehmen. Sie müßte manchen Ohren wie ein Posaunenton klingen, wenn sie sich nicht absichtlich gegen alle Wahrheit verstopfen wollen.

„Gunst, — sagt Carlyle — Vertraulichkeit, das sieht man gleich „von Anfang an, hilft diesem jungen König gegenüber nichts; ihm ist es „vor Allem Hauptsache, daß seine Arbeit gethan werde, und er sieht sich „ausschließlich nach demjenigen um, der am befähigsten ist, sie zu thun." Und an einer anderen Stelle:

„Alte Freundschaft ist, wie es scheint, ohne Gewicht bei öffentlichen
„Anstellungen hier: alte Freunde sind einigermaßen erstaunt, diesen ihren
„Freund in jedem Zoll einen König zu finden. Für alte Cameraden, wenn
„sie unbrauchbar, wie viel mehr noch, wenn sie schlimmer als unbrauch=
„bar waren, wie enttäuschend! Ein Unglückseliger (sein Name wird ver=
„schwiegen, war aber zur Zeit bekannt und besprochen), der in der Hoff=
„nung dadurch empor zu kommen, den Kronprinzen in seinen Lastern mit
„Frauenzimmern fleißig unterstützt hatte, ward so erschüttert von ge=
„täuschter Erwartung, daß er sich in „Löbejun" (Löbejun im Magdebur=
„gischen) erhängte; hier ist ein Casus für Menschenfreunde! — Freund
„Keyserling selber, weiland „Cäsarion", wie lieb und werth er uns auch
„sei, kann nichts erlangen, indem er ein müßiger Springinsfeld ist und
„eigene Mittel besitzt. Jordan mit seinem feinen Witz, französischer
„Logik, literarischen Reisen, dünner Pünktlichkeit, was kann für Jordan
„geschehen? Auch ihn liebt der neue König und weiß, daß ohne irgend
„eine Anstellung der arme Jordan nichts zu leben hat. Jordan wird
„nach einigem Warten und Ueberlegen zum Armen=Inspector er=
„nannt, bleibt dabei fortwährend mit literarischen Dienstleistungen betraut
„und in vertrautem Verkehr mit seinem königlichen Herrn. Jordan zu
„versorgen durch eine Anstellung, der er nicht gewachsen ist, Jordan zu
„erwärmen durch Anzünden des eigenen königlichen Bettes: das war
„Jordan's königlichem Freunde nicht eingefallen. — — Aber vor allen
„Dingen steht es fest bei ihm, eingedenk zu sein, daß er König sei, daß
„er die strengen Gesetze dieses ihm anvertrauten Amtes anerkennen und
„das Amt ausüben müsse, sonst habe er nichts gethan." Und weiter:

„Und in der That, die Seele aller dieser edlen Neigungen in Fried=
„rich, die sicherlich bedeutend sind, ist eben dieses: daß er Leute von
„Verdienst liebt und Leute ohne Verdienst nicht liebt; daß er ein endloses
„Begehren nach Leuten von Verdienst hegt und, bewußt oder nicht, fühlt,
„daß sie das eine Schöne, das eine Noththuende für ihn seien." — Und
endlich, nachdem dieser Geschichtschreiber anerkannt, daß Friedrich im
militärischen, administrativen und diplomatischen Fache selbst der beste
Kenner gewesen sei, daß er aber besser gethan haben würde, sich blos
an preußisches oder deutsches, vaterländisches Verdienst zu halten, heißt es:

„Wem nichts an Verdienst gelegen ist, sagt das Sprüchwort,
„der kann selber keins besitzen. Aber ein König, dem nichts an
„Verdienst gelegen ist, was soll man von einem solchen König
sagen!" —

Also, Friedrich der Große,*) hatte für das „persönliche Vertrauen" die rechte Grundlage und Bedeutung gefunden. Für die falsche Theorie vom „persönlichen Vertrauen" hatte er ebenso wenig Sinn, wie für diejenige des „göttlichen Rechtes", aus dem sie fließt und das in der Praxis zu nichts Anderem als zu einer Entheiligung des göttlichen Namens, also zu einem praktischen Angriff auf die Existenz Gottes werden muß.

Wie sehr später in vielen Staaten gegen diese strengen Gesetze der Monarchie gesündigt worden ist, ist bekannt. Die diplomatische Laufbahn bot und bietet dazu noch eine besonders günstige Gelegenheit, weil sich die Folge dieser Sünde nicht so schnell zeigt wie z. B. in der militärischen, wo einer vollkommen untauglichen Persönlichkeit eine bedeutende Stellung anzuvertrauen, sich sofort und auf das Bitterste rächen würde. In der Diplomatie schien das weniger zu sagen zu haben. Bei ihrer zunehmenden Bedeutungslosigkeit konnten, wie man glaubte, Fehlgriffe doch wenig schaden. Aus wichtigen S t a a t s = Interessen werden kleine Hof= Interessen — oft so unglaublich kleine, daß man erstaunen muß, welche Wichtigkeit sie erlangen können. Es gehörte zu den Merkmalen der Blüthe= zeit des Absolutismus, daß er den einmal gegebenen Gesetzen und Vorschriften sich mit Selbstverleugnung selbst unterwarf und sie gegen Andere ohne Rücksicht auf das Ansehn der Person handhabte. Man begriff, daß die Monarchie verfallen müsse, wenn sie die Schranken, mit denen gewisse Einrichtungen von ihr umgeben waren, selbst wieder durchbrach ohne eine andere raison, als diejenige des tel est notre plaisir. Selbst die kleine Schranke des diplomatischen Examens sehen wir heute in einigen Ländern häufig durchbrochen, nicht etwa zu Gunsten vorzüglicher Capaci= täten, sondern zu Gunsten vornehmerer Namen, väterlichen Verdienstes oder persönlichen Wohlwollens. Hier wird der Wunsch, eine Persönlich= keit aus einer Hofstellung zu entfernen, zum Grunde, eine wichtige diplo= matische Stellung ihr anzuvertrauen — dort wird eine andere Persön= lichkeit eines Postens, auf dem sie mit Nutzen wirkte, enthoben, blos um einer dritten Platz zu machen, die eben untergebracht werden sollte. Hier kann es der langjährige treue Diener eines Kaisers oder Königs nicht zu einer selbstständigen Stellung bringen, weil die einflußreichen Verbin= dungen, die ihm fehlen, niemals durch die vorzüglichen Qualificationen aufgewogen werden können, die er besitzt. Dort hat man einem wackeren

---

*) Die „diplomatische Geschichte des siebenjährigen Krieges", die von Arnold Schäfer in Greifswalde zu erwarten steht, dürfte auch höchst interessante Aufschlüsse über die damaligen Diplomaten und das Verhältniß Friedrich's des Großen zu ihnen bringen.

Manne, dem man sich einmal verpflichtet fühlte, einen kleinen verlorenen Posten gegeben, auf dem er bei dem besten Willen nichts ausrichten kann — denn die großen Posten sind ein für allemal den großen Namen und den von ihnen unzertrennlichen großen Verdiensten vorbehalten. Unter solchen Umständen kann es an einer gewissen Wechselwirkung nicht fehlen. Die Diplomatie ruinirt die Diplomaten, sie ruiniren die Diplomatie. Andere Verhältnisse helfen. Die weiten Entfernungen, die Möglichkeit, lange ohne Instruction zu bleiben, führten früher doch noch dann und wann nicht allein die Möglichkeit, sondern auch die Nothwendigkeit herbei, selbstständig Entschlüsse zu fassen und auszuführen und der Regierung die spätere Billigung oder Verwerfung zu überlassen. Eisenbahnen, Dampfschiffe und vor Allem der Telegraph haben die Herren Diplomaten dieser Nothwendigkeit überhoben. Es kann bei jeder Kleinigkeit vorher angefragt werden. Das mag oft auch ganz gut sein, denn wie der Bauer in der Johanna von Orleans wehmüthig sagt: „Wer weiß, wer morgen über uns gebietet," so können auch die Diplomaten, von den Intentionen ihrer hohen Regierungen nicht unterrichtet und nur von ihrer Principienlosigkeit durchdrungen, ausrufen: Wer weiß, was morgen recht und unrecht ist! An den Noten aber, die ein Gesandter wirklich noch in seinem Namen schreibt, ist in der Regel nichts eigene Arbeit als der gewöhnliche bekannte Kopf und Schwanz — das Mittelstück wird in der heimathlichen Residenz zubereitet und vermittelst einer Blei- oder Rothstift-Redaction dem neuen Werke einverleibt; und siehe da, es thut seine Schuldigkeit — oder läßt es auch bleiben!

Wie nachtheilig aber auf Männer, die doch eigentlich nicht zum Schreiben, sondern zum Handeln berufen sind, diese Unselbstständigkeit, diese Unsicherheit, diese Thatlosigkeit wirken müssen, liegt zu Tage. Und wie bald muß gerade bei den Ausnahmen, bei den Männern, die mit Umsicht und Eifer in einer Frage thätig sind, aber an ihrer Regierung die zweckmäßigsten Vorschläge und Anträge abprallen sehen, wie Flintenkugeln an einer Panzerfregatte, eine Verstimmung eintreten, die ihnen zu weiterer Thätigkeit alle Lust verleidet! — Aber je weniger Wesen vorhanden ist, desto mehr muß auf den Schein gehalten werden — je weniger Inhalt, desto mehr Form. Nun wird zwar die Form in der diplomatischen Welt immer eine große Bedeutung haben und behalten, und ihre Vernachlässigung gehört in manchen Beziehungen mit zu den Zeichen des Verfalles. Aber was im Anfange dieses Buches von der Ueberschätzung der Form gesagt ist, hat doch auch hier seine Geltung und der glänzende Schein kann innere Hohlheit wohl verdecken, aber nicht ausfüllen. Hätten sie außerdem nicht vielmehr zu bedeuten, so würde es auch nichts nützen, aus Gesandten Botschafter zu machen! Man würde damit nur einem auf die Demoralisation der Völker nicht ungeschickt berechneten Luxus fröhnen. Länder, in denen man zur Vergötterung der Macht und zum Götzendienste vor dem Geld kommt, werden für die wahre Freiheit unfähig. Wo die Welt doch nicht mehr in und aus den Salons und Boudoirs regiert wird, verliert auch die desfallsige Routine an Wichtigkeit und wenn wirklich die ganze diplomatische Thätigkeit schließlich auf Berichterstattung hinausläuft, so wird dieselbe anderweit ebenso gut und dazu viel, viel billiger beschafft werden können.

Die Zeit muß indessen ausgefüllt werden! Wo das durch ernste, den ganzen Menschen anspannende Geschäfte nicht geschehen kann, muß es — wenn nicht glückliche Liebhabereien oder private Studien es thun — ein gewisser geschäftiger Müßiggang versuchen und das Vergnügen, der zur Gewohnheit werdende Genuß. Dann bestätigt es sich auch hier, was der Altmeister Göthe sagt:

> Es ist Nichts schwerer zu ertragen,
> Als eine Reihe von guten Tagen.

Denn wohl bedarf der Mensch der Erholung und Freude, aber es ist doch die harte Arbeit — nicht die Spielerei mit der Arbeit — die seine Kraft stählt, und es ist der Kampf mit dem spröden Material, mit den Widerwärtigkeiten des wirklichen Lebens, die ihn seiner Kraft bewußt werden läßt. Doch genug. Der Gegenstand ließe sich noch von vielen anderen auch recht picanten Seiten betrachten und beleuchten, aber das führt hier zu weit, und das bereits Gesagte genügt unserem Zwecke. Auch erscheint es nicht nothwendig, die Umgestaltungen in den Kreis der Betrachtungen zu ziehen, welche wahrscheinlich nach langen und tiefen Erschütterungen Europas auch seine Diplomatie erfahren wird und die das früher erwähnte Wort Napoleon's bestätigen werden. Auf diese Umgestaltung kann die Gesetzgebung kaum einen Einfluß üben, wogegen sie dafür sorgen kann und sorgen müßte, daß ein neues Consularwesen mit der Diplomatie, wie sie ist, einerseits nicht in eine Verbindung gebracht würde, die ihm schädlich sein müßte und der Sache nicht nützlich sein könnte, daß aber andrerseits klare und deutliche Bestimmungen getroffen werden, welche das Verhältniß zwischen den beiden Institutionen dem Landes-Interesse zu einem fruchtbringenden gestalten können.

Der § XI. des Reglements (S. XXVII im Anhange) präjudicirt in seiner allgemeinen und elastischen Fassung in dieser Beziehung Nichts, aber es fehlt ihm dafür auch an aller Bestimmtheit.

Das Handbuch von König (Seite 221) bemerkt nur, daß die in jenem Paragraphen angedeutete Unterordnung nicht bei allen Consulaten gleich sei, sondern die Beziehungen zwischen den königlichen Gesandtschaften und Consular-Behörden sich je nach der Oertlichkeit verschieden gestalten. In der sehr kurzen, weiteren Behandlung der Frage ist zwar nichts Unrichtiges gesagt, aber dieselbe keineswegs erschöpft.

In einem praktischen Falle, in der dem königlichen General-Consul in Kopenhagen ertheilten Instruction vom 18. October 1853 heißt es wörtlich: „Sie haben indeß mit der königlichen Gesandtschaft zu Kopenhagen gemäß der Vorschrift im § XI. des Consular-Reglements eine fortlaufende Geschäftsverbindung zu unterhalten. Auch ersuche ich Sie, in wichtigeren Fällen Ihre Berichte an das königliche Ministerium, desgleichen Ihre jährlichen Hauptberichte durch die Hand des königlichen Gesandten gehen zu lassen." Weiter enthält die von Herrn v. Manteuffel erlassene Instruction nichts über diesen Gegenstand; die Wendung des zweiten Satzes schließt die Annahme einer beabsichtigten Unterordnung geradezu aus.

Dagegen thut die von dem „Diplomaten" Grafen Bernstorff erlassene Allgemeine Dienst-Instruction einen herzhaften Schritt vorwärts, aber nicht in der rechten Richtung. Nicht allein, daß sie (Seite XXVIII. im Anhange) die Herren Gesandtschaften zu der Behörde macht, von der die Consular-Beamten, ohne Unterschied des Ranges und Titels, zunächst „ressortiren", sondern sie spricht auch zum Oeftern von der „vorgesetzten" Gesandtschaft. Dabei erhält sie doch das directe Ressortverhältniß der Consuln zu dem Ministerium aufrecht. Vielleicht sind, um dieser neuen Bestimmung einen praktischen Werth zu verleihen, in neuerer Zeit Verfügungen, die nicht das geringste gesandtschaftliche Interesse haben konnten, durch die Hand der Gesandtschaft gegangen, die in diesem Falle nur als Umschweifs-Departement fungirte, obschon selbst hierin wieder von principieller Consequenz nicht die Rede war. Aber bei dem heutigen Zustand unseres Consularwesens war die Sache überhaupt von keiner großen praktischen Bedeutung. Ganz anders stellt sie sich, wenn künftig an der Spitze der Consular-Verwaltungen in den einzelnen Ländern besoldete Beamte fungiren, welche die Verantwortlichkeit für dieselbe tragen sollen. Mit derselben ist freilich nicht eine Unterordnung in gewissen und einzelnen Beziehungen der Consuln unter die Gesandten und ein bestimmtes geregeltes Ressortverhältniß zwischen ihnen, aber die Stellung der Gesandtschaften als einer vorgesetzten Behörde im eigentlichen und entscheidenden Sinne des Wortes entschieden ausgeschlossen. Denn sonst müßten es auch die Gesandtschaften sein, welche jene Verantwortlichkeit trügen, wozu sie, wie wir zur Genüge gesehen haben, keineswegs geeignet und befähigt sind. Auch constatirt keineswegs der Umstand, daß eine Behörde von einer anderen, im Uebrigen ihr nicht subordinirten Behörde in einzelnen und außerordentlichen Umständen Verfügungen anzunehmen hat und noch weniger der andere Umstand, daß die an der Spitze der einen Behörde stehende Persönlichkeit einen höheren Rang hat, ein wirkliches Subordinations-Verhältniß. Vielmehr ist das entscheidende Merkmal desselben, daß die eine Behörde der anderen in Bezug auf den regelmäßigen Betrieb des Geschäfts Vorschriften zu machen hat und hiermit selbstverständlich auch die Verantwortlichkeit für diesen Betrieb übernimmt, oder aber daß der Chef der einen Behörde der persönliche Vorgesetzte des anderen ist. Man nehme zum Beispiel das Verhältniß eines General-Commandos zu dem Ober-Präsidium einer Provinz. Der Fall, daß der Ober-Präsident dem commandirenden General Vorschriften machen könne, kann nie eintreten; der Erstere kann vielmehr an den Letzteren nur Ersuche richten, z. B. mit der ihm anvertrauten Macht ihm zu Hülfe zu kommen; wohl aber kann in außerordentlichen Fällen der Ober-Präsident in die Lage kommen, von dem commandirenden General Verfügungen annehmen zu müssen, ohne dadurch zu einem Untergebenen desselben zu werden. Wiederum haben ein Appellationsgericht und der erste Präsident desselben zwar den von ihnen untergeordneten Behörden keine Vorschriften rücksichtlich der von ihnen zu fällenden Erkenntnisse zu machen, aber einerseits kann von der Entscheidung der letzteren an die Appellationsgerichte appellirt werden, und andrerseits sind die Präsidenten derselben die persönlichen Chefs der Richter. Daher ist allerdings das Appellationsgericht für die von ihnen ressortirenden Gerichte eine vorgesetzte Behörde. Nun kann aber — und das ist von allen anderen Reglements anerkannt — der Gesandte weder den Consuln für die Ausübung ihrer besonderen Pflichten Vorschriften machen, noch kann von den getroffenen Entscheidungen der Letzteren an diejenige der Ersteren appellirt werden. Im Gegentheil hat Artikel 537 des Handelsgesetzbuches diese Entscheidung ausdrücklich ausgeschlossen, indem er von den durch die Consuln getroffenen und einstweilen zu befolgenden die Parteien an die zuständigen Behörden der Heimath verweist.*) Die Gesandten aber zu persönlichen Vorgesetzten der Consuln machen zu wollen, hat nicht einmal die Dienst-Instruction

---

*) Auch für die Türkei will der in diesem Augenblicke dem Herrenhause vorgelegte Gesetzentwurf über die Gerichtsbarkeit der Consuln die königlichen Gesandtschaften als zweite Instanz aufheben.

versucht. Sie spricht nur von der „vorgesetzten Gesandtschaft", vergißt aber dabei, daß oft auf Monate und halbe Jahre jungen Legations-Secretairen unter dem Titel interimistischer Chargés d'affaires „die Leitung der Gesandtschaft." anvertraut wird, und daß man doch unmöglich daran denken kann, Behörden, die solchem Geschick ausgesetzt sind, zu Vorgesetzten anderer Behörden zu machen, deren Inhaber ihre Stellungen einem langjährigen ausgezeichneten Dienste und besonderer Befähigung zu verdanken haben sollen. Wohl wird es die sich aus der Natur der Verhältnisse ergebende Pflicht preußischer und deutscher Consuln sein, den Gesandten mit derjenigen Ehrerbietung entgegen zu kommen, welche den Vertretern ihrer Regierung, Männern von höherem Range, gebührt. Mit der Ehre, die sie in dieser Art den Gesandten erweisen, ehren die Consuln ihre Regierung, ihr Land und daher sich auch selbst. Aber im Uebrigen muß man anerkennen, daß beide Behörden und ihre Träger sich nicht unter einander, sondern neben einander auf einem verschiedenen Gebiete im Allgemeinen mit völliger Unabhängigkeit von einander bewegen. Für das Terrain aber, auf dem sie sich begegnen, möchte das Verhältniß nach folgenden Grundsätzen zu ordnen sein:

1) Die an der Spitze von den Consular-Verwaltungen stehenden General-Consuln oder Consuln haben die Pflicht, schriftlich oder mündlich die königliche Gesandtschaft von allen Vorfällen und Wahrnehmungen in Kenntniß zu setzen, die sie von Interesse für dieselben erachten können. Insonderheit sind die Consuln verpflichtet, Berichte über Vorfälle, die zu einer Verwickelung führen können, durch die Hand der Gesandten gehen zu lassen oder ihnen eine abschriftliche Kenntniß derselben zu geben. — Die Gesandtschaften haben auch das Recht, die bezeichneten Consuln in einzelnen dazu geeigneten Fällen um Auskunft über solche einzelne Fragen, Vorgänge und Verhältnisse, bei denen ein gesandtschaftliches Interesse obwaltet, zu ersuchen und die Consuln die Pflicht, diese Auskunft zu ertheilen. Da die Jahresberichte gedruckt werden und es wünschenswerth ist, daß sie sobald wie möglich zur Oeffentlichkeit gelangen, — ein eingehenderes Studium so umfangreicher, sich wesentlich auf fremdem Gebiete bewegender Arbeiten auch von den Gesandtschaften gar nicht zu erwarten ist — sind die Consuln nicht verpflichtet, sie durch die Gesandtschaften an das Ministerium gelangen zu lassen, müssen dagegen denselben von den Bemerkungen, z. B. über das Verhältniß zu den Behörden u. s. w., die voraussichtlich nicht zum Drucke gelangen und ein

gesandtschaftliches Interesse haben, eine abschriftliche Mittheilung machen.

2) Die bezeichneten Consuln haben, wenn sie ihrerseits in Differenzen mit fremden Behörden, die ihnen den nöthigen Beistand verweigern u. s. w., den Instanzengang erschöpft haben oder ihn zu betreten in dem gegebenen Falle für nicht räthlich erachten, die Pflicht, die Intervention der königlichen Gesandtschaft nachzusuchen. Die letztere hat die Pflicht, wenn sie solches Ersuchen ablehnen zu müssen glaubt, die Gründe dem Consul schriftlich mitzutheilen und ihn dadurch in den Stand zu setzen, eventuell bei dem Ministerium eine weitere Anweisung der Gesandtschaft zu beantragen.

3) Die bezeichneten Consuln können, wenn in dem betreffenden Lande zugleich diplomatische Vertreter der Regierung fungiren, mit dem fremden Minister der auswärtigen Angelegenheiten nicht in einen officiellen Verkehr treten, unbeschadet des Verkehrs etwa mit einer Consular-Abtheilung des auswärtigen Ministeriums, wo derselbe nach der Einrichtung des betreffenden Landes erlaubt und angeordnet ist. Es muß zwar dem Consul frei stehen, mit anderen Centralbehörden, insonderheit auf dem Instanzenwege, sich in Verbindung zu setzen und muß dieses Recht den Consuln — es ist hierbei immer von den an der Spitze der Consular-Verwaltung eines Landes stehenden die Rede — ausdrücklich durch Verträge da gesichert werden, wo es nicht schon anerkannt ist. Es ist aber den Consuln zu empfehlen, sich in den dazu angethanen Fällen mit der Gesandtschaft zu verständigen, ehe sie von diesem Rechte Gebrauch machen. Im Falle einer Differenz ist der Ansicht der Gesandtschaft vorläufige Folge zu geben und eventuell die Entscheidung des vorgesetzten Ministeriums nachzusuchen.

4) Die Gesandtschaften haben im Allgemeinen das Recht nicht, mit einzelnen von dem Chef der Consular-Verwaltung ressortirenden Consular-Beamten in amtlichen Verkehr zu treten. Wenn sie in einzelnen bringenden Fällen sich hierzu veranlaßt sehen, haben sie diesem Chef die an den Consular-Beamten etwa erlassenen Schreiben abschriftlich mitzutheilen, wie auch der Letztere seine Antwort entweder durch die Hand seines nächsten Chefs an die Gesandtschaft gehen zu lassen oder dem Ersteren dieselbe in Abschrift mitzutheilen hat.

5) Kaufmännische Consular-Agenten und kaufmännische Vice-Consuln

werden theils von den bezeichneten Consuln unter Genehmigung des Ministeriums, theils von dem Letzteren auf den Antrag der Ersteren ernannt. In beiden Fällen haben die desfallsigen Berichte durch die Hand der Gesandtschaft zu gehen, damit derselben Gelegenheit gegeben werde, bei dem Ministerium ein Veto einzulegen, wenn sie es aus politischen Gründen für geboten erachtet.

6) Die Chefs der Consular-Verwaltungen können in Folge von Conflicten mit fremden Behörden weder selbst ihre Functionen einstellen, noch von ihnen ressortirende Beamte hierzu ermächtigen, ohne sich vorher mit der diplomatischen Mission hierüber in Einvernehmen zu setzen. Im Falle einer Differenz ist auch hier der Ansicht der Gesandtschaft einstweilen Folge zu geben und eventuell die Entscheidung des vorgesetzten Ministeriums nachzusuchen.

Man wird einräumen müssen, daß, wenn auf dieser Grundlage das Verhältniß zwischen Gesandtschaften und Consuln geregelt ist, jedem Nachtheil, der aus der Unabhängigkeit der Consuln von ihnen erwachsen könnte, vorgebeugt und einem Zusammenwirken dieser Behörden in dem gemeinschaftlichen Interesse des gemeinschaftlichen Vaterlandes eine hinreichende Garantie geboten ist. Viel hängt dabei selbstverständlich von den Persönlichkeiten und dem Tacte und dem guten Willen derselben ab. Aber es läßt sich einmal nicht Alles in der Welt reglementiren und der Persönlichkeit muß überall ein gewisser freier Spielraum gelassen werden. Indessen ist ja dadurch, daß der Regierung unter den Consuln zweiter Classe eine Wahl freisteht und daß zudem in Bezug auf jene Stellen auch andere Beamte concurriren können, der Regierung auch die Möglichkeit gegeben, die Ernennung solcher Personen zu vermeiden, denen in den einschläglichen Beziehungen ernste Bedenken entgegen stehen. Aber für das Wesen des Verhältnisses thun Klarheit und Bestimmtheit noth, sonst werden bedauerliche Conflicte kaum ausbleiben können, zu denen zwischen Trägern verschiedener Institutionen, von denen die eine sich etwas rückwärts, die andere vorwärts bewegt, von den Persönlichkeiten ganz abgesehen, Eifersüchteleien nur allzu leicht zu führen vermögen. Denn gerade die Gesandten, die persönlich die geringste Bedeutung, werden auch die größte Neigung haben, sich wichtig zu machen, wie es denn eine alltägliche Erscheinung ist, daß für hochgestellte aber auch hochmüthige*) und daher beschränkte Menschen kluge und unabhängige Leute ein wahrer Gräuel — „höchst gefährliche"

---

*) Die Sprachforscher haben ermittelt, daß das deutsche „stolz" von dem lateinischen stultus — dumm — herkommt, wodurch die nahe Verwandtschaft zwischen Stolz und Dummheit wirklich eine recht anschauliche Darstellung gefunden hat.

Menschen sind. Bedeutende Persönlichkeiten fürchten sich dagegen vor anderen bedeutenden nicht, sondern lassen jeder gern ihr Recht widerfahren. Gerade sie sind auch menschlichen Schwächen gegenüber die nachsichtigsten, weil sie am besten wissen, daß auch die trefflichsten Menschen der Nachsicht bedürfen.*)

3.

Es ist keine Frage, daß zu einem nicht geringen Theile der Erfolg der consularischen Thätigkeit von der Stellung abhängen muß, die in den Ländern, in denen sie fungiren, ihnen eingeräumt wird und das sowohl in Bezug auf die Ausübung ihrer Functionen als auf ihre persönlichen Rechte und Freiheiten. Ihre Thätigkeit beginnt überhaupt erst mit dem Empfange des Exequaturs von der fremden Regierung, in dem oder in dessen Beilagen in der Regel diese Stellung in beiden Beziehungen näher bezeichnet ist. Unter den vielen auf diesem Gebiete hervortretenden Unterschieden ist einer überall bemerkbar. Wie es nämlich die Natur der Verhältnisse mit sich brachte, sind den besoldeten Consular-Beamten (missi) überall weit größere Befugnisse eingeräumt als den eigenen, als Consuln fremder Mächte fungirenden Unterthanen. Die Stellung der Letzteren wird am Schlusse dieses Abschnittes erörtert, im Uebrigen aber nur von derjenigen der Ersteren gehandelt werden. In Bezug auf sie zeigt sich ein anderer, ebenfalls allgemeinerer Unterschied darin, daß in manchen Staaten, sei es durch bestimmte Gesetze oder durch die Macht der Gewohnheit, den Consuln gewisse Rechte eingeräumt sind ohne Rücksicht darauf, ob auch der Staat, den sie angehören, den fremden Consuln diese Rechte einräumt, daß aber in Bezug auf andere Rechte das Reciprocitätsprincip anerkannt und durchgeführt wird. Im Uebrigen scheint aber die große, bisher vorhandene Verschiedenheit nach und nach einer größeren Gleichheit Platz machen zu sollen. „Als das Consular-Reglement erschien" — bemerkt

---

*) Es drängt sich uns bei dieser Frage die Erinnerung an einen hierher gehörigen, aber hier nicht näher zu erzählenden Conflict auf, bei dem sich ein Gesandter die Verfolgung eines Preußen im fremden Lande als eines „berüchtigten demokratischen Individuums" in den Kopf gesetzt hatte und über den Widerstand außer sich gerieth, den er hierbei in dem General-Consul fand. Glücklicherweise fiel dieser Conflict noch in die „Manteuffel'sche" (!) Reactionsperiode und sowohl der General-Consul wie jenes „Individuum" kamen zu ihrem Rechte, wenn auch in Bezug auf das Letztere die Frucht dieses Rechtes durch anderweite diplomatische Intriguen damals vereitelt wurde. Eine auf Befehl des Königs veranstaltete nochmalige Untersuchung hatte dargethan, daß der königliche Gesandte jenes „Individuum" mit Unrecht so bezeichnet hatte, wie es geschehen war!

König (S. 221) mit Recht — „ließen sich allgemeine Grundsätze über diesen Gegenstand nicht aufstellen. Die Zahl der Staatsverträge, welche sich über denselben aussprachen, war gering und eine allgemeine Staatenpraxis hatte sich noch nicht gebildet. Jetzt ist es anders. Zwar erscheinen die Staatsverträge bei diesem Punkte noch immer lückenhaft, doch haben mehrere Staaten bestimmte Anordnungen über die den fremden Consuln zu gewährenden Freiheiten und Rechte getroffen und in Staaten, wo solche Bestimmungen nicht existiren, wird in der Regel das Reciprocitätsprincip anerkannt." Das schrieb Herr König 1853, aber seitdem sind auf diesem Gebiete die größesten Fortschritte gemacht worden, und es giebt eine ganze Reihe von Staatsverträgen, die durchaus nicht mehr lückenhaft erscheinen, sondern — obschon sie eine weitere Entwickelung in der eingeschlagenen Richtung nicht ausschließen — sehr bestimmte und dem Bedürfniß entsprechende Festsetzungen enthalten. Wenn es schon früher Frankreich, Spanien und Portugal waren, die sich in dieser Beziehung am entschieden freisinnigsten gezeigt hatten, so gebührt dem Kaiser Napoleon jetzt das Verdienst, daß er alle büreaukratischen und diplomatischen Marotten und Eifersüchteleien bei Seite geschoben und von ihnen unbeirrt das Richtige gesucht und gefunden hat. Mag man über ihn sonst denken wie man will, auch auf diesem Gebiete hat er gezeigt, daß er Sachen versteht und anzufassen weiß; und diese Anerkennung soll nicht durch die Erwägung geschmälert werden, daß er in der Schule des Lebens gelernt und sich auch in der Fremde unter Menschen, unter gewöhnlichen Menschen als Mensch bewegt, scharf beobachtet und viel gelernt hat. Bei jenen Fortschritten ist natürlich Preußen nicht betheiligt. Ja, man hat uns versichert, daß man in Berlin bei Gelegenheit der Verhandlungen über den Handels-Vertrag, das Entgegenkommen Frankreichs in dieser Beziehung ausdrücklich abgelehnt habe: nicht unglaublich, denn die nach dem Abschlusse des Vertrages erschienene, der Allgemeinen Dienst-Instruction beigegebene Denkschrift zeigt ja, daß wir an veralteten und unzweckmäßigen Grundsätzen, an lediglich büreaukratischen und unpraktischen Anschauungen mit unerschütterlicher Treue festhalten!

Warum? Auf diese Frage giebt es verschiedene Antworten.

1) Zunächst stellt sich, wo Begriffe fehlen, immer ein Wort zur rechten Zeit ein. In diesem Falle eignete sich aber das vielsagende „Souveränetätsrecht" sehr dazu, den vorhandenen, sehr erheblichen Mangel auszufüllen. Diesen Punkt haben wir schon früher erwähnt. Es sei nur nochmals gesagt, daß es nahezu lächerlich ist, von Mächten, wie Frankreich, Spanien, Italien, Schweden u. s. w., die doch alle uns gegenüber

in einem Aufschwunge ihres politischen Ansehens begriffen sind, zu behaupten, daß sie sich weniger auf Souveränetätsrechte verständen, als wir.

2) Wenn Hegel sagte: „Alles, was ist, ist vernünftig." so heißt das in die Denkweise gewisser Leute übersetzt: „Alles, was preußisch ist, ist vortrefflich" — eine Maxime, mit der man dahin gekommen ist und weiter kommen wird, selbst auf Gebieten, auf denen wir einen entschiedenen Vorrang hatten und vielleicht noch haben, denselben zu verlieren. Im Uebrigen wären wir nicht einmal in Bezug auf die Ablehnung jener französischen Anerbietung Original gewesen. Auch England hat sich auf eine nähere Feststellung der consularischen Vorrechte nicht eingelassen, sondern dieselben wie bisher der Gewohnheit anheimstellen wollen. England*) bekennt sich in dieser Beziehung zu dem vortrefflichen Grundsatze: „Macht geht vor Recht," d. h. so lange ich die Macht habe, die Rechte meiner Consuln zur Geltung zu bringen, wo ich sie verletzt erachte, frage ich nichts nach denjenigen anderer Staaten. Wir glauben freilich, daß es mit dieser englischen Herrlichkeit in nicht allzuvielen Jahren auch ein Ende genommen haben wird! Aber Preußen konnte und könnte ja nie an einen solchen Gebrauch oder auch Mißbrauch der Macht denken und müßte daher gerade recht eifrig bemüht sein, seinen Consuln durch Verträge diejenigen Rechte zu sichern, deren sich die anderen zu erfreuen haben. Hierzu gehörte freilich vor allen Dingen, daß man ebenfalls ganz untergeordnete büreaukratische Vorurtheile und Interessen bei Seite schob und die Sache von der richtigen und praktischen Seite ansah und angriff.

3) Man sah aber bisher nur anf dasjenige, was man gewähren, und nicht auf das, was man dadurch gewinnen sollte, und man übersah dabei gänzlich, daß dieses und jenes Zugeständniß, welches für fremde Consuln bei uns gar nicht erforderlich sein mag, doch für unsere Consuln im Auslande im höchsten Grade wünschenswerth und erforderlich sein kann. In Preußen, wo nicht allein Administration und Justiz von einander getrennt, sondern auch die Beamten nicht auf Sporteln angewiesen sind, mochte es immer angehen, die Consuln z. B. von einer amtlichen Mitwirkung bei Strandungssachen auszuschließen. Aber wie können wir auf solche Mitwirkung in Ländern verzichten, wo weder Administration und Justiz von einander getrennt, noch die Beamten fest besoldet sind, sondern wo in den betreffenden Districten gerade die Einnahmen aus Strandungen einen wesentlichen Theil ihrer Einnahmen bilden. Kommt hinzu,

---

*) Siehe die Anmerkung zu Seite 80.

daß an unseren Küsten Strandungen zu den Seltenheiten gehören, während sie anderwärts in der Herbst- und Winterzeit an der Tagesordnung sind und auch für die Bevölkerung mancher Gegenden eine Hauptnahrungsquelle sind. Da kann es denn geschehen, daß ein Brutto-Ertrag von 3600 Thlrn. aus dem Erlöse geretteter Gegenstände nach Abzug der Bergungskosten, der Gerichtskosten, der Sporteln u. s. w. auf einen Netto-Ertrag von 600 Thlrn. herabsinkt — oder auch, daß einem Schiffer 600 Thlr. ganz unnöthiger Kosten dadurch verursacht werden, daß man gerettete Leinsaat aus einem Hause und Orte, wo sie ganz sicher lag, trotz des Protestes eines kaufmännischen Consuls und dazu Privat-Bevollmächtigten der Assecurateure, auf obrigkeitlichen Befehl nach einem anderen Orte, nämlich nach einem Packhause bringt, das — der betreffende Beamte zu vermiethen hat!*)

---

*) Wie denn überhaupt in den wenigen Monaten, in denen dieses Buch geschrieben wurde, die mannichfachsten Bestätigungen darin niedergelegter Ansichten sich dem Verfasser unmittelbar aufgedrungen haben, so ist auch in den letzten Tagen ein merkwürdiges Büchlein in Kopenhagen erschienen, das in der Form eines kleinen Romans dem Strandungswesen etwas näher tritt. Es ist dem dänischen Justizminister gewidmet. In der Widmung heißt es unter Anderem: „Von dem Augenblicke an, wo ich von den unredlichen Handlungen und Willkürlichkeiten überzeugt wurde, die in Strandungsfällen nur allzu oft auf der Westküste Jütlands vorkommen, habe ich es für meine Pflicht gehalten, nach schwachen Kräften dagegen aufzutreten. Dabei hatte ich keinen andern Beistand, als den indirecten der Großhändler Thune und Hage und des Obersten Tscherning in den verschiedenen Repräsentationen, wofür ich diesen Ehrenmännern stets dankbar sein werde, und kein anderes Resultat, als daß einige der meist in die Augen fallenden Mißbräuche in hiesiger Jurisdiction durch das bereitwillige Entgegenkommen des Herresfogeds und Amtmanns beseitigt wurden. Obschon durch diesen Fortschritt zum Besseren die heftigste Erbitterung gegen mich bei Vielen hervorgerufen wurde, deren Interessen sich verletzt sahen, steht doch das Wenige, was erreicht ist, in keinem Verhältniß zu dem, was noch geordnet und verbessert werden muß. Aber ich muß mich bescheiden, nicht tiefer in die Mysterien des Strandungswesens eindringen zu können, ohne mich in einen, in seinen Folgen für mich unberechenbaren Kampf zu verwickeln. Ich habe daher meinen Blick auf Euer Excellenz als den einzigen gerichtet, der es vermag, die nöthigen Reformen in unserem Strandungswesen durchzuführen, das in seinem gegenwärtigen Zustande, mit Hülfe eines unberechenbaren Rechnungswesens, einer Menge sogenannter „gesetzlicher Prellereien" den Weg bahnt, es für einen Schiffsführer zur leichtesten Sache von der Welt macht, die Assecurateure um viele Tausende zu betrügen und das — was ich in meiner Stellung am meisten beklage — den traurigsten Einfluß auf die in vielen Beziehungen sonst so brave Bevölkerung der Küste ausübt. Könnte es Euer Excellenz gelingen, diese dunkeln Flecken von einem nicht unwesentlichen Theil der dänischen Rechtspflege zu entfernen, so dürfen Sie gewiß sein, sich ein Verdienst um die Gesellschaft zu erwerben, das heute freilich nur von denen gewürdigt werden kann, die eine persönliche

Was aber nun hier von der Strandungs=Angelegenheit gesagt ist, läßt sich auch in Bezug auf viele andere durchführen. Ueberall wird man bei unbefangener Prüfung dazu kommen zu sagen: In so weit nicht die Interessen unserer eigenen Unterthanen dabei zur Frage kommen, möge es den Consuln freistehen, sich bei der Wahrnehmung der durch sie vertretenen Interessen unserer vorzüglichen Einrichtungen zu bedienen oder das bleiben zu lassen; jedenfalls wollen wir unsere Unterthanen unter den schlechten Einrichtungen anderer Länder nicht leiden lassen und sind daher gern bereit, die bezüglichen Rechte fremder Consuln bei uns entsprechend zu erweitern, wenn wir dadurch den unsrigen entsprechende Rechte sichern können.

4) Eine Entschuldigung für unseren Stillstand mag allerdings darin liegen, daß, so lange wir überhaupt von einem Consularwesen eigentlich außerhalb der Türkei nur in Dänemark reden können, es sich der Mühe nicht gelohnt hat, den alten Schlendrian zu verlassen und etwas tiefer und ernsthafter über die einschlagenden Fragen nachzudenken.*) Das Gewicht dieser Entschuldigung zu verkennen, sind wir weit entfernt und bedauern nur, daß sie der Hauptsache nach nur wieder zu einer Anklage wird.

Aber es handelt sich nur in diesem Buche darum, einem neuen Zustande Bahn zu brechen, und die Ziele und Mittel anzudeuten, die zu erstreben und anzuwenden sind. Auch in dieser Hinsicht müssen wir uns indessen hier begnügen, den jetzigen in einer, der Dienst=Instruction beigegebenen Denkschrift dargelegten Zustand dem Ziele, also das „ist", in

---

Kenntniß der Sachlage haben, aber das man später um so mehr schätzen lernen wird. — —" Wir haben hierzu nur noch zu bemerken, daß bekanntlich jährlich eine nicht unbedeutende Zahl, darunter auch preußische und deutsche Schiffe, auf dieser Küste verloren gehen, und daß die Hoffnungen des Herrn Verfassers auf baldige und gründliche Besserung der einschlagenden Verhältnisse wohl zu den Täuschungen gehören möchten.

*) Obschon man sich auch schon jetzt hätte sagen können, daß es einerseits wenig gentil ist, in anderen Ländern Vortheile in Bezug auf die Stellung und Befugniß eines Beamten auch nur anzunehmen, wenn man sie nicht auch bei sich zu gewähren entschlossen ist, und daß andrerseits es mit diesen, für das dienstliche Interesse unentbehrlichen Vortheilen eine sehr traurige Bewandtniß hat, wenn sie vielleicht nur auf den vernünftigen und humanen Ansichten in dieser Beziehung maaßgebender Persönlichkeiten beruhen. Wie, wenn bei einer eintretenden Personal=Veränderung in den Behörden eines fremden Landes auch, wenigstens in Bezug auf den preußischen Consul, eine wesentliche Veränderung etwa aus „nationalen" Rücksichten einträte?! Sollte dann etwa das Resultat sein, daß man sich zwar vor der Verletzung anderer Mächte wohl zu hüten habe, aber daß man sich Alles bieten lassen könne!

den Hauptfragen dem gegenüber zu stellen, was „werden soll". Kaum bedarf es hierbei noch für einen intelligenten Leser der Vorbemerkung, daß es sich auch bei den persönlichen Rechten und Freiheiten der Consuln lediglich um das Interesse des Dienstes handelt. Die Consuln sollen durch sie vor der Möglichkeit geschützt werden, in demselben durch Chicanen oft nur untergeordneter, in ihrer Eitelkeit, ihren Geldinteressen oder auch nur ihrer „nationalen" Empfindlichkeit sich durch das consularische Auftreten verletzter Beamten gestört zu werden. Gerade in dieser Beziehung gilt es, daß wir von unserem im Ganzen so intelligenten, uneigennützigen und pflichttreuen Beamtenstand nicht auf die Beschaffenheit desselben an anderen Orten schließen dürfen, zumal hierbei keineswegs immer nur große Städte, sondern oft nur sehr kleine Seeplätze in Betracht kommen.

Endlich vergesse man nicht, daß es sich in der zweiten Colonne nicht um Phantasien, sondern um Rechte handelt, die in ganz ebenso civilisirten Ländern und nicht minder mächtigen Monarchien den Consular-Beamten bereits durch Verträge ausdrücklich eingeräumt sind.

Denkschriftliche Gegenwart in Preußen.

Die fremden Consular-Beamten in Preußen mögen, was zuvörderst im Allgemeinen die Beschaffenheit ihrer Functionen betrifft, das Handels- und Schifffahrts-Interesse ihrer Nation wahrnehmen und über deren Gerechtsame in Handels- und Schifffahrtssachen wachsam sein, auch in den persönlichen Angelegenheiten ihren Nationalen, welche Handel und Schifffahrt treiben, mit Rath und That Beistand gewähren und dieselben bei der diesseitigen Zollbehörde als Makler (!!) oder Dollmetscher vertreten.

Sachentsprechende Zukunft in Preußen.

Die fremden Consuln sind, sobald ihnen das Exequatur ertheilt ist, in Preußen Beamte eines fremden Souveräns, denen ein, sie zu besonderen internationalen Vorzügen berechtigender öffentlicher Charakter beiwohnt. Mit welchen Verpflichtungen und Befugnissen sie gegenüber ihren Regierungen und ihren Nationalen jeden Standes betraut werden, geht uns im Allgemeinen gar nichts an und kommt nur in so fern für die preußische Gesetzgebung oder die den Behörden zu ertheilenden Instructionen in Betracht, als hierbei die Sicherheit des Staates, die Erhaltung der öffentlichen Ordnung und die Rechte preußischer Unterthanen in Frage kommen.

Die Consuln können sich an alle Behörden ihres Bezirks und, insofern sie als General-Consuln fungiren, auf dem Instanzenwege an alle Landesbehörden (mit alleiniger Ausnahme des auswärtigen Ministeriums, sobald ein diplomatischer Vertreter vorhanden ist) wenden, um gegen jede vermeintliche Verletzung der bestehenden Verträge und der Rechte ihrer Nationalen Einspruch zu thun und Abhülfe zu erlangen.

Denkschriftliche Gegenwart in Preußen.	Sachentsprechende Zukunft in Preußen.
Desgleichen können sie Streitigkeiten ihrer Nationalen compromissarisch vermitteln und Certificate ausstellen.	Die Consuln sind ausschließlich competent, die nöthigen Maaßnahmen in Bezug auf Verbrechen oder Vergehen zu treffen, die am Bord ihrer nationalen Schiffe von einem ihrer Nationalen gegen den anderen begangen sind, gleichviel ob diese Schiffe im Hafen oder auf der Rhede liegen, selbstverständlich auch in Bezug auf die während der Reise begangenen Verbrechen und Vergehen.
	Bei Streitigkeiten aller Art zwischen dem Capitän, den Officieren und den Schiffsmannschaften haben die Consuln ausschließlich die Entscheidung zu treffen. Die preußischen Behörden müssen selbstverständlich einschreiten, wenn die Schiffsmannschaften Unordnungen am Lande begehen oder sonst gegen Landes- oder Polizeigesetze verstoßen. Rücksichtlich der am Bord der Schiffe entstandenen Unordnungen steht ein Einschreiten den Landesbehörden nur zu, wenn durch dieselben die öffentliche Sicherheit und Ordnung auf dem Lande oder im Hafen gestört worden und wenn zur Schiffsmannschaft nicht gehörige Personen in dieselben verwickelt sind.
	Fällen Consuln in Streitigkeiten zwischen ihren Nationalen, die nicht zu Schiffsbesatzungen oder Passagieren gehören, schiedsrichterliche Entscheidungen, so haben dieselben in Preußen lediglich die anderen schiedsrichterlichen Entscheidungen nach den preußischen Gesetzen zustehenden Wirkungen.
Es steht den Consuln dabei aber, wenn und in wie fern nicht durch besondere Verabredungen etwas Anderes	In allen Fällen, in denen den Consuln nach dem Obigen eine Entscheidung zusteht, haben die Landesbehör-

Denkschriftliche Gegenwart in Preußen.
bestimmt ist, keinesweges zu, gegen ihre Nationalen auf diesseitigem Gebiete eine executorische Gewalt auszuüben oder Behufs der Ausübung einer solchen Gewalt die Hülfe der diesseitigen Behörden in Anspruch zu nehmen. Wünschen sie bei Maaßregeln gegen ihre Nationalen außer den Fällen, wo eine Mitwirkung der diesseitigen Behörden vertragsmäßig stipulirt ist, wie solches z. B. in Bezug auf Ergreifung entwichener Seeleute verschiedenen Staaten gegenüber der Fall ist, so bleibt es dem freien Ermessen derselben vorbehalten, ob und in wie weit sie auf Grund ihrer eigenen Autorität selbstständig einzuschreiten Veranlassung finden.

Die fremden Consular-Beamten sind im Allgemeinen auch nicht berechtigt, solche Urkunden aufzunehmen, welche in das Bereich der gerichtlichen und notariellen Wirksamkeit gehören, sofern dabei ein vor den diesseitigen Behörden verpflichtender Gebrauch gemacht werden soll —

Sachentsprechende Zukunft in Preußen.
den ihnen auf ihr schriftliches Ersuchen zur Ausführung derselben allen Beistand angedeihen und namentlich auch — selbstverständlich auf schriftliche Requisition der Consuln — irgend welchen in die Liste einer Schiffsmannschaft angeführten Mann jederzeit verhaften und in das Gefängniß abführen zu lassen. Zur Erforschung und Festnehmung von Deserteurs haben die Behörden den Consuln alle Unterstützung zu gewähren u. s. w.

Die Einsperrung eines Deserteurs darf nicht länger als drei Monate, die eines anderen Mannes nicht länger als höchstens einen Monat dauern. Hat der Consul, auf dessen Requisition die Verhaftung erfolgt ist, inzwischen keine Gelegenheit zur Heimsendung u.s.w. gehabt, so sind, nachdem dem Consul drei Tage zuvor Nachricht gegeben, die Arrestanten zu entlassen und können nicht nochmals in Haft genommen werden. Selbstverständlich werden Kosten für Unterhalt u. s. w. von den Consuln getragen.

Die Consuln können in ihrer Kanzlei, an dem Wohnsitze der Parteien und am Bord der Schiffe ihrer Nation Erklärungen entgegen nehmen, welche Unterthanen ihres Landes, gleichviel welchem Stande sie angehören, vor ihnen abgeben wollen oder abzugeben haben. Sie sind gleichermaßen befugt, als Notare die testamentarischen Anordnungen ihrer Landsleute und alle anderen Notariats-Acte derselben aufzunehmen. Die Consuln haben überdies das Recht, in ihrer Kanzlei alle Vertrags-Urkunden aufzunehmen, die zwischen einem oder mehreren ihrer Landsleute und preußischen Unterthа-

Denkschriftliche Gegenwart in Preußen.	Sachentsprechende Zukunft in Preußen.
	nen oder auch zwischen den letzteren allein verabredet worden, wenn diese Acte nur auf Güter oder Geschäfte Bezug haben, die in dem Gebiete des von dem Consul vertretenen Staates belegen sind, beziehungsweise dort betrieben werden.
und können sie überhaupt keine Acte der Jurisdiction vornehmen, welche nach diesseitiger Verfassung den Behörden des Ortes zustehen. Sie können also namentlich auch in Havarie- und Strandungssachen, selbst wenn sie sich als Special-Bevollmächtigte der Interessenten zu legitimiren im Stande sind, zur Ausübung solcher Functionen nicht verstattet werden, welche diesseits zum richterlichen Ressort gehören. Sie sind z. B. nicht für befugt zu erachten, den Verkauf eines Wrackes kraft eigener Autorität zu veranlassen.	Sobald bei Havarien preußische oder Unterthanen einer dritten Macht nicht betheiligt sind, können dieselben von dem betr. Consul ohne alle Einmischung preußischer Behörden geregelt werden. Von einer eingetroffenen Strandung müssen die Ortsbehörden den Consul oder dessen Agenten sofort in Kenntniß setzen und bis zur Ankunft der Consuln oder deren Bevollmächtigten die zum Schutze der Personen und zur Erhaltung der aus dem Schiffbruche geretteten Sachen erforderlichen Maaßregeln treffen. Im Uebrigen beschränkt sich die Thätigkeit der Ortsbehörden — wo ein Weiteres vom Consul nicht selbst gewünscht oder beantragt wird — auf die Wahrnehmung des Interesses der Berger und auf die Sicherung der Ausführung derjenigen Anordnungen, welche wegen der Einfuhr und Ausfuhr der geretteten Waaren zu beobachten sind. Insonderheit kann der Verkauf eines Schiffes als Wrackes nur auf Antrag oder doch mit ausdrücklicher Genehmigung des Consuls veranlaßt werden. — Im Falle, daß die Nationalität des Schiffes zweifelhaft ist, sind die Ortsbehörden allein competent. —
Sie können aus demselben Grunde auch keinen Eid von preußischen Unterthanen abnehmen. Die Vereidigung	Es ist den Consuln unbenommen, auch Eide von preußischen Unterthanen abzunehmen, wenn dieselben in

𝔇𝔢𝔫𝔨𝔰𝔠𝔥𝔯𝔦𝔣𝔱𝔩𝔦𝔠𝔥𝔢 𝔊𝔢𝔤𝔢𝔫𝔴𝔞𝔯𝔱 𝔦𝔫 𝔓𝔯𝔢𝔲ß𝔢𝔫.	𝔖𝔞𝔠𝔥𝔢𝔫𝔱𝔰𝔭𝔯𝔢𝔠𝔥𝔢𝔫𝔡𝔢 𝔍𝔲𝔨𝔲𝔫𝔣𝔱 𝔦𝔫 𝔓𝔯𝔢𝔲ß𝔢𝔫.
ihrer Nationalen in Angelegenheiten, über welche im Auslande verhandelt wird, ist ihnen diesseits unbenommen.	Bezug auf Angelegenheiten, über welche im Auslande verhandelt wird oder in Bezug auf Waaren, die nach dem Auslande gehen u. s. w., Eide vor dem Consul zu leisten in ihrem Interesse finden. *)
In Gemäßheit der vorgedachten Grundsätze kann aber ferner bei Todesfällen fremder Unterthanen auf diesseitigem Gebiete eine consularische Einmischung in die vor die Gerichte gehörigen Maaßregeln der Sicherstellung oder der Verwaltung des Nachses, abgesehen von etwaigen besonderen Vertrags-Verhältnissen, nicht gestattet werden.	Die preußische Regierung, als diejenige eines Staates, der an der Spitze der Intelligenz und des Fortschrittes in Europa steht — wir sprechen von der Zukunft — wird nach dem Vorgange anderer intelligenter Regierungen civilisirter Staaten diejenigen Anordnungen treffen, nach denen — Reciprocität vorausgesetzt — in Bezug auf Todesfälle und Hinterlassenschaften fremder Unterthanen ein gemeinschaftliches Verfahren der Ortsbehörden und der Consuln ermöglicht und geregelt wird. — Ausschließlich aber haben die Consuln über Inventarisirungs-Acte und über andere Maaßnahmen zu erkennen, welche zur Erhaltung solcher Güter oder Nachlaßgegenstände aller Art dienen, die von den auf dem Lande oder sei es während der Fahrt oder in dem Ankunftshafen am Bord der Schiffe ihres Landes gestorbenen Seeleuten oder

---

*) Da wir so gut wie gar keinen directen Handel mit Amerika haben, konnte durch die jetzige entgegenstehende Bestimmung ein sonst unausbleiblicher Conflict nicht herbeigeführt werden. Die Regierung der Vereinigten Staaten verlangte nämlich eine Beeidigung der Connoissements in Bezug auf für Amerika bestimmte Waaren von den Betheiligten vor den amerikanischen Consuln überall da, wo solche residirten, und gestattete nur im gegentheiligen Falle die Bereidigung vor der Ortsobrigkeit. Natürlich war z. B. in Dänemark nichts „im Wege", daß diese Veranstaltung sogleich durch die Regierung zur Kenntniß des Publicums gebracht wurde. Bei uns würde aber die Abnahme dieser Eide als „grundsätzlich" nicht zuzulassen gewesen sein und der hieraus den Absendern entstehende Schaden würde — „zu ernsten Bedenken doch keine Veranlassung geboten haben".

| Denkschriftliche Gegenwart in Preußen. | Sachentsprechende Zukunft in Preußen. |

Passagieren ihrer Nation zurückgelassen sind.

Was sodann die **persönlichen Immunitäten** betrifft, so wollen wir der Raumersparniß wegen die langen und, wie es nicht anders sein konnte, sehr gedrehten Auseinandersetzungen der Denkschrift in den kurzen Satz zusammenfassen: daß die fremden Consuln bei uns mit Ausnahme der Freiheit von allen **persönlichen** Leistungen und **directen** Abgaben gar keine bestimmt ausgesprochenen Rechte haben, sondern der Civil- und Criminal-Gerichtsbarkeit so gut wie völlig unterworfen sind, indem man selbst in Betreff der sogar als „Regel" bezeichneten Ausnahmen sich wieder geeignete Hinterthüren offen behalten hat. In Criminalfällen soll der Consul in der Regel seiner Regierung ausgeliefert werden. — Für Civil-Personalarrest ist einem Consul missus die Schonung in Aussicht gestellt, deren sich bei uns überhaupt Fremde von einigem Range zu erfreuen haben sollen — auf Grund welches Gesetzes wissen wir nicht. Durch diese „Grundsätze" ist es natürlich nicht ausgeschlossen, daß man sich sehr wohl hüten wird, einen französischen oder englischen oder russischen oder amerikanischen Consul missus außer in den Fällen, wo er etwa bei Ausübung eines Verbrechens ertappt würde, verhaften zu lassen ꝛc.

Außer der Befreiung von allen **persönlichen** Leistungen und **directen** Abgaben an Staat oder Gemeinde genießen die Consuln vollständigste Personalfreiheit, mit der einzigen Einschränkung, daß sie bei Handlungen ergriffen, die durch die Strafgesetzgebung als Verbrechen qualificirt sind, ohne Weiteres verhaftet werden können. Auch wenn sie eines Verbrechens angeklagt sind, kann ihre Verhaftung, nachdem ihnen das Exequatur entzogen, verfügt werden. In allen Fällen sind die Consuln nach beendeter Untersuchung zur Bestrafung auszuliefern.

Im Uebrigen stehen die Consuln weder unter preußischer Civil- noch Criminal-Gerichtsbarkeit. Insonderheit können sie auch nicht gezwungen werden, als Zeugen vor den Gerichtshöfen zu erscheinen, sondern hat sich die Gerichtsbehörde nach ihrem Wohnsitz zu begeben, um die Consuln mündlich zu vernehmen oder sie hat zu dem gedachten Zweck Beamten zu entsenden oder schriftlich um eine Auslassung zu bitten. In allen diesen Fällen müssen die Consuln dem Verlangen der Behörde binnen der Frist, zu dem Tage und der Stunde, welche diese bezeichnen wird, genügen, ohne unnütze Zögerungen entgegenzustellen. Rücksichtlich ihrer dienstlichen Functionen und der Angelegenheiten, in denen sie im Auftrage ihrer Regierung gehandelt, können Zeugnisse und Auslassungen von ihnen nicht verlangt werden.

Die Archive und Wohnungen der

Denkschriftliche Gegenwart in Preußen.	Sachentsprechende Zukunft in Preußen.
Besonders auffallend ist, daß Preußen wie für die fremden Consuln so auch für seine eigenen einen doppelten Civilgerichtsstand anerkennt!	Consuln sind unverletzlich, ohne daß jedoch den Letzteren ein Asylrecht zustände. Die Archive können unter keinem Vorwande durchsucht werden. —

Alles das bisher und namentlich in Bezug auf die persönlichen Immunitäten Angeführte bezieht sich, wie schon bemerkt, nur auf Consules missi. Erwerben dieselben aber Grundeigenthum, so sind sie selbstverständlich den gesetzlichen Abgaben für dasselbe unterworfen, und betreiben sie — was nur ausnahmsweise bei Amerikanischen noch vorkommt — ein Geschäft, so sind sie in Bezug auf dieses Geschäft der preußischen Civilgerichtsbarkeit unterworfen. Was die kaufmännischen Consuln betrifft, so werden ihnen in Bezug auf ihre Functionen diejenigen Rechte getrost eingeräumt werden können, welche ihnen die Regierungen, für die sie fungiren, einräumen, und macht in dieser Beziehung auch die Denkschrift keinen Unterschied. Rücksichtlich der persönlichen Immunitäten bleiben sie natürlich als preußische Unterthanen allen Abgaben und der Civil= und Criminal=Gerichtsbarkeit unterworfen. Nur würde es im Interesse Preußens liegen, das sich doch jedenfalls auch vieler kaufmännischen Vice=Consuln bedienen muß, in Bezug auf Verhaftungen den kaufmännischen fremden Consuln diejenigen, wie gesagt, etwas geschraubten und gedrehten, Rechte einzuräumen, die es heute den wirklichen Consuln zugesteht. Ferner müßten allerdings im Gegensatze zur Denkschrift diese kaufmännischen Consuln von dem Dienste als Geschworene befreit werden. Daß die Archive dieser Consuln ebenfalls als unverletzlich zu betrachten sind, versteht sich von selbst.

Neuntes Capitel.

Nothwendige Gesetze.

1. Gesetz über die Befugnisse der Consuln. 2. Die Gebührenfrage. 3. Eine Seemanns-Ordnung. 4. Schlußwort.

1.

Die „Allgemeine Dienst-Instruction für die königlich preußischen Consular-Beamten", die nunmehr als preußisches Consular-Reglement fungirt, geht zum Theil von unrichtigen Principien aus, ist sehr lückenhaft, in einzelnen Bestimmungen unhaltbar und im Ganzen und Großen nicht geeignet, dem vorhandenen Bedürfniß zu entsprechen. Diese Ueberzeugung, das hoffen wir, wird sich jedem geneigten Leser aufgedrängt haben, der Geduld genug gehabt, uns bis hierher mit Aufmerksamkeit zu folgen.

Aber dieser „Allgemeinen Dienst-Instruction" stehen auch formelle Bedenken entgegen. Das von keiner Autorität unterzeichnete Vorwort lautet nur:

> „Es ist für angemessen erachtet worden, von dem im Jahre 1847 nach amtlichen Quellen herausgegebenen Handbuch für Preußische Consular-Beamte, Rheder, Schiffer und Befrachter eine neue Ausgabe in zwei abgesondert erscheinenden Theilen zu veranstalten, von denen der eine die eigentlichen consularischen Dienst-Vorschriften, der andere das übrige Material enthalten soll. In Folge dessen ist von dem Königlichen Ministerium der auswärtigen Angelegenheiten die gegenwärtige Zusammenstellung von consularischen Dienst-Vorschriften angeordnet worden, um den Preußischen Consular-Beamten als fernere Richtschnur zugefertigt zu werden.
> Berlin, den 1. Mai 1862."

Wäre nun wirklich diese Dienst-Instruction nur eine Zusammenstellung der bereits bestehenden Dienst-Vorschriften gewesen, so ließe sich dagegen weniger einwenden, vorausgesetzt, daß diese Vorschriften, so weit sie deren bedurften, auf einer gesetzlichen Grundlage beruhten. Aber, wie wir schon früher an einzelnen Beispielen gezeigt, die Dienst-

Instruction ist mehr als eine bloße Zusammenstellung, und auch die letztere Voraussetzung trifft nicht zu. Ja, schon die an demselben Tage, dem 1. Mai, erlassene metallographirte Circular-Verfügung des Grafen Bernstorff spricht nicht mehr von einer Zusammenstellung, sondern von einer revidirten Sammlung der consularischen Dienst-Vorschriften und setzt den ersten Theil des bisherigen amtlichen Handbuchs außer Kraft!!

Es kann aber schon an sich keinen günstigen Eindruck machen, wenn man in dieser, wesentlich für fremde Kaufleute bestimmten Zusammenstellung ein Allerhöchsten Ortes erlassenes, von Friedrich Wilhelm vollzogenes und den damaligen Staats-Ministern contrasignirtes Reglement, durch „Zusatzbestimmungen" erläutert, ergänzt oder gar aufgehoben sieht, von denen man zum großen Theil nicht weiß, woher sie kommen. Man hätte daher erwarten dürfen, daß auch diese „Dienst-Instruction" auf Grund einer Allerhöchsten, auf Antrag des ganzen Staats-Ministeriums erlassenen Ermächtigung den Consular-Beamten „als fernere Richtschnur" zugefertigt worden wäre. Aber das wenigstens war eine, unbedingt an Minister des Königs zu stellende Forderung, daß sie nicht Allerhöchst erlassene Verordnungen nach ihrem Ermessen materiell veränderten, ohne sich hierzu eine ausdrückliche Allerhöchste Ermächtigung erbeten zu haben. Das ist früher in Bezug auf einige Veränderungen des Consular-Reglements auch geschehen, wie denn z. B. die Bekanntmachung vom 31. Januar 1861, betreffs einer Abänderung und Erläuterung der in § II. des Allgemeinen Consular-Reglements vom 18. September 1796 enthaltenen Vorschriften über die Meldung der Schiffe, ausdrücklich auf eine Allerhöchste Ermächtigung Bezug nimmt. Offenbar hätte die Krone auch gegenüber § VII. (Zurückschaffung kranker Seeleute) und § XI. (Correspondenz mit den preußischen Gesandten) dieselbe Rücksichtnahme verdient, zu der man sich bei § II. veranlaßt gesehen hat. Wenn es dem einen Minister freisteht, königliche Verordnungen in der einen Richtung zu verändern, so wird man auch nichts dagegen haben, wenn es von seinem Nachfolger wieder in der entgegengesetzten Richtung geschieht. Solche Möglichkeiten sind aber weder in dem Interesse des Dienstes noch in demjenigen der betheiligten Beamten zu wünschen, die man vielmehr damit einer sehr bedenklichen Minister-Allmacht Preis giebt. Und wir sind vielleicht auf dem Wege zu einer ministeriellen Omnipotenz zu gelangen, die für die Krone nicht weniger bedenklich ist als für das Land! Es würde allerdings eine sehr bequeme Stellung sein, wenn die Minister dem Landtage gegenüber sich hinter die Befehle des Königs verschanzen und wiederum in der Natur der Verhältnisse selbst — in der Unmöglichkeit für den König im Detail persönlich zu regieren und seine Minister zu controlliren — eine Bürgschaft gegen eine unbequeme Wirkung und Beengung durch diese Befehle finden könnten. Und wenn ein anderer Beamter eines vielleicht in seiner Wirkung geringen Versehens und Vergehens halber sein Amt und seine Ansprüche auf Pension verlieren kann, könnte ein Minister durch seine Rathschläge das Land an den Rand des Verderbens bringen, ohne ein anderes Risiko als nach seiner Entlassung vielleicht einen anderen einträglichen Posten zu erhalten oder gar in einen höheren Stand „erhoben" zu werden! Die sprüchwörtlich gewordene Wahrnehmung, daß man die kleinen Diebe hängt, aber die großen laufen läßt, würde dann ein Theil zu der öffentlichen Moral werden und wehe demjenigen, der — die Moralität dieser Moral in Zweifel zu ziehen wagte. Gouverner c'est prévoir — Regieren heißt Voraussehen! Es giebt Staaten, in denen Minister, die wirklich etwas von dieser Voraussicht besäßen und wirklich sich für die Krone opfern wollten, sich beeilen müßten, ein geeignetes Verantwortlichkeits-Gesetz dem Parlamente vorzulegen — mit dem Bewußtsein, nach diesem Gesetze und durch dieses Gesetz verurtheilt zu werden. Denn Niemand wird es bestreiten, daß es allerdings Lagen geben kann, in denen die Rettung des Staates als das höchste und oberste Gesetz erscheint, dem alle anderen weichen müssen. Aber wenn das rei publicae salus suprema lex esto nicht zu einem Rechtstitel für die bodenloseste Willkür werden und das zu Rettende selbst verderben soll, so müssen diejenigen, die es für sich anführen, bei einem Mißbrauche oder auch nur einem falschen Gebrauche des immer bedenklichen Mittels, auch eine ernste Gefahr für ihre Person, Leib, Gut und Ehre laufen. Die Versicherung, von dem Bewußtsein einer schweren Verantwortlichkeit erfüllt zu sein, kann denjenigen gegenüber nur von einer geringen oder vielmehr gar keiner Wirkung sein, die sich vergeblich bemüht haben, diese Verantwortlichkeit aus dem Reich der Ideen in dasjenige concreter Wirklichkeit überzuführen.

Aber abgesehen von der königlichen Sanction für mehrfache Veränderungen der bisher gültigen Dienst-Vorschriften fehlt auch wenigstens einer derselben, nämlich der erweiterten, für die Staatskasse mit Ausgaben verknüpften Fürsorge für verarmte und hülflose Seeleute, die gesetzliche Grundlage. Wie schon oben bemerkt, ersetzt die Zweckmäßigkeit der getroffenen Maaßnahmen, mit denen eben nur einer bisher ungesetzlichen aber nothwendigen Praxis eine Sanction verliehen wurde, nicht diesen Mangel. Ausgaben des Staats sind einmal nach dem Staatsgrundgesetz nur auf Grund

eines Gesetzes möglich. Im Uebrigen hat es die „Allgemeine Dienst=
Instruction" nur durch Unklarheit und Unbestimmtheit, und nur durch
eine, wie wir gezeigt, nicht ausreichende Würdigung wirklich vorhandener
Zustände dahin bringen können, andere Collisionen mit dem Staats=
Grundgesetz zu vermeiden, insonderheit mit Art. 5, nach dem die Bedin=
gungen und Formen, unter denen die Beschränkung der Freiheit eines
Preußen, insbesondere die Verhaftung, zulässig ist, durch ein Gesetz be=
stimmt werden sollen. Oder sollen daran zwar preußische Staatsbeamte,
aber nicht fremde als solche fungirende Kaufleute gebunden sein?!

So sicher es nun auch ist, daß der Erlaß eines neuen, den Bedürf=
nissen entsprechenden Consular=Reglements eine Sache der Regierung
verbleiben muß, so gewiß wird es doch in den angedeuteten Beziehungen
erst mehrerer Gesetze, also der Mitwirkung des Landtages bedürfen. Der
demselben gegenwärtig vorgelegte Gesetz=Entwurf über die Gerichtsbar=
keit der Consuln befriedigt zunächst das vorhandene Bedürfniß schon des=
halb in keiner Weise, weil er sich in Wirklichkeit nur auf die Consuln in
der Türkei und in Asien bezieht. Es würde vielmehr ein Gesetz=Ent=
wurf über die Befugnisse und Pflichten der Consuln vorzulegen gewesen
sein, in dem die besondere Stellung derjenigen in der Türkei in einem
besonderen Abschnitte erörtert worden wäre. In diesen Gesetz=Entwurf
würden auch mit Rücksicht auf Art. 47. des Staats=Grundgesetzes die=
jenigen Bedingungen aufzunehmen sein, an welche die künftige Ernennung
von Consuln zu knüpfen sein möchte. Als das Abgeordnetenhaus eine
Vorlage über die Befugnisse der Consuln verlangte, hat es ganz zweifel=
los diesen Punkt im Auge gehabt, aber es wird in Bezug hierauf selbst
von dem vorgelegten Gesetz=Entwurf sagen können: Wir haben Brod ver=
langt, aber ihr habt uns einen Stein gegeben! Oder vielmehr Wasser.
Nach § 6 der Vorlage sollen in Bezug auf Befähigung, Ernennung, die
Dauer der Anstellung, den Amtsverlust, die Dienst=Entlassung, die Ver=
setzung in den Ruhestand und die Amts=Suspension der mit Gerichtsbar=
keit versehenen Consuln und Kanzler die für die richterlichen Beamten
vorhandenen Vorschriften nicht gelten. Hiermit könnte man sich noch
einverstanden erklären, denn in der That mag der Umstand, daß jene
Beamten nicht allein richterliche, sondern auch Verwaltungs=Beamte sind,
Modificationen jener Vorschriften erheischen. Wenn es dann aber weiter
heißt, daß es bei den für die Consular=Beamten und Gesandtschafts=
Kanzler bestehenden Vorschriften sein Bewenden haben soll, so geräth die
ganze Materie in einen so flüssigen Zustand, daß sich, wenigstens das
Abgeordnetenhaus, mit demselben sicherlich nicht einverstanden erklären

kann und wird. Die Volksvertreter wollen eben, so weit es möglich ist, wissen, welcherlei Personen die so wichtige Entscheidung über Freiheit und Vermögen preußischer Unterthanen in Zukunft anvertraut werden soll, und zu diesem Verlangen haben sie nach den gemachten Erfahrungen nicht allein ein Recht, sondern eine Pflicht. Da nun in den Motiven die Ausführbarkeit des Gesetzes an die Adoption der Ansicht des gegenwärtigen Ministeriums über diesen Punkt geknüpft ist, wird man auf das Zustandekommen dieses Gesetzes kaum zu hoffen haben. Und das wird auch nach dem bisher Erörterten gar nicht zu beklagen sein, obschon der Gesetz-Entwurf mehrere, zwar nicht originale, aber andern Gesetzgebungen geschickt nachgebildete und an sich zweckmäßige Bestimmungen enthält. Aber nach unserer geringen Meinung würde es von der Landesvertretung nicht richtig sein, wenn sie sich in Bezug auf unser Consularwesen mit Arbeiten befassen wollte, deren wesentliche Bedeutung doch nur wäre, daß sie einen sammtnen Lappen auf ein altes zerrissenes Kleid setzen. Es ist allerdings richtig, daß man sich mit dem Guten begnügen soll, wenn man das Bessere nicht erreichen kann, aber es ist gleichwohl nicht weise, Reparaturen an einem Gebäude vorzunehmen, die einen nothwendigen gänzlichen Neubau doch nicht vermeiden, wohl aber dazu beitragen können, die wesentlichen Schäden, an denen es leidet, dem Auge zu verbergen!

2.

Zu den Fragen, bei denen vor Erlaß eines neuen Consular-Reglements ebenfalls die Mitwirkung des Parlamentes erforderlich wäre, gehört auch die Gebührenfrage, da nach Art. 102 des Staatsgrundgesetzes Gebühren von Staats- oder Communal-Beamten nur auf Grund eines Gesetzes erhoben werden können. Wir wollen uns indeß hier weder mit dem Detail dieser Frage beschäftigen, noch etwa dem Leser die Lectüre früherer, unter Berücksichtigung der neuesten und besten Gesetzgebungen und unserer eigenen Verhältnisse gemachten Arbeiten zumuthen. Indessen dürfte es doch gegenüber den wiederholt laut gewordenen, nach unserer geringen Meinung irrigen Auffassungen nicht unzweckmäßig sein, einige principielle und allgemeine Seiten der Frage kurz in eine nähere Betrachtung zu ziehen.

Dagegen, daß diejenigen, welche eine besondere consularische Thätigkeit für sich in Anspruch nehmen, überhaupt Gebühren entrichten, haben sich, so viel wir wissen, nirgends Bedenken erhoben. Wie der Staat auch auf anderen Gebieten auf seine Kosten für öffentliche Einrichtungen sorgt und doch den Einzelnen, die sie benutzen, hierfür, abgesehen von dem Beitrage, den sie in den Steuern dazu schon geliefert haben, noch beson-

bere Gebühren auferlegt, so erscheint diese Zahlung auch hier völlig
gerechtfertigt und es stimmen in dieser Praxis fast alle Staaten überein.
Selbst diejenigen nämlich, die, wie z. B. die drei Hansestädte, Hamburg,
Bremen und Lübeck, die Gebührenzahlung als Regel verwerfen, machen
doch wieder größere oder kleinere Ausnahmen für gewisse Fälle.

Im Uebrigen ließe sich für die Aufhebung der Gebührenzahlung —
insonderheit für diejenige einer allgemeinen, bei der bloßen Anwesenheit
von Schiffen zu entrichtenden Gebühr — bei uns anführen: daß eine
Absicht derselben, nämlich den Consuln für ihre Mühewaltung eine Ent=
schädigung zu sichern, schon bisher nur ganz ausnahmsweise erreicht wor=
den ist und daß gerade diese Ausnahmen bei einer neuen Organisation
des Consularwesens zum größten Theile fortfallen werden. Denn daß
besoldete Consular=Beamte, wie es schon jetzt bei unseren wenigen Consuln
der Fall und in neuerer Zeit fast von allen Staaten principmäßig aner=
kannt ist, aus Gebühren keinerlei Einnahmen haben dürfen, ist selbstver=
ständlich. An denjenigen, verhältnißmäßig nur sehr wenigen Plätzen, wo
wegen des großen preußischen Schiffsverkehrs u. s. w. den kaufmänni=
schen Consuln jetzt wirklich eine erheblichere Einnahme aus Gebühren
erwächst, werden gerade in Zukunft besoldete Consular=Beamte anzustellen
sein. — Bei der bei weitem größten Zahl unserer heutigen Consular=
Aemter aber fällt eine Einnahme von Gebühren ganz und gar weg oder
sie ist nicht der Rede werth. Gleichwohl können solche Consulate oder
Vice=Consulate für das Interesse des Dienstes sehr wichtig sein. Die
Kaufleute also, die sich heute um preußische consularische Posten bewerben,
können also nur ganz ausnahmsweise die Gebühren=Einnahme im Auge
haben. Sondern es sind, wie wir früher gesehen haben, theils geschäft=
liche Hoffnungen, theils Ehrgeiz, Eitelkeit, indirecte Vortheile u. s. w., die
leitenden Motive, die ihre Kraft bewähren würden, auch wenn mit diesen
Consulaten eine Gebühren=Einnahme nicht verbunden wäre. Also von
diesem Gesichtspunkte aus könnte man die Erhebung der Gebühren bei
einer neuen, die vorzüglichen Plätze mit besoldeten Beamten besetzenden
Organisation ohne großen Schaden fallen lassen. Aber es ist eine andere
Frage, ob der Staat auf einen Beitrag zur Consular=Verwaltung ganz
und gar verzichten soll, der doch immer erheblich genug sein würde, um
wenigstens die Büreaukosten sämmtlicher besoldeter Consulate ganz oder
doch zum größten Theile zu decken, während die unbesoldeten Consuln in
den Gebühren wenigstens einige Entschädigung für dieselben Kosten zu
finden vermöchten. Und bei näherer Erwägung dieser Frage würde auch
das in Betracht zu ziehen sein, daß eine im Uebrigen zweckmäßig georb=

nete Gebührenzahlung, von der schon jetzt arme und unbemittelte Personen befreit sein sollen, doch einer blos unnützen Belästigung der Consuln oder rücksichtslosen Anforderungen an dieselben eine nicht ganz unerhebliche Schranke entgegenstellen könnte. Wir glauben kaum, daß man bei einer vorsichtigen und unbefangenen Erwägung aller in Betracht kommenden Verhältnisse sich für eine gänzliche Aufhebung der Gebühren würde entscheiden können.

Entschließt man sich aber zu einer Beibehaltung, so wird ein neuer Tarif in zwei Haupt-Abtheilungen zerfallen müssen, nämlich:

I. Consularische Verrichtungen im Allgemeinen, d. h. solche, die sich auf Nationale jeden Standes beziehen können, und
II. Consularische Verrichtungen mit besonderer Beziehung auf die Schifffahrt.

In Beziehung auf die zweite Abtheilung wird es als eine der wichtigsten Fragen erscheinen, ob in Zukunft noch eine allgemeine Schiffsgebühr entrichtet oder nur in den besonderen Fällen, wo eine besondere Thätigkeit des Consuls eintritt, eine Gebühr erlegt werden soll. Die meisten Staaten haben sich für eine allgemeine Schiffsgebühr entschieden, gleichviel ob dieselbe proportionell (nach der Größe der Schiffe) oder in bestimmten Sätzen festgestellt ist, oder sogar eine Combination der beiden Systeme Platz greift. Einige Staaten begreifen unter dieser allgemeinen Gebühr diejenigen Gebühren für alle einzelnen Handlungen, zu denen die Anwesenheit des Schiffes Veranlassung geben kann, während andere Tarife — und darunter der preußische — neben der allgemeinen Gebühr, noch besondere Sätze für An- und Abmustern u. s. w. kennen. Diejenigen Staaten endlich, welche die allgemeine Schiffsgebühr verworfen haben, wie z. B. England, haben freilich alle einzelne consularische Handlungen und zuweilen so hoch tarifirt, daß sie als eine erhebliche Belastung der Schiffe oder Rheder erscheinen müssen. Nun möchten sich aber zweierlei Umstände nicht verkennen lassen, welche für Beibehaltung einer allgemeinen Schiffsgebühr sprechen. Einmal entstehen, wie sich aus früheren Capiteln ergeben haben dürfte, durch die Anwesenheit preußischer Schiffe für die Consuln eine Reihe von Mühewaltungen, die sich im Einzelnen, ohne sehr erhebliche Rechnungen herbeizuführen, kaum tarifiren lassen, und zum Anderen ist es auch gar nicht wünschenswerth und zweckmäßig, daß in einigen Beziehungen eine besondere Gebührenzahlung stattfindet. Zu diesen Beziehungen gehört insonderheit die Entscheidung oder die Vermittelung von Streitigkeiten zwischen Schiffer und Schiffsmannschaften u. s. w. Hierfür eine besondere Gebühr, vielleicht, wie das projectirt gewesen ist, nach dem Umfange der Verhandlungen u. s. w. festzusetzen, kann um so weniger zweckmäßig erscheinen, als die Kosten, wenn sie nicht wieder niedergeschlagen werden sollen, in den bei weitem meisten Fällen immer den Schiffern zur Last fallen und gerade in den Fällen ihnen günstiger Entscheidungen das einmal vorhandene Mißtrauen bestärken würden: „daß es kein Wunder sei, wenn die Capitäne immer Recht bekommen, denn sie bezahlen es ja!" Ganz anders verhält sich die Sache, wenn und wo es sich um die Streitigkeiten anderer Nationalen handelt, die sich einem schiedsrichterlichen Urtheile der Consuln aus freiem Entschlusse unterwerfen und sich hierdurch vielleicht oft sehr erhebliche Prozeßkosten ersparen können. Wenn in diesen Fällen Gebühren zweckmäßig festgestellt und die Consuln angewiesen sind, bei ihren Sprüchen auch den Kostenpunkt zu erledigen, so wird sich dagegen nichts erinnern lassen.

Gegen die Höhe dieser allgemeinen Schiffsgebühr in dem jetzt gültigen Tarif sind zum öfteren Bedenken laut geworden. Daß diejenigen, die Lasten zu tragen haben, immer bereit sind, sie ganz abzuschütteln, oder doch möglichst zu verringern, kann nicht Wunder nehmen, eben so wenig, daß dieses Bestreben niemals unter der Firma eines persönlichen, sondern immer nur unter derjenigen eines allgemeinen Interesses auftritt. Man höre immerhin diese Sachbetheiligten, aber verwechsele sie nie mit unparteiischen Sachverständigen. Nehme man wirklich an, daß im Jahre 1832 die Sätze der allgemeinen Schiffsgebühr im preußischen Tarife — was wir insonderheit im Vergleiche mit anderen Tarifen nicht zugeben — hochgegriffen wären, so können sie doch wirklich bei der inzwischen eingetretenen Veränderung im Werthe des Geldes u. s. w. nunmehr nicht für zu hoch erachtet werden. Außerdem und trotzdem ist aber, was man ganz zu übersehen scheint, durch die in Folge des Gesetzes vom 17. Mai 1856 eingetretene Reduction der Zahl der Normallasten in der That auch eine Erniedrigung der Gebühren um $6^1/_3$ Procent schon herbeigeführt worden. Sind die Einnahmen der Rheder nicht in demselben Maaße gewachsen, wie seit jener Zeit die Heuer u. s. w. gestiegen ist, so hat das in anderen früher erörterten Umständen, aber keineswegs in der Höhe der Schiffsgebühr seinen Grund. Wir haben niemals eine Klage über dieselbe, aber verschiedentlich von Schiffsführern die Aeußerung gehört, „daß sie gern auch noch mehr bezahlen würden, wo sie nur eine ordentliche Vertretung hätten." Aber freilich wo es, wie unter anderen an verschiedenen wichtigen englischen Plätzen, an solcher fehlt, mußten auch selbst die jetzigen Gebühren noch viel zu hoch erscheinen. Nicht die Billigkeit der Waaren, sondern ihre Preiswürdigkeit ist für einen Käufer die Hauptsache. Es wäre uns viel angenehmer, den Wünschen einiger geneigten Leser mit Vorschlägen zu einer durchgreifenden Ermäßigung der Gebühren entgegen kommen zu können, aber das ist nach dem Ergebniß unserer Erwägung nicht möglich. Dagegen haben wir schon früher die Ermäßigung des Satzes für transatlantische Häfen von 2 Sgr. per Normallast auf 1½ Sgr. und die Annahme der letzteren Position für alle Häfen empfohlen, so zwar, daß Schiffe bis zu 50 R. Lasten überall nur ein Pauschquantum von 20 Sgr. bezahlen, dagegen Schiffe über 300 R. Lasten nur den für diese sich ergebenden Satz entrichten sollten. Indessen kommen wir schon hiermit in die Details dieser Frage, die wir vermeiden wollen. Wir verlassen daher lieber diese Frage mit dem Ausdrucke des Wunsches, daß es unseren Gesetzgebern gefallen möge, wenn es sich einmal um einen neuen, vor Erlaß eines neuen Consular-Reglements unnöthigen Tarifes handelt, außer dem schätzenswerthen Material der Acten auch noch die Anhörung unparteiischer Sachverständiger nicht verschmähen zu wollen.

8.

Wie sehr würde eine solche Anhörung doch auch in Betreff einer Seemanns-Ordnung wünschenswerth sein. Daß sie ein dringendes Bedürfniß ist, darüber wird kein Zweifel obwalten. Eine Seemanns-Ordnung, welche die vorhandenen, zum Theil in diesem Buche deutlich hervorgetretenen Lücken der Gesetzgebung über die Rechte und Pflichten der Schiffer und Schiffsmannschaften ausgefüllt und die neuen mit den bestehenden Vorschriften, so weit solche haltbar sind, übersichtlich zusammengestellt hätte, würde nicht allein wesentlich zur Abhülfe mehrerer der geschilderten Uebelstände beigetragen haben, sondern auch insofern von großer Wichtigkeit sein, als sie den doch zum allergrößten Theile sehr wenig qualificirten Consuln in Bezug auf das materielle Recht, nach dem sie bei der ihnen obliegenden Entscheidung der Streitigkeiten zu urtheilen haben, einen weit sicherern Anhalt bieten könnte. Aber es scheint fast, als ob bei uns jetzt ein öffentliches Bedürfniß in demselben Maaße auf Befriedigung nicht zu rechnen habe, in dem es ein dringliches ist! Man mißverstehe uns nicht, als ob wir das Heil des Staates in einer Masse von Gesetzen sähen. Wir überschätzen die Bedeutung derselben durchaus nicht. Wenn es auf religiös-christlichem Gebiete heißt: das Leben kommt nicht aus dem Gesetze — so gilt dasselbe auch auf dem politischen Gebiete. Das freisinnigste Staatsgrundgesetz ist ohne wirklichen Werth, wenn ihm nicht einerseits eine opferfähige Liebe zur Freiheit, von der die Unterthanen erfüllt und die Entschlossenheit und Ausdauer, mit der sie für verfassungsmäßiges Recht mit gesetzlichen Waffen zu kämpfen bereit sind, aber auch andrerseits ihr williger Gehorsam gegen die Obrigkeit, wo sie solchen zu erfordern berechtigt ist und eine allgemeine und tiefe Achtung vor dem Rechte jeder öffentlichen Gewalt diesen Werth verleihen. Nicht in dem kurzsichtigen oder bösen Willen der Fürsten, sondern in dem Mangel dieser Eigenschaften bei den Völkern liegt die eigentliche Gefahr für die Freiheit und Selbstregierung. Und so können auch einzelne Gesetze, und wären es die wichtigsten und vorzüglichsten, nicht ein gesundes und fröhliches Leben auf dem Gebiete erzeugen, dem sie gelten, wohl aber können sie krankhafte Auswüchse verhindern, vorhandene Uebelstände beseitigen, einen großen Einfluß, wenn nicht auf die Gesinnungen, so doch auf die Handlungen der Menschen ausüben und dadurch vielem Unrechte und Unheil vorbeugen. Und diese Wirkung hätte sich auch von einer guten Seemanns-Ordnung für das seemännische Leben erwarten lassen.

Aber für Preußen soll eine solche Seemanns-Ordnung im Jahre 1863 unmöglich sein — der ursprüngliche Plan zu einer solchen hat aufgegeben werden müssen! Das Justiz- und Handelsministerium erklären das und das Herrenhaus stimmt dem vollständig bei — in der Vorlage und Annahme eines Gesetz-Entwurfes, betreffend die Rechtsverhältnisse der Schiffsmannschaften auf Seeschiffen.

In den Motiven zu dem Regierungs-Entwurfe heißt es: „Es ist nur Bedacht darauf zu nehmen, daß keine der neuen Bestimmungen mit einer Vorschrift des Handels-Gesetzbuchs in Widerspruch tritt oder sie in einem bestimmten Sinne auslegt. Um dies zu vermeiden, ist sogar der ursprüngliche Plan aufgegeben, in einer ausführlichen Seemanns-Ordnung alle, auf die Rechtsverhältnisse der Schiffsmannschaften sich beziehenden Vorschriften zusammenzufassen. In eine solche Seemanns-Ordnung hätten die Vorschriften des Handels-Gesetzbuches doch in einer Weise einverleibt werden müssen, welche keine Gewähr bot, ob nicht dennoch, obschon unabsichtlich, die eine oder die andere abgeändert oder in einseitiger Richtung interpretirt sei. In dem vorliegenden Gesetz-Entwurf ist jedoch Vorsorge getroffen, daß die Vortheile, welche der ursprüngliche Plan bezweckte, im Wesentlichen dennoch erreicht werden."

In dem Berichte der Commission des Herrenhauses wird gesagt: „Diese Ordnung (Seemanns-Ordnung) hätte alle jene Normen zu einem Ganzen zu verarbeiten, sie hätte namentlich jenen vierten Titel (Buch V. des Handels-Gesetzbuchs) sich einzuverleiben. Dabei wäre die Beibehaltung desselben Ausdruckes, einer gleichen Stellung der Sätze nicht thunlich; mit der Aenderung aber der Fassung und Ordnung würden Abweichungen auch im Sinne oder doch Zweifel über solche Abweichungen sich einfinden. — Diese Erwägungen stehen dem Erlaß einer besonderen codificirenden Seemanns-Ordnung entgegen. Die Hebung des eben erwähnten Uebelstandes wird theils einer doctrinellen Verarbeitung des zerstreuten Stoffes, theils einer Zusammenstellung desselben auf Verwaltungswege zu überlassen sein. Der § 3 des vorliegenden Gesetzes bietet dazu schon einen Weg. Die Commission erklärte sich aus den hervorgehobenen Gründen mit den von der königlichen Staats-Regierung eingeschlagenen Wegen im Ganzen einverstanden." Das Herrenhaus hat sich bereits wieder mit der Commission einverstanden erklärt und schließlich das ganze Gesetz mit unwesentlichen Aenderungen angenommen.

Nun fehlte es nur noch, daß auch der Bericht der Commission des Abgeordnetenhauses sich ebenso ausspräche und dieses hohe Haus in einer unveränderten Annahme dieses Gesetzes dem Beispiele des Herrenhauses folgte und — der Staat der Intelligenz hätte nicht allein auf einem sehr wichtigen Gebiete seine Impotenz dargethan, sondern es würde von Neuem ein trauriger, die preußischen unter alle anderen deutschen Matrosen herabwürdigender Zustand die gesetzliche Sanction erhalten haben. Und nebenbei könnte dieses Gesetz noch nach einer anderen Seite hin glücklich wirken! Wenn ein dringendes Bedürfniß in Preußen nicht mehr befriedigt werden kann, weil so eben eine Deutschland gemeinsame oder doch gemeinsam sein sollende Einrichtung in das Leben getreten ist, so könnte für Viele der Schluß nahe liegen: daß doch diese gemeinsamen deutschen Einrichtungen für den preußischen Fortschritt sehr bedenklich seien und es daher am besten wäre, sich ihnen möglichst fern zu halten! — —

Uebrigens glauben wir doch kaum, daß selbst die Herrenhaus-Commission mit den eingeschlagenen Wegen sich weiter einverstanden erklärt haben würde, wenn sie dieselben nur näher in das Auge gefaßt hätte.

Also ein Titel des deutschen Handels-Gesetzbuchs soll es für Preußen unmöglich machen, eine Seemanns-Ordnung zu bekommen, wie sie, um von dem Auslande zu schweigen, selbst Hamburg, Bremen und Lübeck haben. Das heißt, wir glauben nicht an diese Unmöglichkeit, aber zwei Factoren der Gesetzgebung sind darüber einig und wir wollen uns einen Augenblick auf ihren Standpunkt begeben. Nun denn, Regieren heißt Voraussehen und auch zur Gesetzgebung ist außer Einsicht und Umsicht eine gewisse Voraussicht unbedingt erforderlich. Auch die preußische Regierung hätte also diese Wirkung jenes Titels voraussehen müssen. Da aber Preußen nicht allein die größte deutsche Handelsflotte, sondern auch wegen seiner Kriegs-Marine noch ein ganz specielles Interesse an einer gesunden Entwickelung seemännischen Lebens hatte und daher einer guten Seemanns-Ordnung vor allen anderen deutschen Staaten am dringendsten beburfte, durfte entweder die preußische Regierung diesen Titel gar nicht zu Stande oder doch nur so zu Stande kommen lassen, daß die Seemanns-Ordnung nicht zur Unmöglichkeit wurde. Nun ist zwar ein Antrag auf Streichung dieses Titels auf den Hamburger Conferenzen gestellt, aber mit 7 gegen 3 Stimmen abgelehnt worden. Hätte die preußische Regierung, wie sie es, von der verderblichen Wirkung desselben einmal überzeugt, thun mußte, unter Hinweis auf die obwaltenden Umstände bestimmt ausgesprochen, daß sie auf das Zustandekommen des Handels-Gesetzbuches verzichten müsse, wenn jener Titel Aufnahme fände — so würde der Antrag ohne Zweifel angenommen worden sein. Aber das ist weder ausgesprochen, noch in sachgemäßer Weise begründet worden. Der preußische Commissar hat durch seine umfassenden juristischen Kenntnisse und sein treffendes Urtheil bei seinen Collegen allgemeine Anerkennung gefunden. Aber diese vorzüglichen Eigenschaften reichen doch nicht für alle Gebiete aus. Gesetze können nicht Leben schaffen, aber aus dem Leben müssen sie kommen, wenn sie nicht von vornherein den Stempel des Todes an ihrer Stirne tragen sollen. Das Leben ist aber doch noch etwas mehr als bloße Juristerei. Freilich den Herren Juristen standen Rheder zur Seite, kenntnißreiche, vortreffliche Männer, aber theils waren sie viel mehr Sachbetheiligte als Sachverständige, theils war von ihnen die Wahrnehmung der großen und allgemeinen Gesichtspunkte gar nicht zu erwarten, die hier in Betracht kommen. Und hierauf ist die Aufmerksamkeit der Betheiligten noch rechtzeitig gelenkt worden — aber vergeblich! Es war daher kein Wunder, daß jener Antrag durchfiel, sondern es ist viel eher zu bewundern, daß mit Ausnahme des früher so ausführlich besprochenen, bei dem heutigen Zustand des Consularwesens höchst bedenklichen Art. 537 in diesem Titel nicht eine absolut verwerfliche Bestimmung enthalten ist, obschon mehrere wahrscheinlich anders gelautet haben würden, wenn man eben nicht nur Rheder, sondern auch Schiffer und Schiffsmannschaften oder aber Personen gehört hätte, die durch ihr Amt Gelegenheit zu langjähriger durch kein besonderes Interesse befangener Beobachtung gehabt hatten.

Erwägt man aber nun, daß dieser Titel eine absolut verwerfliche Bestimmung nicht enthält, und der Landes-Gesetzgebung nicht allein in einzelnen wichtigen Artikeln ausdrücklich die nähere Regelung des Gegenstandes, sondern ihr auch in dem letzten Artikel (Art. 556) die Ergänzungen der gegebenen Vorschriften vorbehält, so wird man wohl zu der Ueberzeugung kommen müssen, daß der vierte Titel (Buch V.) des deutschen Handels-Gesetzbuches eine preußische Seemanns-Ordnung keineswegs unmöglich macht, wenn sie auch durch diesen Titel zu einer etwas mühsameren und in der Form nicht so abgerundeten Arbeit werden möchte, als es ohne dieses Hinderniß möglich gewesen wäre.

„Mußten" denn wirklich, wie die Motive es sagen, die Vorschriften des Handels-Gesetzbuches der Seemanns-Ordnung „in einer Weise einverleibt werden", welche keine Gewähr bietet, ob nicht dennoch, obschon unabsichtlich, die eine oder andere abgeändert oder in einseitiger Richtung interpretirt sei? Uns scheint es für dieses „Muß" an nichts weniger als an allen Gründen und Beweisen zu fehlen. Man kann vielmehr das gerade Gegentheil behaupten und beweisen. Sogar eine unabsichtliche Abänderung oder Interpretation in einseitiger Richtung wird unmöglich, wenn die materiellen und positiven Vorschriften jenes Titels der Seemanns-Ordnung an der geeigneten Stelle **wörtlich** einverleibt und allgemeine, gar nicht mißzuverstehende Grundsätze, deren nähere Ausführung der Handels-Gesetzgebung überlassen ist, diese Ausführung an anderen geeigneten Stellen der Seemanns-Ordnung finden. Damit wäre weder die Aufhebung noch die **vollständige** Einverleibung jenes Artikels in die Seemanns-Ordnung nothwendig, wie es die Herrenhaus-Commission annimmt. Diejenigen Bestimmungen des Titels, die wie die Vorbehalte für die Landesgesetzgebungen gar nicht in eine Seemanns-Ordnung gehören, fallen selbstverständlich fort, ebenso diejenigen, die nur allgemeine Normen aussprechen, und durch die einzelnen Bestimmungen erledigt werden. So ist z. B. im Artikel 541 des Handelsgesetzbuches ein allgemeiner Grundsatz ausgesprochen,*) der erst durch § 2 Artikel 56**) des Einführungsgesetzes für den Schiffsmann eine wirkliche Bedeutung erhält. Mithin wird es wohl überflüssig sein, Artikel 541 wörtlich der Seemanns-Ordnung einzuverleiben, sondern beide Gesetzesstellen werden sich in folgende Bestimmung zusammenfassen lassen:

In Ermangelung anderer Verabredung tritt, wenn das Schiff länger als zwei Jahre auswärts verweilt, für den seit der Ausreise im Dienste befindlichen Schiffsmann eine Erhöhung der auf Zeit bedungenen Heuer ein und zwar um ein Fünftel [des in dem Heuervertrag festgesetzten Betrages]***) von dem Beginn des dritten

---

*) Daß nämlich bei einem länger als zweijährigen Schiffsdienst eine Erhöhung der Heuer eintreten soll.
**) Welcher das Maaß dieser Erhöhung bestimmt.
***) Die eingeklammerten Worte aus dem Einführungsgesetze werden hierbei ganz überflüssig.

und um ein ferneres Fünftel von dem Beginne des vierten Jahres an. Leichtmatrose u. s. w.

Oder wenn z. B. in Artikel 543 die Fälle aufgezählt werden, in denen der Schiffer auch vor Ablauf der Dienstzeit den Schiffsmann entlassen kann und Alinea 3 des Artikels 544 der Landes-Gesetzgebung noch die Feststellung anderer Fälle vorbehält, so braucht selbstverständlich auch das letztere Alinea nicht einverleibt, sondern es können diese weiteren Fälle in derjenigen Bestimmung der Seemanns-Ordnung einzeln aufgeführt werden, die den Artikel 543 übrigens in wörtlicher Fassung wieder giebt.

Eine solche Verschmelzung des betreffenden Titels des Handels-Gesetzbuches würde freilich etwas mehr Geschicklichkeit und Mühe gekostet haben, als in dem jetzt vorgelegten Gesetz-Entwurf aufgewendet sind, aber in dem unzweifelhaften Besitze der Geschicklichkeit hätte man diese Mühe nicht scheuen sollen. Das Letztere um so weniger, als der Trost, den die Motive und der Herrenhaus-Bericht geben, wieder ein Mal ein sehr schwacher ist.

Denn die Motive versichern zwar: „die Vortheile, welche der ursprüngliche Plan — einer Seemanns-Ordnung — bezweckte, werden durch den vorliegenden Gesetz-Entwurf im Wesentlichen dennoch erreicht werden", und der Commissionsbericht sieht im § 3 der Vorlage schon den Weg dazu. Muß ein merkwürdiger Paragraph sein, dieser § 3! Aber nach ihm soll doch nur das jedem Schiffsmann künftig auszuhändigende Seefahrtsbuch in einem Anhange den „Abdruck der wichtigeren gesetzlichen Bestimmungen enthalten, welche die Rechtsverhältnisse der Schiffsmannschaften auf Seeschiffen betreffen." Nach den Motiven soll dieser Anhang enthalten:

1) den vierten Titel des fünften Buches, sowie Artikel 453 und 764 des Handels-Gesetzbuches,
2) Artikel 56 des Einführungsgesetzes vom 24. Juni 1861,
3) das Gesetz zur Erhaltung der Mannszucht auf den Seeschiffen vom 31. März 1841,
4) die §§ 244, 254, 255, 278, 279 und 303 des Strafgesetzbuches.
5) das Desertionsgesetz vom 30. März 1854,
6) das neue Gesetz über die Rechtsverhältnisse der Mannschaften auf Seeschiffen,

Sehen wir auch von der Unvollständigkeit ab, so würde doch offenbar die blos mechanische Zusammenstellung dieser verschiedenen Gesetze keineswegs den wesentlichen Vortheil einer Seemanns-Ordnung erreichen. Sie soll ja gerade den Schiffsmann in einer übersichtlichen, anschaulichen und deutlichen Weise davon unterrichten, was er dem

Schiffer zu leisten verpflichtet, so wie von ihm zu fordern berechtigt ist, und was er für Vergehen und Verbrechen, die eine besondere Beziehung auf den Schiffsdienst haben, für Strafen zu erwarten hat. Daß man nun von einem solchen Anhange nicht behaupten kann, daß er diesen Unterricht in einer übersichtlichen und anschaulichen Weise ertheile, liegt zu Tage. Er muthet vielmehr den Schiffsmannschaften Gedankenoperationen zu, die zwar für die Gesetzgeber und gebildete Leute ein Spiel und doch den meisten Seeleuten nicht leicht und bequem, vielleicht gar nicht möglich sind. Der Schiffsmann würde damit nichts mit sich herum tragen als eine photographische Visitenkarte der Mannigfaltigkeit der Gesetzgebung und der Unklarheit seiner Stellung — aber freilich auch in mehren und wichtigen Punkten der geringen Sicherheit derselben gegen die Ausbeutung durch schnöde Gewinnsucht und gegen den Mißbrauch der dem Schiffer über ihn gegebenen Gewalt. Und diese letztere Bemerkung führt auf den eigentlichen Kernpunkt der Sache. Nicht der vielgenannte Artikel des Handels-Gesetzbuches, und nicht die mit einer zweckmäßigen Einverleibung seiner Bestimmungen verbundene Mühe stellten der Seemanns-Ordnung die größten Schwierigkeiten entgegen. Man unterlag vielmehr, wir glauben gern unbewußt, einer Logik gewisser thatsächlicher Verhältnisse. Der Erlaß einer Seemanns-Ordnung hätte es nothwendig gemacht, allen Rechtsverhältnissen der Mannschaften auf Seeschiffen und insonderheit auch den Rechten und Pflichten der Schiffer näher zu treten. Hierbei hätte man insonderheit und mit Ernst nach den Wirkungen des Gesetzes vom 31. März 1841 über die Mannszucht und auch danach fragen müssen, ob denn dieses Gesetz mit der durch die Verfassung sonst gewährleisteten Stellung der Staatsbürger in Einklang stehe. Wenn dieses Gesetz aber nur beiläufig in einer Vorlage erwähnt werde, mochte man hoffen, werde es auch unangefochten wieder durchschlüpfen und dann hätte es gewissermaßen eine neue Sanction empfangen und wäre — „da der Gegenstand soeben wieder gesetzlich geregelt ist" — wieder auf lange Zeit vor Angriffen sicher gestellt gewesen. Das Herrenhaus hat diese Hoffnung nicht zu Schanden gemacht — die Frage ist nur, ob im Abgeordnetenhaus eine ebenso angenehme Temperatur herrscht. Denn sonst wird die Vermeidung der Scylla der Seemanns-Ordnung nur dazu geführt haben, daß man in die Charybdis eines Gesetzes, betreffend die Rechtsverhältnisse der Schiffsmannschaften, gefallen ist.

Auch mit dem Wege, den die Regierung gegangen ist, um zu dieser Vorlage zu gelangen, wird man sich schwerlich einverstanden erklären. Aus den geheimräthlichen Berathungen im Ministerium gelangte der Entwurf nur an die Appellations-Gerichte und die Vertreter des Handelsstandes. Daß und warum die Ersteren nicht etwa häufig mit diesem Gegenstande beschäftigt gewesen sein können, haben wir im dritten Capitel gezeigt, die Letzteren aber waren wesentlich Partei in der Frage. Um die Ansichten derjenigen, über deren Wohl und Wehe eigentlich entschieden werden sollte, bekümmerte man sich gar nicht, noch erhielten diejenigen, bei denen neben hinreichender Erfahrung eine unbefangene Beurtheilung der einschlagenden Fragen vorausgesetzt werden konnte, eine passende Gelegenheit, ihren Ansichten einige Berücksichtigung zu verschaffen. Wäre es auch zu wenig bureaukratisch und daher zu unerhört gewesen, wenn sich einige der Herren Geheimen-Räthe aus der, wie es scheint, für Erfassung des praktischen Lebens nicht gesunden Berliner Geheimen-Raths-Luft im Winter in die verschiedenen Seeplätze begeben und dort mit Schiffs-Capitänen und sogar auch mit Matrosen über diesen und jenen Punkt gesprochen und sich über Dinge Raths erholt hätten, von denen sie jedenfalls nicht viel verstehen können — so hätte man doch wenigstens durch eine ungesäumte Veröffentlichung jenes Entwurfs der Presse Gelegenheit geben sollen, ihn nach allen Seiten und nicht blos vom Standpunkte der Rheder zu beleuchten. Aber wir haben Grund zu glauben, daß eine Nicht-Veröffentlichung des Entwurfs wenigstens theilweise denen besonders empfohlen ist, denen er mitgetheilt wurde! Man würde ferner wiederum in qualificirten Consuln sehr geeignete Organe gehabt haben, um sich Gutachten zu verschaffen, wie sie in einschlagenden Fällen von anderen doch ebenso erleuchteten Regierungen nicht verschmäht, sondern ganz vorzugsweise benutzt und beachtet werden. Aber wozu sich so viel Mühe machen? Der eingeschlagene Weg war der bequemste und leichteste, auf dem sich die Gesetzgebung mit dem Gegenstande abfinden konnte. Aber man vergesse und unterschätze es nicht: So fluchwürdig und infam es ist, die unteren Volksclassen gegen die Besitzenden und insonderheit gegen die Bourgeoisie aufzuregen, eine sehr wohlmeinende, aber kurzsichtige Gesetzgebung kann selbst gegen ihren Willen dazu kommen, dieses Resultat zu erreichen. Hinter dem dritten Stande stehen immer ein vierter und fünfter, die ganz dieselben Ansprüche auf Rechtsschutz haben als die anderen Stände. Unterläßt man es, vielleicht sogar unter dem Beifalle der Bourgeoisie diesem Anspruche gerecht zu werden, so wird sich dieses Verfahren zuletzt für diese Bourgeoisie selbst als das Verderblichste erweisen.

Daß man auf dem eingeschlagenen Weg zu einer das Bedürfniß befriedigenden Vorlage nicht kommen konnte, war vorauszusehen. Von einzelnen Mängeln derselben haben wir schon im Verlaufe dieses Buches gehandelt. Hier sollen nur noch einige wenige Punkte besonders hervorgehoben werden, und zwar werden wir unsere Bemerkungen auf den dritten Abschnitt von den Rechten und Pflichten der Schiffsmannschaften während des Dienstverhältnisses beschränken.*)

1. Die Ueberzeugung, hoffen wir, wird der geneigte Leser aus früheren Capiteln dieses Buches gewonnen haben, daß der preußische Matrose ebenso gut wie der französische und englische gegen den Mißbrauch der Disciplinargewalt durch Schiffer und Schiffs-Officiere geschützt werden muß. Ist es nothwendig, dieselbe mehr auszudehnen, wie für alle anderen Dienstverhältnisse — ist es ferner nothwendig, die auf Schiffen Dienenden, in Bezug auf alle Vernachlässigungen dieses Dienstes mit besonderen Strafen zu bedrohen, so wird eine doppelte Nothwendigkeit auch in Bezug auf die Befehlenden eintreten. Sie werden nicht allein für einen Mißbrauch ihrer Gewalt und Autorität, sondern auch für alle Vergehungen in Bezug auf den Dienst streng zu bestrafen sein, die eine Schwächung dieser Autorität zur Folge haben müssen. Capitäne, die Trunkenbolde sind oder die mit Hülfe ihrer Steuerleute oder Mannschaften Diebstähle an der Ladung oder im Verein mit Commissionären Betrügereien an Rhedern oder Assecurateuren begehen u. s. w., werden ebenso wenig zur Förderung der Mannszucht auf Seeschiffen beitragen, als diejenigen, die ihre Disciplinargewalt in mannigfaltiger Weise mißbrauchen. Das sollte doch nicht schwer zu begreifen sein und um so weniger, als uns die Gesetzgebungen anderer civilisirter Staaten mit gutem Beispiele vorangegangen sind. Aber die neue Vorlage hat Nichts gethan, um dem bei uns bestehenden Mangel abzuhelfen — sie erhält das Gesetz vom 31. März 1841 „in Kraft" und damit ist die Mannszucht wohl verwahrt und gesichert! Sehen wir nun von den großen Lücken jenes Gesetzes ab und treten einer hauptsächlich hier in Betracht kommenden Bestimmung dieses Gesetzes näher.**) Hätte sich der Art. 2 mit dem ersten

---

*) Natürlich ohne damit den anderen Abschnitten die Vervollkommnungsfähigkeit abzusprechen. So z. B. ist es wirklich naiv, wenn man sich von den Seefahrtsbüchern eine wesentliche Hülfe gegen das „so überhandnehmende Desertions-Unwesen" verspricht. Die früher in diesem Buche hierzu gemachten Vorschläge möchten sich hierzu viel praktischer erweisen.

**) Sie lauten:

§ 1.

Die Mannschaft auf den Seeschiffen ist von dem Tage ab, an welchem sie in Folge des Heuer-Vertrages den Dienst auf dem Schiffe angetreten hat, der Disciplin des Schiffs-Capitäns (Schiffers) unterworfen. Dieselbe ist nicht nur schuldig, allen

Alinea — vorbehaltlich einer besseren Fassung — begnügt, wären dann in dem folgenden Artikel Uebertretungen, Vergehen und Verbrechen mit den angemessenen Strafen bedroht und dem Capitän das Recht eingeräumt worden, im Falle von Verbrechen auf der Reise die nöthigen Sicherheitsmaßregeln gegen die Schuldigen zu treffen, so hätte man sich mit dem begnügt, was z. B. die neuen Seemanns-Ordnungen der Hansestädte für vollkommen ausreichend erachtet haben. Aber nun ist in dem zweiten Alinea dem Schiffer im Widerspruch mit dem Geiste unserer neuen Gesetzgebung neben der Disciplinargewalt noch eine richterliche verliehen worden, ganz dazu angethan, ihn zu Mißbräuchen zu verleiten, aber wenig geeignet, auf die Hebung der Mannszucht zu wirken. Was sagen die Schiffer selbst dazu?

Mehr als einmal, wenn wir Schiffer, die selbst oder deren Vertreter von Matrosen oder Schiffsjungen der Mißhandlung beschuldigt wurden und die sich zu ihrer Rechtfertigung auf das von demselben begangene Unrecht beriefen, entgegen hielten, daß ja das Gesetz vom 31. März 1841 andere Mittel zur Bestrafung an die Hand gegeben hätte, haben wir Aeußerungen wie die folgenden hören müssen: „Ach, Sie müssen ja die Verhältnisse genug kennen, um zu wissen, daß damit gar

---

Anweisungen des Schiffs-Capitäns in Betreff des Schiffsdienstes ohne Widerrede pünktlich Folge zu leisten, sondern hat auch alles zu vermeiden, was zur Störung der Ordnung und Eintracht hinführen könnte. Hierüber zu wachen, ist der Capitän besonders verpflichtet.

§ 2.

Im Falle einer dem Schiffe drohenden Gefahr, so wie bei Meutereien oder Gewaltthätigkeiten des Schiffsvolks ist dem Capitän, um seinen Befehlen Gehorsam zu verschaffen, die Anwendung aller zur Erreichung des Zwecks nothwendiger Mittel gestattet.

In allen Fällen ist der Capitän vermöge der ihm zustehenden Disciplinargewalt (§ 1) befugt,

a) Geldstrafen bis zu fünf Thalern zum Besten der Armenkasse des Heimathsorts des Schiffes,
b) Schmälerung der Kost,
c) Gefängniß bis zu acht Tagen, nöthigenfalls bei Wasser und Brod,
d) Anschließen mittelst eiserner Fesseln in den unteren Räumen des Schiffes bis zur Dauer von drei Tagen, und
e) körperliche Züchtigung

zu verfügen. Welche von diesen Strafen anzuwenden ist, hat der Capitän nach der größeren oder geringeren Strafbarkeit zu ermessen. Körperliche Züchtigung darf jedoch nur dann verhängt werden, wenn die übrigen Strafmittel unter den obwaltenden Umständen sich als unzureichend ergeben; es macht dabei keinen Unterschied, ob der Schuldige sich noch im Militärverbande befindet oder nicht.

nichts anzufangen ist. Geldstrafen — gerade bei den größten Taugenichtsen ist man immer im Vorschuß; Schmälerung der Kost — die Leute kriegen nicht mehr als sie brauchen und wenn sie ordentlich arbeiten sollen, müssen sie auch ordentlich essen; Gefängniß bis zu acht Tagen, nöthigenfalls bei Wasser und Brod — das wollte ich doch nicht probiren, auf See, vielleicht in kaltem, schlechtem Wetter, einen acht Tage bei Wasser und Brod einzusperren und bei anderer Kost, wäre es Faullenzern eben recht, still zu sitzen und wer soll ihre Arbeit machen? Da giebt es nur neuen Krakehl. — Anschließen mittelst eiserner Fesseln u. s. w. Dazu sind unsere Schiffe zum allergrößten Theile gar nicht eingerichtet. Sehen Sie, das Unglück ist, die Leute, die solche Gesetze machen, kennen das Leben gar nicht — ein Paar Ohrfeigen oder ein Paar richtige Hiebe für so einen faulen Jungen oder einen nichtsnutzigen Matrosen wirken viel mehr, als dieser ganze Krims-Krams." Wir sind keineswegs der Ansicht, daß etwa nun die richtigen Ohrfeigen oder Hiebe gesetzlich sanctionirt und etwa in die erste Reihe der von dem Capitän zu erkennenden Strafen gestellt werden sollten, um die Mannszucht sicher zu stellen. Wir wollen aber nur noch constatiren:

> daß uns nie ein Fall bekannt geworden und wohl schwerlich oft vorgekommen ist, in welchem diesem Gesetze gemäß die körperliche Züchtigung verhängt worden wäre, nachdem sich alle übrigen Strafmittel als unzureichend erwiesen hätten, daß vielmehr die Schiffer in den allermeisten Fällen mit körperlicher Züchtigung beginnen,

und

> daß den Schiffern ausdrücklich körperliche Züchtigung als Strafe gestatten, statt sie überall zu verbieten, wo nicht die Anwendung von Gewalt und Zwangsmaßregeln zur Beseitigung von Widersetzlichkeit oder zur Unschädlichmachung von Verbrechern eine Nothwendigkeit wird, dazu geführt hat und weiter führen wird, die Schiffer zu mißbräuchlicher Anwendung der Gewalt und zu mancherlei Brutalitäten zu verführen.*)

---

*) Erst vor wenigen Wochen haben wir einen, von dänischen Behörden wegen dringenden Verdachtes, daß durch seine Mißhandlung der Tod eines 17jährigen Schiffsjungen herbeigeführt sei, verhafteten preußischen Schiffer an die betreffende preußische Staatsanwaltschaft abliefern lassen müssen. Der Schiffer behauptet freilich nur den Jungen geohrfeigt zu haben, weil er in der Kajüte zu stark eingeheizt hätte. Aber der Junge hat vom Augenblick an, wo er in das Hospital kam und noch Angesichts seines ihm selbst unzweifelhaften Todes ganz andere Aussagen gemacht, die direct

Und hiermit verlassen wir diesen Gegenstand in der Hoffnung, daß er von den „rechten Beikommenden" nicht verlassen, sondern zum Gegenstande ernstester Erwägung gemacht werde.*)

2. Es hätte aber ferner beim Erlaß eines Gesetzes, wie das dem Landtage vorgelegte, darauf Bedacht genommen werden müssen, die hauptsächlichsten Quellen der Uneinigkeit zwischen Schiffer und Schiffsvolk zu verstopfen. Auch in dieser Beziehung ist das Gesetz sehr lückenhaft. So haben z. B. selbst die hanseatischen Seemanns-Ordnungen sehr geeignete Vorkehrungen getroffen, daß der Schiffer nicht aus Gewinnsucht die Vervollständigung der durch Unglücksfälle oder Desertionen veranlaßten Verringerung der Mannschaft unterlasse. Sie setzen fest, daß im Falle solcher Verringerung die Heuer der Fehlenden unter die übrige Schiffsmannschaft für die ihnen erwachsende größere Arbeit vertheilt werde, daß aber der Schiffer, wenn die Verringerung einen gewissen proportionellen Theil der Mannschaft übersteigt, die Vervollständigung eintreten lassen müsse. Kein Schiffer engagirt selbstverständlich eine größere Schiffsmannschaft, als er nothwendig gebraucht, tritt also eine Verringerung ein, so werden verhältnißmäßig größere Anstrengungen von der Schiffsmannschaft erfordert und ein größerer Lohn als der früher bedungene ist durchaus recht und billig, während in gewissen Fällen die Mannschaft sich auch in Hoffnung desselben nicht mehr zumuthen darf, als sie leisten kann, mithin im Interesse des Schiffes die Vervollständigung angeordnet werden muß. Statt nun andere Fälle zu erzählen, in denen der Mangel solcher Festsetzungen zu Streitigkeiten geführt hat, theilen wir aus der Ostseezeitung vom 11. Januar d. J. folgenden interessanten Rechtsfall mit:

und indirect von Zeugen bestätigt werden. Und als wir hierüber an das Ministerium berichteten, mußten wir hinzufügen, daß es in vierzehn Tagen der dritte Fall war, wo über Mißhandlungen durch „Vorgesetzte" bei uns Beschwerde geführt war!

*) Hierbei — und das würde ein Gegenstand der Erörterung bei dem neuen Consular-Gesetz sein müssen — könnten geeignete Strafen für Uebertretungen und kleinere Vergehen schon in dem nächsten Hafen, in dem sich ein besoldeter Consul befindet, von ihm allein oder unter Zuziehung geeigneter Beisitzer erkannt und von dem Schuldigen die Strafe verbüßt werden. Kaufmännische Beamte würden unter Einsendung der Verhandlungen die schriftliche Entscheidung ihres Chefs zu erwarten haben, wenn er den Fall nicht geeignet findet, sich selbst zur Untersuchung u. s. w. an Ort und Stelle zu begeben. In Betreff schwererer Vergehen oder Verbrechen würden die Consuln nur, so weit Solches ihnen möglich ist, den Thatbestand festzustellen und den Schuldigen an das heimische Gericht abzuliefern haben. Ein näheres Eingehen auf diese Organisation möchten wir aber anderweitiger Gelegenheit vorbehalten.

Berlin, 8. Januar. Der Bootsmann Schäfer und der Matrose Selke aus dem Kreise Schlawe hatten sich am 19. März 1859 zu Danzig auf dem von dem Capitän Wockenfoth geführten Schiffe „Elise" verheuert. Nach Inhalt der Musterrolle gehörten zur Besatzung des Schiffes 13 Personen. In dem Hafen zu New-Castle in England entliefen der Schiffskoch und zwei Jungmänner, welche der Capitän nicht ersetzte. Schäfer und Selke weigerten sich nun wiederholt, sich bei der zur Herausbringung des Schiffes aus dem Hafen erforderlichen Arbeit und an jeder weiteren Arbeit zu betheiligen, weil sich der Capitän mit ihnen nicht über die Bedingungen der ohne Ergänzung der Mannschaft fortzusetzenden Seereise geeinigt habe. Die Staatsanwaltschaft erhob nun auf Grund des Gesetzes vom 31. März 1841 gegen Schäfer und Selke die Anklage, weil dort im § 5 bestimmt ist: „Ein Schiffsmann, welcher den wiederholten Befehlen des Schiffscapitäns den Gehorsam verweigert, hat Gefängniß oder Strafarbeit von 14 Tagen bis zu einem Jahr verwirkt." Das Stadt- und Kreisgericht zu Danzig, als Gericht erster Instanz, sprach aber die Angeklagten frei, indem es ausführte, daß hiernach das Schiffsvolk einer Strafe nur unterliege, wenn es sich nicht im Rechte befunden habe; daß aber im vorliegenden Falle die Mannschaft berechtigt gewesen sei, zu verlangen, daß die Bemannung des Schiffes vor dem Auslaufen der Musterrolle entsprechend complettirt werde, daß der Capitän, indem er dies unterlassen, einen Vertragsbruch begangen habe, sein an die Angeklagten gestelltes Verlangen also ein ungerechtfertigtes gewesen sei, und folgeweise die Angeklagten nicht die Pflicht gehabt hätten, diesem seinem Verlangen nachzukommen. Der Staatsanwalt appellirte gegen dieses Erkenntniß und die Angeklagten traten Beweis darüber an, daß nach einem allgemein üblichen und bei Heuerverträgen als selbstverständliche Bedingung geltenden Grundsatze der Schiffscapitän von der Mannschaft nicht verlangen könne, aus einem Hafen in See zu gehen, wenn die in der Musterrolle resp. Heuervertrage angegebene Mannschaft nicht vollzählig ist. Das königliche Appellations-Gericht zu Marienwerder erkannte aber gleichwohl auf Grund des Gesetzes vom 31. März 1841 auf Strafe gegen beide Angeklagte. Das Erkenntniß geht nämlich davon aus, daß die Mannschaft auf Seeschiffen der Disciplin des Schiffscapitäns unterliege und allen Anweisungen desselben in Betreff des Schiffsdienstes ohne Widerrede Folge zu leisten habe; daß mithin in Angelegenheiten des Schiffsdienstes der Mannschaft überhaupt keine Cognition zustehe, also auch nicht über die Stärke der zur Bedienung des Schiffes erforderlichen Mannschaft oder darüber, ob eine unvollständig gewordene Mannschaft vor der Weiterreise ergänzt werden müsse; daß also die Angeklagten nicht befugt gewesen seien, bis zur Ergänzung des Schiffsvolks auf die beim Auslaufen des Schiffes aus dem inländischen Hafen vorhanden gewesene Stärke sich der Verrichtung der contractlich übernommenen Schiffsdienste zu entziehen. Die von den Angeklagten gegen dieses Strafurtheil eingelegte Nichtigkeitsbeschwerde gelangte am 25. v. M. zur Verhandlung vor den Criminalsenat des Königlichen Ober-Tribunals, wurde aber als unbegründet zurückgewiesen.

Unzweifelhaft haben das Appellationsgericht in Marienwerder und der höchste preußische Gerichtshof den bestehenden Gesetzen gemäß erkannt — aber auch hier kann man sagen: summum jus summa injuria! Das

Stadtgericht in der Seestadt Danzig hat vollkommen richtig das Verfahren des Capitäns als einen Vertragsbruch bezeichnet, aus dem freilich nicht hätte gefolgert werden sollen, daß der Ungehorsam der Schiffsmänner unbestraft bleiben konnte, wohl aber, daß auch der Schiffer bestraft werden mußte. Und dem entsprechend würde wohl auch das Erkenntniß gelautet haben, wenn nicht eine Lücke der Gesetzgebung bestände, welche das vorgelegte Gesetz „in Kraft" erhalten will. Es giebt ja sehr angenehme Lücken.

3. Es können wohl Fälle vorkommen, in denen eine ungewöhnlich lange Reise eine Verkürzung der vorgeschriebenen Rationen nöthig macht und dann wird sich die Mannschaft dieselbe ohne Murren gefallen lassen müssen, und das auch um so freudiger thun, je mehr der Schiffer selbst das Beispiel der Entbehrung und Genügsamkeit giebt. Wird aber bewiesen, daß eine solche Verkürzung stattgefunden hat, weil überhaupt im Verhältniß zur Reise — in der Regel aus übertriebener Sparsamkeit — zu wenig von den nothwendigsten Artikeln an Bord gewesen, so muß nach dem Beispiel anderer Gesetzgebungen der Mannschaft eine Entschädigung gewährt und der Schiffer außerdem in Strafe genommen werden. Das vorgelegte Gesetz weiß auch hiervon Nichts. Vielleicht hat den Verfassern des Entwurfes ein Gedanke daran „vorgeschwebt", als sie es für unstatthaft erklärten, daß der Schiffer, welcher nicht Alleineigenthümer des Schiffes ist, die Beköstigung der Schiffsmannschaft übernehme. Wir halten aber dieses Verbot, wenn nur im Uebrigen die Proviant= und Verpflegungsberechtigung gesetzlich festgestellt und andere viel größere Gefahren für die Disciplin beseitigt sind, gar nicht für unbedingt nothwendig, zumal es sich sehr leicht umgehen läßt, und auch die Schiffer, die nur Miteigenthümer sind, schließlich in demselben Verhältnisse, in dem sie es sind, die Beschaffung des Proviants doch für eigene Rechnung besorgen.

4. Wie bereits früher erörtert, wird es dem Schiffer zur ausdrücklichen Pflicht zu machen und die Verletzung derselben mit Strafe zu bedrohen sein, es sofort bei seiner Ankunft dem Consul anzuzeigen, wenn er Kranke an Bord hat. Mögen diese, die Sache keineswegs erschöpfenden Andeutungen in Bezug auf dasjenige genügen, was dem vorgelegten Gesetze fehlt und nur noch ganz kurz einige wenige Aussetzungen an demjenigen geltend gemacht werden, was es bringt.

5. Bei den Gründen, aus denen ein Schiffsmann seine Entlassung zu fordern berechtigt ist, wird auch das Militär= und Marine=Verhältniß in der früher erörterten Weise in Betracht zu ziehen sein. Daß es jeden-

falls nicht genügt, wenn nur das Consular-Reglement darüber sich ausspricht, liegt auf der Hand.

6. Wenn der Schiffsmann auch bis zur Abmusterung das Schiff ohne Erlaubniß des Schiffers in allen andern Fällen nicht verlassen darf, so muß ihm Solches ausdrücklich gestattet sein, wenn er diese Erlaubniß verlangt hat, um bei dem Consul eine Beschwerde zu führen und diese Erlaubniß ihm vom Schiffer oder seinem Stellvertreter verweigert wurde. Außerdem muß der Schiffer für solche Verweigerung in eine Geldstrafe genommen werden. Motive: häufig vorkommende Fälle, in denen unter offenbarem Mißbrauch ihrer „Disciplinargewalt" die Schiffer diese Erlaubniß verweigert haben, was auch in der englischen Gesetzgebung mit ausdrücklicher Strafe bedroht wird. Eine geschickte Fassung der Bestimmung wird sich unschwer herstellen lassen.

7. Die Bestimmungen des Gesetzentwurfes über Speise-Ordnung haben schon S. 120 ff. und die auf Desertion bezügliche Bestimmung S. 126 ihre nähere Beleuchtung gefunden.

8. Uebergehen wir, daß bei der Festsetzung der täglichen Arbeitszeit „bei den häufigen Klagen über Ueberbürdung" von den Motiven selbst auf § 8 der Hamburgischen Verordnung Bezug genommen, und daß trotzdem eine recht wesentliche Bestimmung der letzteren in Wegfall gebracht ist, so enthält die vorgeschlagene Bestimmung ein vielbedeutendes Wörtlein, an dem gerade das hohe Herrenhaus einen ernsten Anstoß hätte nehmen sollen. Denn wie ein sehr muthiger und beredter Parteiführer versichert hat, es kämpft mit Gott für den König, und wer nicht mit dem Herrenhaus geht, kämpft ohne Gott für die deutsche Republik! Da würde es sich sehr wohl geschickt haben, auch bei Gesetzen darauf zu sehen, daß sie nichts gegen Gottes Gebote enthielten, selbst wenn dadurch nur arme Matrosen mit Arbeit überbürdet werden sollten! Also auch wenn das Schiff in einem geschützten Hafen liegt, ist der Schiffsmann „täglich" zwölf Stunden zu arbeiten schuldig. Wo bleiben da die Sonn- und Festtage?! In dem ursprünglichen Entwurf waren sie sogar ganz ausdrücklich von christlichen Staatsbeamten den Wochentagen gleich gestellt worden; jetzt sind sie nur unter das „täglich" geschlüpft. Wir haben uns nun — und zwar zur Zeit der „Reactions-Periode" — veranlaßt gesehen, die Aufmerksamkeit der Regierung auf eine nach unserer Ueberzeugung mißbräuchliche Anwendung der obrigkeitlichen Gewalt hinzulenken, deren sich ein Regierungs-Präsident darin schuldig gemacht hatte, daß er eine Zwangs-Ordnung über die Abhaltung von

Gottesdiensten erlassen und den Musterrollen anzuheften befohlen hatte! Aber dazwischen, daß man die Leute zu Gottesdiensten oder aber zur Verletzung göttlicher Gebote durch menschliche Gesetze zwingt, ist doch noch ein recht beträchtlicher Unterschied! Und ganz abgesehen von dem religiösen, so ist es schon von einem blos humanen Standpunkte geboten, daß die Arbeiten an Sonn- und Festtagen, insonderheit, wenn die Schiffe im Hafen liegen, auf das Nothwendigste beschränkt werden, — Menschen, die sechs Tage lang hart gearbeitet haben, ist wohl ein Tag einiger Ruhe zu gönnen. Außerdem kann gerade diese Bestimmung zu Conflicten in fremden Ländern führen, deren Gesetzgebung dergleichen Arbeiten — das Löschen und Laden der Schiffe u. f. w. in Häfen bestrafen. Auch hier wird sich eine zweckmäßige, Mißständen wie Mißbräuchen vorbeugende, Fassung einer Bestimmung bei gutem Willen ohne Schwierigkeit finden lassen.

4.

Der genaue Zusammenhang der in diesem Capitel als nothwendig bezeichneten Gesetze mit dem Consularwesen ist evident. Selbstverständlich würde aber bei allen diesen Gesetzen darauf Rücksicht zu nehmen sein, daß sie einst ohne die Nothwendigkeit wesentlicher Abänderungen für das Consularwesen und die Schifffahrtsverhältnisse des ganzen Zollvereins und der sich ihm zum Zwecke einer gemeinsamen consularischen Vertretung im Auslande anschließenden Staaten zur Anwendung kommen könnten. Gerade dieser Umstand läßt es auch dringend wünschenswerth erscheinen, daß die preußische Gesetzgebung eine wirkliche Seemanns-Ordnung zu Stande bringe und darauf verzichte, die Zahl der einschläglichen, durch ein neues Gesetz zu vermehren, selbst wenn es die Lücken des gegenwärtig vorgelegten ausfüllte und alle seine Fehler beseitigte. Jener Umstand läßt indessen auch, so beklagenswerth er ist, kaum den gegenwärtigen Moment und die gegenwärtige Kammer-Session als geeignet zur Vornahme und Vollendung so wichtiger Werke erscheinen. Aber vorbereitende Schritte und entscheidende Beschlüsse in der rechten Richtung könnten auch jetzt gefaßt, und von den Organen der Presse kann auch jetzt eine für Deutschland so wichtige Angelegenheit nach allen Seiten hin fruchtbringend erörtert werden. Möge sich namentlich die Presse nicht mit der bloßen Negation begnügen, die das Hauptkennzeichen des falschen Liberalismus immer gewesen ist, sondern auf eine gründliche Erörterung der Fragen eingehen und bessere Vorschläge zu Tage bringen, wo und wie man sie machen zu können glaubt. Möge man nicht der Sache entgelten lassen, was man auch immer mit Recht oder Unrecht an der Person auszusetzen haben mag. Personen kann man schmähen und beseitigen — aber Wahrheit und Recht, Freiheit und Ordnung werden zuletzt doch triumphiren und ihren siegreichen Einzug in die Welt halten.

Darum vorwärts! Vorwärts Preußen, vorwärts für Deutschland!
Aber — an Gottes Segen ist Alles gelegen!

Allgemeine Dienst-Instruction
für die Königlich Preußischen Consular-Beamten.

d. d. Berlin den 1. Mai 1862.

Die Grundlage der Preußischen Consular-Einrichtung ist das nachstehende Reglement vom 18. September 1796. Die späteren Dienst-Vorschriften sind in Verbindung mit anderweiten Erläuterungen als Zusatz-Bestimmungen zu den betreffenden Reglements-Paragraphen, unter Beifügung eines Anhangs, zusammengestellt, um die Königlichen Consular-Beamten mit einer umfassenden Instruction zu versehen, in der sie, vorbehaltlich der den einzelnen Posten ertheilten Special-Instructionen, Alles vereinigt finden, was zu ihrer gemeinsamen Dienst-Anweisung gehört.

Reglement vom 18. September 1796.

Reglement
für alle Königlich Preußischen General-Consuln, Consuln, Agenten und Vice-Consuln in fremden Handlungsplätzen und Seehäfen.

Wir Friedrich Wilhelm, von Gottes Gnaden, König von Preußen, u. s. w. u. s. w.

Haben wahrgenommen, daß Unsere in fremden Ländern, Inseln, Handlungsplätzen und Seehäfen bestellte General-Consuln, Consuln, Agenten und Vice-Consuln nicht überall zur Beförderung und Sicherung der Handlung und Schifffahrt Unserer Unterthanen ihre Bestimmung erfüllen, und ihr Verfahren nach richtigen, Unserer Intention entsprechenden Grundsätzen abmessen. Wir wollen ihnen daher, sowohl zu ihrer Richtschnur als Vollmacht in Absicht aller Consulat-Geschäfte, nachstehende allgemeine Instruction ertheilen, so wie solche, bei der Ermangelung be-

Anhang.

sonderer Schifffahrts= und Commerz=Verträge zwischen Unsern und andern Europäischen Staaten, sich schon aus der Natur der Sache, dem übereinstimmenden Herkommen, und allgemeinen Europäischen Völker=, Handlungs= und Seerecht herleiten läßt. Alle nach dem Locale hie und da erforderliche nähere Modificationen aber verweisen Wir zu den an einzelne Consuln theils schon erlassenen, theils noch zu erlassenden Special=Instructionen. Wir vertrauen hierbei zu jeder der befreundeten Mächte, in deren Gebiet Wir Consuln bestellt haben, daß sie dieselben bei Ausübung der solchergestalt vorgeschriebenen, ihren Souverainitäts=Rechten völlig unnachtheiligen, allgemein üblichen Functionen, den völkerrechtlichen Schutz wollen genießen lassen, welchen Wir dagegen auch ihren Consuln in Unsern Staaten gern gewähren.

§. I. Allgemeine Bestimmung des Consuls.

Jeder von Uns in einem auswärtigen See= und Handlungs=Platz, unter welcher Benennung es auch sei, angestellte Consul, hat die Bestimmung, daß er an seinem Ort und in seinem Consulats=District alles thue und wahrnehme, was zur Sicherung und Beförderung der Rechte und Vortheile Unserer Staaten überhaupt, so wie Unserer einzelnen Unterthanen, in Absicht des Commerzes und der Schiffahrt gereichen kann. Er ist daher befugt und verpflichtet, von allen daselbst ein= und ausgehenden Preußischen Schiffen Kenntniß zu nehmen, auf den gesammten dortigen Verkehr Preußischer Unterthanen ein fleißiges Auge zu haben, für die immer mehrere Aufnahme desselben, so wie für Erhaltung guter Ordnung dabei bestens Sorge zu tragen, allen Unsern dorthin kommenden schiffahrenden oder handlungstreibenden Unterthanen, sowohl durch gütliche, von beiden Theilen ersuchte Schlichtung etwaniger Streithändel unter ihnen, als auch in ihren übrigen Angelegenheiten durch Rath und That, durch Schutz in Beeinträchtigungen, durch Beistand in Unglücksfällen, und überhaupt durch Vertretung und Vertheidigung ihrer Personen, ihrer Schiffe, Güter, Rechte und Freiheiten, mit aller Gewissenhaftigkeit, Einsicht und Klugheit nützlich zu sein, und zu dem Ende nach Erforderniß der Umstände bei den obrigkeitlichen Behörden des Consulat=Bezirkes schriftliche und mündliche Vorstellungen zu thun, Atteste auszustellen, Protokolle aufzunehmen und Berichte anhero zu erstatten; alles dieses in folgenden näheren Bestimmungen.

Zusatz-Bestimmungen. 1. Die Vorschriften des Reglements vom 18. September 1796 und die gegenwärtigen Zusatz-Bestimmungen finden auch auf die besoldeten Königlichen Consular-Beamten und consules missi Anwendung, soweit nicht Ausnahmen ausdrücklich festgesetzt sind.

Wegen der unter dem Titel von Consular-Agenten angestellten consularischen Privat-Bevollmächtigten folgen ad §. XVI. besondere Bestimmungen.

Sämmtliche Preußische Consular-Beamte, ohne Unterschied des Ranges und Titels, ressortiren von dem Königlichen Ministerium der auswärtigen Angelegenheiten, vorbehaltlich der ad §§. X. XI. XVI. angegebenen Bestimmungen.

2. Special-Instructionen, welche für einzelne Posten die Anwendung des Reglements vom 18. September 1796 zum Theil in wesentlichen Punkten modificiren, bestehen namentlich für die Consulats-Verwaltung in der Türkei und in den Ostasiatischen Reichen, wo mit Abweichung von der Gestaltung des Consularwesens in andern Ländern eine eigentliche Jurisdiction und besondere Schutz-Befugniß zu den consularischen Attributen gehört. Außerdem sind seit dem Erlaß des Reglements auch mit verschiedenen anderen Staaten theils in den abgeschlossenen zahlreichen Handels- und Schiffahrts-Verträgen, theils in besonderen Conventionen anderweite Verabredungen wegen der gegenseitigen consularischen Beziehungen getroffen worden, worüber die betreffenden Special-Instructionen das Nähere ergeben.

3. Wegen der nach Vorschrift des Reglements ins Auge zu fassenden Reciprocität wird im Anhang unter No. 1. mitgetheilt, welche Befugnisse den in den Preußischen Staaten angestellten fremden Consular-Beamten von der Königlichen Regierung eingeräumt sind.

4. Die Bedingungen der Preußischen Unterthanschaft ergeben sich aus dem in der Anhangs-Nummer 2. beigefügten Gesetze vom 31. Decbr. 1842, betreffend die Erwerbung und den Verlust der Eigenschaft als Preußischer Unterthan. Es ist danach die Berufung auf die Geburt als Preuße für sich allein nicht genügend, um das Fortbestehen Preußischer Unterthanschaft nachzuweisen, da die Eigenschaft als Preuße namentlich auch durch längeren Aufenthalt im Auslande verloren gehen kann. Die Königlichen Consular-Beamten haben daher bei solchen Ansprüchen auf ihren Beistand, welche die Preußische Unterthanschaft voraussetzen, die obwaltenden Umstände mit besonderer Sorgfalt zu prüfen. Im Uebrigen wird wegen der consularischen Stellung zu ausgewanderten Preußischen Unterthanen auf die betreffenden Special-Instructionen verwiesen.

5. In Bezug auf die Bedingungen der Preußischen Schiffs-Nationalität und der Ausübung des Rechtes, die Preußische Flagge zu führen, kommen gegenwärtig die im Anhang unter No. 3. abgedruckten Vorschriften des durch Gesetz vom 24. Juni 1861 in den Preußischen Staaten eingeführten und seit dem 1. März 1862 in Kraft getretenen allgemeinen Deutschen Handels-Gesetzbuches Art. 432—438 und des Einführungs-Gesetzes vom 24. Juni 1861 Art. 58. 71. in Anwendung.

Zur näheren Belehrung über die in Hinsicht der Preußischen Schiffs-Papiere eingetretene Veränderung folgt in derselben Anhangs-Nummer ein Auszug aus der von dem Königlichen Justiz-Ministerium unterm 12. December 1861 an die Gerichts-Behörden erlassenen Instruction über die Führung der Schiffs-Register.

6. Die Königlichen Consular-Beamten werden insbesondere auf die Bestimmung in §. 7. Art. 53. des Gesetzes vom 24. Juni 1861, betreffend die Einführung des allgemeinen Deutschen Handels-Gesetzbuches, aufmerksam gemacht, durch die ihnen für gewisse Fälle die Befugniß beigelegt ist, über den Erwerb des Rechts, die Preußische Flagge zu führen, ein vorläufiges Attest zu ertheilen. Indem daher die Königlichen Consular-Beamten hiermit angewiesen werden, nach Maßgabe dieser Bestimmung vorkommenden Falles dergleichen Atteste auszustellen, hegt die Königliche Regierung das Vertrauen, daß sie im Bewußtsein der ihnen dabei zufallenden Verantwortlichkeit sich werden angelegen sein lassen, die vorgeschriebenen Bedingungen und Schranken auf das Strengste zu beobachten, damit nicht durch Ausfertigung von ungenügenden oder ungeeigneten Attesten den Rhedern Nachtheile und der Königlichen Regierung Verlegenheiten erwachsen. Die Königlichen Consular-Beamten haben zu dem Ende vor der Ausfertigung des Attestes namentlich mit vorzüglicher Sorgfalt zu prüfen, ob das Schiff auch in der That in das ausschließliche Eigenthum eines oder mehrerer Preußischer Unterthanen, resp. einer nach §. 1. Art. 53. des Einführungs-Gesetzes vom 24. Januar 1861 einem Preußischen Unterthan gleichstehenden Handels-Gesellschaft, übergegangen sei. Der Nachweis des Eigenthumswechsels ist regelmäßig durch öffentliche Urkunden zu führen. Desgleichen haben sich die Königlichen Consular-Beamten der Preußischen Unterthanschaft des neuen Eigenthümers sorgfältig zu vergewissern und auch die in das Attest mit aufzunehmenden Identitäts-Merkmale des Schiffes, insbesondere nach Gattung, Bauart, Größe und Tragfähigkeit, festzustellen. Der in diesen beiden Beziehungen erforderliche Nachweis ist entweder durch öffentliche Urkunden oder auf anderem, zuverlässige Gewißheit gebenden Wege zu führen. Das am Schluß der Anhangs-Nummer 3. beigefügte Formular eines interimistischen Schiffs-Certificats wird den Königlichen Consular-Beamten bei der Ausfertigung von Attesten der in Rede stehenden Art zur Richtschnur dienen.

7. Wenn ein bisher Preußisches Schiff im Auslande durch Veräußerung ganz oder zum Theil in das Eigenthum eines Nicht-Preußischen Unterthans übergeht, und mithin das Recht verliert, die Preußische Flagge zu führen, so wird, zur vorläufigen Vermeidung eines Mißbrauchs des bisherigen Certificats über die Preußische Nationalität dieses Schiffes, der Königliche Consular-Beamte, in dessen Bezirk sich dasselbe befindet, unter Bezugnahme auf die Bestimmungen in §§. 8. 9. Art. 53. des mehrerwähnten Einführungs-Gesetzes vom 24. Juni 1861, hiermit angewiesen, auf diesem Certificat einen Vermerk des Inhalts einzutragen, daß durch die stattgehabte Veräußerung, welche dabei näher zu bezeichnen ist, das Recht, die Preußische Flagge zu führen, verloren gegangen, und daß daher das Certificat zum Nachweis dieses Rechts nicht mehr geeignet sei.

8. Eine Beschreibung und Abbildung der allgemeinen Preußischen Handelsflagge, desgleichen der vorgeschriebenen Lootsenflagge, folgt im Anhang Nr. 4.

Dieselbe Anhangs-Nummer enthält zugleich eine Abbildung der Königs-Standarte, der Standarte des Königlichen Hauses und der bei Sr. Majestät Marine eingeführten Flaggen und Commandozeichen nebst Abdruck der darüber ergangenen Allerhöchsten Bestimmungen vom 3. Januar 1858.

9. Die Wirksamkeit der Königlichen Consular-Beamten kann sich in Folge der

mit andern Deutschen Staaten bestehenden Vertrags-Verhältnisse auch auf Nicht-Preußische Unterthanen beziehen, indem namentlich die seit dem Jahre 1828 abgeschlossenen Zoll-Vereinigungs-Verträge (welche gegenwärtig außer den Preußischen Staaten alle übrigen Deutschen Bundesländer mit Ausnahme von Oesterreich, Mecklenburg, Liechtenstein, den Hansestädten, ferner von Limburg und den zu Dänemark gehörigen Gebietstheilen umfassen), desgleichen der mit Oesterreich abgeschlossene Handels- und Zoll-Vertrag vom 19. Februar 1853, eine gegenseitige Unterstützung der Unterthanen des einen Staates durch die Consulate des andern Staates für den Fall der Ermangelung eigener Consular-Beamte bedingen. Es ist aber für die Unterthanen des einen Staates keine vertragsmäßige Verpflichtung vorhanden, die consularische Unterstützung des andern Staates in Anspruch zu nehmen. Die näheren Bestimmungen über das von den Königlichen Consular-Beamten hierbei zu beobachtende Verhalten finden sich in den unter Nr. 5. 6. 7. des Anhangs beigefügten Circularen vom 25. April 1834, 30. April 1836 und 6. März 1854. Unter Nr. 8. des Anhangs folgt ein Circular vom 16. August 1844 wegen besonderer Beziehungen mit Sachsen.

Außerdem ist zu berücksichtigen, daß der Artikel 537. des allgemeinen Deutschen Handels-Gesetzbuches (Zusatz-Ziffer 19.) die Cognition der Königlichen Consular-Beamten auf die Streitigkeiten zwischen den Schiffern und Mannschaften aller Deutschen Schiffe ausgedehnt hat, wenn ein Landes-Consul nicht zur Stelle ist.

Abgesehen von dieser Bestimmung und den Verhältnissen des Zollvereins so wie der ähnlichen Beziehung zu Oesterreich sind die Königlichen Consular-Beamten als solche nicht in der Lage, andern fremden Unterthanen von Amtswegen Beistand leisten zu können, indem sie dazu weder der Regierung desjenigen Landes gegenüber, in welchem sie angestellt sind, noch auch in dem Verhältniß zu derjenigen Regierung, deren Unterthanen vertreten werden sollen, an sich für legitimirt zu erachten sind. Es ist indessen nicht ausgeschlossen, daß die Königlichen Consular-Beamten sich dergleichen fremder Unterthanen außeramtlich annehmen, wenn und in wie weit sich ihnen nach ihrer persönlichen Stellung in vorkommenden Fällen Anlaß und Gelegenheit dazu darbietet.

10. Nicht den Seehandel betreffende Angelegenheiten haben auf consularische Assistenz dem allgemeinen Grundsatze nach keinen Anspruch, indem die Einsetzung der Consulate wesentlich nur die Beförderung des Seehandels zum Zweck hat. Es kann zwar nur erwünscht sein, wenn die Königlichen Consular-Beamten sich im Stande sehen, über diesen Zweck hinaus nützliche Dienste zu leisten; auch ist ihnen nach §. VIII. des Reglements unter gewissen Voraussetzungen gestattet, in weiteren Kreisen Reise-Legitimations-Mittel zu gewähren. Sie haben sich indessen bei nicht eigentlich amtsmäßigen Veranlassungen sorgfältig zu hüten, daß nicht ihnen selbst und der Königlichen Regierung durch ungehörige Einmischungen Verlegenheiten erwachsen, und was die Verabreichung von Geld-Unterstützungen betrifft, so muß darauf aufmerksam gemacht werden, daß außer der unter Zusatz-Ziffer 23. vorgeschriebenen Unterstützung von Seeleuten Geldmittel für Rechnung der Königlichen Regierung ohne besondere Genehmigung von Consulatswegen überhaupt nicht bewilligt werden dürfen. Wenn Preußische Unterthanen, die nicht zu der Klasse der verunglückten

Seeleute gehören, im Auslande sich in Noth befinden, so kann es den fremden Staats- und Orts-Behörden überlassen bleiben, sich derselben anzunehmen, wie dies auch dieß- seits im umgekehrten Fall geschieht.

11. Es ist den Königlichen Consular-Beamten nicht gestattet, von einer außer- deutschen Regierung ohne diesseitige Erlaubniß einen Consulats-Posten anzuneh- men. Werden sie von einer Deutschen Regierung zu Consular-Diensten berufen, so genügt es, daß sie davon Anzeige erstatten.

§. II. Verfahren des Consuls bei der Ankunft und der Abreise Preußischer Schiffe.

Der Consul muß zuvörderst immer darauf sehen, daß alle Preußische Schiffer, den dieserhalb durch Unsere Cameral-Behörden wiederholt ergange- nen Verordnungen gemäß, sogleich nach ihrer Ankunft in den Hafen oder Bezirk, wo der Consul residiret, und sobald sie für die Sicherheit des angekommenen Schiffes gesorget, spätestens aber binnen 4 Tagen sich im Consulat melden, und daselbst ihre Freipässe und Schiffsrollen vorzeigen, auch (ohne jedoch gehalten zu sein, die Connoissements zu produciren) den Inhalt ihrer Ladungen der Wahrheit gemäß angeben, und von ihrer gemachten Reise, dem Orte, woher sie kommen, der Zeit ihrer Abfahrt, den Häfen, in welche sie während der Reise eingelaufen, und demjenigen, was ihnen auf der Reise merkwürdiges begegnet ist, getreuliche Anzeige thun.

Der Consul ist verpflichtet, dieses alles, so wie auch, außer dem Namen der Schiffer und Schiffe, noch die Größe der letztern nach Com- merz-Lasten, die Zahl der Schiffsmannschaft, den Tag der Ankunft u. s. f. in seinem Journal genau aufzuzeichnen, sich von der Richtigkeit der vor- gelegten Pässe zu überzeugen und dieses erforderlichen Falls darunter, und zwar unentgeltlich, zu attestiren. Uebrigens hat derselbe auch benangekom- menen Schiffern, wenn solche nicht schon mehrmalen daselbst gewesen sind, und die dortige Verfassung aus Erfahrung kennen gelernt haben, alles das bekannt zu machen, was ihnen von den Gesetzen, Gebräuchen und Gewohnheiten des Orts, besonders von Ein- und Ausfuhr-Verboten, wegen Contrebande-Waaren, und dergl. zu wissen nöthig ist, um sich darnach zu achten und für Schaden zu hüten. Der Consul wird wohl thun, eine zu diesem Behuf verfaßte Note bereit zu halten, um sie den Ankommen- den vorlesen zu können.

Da auch die Schiffer gehalten sind, sich bei ihrer Abreise wiederum im Consulat zu stellen, um ihren neuen Bestimmungsort anzuzeigen, ihre Rückladung anzugeben, und die Rechnungen von ihren daselbst an Hafen- oder Schiffsumgeldern, Mäklergebühren u. s. f. gehabten, die Rheder und Befrachter angehenden Ausgaben dem Consul vorzulegen, so muß dieser solche Abreise des Schiffes, dessen mitgenommene Ladung, Bestimmungsort u. s. f. gleichfalls in seinem Journal verzeichnen. Zugleich aber muß der Consul dem Schiffer nicht allein ein eigenhändig unterschriebenes Certificat unentgeltlich, in der Art ertheilen, daß daraus erhelle, wann das Schiff daselbst angelangt sei? wann der Schiffer sich sowohl bei seiner Ankunft als Abreise im Consulat gemeldet? von wo das Schiff gekommen sei, und wohin die Reise wiederum gehe? für wessen Rechnung dieselbe geschehe, und was an Consulatgebühren entrichtet worden? Sondern der Consul ist auch verbunden, vorgedachte Schiffer-Rechnungen besonders durchzugehen, und deren Richtigkeit, gleichfalls unentgeltlich, zu attestiren, um in Gemäßheit Unsers unterm 29. Mai 1791 an alle Consuln erlassenen Circulairs darauf zu sehen, daß die Schiffer den Rhedern und Befrachtern keine übertriebene oder falsche Rechnungen machen, und sie auch selbst nicht von den Schiffsmäklern hintergangen werden.

Da Wir übrigens in wohlmeinender Absicht, die Freiheit der Handlung unbeschränkt zu lassen, ausdrücklich wollen, daß der Consul die Einsicht der Original-Connoissements von dem Schiffer nicht fordern, sondern dieser nur gehalten sein solle, den Inhalt der Hin- und Rückladungen genau und der Wahrheit gemäß anzugeben, so wird der Consul, um in seinen hievon nach §. X. jährlich einzusendenden Specificationen alle Unrichtigkeiten zu vermeiden, falls er die Wahrheit der Schiffer-Angaben zu bezweifeln Ursach hat, sich in den Zollämtern, oder wo es sonst dienlich, von der gelöschten oder der wieder eingenommenen Ladung zuverlässige Kenntniß zu verschaffen suchen.

Wenn ein Preußischer Schiffer bei seiner dortigen Ankunft oder Abreise ganz unterläßt sich bei dem Consul zu melden, so hat dieser davon glaubhafte Anzeige anhero zu thun; und werden Wir hierauf, oder auch wenn der Schiffer bei seiner Zuhausekunft nicht durch die Certificate des Consuls oder sonst beweisen kann, daß er sich bei diesem gehörig abgemeldet habe, von ihm sowohl die in Unseren Verordnungen auf solchen Unterlassungsfall bereits festgesetzte Strafe von 5 Rthlrn. unausbleiblich einziehen, als auch die Consulats-Gebühren nachbezahlen lassen, welche auf seine Kosten dem Consul, dem sie zukommen, übermacht werden sollen.

Zusatz-Bestimmungen. 12. Wegen der von den Schiffern in den Consulaten zu leistenden Meldungen ist neuerlich eine besondere Circular-Verfügung ergangen, welche nebst der darin erwähnten, die Reglements-Vorschriften in Bezug auf einzelne Punkte abändernden und erläuternden Bekanntmachung vom 31. Januar 1861 im Anhang unter Nr. 9. 10. abgedruckt ist. In den ferneren Anhangs-Nummern 11. 12. 13. sind beigefügt die in Bezug genommenen früheren Bestimmungen:

    a) betreffend die Meldung bei periodischen Fahrten;
    b) betreffend die Meldung der Königlichen Post-Schiffe;
    c) betreffend das consularische Verhalten, wenn Sr. Majestät Kriegs-Schiffe einlaufen.

Wegen der consularischen Mitwirkung in Quarantaine-Angelegenheiten wird auf die betreffenden Special-Instructionen verwiesen.

§. III. Verfahren des Consuls bei See-Unfällen Preußischer Schiffe.

Bei allen Unfällen, welche Schiffen, die Unsern Unterthanen angehören, in dem Hafen oder dem ganzen Bezirk, wo der Consul residiret, begegnen möchten, vornehmlich,

A. bei Strandungsfällen, wenn ein solches Schiff ganz oder zum Theil verunglückt, hat der Consul sich desselben, der Ladung und der Mannschaft nach besten Kräften mit Eifer und Treue anzunehmen, und wofern die Rheder und Befrachter selbst Correspondenten oder Bevollmächtigte an dem Ort haben, welche die dabei vorfallenden Besorgungen im Detail übernehmen, selbige mit Rath und That und seinem ganzen Gewicht, da, wo es erforderlich, zu unterstützen; wofern aber solche Correspondenten und Bevollmächtigte ermangeln, wird der Consul schon von Amtswegen sich aller Hülfsleistung im Detail selbst bestens unterziehen, und für Schiff und Gut so sorgen, als ob es sein Eigenthum wäre, und er sich zu verantworten getrauet. Auf jeden Fall muß er die Rettungs-Anstalten für Schiff und Ladung auf das Eifrigste befördern, und dahin sehen, daß von letzterer so viel als möglich geborgen, und solches in guter und sicherer Verwahrung gehalten, den Eigenthümern aber frei verabfolgt, und dabei nicht unmäßiger Bergelohn oder Standrechts-Gefälle erhoben werden. Der Consul kann hiebei in Reclamirung einer ungesäumten und nachdrucksamen obrigkeitlichen Hülfe und billigen Verfahrungsart sich besonders auch auf Unser gutes Beispiel berufen, indem Wir bei allen an den Preußischen Küsten geschehenen Schiffbruchs- und Unglücksfällen immer die größte Aufmerksamkeit, Fürsorge und möglichste Rettungs-Anstalten anwenden lassen, und außer einem mäßigen gewöhnlichen Bergelohn durchaus keine weitere Strandrechts-Exactionen von einem fremden gestrandeten oder angetriebenen Schiff und Gut erheben lassen, als ausgenommen dann Retorsionsweise, wenn in dem Lande, wo solches Schiff und Gut hingehört, die dort verunglückenden Schiffe und Güter Unserer eigenen Unterthanen dergleichen Exactionen unterworfen sind; welches letztere der Consul nöthigen Falls wohl bemerklich machen wird.

Derselbe hat auch dafür zu sorgen, daß von der dortigen Obrigkeit, oder falls sich dieselbe nicht damit zu befassen pflegte, von ihm selbst, nicht allein dem Schiffer und Schiffsvolk eine solenne Erklärung oder Deposition von allen und jeden Umständen des Unglücksfalls abgenommen und solche gebührend protokollirt, sondern auch über alles, was geborgen ist, ein genau richtiges Inventarium aufgenommen, und von beiden eine vidimirte Abschrift an die Interessenten des Schiffs und Gutes, durch deren Correspondenten oder sonst durch ihn, unverzüglich eingesandt werde.

Gleichfalls muß der Consul sich der auf dem verunglückten Schiffe befindlich gewesenen Mannschaft mit Rath und That angelegentlichst annehmen, und alle ersinnliche Sorge dafür tragen, daß dieselbe, der natürlichen Billigkeit, so wie dem Preußischen und allen damit übereinstimmenden fremden Seerechten gemäß in nichts vervortheilet, sondern überall erleichtert und unterstützt werde, und besonders, daß die Schiffsleute, da an deren Conservation vornehmlich gelegen ist, sich nicht selbst überlassen bleiben, und dadurch zu Engagements auf fremden Schiffen genöthigt, sondern vielmehr Anstalten getroffen werden, damit dieselben, wann sie nicht mit dem havarirten Schiffe nach dessen Ausbesserung wieder abgehen können, auf andere Art zu einer sichern und unentgeltlichen Rückreise in ihre Heimath, und zwar so viel thunlich auf einländischen Schiffen, Gelegenheit erhalten; von welchem allem die Schiffsrheder, welche die Kosten ersetzen müssen, zu benachrichtigen sind.

B. Bei Havarien oder kleinern Seeschäden, wo leicht gewinnsüchtige Schiffer für die Rheder und Interessenten nicht mit Treue und Gewissenhaftigkeit verfahren, und insbesondere bei kleinen oder ordentlichen und bei particulairen Havarien, in so fern bei diesen der Schade nicht ins Große geht, machen Wir es dem Consul hiermit zur ausdrücklichen Pflicht, dabei eine gewisse Controlle in der Art auszuüben, daß er die von einem in dem Consulats-District ankommenden Preußischen Schiff erlittenen Schäden und zum Besten der Reise des Schiffes und der Ladung gehabten Kosten verificire, über die Ausbesserung der Schäden, wann der Schiffer sie selbst oder durch dortige Commissionairs besorgen läßt, allgemeines Aufsehen führe; sonst aber bei Ermangelung der letztern sie unmittelbar dirigire, und alle diesfallsige Rechnungen durch seine Unterschrift legalisire, damit keine Uebervortheilungen von Seiten des Schiffers und Commissionairs vorfallen können.

Was große gemeinschaftliche oder außerordentliche Havarien betrifft, so gehet auf diese und auf die sub Litt. A. gedachten völligen Unglücksfälle dasjenige, was Wir in Unserer Assecuranz- und Havarey-Ordnung vom 18. Februar 1766 zu mehrerer Sicherheit und Erleichterung der Assecuranz-Geschäfte bereits dahin festgesetzet haben, daß die von Schiffen erlittenen Schäden am Ort, wo das Unglück sich zugetragen, von kunsterfahrenen Taxatoren, oder in deren Ermangelung von glaubwürdigen Männern besichtiget und gewürdiget werden, diese aber ihre Taxe vor der Orts-Obrigkeit, oder vor Notarien und Zeugen, oder auch vor dem Consul beschwören; daß geborgene Waaren ebenmäßig vor einer der nämlichen Behörden eidlich taxiret werden, nachdem sie auch in ihrer Gegenwart, wenn es nicht in der der Interessenten oder Bevollmächtigten geschehen kann, eröffnet worden; und daß die Schiffer nach einem unterweges in einem Nothfall zur Rettung des Schiffs gethanen Seewurf dem Consul den Schaden und Betrag der geworfenen Güter nebst der ganzen Bewandtniß des Nothfalles genau und umständlich angeben sollen. Der Consul hat sich daher solchen ihm vorkommenden Geschäften zu unterziehen, darüber ordentliche Protokolle zu halten, und diese den Interessenten, die es verlangen, in vidimirter Abschrift mitzutheilen.

Zusatz-Bestimmungen. 13. Die hier in Bezug genommene Assecuranz- und Havarie-Ordnung vom 18. Februar 1766 ist aufgehoben, und kommen gegenwärtig die betreffenden Vorschriften des allgemeinen Deutschen Handels-Gesetzbuches und des Einführungs-Gesetzes vom 24. Juni 1861 in Anwendung.

14. Die Königlichen Consular-Beamten sind auch in Haverie- und Strandungs-Sachen nicht ermächtigt, außer den Kosten, welche sich unmittelbar auf die einstweilige Unterhaltung und demnächstige Heimschaffung der Personen beziehen, worüber ad §. VII. die näheren Bestimmungen nachfolgen, sich anderweiten Geld-Vorschüssen zu unterziehen oder sonst Vermittelungen und Vertretungen zu übernehmen, aus welchen für die Königliche Regierung Kosten entstehen könnten.

15. In Beziehung auf das Verfahren bei den von den Königlichen Consular-Beamten aufzunehmenden Verklärungen sind die in den Artikeln 492—494. des all-

gemeinen Deutschen Handels-Gesetzbuches für die Gerichte gegebenen Vorschriften (Zusatz-Ziffer 18. Anhangs-Nummer 15.) möglichst zu berücksichtigen.

16. Eine consularische Bisirung der Unkosten-Rechnungen ist auch in Havarie- und Strandungs-Sachen nicht erforderlich, wenn sie nicht von den Rhedern oder Ladungs-Interessenten ausdrücklich vorgeschrieben worden und keine besondere Veranlassung vorliegt, die Richtigkeit der Rechnung in Zweifel zu ziehen.

§. IV. Verfahren des Consuls bei Kriegs-Unfällen.

In Kriegszeiten, und zwar:

A. wenn zwischen andern Staaten Mißhelligkeiten ausgebrochen sind, und der Krieg auch zur See geführet wird, Wir aber bei demselben ganz neutral und in freundschaftlichem Vernehmen mit den allerseits kriegführenden Mächten verblieben sind, hat jeder Consul seines Orts mit treuem Eifer beizutragen, damit überall die Ehre und Sicherheit Unserer Flagge aufrecht erhalten werde, und Unsern Unterthanen in ihrer See-Schiffahrt und Handlung die Vortheile der Neutralität zu Gute kommen. Zur allgemeinen Richtschnur für das ganze Benehmen des Consuls in solchen Zeitläuften bemerken Wir hier, wie Wir bei den fast von allen Europäischen Seemächten in Verträgen und sonst öffentlich anerkannten und auch von Uns schon geltend gemachten Grundsätzen beharren, daß nämlich bei einem Seekrieg neutrale Schiffe auf allen Meeren und nach allen Häfen und Gebieten der kriegführenden Mächte, nur mit Ausnahme der wirklich bloquirten Plätze, ungestört fahren und nach allen jenen Häfen und Gebieten alle Waaren, mit Ausschluß der Krieges-Contrebande in dem sogleich näher zu bestimmenden Sinne dieses Wortes, hinbringen dürfen; daß frei Schiff auch frei Gut mache, folglich die in einem neutralen Schiff befindliche einem kriegführenden Theil zugehörende Ladung nicht von dem Gegner desselben weggenommen werden könne, hievon aber Krieges-Contrebande, das heißt nur Waffen, Krieges-Munition, und alles, was zur Kleidung, Equipirung und Rüstung der Soldaten dienet, auszunehmen seien; und daß neutrale Schiffe nicht angehalten, auf jedem Fall aber schleunigst losgelassen werden müssen.

Wenn daher bei einer Kriegesführung von Seiten derjenigen Macht, bei welcher Unser Consul angestellt ist, ein Preußisches Schiff ohngeachtet Unserer Neutralität angehalten, von ihren Kriegesschiffen und Capern weggenommen, und als Prise in einem zum Consulats-Bezirk gehörigen Ort aufgebracht werden, oder aber auch nur eine rechtliche Verhandlung über einen solchen Fall vor dortige Gerichtshöfe kommen sollte, so hat der Consul, wenn die Sache bei klar vorliegenden factischen Umständen und nach obigen Grundsätzen sich ohne Schwierigkeiten zu Gunsten Unserer Unterthanen ausweiset, zumal wenn auf dem Verzug besonderer Nachtheil ruht, sich zwar sogleich für Freigebung des Schiffes bestens zu verwenden; indessen muß er von jedem solchen Vorgang unverweilt sowohl Unsere Gesandtschaft, wenn Wir eine solche im Lande haben, als auch Unser Departement der auswärtigen Angelegenheiten benachrichtigen. Wir behalten Uns darauf vor, die nöthigen Unterhandlungen mit dem Hofe selbst pflegen zu lassen, um so mehr, da zwischen Uns und Europäischen Mächten keine Commerz- und Schiffahrts-Verträge bestehen, in welchen das Verfahren bei Beurtheilung der Rechtmäßigkeit eines als Prise aufgebrachten neutralen Schiffes ausgemacht, und noch weniger die eigene Jurisdiction des die Prise machenden kriegführenden Staats schon von Uns anerkannt wäre. Wenn Wir indessen den Consul zu autorisiren gut finden, die Reclamirung des Schiffes auch seiner Seits in alle Wege zu betreiben, und Schiffer und Interessenten zu unterstützen, so hat er solches nach allen Kräften zu thun, und für das eingehaltene Schiff, dessen Ladung und Mannschaft zu sorgen, damit davon nichts beeinträchtigt oder verkümmert werde.

Gleichmäßig hat derselbe, wenn dorten aus Kriegs- und Staats-Ursachen ein allgemeines Embargo auf alle dort befindliche Schiffe gelegt würde, Unserm im Lande residirenden Gesandten, sowie Unserm Departement der auswärtigen Angelegenheiten ungesäumte Kenntniß davon zu geben, und den ihm hierauf zugehenden Verhaltungsbefehlen zufolge, und auch nach Maßgabe der Umstände schon unaufgefordert, die Aufhebung des Embargo für die darunter mitbegriffenen Preußischen, als neutralen Schiffe, soweit es von ihm abhängt, bestens zu betreiben, auch unterdessen für die Conservation der Mannschaft so wie dafür zu sorgen, daß der natürlichen Billigkeit gemäß solchen Schiffen eine angemessene Entschädigung, und zwar nicht blos in dem Maße als Miethslohn für das Schiff, sondern auch für alle dadurch verursachte Kosten und Schaden bei dem Aufenthalt, bewilligt werde.

B. Sollten Wir aber, welches die Vorsicht verhüte, selbst mit derjenigen Macht, bei welcher der Consul angestellt ist, in Krieg verwickelt werden, und sollte dabei ein freier und ungestörter Fortgang der Handlung und Seeschiffahrt Unserer Unterthanen nicht zu erhalten sein, so wird der Consul Bedacht nehmen, damit wenigstens nicht plötzlich und sogleich bei einer dortigen Kriegeserklärung, oder gar vor derselben, die in dortigen Häfen und sonst angetroffenen Preußischen Schiffe und Güter weggenommen, sondern vielmehr Unsern Unterthanen eine angemessene Zeit verstattet werde, das Ihrige in Sicherheit zu setzen.

Wir behalten Uns indessen auf solchen unverhofften Fall vor, dem Consul Unsere Willensmeinung näher zu erkennen zu geben.

Zusatz-Bestimmungen. 17. Im Anhang unter Nr. 14. ist beigefügt die Allerhöchste Verordnung vom 12. Juni 1856 über Grundsätze des internationalen See-Rechts.

§. V. Verfahren des Consuls bei Rechtsstreitigkeiten Preußischer Unterthanen.

In Absicht der Streitigkeiten der dort befindlichen Preußischen Unterthanen, und der dabei eintretenden Gerichtsbarkeit, wollen Wir dem Consul nichts mehrers zur Pflicht und Befugniß machen, als was, den Jurisdictions-Rechten des dortigen Staats unabbrüchig, sich nach allgemeinem Herkommen und Völkerrecht versteht. Wir zeichnen demselben daher folgende Verhaltungsregeln vor, welche überall ihre Anwendung finden werden, im Fall nicht etwa ein mehrers von einer fremden Macht Unserm Consul bereits zugestanden wird, oder künftighin von Uns in Commerz-Verträgen ausgemacht werden dürfte.

A. Bei Streitigkeiten, welche zwischen Preußischen Unterthanen selbst, seien es Schiffer und Schiffsvolk, handlungstreibende oder andere Personen, obwalten, muß der Consul, so viel von ihm abhängt, stets die gütliche Beilegung zu versuchen und dadurch den Ausbruch förmlicher Processe zu verhüten, sich angelegen sein lassen. Werden beide Parteien darin einig, ihm die Streitsache auf Art und Weise eines Compromisses zur schiedsrichterlichen Entscheidung zu übertragen; so ist er verpflichtet, sich derselben mit Unparteilichkeit und bester Einsicht und unentgeltlich zu unterziehen. Er hat zu dem Ende beide Theile, zwar nur summarisch aber hinlänglich, und wenn der Gegenstand erheblich oder verwickelt ist, schriftlich zu vernehmen, die Documente, worauf es allenfalls ankommt, vornehmlich bei Streitigkeiten zwischen Schiffer und Schiffsvolk die Heuer-Contracte und Schiffsrollen einzusehen, und hiernach, wie auch nach den bei vorliegendem Falle anzuwendenden Rechten, den Ausspruch zu thun, welcher bei Sachen von einigem Belang auch schriftlich zu verfassen ist, und für die nach Unsern Staaten zurückkehrenden Unterthanen, bis dahin, daß sie hier bei Unsern Gerichtshöfen ihr Recht allenfalls weiter verfolgen mögen und können, die Kraft einer provisorischen Entscheidung behält. Außer solchen freiwilligen Compromissen, welche der Consul sowohl von Unsern Unterthanen, als auch andern Personen in mercantilischen Streitfällen, so wie es fast überall unter der Kaufmannschaft gewöhnlich ist, übernehmen kann, ist aber demselben keine eigentliche Jurisdiction über die in seinen Consulats-Bezirk hinkommenden Preußischen Unterthanen beigelegt. Diese bleiben in allen ihren dortigen Civil- und Criminal-Fällen, also auch bei Streitigkeiten unter einander, wenn es darüber zu Processen kommt, der Jurisdiction der dortigen Obrigkeit unterworfen. Daß diese ihnen indessen beständig eine gute und prompte Justiz administrire, wird mit das Augenmerk des Consuls sein, vornehmlich auch dann,

B. wann Unsere Unterthanen mit dortigen Landes-Einwohnern oder andern Fremden vor dortigen Gerichtshöfen in Processe verwickelt werden, in welchem Fall er jenen mit gutem Rath durch Bekanntmachung der dortigen Proceduren, und in Auswahl eines zuverlässigen Rechtsbeistandes oder Mandatarii behülflich sein, auch allenfalls auf Verlangen, wo es angeht, die Stelle des letztern selbst übernehmen, und in jedem Fall für baldige Aburtelung der Sache sich verwenden wird, damit Unsere schifffahrende oder von dort weiter reisende Unterthanen in ihren Geschäften nicht aufgehalten werden. Hiehin gehöret, daß, wenn dort aus rechtlichen Ursachen ein Embargo auf ein Preußisches Schiff oder Ladung gelegt werden sollte, er bestens mitwirke, daß dasselbe durch Bürgschaft oder Caution aufgehoben werde.

C. Sollte zwischen dem Consul selbst und einem Unserer seefahrenden oder commercirenden Unterthanen ein Zwist in Absicht der Verwaltung der Consulatsgeschäfte entstehen, so haben beide Theile sich an Unser Departement der auswärtigen Angelegenheiten zu wenden, und von daher Entscheidung zu gewärtigen, oder bei Gefahr auf dem Verzug von Unserer nächsten Gesandtschaft provisorische Verfügung zu erbitten. Uebrigens verbleibet der Consul in seinen kaufmännischen und allen bürgerlichen Angelegenheiten unter der dortigen Orts-Gerichtsbarkeit.

Zusatz-Bestimmungen. 18. In Bezug auf die Rechtsverhältnisse der Rheder, Schiffer und Mannschaften folgen:

in der Anhangs-Nummer 15. die Vorschriften des allgemeinen Deutschen Handels-Gesetzbuches Artikel 439—448. 451—453. 482. 490—556. 765. und des Einführungs-Gesetzes vom 24. Juni 1861 Artikel 56;

in der Anhangs-Nummer 16. das Gesetz zur Aufrechthaltung der Mannszucht auf den Seeschiffen, vom 31. März 1841;

in der Anhangs-Nummer 17. die §§. 244. 254. 255. 278. 279. 303. des Strafgesetzbuches für die Preußischen Staaten, vom 14. April 1851;

in der Anhangs-Nummer 18. das Gesetz vom 20. März 1854, betreffend die Bestrafung der Seeleute, welche sich dem übernommenen Dienst entziehen.

Speciellere Bestimmungen über die Rechtsverhältnisse der Mannschaften auf den Seeschiffen bleiben vorbehalten.

19. Durch Artikel 537. des allgemeinen Deutschen Handels-Gesetzbuches (Anhang Nr. 15.) ist den Königlichen Consular-Beamten das Recht beigelegt, auf Anrufen eines Schiffsmannes bei Streitigkeiten mit dem Schiffer in Fällen, die keinen Aufschub leiden, eine vorläufige Entscheidung zu treffen. Hiervon abgesehen steht den Königlichen Consular-Beamten reglementsmäßig keine eigentliche Jurisdiction und executive Gewalt zu. Gleichwohl unterliegt es im Allgemeinen überhaupt keinem Bedenken, daß sie in Fällen, wo ihren Anordnungen von Preußischen Seeleuten der schuldige Gehorsam verweigert wird, sich an die Ortsobrigkeit wenden können, um durch deren selbstständige Einwirkung Abhülfe zu erlangen, so weit es nach der Verfassung des fremden Landes zulässig ist und es sich vermeiden läßt, Reciprocitäts-Zusicherungen zu ertheilen, welche nach diesseitigen Grundsätzen (Anhang Nr. 1.) nicht zu erfüllen sein würden.

Kommt es in einem fremden Hafen Behufs der Vollstreckung einer nach dem Gesetz vom 31. März 1841 verhängten Disciplinarstrafe auf die Mitwirkung der Ortsobrigkeit an, so ist es überhaupt nicht die Consular-Gewalt, sondern die Autorität des Schiffers, für deren Anerkennung das Königliche Consulat sich in geeigneter Art zu verwenden hat.

20. Verlangt ein Schiffsmann die Entlassung, weil er durch eine specielle Einberufungs-Ordre der Königlichen Militair-Behörden verpflichtet worden ist, sich in der Heimath zu gestellen, so muß der Consul bei etwaigem Widerspruch des Capitains, event. unter Anrufung des Beistandes der fremden Behörden, die nöthigen Schritte thun, um die Entlassung aus dem Schiffsdienst herbeizuführen (cf. Zusatz-Ziffer 23. b.).

21. Außer der fremden Ort-Gerichtsbarkeit, welcher die Königlichen Consular-Beamten bei sie selbst betreffenden Streitigkeiten unterworfen sind, besteht für diejenigen unter ihnen, welche Preußische Unterthanen sind, auch das frühere heimathliche Civilforum fort, so daß unter Umständen der Kläger die Wahl haben kann, bei welchem Forum er den Consul belangen will.

§. VI. Verfahren des Consuls bei Todesfällen Preußischer Unterthanen.

Bei dem Todesfall eines in dem Consulats-Bezirk befindlichen Preußischen Unterthanen hat der Consul, wenn die Erben abwesend sind, und dort keinen Bevollmächtigten haben, sich der Nachlassenschaft anzunehmen und, in so weit er nach der dortigen Verfassung bei der den Gerichten des Orts zustehenden Aufzeichnung, Verwaltung und Regulirung des Nachlasses concurriren kann, solches zum Besten besonders der in Unsern Staaten wohnhaften Erben zu thun, auf jeden Fall aber dafür zu sorgen, daß diesen eine beglaubte Abschrift von dem aufgenommenen Inventario und dem etwa vorhandenen letzten Willen übermacht werde, und die Erbschaft selbst ohne Vorenthaltung oder Verkürzung zufließe.

Ist auf einem dort hinkommenden Preußischen Schiff während der Reise Jemand von der Schiffsbesatzung verunglückt oder gestorben, und über seinen Nachlaß, wie es das Seerecht erfordert, von dem Schiffer mit Zuziehung der übrigen Mannschaft ein Inventarium angefertigt worden, so hat der Consul sich solches vorzeigen zu lassen, auch erforderlichen Falls diese Personen über etwa vorgefallene besondere Umstände bei dem Todesfall zum Protokoll zu vernehmen und solches den Schiffspapieren beizufügen. Weitere Verfügungen gehören vor die Preußischen Obrigkeiten nach Rückkunft des Schiffes.

Zusatz-Bestimmungen. 22. Die Königlichen Consular-Beamten sind dienstlich nicht ermächtigt, den Nachlaß eines Preußischen Unterthans in ihren Gewahrsam zu nehmen; sie würden sich durch eine solche Maßregel den Interessenten persönlich verantwortlich machen.

Wegen der mit verschiedenen Staaten über die consularische Mitwirkung bei Nachlaß-Regulirungen getroffenen besonderen Verabredungen wird auf die betreffenden Special-Instructionen Bezug genommen.

§. VII. Verfahren des Consuls bei desertirten und verarmten Seeleuten.

Sollte auch während der Anwesenheit des Schiffes einer oder mehrere von den darauf befindlichen Matrosen desertiren, so muß der Consul dem Schiffer, um ihrer wieder habhaft zu werden, behülflich sein, auch, wenn die Entlaufenen irgendwo vorenthalten würden, sie gehörigen Orts reclamiren und, falls das Schiff unterdessen schon abgesegelt wäre, für ihre

Rückkunft, wo möglich mit einem andern Preußischen Schiff, oder auf sonstige sichere Art sorgen.

Auch wird derselbe verarmten und verlassenen Preußischen Seeleuten, damit sie in ihr Vaterland zurückgeschafft werden können, so weit es thunlich ist, aus der Armen=Kasse des Orts, insonderheit wo etwa dergleichen Kassen für kranke und bedürftige Matrosen vorhanden sein möchten, zur Unterstützung beförderlich sein, und vorzüglich alsdann, wenn jene Seeleute nicht ein Preußisches Schiff verlassen, auf fremden Schiffen Dienste genommen haben, und von denselben in dürftigem Zustande abgekommen sind.

Zusatz-Bestimmungen. 23. Die Königlichen Consular-Beamten sind nach Inhalt der Vorschriften des Reglements vom 18. September 1796 §. III. Lit. A. und §. VII. in dem Interesse des Seedienstes verpflichtet, sich Preußischer Seeleute hülfreich anzunehmen, welche durch den Verlust ihres Schiffes oder aus anderen Ursachen in die Lage gekommen sind, einer Unterstützung im Auslande zu bedürfen, und bezieht sich diese consularische Fürsorge sowohl auf den einstweiligen Unterhalt als auch auf die demnächstige Heimschaffung der hülflosen Seeleute. Es sind hierbei von dem Reglement Behufs der Vermeidung von Kosten für Rechnung der Staatskasse zunächst nur solche Verhältnisse ins Auge gefaßt worden, wo sich die Hülfe entweder überhaupt kostenfrei beschaffen läßt oder wo doch wenigstens eine Erstattung der entstandenen Kosten durch die betheiligten Rheder gesetzlich garantirt ist. Inzwischen hat sich die Königliche Regierung, zur Förderung des Zwecks, Preußische Seeleute dem vaterländischen Dienste zu erhalten, in allmähliger Erweiterung der früheren Schranken veranlaßt gefunden, dem consularischen Einschreiten eine größere Ausdehnung zu geben, wonach es gegenwärtig ohne Rücksicht auf die mögliche Belastung der Staatskasse unter gewissen Umständen zulässig geworden ist, die Hülfe auch dann zu gewähren, wenn mit derselben Kosten verbunden sind, welche sich voraussichtlich nicht anderweitig wieder einziehen lassen. Wegen der den Königlichen Consular-Beamten somit zustehenden Befugniß, event. für Rechnung der Königlichen Regierung Kosten zu übernehmen, ergeben sich nunmehr folgende Bestimmungen über das in der Sache zu beobachtende Verfahren.

a) Die bei der consularischen Unterstützung Preußischer Seeleute zugelassene Uebernahme von Kosten für Rechnung der Königlichen Regierung beruht nicht auf einer gesetzlichen Verpflichtung des Staats. Es ist eine aus freier Entschließung dem Seedienst gewidmete besondere Fürsorge, welche der Staat in seinem Interesse findet, die aber nicht als ein den Seeleuten gesetzlich zustehendes Recht in Anspruch genommen werden kann.

b) Diese Hülfe des Staats darf daher auch nicht offenbar unwürdigen Individuen zu Theil werden, an deren Erhaltung ihm in dem Interesse des Seedienstes nicht gelegen sein kann. Sie setzt im Allgemeinen vielmehr solche Fälle voraus, wo der die Unterstützung nachsuchende Seemann nicht durch eigenes Verschulden, sondern lediglich in Folge eines Zufalles, welcher sein Schiff oder seine Person betroffen, außer Dienst gekommen und in Noth gerathen ist, auch nicht durch sein ferneres Benehmen Anlaß gegeben hat, ihm den Consulatsschutz zu entziehen. Die Königlichen Consular-Beamten sind unter dieser Voraussetzung namentlich auch ermächtigt, bei Strandungen ganze Schiffsmannschaften mit Einschluß des Capitains, event. für Rechnung der Königlichen Regierung zur Heimschaffung zu übernehmen, soweit nicht wegen fremder Unterthanschaft nach den Bestimmungen ad c. Ausnahms-Umstände obwalten. Hat dagegen der Hülfe suchende Seemann z. B. durch widerrechtliche Entfernung vom Schiff, oder weil er aus den in Artikel 543. sub 1. 2. 3. des allgemeinen Deutschen Handels-Gesetzbuchs (Anhang Nr. 15.) angegebenen Gründen entlassen worden ist, die Dienstlosigkeit und Noth selbst verschuldet, oder sich anderweitig des Consulatsschutzes unwürdig erwiesen, so ist der Consul nicht ermächtigt, zur Heimschaffung desselben Kosten zu übernehmen, welche möglicher Weise der Königlichen Regierung zur Last fallen könnten; es müßte denn zugleich etwa wegen eines begangenen Verbrechens in dem Interesse der diesseitigen Justiz-Hoheit anderweite Veranlassung vorliegen, Behufs der diesseitigen Untersuchung der Sache eine Heimschaffung event. auf Kosten der Königlichen Regierung einzuleiten, worüber vorkommenden Falls die näheren Anweisungen vorbehalten bleiben. Etwaige Militair-Pflichtigkeit ist für sich allein im Allgemeinen noch kein Grund, von Consulatswegen auf die Heimschaffung Bedacht zu nehmen, außer wenn es darauf ankommt, zur Befolgung einer speciellen Einberufungs-Ordre behülflich zu sein (cf. Zusatz-Ziffer 20.).

Der Consul darf sich auch nicht durch etwaige Zusicherungen des Seemanns, aus angeblichen Zahlungsmitteln in der Heimath Erstattung zu leisten, veranlaßt finden, Unterstützungen zu gewähren, wo sie nach den obigen Grundsätzen nicht zulässig sind.

In zweifelhaften Fällen steht dem Consul frei, von der vorgesetzten Gesandtschaft oder dem Königlichen Ministerium der auswärtigen Angelegenheiten besondere Verhaltungs-Maßregeln einzuholen.

Wegen des Verfahrens, wenn ein Schiffer desertirte Seeleute reclamirt, folgen ad e. weitere Bestimmungen.

Es ist Sache der fremden Ortsobrigkeit, über solche Individuen, deren consularische Heimschaffung diesseits nicht übernommen wird, weitere Verfügung zu treffen, falls dieselben keine Gelegenheit finden, kostenfrei fortzukommen, wozu ihnen der Königliche Consul behülflich sein kann.

Die Verweigerung diesseitiger Mittel zur Heimschaffung soll indessen nicht unter allen Umständen ausschließen, zum einstweiligen Unterhalt bei bringender Noth einige Unterstützung für Rechnung der Königlichen Regierung zu gewähren, besonders wenn die Ueberzeugung gewonnen wird, daß es dem Hülfe suchenden Seemann wirklich darum zu thun ist, in die Preußischen Staaten zurückzugelangen, und können sich daher die Königlichen Consular-Beamten für befugt ansehen, dergleichen einstweilige, von der weiteren Heimschaffung unabhängige Unterstützungen in geeigneten Fällen zu bewilligen.

c) Fremde Unterthanen, auch wenn sie in Preußischem Schiffsdienst verunglückt sind, bleiben nach allgemeinen Grundsätzen von der für Rechnung der Königlichen Regierung zugelassenen Geldunterstützung ausgeschlossen, indem sie, falls nicht durch Verträge etwas anderes bestimmt ist, vielmehr dem Consul ihrer Nation resp. der Ortsobrigkeit zur weiteren Bestimmung zu überlassen sind. Nur insoweit es sich bei Straubungen in dem Zusammenhange der ersten Maßregeln zur einstweiligen Fürsorge für Schiff und Leute möglicher Weise nicht vermeiden läßt, ohne Unterschied der Nationalität zu verfahren, kann es vorbehalten bleiben, neben den Preußischen Unterthanen auch fremde Unterthanen mit einer vorläufigen Unterstützung aus diesseitigen Consulatsmitteln zu berücksichtigen.

Umgekehrt darf einstweiliger Dienst auf fremden Schiffen kein Hinderniß sein, Preußischen Unterthanen die für Rechnung der Königlichen Regierung zugelassene Unterstützung mit Geldmitteln zu gewähren.

d) Ein Kosten-Ersatz Seitens der Königlichen Regierung findet nicht Statt, wenn von Seiten des betheiligten Capitains oder Rheders oder ihrer Correspondenten und Bevollmächtigten, desgleichen wenn von der fremden Ortsobrigkeit oder dem dortigen Consulat einer andern Nation, ohne Mitwirkung von Organen der Preußischen Regierung, bereits Vorkehrungen getroffen oder Zahlungen geleistet worden sind, um diesseitigen Seeleuten in Noth Hülfe zu schaffen.

e) Falls ein Preußischer Schiffs-Capitain in Bezug auf seine Mannschaft für angebliche Rechnung der Rheder eine mit Kosten verknüpfte consularische Vermittelung nachsucht, ohne daß solche Umstände obwalten, wo nach den obigen Bestimmungen eine eventuelle Uebernahme der Kosten von der Königlichen Regierung vorbehalten ist, muß der Consul sich von dem Schiffer einen schriftlichen Revers ausstellen lassen, worin ausdrücklich im Namen der Rheder die Erstattung aller Kosten zugesichert wird.

Diese Vorsicht ist namentlich auch zu beobachten, wenn die consularische Vermittelung Behufs der Wiedererlangung eines entwichenen Schiffsmannes in Anspruch genommen wird, da es überhaupt nicht zu den consularischen Dienstpflichten gehört, für die Zurückschaffung von Deserteurs, welche der Capitain nicht reclamirt hat, abgesehen von den ad b. vorbehaltenen Fällen einer etwaigen einstweiligen Unterstützung, von Amtswegen Sorge zu tragen. Hat dagegen der Capitain unter schriftlich zugesicherter Kostenerstattung die Zurückschaffung Namens der Rhederei beantragt, so darf es der Consul an den entsprechenden Bemühungen nicht fehlen lassen. Wegen der von der fremden Ortsobrigkeit dabei zu gewährenden Mitwirkung bestehen mit verschiedenen Staaten besondere Verabredungen, worüber die betreffenden Special-Instructionen das Nähere enthalten.

f) Da der Zweck der Heimschaffung es mit sich bringt, auch für den einstweiligen Unterhalt zu sorgen, so versteht es sich von selbst, daß bei übernommener Heimschaffung zugleich die zunächst sich darbietenden dringendsten Bedürfnisse der Wohnung, Kost und Kleidung zu befriedigen sind. Der Consul kann hierbei unter Zusicherung diesseitiger Reciprocitäts-Beobachtung die unentgeltliche Hülfe öffentlicher Anstalten des Orts in Anspruch nehmen. Ist eine solche Hülfe nicht zu erlangen, so verfährt der Consul selbstständig. Das in dieser Beziehung Erforderliche ist aber möglichst in natura und nicht durch Verabreichung von baaren Geldmitteln an die Seeleute selbst zu gewähren. Es wird dem Consul zugleich empfohlen, den auf die Heimschaffung wartenden Seeleuten, wo möglich durch Verschaffung von Arbeit, namentlich auf Schiffen, Gelegenheit zu geben, sich den einstweiligen Unterhalt selbst zu verdienen. Kommt es darauf an, einem erkrankten oder beschädigten Seemann ärztliche Behandlung zu Theil werden zu lassen, so gehört es mit zu der consularischen Hülfe, die entsprechenden Vorkehrungen zu treffen. Wegen der in dieser Beziehung mit anderen deutschen Staaten bestehenden besonderen Verabredungen, wonach überhaupt den hülfsbedürftigen Angehörigen des einen Staats bei Erkrankung in dem Gebiet des andern Staats die nöthige Kur und Verpflegung daselbst wie den eigenen Unterthanen zu Theil werden soll, wird auf die betreffenden Special-Instructionen verwiesen.

Die Berichtigung von Heuer-Forderungen oder die Erledigung sonstiger Geld-Angelegenheiten, welche mit der Heimschaffungs-Maßregel an sich in keinem nothwendigen Zusammenhange stehen, bleibt von der consularischen Hülfe ausgeschlossen, selbst wenn die Folge davon sein sollte, daß der Seemann wegen Schulden verhindert wird, abzureisen. Der Consul würde sich in diesem Fall dann aller weiteren Unterstützung des Seemanns zu enthalten haben.

In Bezug auf das Maß der täglichen Unterhalts-Kosten bis zur Fortschickung selbst, die unter allen Umständen möglichst beschleunigt werden muß, soweit nach den folgenden Bestimmungen dazu Gelegenheit ist, enthält sich die Königliche Regierung, besondere Vorschriften zu geben, indem sie gern vertraut, daß die Königlichen Consular-Beamten sich auch ohnehin werden angelegen sein lassen, die Ausgaben je nach den Verhältnissen des Falls und des Orts mit möglichster Sparsamkeit auf den wirklich unvermeidlichen Bedarf zu beschränken. Ein Unterschied in der Behandlung nach dem Range des Seemanns im Schiffsdienst ist bei dem einstweiligen Unterhalt sowohl als auch bei dem weiteren Transport möglichst zu vermeiden, und braucht daher auch in den Fällen, wo ganze Schiffs-Mannschaften heimzuschaffen sind, dem Führer derselben, selbst wenn es der Capitain ist, in der Regel keine reichere Unterstützung als den Uebrigen zu Theil zu werden.

g) Die weitere Fortbeförderung des zur Heimschaffung übernommenen Seemanns, welche nicht immer unmittelbar nach den Preußischen Staaten zu geschehen braucht, sondern unter Umständen auch erst auf andere Orte hin dirigirt werden kann, ist, wenn irgend thunlich, auf dem Seewege zu bewerkstelligen. Die Königlichen Consular-Beamten sind daher verpflichtet, Behufs der Ermittelung von Schiffsgelegenheit in jedem einzelnen Fall nicht allein an ihrem eigenen Wohnort, sondern auch in benachbarten Häfen mit aller Sorgfalt Erkundigungen einzuziehen. Das Hauptaugenmerk muß dahin gerichtet bleiben, eine ganz kostenfreie Schiffsgelegenheit zu beschaffen. Arbeitsfähige Individuen werden wo möglich in anderm Schiffsdienst gegen Lohn unterzubringen sein; doch kann das Verheuern auf Schiffe eines außerdeutschen Staates, besonders wenn dieselben nicht unmittelbar nach einem deutschen Hafen fahren, nicht wünschenswerth sein. Für die Fälle, wo sich keine unentgeltliche Schiffsgelegenheit findet, besteht unter Umständen eine besondere Verpflichtung Preußischer Schiffer, verunglückte Seeleute nach Anweisung des Consuls gegen Entschädigung mitzunehmen. Das Nähere ergiebt sich aus der im Anhang unter Nr. 19. abgedruckten Allerhöchsten Verordnung vom 5. October 1833, wodurch diese Verpflichtung der diesseitigen Schiffer festgesetzt worden ist, und nach deren Bestimmungen sich auch die Königlichen Consular-Beamten bei ihren Maßregeln zu richten haben. Läßt sich das durch diese Verordnung dargebotene Mittel nicht in Anwendung bringen, so bleibt zur Bewirkung des See-Transports bei Ermangelung einer kostenfreien Gelegenheit den Königlichen Consular-Beamten überlassen, durch freie Uebereinkunft mit andern, wo möglich deutschen Schiffern die weitere Beförderung respective Heimschaffung unter möglichst billigen Bedingungen zu vermitteln. Die zu stipulirende Entschädigung ist wo möglich auch auf die Beköstigung mit auszudehnen, damit dem zu transportirenden Seemann keine baaren Reisemittel ausgehändigt zu werden brauchen.

Wenn und inwieweit es sich endlich nicht vermeiden läßt, einen Transport zu Lande gehen zu lassen, sei es um eine benachbarte Schiffsgelegenheit zu erreichen, oder weil eine Benutzung des Seeweges durch die Umstände überhaupt ausgeschlossen, oder voraussichtlich für kostspieliger zu erachten ist, so unterliegt es im Allgemeinen keinem Bedenken, vorzugsweise von der Eisenbahn Gebrauch zu machen. Der Consul hat alsdann das Fahrbillet, welches in der niedrigsten Klasse zu lösen ist, in natura, die ferneren Reisebedürfnisse für Nahrung, etwaiges Nachtquartier u. s. w. aber nach einem sorgfältigen Kosten-Ueberschlag baar im Voraus zu gewähren. Das Gepäck, so weit es die Personen nicht bei sich tragen oder innerhalb des Freigewichts mitnehmen können, muß auf wohlfeilerem Wege befördert werden.

Die mit dem Land-Transport verbundenen Unkosten und sonstigen Inconvenienzen sind erfahrungsmäßig so erheblich, daß den Königlichen Consular-Beamten nicht dringend genug empfohlen werden kann, von diesem Mittel nur im äußersten Falle Gebrauch zu machen, wenn sie nach Abwägung aller Umstände die Ueberzeugung gewonnen haben, daß bei einem andern Verfahren die Kosten voraussichtlich noch höher zu stehen kommen würden. Es kann unter Umständen rathsam sein, bei einer nicht zu fernen Aussicht auf mögliche Benutzung von Schiffsgelegenheit, selbst wenn dazu erst noch ein Zwischen-Transport nöthig sein sollte, lieber eine längere Verpflegung an Ort und Stelle zu übernehmen, als sofort den Landweg zu wählen, besonders in Fällen, wo es thunlich ist, die einstweiligen Unterhaltskosten durch vorläufiges Verdingen zu Arbeit auf dem Schiff zu ermäßigen.

Schließlich wird bemerkt, daß die Maßregeln der Heimschaffung, mag diese durch Schiffsgelegenheit oder auf dem Landwege erfolgen, in der Regel nur bis zur Erreichung der jedes Mal nächsten Preußischen Behörde einzurichten sind, d. h. also bei einem Transport, der nicht unmittelbar nach den Königlichen Staaten geht, bis zur Erreichung eines andern Königlichen Consulats oder einer Königlichen Gesandtschaft, bei directer Beförderung nach den Königlichen Staaten aber bis zur Erreichung der Preußischen Grenz-Behörde. Die leichtere Berechnung und Controlirung des Kostenbedarfs erfordert diese Beschränkung. Der jedes Mal gewährte Betrag ist auf dem Reisepaß zu vermerken. Die weiteren Transport-Maßregeln im Innern der Königlichen Staaten, wo die inneren Behörden die weitere Beförderung übernehmen, sind ressortmäßig von aller consularischen Verfügung ausgeschlossen.

h) Die bei den Königlichen Consulaten zu dem Zweck der Unterstützung von Seeleuten für eventuelle Rechnung der Königlichen Regierung entstandenen Kosten müssen Behufs der Erstattung aus der Königlichen Legationskasse bei dem Königlichen Ministerium der auswärtigen Angelegenheiten in einem jeden einzelnen Falle besonders aufgerechnet werden, unter möglichst vollständiger Darlegung des obwaltenden Sachverhältnisses und mit thunlichster Beifügung von Belägen. Außer den eigentlichen Vorschüssen für die Leute selbst sind auch andere gelegentliche Dienstausgaben und etwaige Gebühren, wenn und inwieweit dergleichen nach den ad §. XII. angegebenen Grundsätzen stattfinden, in die Liquidation mit aufzunehmen. Ein Anspruch auf Zinsen oder Provision für die gemachte Auslage ist nicht zulässig. Die Reduction in Preußisches Geld geschieht nach dem jeweiligen Wechselcours.

Sind in Strandungssachen durch den Verkauf geretteter Gegenstände baare Geldmittel in die Hände des Consuls gelangt, so sind sie zur Deckung seiner Ausgaben vorläufig zurückzubehalten und bei der Liquidation in Abzug zu bringen.

Die Erstattung aus der Königlichen Legationskasse erfolgt, wenn sich gegen die Liquidation nichts zu erinnern findet, sofort, ohne erst von etwaigen weiteren Regreß-Schritten abhängig gemacht zu werden.

§. VIII. Verfahren des Consuls bei Ertheilung von Attestaten und Reisepässen.

Außer denjenigen Verhandlungen und Bescheinigungen, zu welchen der Consul in den bisher erwähnten und allen übrigen zu seiner eigentlichen Amtsführung einschlagenden Fällen verpflichtet ist, wird derselbe auch hiermit autorisiret, Preußischen Unterthanen, die es verlangen, über Commerz- und Schiffahrts-Gegenstände, von welchen er zuverlässige Wissenschaft und Kenntniß haben kann, Certificate zu ertheilen, auch Acte und Contracte, welche sie dorten über dergleichen Gegenstände unter sich errichten, durch seine Unterschrift und Consulat-Siegel zu legalisiren, wofern letzteres Geschäft nicht von dortiger Obrigkeit geschehen kann. Derselbe wird hiebei mit strengster Gewissenhaftigkeit und Genauigkeit verfahren; und sollen in dieser Voraussetzung dergleichen Documente von ihm bei Unsern Gerichtshöfen allen Glauben erhalten, welcher Unsern Dienern in ihren Amtsverrichtungen beigelegt wird. Auch ist der Consul befugt, Reisenden, und zwar Preußischen Unterthanen, welche von dort weiter, so wie andern Personen, welche in Unsere Staaten reisen wollen, jedoch nur, wenn selbige ihm bekannt, oder mit völlig glaubhaften, ihm vorzuzeigenden Certificaten versehen sind, und die Absicht ihrer Reise ganz unverdächtig erscheint, Reisepässe in gewöhnlicher Form zu ertheilen. Er hat aber besonders sich vorzusehen, daß durch seine Pässe nicht unnütze Landstreicher oder gar offenbar schädliche Personen in Unser Land kommen, als wofür er verantwortlich werden würde. Auch über solche Attestate, Pässe und dergleichen wird er sich ein Register halten.

Zusatz-Bestimmungen. 24. Es ist in dem vorstehenden Reglements-Paragraphen von der eigentlichen Legalisation in dem engeren Sinne des Worts, d. h. von derjenigen Beglaubigung, durch welche, wenn es sich um die Aechtheit einer im Auslande aufgenommenen öffentlichen Urkunde handelt, zunächst nur eben die Richtigkeit der Signatur der unterschriebenen Behörde Behufs des Gebrauchs im Inlande constatirt werden soll, überall nicht die Rede, sondern vielmehr von einer solchen Beglaubigung, welche sich auf die Feststellung des Gegenstandes und Inhalts der Urkunde selbst bezieht, und darin besteht, daß überhaupt die eigenen Erklärungen der Interessenten von einer öffentlichen Behörde aufgenommen oder attestirt werden. Die erstgedachte eigentliche Legalisations-Befugniß ist wesentlich ein Attribut der diplomatischen Agenten und von der consularischen Competenz dem Begriff nach ausgeschlossen. Da es jedoch in den einzelnen Fällen dem jedesmaligen Ermessen der Gerichtsbehörden zusteht, den förmlichen Nachweis der Aechtheit möglicherweise ganz zu erlassen, wenn an derselben zu zweifeln nach Lage der Sache kein zureichender Grund obwaltet, so kann unter Umständen auch ein Consular-Attest wegen der Glaubwürdigkeit, die es an sich hat, von den Gerichten zum Nachweis der Aechtheit einer Urkunde für genügend angenommen werden. Die Königlichen Consularbeamten werden Behufs der Vermeidung möglicher Mißverständnisse immerhin gut thun, wenn sie in solchen Fällen, wo bei ihnen Privatpersonen ein Attest zum Nachweis der Aechtheit einer Urkunde nachsuchen, vor der Erfüllung dieses Gesuchs den Extrahenten besonders darauf aufmerksam machen, daß sie keine diplomatische Legalisation ertheilen können.

25. Es soll den Königlichen Consular-Beamten im Allgemeinen unbenommen sein, nicht allein über Commerz- und Schiffahrts-Gegenstände, sondern auch in anderen Angelegenheiten, von denen sie zuverlässige Wissenschaft und Kenntniß haben können, auf Verlangen Preußischer Unterthanen Attestate zu ertheilen, wenn diese davon Gebrauch machen zu können glauben. Doch bleiben solche Geschäfte, zu deren Gültigkeit die Gesetze die gerichtliche oder notarielle Form vorschreiben, der Regel nach von der consularischen Competenz ausgeschlossen. Es ist nur den Königlichen Consular-Beamten in den überseeischen Ländern durch die in der Anhangs-Nummer 20. abgedruckte Allerh. Cabinets-Ordre vom 11. November 1829 die Befugniß beigelegt worden, ohne Unterschied des Gegenstandes den gerichtlichen gleich zu achtende Vollmachten Preußischer Unterthanen aufzunehmen und zu attestiren. Indem es bei dieser Ermächtigung sein Bewenden behält, wird den betheiligten Consular-Beamten empfohlen, sich in dergleichen Fällen eine möglichst sorgfältige Prüfung der obwaltenden Umstände angelegen sein zu lassen, um etwaigen Einwendungen gegen die Rechtsbeständigkeit der Urkunde vorzubeugen. Das die gerichtliche Verhandlung vertretende consularische Attest muß namentlich auch über die Unterthans-Verhältnisse und die Dispositionsfähigkeit des Extrahenten der Urkunde eine ausdrückliche Bescheinigung enthalten.

26. Ueber das Verfahren bei der Ausstellung oder Visirung von Reisepässen ist das im Anhang unter Nr. 21. beigefügte Circular vom 15. Juni 1830 an die Königlichen Missionen ergangen, dessen Bestimmungen auch für die Königlichen Consular-Beamten maßgebend sind.

§. IX. Freiheit der Unterthanen, in wie weit sie sich der Consuln oder anderer Commissionaire bedienen dürfen.

Da Wir bei Anstellung Unserer Consuln und bei den in den bisherigen Paragraphen ihnen vorgezeichneten Verhaltungsregeln lediglich die Beförderung und wahre Erleichterung der See-Schiffahrt und Handlung Unserer Unterthanen zum Augenmerk haben, keinesweges aber diese dabei geniren, und durch eine unnöthige Einmischung Anderer in ihre Geschäfte belästigen wollen; so verordnen Wir ausdrücklich, daß zwar allerdings der Consul in Absicht desjenigen, was Wir im §. II. wegen der ein- und ausgehenden Schiffe, und in den folgenden Paragraphen wegen Attestirungen und anderer eigentlich amtsmäßiger Verrichtungen festgesetzt haben, von den Preußischen Unterthanen nicht umgangen werden kann, daß diese aber in allem übrigen, was bei See- und Kriegs-Unfällen der Schiffe, Processen, Todesfällen und dergleichen, durch sie selbst oder ihre Commissionaire verrichtet werden kann, so wie bei allen sonstigen kaufmännischen Angelegenheiten, völlige Freiheit behalten, ob sie sich deshalb an den Consul wenden, oder aber anderer Personen als Geschäftsführer bedienen wollen. Es verstehet sich, daß auch im letztern Fall der Consul immer bereit sei, ihnen nach den Grundsätzen dieser Instruction überall mit Rath und That an die Hand zu gehen. Werden aber seine besonderen Dienste von den Unterthanen begehret, oder leistet er sie, wenn letztere keine Correspondenten oder Bevollmächtigte dort haben, bei dringenden Vorfällen schon von Amtswegen; so ist er berechtigt, gleich andern Kaufleuten, sich eine billige Provision für solche Commissions-Geschäfte zu berechnen. Es wird demselben bei seinen Amtsgeschäften leicht werden, durch prompte und redliche Bedienung sich in dem Vertrauen Unserer Unterthanen einen Vorzug vor fremden Commissionairen zu erwerben.

Zusatz-Bestimmungen. 27. Den besoldeten Königlichen Consular-Beamten ist es nicht gestattet, in dem Lande, wo sie fungiren, sich an Handelsgeschäften oder industriellen Unternehmungen zu betheiligen. Es finden daher auch die vorstehenden Reglements-Bestimmungen wegen der von den Königlichen Consular-Beamten gegen Provision zu leistenden Besorgung kaufmännischer Commissionsgeschäfte auf die besoldeten Königlichen Consular-Beamten keine Anwendung.

28. Eine Verpflichtung der Königlichen Consular-Beamten, sich solchen Geschäften zu unterziehen, welche in das Bereich der kaufmännischen Thätigkeit gehören, ist in dem vorstehenden Reglements-Paragraphen nicht ausgesprochen. Es kann daher namentlich auch die kaufmännische Vermittelung von Geld-Besorgungen, selbst

gegen Provision, nicht als eine consularische Dienstpflicht in Anspruch genommen werden. Wenn und inwieweit aber der Consul einen ihm gemachten Antrag auf Besorgung von kaufmännischen Commissionsgeschäften angenommen hat, wobei es ihm in der Regel überlassen bleibt, sich mit den Interessenten über das Maß und den Betrag der Provision zu verständigen, so ist er auch für die Ausführung dienstlich verantwortlich.

29. Bei der Wahl von Agenten für die Königliche Regierung zur Besorgung von kaufmännischen Geschäften im Auslande ist vorbehalten, soweit es die Umstände gestatten, vorzugsweise die im diesseitigen Consulatsdienst betheiligten Handlungshäuser zu berücksichtigen, in welchem Falle es denselben dann auch zusteht, Provision zu liquidiren.

§. X. Bericht-Erstattung des Consuls nach Hofe.

Ein jeder Unserer Consuln ist verpflichtet, am Schlusse jeden Jahres einen Hauptbericht an Unser Departement der auswärtigen Angelegenheiten zu erstatten, und nicht allein damit eine General-Liste von sämmtlichen in dem Laufe des Jahres dorten angekommenen und abgegangenen Preußischen Schiffen nebst möglichst genauer Specification ihrer eingebrachten und mitgenommenen Ladungen, so wie auch, falls öffentliche gedruckte Listen von sämmtlichen dort ein- und ausgegangenen Schiffen und deren Ladungen zu haben wären, selbige gleichfalls einzusenden, sondern auch noch alles Uebrige, was zur Uebersicht des dortigen Verkehrs Unserer Staaten dienen kann, und alle auf dasselbe Bezug habende erhebliche oder auch sonstige merkwürdige Vorfälle anzuzeigen. Derselbe ist aber auch in der Zwischenzeit zu Berichtserstattungen verbunden, so oft dergleichen Vorfälle sich ereignen, deren Kenntniß für Uns von Interesse sein möchte, oder wobei er besonderer Verhaltungsbefehle benöthigt sein dürfte.

An Unser Commerz-Departement muß der Consul gleichfalls am Schluß des Jahres eine General-Liste der dort ein- und ausgegangenen Preußischen, und wo möglich auch übrigen fremden Schiffe und ihrer Ladungen einschicken, und sowohl in diesen alljährlichen Anzeigen, als auch in der bei allen wichtigen Handelsveränderungen in der Zwischenzeit mit dem Commerz-Departement unter dem Rubro H. S. zu führenden Correspondenz sich noch näher über alle das Commerz Unserer Staaten angehende Umstände extendiren. Er wird zu diesem Behuf vornehmlich aufmerksam sein, und seine Anzeige richten: auf die Preise solcher Waaren, welche Unsere Unterthanen von fremden Nationen in den dortigen

Häfen kaufen, und auf die Conjuncturen, die solche in einem und dem andern dortigen Seeort wohlfeiler oder theurer machen; auf die verschiedenen dort davon zu entrichtenden Abgaben, deren Erhöhung oder Verminderung; auf die Hafen= und Schiffs=Umgelder, wie solche schon eingeführt sind, oder noch aufgelegt werden; auf den Vorrath oder Mangel der Handels= Artikel, selbst die Erndten oder die Zufuhren aus anderen Ländern; auf den möglich zu machenden Absatz Preußischer Manufactur=Waaren; auf neue Erfindungen der dortigen Industrie, besonders Auffindung der wohl= feilsten rohen zur Fabrication zu verwendenden Materialien; auf Absatz= quellen in den dortigen oder in fremden Ländern, wohin die Schiffahrt und Handlung des Orts mit solchen Waaren reicht, welche Unsere Staaten vorzüglich liefern; auf Aus= und Einfuhrverbote; Gesetze, die zur Ein= schränkung oder Begünstigung des Preußischen Handels gereichen können; und in wiefern ein Activ-Handel mit einer oder der andern Waare rath= sam, oder wie auch nur ein ausgebreiteter Passiv-Handel möglich sei.

Zusatz-Bestimmungen. 30. Nach Inhalt der vorstehenden Reglementsvor= schrift sollen die Königlichen Consular-Beamten alljährlich nicht allein an das Königliche Ministerium der auswärtigen Angelegenheiten, sondern auch an das be= theiligte innere Departement, welches gegenwärtig das Königliche Ministerium für Handel, Gewerbe und öffentliche Arbeiten ist, einen umfassenden Hauptbericht erstatten. Um hierbei eine geschäftliche Erleichterung eintreten zu lassen, ist gestattet worden, diesen alljährlichen Hauptbericht nur in einem Exemplar an das Königliche Ministerium der auswärtigen Angelegenheiten einzureichen, indem letzteres alsdann die weitere Mittheilung an das Königliche Handels-Ministerium übernimmt. Doch müssen beigefügte Drucksachen, deren mehrfache Beschaffung keinen Schwierigkeiten unterliegt, in doppelten Exemplaren vorgelegt werden. Will sich der Consul einer zwiefachen Ausfertigung des Berichts unterziehen, und überreicht er nicht, was ihm freisteht, beide Ausfertigungen dem Königlichen Ministerium der auswärtigen Angelegenheiten, so liegt ihm ob, bei der Vorlegung an jedes Ministerium ausdrücklich zu vermerken, daß ein Duplicat dem andern Ministerium direct übersandt worden. Wegen der auch an die vorgesetzte Gesandtschaft zu machenden Mittheilung bleiben die Bestimmungen ad §. XI. zu berücksichtigen.

Was den Inhalt der Jahresberichte betrifft, so muß die Königliche Regierung darauf Werth legen, über den gesammten Handelsverkehr aller fremden Handels= plätze, mit denen, sei es auch nur auf indirectem Wege, eine diesseitige Handels= verbindung stattfindet, möglichst vollständig unterrichtet zu werden, und also nament= lich auch in Betreff der Theilnahme dritter Nationen an den dortigen Ein- und Ausfuhr-Verhältnissen erschöpfende Nachrichten zu erhalten. Da gleichwohl das Regle= ment vom 18. September 1796 in §. X. zunächst nur die eigenen diesseitigen Verkehrsbeziehungen als Gegenstand der consularischen Berichterstattung ins Auge gefaßt und für die weiteren Verhältnisse sich lediglich darauf beschränkt hat, die Einsendung von Schiffslisten zu verlangen, falls dergleichen öffentlich im Druck erscheinen, so ist den Königlichen Consular-Beamten anderweitig zu erkennen gegeben worden, wie die Königliche Regierung es mit besonderem Danke anerkennen würde, wenn die Königlichen Consular-Beamten sich über die Grenzen der vorgeschriebenen Verpflichtung hinaus bemühten, in ihren Jahresberichten auch schon nach ihren eigenen persönlichen Erfahrungen und Anschauungen, unter freier Benutzung der ihnen noch sonst etwa zu Gebote stehenden Quellen, ein soviel als thunlich umfassendes Bild von den Verhältnissen des Handels auf ihrem Platze nach allen verschiedenen Richtungen hin aufzustellen, oder doch wenigstens die Anzahl der von jeder Flagge daselbst ein- und ausgelaufenen Schiffe, wo möglich unter näherer Bezeichnung der Tonnenzahl und des Inhalts der Ein- und Ausfuhr-Ladungen, anzugeben. Indem daher den Königlichen Consular-Beamten die Berücksichtigung dieses Gesichtspunktes dringend empfohlen wird, erhalten sie im Anhang unter Nr. 22. zugleich eine Anzahl Fragen, auf deren Beantwortung in den Jahresberichten es vornehmlich ankommt, um den angedeuteten Wunsch der Königlichen Regierung in Erfüllung zu bringen. Unter allen Umständen bleibt die sorgfältigste Erfüllung der beschränkteren Anordnung des Reglements ein Gegenstand der consularischen Verpflichtung, welcher nicht aus den Augen verloren werden darf. Die dabei erforderliche Nachweisung der ein- und ausgegangenen Preußischen Schiffe ist nach Maßgabe des im Anhang unter Nr. 23. beigefügten Formulars aufzustellen. In der daselbst vorgeschriebenen Rubrik „Bemerkungen" würde unter Anderem auch eine Angabe über den Betrag und die tarifmäßige Veranlassung der erhobenen Consular-Gebühren erwünscht sein.

Besonders wichtige, im Laufe des Jahres erscheinende Gesetze und Verordnungen oder Bekanntmachungen über Handels- und Schifffahrts-Verhältnisse sind aber nicht bis zum Jahresbericht zurückzulegen, sondern sofort nach ihrem Erscheinen in zwei Exemplaren an das Königliche Ministerium der auswärtigen Angelegenheiten einzureichen.

Im Uebrigen sind die Königlichen Consular-Beamten verpflichtet, dem Königlichen Handels-Ministerium in allen Fällen, wo dasselbe von ihnen unmittelbar Auskunft erfordert, solche nach besten Kräften zu ertheilen.

31. Bei den im Laufe des Jahres zu erstattenden Berichten müssen die verschiedenen Gegenstände, auch wenn zu einer gleichzeitigen Mittheilung Veranlassung ist, möglichst von einander getrennt, in besonderen Berichten verhandelt und nicht in einen gemeinschaftlichen Bericht zusammengefaßt werden.

Zur leichteren Controlirung des richtigen Eingangs der Berichte ist es wünschenswerth, daß dieselben mit fortlaufender Nummer für jedes Jahr versehen werden.

32. Von Actenstücken in fremder Sprache außer der französischen und englischen wird die Beifügung einer Uebersetzung gewünscht.

33. Es steht den Königlichen Consular-Beamten außer den besonders vorgeschriebenen Fällen, z. B. bei den Berichtserstattungen an das Königliche Ministerium für Handel, bei der Ueberweisung von Seeleuten an die Grenz-Behörde u. s. w. im Allgemeinen nicht zu, mit inneren diesseitigen Behörden oder mit Privat-Personen unmittelbar zu verhandeln, oder wenn sich dieselben unmittelbar an sie wenden, ohne

vorgängige Genehmigung des Königlichen Ministeriums der auswärtigen Angelegenheiten Schritte bei fremden Behörden zu thun. Bei Gefahr im Verzuge oder in Angelegenheiten, die offenbar zu keinen Bedenken Veranlassung geben können, mögen sie auf dergleichen unmittelbare Gesuche oder Anträge ihre Dienste auch ohne vorgängige Einholung der höheren Genehmigung gewähren, soweit es nicht etwa auf diplomatische Vermittelungen ankommt; sie bleiben dann aber für ihr Verfahren persönlich verantwortlich.

§. XI. Correspondenz des Consuls mit dem Preußischen Gesandten.

Wir machen es auch dem Consul zur Pflicht, mit Unserer Gesandtschaft, wenn eine solche im dortigen Lande vorhanden ist, Correspondenz zu pflegen, sie von erheblichen Vorgängen zu benachrichtigen, und von ihr nach Maßgabe der vorkommenden Umstände Intercessionen und Unterstützung seiner Schritte nachzusuchen, so wie in dringenden Fällen provisorische Verfügung bis auf Unsere eigene nähere Anweisungen anzunehmen und zu befolgen.

Zusatz-Bestimmungen. 34. Als allgemeiner Grundsatz ist festzuhalten, daß in denjenigen Ländern, in welchen sich ein diplomatischer Vertreter der Königlichen Regierung befindet, die daselbst angestellten Preußischen Consular-Beamten, ohne Unterschied des Ranges und Titels, zunächst von dieser Königlichen Gesandtschaft ressortiren.

Demgemäß ist auch erforderlich, daß sämmtliche Königliche Consular-Beamte (vorbehaltlich der ad §. XVI. angegebenen Bestimmungen über ihre gegenseitigen Ressort-Beziehungen zu einander), wenn in dem Lande, wo sie fungiren, sich eine Königliche Gesandtschaft befindet, dieser regelmäßig ihre Jahres-Berichte sowohl, als auch solche andere Berichte, Anzeigen oder Gesuche an die Königliche Regierung, welche für die Königliche Gesandtschaft von Interesse sein können, entweder sub volanti vorlegen oder aber durch gleichzeitige Zusendung einer Abschrift oder eines angemessenen Auszuges besonders mittheilen.

§. XII. Consulats-Gebühren.

Zur Belohnung für die vorgedachtermaßen pflichtmäßig zu leistenden Dienste werden den Consuln von allen in den Häfen ihres Consulats-Bezirkes ankommenden oder abgehenden Preußischen Schiffen in folgender Art Consulats-Gebühren bewilliget, welche sie entweder selbst, oder durch die nach §. XVI. etwa von Uns anzustellenden Vice-Consuln zu erheben berechtigt sein sollen.

A. Einem jeden Unserer in den verschiedenen Europäischen Staaten außerhalb der Ostsee und in den noch entlegenern Gegenden angestellten Consuln wird von allen Schiffen, die Unsern Unterthanen angehören, und in die Häfen seines Consulats kommen, für eine jede Commerz=Last nach der Trächtigkeit des Schiffes, laut dessen Meßbriefes, Ein guter Groschen in Berliner Courant, den Reichsthaler zu 24 Groschen gerechnet, oder in Holländischen Ducaten, diesen zu drei Preußischen Courant=Thalern angenommen, bezahlt. Ist aber die Trächtigkeit des Schiffes in dem Meßbriefe nicht nach Commerz=Lasten bestimmt, sondern lautet auf Holz, Eisen, Roggen, oder schlechtweg auf Lasten, so soll ein Drittheil weniger, also nur 8 Pfennige für eine jede solche Last erhoben werden. Die solchergestalt bestimmten Consulats=Gebühren werden von einem Preußischen Schiff in der Regel nur an dem Orte, wo dasselbe eine Ladung einnimmt, oder die mitgebrachte löschet, oder auch beides zugleich thut, und zwar nur einmal, also von der eingebrachten oder abgehenden Ladung nicht besonders entrichtet. Aber auch dann, wenn ein Schiff wegen Sturm oder Havarie in einen andern fremden Hafen, als denjenigen, wohin es eigentlich bestimmt war, einlaufen, also einen Nothhafen suchen muß, ist der dortige Consul zur Einforderung der nämlichen Gebühren berechtigt, weil er außer der für Schiff und Ladung zu leistenden Hülfe auch schuldig ist, dem Schiffer nach Vorschrift der §§. II. und III. die Unkosten=Rechnung zu verificiren und attestiren.

B. In Absicht Unserer innerhalb der Ostsee mit Einschluß von Helsingör angestellten Consuln verbleibt es bei der Circular=Verordnung vom 1. September 1783, wonach dieselben von jedem in den Hafen ihres Bezirks zum Aus= oder Einladen ankommenden Preußischen Schiffe, ohne Unterschied seiner Größe, Einen Reichsthaler Berliner Courant, oder in Ducaten zu drei solchen Thalern gerechnet, an Consulats=Gebühren empfangen. Diese müssen von jeder Reise bezahlet werden, sofern das Schiff 50 Last und darüber groß ist; enthält dasselbe aber unter 50 Last, so werden sie nur einmal im Jahre entrichtet. Auch finden die Gebühren, aus dem bei A. bemerkten Grunde, dann Statt, wenn ein Schiff wegen Sturm oder Havarie in den Hafen einläuft.

Wegen Unseres Consuls zu Helsingör aber fügen Wir hierzu noch die weitere Bestimmung, daß derselbe von einem Schiff, welches blos den Sund passiret, und zu Helsingör nur den Zoll entrichtet, nicht aber auch Ladung löschet oder einnimmt, und zwar, wenn ein solches Schiff über 50 Lasten groß ist, Einen Thaler Berliner Courant, wenn aber dasselbe nur 50 Lasten und darunter ladet, Einen Gulden oder sechszehn Groschen Berliner Courant, zu erheben hat. Diese Gebühren dürfen indeß dem Consul zu Helsingör von einem Schiff, ohne Rücksicht auf dessen mehrmalige Passirung, nur einmal im Jahr entrichtet werden. Derselbe muß dagegen die Clarirung des Preußischen Schiffes oder Besorgung bei der Sund=Zoll=Kammer unentgeltlich verrichten, wenn der Schiffer dieses wünschet oder verlanget. Letzterer ist aber nicht gehalten, sich jedesmal persönlich bei dem Consul zu Helsingör zu melden, sondern kann seine Consulats-Gebühren und Anzeigen an diesen, wenn Wind und Wetter unverweilte Weiterreise dringend macht, auch durch einen dritten gelangen lassen.

C. Schiffe, welche in einen Hafen, es sei innerhalb oder außerhalb der Ostsee, nur mit Ballast einkommen, und mit Ballast wieder von dort ausgehen, zahlen dem Consul nur die Hälfte der unter A. und B. festgesetzten Gebühren. Die von Stettin nach Copenhagen gehenden Holzschiffe, so wie die nach Amsterdam gehenden Ostfriesischen Torfschiffe sind von Erlegung der Consulats-Gebühren gänzlich befreiet, und von Meldung bei den Consuln, wo es die Schiffer nicht selber nöthig finden, dispensiret.

Zusatz-Bestimmungen. 35. Die Gebühren-Verhältnisse der Königlichen Consular-Beamten sind mit Abänderung der betreffenden Bestimmungen des vorstehenden Reglements-Paragraphen durch den in der Anhangs-Nummer 24. beigefügten Tarif vom 10. Mai 1832 anderweitig regulirt worden. Für die Königlichen Consulate in solchen Ländern, wo ihnen besondere Schutz- und Jurisdictions-Befugnisse zustehen, sind ergänzende Gebühren-Bestimmungen ergangen.

Die am Schluß des vorstehenden Reglements-Paragraphen erwähnte Befreiung der von Stettin nach Copenhagen fahrenden Holzschiffe von Meldung und Gebührenzahlung ist bereits durch eine Allerhöchste Declaration vom 15. Mai 1797 aufgehoben worden.

36. Durch die in der Gebühren-Taxe vom 10. Mai 1832 sub I. festgesetzte Beschränkung der Verpflichtung zur Zahlung der allgemeinen Consulargebühr auf die daselbst namhaft gemachten Fälle ist in der durch §. II. des Reglements vom 18. September 1796 verordneten Melde-Pflicht, soweit nicht gegenwärtig nach Inhalt der Bekanntmachung vom 31. Januar 1861 (Anhang Nr. 10.) Erleichterungen nachgelassen sind, an sich nichts geändert, und bleibt daher ein Schiff zu der reglementsmäßigen Meldung außer diesen nachgelassenen Erleichterungen auch dann verpflichtet, wenn keine tarifmäßige Veranlassung obwaltet, die allgemeine Consulargebühr zu entrichten. Das über die Meldung zu ertheilende consularische Attest ist

nach §. II. des Reglements vom 18. September 1796 an sich unentgeltlich zu gewähren.

37. Die den Königlichen Consular-Beamten eingeräumte Befugniß, nach Kaufmanns-Gebrauch eine Provision zu berechnen, bezieht sich ausdrücklich nur auf solche Geschäftsbesorgungen, welche nicht zu den eigentlich amtsmäßigen Verrichtungen gehören. Es steht ihnen nicht zu, für ihre Mühwaltung bei Ausübung von Dienstpflichten außer den tarifsmäßigen Gebühren oder an Stelle derselben eine besondere Entschädigung zu fordern. Wenn also unter solchen Umständen, wo eine Erhebung der allgemeinen Consulargebühr tarifsmäßig nicht begründet ist, ein Consul in die Lage kommt, Dienste zu leisten, die zwar zu seinen Amtsfunctionen gehören, für die sich aber in den übrigen Tarifsbestimmungen gleichwohl keine besondere Gebühr findet, so sind dergleichen Dienste unentgeltlich zu gewähren.

38. Außer den, auf die Unterstützung von Seeleuten sich beziehenden Vorschüssen und Ausgaben, worüber unter Zusatz-Ziffer 23. das Nähere bestimmt ist, werden den Königlichen Consular-Beamten auch andere, durch die Amtsverwaltung entstehende baare Unkosten, jedoch ebenfalls ohne Gewährung von Zinsen oder Provision, unter coursmäßiger Berechnung des diesseitigen Geldwerths, aus der Königlichen Legations-Kasse vergütet. Die Liquidation solcher anderen Auslagen muß unter näherer Darlegung der Veranlassung und möglichst in Begleitung von Belägen spätestens am Schluß eines jeden Jahres erfolgen.

Eine Vergütung von Unkosten für den eigentlichen Büreaudienst findet nicht Statt; Postporto für Briefe und Packete, desgleichen in vorkommenden Fällen Frachtgelder und Speditionsgebühren werden vollständig erstattet. Bei etwaigen Dienstreisen bleibt die Erstattung der Reisekosten je nach den Umständen vorbehalten.

39. Ueber das Rechnungswesen der besoldeten Königlichen Consular-Beamten bestehen besondere Vorschriften, auf welche dieselben verwiesen werden.

§. XIII. Immunitäten und Rechte der Consuln in ihren Wohnorten.

Außer dem Genuß dieser Consulats-Gebühren, und der bei Uebernahme kaufmännischer Commissionen von Unsern Unterthanen zu beziehenden billigen Provisionen, werden Wir auch noch jedem Unserer Consuln die Immunitäten, Rechte und Vorzüge zu sichern suchen, welche ihm in seiner Eigenschaft an dem Ort seiner Residenz zukommen möchten.

Etwas näheres aber können und wollen Wir hier für Unsere sämmtlichen Consuln nicht bestimmen, zumal es auf die Verschiedenheit der Lande und Orte ankommt, wo sie angestellt sind. Wir behalten Uns indeß auf ihre Anfragen in speciellen zweifelhaften Fällen das weitere bevor.

Zusatz-Bestimmungen. 40. Als allgemeine Richtschnur ist in dieser Beziehung der Gesichtspunkt der Reciprocität festzuhalten, worüber die in der Anhangs-Nummer 1. mitgetheilte Denkschrift nähere Belehrung gewährt.

Wegen des gegenseitigen Rang-Verhältnisses mit andern fremden Consular-Beamten ist im Allgemeinen angenommen, daß zwischen besoldeten und unbesoldeten Consular-Beamten an sich kein Unterschied bei der Rangfrage zu machen ist, daß aber die verschiedenen Titel durchgehends einen Rangunterschied begründen, indem der General-Consul dem Consul und der Consul dem Vice-Consul oder bloßen Agenten vorgeht, und daß ferner innerhalb desselben Ranges das Dienstalter entscheidet.

§. XIV. Consulat-Uniform; Wappen am Hause; Consulat-Siegel; Schreiber.

Wir verstatten jedem Consul, zu seiner persönlichen Auszeichnung, so lange er in Unserm Dienste wirklich steht, die angeordnete Uniform zu tragen; nämlich einen blauen Rock mit rothem Unterfutter, dergleichen Kragen und Aufschlägen, eine rothe Weste und weiße Beinkleider; und zwar den Kragen, die Aufschläge und die Weste mit Gold gestickt; außerdem einen schwarzen Hut, ohne Tressen, mit schwarzer Cocarde und goldenen Cordons; an dem vergoldeten Degen aber ein Port d'Epée von Gold.

Desgleichen darf der Consul, falls es dort üblich ist, und er es rathsam findet, Unser Königliches Wappen vor seiner Wohnung haben, damit diese von Unsern seefahrenden Unterthanen um so leichter gefunden werde.

Zu seinen Amtsgeschäften kann sich derselbe eines Consulat-Siegels bedienen, welches den Preußischen gekrönten Adler mit Unserm Namenszug auf der Brust, und der Umschrift: Königlich Preußisches Consulat zu N. N. enthalten muß.

Will derselbe zu seiner Erleichterung bei etwa gehäuften Geschäften einen zuverlässigen Menschen als Schreiber gebrauchen, so wird ihm solches vergönnt; nur nehmen Wir von letzterm keine Kenntniß, und der Consul bleibt für alle dessen Diensthandlungen verantwortlich.

Zusatz-Bestimmungen. 41. In Bezug auf die Dienst-Uniform der Königlichen Consular-Beamten bestehen gegenwärtig diejenigen Bestimmungen, welche nebst den dazu gehörigen Zeichnungen in der Anhangs-Nummer 25. beigefügt sind.

42. Die Aufstellung des Königlichen Wappens vor der Wohnung, sowie auch die Führung einer Flagge ist dem eigenen Ermessen der Königlichen Consular-Beamten überlassen, ohne denselben allgemein zur Pflicht gemacht zu sein. Es findet

daher auch eine Verleihung von Wappen-Schild und Flagge an Consular-Beamte auf Kosten der Königlichen Regierung nur ausnahmsweise Statt, wenn nach den besonderen Verhältnissen des Orts in dem eigentlichen Dienstinteresse nähere Veranlassung und wirkliches Bedürfniß dazu vorhanden ist.

Eine Beschreibung und Abbildung des Königlichen Wappens ist in der Anhangs-Nummer 26. beigefügt.

Die Form der Consular-Flagge ist dieselbe wie die der allgemeinen Handels-Flagge (Anhangs-Nummer 4.).

43. Die erforderlichen Dienst-Siegel werden den Königlichen Consular-Beamten aus der Königlichen Legations-Kasse kostenfrei geliefert; sie enthalten den Preußischen gekrönten Adler mit dem Königlichen Namenszuge auf der Brust und der Umschrift „Königlich Preußisches (General-, Vice-) Consulat zu N. N."

44. Die Königlichen Consular-Beamten sind ermächtigt, kleinere Reisen von nicht länger als vier Wochen ohne Urlaub zu unternehmen; doch ist von der bevorstehenden Abwesenheit, unter Beobachtung des ad §. XI. und XVI. vorgeschriebenen Instanzenzuges, jedesmal Anzeige zu erstatten.

Zu Reisen von längerer Dauer bedarf es einer vorgängigen Urlaubsbewilligung, die bei dem Königlichen Ministerium der auswärtigen Angelegenheiten in dem vorschriftsmäßigen Instanzenzuge zeitig nachgesucht werden muß. Es ist hierbei namentlich die ad §. XI. vorgeschriebene Rücksichtnahme auf das Verhältniß zu den Königlichen Gesandtschaften pünktlich zu beobachten. In dringenden Fällen sind die Königlichen Gesandtschaften ermächtigt, ohne weitere Anfrage bei dem Königlichen Ministerium der auswärtigen Angelegenheiten den Consular-Beamten ihres Ressorts Urlaub zu bewilligen.

Nach dem Ablauf des Urlaubs ist die Rückkehr auf den Posten ausdrücklich zu melden.

Für die interimistische Amtsverwaltung bei Reisen sowohl als in anderen zeitweiligen Verhinderungsfällen haben die Königlichen Consular-Beamten durch Stellvertreter möglichst Sorge zu tragen, und von der getroffenen oder beabsichtigten Einrichtung dem Königlichen Ministerium der auswärtigen Angelegenheiten resp. der vorgesetzten Gesandtschaft Anzeige zu erstatten. Der bestellte Vertreter hat bei schriftlichen Ausfertigungen das obwaltende Vollmachtsverhältniß in der Unterschrift ausdrücklich zu vermerken, und bleibt der bevollmächtigende Consular-Beamte für die Geschäftsführung persönlich verantwortlich.

Kommt es darauf an, eine fortdauernde Unterstützung oder Vertretung zu gewähren, so ist nach den Bestimmungen unter Zusatz-Ziffer 46. zu verfahren.

§. XV. Ordentliche Asservirung der Consulat-Papiere.

Wir erwarten übrigens von jedem Consul, daß er zu seiner eigenen Geschäfts-Erleichterung alle seine zu Amtsverrichtungen gehörige oder einschlagende Papiere in guter Ordnung halte, und zu dem Ende nicht allein über die nach §. II. in Absicht der ein- und abgehenden Preußischen Schiffe, und über sonstige nach den vorherigen Paragraphen ihm im Amte vorkommende erhebliche Umstände ein genaues Journal führe, sondern auch von seinen Berichten, officiellen Schreiben und andern Acten die Concepte oder Copien, so wie auch die an ihn selbst eingehenden Rescripte, Schreiben u. s. f. wohl aufbewahre, und dadurch, indem er sie Rubrikweise nach den Materien oder chronologisch ordnet, eine Consulat-Registratur formire.

Wir machen es auch dem Consul zur Pflicht, sich so einzurichten, damit, wenn er mit Tode oder auf sonstige Art abgehet, die sämmtlichen Consulat-Papiere seinem Nachfolger im Amt vollständig überliefert werden, welcher darüber ihm oder seinen Erben eine Decharge ertheilt, solches auch hierher berichtlich anzeigt, und sich übrigens nach den unter den Papieren befindlichen Instructionen eben so richtet, als wenn sie an ihn selbst ergangen wären.

Zusatz-Bestimmungen. 45. Bei der angeordneten Decharge-Ertheilung ist von den vorhandenen Dienst-Papieren und Dienst-Utensilien ein vollständiges Verzeichniß aufzunehmen und an das Königliche Ministerium der auswärtigen Angelegenheiten einzureichen.

§. XVI. Vice-Consuln.

Auch dienet dies Reglement zur unabweichlichen Norm für die Vice-Consuln, welche Wir, sei es an einem Ort, wo schon ein Preußischer Consul befindlich ist, ihm zu seiner Erleichterung bei Kränklichkeit, Altersschwäche oder sonstigen Verhinderungen zu adjungiren, oder aber in einem gewöhnlich auch von Preußischen Schiffen besuchten Außenhafen seines Consulat-Bezirkes anzustellen, aus eigner Bewegung oder auf Vorschlag des Consuls gut finden möchten.

Ein Vice-Consul ersterer Art ist als ein Substitut des dortigen Consuls zu betrachten, und hat nur in so weit, als bei der Ansetzung er sich mit diesem deshalb unter Unserer Genehmigung vereinbaret, oder Wir selbst es etwa festgesetzet, von den Consulat-Gebühren und den nach §. IX. vorfallenden Provisionen für die von Consulatswegen zu verrichtenden mercantilischen Besorgungen einen Antheil zu genießen.

Ein in einem Außenhafen angestellter Vice-Consul vertritt auch ganz die Stelle des Consuls seines Hauptortes, er hat aber allein an diesen seine Anzeigen über die ein- und ausgehenden Preußischen Schiffe nach

§. II. und andere erhebliche Vorkommenheiten zu erstatten, und von ihm auch seine Anweisungen zu gewärtigen, sehr bringende Fälle ausgenommen, wo er unmittelbar sich an Unser Departement der auswärtigen Angelegenheiten, oder Unsern Gesandten im Lande wenden kann. Ein solcher Vice-Consul beziehet die bei ihm vorfallenden Consulat-Gebühren zur Hälfte für sich und berechnet die andere Hälfte dem Consul seines Hauptortes; die Provisionen für die von ihm selbst in dem Außenhafen zu besorgenden Commissionen nach §. IX. aber behält derselbe gänzlich.

Zusatz-Bestimmungen. 46. Auf untergeordneten Plätzen können zur consularischen Wahrnehmung und Vertretung der Preußischen Handels- und Schiffahrts-Interessen statt der Ernennung eines Königlichen Vice-Consuls von dem vorgesetzten Königlichen Consul oder General-Consul consularische Privat-Bevollmächtigte mit dem Titel Consular-Agent bestellt werden, welche daselbst in seinem Namen und unter seiner persönlichen Verantwortlichkeit die consularischen Functionen ausüben. Desgleichen kann von einem Königlichen Consul oder General-Consul an dem Ort seiner eigenen Residenz zu seiner fortdauernden persönlichen Unterstützung und Vertretung im Dienst, wenn kein Königlicher Vice-Consul ernannt wird, durch Privat-Vollmacht ein Consular-Agent bestellt werden. Es bedarf jedoch zu solchen Anstellungen, sei es am Wohnort selbst oder auf andern Plätzen, wenn nicht in einzelnen Fällen Ausnahmen nachgelassen sind, jedesmal erst einer vorgängigen besonderen Genehmigung von Seiten des Königlichen Ministeriums der auswärtigen Angelegenheiten, bei deren Einholung die ad §. XI. vorgeschriebene Rücksichtnahme auf das Verhältniß zu den Königlichen Gesandtschaften zu beobachten ist, und zwar sowohl in Bezug auf die Frage, ob an dem Ort überhaupt ein Consular-Agent zu bestellen, als auch wegen der Person des Mandatars. Außerdem pflegt Behufs der Zulassung bei den fremden Behörden zuvor eine besondere Benachrichtigung derselben erforderlich zu sein. Diese wird auf diplomatischem Wege vermittelt, wenn nach den Grundsätzen des fremden Staats eine Anzeige des die Vollmacht ertheilenden Consular-Beamten bei der Ortsbehörde nicht genügend ist. Ein eigentliches Exequatur zu selbstständiger Ausübung der consularischen Functionen wird für dergleichen Bevollmächtigte diesseits nicht in Anspruch genommen. Dieselben haben daher auch gleich andern Stellvertretern bei schriftlichen Ausfertigungen das obwaltende Vollmachts-Verhältniß in der Unterschrift ausdrücklich zu vermerken. Die Königliche Regierung steht mit diesen Consular-Agenten in keiner unmittelbaren Geschäfts-Verbindung, indem sie es vielmehr dem vollmachtgebenden Consular-Beamten überläßt, nach Maßgabe seiner eigenen Dienst-Vorschriften auch den Mandatar mit Weisungen zu versehen. Es kann dem Bevollmächtigten zu dem Ende ein Exemplar der gegenwärtigen Dienst-Instruction zugefertigt werden.' Die Verleihung eines Dienstsiegels mit der Inschrift „Consular-Agentur für Preußen in N. N." bleibt bei sich ergebendem Bedürfniß vorbehalten.

47. Wenn ein Königlicher Vice-Consul von der ihm zustehenden Befugniß,

an die vorgesetzte Gesandtschaft oder das Königliche Ministerium der auswärtigen Angelegenheiten unmittelbar zu berichten, Gebrauch macht, so ist er verpflichtet, dem Consul, von welchem er zunächst ressortirt, solchen Bericht entweder **sub volanti** vorzulegen oder aber durch gleichzeitige Zusendung einer Abschrift oder eines angemessenen Auszuges besonders mitzutheilen.

Ein ähnliches Verfahren ist von den Königlichen Consuln, wenn sie zunächst einem General-Consul untergeordnet sind, diesem gegenüber zu beobachten.

§. XVII. Bekanntmachung dieses Reglements.

Schließlich wollen Wir dieses Reglement nicht allein einem jeden in Unserm Dienst wirklich stehenden Consul zu seiner beständigen und genauesten Nachachtung zufertigen lassen, und ihn hierdurch verbinden, dasselbe in seinem Consulat-Hause zur Einsicht eines jeden hinkommenden Preußischen Unterthanen stets bereit zu haben; sondern dasselbe soll auch in Unsern See-Provinzen zur Kenntniß des dortigen schiffahrenden und commercirenden Publicums gebracht werden, damit dieses wisse, was es von Unsern Consuln in der Fremde zu erwarten, und auch seiner Seits gegen sie zu beobachten habe.

Gegeben Berlin, den 18. September 1796.

(L. S.) **Friedrich Wilhelm.**

v. Blumenthal.   v. Werder.   v. Alvensleben.
v. Struensee.   v. Haugwitz.

Zusatz-Bestimmungen. 48. Es wird den Königlichen Consular-Beamten hiermit zur Pflicht gemacht, auch die gegenwärtige Dienst-Instruction zur Einsicht diesseitiger Unterthanen bereit zu halten.

CPSIA information can be obtained
at www.ICGtesting.com
Printed in the USA
LVHW102041171022
730905LV00004B/255